HEYNE
BÜCHER

Das Buch

Drei Jahre liegen die spannenden Ereignisse, die in ›Schattenmond‹ geschildert wurden, zurück. Trotzdem ist kein Frieden eingekehrt – ein Krieg der Schatten ist ausgebrochen, und Mohdri, Anführer der dunklen Donnerreiter, trägt Angst und Schrecken in die Herzen der Menschen. Auch die Heilige Prinzessin Elora Danan muß vor ihm fliehen, begleitet von ihrem Freund und Beschützer, dem mächtigen Nelwyn-Zauberer Thorn Drumheller, sowie den winzigen Brownies Franjean und Rool, den Adlern Anele und Bastian, dem dämonischen Khory Bannefin, der den Körper einer Kriegerin beherrscht, und schließlich Duguay Faralorn, dem charmanten Draufgänger.
Was niemand ahnen kann: Mohdri ist nicht die eigentliche Gefahr für das Land und das Leben der Prinzessin – eine geheimnisvolle Macht hat ihre schrecklichen Klauen nach Elora ausgestreckt, denn nur mit ihr kann es dem Bösen gelingen, die Welt zu beherrschen.

Die Autoren

Chris Claremont wurde einer breiten Öffentlichkeit durch seine Mitarbeit an der Comic-Serie ›The Uncanny X-Men‹ bekannt, von der weltweit mehr als 100 Millionen Hefte verkauft wurden. Er lebt in Brooklyn, New York.
George Lucas, der mit seinem Fantasy-Epos WILLOW den großen Zyklus um die Schattenkriege inspirierte, ist der Schöpfer der STAR-WARS-Trilogie. Außerdem gründete er die Firma Lucasfilm Ltd., die unter anderem das weltweit eingesetzte THX-Tonsystem entwickelte.
Der erste Teil des Zyklus um die Schattenkriege ist ebenfalls im Wilhelm Heyne Verlag erschienen: Schattenmond (01/10285).

CHRIS CLAREMONT

SCHATTEN-DÄMMERUNG

Roman

nach einer Idee von
GEORGE LUCAS

Aus dem Amerikanischen von
HELMUT GERSTBERGER

Deutsche Erstausgabe

WILHELM HEYNE VERLAG
MÜNCHEN

HEYNE ALLGEMEINE REIHE
Nr. 01/10569

Besuchen Sie uns im Internet:
http://www.heyne.de

Titel der Originalausgabe
SHADOW DAWN

Band 1 der Trilogie ist bereits in der Allgemeinen Reihe mit dem Titel ›Schattenmond‹ (01/10285) erschienen.

Umwelthinweis:
Das Buch wurde auf chlor- und säurefreiem Papier gedruckt.

Redaktion: Birgit Groll

Printed in Germany 1998
Umschlagillustration: Ciruelo Cabral
Buchdesign: Carol Malcolm Russo/Signet M Design, Inc.
Umschlaggestaltung: Atelier Ingrid Schütz, München
Satz: Pinkuin Satz- und Datentechnik, Berlin
Druck und Bindung: Elsnerdruck, Berlin

ISBN 3-453-13155-X

Für

Die Graue Lady

die meine Seele nährte,
ohne die dieses Buch nicht möglich gewesen wäre

&

Black-Eyed Susan's
Finn & Pam
Donald & Yoshi,
die meinen Körper stärkten.

Außerdem gilt mein Dank vor allem
Diane & Peter
für Edgewater,
einer Heimat, fern von zu Hause

Die Zwölf Grossen Reiche

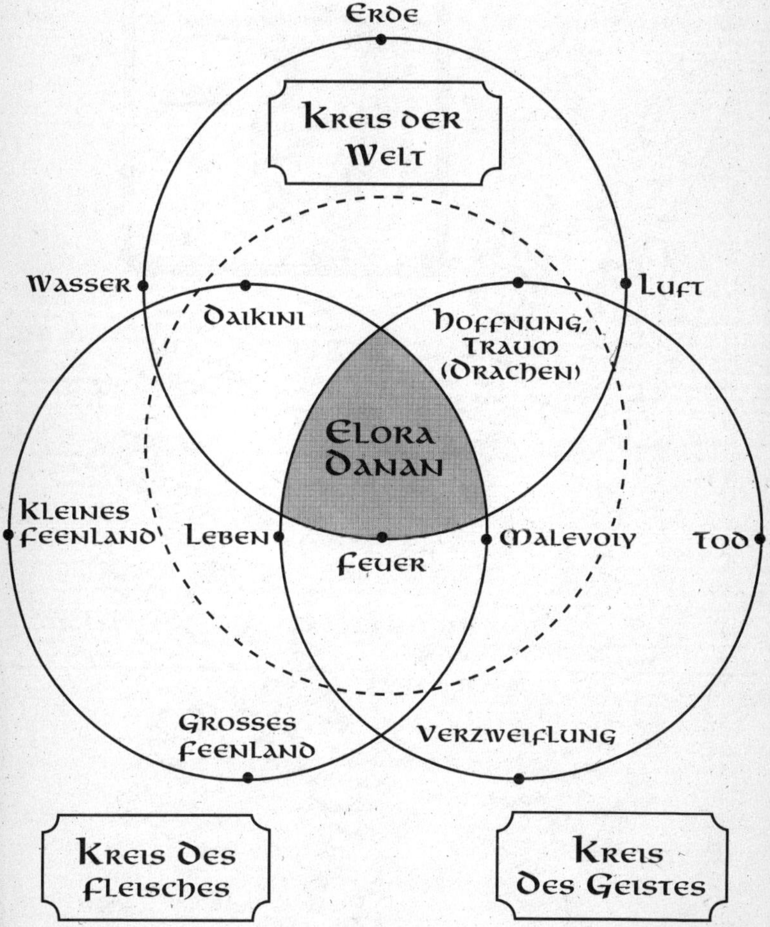

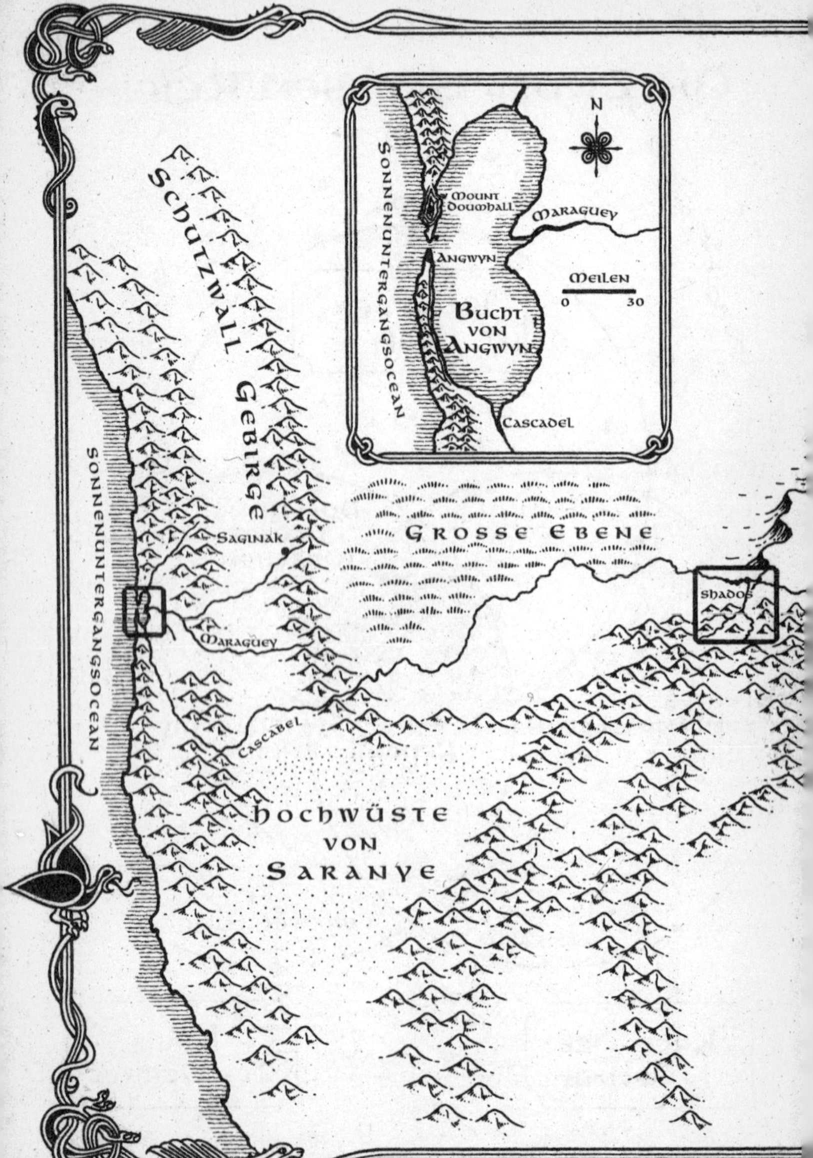
Schutzwall Gebirge
Sonnenuntergangsocean
Saginak
Maraguey
Cascabel
Grosse Ebene
Shados
Hochwüste von Saranye
Sonnenuntergangsocean
N
Mount Doumhall
Maraguey
Angwyn
Meilen
0
30
Bucht von Angwyn
Cascadel

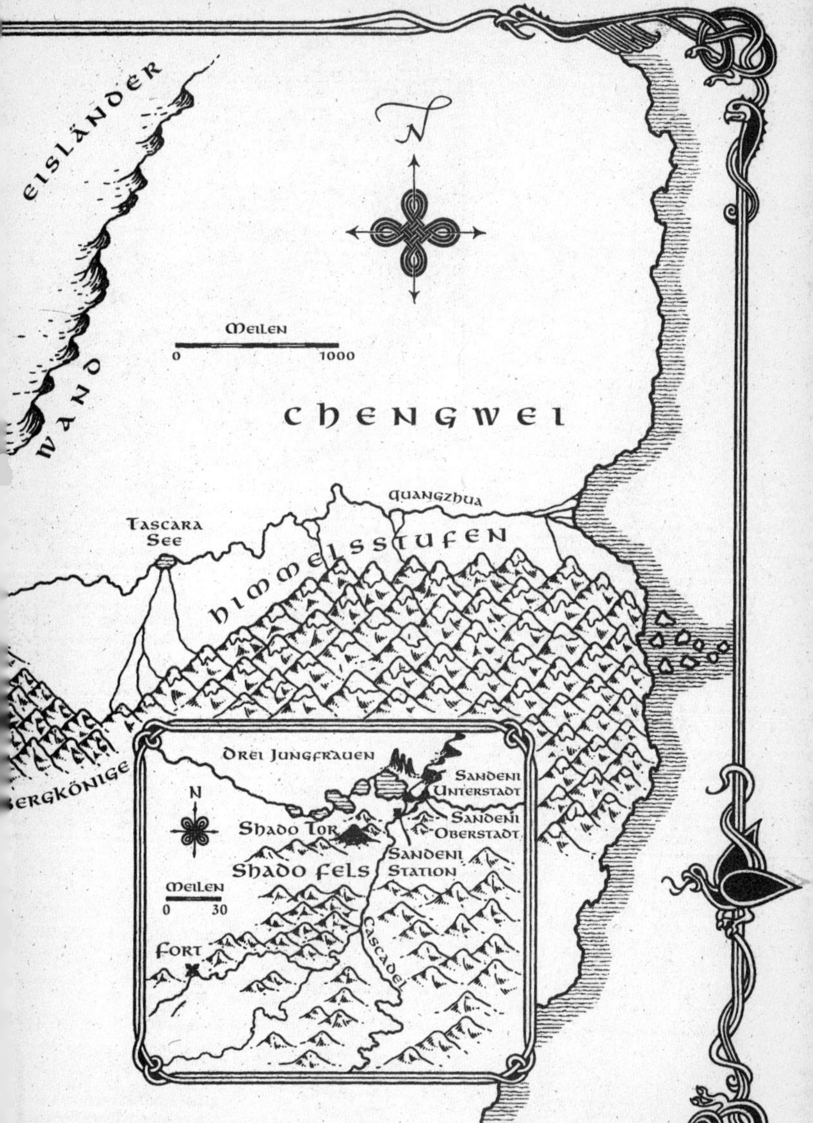

Eisländer
Wand
Meilen
0
1000
Chengwei
Quangzhua
Tascara See
Himmelsstufen
Bergkönige
Drei Jungfrauen
Sandeni Unterstadt
Sandeni Oberstadt
N
Shado Tor
Shado Fels
Sandeni Station
Meilen
0
30
Fort
Cascadel

1. Kapitel

Mit einem Lächeln schierer Verzückung auf dem Gesicht beschwor Elora Danan das Feuer herbei.

Es brach aus dem Fels, als hätte sie einfach nur einen Hahn geöffnet: ein kleiner Geysir rohen, weißglühenden Magmas, direkt aus dem schmelzflüssigen Herzen der Welt geboren. Binnen eines Herzschlags war jede Sinneswahrnehmung in der kleinen Schmiede verändert. Jeder Atemzug schmeckte schwefelig auf ihrer Zunge, und die infernalische Hitze des Schmelzofens brannte die Luft so trocken, daß der Schweiß bereits im selben Augenblick verdampfte, in dem er sich auf ihrer Haut bildete. Das Licht, das die phosphoreszierenden Flechten in den Wandleuchten spendeten, wurde augenblicklich von dem gleißenden Schein der Magmafontäne ausgelöscht, der die Schmiede in ebenso strahlendhelles Licht tauchte wie die Mittagssonne einen wolkenlosen Sommerhimmel. Die vielen Schatten in dem Raum waren gänzlich ausgelöscht, und die sonst dunklen Flächen des gemeißelten Steins flackerten in lodernden Farbtönen von Rot und Gold, die sich von einem zum nächsten Augenblick mit so rasender Schnelligkeit bewegten und veränderten, daß der Stein lebendig schien. So eindrucksvoll diese Farbspiele auch waren, sie verblaßten neben dem Bild, das Elora selbst im Widerschein des Feuers bot, der über ihre in einem Teint von reinstem poliertem Silber schimmernde Haut flackerte.

Fast die ganze Woche hatte sie den Schmelzofen in der Nebenkammer der Schmiede für ihre Prüfung vorbereitet und ihn nicht nur äußerlich blitzblank geschrubbt, sondern auch in magischer Hinsicht gereinigt. Wieder und wieder hatte sie ihre Aufzeichnungen zu Rate gezogen, bis sich der Wortlaut und die Reihenfolge der erforderlichen Beschwörungsformeln so tief in ihr Bewußtsein eingegraben hatte wie die magischen Hauszeichen im Kaminstein über der Familienfeuerstelle. Sie wußte, was sie erwartete; als sie mit der Beschwörung begann, war sie sich jedoch nicht ganz sicher, was tatsächlich passieren würde. Zuzusehen – wenn auch mit allergrößter Aufmerksamkeit –, wie Torquil oder seine Lehrlinge die magischen Formeln sprachen, war eine Sache. Es selbst zu versuchen war etwas völlig anderes.

Sie trug ihre übliche Arbeitskleidung: kettengepanzerte, an den Knien gepolsterte Beinlinge, die in weichen, über den Knöcheln geschnürten Mokassinstiefeln mit dicken Sohlen steckten; ein ärmelloses baumwollenes Unterhemd auf der nackten Haut, darüber ein bequemes Hemd, ebenfalls aus weicher, gebürsteter Baumwolle, das gegen die natürliche Feuchtigkeit und Kälte in den Tunneln schützte, und schließlich, als letzte Schicht, ein an Ellbogen und Schultern ebenfalls gepolstertes Kettenhemd aus ebenso gehämmertem Eisen wie die Beinlinge. Das Kettenhemd reichte bis zu den Knien und war an beiden Seiten bis zur Taille geschlitzt, um für die Beine ausreichend Bewegungsfreiheit zu bieten. Es fiel weit und lose an ihrem Körper herab, was ihr einigen Kummer bereitete, denn es ließ sie, wie sie fand, gedrungener und breiter erscheinen, als sie tatsächlich war. Sie war stolz auf ihren Körper; sie hatte lange und sehr hart gearbeitet, um die überflüssigen Pfunde loszuwerden, die sie während ihrer ganzen Kindheit mit sich herumgeschleppt hatte, und sie wollte nicht daran erinnert werden, wie sie einmal ausgesehen hatte.

Während sie gebannt vor der Feuerfontäne kauerte, wurde das selige Lächeln auf ihrem Gesicht breiter. Sie war fest entschlossen, sich jeden einzelnen Aspekt dieses Abenteuers – ihrer ersten Herbeirufung – ins Gedächtnis einzuprägen, um später alles in ihr Tagebuch einzutragen. Das flüssige Gestein war inzwischen dickflüssiger als Wasser und schwerer als Öl. Winzige Funken sprühten entlang seiner

Oberfläche auf, weil die Hitze so intensiv war, daß sich umherschwebende Staubpartikel, die dem Glutfluß zu nahe kamen, von selbst entzündeten. Elora spürte ein Prickeln auf den kleinen Flächen ihrer nackten, unbedeckten Haut und mußte, trotz der dunklen Schutzbrille, die die Fels-Nelwyns trugen, wenn sie Lava zapften, vor dem blendenden Gleißen die Augen zukneifen.

Plötzlich und für Elora völlig unerwartet, zwängte sich etwas, von einem kurzen, kaum merklichen Stocken des Lavaflusses begleitet, durch den Spalt im Fels und glitt im Inneren der kleinen Magmafontäne nach oben, wo es an deren Krone aus dem flüssigen Gestein hervorbrach. Elora konnte eine kleine, unfertig und wie mit breiten Pinselstrichen skizziert wirkende Gestalt ausmachen, die aus einem Torso, zwei Armen und einem Kopf bestand. Beine konnte sie keine erkennen. Die untere Hälfte des Wesens war eins mit der Säule flüssiger Lava. Sein Kopf war zunächst nur eine konturlose Kugel, doch je länger Elora die Erscheinung anstarrte, um so deutlicher konnte sie Umrisse und Gesichtszüge wahrnehmen: Augen wie in einem menschlichen Antlitz, eine Nase, die das Gesicht teilte, ein richtiger Mund über einem breiten Kinn. Vom Haaransatz in der Mitte der Stirn ergoß sich ein Strom rot und gelb züngelnder Flammen wie eine lohende Mähne aus Feuerhaar über den Kopf und den Rücken der Gestalt hinab, um dann wieder mit der flüssigen Lava zu verschmelzen.

Elora fand, daß es ein sehr hübsches Wesen war, ohne zu registrieren, daß sie eine Vision ihrer selbst anstarrte.

»Hallo«, sagte sie. Das Elementarwesen neigte den Kopf zur Seite und schielte mit einem interessierten Blick zu ihr empor, der dem ihren in Gestik und Ausdruck so verblüffend ähnlich war, als erblickten sie beide im anderen ihr eigenes Spiegelbild.

Sein Mund arbeitete im Bemühen, eine ähnliche Antwort hervorzubringen, brachte Zähne und eine Zunge hinter Lippen hervor, die sich versuchsweise öffneten, um es Elora gleichzutun. Steile Falten bildeten sich in einem nur allzu menschlichen Ausdruck der Verwirrung zwischen seinen

Brauen, als das Elementarwesen die Kluft zwischen Form und Funktion maß und zu erahnen versuchte, wo sie nicht existierte.

Elora holte noch einmal und deutlicher erkennbar als zuvor Luft, um zu demonstrieren, daß Sprache mit dem Ausströmen der Luft über die Stimmbänder zusammenhing.

»Hallo«, versuchte sie es erneut.

Die Brust des Elementarwesens schwoll an, als es ebenfalls Luft holte. Elora lächelte, und das Wesen ebenfalls, beide standen sie in Erwartung dessen, was geschehen würde.

Eine Hand, fast so groß wie ihr Kopf, packte sie im Genick beim Kragen, und im selben Augenblick, in dem das Elementarwesen sich anschickte zu antworten, wurde Elora von den Füßen gerissen und hinter den Schutzwall aus massivem Stein gezerrt, der die Esse umgab.

»Hallo«, hörte sie eine Stimme sagen, die ihrer eigenen seltsam ähnlich und doch ganz anders war. Was sie dann sah, war eine Stichflamme, so gewaltig, daß sie einen Drachen beschämt hätte. Und was sie fühlte, war die letzte taumelnde Verzückung einer Motte im Angesicht der sie verzehrenden Kerzenflamme. Für die Spanne von ein paar Herzschlägen, die ihr wie eine Ewigkeit vorkam – und die für Elora Danan um ein Haar zur Ewigkeit geworden wäre –, war die Schmiede in elementares Feuer gehüllt, das die Wände, den Boden, die Decke und die Vorderseite des Steinwalls versengte, hinter dem sie und ihr Retter nun zusammengerollt lagen.

Und dann erlosch das Feuer genauso plötzlich, und die Schmiede lag in relativer Dunkelheit, an die sich ihre Augen erst gewöhnen mußten. Die Flechten waren in der Feuersbrunst verglüht, und das Elementarwesen war verschwunden. Die Vision, die in Eloras Erinnerung haftenblieb wie ein Nachbild auf der Netzhaut des Auges, war das flüchtige Bild eines Wesens, das – ebenso erschrocken wie die junge Frau – ohne es zu wollen Schaden angerichtet hatte und beschämt von seinem Tun und entsetzt von den Konsequenzen die Flucht ergriffen hatte.

»Wow!« wollte sie ausrufen, doch die Luft in der Kammer war viel zu heiß, um genügend Luft zu bekommen, und viel zu trocken, um einen verständlichen Laut über die Lippen zu bringen. Ihre Zunge und ihre Lippen fühlten sich seltsam hölzern an und waren unfähig, auch nur ein Wort zu formen. Sie hatte in ihnen so gut wie kein Gefühl mehr, und sie fragte sich, ob ihre Haut ebenso trocken und aufgesprungen war wie die Erde nach einer langen Trokkenheit.

Sie wurde unsanft auf die Beine gestellt und durch die Tür in den Hauptraum der Schmiede hinausgeschoben. Der plötzliche Abfall der Temperatur war so groß, daß sie trotz ihrer Schutzkleidung von einem plötzlichen Schüttelfrost attackiert wurde.

Jemand bot ihr Wasser an. Elora nahm einen winzigen Schluck aus der Flasche und ließ sich mit zu Boden geschlagenem Blick gegen die Wand in ihrem Rücken sinken. Sie nahm an, daß die Wand ebenso kühl sein würde wie die Luft, doch sie war heiß wie die Außenwand eines gut isolierten Herds, auf dem den ganzen Tag gekocht wurde.

Sie war wackliger auf den Beinen, als sie es zunächst bemerkt hatte, und die Anstrengung, die sie das Herbeirufen des Feuers gekostet hatte, und der Schock ihrer Begegnung mit dem Elementarwesen forderten nun ihren Tribut. Entsetzt registrierte sie, daß ihre Beine sie mit einemmal nicht mehr tragen wollten, und so sackte sie, mit dem Rücken gegen die Wand gelehnt, zusammen. Nur verschwommen nahm sie in der Ferne das Hallen rennender Schritte wahr und das aufgeregte Durcheinanderrufen von rauhen, besorgt klingenden Stimmen.

Wie immer ging Manya voran und stürmte, noch damit beschäftigt, die letzten Teile ihrer Schutzkleidung anzulegen, an der Spitze einer Schar von Kindern und älteren Lehrlingen durch den Eingang der Schmiede.

»Torquil!« rief sie und ließ den Blick, mit dem sie ihren Gatten suchte, durch das Gewölbe der Schmiede schweifen. *»Torquil!«*

»Hier bin ich, Frau«, antwortete er, und seine Stimme klang heiser und brüchig. Seine Kehle war offenbar ebenso ausgedörrt wie die Eloras. »Ich bin in Ordnung. Es ist alles in Ordnung.«

»Was, zum Teufel, redest du!« Mit einer Faust hielt sie eine Breitaxt umspannt, die durch Fels schneiden konnte, als sei es Holz. In der anderen hielt sie ein versiegeltes Fläschchen mit dem stärksten Zauber, den Nelwyn-Schamanen zu wirken vermögen und der nur in äußerst bedrohlichen Situationen angewendet werden durfte.

»Immer mit der Ruhe, Manya«, brummte Torquil und legte gerade genug Befehlston in seine Stimme, um sowohl seine Frau als auch ihre Begleiter zu besänftigen. »Die Gefahr ist vorbei. Darauf gebe ich dir mein Wort.«

»Du siehst aus, als kämst du direkt aus der Hölle«, stellte sie bärbeißig fest und verzog das Gesicht, als sie ihm ein Stück Glut von seiner Kapuze wischte.

Er grinste, und seine Zähne blitzten in seinem rußigen Gesicht. »Es war nur ein kurzer Besuch.«

»Der Rakel um ein Haar einen Anfall beschert hätte«, sagte sie mit ernster Stimme und einem Nicken in Richtung des Familienschamanen, dessen verzerrtes Gesicht, in das Schmerz und Anstrengung tiefe Linien um Augen, Nase und Mund eingegraben hatten, beredter Beweis dafür war, welch schweren Schock er erlebt hatte.

»Es wird nicht wieder vorkommen«, versicherte Torquil ihr.

»Dein Wort in des Großen Schöpfers Ohr!« war ihre Antwort. Sie ließ das Fläschchen in ihrer Hand einmal durch die Luft wirbeln, fing es, das erschreckte Nach-Luft-Ringen des Schamanen ignorierend, am unteren Ende wieder auf und reichte es ihm in derselben fließenden Bewegung. »Es ist durch unsere Schutzzauber geschlüpft, als wären sie gar nicht da. Wenn die Dinge hier drinnen schiefgelaufen wären, Mann, hätte das hier, glaube ich, auch nicht mehr geholfen.«

Er seufzte. »Wurde das Phänomen lokalisiert, Rakel?«

Die Antwort des Schamanen klang angestrengt; jedes Wort verriet, wie schmerzhaft es für ihn war zu sprechen. »Manifestation, ja. Folgen ...?« Er zuckte mit den Schultern.

»Es wird also Rückfragen von den anderen Schmieden geben.«

Manya lachte glucksend. »Rückfragen? Schon eher einen Aufschrei der Entrüstung und Verärgerung, wenn es ihre Schamanen auch nur annähernd so schlimm erwischt hat wie Rakel. Keine Angst, ich kümmere mich um sie.« Sie schüttelte den Kopf, wie um ihn von überflüssigen Gedanken zu befreien, und sagte dann in der ihr eigenen pragmatisch nüchternen Art: »Zurück an die Arbeit. Ich hab' eine Nachricht vom Agenten bekommen. Wenn du an der bestellten Lieferung arbeitest, sollst du zusehen, daß sie fertig wird – je früher, desto besser. Es scheint sicher zu sein, daß der Bazar nicht die ganze Saison dauert. Vielleicht nicht mal bis zum nächsten Vollmond.«

»Wir wollen heute damit fertig werden.«

»Na schön. Also, ihr Bande ...«, begann sie, ihre Aufmerksamkeit wieder der Schar von Gehilfen in ihrem Schlepptau zuwendend, doch Torquil gebot ihr mit einem Heben der Hand und einem Kopfschütteln Einhalt.

»Das Kind und ich werden das erledigen«, sagte er.

»Mach dich nicht lächerlich.«

»Die Schmiede ist meine Domäne, Frau«, erklärte er ihr in aller Förmlichkeit. »Vertraue meinem Urteil in dieser Angelegenheit, so wie ich deinem in anderen Dingen vertraue.«

Manya überlegte fast eine ganze Minute, ehe sie sich zu einer Antwort durchrang. Von ihrer Position auf dem Boden, mit dem Rücken an die Wand gelehnt, sah Elora, daß Manya mit dem Gedanken spielte, ihrem Mann zu widersprechen, denn die Schmiede war zwar seine Domäne, doch in ihrer Ehe waren sie gleichberechtigte Partner. Zu Eloras Verblüffung streckte Manya jedoch ihre freie Hand aus, legte sie um den Nacken ihres Mannes und zog ihn zu sich heran – nicht, um ihn zu küssen, sondern in eine innige Umarmung, die auf ihre Weise noch leidenschaftlicher war als ein Kuß. Die durchstandene Angst war ihnen ebenso anzumerken wie die Erleichterung, und diese Erkenntnis ließ Eloras Herz nun doch ein wenig banger schlagen. Das Elementarwesen war so schnell erschienen und wieder verschwunden, und der Augenblick seiner Manifestation war ihr so wunderschön erschienen, daß sie gar keinen Gedanken an die Gefahr verschwendet hatte.

»Und selber hast du nichts dazu zu sagen?« erkundigte sich Torquil.

Die Frage überraschte sie. Sie hatte nicht damit gerechnet, deshalb die Leviten gelesen zu bekommen.

»Ich wollte nichts Böses.«

Diese Antwort brachte ihr ein mißbilligendes Schnauben des Schmiedemeisters ein.

»Und das Elementarwesen auch nicht!« versuchte sie weiter, sich zu rechtfertigen.

»Als ob das irgendeinen Unterschied gemacht hätte! Ihm hätte es leid getan, und du wärst nur noch Asche gewesen, und was wäre dann aus dem Schicksal der Welt geworden?«

Sie hob den Blick, zunächst voller Trotz, doch der wandelte sich sehr schnell in etwas anderes, bevor sie dem unnachgiebigen Blick begegnetete, der auf sie gerichtet war. Sie war klein für ihr Alter; in den vergangenen drei Jahren war sie kaum gewachsen, aber trotzdem war sie mehr als einen Kopf größer als der durchschnittliche Nelwyn. Bei den Daikini, von denen sie abstammte, wurde die Größe vor allem durch die Länge der Beine bestimmt. Anders bei den Nelwyns. Bei ihnen war vor allem der Torso ausgeprägt, und der war mit einer ungeheuren Kraft ausgestattet, wie man sie bei einem so kleinen Wesen niemals erwarten würde. Mächtige Schultern und kräftige Arme machten sie zu geborenen Bauern und Bergmännern. Unter ihnen waren einige der besten Handwerker für die Holz-, Stein- oder Metallbearbeitung in allen Zwölf Großen Reichen diesseits und jenseits des Schleiers.

Torquil war einer der Clanältesten der Fels-Nelwyns, was bedeutete, daß die Blüte seiner Jahre bereits hinter ihm lag. Doch er schwang noch immer mit Leichtigkeit Hämmer, die Elora nicht einmal einen Fingerbreit vom Boden hochheben konnte, und er war bekannt für die Feinheit seiner Arbeit und die Reinheit seines Erzes. Nur sein graumeliertes Haar und die tiefen Falten in seinem Gesicht verrieten sein Alter. Sein Bart war eine Reminiszenz an seine jungen Jahre, funkelnd in den Farben des Feuers, in die ein paar vereinzelte Schneeflocken eingestreut waren. Er trug ihn kurzgestutzt, um die kräftigen Linien seines Kinns zu betonen. Seine Augen waren grau wie Urgestein und im Augenblick so kalt und unnachgiebig wie der Granit, auf dem sie beide – Kind und Vormund – standen.

»Ich habe gedacht«, sagte sie schließlich, nachdem sie eine Antwort so lange wie möglich hinausgezögert hatte, »ich hätte alle nötigen Vorsichtsmaßnahmen beachtet.« Was die reine Wahrheit war.

»Elora ...« Seine Verärgerung war offensichtlich. »Ich sollte dir die Ohren langziehen. Oder Schlimmeres. Und das hättest du für eine solche Dummheit auch verdient. Beim Großen Schöpfer, Elora!« fuhr er fort, und die Worte brachen aus ihm heraus wie die Springflut durch einen Damm, der soeben gebrochen war. Doch sein Tonfall verriet, daß sein Zorn vor allem seiner Sorge um ihre Sicherheit entsprang. »Was hast du dir bloß dabei gedacht?«

Er zog sich wütend seine gepolsterte Schutzkappe vom Kopf und wandte sich hierhin und dorthin, nach einem Ventil für seinen Ärger suchend, ohne jedoch etwas zu finden, das dafür geeignet gewesen wäre.

»Was sage ich?! Wenn du nur ein bißchen überlegt hättest – nur ein ganz klein wenig –, dann würden wir beide gar nicht hier stehen. Was immer dich hierher verschlagen hat, mit Nachdenken hat das herzlich wenig zu tun.« Er machte plötzlich einen Schritt auf sie zu und deutete mit dem ausgestreckten Zeigefinger auf ihre Nasenspitze.

»Und wage bloß nicht, mir hier was vorzuheulen, Kind!«

»Ich heule gar nicht«, wisperte sie und wischte sich mit dem Ballen ihrer freien Hand die Tränen fort.

»Hast du denn überhaupt nichts gelernt, seit du zu uns gekommen bist?«

Sie hatte keine Antwort darauf, die die Dinge nicht noch schlimmer gemacht hätte, und blieb deshalb stumm.

»Wie lautet die erste Regel für die Schmiede?« fragte er.

»›Das Feuer ist unser Werkzeug, und wir sind sein Meister.‹«

»Und die zweite?«

»›Die Sicherheit der Schmiede muß immer unser erstes Gebot sein.‹«

»Was bedeutet?«

»›Wenn du mit dem Unerwarteten konfrontiert wirst, stelle die Arbeit ein. Jegliche Arbeit. Sofort.‹«

»Wenigstens kennst du die Worte.«

»Das ist nicht fair!«

»Thorn Drumheller hat dich in meine Obhut gegeben. ›Obwohl sie die Heilige Prinzessin Elora Danan ist‹, hat er zu mir gesagt, ›ist sie mir so ans Herz gewachsen, als wäre sie mein eigenes Kind. Und ich verlange von dir, Vetter, daß du sie behütest, als wäre sie dein eigen Fleisch und Blut.‹ Ich bin mit ihm verwandt durch Blut und Klinge, doch in all den Jahren hat er mich nie um einen Gefallen gebeten oder die Verpflichtungen zwischen unseren Familien eingefordert. Wie könnte ich ihm da unter die Augen treten und sagen: ›Verzeih mir, Vetter, aber die Heilige Prinzessin Elora hat sich leider selbst zu einem Stäubchen Asche verbrannt.‹«

»Es tut mir leid.«

»Gut – das bringt alles wieder ins rechte Lot. Ich fühle mich schon viel besser.«

Die Nelwyns, die sie früher gekannt hatte, waren Bauern eines kleinen Dorfes gewesen, eine halbe Welt entfernt in einem wunderhübschen Seitental des Freen Flusses. Sie blieben am liebsten unter sich und schienen am glücklichsten, wenn sie möglichst wenig mit ihren Nachbarn zu tun hatten – seien dies Daikini oder sonst irgendwelche Rassen und Wesen des Schleiervolks. Ihr Credo war Bescheidenheit in allen Dingen. Und der Schlüssel zu ihrem Überleben war, unbeachtet von jenen zu bleiben, die ihnen Schaden zufügen könnten.

Diese Nelwyns hier waren jedoch ganz anders. Sie versuchten nicht, sich zu verbergen – ganz im Gegenteil. Sie gehorchten nur den Gesetzen der großen Berge, in denen sie ihre Heimat gefunden hatten: Hier sind wir, gaben sie der

Welt kund, und hier bleiben wir. Sie gruben Erz aus dem Berg und bearbeiteten Metalle, unedle und edle, und waren nicht nur Meister in der Kunst der Herstellung von Schmuck und Geschmeide, sondern sie waren auch für die hohe Qualität ihrer Waffen bekannt.

»Du magst ja die Heilige Prinzessin sein, Elora Danan«, redete Torquil weiter, während er mit ihr um den Schutzwall aus massivem Stein herumging, um die Esse nach irgendwelchen Schäden zu untersuchen, die die Manifestation des Elementarwesens möglicherweise verursacht haben könnte. »Vom Schicksal gesegnet. Gefeit gegen jede Art von Magie. Aber nach wie vor bist du aus Fleisch und Blut.«

»Verschone mich damit«, sagte sie und dachte mit der ganzen Genervtheit, wie sie nur eine Fünfzehnjährige aufbringen kann, *weil ich diese Lektion schon tausendmal gehört habe, Onkel. Ich kenne sie auswendig.* In ihrer Stimme schwang ein Hochmut, der ihr nicht bewußt war und noch aus ihrer Kindheit herrührte, als sie ihre Tage in einem Turm in der Stadt Angwyn, der Hauptstadt des Königreichs der Westländer, verbracht hatte; vorne und hinten bedient von ergebenen Geistern, deren Freude es war, ihr jeden Wunsch und jede Laune zu erfüllen.

Er wartete, bis sich ihr Groll gelegt hatte, um für seine Lektion fruchtbaren Boden zu finden. »Das werde ich. Andere sind möglicherweise nicht so leicht bereit zu verzeihen. Wenn du auch etwas Besonderes bist, Elora Danan, du bist noch immer sterblich. Du kannst bluten, und du kannst brennen.«

Steile Furchen erschienen auf Torquils Stirn, als er mit kundigen Händen die Oberfläche der massiven Steinplatten untersuchte, die die Grube der Esse umstanden. Sie waren aus Urgestein gemeißelt und mindestens so dick wie der Körper des Nelwyn, und sie hatten jahrelang die extreme Beanspruchung in der Übungsschmiede ohne größeren Schaden überstanden. Das winzige Elementarwesen hatte dies alles gründlich geändert. Obwohl die Steinplatten nur für ein paar wenige Sekunden seinen Flammen ausgesetzt gewesen waren, hatte die ungeheure Hitze die der Esse zugewandte Oberfläche des Steins zerfressen und ein Netz von feinen Rissen hinterlassen; an manchen Stellen war das Gestein so brüchig, daß es bei der leisesten Berührung wie Staub zerfiel. Eine der Platten war mittendurch in zwei Teile zersprungen.

»Warum bist du so wütend, Torquil?« fragte Elora leise, während sie ihm zusah, wie er kopfschüttelnd von einer Platte zur anderen ging. »Ich hab' doch nur versucht, das Feuer zu rufen, wie du es mir beigebracht hast. Ich habe monatelang neben deinen Lehrlingen gearbeitet und genauso viel gelernt wie sie.«

»Und du hast dich gut gemacht«, räumte er ein.

»Du selbst hast gesagt, ich bin soweit, daß ich das Feuer rufen kann.«

»Mein Fehler. Gelobt seien die Götter, daß keiner von uns den Preis für meine Dummheit bezahlen mußte.«

»Das ist nicht fair!« seufzte sie erneut.

»Die Übungsaufgabe war, Feuer herbeizurufen, Elora, nicht ein Elementarwesen. In dem Augenblick, als es sich manifestiert hat, hättest du die Beschwörung abbrechen müssen.«

»Es war so ein kleiner Winzling, Onkel. Ich habe gedacht, es kann keinen Schaden anrichten. Ich bin mir sicher, daß es das auch nicht wollte.«

»Manchmal besteht zwischen Absicht und Resultat ein himmelweiter Unterschied, mein Kind.« Er hob beschwichtigend die Hand. »Ich bin nicht auf dich wütend, Elora, sondern ganz allein auf mich. Ich bin derjenige, der es hätte besser wissen müssen.«

»Was meinst du damit?«

Unter hochgezogenen Augenbrauen hervor musterte er sie mit einem strengen Blick. »Hat dir Drumheller denn gar nichts beigebracht, bevor er dich hierhergebracht hat?«

»Thorn hat sein Bestes getan.« Die Erinnerung daran entlockte ihr ein unterdrücktes Kichern. Sie nahm die Drahtbürste, die Torquil ihr reichte, und begann, an der verkohlten Steinschlacke zu schrubben, die die Esse bedeckte, um zu sehen, ob etwas davon abging. »Vor allem in Anbetracht der Tatsache, daß wir eigentlich ständig auf der Flucht waren. Und daß ich so unwissend war, wie es ein Mädchen nur sein kann.«

»Du weißt, daß es vier Große Reiche im Kreis der Welt gibt, so wie es vier Reiche im Kreis des Fleisches und vier Reiche im Kreis des Geistes gibt?«

»Natürlich«, erwiderte sie und war froh, wieder in die Rolle der Schülerin schlüpfen zu können. Doch bevor sie weitersprach, legte sie ihre Stirn in strenge Falten und schüttelte resignierend den Kopf. Der Schmelzofen war völlig ruiniert. Und die Wände der Kammer sahen dort, wo sie den Flammen direkt ausgesetzt gewesen waren, auch nicht viel besser aus. Sie und Torquil mochten zwar unversehrt entkommen sein, doch die Schmiede war vollkommen zerstört. Hastig, um Torquil abzulenken, sagte sie das Gelernte auf: »Die Reiche im Kreis der Welt sind Erde, Luft, Feuer und Wasser.«

»Wir Nelwyns gehören zur Erde.«

»Das weiß ich auch. Ihr seid im Einklang mit ihrer Energie, so wie die Wyrrn im Einklang mit dem Reich des Wassers sind.«

»Aber es ist das *Feuer,* Elora, welches das Herz und den Kern der Schöpfung bildet. Alles war leer und öde, bevor jener erste, folgenschwere Funke erglomm.«

Er zitierte den Katechismus der Nelwyns, ihren Mythos vom Ursprung der Welt und ihrem Erscheinen in dieser. Am Anfang war das Nichts, bis das Himmlische Feuer entzündet wurde, welches das Universum in die Dualität von Licht und Schatten teilte. Diesem Feuer entstammen alle Aspekte des Seins und – ebenso wichtig – des Lebens.

»Wir alle sind Geschöpfe des Feuers«, fuhr er fort. »Seine Wärme erhält uns am Leben. Seine Leidenschaft inspiriert uns. Seine Wildheit verzehrt uns. Es kann Festes in Flüssiges und Flüssiges in Gas verwandeln und am Ende dieses Gas sogar zu nichts verbrennen.«

»Erde zu Wasser zu Luft«, sagte sie, an seiner Stelle die Litanei des Übergangs zu Ende rezitierend.

Torquil nickte. »Nichts in unserem Leben ist so lebenswichtig und auch so tödlich. Wie diese Lektion uns beiden wieder einmal gezeigt hat.«

»Es tut mir leid.«

»Mir auch«, sagte er mit gerunzelter Stirn und strich sich gedankenverloren mit Daumen und Zeigefinger über die Unterlippe. »Es hätte nicht passieren dürfen. Der Schutzzauber war fehlerlos und vollständig errichtet – so wie du es gelernt hast. Und die Gesänge des Schaffens waren ebenfalls richtig wiedergegeben. Es war eine Prüfung, wie man sie eigentlich nicht besser machen kann ...«

»Bis das Elementarwesen auftauchte.«

»Ja.«

»Vielleicht ist es ein Beweis dafür, Torquil, daß der Zauber oder was immer es ist, das mich vor der Magie schützt, es mir zugleich unmöglich macht, selbst magische Handlungen vorzunehmen?«

»Das ist keine Magie, Elora – wie es auch keine Magie ist, daß ein Funken entsteht, wenn man einen Feuerstein auf Stahl schlägt oder durch Hitzezuführung Wasser in einem Topf zum Kochen bringen kann.«

»Und warum kann es dann nicht jeder auf der Welt tun?«

»Steige auf einen Gipfel der Himmelsleiter und versuche, dort Wasser zum Kochen zu bringen. Es wird dir nicht gelingen – egal, wie groß die Hitze ist, die du entfachst. Versuche, mit deinem Funken einen Baumstamm anstatt Zunder zu entflammen, oder nasses Gras anstatt trockenes. Wo bleibt dein Feuer dann? Man braucht das Zusammenwirken der Naturkräfte, damit diese Dinge funktionieren – das ist hier so wie überall. Um flüssiges Gestein aus dem Herzen der Erde zu zapfen, wie wir es tun, braucht man einen Platz, wo die Steine für unsere Gesänge empfänglich sind, wie unsere Ackerbau treibenden Vettern für ihr Getreide und die anderen Früchte des Feldes fruchtbares Land und Wasser brauchen.«

»Aber was ist dann hier mit mir passiert, Onkel?«

»Soweit ich es beurteilen kann, Kind, mußt du so etwas Ähnliches wie ein Leuchtfeuer auf einer Klippe sein. Oder der Pol für einen Magnetstein. Du ziehst Dinge allein durch deine Existenz an. Vor allem Feuer. Ausgewachsene Elementarwesen haben Verstand genug, dich als das zu erkennen, was du bist …«

»Heilig?« Sie meinte es als Scherz, doch Torquil biß nicht an.

»Ein Mensch. Also halten sie sich von dir fern. Aber das war ein Junges, ein Winzling von einem Elementarwesen, das wahrscheinlich gerade erst zu Bewußtsein verschmolzen ist. Furchtbar neugierig und keinen Verstand. Das habt ihr gemeinsam – ihr beiden.«

»Willst du deswegen jetzt ewig auf mir rumhacken, Torquil?«

Er bemühte sich, streng dreinzusehen, doch dann stahl sich ein Grinsen auf sein Gesicht, das ihn jünger und überraschend hübsch aussehen ließ. Elora konnte gut verstehen, warum seine Frau ihn so sehr liebte. In seinem Lächeln war etwas Koboldhaftes, das Aufblitzen einer schalkhaften Ader in seinem Naturell, das sie an Freunde erinnerte, die sie schon viel zu lange nicht mehr gesehen hatte.

»Ich könnte ebensogut versuchen, einen Diamanten mit bloßen Zähnen zu knacken, und hätte damit genausoviel Erfolg wie mit meinen Erziehungsbemühungen. Ich werde nie aufhören, dir die Wahrheit zu sagen, Elora Danan, weil du sie hören mußt, und oft tue ich das nur in der vagen Hoffnung, daß du vielleicht irgendwann einmal wirklich zuhörst.«

Sie streckte ihm die Zunge heraus und schnitt eine dazu passende Grimasse, und er lachte schallend.

»Trotzdem ist es merkwürdig …«, murmelte er mehr zu sich selbst, als für ihre Ohren bestimmt, als die letzten Gluckser seines Gelächters verebbt waren.

»Was denn?«

»Dieser kleine Winzling. Er war *zu* jung. Hätte nie gedacht, jemals einen ohne seine Mutter in solcher Nähe zu sehen. Und keine Mutter, die diesen Namen verdient, würde je ihren Sprößling unbeaufsichtigt in die Nähe von jemandem wie dir kommen lassen. Viel zu gefährlich für euch beide.«

Sie streckte ihm erneut die Zunge heraus und schielte dazu ganz furchtbar, so daß Torquil noch mehr lachen mußte.

»Sollten wir deshalb nicht etwas unternehmen?« platzte sie heraus. »Ich meine, wenn es sich verirrt hat …« In ihren Worten schwang mehr Leidenschaft, als ihr bewußt war, denn die mißliche Lage des Elementarwesens ließ in ihr Erinnerungen an Erfahrungen in ihrem eigenen jungen Leben anklingen.

»Es gibt nicht viel, was wir tun könnten, um ihm zu helfen. Außerdem haben wir auch jetzt schon Probleme genug – wir zwei beiden.«

Seine Absicht, sie mit Humor von ihrem Vorhaben abzulenken, fiel bei ihr nicht auf fruchtbaren Boden.

»Das ist grausam, Onkel.«

»Wir *arbeiten* mit dem Feuer, Elora Aber es gibt Wesen, die im Feuer leben. So wie wir an der Luft leben oder die Wyrrn in den Ozeanen der Welt.«

»Ich weiß. Ich habe sie kennengelernt.«

Von Verwunderung und gewaltigem Respekt erfüllt, schüttelte Torquil den Kopf. Thorns Erzählung von seiner und Eloras Begegnung mit einer Schule von Feuerdrachen ließ noch immer einen Eishauch durch das Herz des älteren Nelwyn wehen. »Ja, ich weiß. Und soeben hast du gesehen, wozu selbst der kleinste von ihnen fähig ist. Unser Abwehrzauber konnte uns nicht vor ihm schützen, nur guter, massiver Fels hat uns gerettet. Und das mit so knapper Not, daß ich gar nicht daran zu denken wage. Stell dir einen ausgewachsenen Feuerdrachen vor, einen, der uns womöglich übelgesinnt ist. Sogar Fels brennt, mein Kind, und ich verspüre nicht den geringsten Wunsch, den Berg, in dem wir leben, in einer Feuersbrunst untergehen zu sehen.«

Sie mußte zugeben, daß sie das zwar überzeugte, doch gefiel es ihr keineswegs.

Jeder Haushalt hatte seine eigene Schmelze, die alle durch breite Tunnels mit der Mine verbunden waren, welche von den senkrechten, tief ins Innere der Erde hinabgetriebenen Schächten abzweigten. Diese Schächte bohrten sich gut eine Meile tief durch das Herz des Berges, angefangen von den Gipfelregionen, bis weit hinab unter den Fuß des Berges, wobei etwa alle fünfzig Fuß eine neue Abbaustrecke abging. Die ausgeschachteten Tunnels folgten den Erzadern, von denen manche nach ein paar hundert Fuß erschöpft waren, während sich andere tiefer und tiefer in den Fels gruben und sich zweigten und gabelten wie die Wurzeln eines Baums. Der Abbau wurde gemeinschaftlich betrieben, die Arbeit sowie der Gewinn zu gleichen Teilen auf den gesamten Clan verteilt. Zum größten Teil wurde das gefeinte Erz zu großen Metallblöcken, Platten und Tafeln gegossen, verkauft und mit Karawanen oder auf Kielbooten zu verschiedenen Niederlassungen und Städten der Daikini transportiert, wo es dann in seine endgültige, dem jeweiligen Zweck entsprechende Form gebracht wurde. Jeder Haushalt hatte Anspruch auf einen Teil des Erzes, mit dem er nach eigenem Gutdünken verfahren konnte. Manche bevorzugten Eisen, das sie zu Stahl veredelten und daraus Waffen schmiedeten. Andere, unter ihnen auch Torquil, arbeiteten lieber mit Steinen und kostbaren Metallen.

Bezahlung erfolgte durch Tausch – Ware gegen Ware. Es machte wenig Sinn, jenen im Tausch Gold anzubieten, die davon lebten, es aus dem Berg zu holen. Nach absolutem Reichtum bemessen, stellten die Könige der Berge mit Leichtigkeit jedes andere Reich in den Schatten, und sie verwendeten ihr Vermögen dafür, Materialien und Dinge zu erwerben, die schwer zu bekommen waren – edle Hölzer vor allem, aber auch Wandteppiche und Stoffe; Köstlichkeiten zum Essen und Trinken, die den Gaumen erfreuten; Schriften und Manuskripte sachlichen und fiktiven Inhalts, die den Geist herausforderten. Fels-Nelwyns arbeiteten hart, und ein gutes Leben, so fanden sie, war daher nicht mehr als eine gerechte Belohnung.

Auf ihren Reisen hatte Elora Termitenburgen gesehen, die mehr als doppelt so groß waren wie ein großgewachsener Daikini. Eine davon war aufgebrochen gewesen, als hätte sie eine Axt von ihrer Spitze bis zum Boden gespalten, und hatte das verzweigte Gewirr von Tunnels und Kammern offengelegt. Dieses Bild sah sie oft vor ihrem inneren Auge, wenn sie über die Könige der Berge nachdachte, die ihr Zuhause in einem ähnlich wabenartigen Labyrinth errichtet hatten. Für die Nelwyns war dies das Paradies, doch Elora vermißte die Sonne und den sternenübersäten Himmel bei Nacht.

Torquil ließ sich dort, wo das Erz geschmolzen wurde, in die Hocke sinken, die Hand leicht auf den kühlen Stein gestützt, und drehte mit dem Ausdruck gespannter Aufmerksamkeit den Kopf ein wenig zur Seite.

»Onkel«, drängte Elora, nachdem sie eine geraume Zeit reglos dabeigestanden hatte. »Ist irgendwas?«

Er schien sie zunächst gar nicht zu hören, doch bevor sie ihre Frage noch einmal wiederholen konnte, kam er ihr mit einem Kopfschütteln zuvor.

»Ich habe mich soeben dazu entschlossen, den Rat von Mutter Natur zu befolgen und unseren Verpflichtungen auf die alte Weise nachzukommen«, sagte er mit einem Grinsen, das mit einem aus tiefstem Herzen kommenden Stöhnen beantwortet wurde, denn dies bedeutete eine Menge Arbeit für den Lehrling.

»Kannst du nicht die Gesänge des Formens singen?« fragte Elora.

»Ich könnte schon, aber ich werde es nicht tun. Mit dem Feuer umgehen heißt, sich mit dem Chaos befassen, mein Kind. Aber im Augenblick sind mir die Bedingungen dafür zu chaotisch und zu unabwägbar.«

»Das ist noch nie passiert. Ich meine, ich habe dir schon so oft geholfen …« Sie ertappte sich dabei, daß sich ein jammernder Tonfall in ihre Stimme schlich, und verstummte sogleich.

»Ein Grund mehr, vorsichtig zu sein. Eine Überraschung wie diese ist genug für jeden Sterblichen, und ich würde sagen, wir sollten das Schicksal nicht noch einmal herausfordern. Und da der erste Teil unserer Prüfung – formulieren wir es einmal so – ohne zählbares Ergebnis geblieben ist, möchte ich außerdem sehen, wieviel du an meiner Seite wirklich gelernt hast.«

Zunächst mußte Elora Kohle schaufeln, um den Schmelzofen aufzuheizen. Das Feuer brannte zwar ständig, doch da der Großteil der eigentlichen Erzschmelze unter Rezitieren einer komplizierten und minuziös zu befolgenden Litanei von förderlichen und lenkenden Zaubergesängen durchgeführt wurde, genügte es normalerweise, die Flammen bei relativ niedriger Hitze zu halten. Doch jetzt mußten sie angefacht werden, bis der Schmelzofen weißglühend vor Hitze war. Elora hatte zu zählen aufgegeben, wie viele Schaufeln Kohle sie schon durch das Feuerloch gewuchtet hatte, und noch viel weniger wußte sie zu sagen, ob der Schweiß, der ihr aus allen Poren quoll und sich in ihren Stiefeln sammelte, von der ungeheuren und permanenten Anstrengung des Heizens kam oder von der infernalischen Hitze, die keine zwei Körperlängen von ihrem mit Maske und Brille geschützten Gesicht entfernt war.

Normalerweise war dies eine Aufgabe für den ganzen Trupp der Lehrlinge, und selbst dann war es eine knochenharte Arbeit. Ihr fehlten die Worte, auch nur annähernd zu beschreiben, was es hieß, sie ganz allein zu bewältigen, und vor allem die Kraft für irgendeine emotionale Reaktion. Außerdem wagte sie es nicht, sich ihrem Groll hinzugeben, weil dies einfach viel zu gefährlich war. Der kleinste Fehltritt, die winzigste Fehleinschätzung konnten katastrophale Folgen haben. Wie alle Lehrlinge und wie auch Torquil selbst konnte Elora die Narben und Verbrennungen vorweisen, die davon Zeugnis ablegten.

»Das reicht, Elora«, sagte Torquil endlich. Doch es gab kein Ausruhen für die Erschöpfte.

Er rief sie an seine Seite und erlaubte ihr, ein paar Augenblicke lang das Ergebnis ihrer Plackerei zu bestaunen, die einen Berg von Gestein, der gut doppelt so groß gewesen war wie sie, zu einer Pfütze glühender Flüssigkeit reduziert hatte. Und dann übergab er – zu ihrer grenzenlosen Verwunderung – ihr die alleinige Verantwortung für den Guß.

Die normale Produktionsweise war, das flüssige Gestein mit magischen Gesängen in der Sprache der Steine zu besingen und ganz allmählich die Melodie und den Wortlaut in die Sprache des Metalls umzuformen. Bei diesem Prozeß wurden mit äußerster Vorsicht, da Stein selbst in flüssiger Form notorisch widerspenstig und sehr schwer zu bewegen war, Verunreinigungen und unedle Metalle der flüssigen Erzmischung entlockt und in Abflußkanäle geleitet, wo sie abkühlten und härteten. Manche dieser Abflußprodukte wurden wiederum späteren Güssen zugefügt, andere von den Lehrlingen zu Übungszwecken verwendet. Auf die eine oder andere Weise hatte alles, was aus der Gießerei kam, seinen Sinn und Zweck. Zugleich wurden Ströme verschiedener Erze miteinander vermischt, um Legierungen herzustellen, die weitaus härter waren als ihre verschiedenen Komponenten.

Zu Eloras Leidwesen ließ Torquil nicht das geringste Mißverständnis darüber aufkommen, daß der heutige Guß von Anfang bis Ende von Hand und ohne die Hilfe jeglicher Magie ausgeführt werden würde.

Die Werkzeuge und Gerätschaften waren für die Hände und die Kraft von Nelwyns gemacht. Weder sie noch Torquil erlaubten Elora das leiseste Zugeständnis hinsichtlich ihres Geschlechts, ihrer Größe oder ihrer Rasse. Man erwartete von ihr, daß sie genau wie die anderen Lehrlinge ihr eigenes Gewicht schleppte – egal, um wieviel größer die Anstrengung für sie war. Schwere Schutzkleidung war unerläßlich, denn trotz der Vorsicht, mit der jedermann in der Gießerei zu Werke ging, kam es immer wieder zu Spritzern und Überflüssen, und die infernalische Hitze, die von dem flüssigen Erz ausstrahlte, schien manchmal heiß genug, die Luft zu entzünden, die sie atmeten. Elora hatte viel Schlimmeres gesehen und überlebt, doch bei diesen Gelegenheiten hatte sie unter dem Schutz eines der mächtigsten Abwehrzauber gestanden, den Thorn Drumheller jemals gesprochen hatte. Wie ihr die Begegnung mit dem Elementarwesen unmißverständlich klargemacht hatte, besaß sie hier keinen derartigen Schutz. Sie hantierte mit Metallblöcken und -trägern, die doppelt so groß und dreimal so schwer waren wie sie. Trotz der genialen Konstruktion aus Schlingen und Flaschenzügen, die Torquil für sie angefertigt hatte, taten ihr nach jedem Arbeitstag sämtliche Glieder weh vom Herumschieben und Ziehen und dem schweißtreibenden Hämmern einer Erzplatte nach der anderen. Wo ein Nelwyn den Hammer mit einer Hand schwang, brauchte sie zwei. Wo ein anderer ihrer Lehrlingskollegen sein Werkstück mit seiner eigenen Kraft bewegte, mußte sie mit Torquils Flaschenzügen hantieren. Sie verschwendete kaum einen Gedanken daran, daß sie heute Lasten bewegte, die in ihrer Anfangszeit völlig unvorstellbar gewesen wären; und sie tat dies mit einer Leichtigkeit und so großem Vertrauen in die Fähigkeit ihres Körpers, wie sie es nie zuvor gekannt hatte. Nur eines war wichtig: daß die Arbeit getan und daß sie gut getan wurde. Darauf war sie stolz.

Torquil erfüllte es mit Stolz zu sehen, wie sie arbeitete.

Ihr Pensum für diesen Tag war ein Dutzend Blöcke; eine volle Ladung für den Wagen, der unter dem Lastkran in der hintersten Ecke von Torquils Höhle bereitstand. Torquil war in dieser Beziehung eine Ausnahme unter den Fels-Nelwyns. *Ich wette,* dachte Elora, *er schlägt dabei nach Thorn.* Er liebte weite und große Räume. Die meisten Schmieden waren auf den kleinstmöglichen Raum beschränkt. Torquils Höhle jedoch ließ sogar den Thronraum des Hochkönigs in Angwyn klein erscheinen. Sie maß mehr als hundert Meter in der Länge und nicht viel weniger als hundert Meter in der Breite und hatte einen zum großen Teil ebenen Boden, der von einem System von Röhren durchzogen war, die von der Quelle des Haushalts Wasser für die Schmiede abzweigten. Andere Röhren führten einen Luftstrom durch den Schmelzofen, damit das Erz genügend Sauerstoff bekam, während es zu Roheisen geschmolzen und später zu den verschiedenen Güteklassen von Stahl gefeint wurde. Die Wände trafen sich hoch oben in schwindelnder Höhe in einem unsymmetrischen Bogen, der aussah wie ein A, dessen eine Seite geschwungen und die andere gerade und etwas kürzer ist, mit vorspringenden Simsen überall, die Torquil für die Befestigung der Querbalken seiner Winden und Kräne nutzte. Wenn nötig, konnten er und Manya die gesamte Schmiede alleine in Gang halten.

Mit einem hellen, metallischen *Klink* senkte sich der letzte Barren an seinen Platz ganz oben auf seine elf übereinander gestapelten Ebenbilder. Elora kletterte auf den Wagen, löste die Zwingen und stemmte den Kranarm mit der Schulter zurück in seine Halterung. Dann sackte sie, wo sie stand, zusammen und ließ sich auf einen der Barren plumpsen. Ihre Schultern und ihr Kopf sanken nach vorn, und zu erschöpft, um noch mehr zu tun, als zu atmen, verharrte sie reglos, als sei sie selbst aus Stein. Sie rührte sich nicht, als die Zugpferde angeschirrt wurden, und sie hob nur träge blinzelnd ein Augenlid, als sich der Wagen in Bewegung setzte.

»Du nimmst mich mit?« fragte sie Torquil.

»Du hast es dir verdient«, erwiderte er. Er wußte, wie schwer es ihr fiel, unter der Erde zu leben. »Wenn es stimmt, was der Agent der Cascani Manya erzählt hat, ist das möglicherweise deine letzte Gelegenheit in diesem Jahr. Behalte draußen deine Kapuze auf und deine Zunge im Zaum, und du wirst keine Schwierigkeiten haben.«

»Sei unbesorgt«, schnaubte sie, Torquils Tonfall nachahmend, »ich bin so fertig, daß ich froh bin, wenn ich zwei zusammenhängende Worte aneinanderreihen kann.«

»Das ist mir nicht entgangen«, grinste er mit einer Stimme, die so trocken war wie ihr Hals.

Sie kroch nach vorn, ließ sich auf den Sitz neben ihm fallen und nahm dankbar die Wasserflasche an, die er ihr anbot. Sie trank, wie man es sie gelehrt hatte: zuerst in kleinen, langsamen Schlucken, um den Mund und die Kehle daran zu erinnern, wie kühles Wasser schmeckt. Dann leerte sie mit großen Schlucken die Hälfte der Flasche. Das einzige, das diesen Genuß noch übertreffen konnte, fand sie, war ein Bad.

Vielleicht später, vertröstete sie sich.

Torquil hatte recht. Es bestand wenig Gefahr, daß sie erkannt wurde – nicht einmal von denen, die sie kannten. Zum einen war eine Menge Zeit vergangen, und sowohl ihre Freunde wie auch ihre Feinde würden jemand Größeren erwarten. Obzwar ihre silbrig schimmernde Haut und ihr Haar sie todsicher verraten würden, bestand diese Gefahr so gut wie nicht, da von beidem unter ihrer Kleidung herzlich wenig zu sehen war. Sie trug Schutzhandschuhe, die bis zu den Ellbogen gingen, und eine Kappe, die bis tief in die Stirn reichte, so daß nur ihre Augen zu sehen waren. Und um die zu verdecken, brauchte sie nur die Schutzbrille herabzuschieben. Die Gläser waren rußverschmiert und so dunkel, daß man kaum hindurchsehen konnte, und das Gestell hatte seitliche Schutzblenden, die die Augen vor umhersprühenden Funken schützten. Unter der Kappe trug sie um den Hals einen Schal, den man in der Schmiede gewöhnlich über die Nase hochzog als zusätzlichen Schutz gegen Funkenflug. Diese Kleidung war weit schwerer, als ein erwachsener Daikini bequem tragen konnte, von einem Heranwachsenden ganz zu schweigen, doch Elora war kräftiger, als sie aussah. Nicht nur das – sie hatte weit mehr Kraft, als sie sich selbst zutraute. Die letzte Schicht ihrer Vermummung bestand aus dem Staub und dem Ruß, der die Luft in der Schmiede schwängerte und ständig unter sämtliche Schichten der Kleidung drang und Hals, Kinn und Wangen gründlicher schwärzte als jede Schminke.

Als der Wagen aus der äußeren Höhle rumpelte, eilte Eloras erwartungsvoller Blick bereits weit voraus, hinüber zu den Gebäuden und Zelten des Lagers. Normalerweise sah der Bazar um diese Jahreszeit aus wie eine richtige kleine, wenn auch tragbare Stadt, die eine Reihe von Handelshäusern beherbergte, Hunderte von Zelten und etwa tausend Einwohner. Diese waren natürlich Händler, die mit allem handelten, woraus sich ein Gewinn schlagen ließ, und Bankiers, die sie finanzierten; Lastenträger und Gelegenheitsarbeiter oder Angestellte der Vergnügungshäuser, die es darauf abgesehen hatten, so vielen Leuten wie möglich das Geld aus der Tasche zu ziehen, und die Schutzgruppe, die versuchte, Transaktionen solcher Art in akzeptablen Grenzen zu halten. Es gab ein Hospiz für die Kranken und sogar geistlichen Beistand für die armen Seelen, die nicht mehr gesund wurden. Einen Totenacker gab es allerdings nicht. Dies war eine strikte Bestimmung des geltenden Handelsvertrags, die verfügte, daß keine Toten innerhalb eines Radius von zehn Tagesmärschen um die Stadt zur letzten Ruhe gebettet werden durften. Tote zogen nicht nur Fliegen und Fäulnis an, sondern auch Ghule, die wiederum Trolle anzogen. Und das einzige, das Trolle noch lieber fraßen als Aas, waren Nelwyns.

Es hatte wenige Karawanen gegeben in diesem Jahr und seit der Sonnenwende überhaupt keine mehr, und selbst ein flüchtiger Blick machte deutlich, daß der Bazar kaum mehr als ein Schatten dessen war, was er einmal dargestellt hatte.

Alles andere als eine Überraschung, dachte Elora düster, *wenn man bedenkt, was in der Welt vor sich geht.* Es schien ihr, als sehe sie überall, wohin ihr Blick fiel, Schatten, wo einst gesunde, kräftige Substanz gewesen war. Den äußeren Anschein von Wirklichkeit – aber kaum mehr.

Das Lager wurde vom Pavillon der Cascani überragt, dem größten Zelt auf der höchsten Erhebung aus Fels und Erde des gesamten Camps. Die Cascani waren umherziehende Nomaden und Entdecker und betrachteten sich selbst als die einflußreichsten Händler der Welt. Ihre Reisen hatten sie überallhin geführt, ob zu Wasser oder zu Land, und man erzählte sich, sie hätten sich aus purer Abenteuerlust und merkantiler Neugier sogar auf die andere Seite des Schleiers gewagt und seien nicht selten mit fetten Gewinnen von diesen Reisen zurückgekehrt. Ihre Heimat war eine Gruppe gebirgiger Inseln, die sich nördlich von Angwyn, entlang der Küste bis hinauf zu den nördlichen Eisländern, erstreckten. Sie waren wesensverwandt und bisweilen auch blutsverwandt mit den im Meer lebenden Wyrrn, deren Rasse die Großen Tiefen beherrschte wie die Daikini das Land. Die einen garantierten die sichere Überfahrt über die Wogen der Meere, die anderen den freien Transit über Land – zu beiderseitigem Nutzen.

Die Cascani waren ein grobschlächtiger, rauhbeiniger Schlag, deren Naturell von den harten Lebensbedingungen ihrer Heimat geprägt war. Und sie wirkten auf Fremde stets wie die sprichwörtlichen Vettern vom Lande – nur einen kleinen Schritt von Bauerntölpeln entfernt. Sie waren die Sorte von Menschen, die man sich, wenn man ihnen zum ersten Mal begegnete, sehr gut in der Rolle von Piraten und Freibeutern vorstellen konnte; die sich auf dem Kutschbock eines Wagens oder als Treiber einer Maultierkarawane sicherlich wohler fühlten als in den Hallen der politischen Macht und den Vorzimmern der Hochfinanz. Doch dies war eine törichte und leichtsinnige Annahme, die jene, denen sie unterlief, in der Regel teuer zu stehen kam. Es war kein Zufall, daß die Kreditbriefe der Cascani allenthalben hoch geschätzt wurden und ihr Wort überall in den Großen Reichen als Inbegriff der Vertrauenswürdigkeit galt. Sie waren sowohl dafür bekannt, harte Verhandlungen zu führen, als auch dafür, die Abmachungen, die sie trafen, einzuhalten. Sie waren ihren Freunden und Verbündeten und vor allem ihren Kunden bedingungslos treu und jedem, der leichtsinnig genug war, sie zu betrügen, ein bis aufs Blut entschlossener Feind. Sie waren nicht die einzigen Kaufleute der Welt, doch sie setzten die Maßstäbe, nach denen sich auch die anderen richten mußten, ob sie wollten oder nicht.

In glücklicheren Zeiten drängten sich, wie Elora sich erinnerte, ein halbes Dutzend mehr Pavillons konkurrierender Handelshäuser auf dem Lagerplatz, die alles daran setzten, den der Cascani an Größe und Pracht zu übertreffen. Kleinere Handelsunternehmungen offerierten ein weniger vollständiges Angebot an Waren oder versuchten, sich auf besondere Waren zu spezialisieren. Unterwegs mußten sich die Karawanen um sich selbst kümmern, doch während des Bazars übernahmen die Cascani die Verantwortung für die Sicherheit im Lager. Um diesen Führungsanspruch zu unterstreichen, hatten sie eine ständige Niederlassung für ihren Agenten errichtet und einen kleinen Trupp Kavallerie stationiert. In jedem Frühling war es die Aufgabe des Agenten, im Lager die Parzellen für sämtliche Zelte abzustecken und dafür zu sorgen, daß alle Zugang zum Wasser und zu ausreichendem Futter für das Vieh hatten.

In diesem Jahr war von Anfang an abzusehen gewesen, daß ein solcher Aufwand oder eine besonders strikte Handhabung der Zuteilung nicht nötig sein würde. Die Ebene zu Füßen der Nelwyn-Festung sollte eigentlich über mehr als eine Meile hinweg von Zelten bedeckt sein, doch alles, was Elora außer dem Pavillon der Cascani sah, war ein zweiter von ähnlicher Größe, eine Handvoll Zelte kleinerer Handelshäuser und ein trauriges Häuflein von Familien- und Einzelzelten, die sich so dicht wie möglich um die größeren Pavillons drängten wie Kinder, denen kalt und bang ist, um die Eltern. Normalerweise gab es eine extra Koppel für das Vieh, doch die Pferde und Zugtiere waren mit wenigen Ausnahmen innerhalb des Halbkreises angepflockt, den die größeren Pavillons bildeten. In der Ferne konnte Elora eine Gruppe von Patrouillereitern sehen, die die Umgebung des Camps durchstreiften oder unterwegs waren, um die Besatzung eines der permanent besetzten Beobachtungsposten abzulösen, die auf den fernen Höhen lagen, von wo aus sie die ausgefahrenen Wege und Pfade überblicken konnten.

»Hast du den Bazar jemals so leer gesehen, Onkel?«

»Und das so spät im Jahr.« Torquil schüttelte den Kopf. »Nicht *so* leer. Noch nie. Und siehst du, wie sie das Vieh stehen haben?«

»Als würden sie einen Überfall erwarten.«

»Mehr als das, Sternenhaut.« Das war der Spitzname, den er ihr gegeben hatte, als sie sich zum erstenmal begegnet waren. Es machte ihr nichts aus. Torquil meinte es nicht böse; im Gegenteil – für ihn war es ein Kosename, mit dem er seine Zuneigung für sie ausdrückte. Andere hatte diesen Namen allerdings auch schon als eine Beschimpfung gemeint. »Gewöhnlich ist das ganze Vieh zu einer einzigen Herde zusammengetrieben. Die Leute verlassen sich auf ihre Brandzeichen und die Wahrsager, wenn es darum geht, die Tiere wieder auseinanderzukennen, und ...«

»Und jetzt sind sie getrennt und in kleinen Gruppen angebunden«, führte sie den Satz mit einem Nicken zu Ende. »Nahe bei ihren Besitzern. Und schau, Onkel, bei den Familienzelten haben einige ihr Vieh direkt beim Zelt angepflockt. Was glaubst du, wie lange es dauern würde, bis alle abgebaut haben und weg sind?« fragte sie unvermittelt.

»Wenn sie bei Tagesanbruch damit beginnen, ist das Tal

bei Sonnenuntergang leer. Die Leute sind nicht bloß zum Aufbruch bereit, sie können's anscheinend gar nicht mehr erwarten, von hier zu verschwinden.«

»Brauchst du mich bei der Zählstation?«

»Möchtest du gern ein bißchen rumstrolchen?«

»Pure Neugier.«

»Aber sei vorsichtig, Kind. Und trödel nicht zuviel. Die Stimmung hier ist ansteckend. Ich möchte so bald wie möglich wieder unter meinem eigenen Dach sein.«

»Brauchen wir zu Hause etwas, das ich besorgen soll?«

»Nur das, was auf Manyas Liste steht und das von unserem Haushaltsgutschein. Gib beides dem Cascani-Agenten. Er und seine Leute sollen alles zusammenpacken. Ich treffe dich in seinem Pavillon in spätestens einer Stunde. Einverstanden?« Doch dies war – vom Ton einmal abgesehen – alles andere als ein Vorschlag. Wenn Torquil sagte, in einer Stunde, dann meinte er auch in einer Stunde und nicht einen Augenblick später.

Sie hätte auch von ihrem Sitz herabspringen können, doch sie stieg hinab wie ein Nelwyn – ein wenig umständlich, einen vorsichtig tastenden Schritt nach dem anderen setzend, wobei sie ihr ganzes Gewicht auf ihre Arme und Schultern stützte, bis sie sicheren Boden unter den Füßen hatte. Sie ging auch so, wie sie gingen – mit einem leichten Watscheln von einer Seite zur anderen –, und sie nahm den leichteren der Pfade, die zum Pavillon der Cascani hinaufführten.

»Von Torquil Ufgood«, sagte sie, als sie an dem Wachposten vorbeikam, und hielt ihm die Liste und den Gutschein hin.

»Aaaah«, tönte es aus dem Inneren des Zelts, und sie schob ihre Schultern ein wenig nach vorn und das Kinn zurück, als der Agent höchstpersönlich aus dem Pavillon kam, um sie zu begrüßen, »der Lehrling des Schmiedemeisters.«

»Einer von vielen, Herr«, widersprach sie bescheiden, während er die beiden Schiefertafeln überflog.

»Ja. Das ist wahr. Aber meiner bescheidenen Meinung nach gibt es nur einen unter den Fels-Nelwyns, der diesen

Titel verdient, so wie es nur einen unter seinen Helfern gibt, der es verdient, ein echter Lehrling genannt zu werden.«

Sie war froh, daß er nicht sehen konnte, wie sie vor Freude und Stolz über sein Lob errötete.

»Wie könnt Ihr überhaupt einen Unterschied bei unserer Arbeit erkennen?« fragte sie verwundert.

»Und von wem stammen wohl die Blöcke, die ihr gerade liefert, eh? Verlaß dich auf die Augen eines alten Mannes, mein Junge. Qualität erkennt man auf den ersten Blick.«

»Ich danke Euch, Herr, für die Freundlichkeit.«

»Und ein Diplomat noch dazu. Es ist schon so, du bist wirklich ein erstaunlicher Junge.«

Hanray Rutherwood war nicht ganz so hochgewachsen wie die reinblütigen Cascani, die sie kennengelernt hatte, aber er besaß einen aufrechten und festen Charakter, der den Mangel an Körpergröße wettmachte. Er war eine sonderbare Mischung aus verschiedenen Rassen – sowohl was seine Hautfarbe betraf als auch seine Gesichtszüge. Seine Haut war hell, doch der Schnitt seiner Mandelaugen und sein Knochenbau verrieten seine Verwandtschaft mit den Völkern der Gewürzländer des Ostens. Die Menschen dort waren meist dunkeläugig und schwarzhaarig, doch seine Augen waren grün, und das Alter hatte den ehemals mahagoniroten Schimmer seines Haars zu einem strohigen Rostbraun gebleicht.

Auf den ersten Blick war die Ausstattung des Pavillons weit weniger eindrucksvoll, als man sie von einem Händler von Rang und mit der Verantwortung des Agenten erwartet hätte. Im wesentlichen waren die anderen Handelshäuser um einiges üppiger ausgestattet, als sei es ihr Ehrgeiz, hier draußen inmitten der Wildnis einen Palast im kleinen zu erschaffen. Elora, die im größten Palast des Kontinents, wenn nicht der ganzen Welt aufgewachsen war, konnte sich nie des Verdachts erwehren, daß das Endprodukt eindrucksvoller erschien, als es tatsächlich war – hübsch anzusehen, aber nicht am Praktischen orientiert. Im krassen Gegensatz dazu stand die Geschäftspolitik der Cascani, die Funktion über Form stellte. Die Cascani-Händler hatten nichts dagegen, wenn ihre Waren auch hübsch anzusehen waren, doch sie mußten sich vor allem verkaufen und – was das Wichtigste war – ihren Zweck erfüllen. Sie hatten nicht die weiten und beschwerlichen Wege hierher in die Wildnis auf sich genommen, um Eindruck zu schinden – sie waren hier, um Geschäfte zu machen.

Der Agent liebte es, während der Arbeit zu essen. Aus diesem Grund war in den Verkaufsräumen des Cascani-Pavillons stets ein Tisch mit verschiedenen Speisen gedeckt: mit Körben voll Brot, Tellern mit geschnittenem Fleisch oder Käse und Schalen mit Obst und Früchten. Für die Kunden standen Karaffen mit Wein bereit, doch die Cascani selbst bevorzugten Quellwasser. Grundsätzlich waren sie einem guten Schluck hin und wieder ebensowenig abgeneigt wie jeder andere, doch sie erlaubten sich niemals, dies während der Arbeit zu tun. Durch das plötzliche Erscheinen eines Angestellten von Elora weggerufen, pflückte der Agent im Vorübergehen einen rotbackigen Apfel aus einer der Schalen und warf ihn Elora mit einer einladenden Geste, sich nach Belieben der Köstlichkeiten zu bedienen, zu. Sie fing ihn mit Leichtigkeit auf und packte sich dann etwas Käse, ein paar gekochte Eier und schließlich auch noch ein kleines Stück Fleischpastete auf eine Serviette, in der sie ihre Beute einwickelte und, während sie durch einen Seiteneingang nach draußen schlüpfte, in ihrem Bauchbeutel verstaute, den sie unter dem Hemd trug. Der Agent war beschäftigt, und sie hatte Lust, ein wenig durchs Lager zu streifen. Wenn der Bazar in diesem Jahr seine Zelte tatsächlich früher abbrechen würde, mußte sie noch einige Einkäufe für sich selbst tätigen. Außerdem brannte sie vor Neugier, zu erfahren, welches die Gründe für die Aufbruchstimmung im Lager waren. Die Fels-Nelwyns waren stolz darauf, daß alle Welt zu ihnen kam, um Handel zu treiben, doch das bedeutete auch, daß Nachrichten aus dieser Welt nur mit ihren Kunden zu ihnen gelangten. Und in dieser Hinsicht war die Ernte dieses Jahres erschreckend dürftig gewesen.

Sie viertelte den Apfel mit bloßen Händen und biß das

Kerngehäuse heraus, das sie einem Pferd am Wegrand zum Fressen gab. Obwohl sie die Schutzblenden ihrer Brille abgenommen hatte, war ihre Kappe – wie sie fand – grob genug, den Großteil ihres ohnehin rußverschmierten Gesichts zu verbergen. Der Apfel schmeckte herrlich süßsauer, der Käse herb und pikant, und die beiden widersprüchlichen Geschmacksrichtungen kitzelten ihren Gaumen. Sie hatte einen Bärenhunger – seit dem Frühstück hatte sie nichts mehr gegessen –, doch sie zwang sich, die Köstlichkeiten ebenso bedächtig und ohne Gier zu genießen wie zuvor das Wasser aus Torquils Flasche. Sie selbst mußte mehr sein als die Summe ihrer Begierden. Dies war eine der Lektionen, die zu lernen ihr nach wie vor schwerfiel. Schließlich sollte sie die Herrin ihrer Wünsche und Begierden sein, nicht andersherum.

In Eloras Turm hatten sich die Diener vor Eifer überschlagen, wenn sie nur mit einer Wimper gezuckt hatte, und zweifellos hatten sie sie verwünscht, wenn sie ihnen den Rücken zukehrte. Hier auf dem Bazar schenkte ihr niemand auch nur einen zweiten Blick. Ihr war die Anonymität wesentlich lieber. Sie liebte es, die Gesichter der Leute um sie herum zu betrachten, die Rassen angehörten, die sie kannte, oder solchen, von denen sie bisher nur gehört hatte, oder – und das waren nicht wenige – die ihr vollkommen fremd waren. Es gab nicht zwei, die sich ähnlich sahen, und jeder Augenblick brachte ein neues faszinierendes Abenteuer.

Ein ebensolches Vergnügen bereitete es ihr, anderen zuzuhören. Was ihr allerdings gar nicht gefiel, war das, was sie hörte.

»Sobald der Handel unter Dach und Fach ist, bin ich weg«, sagte ein vorübergehender Händler in breitem, polterndem Tonfall, welcher der soliden und schwerfälligen Syntax der Cascani-Handelssprache aufs trefflichste gerecht wurde, die sich seit langem als das allgemein gebräuchliche Handelsidiom durchgesetzt hatte. »Wenn du nur halb soviel Verstand hast, wie Cherlindrea einem Stein verliehen hat«, fuhr er, zu seinem Begleiter gewandt, fort, »solltest du es ebenso machen. Ich könnte einen guten Bogenschützen in meiner Karawane gebrauchen.«

»Faires Angebot«, nickte der Mann, der sich mit der Leichtfüßigkeit eines Kriegers bewegte.

»Besser als alles, was du von denen kriegen kannst«, brummte ersterer, mit dem Daumen über die Schulter in Richtung des Pavillons der Chengwei deutend, die einzigen ernstzunehmenden Konkurrenten der Cascani, die den weiten Weg von der Ostküste des Kontinents bis hierher gekommen waren. »Bevor du dich's versiehst, haben sie dir die Kehle durchgeschnitten, diese schlitzäugigen Halsabschneider, das hat man mir zumindest erzählt.«

Zustimmendes Grunzen und eine dann doch artikulierte Antwort, die das Gespräch in eine andere Richtung lenkte, war die Reaktion des anderen.

»Ist es schlimm?« fragte der Krieger. »Im Westen, meine ich?«

Die Antwort bekam sie nicht mehr mit, da die beiden inzwischen außer Hörweite waren. Ihre Aufmerksamkeit wurde statt dessen von der Taverne auf der anderen Seite des Weges angezogen. Ohne sich von ihrem Platz wegzubewegen, konzentrierte Elora ihre Außensicht auf die Männer und das Gespräch, bis sie alles klar und deutlich sah und hörte.

»Wie schon das alte Sprichwort sagt«, brummte einer der Männer grüblerisch und paffte nach jedem Satz gedankenvoll an seiner Pfeife. »Wo ein Maizan reitet, herrschen die Maizan. Sie machen Ernst.«

»Das ist Blödsinn, was du da sagst«, protestierte ein Viehhändler. »Sie können nicht *alles* erobern!«

»Sie versuchen's aber, wenn du mich fragst. Seit einem Jahr oder mehr herrschen sie in Angwyn, und ihre Macht wird ständig größer.«

»Weiß irgendwer, was dort wirklich passiert ist?«

Elora blinzelte ein paarmal heftig und umschlang ihre Schultern, als die Erinnerung an diese schreckliche Nacht wie ein Eishauch durch ihre Seele spukte. Ihr dreizehnter Geburtstag, als die Herrscher aller Großen Reiche sich in Angwyn versammelt hatten, um ihre Inthronisierung zu feiern: die Erfüllung der alten Prophezeiung, die sie als die

Retterin dieser Welt und jener hinter dem Schleier verkündete, die all die verschiedenen Reiche und Völker in einer lange währenden Epoche des Friedens und der Harmonie vereinen würde. Bei den Daikini wurde dies, da sie allgemein als eine von ihnen betrachtet wurde, als das Zeitalter des Menschen proklamiert. Nach langem Warten würde die jüngste Rasse schließlich doch die Gelegenheit erhalten, gleichberechtigt neben den anderen Reichen zu stehen.

Doch statt dessen hatte ein böser Zauberer, der ihr nur unter dem Namen der Betrüger bekannt war, den Thorn Drumheller ihm gegeben hatte, die herrschenden Häupter dieser Reiche niedergeworfen und in einem Versuch, auch ihre Seele in seine Gewalt zu bekommen, die ganze Stadt mit einem grauenvollen Zauberbann belegt. Er hatte von allem und jedem Besitz ergriffen, was in Angwyn von Leben erfüllt war, und die Wärme aus ihren Herzen gestohlen, die Freude aus ihren Augen, das Licht aus ihren Seelen. Es war, als sei der Winter in einem einzigen entsetzlichen Augenblick in Gestalt einer alles verschlingenden Spinne über die Stadt hereingebrochen, die sie in einem Kokon aus feinsten Eiskristallen einhüllte und erstickte. Nichts – so erzählte man sich – war schöner anzuschauen, und nichts war tödlicher.

Sie und ihre Begleiter waren in dieser schicksalsschweren Nacht nur mit dem nackten Leben davongekommen. Und sie alle waren seit damals – in der einen oder anderen Form – noch immer auf der Flucht.

»Wer kann das schon mit Sicherheit sagen? Die Stadt ist verflucht, daran besteht kein Zweifel.«

»Ich hab' gehört, es ist dort wie in den Eisländern. Unerträglich kalt.«

»›Unerträglich kalt‹«, höhnte der Pfeifenraucher. »Die ganze Stadt ist nur noch Eis; die Bucht ist Eis, und jeder Narr, der dumm genug ist, sich näher als eine Tagesreise heranzuwagen, erstarrt zu Eis. Auf einen Nenner gebracht: Angwyn ist die Hölle. Und alle, die in seinen Mauern eingeschlossen wurden, sind verdammt.«

»Die Maizan haben das getan?«

»Elora Danan hat das getan«, meldete sich jemand zu Wort, der bisher noch nichts gesagt hatte. Er erntete zustimmendes, aber auch protestierendes Gemurmel.

»Die Heilige Prinzessin?«

»Auf den Segen von der kann ich verzichten.« Rauhes einvernehmliches Gelächter aus Männerkehlen, dann Geräusche des Ausspuckens, um das Böse abzuwehren, und Hände, die hastige Zeichen machten, welche denselben Zweck erfüllen sollten. Verschiedene Kulturen, verschiedene Bräuche, dieselbe Absicht.

»Was sagst du da, du Hund?« Zu Eloras Überraschung sprang einer in der Runde auf, um sie zu verteidigen. Er war hoffnungslos in der Minderheit.

»Reg dich doch nicht gleich so auf, Mann«, versuchte der Pfeifenraucher die Gemüter zu beruhigen und drückte den Mann mit einer Hand auf seinen Stuhl zurück, während er mit der anderen einen frischen Krug Bier zur weiteren Besänftigung des Heißsporns herbeiwinkte. »Aber schau dir die nackte Wahrheit an, Mann. Das Mädchen soll angeblich die Retterin der Welt sein, hab' ich recht? Und doch hat jeder die Geschichten gehört, oder etwa nicht? Tir Asleen ...«

»Was?«

»Irgend so eine verdammte Stadt«, knurrte einer der Händler, »auf der anderen Seite dieser beschissenen Welt, wie die Cascani behaupten. Und jetzt halt den Schnabel und red nicht immer dazwischen.«

»... war ihre Heimat«, erzählte der Pfeifenraucher ungerührt weiter, als habe er die Unterbrechung gar nicht bemerkt. »Und es ist zu Staub zermalmt worden, wie man sich erzählt.«

»Entschuldigt«, mischte sich eine Stimme ein, die, wie sie wußte, für sie Partei ergreifen würde: Es war der Agent persönlich. »Aber ich habe diese Geschichte ganz anders gehört. Davor hat es nämlich einen Kampf mit einer Dämonenkönigin gegeben – irgendeine Zauberin, die Bavmorda heißt.«

»Bei allem Respekt, Mylord Agent, wißt Ihr, was wirklich geschehen ist?«

»Man kann alles von zwei Seiten sehen. Aber was ist die Wahrheit?«

»Es könnte ja sein, daß alles Lügen sind«, rief der, der als erster für sie Partei ergriffen hatte, in einem letzten, schwachen Protest, obgleich seiner Stimme anzuhören war, daß er sehr wohl wußte, daß die Ohren, die er zu erreichen versuchte, seinen Worten gegenüber taub waren. »Es sei denn, einer von euch ist dort gewesen und hat es mit eigenen Augen gesehen.«

»Na schön. Dann sind es eben Lügen«, lenkte der Pfeifenraucher ein, ohne deshalb in diesem Punkt auch nur einen Fußbreit nachzugeben. »Eines wissen wir allerdings ganz sicher: daß Angwyn sie aufgenommen und ihr Schutz gewährt hat und deshalb zu Recht verflucht worden ist. Wenn ich zu entscheiden hätte, würde ich es mir zweimal überlegen, ihr Schutz anzubieten – das ist alles, was ich sage.«

Elora blinzelte die Tränen fort, die ihr mit einemmal in die Augen stiegen, und konzentrierte sich darauf, die Schale von einem Ei zu pellen. Am liebsten hätte sie ihnen ihren zornigen Protest entgegengeschleudert, um ihnen klarzumachen, daß sie sich irrten, doch es mangelte ihr an Argumenten, die sie gegen ihre Behauptungen ins Feld führen konnte. Irgendwie – obgleich es nicht ihre Schuld war, abgesehen vielleicht von der simplen Tatsache, daß sie existierte – hatte sie Verderben über beide Städte gebracht. Trotz des großen Glaubens, der ihr entgegengebracht wurde, war sie nicht in der Lage gewesen, sie zu retten. Ohne die Hilfe und die Aufopferung ihrer tapferen Freunde hätte sie sich nicht einmal selbst retten können.

Was hätte ich denn tun sollen? dachte sie niedergeschlagen. *Ich war ja noch ein Baby, als Tir Asleen zerstört wurde, und erst dreizehn, als der Betrüger kam und sich Angwyn nahm!*

»Steht das Kind auf der Seite des Guten oder des Bösen?« hörte sie jemanden fragen.

»Wenn sie ein Kind ist«, warf ein anderer dazwischen, »wie kann sie da für irgendwas eintreten?«

»Wie alt ist sie überhaupt?« fragte ein anderer. »Weiß das jemand genau?«

»Macht das einen Unterschied?« entgegnete der Pfeifenraucher. »Was kümmert uns das? Wenn sie ein Kind ist und nach der Pfeife derer tanzt, die die Fäden ziehen, wozu sollten wir sie dann überhaupt beachten?« Zustimmendes Gemurmel. Sie alle wußten – entweder durch eigene Anschauung oder durch Erzählungen anderer – von gekrönten Häuptern, die noch Kinder waren, reine Strohpuppen samt und sonders, während die wahre Herrschaft des Reiches in den Händen von Regenten und anderen Mächten lag, die hinter dem Thron standen. »Und wenn sie eine erwachsene Frau ist«, fuhr der Pfeifenraucher fort, »dann muß sie die Verantwortung für das übernehmen, was in ihrem Namen und für ihre Sache geschieht. Für die Leiden ebenso wie für die Freuden.«

»Vergeßt das Mädchen. Erzählt uns mehr von den Maizan.«

»Sie fegen über das Land wie eine Sturmflut des Todes«, murmelte der Agent.

»Wie was?«

»Wie Heuschreckenschwärme, wenn dir das lieber ist, wie eine Herde Büffel, wie das flammende Licht des Tages!«

»Ich hab' gehört«, warf einer dazwischen, der bisher noch nichts gesagt hatte, »daß der Herr dieser Maizan, ihr Kastellan – wie heißt er noch mal ...?«

»Mohdri«, sagte Hanray.

»Ja, so heißt er. Ich hab' gehört, daß er seine vierbeinigen Jäger auf die Fersen des Mädchens gehetzt hat.«

»Die Schwarze Rose?« fragte der Agent.

»Ja.« Allein die Erwähnung dieses Namens löste in der Runde ein aufgeregtes Getuschel aus. Jeder hatte eine Meinung dazu, doch keiner wagte es, sie laut auszusprechen, als fürchteten sie, irgendwo in der Nähe könnte sich ein Maizan versteckt haben, der sie belauschte. Oder noch schlimmer: der sich unter ihnen befand.

»Sind das nicht Mörder – soviel ich gehört habe?« fragte jemand.

»Schon möglich – wenn es nötig ist. Soviel ich gehört habe, halten sie sogar die Chengwei mächtig auf Trab.«

»Sag bloß!«

»Wenn ich's sage! Das ist die reine Wahrheit.«

»Sie werden ihrem Ruf angeblich mehr als gerecht«, nickte Hanray zustimmend. »Und der ist beachtlich.«

»Und jetzt, werte Freunde«, rief der Pfeifenraucher, »suchen sie die Heilige Prinzessin.«

»Wie soll diesem Wahnsinn nur Einhalt geboten werden? Kann mir das jemand sagen?«

Elora spitzte die Ohren. Das Gespräch, vor allem die Untertöne, die oft mehr verrieten als das gesprochene Wort, bestätigten nur das Gefühl, das sie bedrückte, seit sie die Männer belauschte. Dies hier waren Händler, die ihr Auskommen in der Wildnis fanden, die mit und vom Risiko lebten und die das Unbekannte lediglich als eine weitere Herausforderung betrachteten oder als einen Markt, der zu erschließen war. Noch nie hatte sie aus ihren Reihen einen derartigen Fatalismus gehört oder sich auch nur vorstellen können, daß sie zu einer solchen Haltung fähig seien. Innerlich hatten sich viele der Anwesenden mit dem Sieg der Maizan bereits abgefunden.

»Wer sagt denn, daß das alles Wahnsinn ist?« wollte der Pfeifenraucher wissen. »Nach dem zu urteilen, was ich von denen gehört habe, die erobert wurden, sind sie gar nicht so übel.«

»Noch so was, dessen Ihr Euch *ganz sicher* seid, wie?« warf Hanray spöttisch dazwischen.

Gelächter brandete in der Runde auf, das jedoch schnell wieder verebbte.

»Ich komme ziemlich viel herum, Agent. Ich sehe so manches.«

»Ich wußte gar nicht, daß die Grenzen so offen sind.«

Der Pfeifenraucher lachte glucksend. »Es ist ein großes Land. Meistens hab' ich gar nicht bemerkt, daß es überhaupt Grenzen gibt.« Dies provozierte erneutes Gelächter.

»Es wäre ja wohl auch ziemlich riskant für die Leute, von denen Ihr sprecht, schlecht über die zu reden, die sie beherrschen.«

»Ich hab' von den Leuten nur gehört, daß sie anständig

behandelt werden und die Gesetze gerecht sind. Und um die Wahrheit zu sagen, habe ich so gut wie nie etwas gesehen, das mich vom Gegenteil überzeugt hätte.«

»Wer die Waffen gegen die Maizan erhebt«, warf ein anderer dazwischen, »der ist so gut wie tot.«

»Die Chengwei im Osten sind noch viel schlimmer.«

In den folgenden Minuten drehte sich das Gespräch darum, welcher der beiden Staaten der brutalere sei, wobei eigene Erfahrungen und solche, die man nur vom Hörensagen kannte, in die Waagschale geworfen wurden. Einige der Männer entschuldigten sich und kehrten zu ihren Geschäften zurück, und andere drängten von der Straße in die Taverne und nahmen ihre Plätze ein.

»Außerdem hab' ich gehört« – erneut meldete sich der Pfeifenraucher zu Wort, der die Unterhaltung im gewohnten Brustton absoluter Gewißheit wieder zu ihrem Ausgangsthema zurückbrachte –, »daß es dort, wo die Maizan herrschen, keine Zauberei mehr gibt. Daß das Schleiervolk den Daikini keine Vorschriften mehr macht. Daß die Pforten der Welt zu den Reichen jenseits des Schleiers verschlossen und versiegelt sind und die Welt nur mehr den Menschen alleine gehört.«

»Unmöglich«, schnarrte Hanray schroff, seiner Sache nicht minder sicher. »Das würde das Schleiervolk niemals zulassen.«

»Vielleicht ist es das, worum es bei diesem Krieg geht?«

»Dann will ich so schnell wie möglich zu Heim und Herd zurück«, meldete sich eine neue Stimme zu Wort. »Um zu verteidigen, was mir gehört.«

»Denkt nach, Mann! Wenn es stimmt, was er sagt, wer – bei den heiligen Märtyrern – kann dann sagen, ob Ihr oder irgendeiner von uns überhaupt noch Heim und Herd hat, zu dem er zurückkehren kann? Dem Schleiervolk den Fehdehandschuh hinwerfen!« Hanray war entsetzt von dem Gedanken.

»Habt Ihr denn nicht zugehört, Agent? Die Maizan, sagt er, gewinnen den Krieg!«

»Denkt einen Augenblick oder zwei darüber nach, meine

Freunde!« rief Hanray. »Das Schleiervolk ist Teil des Weltgefüges, wir sind in mehr Dingen, als wir zu sagen vermögen, von ihnen abhängig.«

»Und ist das etwa gut?« begehrte der Pfeifenraucher zu wissen. »Wir sind in viel zu vielem von ihnen abhängig. Sie sind es, die Form und das Gefüge unserer Welt bestimmen. Und unser Leben. Weil wir es zulassen. Ich meine, seht euch doch an – ihr alle, wie ihr hier sitzt, und überlegt, was wir hier tun. Wir reden uns die Köpfe heiß, ob ein *Mädchen,* das noch nicht einmal ganz trocken hinter den Ohren ist, die rechtmäßige Retterin der Welt ist oder nicht. Nur weil irgendeine *Prophezeiung«* – er legte seine ganze Verachtung in dieses eine Wort – »das behauptet? Verzeiht meine Offenheit, werte Freunde, aber ich sage, der Teufel soll es holen. Vielleicht ist die Zeit gekommen, daß wir für uns selbst eintreten. Das Schicksal in unsere eigenen Hände nehmen.«

Der Mann war ein geschickter Redner, der es verstand, die Leute in seinen Bann zu ziehen. Er brauchte seine Stimme gar nicht zu erheben oder mit der Faust auf den Tisch zu schlagen; die anderen hörten ihm zu, weil das das Richtigste und Natürlichste der Welt zu sein schien. Er gehörte zu jener Art von Männern, die sich im größten Kampfgetümmel oder im hitzigsten Gezänk eines Parlaments Gehör verschaffen können. Elora hätte gern einen Blick auf ihn geworfen, doch von dort, wo sie saß, hatte sie eine ungünstige Aussicht. Der Pfeifenraucher saß ein kleines Stück außerhalb ihres Blickfelds, und alle ihre Instinkte warnten sie mit schrillen Alarmglocken, daß dies nicht der richtige Augenblick sei, die Aufmerksamkeit auf sich zu lenken.

Die Verdrossenheit einerseits und ihre Neugier andererseits erwiesen sich als die Väter der Inspiration. Ohne lange darüber nachzudenken, ließ Elora ihr Bewußtsein aus ihrem Körper schlüpfen, um damit in das Wesen des nächsten erreichbaren Tieres einzutreten. Dies war eine der Fertigkeiten, die Thorn ihr beigebracht hatte: wie sie die Kraft ihrer EinSicht nutzen und die Welt mit den Augen eines anderen – in diesem Fall eines der Pferde, die hinter ihr in einem Korral standen – sehen konnte. Der Übertritt verlief ein wenig unbeholfen; das Pferd bemerkte das Eindringen und tänzelte unruhig, die Vorderhufe unwillig in den staubigen Boden stampfend, als wollte es einen Feind abwehren. Hastig und ein Stoßgebet zu den Göttern schickend, damit keiner der Händler und vor allem nicht der Pfeifenraucher bemerkte, was vor sich ging, versuchte Elora, die Stute zu besänftigen. Doch ihre eigene Aufgeregtheit fachte die Nervosität der Stute nur noch mehr an. Sie wollte sich einfach nicht beruhigen.

Elora war kurz davor, sich zurückzuziehen und wieder in ihren eigenen Körper zurückzukehren, als sie eine Hand auf dem Hals der Stute fühlte, eine zweite auf ihrer breiten Stirn, und in ihren Ohren die beruhigende Stimme des Mannes hörte, den sie suchte.

In ihrem eigenen Bewußtsein sandte das Mädchen ein neuerliches Stoßgebet zu den Göttern – sicher, daß ihre List jeden Augenblick entdeckt würde. Auf einer anderen Ebene ihres Ichs jedoch mußte sie zugeben, daß der Mann es verstand, mit Tieren umzugehen – zumindest ebenso, wie er es verstand, seinesgleichen zu beeindrucken. Ein paar leise Worte und ein besänftigendes Streicheln genügten, um die Stute zu beruhigen, und ein Apfel, den er ihr in der flachen Hand unters Maul hielt und den das Tier mit einem erfreuten und dankbaren Schnauben annahm, tat ein übriges.

Seine Hände waren von Schwielen bedeckt; Elora konnte es durch die Haut der Stute spüren. Ein Indiz für seine Branche. Allerdings paßte das irgendwie nicht zu seinem sonstigen Erscheinungsbild. Er war ein gutaussehender Mann, jedoch kein Beau, der Elora gut um die Hälfte ihrer Körpergröße überragte und zu ihrem nicht geringen Erstaunen um die Mitte herum viel dicker war, als sie erwartet hatte, bis sie registrierte, daß das meiste seines Körperumfangs Polsterung war. Seine Kleider waren ein Meisterstück der Schneiderkunst; die Gewänder eines erfolgreichen Geschäftsmannes, der im Begriff stand, die Schwelle zum besten Mannesalter zu überschreiten. Seine Brust war breit, sein Bauch dick, und er erweckte den Anschein eines Mannes, für den die Straße immer weniger Verlockungen zu bieten vermag. Schiere Kraft, die allmählich aus dem Leim ging.

Es war eine gekonnte Täuschung, beinahe ebenso perfekt wie ihre eigene Verkleidung und das Beste, was sie – abgesehen von magischen Zaubertricks – in dieser Richtung jemals gesehen hatte. Seine Augen wirkten schläfrig, doch es entging ihnen nichts, und sie ruhten einen Wimpernschlag länger auf der Stute, als Elora lieb war. Sie fühlte jedoch kein sondierendes Eindringen oder sonst irgendeine Manifestation einer Höheren oder Niederen Kunst. Falls der Mann magische Fähigkeiten besaß, lagen sie außerhalb ihres Vermögens, sie zu erkennen. Doch bei seinem Geschick zur Verstellung hatte er Zauberei gar nicht nötig. Ihr blieb ein starker Eindruck von seinen Zügen haften, gepaart mit der völligen Gewißheit, daß sie samt und sonders falsch waren. Sie würde ihn vielleicht an seiner Stimme wiedererkennen, falls sich ihre Wege noch einmal kreuzten, oder an der verführerischen und zugleich gebieterischen Art, wie er sie einsetzte. Aber ganz sicher nicht an seinem Gesicht.

Sobald er ihr den Rücken zugekehrt hatte, um zu seinen Kumpanen zurückzugehen, schlüpfte Elora mit ihrem Bewußtsein aus der Stute. Sie blieb sitzen, wo sie war, obwohl die Stunde fast um war. Sie würde nicht von hier weggehen, ehe nicht die Händler und vor allem der Krieger – denn das war, entgegen allem Anschein, die wirkliche Profession des Pfeifenrauchers – gegangen waren.

»Auf welcher Seite steht Elora Danan wirklich, frage ich mich.«

»Macht das für uns einen Unterschied?« mischte sich der Pfeifenraucher wieder in das Gespräch. »Egal auf welcher Seite sie steht, am Ende sind es vermutlich wir und unseresgleichen, die zwischen den Kiefern des Nußknackers zermalmt werden.«

Die Stute begann erneut, unruhig zu tänzeln, doch diesmal hatte Elora nichts damit zu tun. Der Wind kam aus der Ebene, und die gespitzten Ohren und geblähten Nüstern des Tieres registrierten das Nahen anderer Pferde in gestrecktem Galopp. Etwas in ihrem Geruch und im wilden

Rhythmus ihrer über das Land trommelnden Hufe erfüllte die Stute mit Unruhe, die sie als eine sich nähernde potentielle Gefahr interpretierte, auf die es nur eine Antwort gab – Flucht.

Elora versuchte erst gar nicht, das Tier zu beruhigen; seine Panik war nun fast größer, als Elora selbst zu bewältigen imstande war. Statt dessen brach sie den Kontakt ab, holte ihre Sinne wieder in die sicheren Grenzen ihres eigenen Körpers zurück und wartete, was als nächstes geschehen würde.

Sie konnte die Pferde nun auch mit ihren eigenen Ohren hören, wie sie, ohne ihren halsbrecherischen Galopp im geringsten zu drosseln, durch die Außenbezirke des Lagers donnerten. Es war eine der Cascani-Patrouillen. Nach dem Aussehen der Pferde zu urteilen, die von ihren Reitern vor der Taverne in einer Staubwolke in den Stand gezügelt wurden, mußten sie die gesamte Ebene in gestrecktem Galopp überquert haben. Die Tiere waren mit Schweiß bedeckt, der an ihren Hälsen und Flanken wie weißer Schaum aussah. Spreizbeinig standen sie da, mit hängenden Köpfen, sich blähenden Nüstern und wie Blasebälge in einer Schmiede pumpenden Lungen.

Mit dem Befehl, die Pferde in der Koppel zu bewegen, bis sie sich beruhigt hätten, sie dann zu füttern und ihnen Wasser zu geben, warf der Offizier seinem Unteroffizier die Zügel zu. Der scharfe, dringliche Unterton in seinen Worten machte unmißverständlich deutlich, daß die Tiere am Morgen wieder einsatzfähig sein mußten – möglicherweise noch früher. Die Miene des Offiziers verriet grimmigen Ernst.

»Kurier, Mylord, aus Testeverde«, meldete er Hanray.

»Ich habe eigentlich eine Karawane erwartet, Alyn.«

»Nicht mehr in diesem Jahr, Mylord. Vielleicht sogar niemals mehr. Die Stadt ist gefallen.«

»Verdammnis!« stöhnte der Agent, doch sein Fluch klang seltsam mechanisch, als habe er eine ähnliche Nachricht erwartet. »Wann?«

»Vor vierzehn Tagen.« Hanray hob in stummem Zweifel die Augenbrauen und legte skeptisch den Kopf zur Seite, was den Offizier veranlaßte, den Kurier in Schutz zu nehmen. »Er hatte keine Ersatzpferde, Mylord. Er ritt so schnell, wie er konnte.«

»Und die Maizan? Wie dicht sind sie ihm auf den Fersen?«

»Überhaupt nicht«, sagte er. »Ich habe seinen Bericht bereits gehört, und ich denke, wir sollten das unter vier Augen besprechen.«

»So schlimm?« Der Offizier antwortete mit einem knappen Nicken. »Dann ruft die Offiziere zusammen. Stiefel und Sättel für alle Soldaten.«

»Ist bereits geschehen, Mylord.«

»Seid mir wie immer einen Schritt voraus, Hauptmann?«

»Mit Respekt, Mylord, in der Situation erschien mir Schnelligkeit mehr geboten als Besonnenheit.«

»Was den einen zur Eile treibt, versetzt den anderen in Panik. Hölle und Verdammnis, die Kunde verbreitet sich bereits im Lager wie ein Lauffeuer!«

Plötzlich war Elora umgeben von aufgeregt durcheinanderschreienden Stimmen und den Geräuschen scharrender Füße und eiliger Schritte. Manche nahmen die Nachricht mit aufgesetzter Gelassenheit auf, während andere wie verschreckte Feldmäuse auseinanderstoben, die eine Katze in Panik versetzt hat. Jeder mußte irgendwohin oder hatte noch wichtige Dinge zu erledigen. Auf jene, die von Panik ergriffen nichts Eiligeres zu tun hatten, als ihre Zelte abzubrechen, warteten bereits die, die in dem überstürzten Aufbruch die Gelegenheit für einen schnellen Profit sahen. Viehtreiber eilten zu den Koppeln, um ihre Tiere zu holen, und eine Delegation der Händler strebte dem Cascani-Pavillon zu, entschlossen, vom Agenten weitere Nachrichten herauszubekommen. Selbständige Fuhrleute ohne festen Vertrag befanden sich mit einemmal in marktstrategisch überaus günstiger Position, da alle Händler des Bazars unverzüglich mit dem Abbau ihrer Zelte begannen. Das Feilschen um ihre Dienste geriet sehr bald außer Kontrolle, und mehr als ein paar Verhandlungen eskalierten zu regelrechten Prügeleien. Hanrays Soldaten taten ihr Bestes, um die

Ordnung aufrechtzuerhalten, doch die Panik hatte bereits zu sehr um sich gegriffen, um sie noch ganz in den Griff bekommen zu können.

Elora verlor ihr Versteck hinter einem Zugkarren gleich von Anfang an und war von diesem Augenblick an nur noch damit beschäftigt, den Leuten aus dem Weg zu gehen, sich zu ducken oder zur Seite zu springen, um Daikini, Pferden, Maultieren, Lastkarren, Warenstapeln, Zelten und den überall gespannten Seilen auszuweichen, während vor ihren Augen der Bazar abgebaut wurde. Die hektische Betriebsamkeit hatte nur ein einziges Bestreben: so schnell wie möglich alles zusammenzupacken. Und dieses Bestreben kannte wiederum nur ein Ziel: nichts wie weg von hier! Doch niemand hielt auch nur einen Augenblick inne, um zu überlegen, ob dies den geringsten Sinn machte. Es war, als sei der Feind bereits gleich hinter dem Horizont, obschon jeder wußte, daß er noch Hunderte von Meilen entfernt war und gar nicht in ihre Richtung kam. Es war allein der Ruf, der den Maizan vorauseilte, der diese Panik auslöste.

Irgendwo nahm Elora die falsche Abzweigung, hörte hinter sich das Donnern von Hufen und fand sich, als sie herumwirbelte, im Weg einer Phalanx heranstürmender Pferde. Die hektischen Aktivitäten hatten die Erde aufgewühlt und in eine knöcheltiefe Schlammwüste verwandelt, doch selbst wenn sie festen Boden unter den Füßen gehabt hätte, wäre es zu spät gewesen, sich irgendwo in Deckung zu werfen, bevor die Tiere heran waren. Der Viehtreiber auf dem ersten Gaul sah sie, doch er konnte nicht viel tun. Elora schoß ein Satz durch den Kopf, den Thorn einmal zu ihr gesagt hatte, ein beiläufig erwähntes Bruchstück aus dem Schatz des Nelwyn-Wissens, welches Thorn bei seinen eigenen Zusammenstößen mit berittenen Daikini auf die harte Art gelernt hatte: Wenn Pferde ein Hindernis vor ihren Hufen auftauchen sehen, werden sie alles versuchen, um nicht darauf zu trampeln. Gedanke und Tat waren eins. Sie blieb stocksteif stehen, den Rücken den Pferden zugedreht, und betete, ihr Lehrer habe gewußt, wovon er redete.

Zu ihrem grenzenlosen Erstaunen behielt er recht.

Sie bekam ein paar Schläge ab, doch das waren unglückliche Zufälle; ein Pferd, das seine Hufe nicht hoch genug bekam, um über sie hinwegzusetzen, streifte sie. Ein paar Schrammen und schmerzhafte Prellungen hier und dort, die morgen sicherlich in allen Farben schillern würden – doch sonst blieb sie unversehrt.

Sie schrie, als die Pferde vorüberdonnerten; ein gellender, trotziger Schrei des Aufbegehrens, in dem nur ein Hauch von Angst war, als könne sie dadurch die Tiere abhalten, sie über den Haufen zu rennen. Dann war der donnernde Höllenspuk vorüber, und sie spuckte Dreck aus ihrem Mund und wischte ihn sich aus den Augen, zutiefst erstaunt, daß sie noch in einem Stück war, und dankbar, als sie feststellte, daß sie noch alle Glieder bewegen konnte.

Sie wußte, daß sie aufstehen und sich schleunigst von der Straße trollen sollte. Dies war offenbar eine der größeren Durchfahrtsstraßen, und beim zweitenmal würde sie möglicherweise nicht so viel Glück haben. Doch zu ihrem Schrecken mußte sie feststellen, daß sie sich nicht fortbewegen konnte. Die schiere Freude, noch am Leben zu sein, hatte sie zu einer hilflosen Statue erstarren lassen. Auf ihrem Gesicht erschien ein törichtes Grinsen, und sie gab sich redliche Mühe, mit jedem Atemzug genügend Luft für ihre sich abwechselnden Lach- und Hustenanfälle zu bekommen.

Torquil und Hanray erreichten sie gleichzeitig.

»Elora!« rief der Schmiedemeister mit seiner dröhnenden Baßstimme, wobei er aus lauter Sorge um sie die gebotene Vorsicht und Verschwiegenheit vergaß.

»Bei meiner Seele«, ächzte der Agent ebenso erschrocken wie erleichtert.

»Was, zum Teufel, sollte das!« zischte Torquil wütend.

»Willst du uns denn alle ins Grab bringen, bevor unsere Zeit gekommen ist?« wollte Hanray wissen.

Sie hatte für keinen der beiden eine Antwort, selbst wenn sie genug Verstand und Puste gehabt hätte, irgend etwas zu sagen. Sie konnte nur lächeln und hoffen, daß sie die beiden mit Charme milder stimmen konnte.

»Wie weit …«, brachte sie mühsam hervor, als die beiden sie auf die Beine zerrten und zwischen sich den Hügel zum Cascani-Pavillon hinaufschleppten, »… ist Testeverde?«

»Weit genug«, erwiderte Hanray kurz und bündig.

Sein Pavillon und der der Chengwei waren die einzigen Oasen der Ruhe und relativen Besonnenheit im ganzen Bazar. Überall um sie herum sanken Zelte zusammen, ächzten Männer unter den Lasten, die sie auf ihre Wägen wuchteten, deren Federn mit jeder Last tiefer sanken. Jeder Mann und jede Frau, die Elora auf dem weiten Platz sah, trugen Waffen, auch die, die keine Krieger waren. Und bei denen, die noch keine Transportmöglichkeit gefunden hatten, wuchs die Verzweiflung.

»Alyn«, rief der Agent seinem Hauptmann zu, als sie den Hügel erklommen und Torquils Wagen erreicht hatten. »Macht im Lager bekannt, daß wir jedem, der keine Mitfahrgelegenheit hat, sicheres Geleit anbieten. Und wir verlangen nicht mehr als den üblichen Fahrpreis.«

»So mancher da unten wird Euch dafür preisen, Mylord. Und andere werden Euch deshalb die Pest an den Hals wünschen.«

»Ich werde mit beidem leben können. Kümmert Euch drum.«

»Jetzt, wo Testeverde gefallen ist«, sagte der Hauptmann, »gibt es keinen Durchgang mehr nach Westen.«

»Der Osten ist frei.«

»Ich glaube, die meisten hier würden sich eher in den Rachen eines Tigers stürzen, als ihr Schicksal den Chengwei anzuvertrauen.«

»Lord Hanray«, stieß Elora hervor. Sie nutzte die erste sich bietende Gelegenheit, um eine Frage anzubringen. »Kommen die Maizan?«

»Jeder glaubt es«, erwiderte er knapp, doch seine Aufmerksamkeit galt vor allem Torquil. »Wir müssen miteinander reden, Meister Schmied.«

»Manya kann den Rat zusammenrufen. Und Ihr kommt zum Essen zu uns.«

»Perfekt. So habe ich vielleicht noch genügend Zeit, die

Dinge hier einigermaßen zu ordnen.« Er machte eine Armbewegung, die das Lager zu ihren Füßen umfaßte.

»Viel Glück dabei, Hanray.«

»Ich bin Cascani, Torquil. Ich glaube nicht an Glück.«

»Ihr glaubt, die meisten werden sich nach Norden wenden?«

»Es ist der beschwerlichere Weg, aber in den Augen vieler der sicherere. Einige dort unten fürchten die Maizan weniger als die Chengwei.«

»Und Sandeni sieht sich dann plötzlich eingekeilt zwischen den beiden.«

»Nicht zum erstenmal.«

»Glaubt Ihr, die Republik wird den Kampf annehmen?«

Der Agent schüttelte den Kopf, während er Elora half, neben Torquil auf den Kutschbock zu klettern.

»Wenn die Berichte aus Testeverde stimmen, sieht es eigentlich nicht danach aus. Andererseits müssen sie, wie man es auch dreht und wendet, die nächsten auf der Liste der Maizan sein. Wer den Kontinent von West nach Ost oder umgekehrt durchqueren will, muß die Große Wand überwinden, und das bedeutet, man bekommt es mit der Republik von Sandeni zu tun.«

»Können sie gegen die Maizan bestehen?«

Der Cascani zuckte mit den Achseln. »Bisher haben sie es. Aber das hat Angwyn auch. Soweit ich gehört habe, hat Sandeni der Heiligen Prinzessin und ihrem Beschützer Zuflucht gewährt. Und sie zu ihrer Schutzheiligen ausgerufen.«

»Wie schon Angwyn und Tir Asleen davor«, brummte der Hauptmann, und Torquil schnalzte mit den Zügeln, um das Gespann in Bewegung zu setzen.

»Ja.«

Als der Wagen anfuhr und in Richtung des Höhleneingangs davonrollte, waren die letzten Worte des Hauptmanns:

»Gott sei diesen armen Teufeln gnädig.«

2. Kapitel

Das Essen in Torquils Heim an diesem Abend war eine notwendige Angelegenheit und alles andere als angenehm.

Die Kinder und mit ihnen Elora waren unter dem Vorwand früh zu Bett geschickt worden, daß man sie sicher und warm in ihren Betten wissen wollte. Es bedurfte jedoch keiner besonderen Hellsichtigkeit ihrerseits, um zu erkennen, daß man sie eigentlich aus dem Weg haben wollte.

Der ganze Berg war in heller Aufregung. Man konnte seine Nervosität förmlich fühlen, und es war, als sei jeder Stein plötzlich mit scharfen, zackigen Kristallen bedeckt. Auch die Bewohner des Berges waren gereizt. Elora mußte sich von Kindern, die sonst lieb und lammfromm waren, freche Antworten anhören; es gab Gezeter und Streit, und zwei der ganz Kleinen klammerten sich mit der Verzweiflung von kleinen Kätzchen, die gerade mit knapper Not vor dem Ertrinken gerettet werden, an sie. Die Herdfeuer brannten so hell und glühend wie immer, doch sie schienen keine Wärme zu spenden, und die Kleinen kuschelten sich – möglichst viele in einem Bett – ängstlich aneinander, die Steppdecken über den Kopf gezogen, Federbetten und Kissen zu Bergen aufgetürmt, als könne der bloße Wunsch ihre Betten in mächtige Festungen verwandeln, die jedem Angriff trotzen würden.

»Und wozu soll das alles gut sein?« fragte Elora, als sie den Raum betrat und entdeckte, daß sämtliche schwere Betten vor dem Feuer so zusammengeschoben worden waren, daß die höheren Kopfenden zum Eingang zeigten.

Niemand antwortete zunächst, da alle so taten, als würden sie schlafen. Anscheinend wollten sie erst mal abwarten, ob sie von ihnen verlangen würde, die Betten wieder dorthin zu schieben, wo sie immer standen.

Sie zog die Ecke einer Steppdecke hoch und hob fragend die Augenbrauen, als ein halbes Dutzend ängstlicher Gesichter aus dem Halbdunkel des Refugiums zu ihr aufblickte.

»Erwartet ihr eine Invasion, Paj?« erkundigte sie sich in beiläufigem, halb scherzhaftem Ton und schickte ein aufmunterndes Lächeln hinterher, obwohl ihr in Wirklichkeit gar nicht danach war. Am liebsten wäre sie zu ihnen unter die Bettdecken gekrochen.

»Die Steine sind nicht glücklich«, antwortete Paj. Er war Torquils leiblicher Sohn – im Gegensatz zu den anderen Kindern, die in Torquils Haushalt aufwuchsen, denn bei den Königen der Berge lag die Verantwortung für die Erziehung der Kinder in den Händen der Gemeinschaft. Paj befand sich an der Schwelle zum Erwachsenwerden, und dieser Übergang äußerte sich zu seinem größten Mißbehagen in verräterischen Schwankungen seiner Stimme, die ihm in den peinlichsten Augenblicken einfach den Gehorsam versagte und brach.

»Deine Mam und dein Dada haben schon andere schlimme Zeiten erlebt. Sie sind vorübergegangen, und so wird es auch diesmal sein.« Die Zuversicht in ihrer Stimme überraschte sie selbst.

»Es ist eine Zeit des Wandels«, erklärte sie ihnen und sah sich im Zimmer nach einem Stuhl um, auf den sie sich setzen konnte. Aber dann bemerkte sie, wie eine Ecke der Steppdecke auf dem Bett neben ihr hochgeschlagen und ein Stück zurück gezogen wurde. Mit einem Nicken und einem unterdrückten Kichern nahm sie die Einladung an, schlüpfte zwischen die frisch gebügelten Laken und knüllte ein paar weiche Kissen gegen das Kopfteil, um eine Stütze für ihren Kopf zu haben. Das Bett war zu klein für sie, sie konnte sich nicht ganz ausstrecken, und so zog sie die Beine fest an den Körper und genoß mit geschlossenen Augen die wohlige Wärme des Feuers.

Sie liebte diese Wärme, wahrscheinlich weil ihre ersten und prägenden Erinnerungen gegensätzlicher Natur waren. Sie hatte in einem feuchten, kalten und entsetzlich trostlosen Verlies in Nockmaar das Licht der Welt erblickt, und schon bald darauf war sie durch bitterkalte Stürme, die über die kahlen Gipfel des Nockmaar-Gebirges fegten, von diesem schrecklichen Ort fortgebracht worden. So qualvoll und furchtbar diese Erlebnisse auch gewesen sein mochten, sie verblaßten im Vergleich mit dem, was damals vor ihr lag: eine entsetzliche Kälte, die zu beschreiben ihr nicht leichtfiel, selbst jetzt, nach so vielen Jahren, denn sie hatte mehr ihre Seele denn ihren Körper befallen. Damals hatte Bavmorda, die Königin der Dämonen, versucht, das Ritual des Vergessens zu inszenieren und Eloras Seele für immer in die Äußere Dunkelheit zu schleudern, jenseits aller Hoffnung auf Rettung oder Erlösung.

Barden erzählten diese Geschichte besser, doch dies war nicht weiter erstaunlich, denn schließlich war das ihre Profession. Jedesmal wenn sie die Geschichte hörte, gab es irgendeine neue Wendung und etliche fantastische Abenteuer mehr, um der Erzählung zusätzliche Würze zu verleihen. Und auch jede Menge mehr Romantik und Liebe – zwischen Madmartigan und Sorsha zum Beispiel, dem verwegenen Krieger und der Prinzessin, die sich aus Liebe zu ihm vom Bösen losgesagt hatte.

Eloras Beschützer und Paten, den Nelwyn-Zauberer Willow Ufgood, beschrieben die Erzählungen als eine majestätische Erscheinung, die eine Autorität ausstrahlte, die jeden Daikini-Kriegsherren mit Stolz erfüllt hätte.

Die Version der Geschichte, wie Elora sie in Erinnerung hatte, war viel einfacher: es war ein einziges Chaos vom Anfang bis zum Ende, eine Aufeinanderfolge von scheinbar glücklichen Fügungen, durch die das Kind Elora Danan in die Obhut einer Reihe aufrechter Männer gelangte, die einzig von dem Gedanken erfüllt waren, ihr zu helfen, was in der Folge dazu führte, daß sie als Helden verehrt wurden.

Das Ganze endete schließlich so, wie solche Geschichten immer enden sollten: mit siegreichen Schlachten und bezwungenen Schurken. Die letzten Bilder dieser Geschehnisse waren die, die besonders nahegingen – Bilder von ihren Freunden und Weggefährten, wie sie sich am liebsten an sie erinnerte, mit lachenden Gesichtern, furchtlos einer Zukunft ins Auge blickend, die voller Verheißung war wie ein Sonnenaufgang im Frühling.

Sie hatten alle vergessen, daß ein Sonnenaufgang die Schatten nicht verbannt. Im Gegenteil: Er läßt sie nur noch schärfer und tiefer erscheinen. Der Krieg, den sie gewonnen hatten, war nicht der letzte gewesen.

Elora schlüpfte aus dem Bett und vergewisserte sich, daß alle gut zugedeckt waren, wobei sie kurz bei Paj verweilte, um ein paar Strähnen widerborstiger Haare aus seinem Gesicht zu streichen. Das Feuer war inzwischen zu einer rotglimmenden Glut herabgebrannt, die den Raum noch bis weit in den nächsten Tag hinein mit Wärme erfüllen würde. Und dennoch sah Elora, als sie mit einem langen, tiefen Seufzen die Luft aus ihren Lungen weichen ließ, wie ihr Atem vor ihrem Mund zu einem kleinen weißen Wölkchen kondensierte, als herrsche eisige Kälte im Zimmer.

Auch in der Nacht, als Tir Asleen zerstört wurde – auf den Tag genau ein Jahr nach dem Sieg über Bavmorda – war es so kalt gewesen. Elora war damals in ihrem eigenen Bett eingeschlafen, alles um sie herum war so ruhig und friedlich gewesen, wie ein Kind es sich nur wünschen kann. Dann war sie aus einem entsetzlichen Alptraum erwacht, um sich nackt und von Verbrennungen bedeckt, als habe der feurige Atem eines Drachen sie versengt, auf einer neuerlichen Flucht um die halbe Welt wiederzufinden.

In jener Nacht erschütterte ein Kataklysmus die Welt, dessen Auswirkungen überall in den Zwölf Großen Reichen zu spüren waren. Tir Asleen wurde zerstört und mit ihr eine große Zahl anderer Städte und Orte, wo sich die natürlichen Kraft- und Energielinien kreuzten und die deshalb die Hauptpunkte der magischen Kräfte bildeten. Elora war mit einemmal schrecklich allein gewesen, eine Fremde in einem fremden Land, ohne eine Menschenseele, die sie getröstet hätte, wenn sie in den Nächten weinte. Als der König von

Angwyn, in dessen Palasthof sie plötzlich aufgetaucht war, und seine Berater schließlich erkannten, wer sie war, erhoben sie sie sogleich zu einem Objekt ihrer Verehrung. Zugleich jedoch mußten sie der sehr realen Angst ins Gesicht sehen, daß, was immer Tir Asleen in Schutt und Asche gelegt hatte, auch ihre Stadt heimsuchen könnte.

Zehn Jahre später, in der Nacht von Eloras Inthronisierung, als sich die Herrscher der Großen Reiche zur Feier ihrer Volljährigkeit in Angwyn versammelt hatten, geschah dies dann auch.

Ein ausgeklügeltes Labyrinth von Abzugskanälen und Schächten hielt auch die Korridore des Haushalts gemütlich warm, doch Elora zog instinktiv ihren Morgenrock fester um sich, als sie den Gang zum Speisesaal hinabhuschte. Die Hauptgänge des Mahls waren schon längst serviert und gegessen; gerade wurden die letzten Reste abgetragen, und Gastgeber und Gäste erhoben sich von der Tafel, um bei Brandy und gewürztem Wein, Käse und Süßigkeiten zum gemütlicheren Teil des Abends überzugehen. Manya servierte Kaffee, und der kräftige aromatische Duft erinnerte Elora daran, daß sie Hunger hatte. Mit einem etwas wehmütigen Lächeln dachte sie, daß sie vorgehabt hatte, etwas zu essen, sobald die Kinder in den Betten sein würden. Doch als sie nun hörte, was drinnen gesprochen wurde, verschwand der Anflug von Belustigung aus ihren Zügen. Selbst der Schimmer eines spöttischen Funkelns in ihren Augen war wie weggewischt.

In den Vorzimmern und Gängen vor dem Speisesaal herrschte noch immer hektische Betriebsamkeit. Die einzige Möglichkeit, wie sie ungesehen in den Saal gelangen konnte, war, sich in einen magischen Mantel zu hüllen: ein einfacher Zauber, der den Verstand ignorieren ließ, was die Sinne wahrnahmen. Die Leute konnten sie sehen, sie riechen und sogar berühren, doch ihr Bewußtsein registrierte sie nicht wirklich. Oder wenn sie sie bemerkten, dann sahen sie nur, was sie sehen sollten. So erblickten sie zum Beispiel anstatt der silberhäutigen Daikinischen Heiligen Prinzessin ein griesgrämig dreinblickendes Mädchen, das sie sofort wieder vergaßen, sobald sie an ihnen vorübergegangen war. Es war einer der ersten kleinen magischen Tricks gewesen, die Thorn ihr beizubringen versucht hatte. Elora überlegte, wie sie möglichst unbemerkt an der Versammlung der Nelwyns teilnehmen könnte.

Diesmal spielte wirklich ein Lächeln um ihren Mund, als sie die Antwort auf die Frage fand.

Der Berg war ebenso ein lebendiges Wesen wie jene, die ihn zu ihrem Zuhause gemacht hatten, obgleich die Zyklen seines Lebens in geologischen Zeitspannen und nicht in Jahren gemessen wurden. Auf seine Weise atmete er und bewegte sich sogar. Eine Druckveränderung innerhalb des planetaren Mantels, Meilen unter der Oberfläche, konnte sich in der Entstehung oder Verschiebung einer Felsenklippe manifestieren oder in Verwerfungen von Gesteinsschichten, wodurch immer wieder Höhlen und Nischen entstanden. Für jene, die mutig genug waren – oder leichtsinnig genug, wie ihre Eltern nie müde wurden zu warnen –, gab es immer neue Nischen und Spalten, die genauer erkundet werden wollten. Eine solche Spalte zog sich in der Felswand des Speisesaals empor und endete in einer winzigen Nische, die selbst für Nelwyn-Kinder sehr eng war. Die Felswand, die den Saal überragte, war pockennarbig und zerfressen, als sei der Fels von einer außer Rand und Band geratenen Mottenart heimgesucht worden, die Geschmack an etwas Deftigerem als Wolle gefunden hatte. Wenn sie ihren Kopf drehte, konnte Elora zumindest mit einem Auge einen marginalen Blick von den Dingen erhaschen, die dort unten vor sich gingen. Davon abgesehen war sie nicht taub.

Jemand hämmerte mit der Faust auf den Tisch, um die Dringlichkeit seiner Worte zu untermauern. Der Clan spiegelte in seiner Zusammensetzung die Struktur der Großen Reiche wider: Er setzte sich aus einem Dutzend Hauptfamilien zusammen, deren Oberhäupter im Rat vertreten waren. Aus ihrer Mitte wurde nach dem Rotationsprinzip einer erwählt, der bei den Versammlungen den Vorsitz führte und für den Clan als Ganzes sprach. Wenn es stimmte, was Thorn sagte, dann sollte Elora offenbar eine ähnliche

Rolle in einem größeren Zusammenspiel der Kräfte übernehmen. Nur ihre Zwölf Reiche umfaßten und hielten die Sphären der Erde und des Feenlands in dieser Welt und in der jenseits des Schleiers zusammen. Diese waren über Generationen hinweg immer häufiger und härter aufeinandergeprallt, mit schwindender Nachgiebigkeit, die die Kollisionen in den Zeitläufen zu dämpfen vermocht hätte, und immer weniger Bereitschaft zum Kompromiß. Nicht fähig, ohne einander zu leben, und nicht willens, miteinander auszukommen, trieben die Großen Reiche und die in ihnen lebenden Völker und Rassen immer schneller auf den Kulminationspunkt der Krise zu, an dem Verärgerung in offene Feindschaft umschlagen würde und Auseinandersetzungen nur noch mit Blutvergießen geregelt werden konnten.

Elora hatte, seit sie unter den Nelwyns weilte, drei verschiedene Vorsitzende des Rats erlebt. Und im Verlauf einer ganzen Reihe formeller Versammlungen und zahlloser informeller Zusammenkünfte in Manyas Küche oder in Torquils Studierzimmer war sie längst zu der Überzeugung gelangt, daß Manya die beste von allen war. Geduld war eines der Geheimnisse ihres Erfolgs, überlegte Elora, während Ragnors Faust erneut auf den Tisch krachte und seine wie Kies knirschende Stimme Worte wie Donnersteine in die Runde schleuderte. Es war seine Art, andere Meinungen als die seine zu behandeln, als seien sie die Zinnen einer feindlichen Burg, die zunächst zerschmettert und dann zu Staub zermalmt werden mußten. Wenn er erst einmal mit seinem rhetorischen Bombardement begonnen hatte, hörte er gewöhnlich nicht mehr damit auf, bis er den Sieg davongetragen hatte, durch nichts zu bremsen, außer durch vollständige und bedingungslose Kapitulation.

»Unmöglich, sage ich«, bellte er.

Sie hörte die Stimme des Agenten antworten, ruhig an der Oberfläche, doch darunter vor Zorn siedend wie Wasser, das jeden Augenblick zu kochen beginnt. Hanray war ein stolzer Mann, und er mochte es nicht, wenn sein Wort oder seine Ehre in Zweifel gezogen wurden. »Ein Wort, mein Freund, das heutzutage immer weniger Bedeutung hat.«

»Ihr glaubt diesen Nachrichten also, Hanray?« fragte Manya.

»Ich sage nur das, meine Dame, was mein Kurier mir mitgeteilt hat. Und daß meine Wahrheitssager bei ihm keinen Anhaltspunkt dafür finden können, daß er die Unwahrheit sagt. Könnt Ihr mir eine Bestätigung in irgendeiner Form bieten?«

»Was Testeverde betrifft, nein. Aber soweit wir feststellen konnten, sind die Angwyn am nächsten gelegenen Welttore versiegelt – als hätte es sie nie gegeben. Und wir konnten keinen Kontakt mit irgendeinem der Geschlechter des Kleinen Feenlands aufnehmen, die innerhalb des von den Maizan kontrollierten Gebiets und in der Nähe der verschlossenen Welttore leben. Weder mit den Elfen noch mit den Waldnymphen oder Wassernymphen; nicht einmal mit den Aasfressern, Ghulen, Trollen und ihren Artgenossen. Was wir allerdings gehört haben, sind Gerüchte über Massenflucht und Auswanderungen.«

»Die Nymphen verlassen ihre Wälder?«

»Das ist durchaus möglich. Sie pflanzen einen Schößling ihres Wesens in eine Samenhülse ihres Mutterbaums und lassen sie vom Wind oder einem Vogel in ein, wie sie hoffen, sichereres Land tragen, wo sie sich wieder ansiedeln und von neuem wachsen können. Das Land selbst ist inzwischen auch des letzten Rests von Magie beraubt. Nichts bleibt mehr«, sagte Manya, und in ihrer Stimme schwangen Kummer und Zweifel, als wage sie nicht, wirklich zu glauben, was sie soeben selbst gesagt hatte. »Nicht einmal ein möglicher Ansatz für die Macht.«

»Und ich sage es noch einmal, Manya«, donnerte Ragnor, den Tisch mit seiner Faust traktierend. *»Unmöglich!«*

»Wird sich das Schleiervolk dagegen zur Wehr setzen?« fragte ein anderer aus der Runde.

Das Achselzucken, mit dem Manya zunächst antwortete, fand schließlich in ihrer Stimme einen hörbaren Ausdruck: »Manche unter ihnen sind der Ansicht, wenn die Daikini so versessen darauf sind, die absolute Herrschaft über diese Welt zu besitzen, dann sollen sie sie haben und verdammt sein. Andere vertreten die Meinung, die Daikini sollten, da sie ohnehin schon verdammt sind, von ihrem Elend befreit werden.«

»Und wir mit ihnen, Manya? Wir stammen zwar aus dem Schleiervolk, aber wir leben auf dieser Welt. Was wird dann aus uns?«

»Ich wünschte, ich wüßte es, Simon«, gab sie dem viel älteren Mann zur Antwort. »Alle Großen Reiche sind noch immer in Aufruhr, sind dies, seit sie in Angwyn ihre Monarchen verloren haben. Leider läßt nicht nur die Natur kein Vakuum zu, sondern auch die Politik. Und der einfachste Weg, im Besitz der Macht zu bleiben, wenn man sie einmal an sich gerissen hat, ist, die Waffen gegen einen fremdländischen Feind zu erheben.«

»Wie – hat das Große Feenland etwa vor, selber Eroberungsfeldzüge zu führen?«

»Die Hoch-Elfen wollen Krieg?«

»Wollen die Daikini Krieg?«

»Viele aus dem Kleinen Feenland haben sich bereits entschieden«, sagte sie, »und fliehen genauso panisch auf die andere Seite des Schleiers wie die Händler heute abend vom Bazar.«

»Scheißkerle allesamt«, bellte Ragnor. »Wir brauchen zum Überleben sowohl die Seele der Welt als auch ihre Materie. Und die Daikini ebenso, nur daß sie zu beschränkt sind, es zu bemerken. Wenn dieses Band zerreißt, sind wir alle verloren.«

»Und was ist mit dem Großen Feenland?«

»Testeverde ist die Antwort auf Eure Frage, fürchte ich«, sagte Hanray ruhig. »Es war das völlige Gegenteil von Sandeni: ein Ort mit starker Magie und um eines der Welttore herum errichtet, während Sandeni überhaupt keine Magie besitzt und gar nicht weiter von einem Welttor entfernt liegen könnte. Von allen Städten auf dieser Seite des Globus war Testeverde der Ort, an dem die Daikini und das Schleiervolk am leichtesten miteinander auskommen und zusammenarbeiten konnten, selbst die aus dem Großen Feenland. Man hat immer geglaubt, diese gemeinsame Basis sei der wirksamste Schutz.«

»Aber trotzdem haben die Maizan angegriffen.«

»Und damit auch dem letzten Optimisten klargemacht, daß sie jederzeit dazu in der Lage sind«, rief Hanray in die Runde der Ratsversammlung. »Und daß sie, wenn sie es für nötig erachten, nicht zögern, es zu tun. Und sie haben kein Mißverständnis aufkommen lassen, welche Konsequenzen das hat. Und dann haben sie die ehrenhafte Kapitulation gefordert. Welche auch akzeptiert wurde. Das war der Zeitpunkt, als der Agent von Testeverde seine Kuriere losgeschickt hat.«

»Was ist schiefgegangen?« fragte Manya leise.

»Ich will verdammt sein, wenn ich es weiß. Der Kurier sagte, er und seine Kameraden seien die ganze Nacht scharf geritten, um bis zum Morgengrauen so viel Distanz wie möglich zwischen sich und möglichen Verfolgern zu legen. Er ging an der Spitze des Trupps, als sie die Pferde durch eine enge, hin und her mäandernde Schlucht führten. Er erzählte, die anderen sahen Hexenfeuer bis in den Himmel hinauflodern und stiegen den Abhang hinauf, um einen besseren Blick zu haben. Er aber blieb unten in der Schlucht. Dann erstrahlte plötzlich ein entsetzlich grelles Licht, das so gleißend war, daß es sogar den Fels unter seinen Füßen durchsichtig erscheinen ließ. Es muß auch irgend etwas zu hören gewesen sein, aber daran erinnerte er sich nicht mehr. Er kam gar nicht dazu, darauf zu achten, weil der Lichtblitz sein Pferd in Panik versetzt hatte. Er brauchte seine ganze Kraft und all sein Geschick, um das verängstigte Tier festzuhalten. Die anderen Pferde, die er an der Leine hielt, hatten weniger Glück: Sie rissen sich los und stürmten den Abhang hinauf und über die Klippe in den Abgrund, als sei der Tod besser als alles, was sie im Augenblick zu erdulden hatten.«

Er verstummte, und über den Raum senkte sich tiefe Stille, in der nur dann und wann das leise Knistern und Zischeln der Kohle im Kamin zu hören war.

»Und die anderen Kuriere, Hanray?« fragte Manya. »Was ist aus ihnen geworden?«

»Er hat sich geweigert, darüber Genaueres zu berichten«, erwiderte der Agent. »Auch darüber, was er jenseits davon sah, wo er sie fand, sagte er nicht viel, nur daß die Stadt in Ruinen und das Land eine Ödnis war, soweit das Auge reichte. Er erzählte etwas von Formen und Farben, die zu grauenvoll waren, sie anzusehen, und deren Anblick sein Innerstes mit brennendem Schmerz erfüllte. Dann ist er von dem Ort des Grauens geflohen, ohne sich ein einziges Mal umzublikken.«

»Ist es das, was die Maizan einem antun?«

»Wohl kaum. Irgendeine Macht unter ihnen stiehlt die Magie.«

Ein entsetztes, angstvolles Schweigen hielt die gesamte Ratsversammlung gefangen, während alle anwesenden Nelwyns abzuwägen versuchten, was dies bedeuten würde.

Schließlich brach eine leise, bedächtig klingende Stimme das Schweigen. »Und die Maizan? Welchen Nutzen hatten die davon?«

»Gar keinen«, erwiderte der Agent mit grimmiger Stimme. »So groß die Armee auch gewesen sein mag, die sie zur Eroberung der Stadt geschickt haben, sie haben verloren.«

Dies schien wie ein Stichwort, und von allen Seiten riefen erregte Stimmen durcheinander. Einige von ihnen erkannte Elora, andere nicht, und sie überschrien einander und kläfften sich an wie ein Rudel bissiger Hunde.

»Was sagen *unsere* Schamanen? Kannst du mir darauf eine Antwort geben, Manya?«

»Etwas, das so groß und mächtig ist, muß doch irgendeine Auswirkung gehabt haben.«

»Das hat es aber nicht«, erwiderte Manya.

»Das stimmt nicht ganz«, hörte Elora hinter sich, wo sie nicht hinsehen konnte, eine leise Stimme sagen. Es war Torquil, der sich in fast beiläufigem und auffallend leisem Plauderton auf das bezog, was seine Frau gesagt hatte, doch seine Worte waren allein für die Ohren einer höchst unbequem in einem engen Felsspalt steckenden jungen Frau bestimmt.

Mit einiger Mühe kroch Elora aus ihrem Versteck hervor.

»Du solltest eigentlich im Bett sein und längst schlafen«, bemerkte Torquil mit verdächtig freundlich klingender Stimme.

»Die Steine sind irgendwie seltsam – anders als sonst«, stieß sie hervor. »Ich hab' dir das schon vor Tagen gesagt ... Als hätte sich die Substanz der Erde verändert.«

Hastig zerrte sie ihren Umhang gerade, um wenigstens dem äußeren Anschein von Schicklichkeit und Ordentlichkeit Genüge zu tun. Dann zog sie ihn so fest um sich, daß sie ganz darin eingehüllt war. Sie richtete sich zu ihrer ganzen Größe auf, doch Torquil saß auf einem Felsvorsprung in der Korridorwand gegenüber und befand sich ihr gegenüber im Vorteil.

»Aber warum«, hakte sie nach, »konnte ich etwas fühlen, was die Schamanen nicht gefühlt haben?«

»Oder vielleicht nicht fühlen konnten. Das, mein Kind, ist eine interessante Frage.«

Aus der Ferne klangen die hitzigen Stimmen der Ratsmitglieder zu ihnen herauf, die sich gegenseitig ihre unterschiedlichen Ansichten um die Ohren knallten, als spielten sie Tennis mit Donnersteinen.

»Du sagst also, wir sollten uns auf die Seite der Daikini schlagen und gegen die Maizan kämpfen?«

»Sieh dir doch an, was mit denen passiert ist, die das bereits versucht haben!«

»Wer sagt dir überhaupt, daß sie unsere Hilfe *wollen?*«

»Und wie stellst du dir das vor? Wir gegen eine anstürmende Front von gepanzerten Pferdesoldaten? Sie reiten uns in Grund und Boden und zertrampeln uns zu Brei, ohne überhaupt zu bemerken, daß wir im Weg standen!«

»Wir haben uns vor langer Zeit entschlossen, für uns alleine und abseits der anderen Rassen und sogar unserer eigenen Bruderclane zu leben«, sagte Manya mit ruhiger Stimme, die das Hin und Her der Meinungen um sie herum zum Verstummen brachte. »Jetzt müssen wir den Preis dafür bezahlen. Es gibt nur wenige, die uns so gut kennen- oder schätzengelernt haben, daß sie sich auf unsere Seite stellen würden. Keinen, der uns um Hilfe bitten würde, und niemanden, von dem wir Hilfe erwarten könnten.«

»Du meinst also«, rief Ragnor aufgebracht, »daß wir am Ende sind, Manya?«

»Sie irrt sich«, mischte sie nun Elora in das Gespräch ein. »Thorn Drumheller hat uns von Anfang an seine Hilfe angeboten, ohne darum gebeten worden zu sein.«

»Das hat er«, bestätigte Torquil mit einem Nicken.

»Wir müssen ihn nur verständigen!«

»Verlaß dich auf Manya, mein Kind. Sie weiß, was für uns richtig ist.«

»Aber warum kann ich nicht ...?«

»Es ist besser, wenn keiner der Betroffenen etwas von unserer Gegenwart hier oben weiß.«

»Warum?«

»Clanangelegenheiten. Du bist zwar ein geschätzter Gast, aber ...«

»Aber ich gehöre nicht zum Clan«, beendete Elora mit einem resignierten Seufzen den Satz, was Torquil zu einem bekräftigenden Kopfnicken veranlaßte. »Na wunderbar!« fauchte sie und fuchtelte unter ihrem Umhang wütend mit den Armen, wodurch ihr ihre Hilflosigkeit noch bewußter wurde. Sie wollte ihre Hände frei haben, um ihren Standpunkt überzeugender veranschaulichen zu können, doch sie verhedderten sich in den übereinanderliegenden Stoffschichten. »Angeblich bin ich doch die Lösung aller Probleme, Torquil. Aber wie kann ich das sein, wenn mich niemand läßt?«

»Habt Ihr überhaupt eine Vorstellung, was getan werden muß, Heilige Prinzessin?«

Sie wußte darauf keine Antwort und wandte ihre ganze Frustration gegen eine zunehmend populärer werdende Zielscheibe.

»Verdammter Drumheller, verflucht soll er sein!«

»Er hat nur das getan, was er für das Beste hielt, Elora.«

»Er hat sich meiner einfach entledigt, Torquil. Er hat mich im Stich gelassen. Ohne ein Wort der Erklärung.«

»Du warst krank.«

»Mir ging es schon viel besser!«

»Er hatte Verpflichtungen. Und ich glaube, du brauchtest, was wir dir bieten können: eine stabile und geordnete Umgebung, einen Ort, wo du lernen und heranwachsen kannst wie in einer ...«

»Familie«, beendete sie an seiner Stelle den Satz und erschrak selbst über die Schärfe in ihrer Stimme, die das Wort so verletzend wie ein Schwerthieb machte.

»Das ist richtig, ja. Ist es denn so schlimm, eine Familie zu haben?«

»Aber nein, Torquil! Ich habe mich mein ganzes Leben danach gesehnt«, rief sie. »Mehr als nach irgend etwas sonst. Aber so herzensgut ihr auch seid, so großzügig und hilfsbereit ihr alle zu mir wart, ich gehöre trotzdem nicht dazu. Du hast es doch gerade selbst gesagt: Ich gehöre nicht zum Clan. Und auch nicht zur Familie – nicht wirklich. Ich habe keine Familie, Meister Schmied. Meine Mutter ist in Bavmordas Gefängnis gestorben, und wer mein Vater war, weiß ich nicht. Mein ganzes Leben lang bin ich von einem Platz zum anderen weitergereicht worden, und über alle, die freundlich zu mir waren, habe ich nichts als Unglück und Verhängnis gebracht. Manchmal denke ich, es wäre für alle besser, wenn ich mich von allen zurückziehen würde!«

»Das stimmt nicht.«

»Warum hat Thorn mich dann alleine gelassen?« Noch während ihr Aufschrei in den Gängen und dem hohen Saal verhallte, wurde sie sich eines scharfen Brennens in ihrer Kehle bewußt, das ihr siedend heiß klarmachte, daß sie zu laut gewesen war. Die Stimmen im Speisesaal auf der anderen Seite der Wand verstummten abrupt.

»Ich habe es dir doch schon gesagt: Er glaubte, daß das für dich das Beste sei.«

Ihre Antwort war eine Unflätigkeit, die sie beide erschreckte, sowohl das Wort als auch die unbeherrschte Wildheit, mit der sie es hervorstieß. Elora begriff, daß auch die anderen es mit angehört hatten, und sie fühlte, wie ihr die Schamröte ins Gesicht stieg. Bevor sie noch mehr unbedachte Dinge sagen oder Torquil etwas antworten konnte, rannte sie, seine ausgestreckte Hand und den Ausdruck verständnisvollen Mitgefühls in seinem Gesicht ignorierend, an ihm vorbei und lief, so schnell ihre Füße sie trugen, zurück in das Refugium ihres eigenen Zimmers.

Mit jedem Schritt dorthin wuchs die furchtbare Leere, die sich in ihrer Brust ausbreitete, als seien ihr Herz und Seele aus dem Leib gerissen worden. Und jeder Pulsschlag, der hinter ihrer Stirn hämmerte, ließ vor ihrem inneren Auge ein weiteres Bild von jemandem aufblitzen, den sie geliebt und verloren hatte: die Krankenschwester, die ihr Leben geopfert hatte, um sie aus Nockmaar zu schmuggeln; der fahrende Krieger Madmartigan und seine geliebte Sorsha, die an der Seite von Thorn gekämpft hatten, um sie zu retten. Alle Bewohner von Tir Asleen und später von Angwyn – so viele Gesichter, die sie nur im Vorübergehen erblickt hatte, die dennoch unauslöschlich in den Windungen ihres Gedächtnisses eingebrannt waren. Und zahllose andere, die sie gekannt hatte und die unter dem Stahl der Maizan ihr Leben ließen, die an Krankheiten gestorben oder verhungert waren oder bei dem jähen, grauenvollen Zusammenbruch der Welt, die sie zeitlebens ernährt hatte, ihr Ende gefunden hatten.

Alle sagten, es läge an ihr, dem allen ein Ende zu bereiten. Aber niemand sagte ihr, wie sie das anstellen sollte.

Sie schluchzte bitterlich, als sie sich endlich der Länge nach auf ihr Bett warf, und der Kummer, der in ihrer Brust raste, war so groß, daß sie ein Ventil für ihn brauchte, wollte sie nicht daran ersticken. Sie schlug auf ihre Kissen ein, ließ ihre geballten Fäuste in die weichen Daunen krachen, wieder und wieder und wieder und mit mehr Kraft, als sie für das Formen von rohem Stahl auf einem Ambos brauchte. Dankbar registrierte sie, wie dieser unkontrollierte Ausbruch von Gefühlen sie zutiefst erschöpfte und jede bleibende Erinnerung an die Bilder auslöschte, die ihren hilflosen Zorn heraufbeschworen hatten.

Zuviel Leidenschaft, zuviel Impulsivität und Heftigkeit – weit mehr, als ihr Körper auf Dauer ertragen konnte. Doch ihr Schluchzen versiegte bald und machte ganz normalen

Tränen Platz; ihre Arme wurden schwer, zu schwer, um sie zu heben, und allmählich durchdrangen zusammenhängendere Gedanken den roten Schleier ihrer Wut, die sie schließlich in einen tiefen und traumlosen Schlaf sinken ließen.

Als sie erwachte, fragte sie sich unbehaglich, ob man sich wohl so fühlte, wenn man einen Kater hatte. Irgendwie schienen die Teile ihres Körpers nicht zusammenzupassen, und alles fühlte sich so träge und schwerfällig an wie ihre Gedanken, die überhaupt nicht in Gang kommen wollten. Noch nie in ihrem Leben war ihr Kopf so leer gewesen. Die Haut ihrer Wangen spannte vom Salz ihrer getrockneten Tränen, und der Geschmack in ihrem Mund war entsetzlich. Mit einem Seufzen räkelte sie sich unter dem Berg von Dekken und Kissen in eine bequemere Stellung.

Sie war alles andere als glücklich über ihr Benehmen; sie war zutiefst beschämt über die Art und Weise, in der sie Torquil gegenüber die Fassung verloren hatte. Gott sei Dank hatte der peinlichste Teil und Höhepunkt ihres Wutanfalls in der Abgeschiedenheit ihrer vier Wände stattgefunden. Seit Angwyn hatte sie sich nicht mehr so schlecht benommen, und sie hatte geglaubt, sie wäre solch unerquicklichen Anwandlungen längst entwachsen

»Alte Gewohnheiten sterben eben langsam«, beruhigte sie sich mit einem kaum hörbaren Flüstern.

Mit ihrem nächsten Atemzug nahm sie Geruch von Rauch wahr.

Sie versuchte ihn zu lokalisieren und spähte vorsichtig mit einem Auge durch einen Spalt zwischen Decke und Kissen und entdeckte sofort das winzige Feuerelementarwesen, das auf dem Fußbrett ihres Bettes kauerte. Es balancierte geschmeidig auf einem Stengel aus schmelzflüssigem Feuer, der mitten aus dem massiven Holzbrett aufragte. Daher der brenzlige Geruch: Die Gluthitze, die vom Körper des Wesens ausstrahlte, verkohlte das Holz. Elora schob den Kopf über den Rand der Matratze und warf einen Blick unter das Bett. Aus einem winzigen Spalt im Steinboden schlängelte sich ein dünner irisierender Feuerfaden, der in der Unterkante des Fußbretts verschwand.

Das Elementarwesen hatte seine Imitation des menschlichen Aussehens seit ihrer letzten Begegnung vervollkommnet, und Elora konnte sich des beunruhigenden Gefühls nicht erwehren, einer Miniaturausgabe von sich selbst ins Auge zu blicken. Der größte Unterschied war der, daß ihr winziges Ebenbild eine von keinem Knochen behinderte Biegsamkeit besaß. Sein schillernder Körper bog sich nicht an den Stellen, wo sonst die Gelenke sind, sondern floß in einer Aufeinanderfolge von weichen, eleganten Kurven zu den Konturen seiner so verblüffend ähnlich proportionierten Gestalt zusammen, und die Imitation des Haars, dessen Länge und Beschaffenheit Elora zu einem neidischen Stöhnen veranlaßte, bewegte sich, als besäße die flüssige Masse ein eigenes Leben und Empfindungsvermögen. Das Elementarwesen sah sie mit einem Ausdruck von so feierlicher Ernsthaftigkeit an, daß Elora ein amüsiertes Kichern unterdrücken mußte. Es erinnerte sie nur allzu sehr an ein kleines Kind, das versucht, erwachsen auszusehen.

Sie sah, wie sich die Brust des Elementarwesen wölbte, als es tief Luft holte.

»Nein!« rief Elora und hob warnend die Hand, bevor das Wesen etwas sagen konnte und das ganze Zimmer in Schutt und Asche legte. Es saß zwischen ihr und der Tür, und weit und breit war nichts, das auch nur annähernd Schutz vor dem Feueratem des winzigen Wichts geboten hätte.

»Hilfe«, sagte das Wesen mit einer leisen, blechern klingenden Stimme, doch Elora hörte es nicht, denn die Stimme des Elementarwesens wurde von einem Aufschrei aus ihrem Mund – eine gesunde Mischung aus Schreck und Schmerz – übertönt, als sein Feueratem ihre Handfläche versengte. Der Aufschrei, der ihr entschlüpfte, war in erster Linie auf den Schreck zurückzuführen. Der Schmerz selber war gar nicht so schlimm – ungefähr so, wie wenn man die heiße Spitze eines eben erloschenen Streichholzes an die Haut hält.

Elora blies in ihre Handfläche, um den Schmerz zu lindern, und rappelte sich dann in der Mitte des Betts auf die Knie, wobei sie sich mit der anderen Hand die Haarsträhnen aus den Augen strich und ihrer zerwühlten Mähne halbwegs den Anschein einer ordentlichen Frisur zu geben versuchte.

Das Elementarwesen beobachtete sie mit großen Augen und einem Ausdruck der Verzweiflung in seinen Zügen. Was immer es vorhatte, es wollte Elora bestimmt kein Leid antun.

»Was hast du gesagt?« fragte Elora.

»Hilfe«, hauchte es in einem zweiten Versuch, und die junge Frau sah, was bereits zuvor geschehen war: Die bei der Formulierung dieses einzigen Wortes ausgestoßene Atemluft war so heiß, daß winzige Flammen in dem Schwall überhitzter Luft züngelten, der aus dem Mund des Elementarwesens schoß.

»Ist das ein Angebot oder eine Bitte?« Noch während sie dies sagte, verriet ihr die demutsvolle Haltung, zu der das Wesen sich krümmte, bereits die Antwort auf ihre Frage: Es war eine Bitte, eine flehentliche, verzweifelte Bitte, wie Elora sie noch nie zuvor eindringlicher erlebt hatte.

»Hilfe, Hilfe, Hilfe, Hilfe, Hilfe«, sprudelte das Elementarwesen in einem langgezogenen, aufgeregten Wortschwall hervor, als sei dies das einzige Wort, dessen es mächtig war, und das es mit der größtmöglich zu erzielenden Wirkung anwenden wollte.

Ich hätte nie gedacht, jemals eines ohne seine Mutter aus nächster Nähe zu sehen, hatte Torquil gesagt, wie Elora jetzt wieder einfiel. *Und keine Mutter, die diesen Namen verdient, würde je ihren Sprößling unbeaufsichtigt in die Nähe von jemandem wie dir kommen lassen. Viel zu gefährlich für euch beide.*

So schnell sie konnte, streifte Elora ihr Nachthemd über den Kopf und schlüpfte in ein frisches Unterhemd und frische Baumwollshorts. Darüber zog sie ein dickes Hemd an, schlüpfte in ihre wollene Jacke und dann in ihre lederne Hose. Über die Füße streifte sie dicke Socken und stieg dann in ihre Stiefel. Die Handschuhe schob sie unter den Gürtel und vergewisserte sich zugleich, daß ihre Reisebeutel fest und sicher an ihm hingen. Sie raffte ihr Haar zu einem dikken Pferdeschwanz zusammen und steckte es mit einer ziselierten Silberspange fest. Zuletzt griff sie nach ihrem wollenen, mit Mustern verzierten Reiseumhang, der fast so viel wog wie sie selbst. Die Wolle war fest und dicht gewoben und schützte gegen Wind und Regen. Der Umhang war so weit, daß sie ihn einmal um ihren Leib wickeln mußte, ehe sie ihn über ihrer linken Schulter mit einer Spange, so groß wie ihre Faust, festhaken konnte.

Sie war bereits aus der Tür und ein gutes Stück den Korridor hinabgeeilt, bevor sie einen Gedanken daran verschwendete, was sie tat oder wohin das Elementarwesen sie führte. Es schmolz sich vor ihr als winziges Rinnsal durch den Fels – manchmal im Boden, dann wieder in den Wänden oder in der Decke, aber immer weit genug an der Oberfläche, daß Elora ihm folgen konnte. Sie bemühte sich, die Orientierung nicht zu verlieren, doch andererseits wagte sie nicht, ihren Führer auch nur einen Moment lang aus den Augen zu lassen. Die Zeichen, die das Elementarwesen hinterließ, waren nur einen Wimpernschlag lang auszumachen, und es sah sich kein einziges Mal um, ob sie Schritt halten konnte.

Die Gießereien lagen in einer Region des Gebirges, etwa auf halbem Weg zwischen den Minen und dem Bazar. Die Siedlung selbst lag ziemlich weit davon entfernt, einen ganzen Berg weiter, um genau zu sein, und war durch ein verzweigtes Labyrinth von Tunnels mit ihnen verbunden. Einige dieser Tunnel waren so breit, daß bequem ein Wagen durchfahren konnte – auf diese Weise wurden Waren transportiert –, doch die meisten waren für die Statur von Nelwyns gemacht.

Sie lief inzwischen durch Tunnel und Gänge, in die sie noch nie einen Fuß gesetzt hatte, die immer enger und niedriger wurden, so daß sie sich an manchen Stellen hindurchzwängen oder auf Händen und – den Göttern sei Dank – gepolsterten Knien vorwärtskriechen mußte, bis es schließlich überhaupt nicht mehr möglich war, sich aufzurichten, geschweige denn einmal richtig durchzuatmen. Schon bald hatte sie die ihr vertraute Umgebung der Nelwyn-Siedlung hinter sich gelassen und bewegte sich nun durch die Mine abwärts und hinab in eine Dunkelheit, die so abgrundtief war, daß ihr nur das kurze und flüchtige Aufglühen des Elementarwesens blieb, um sich eine ungefähre Vorstellung von dem zu machen, was an Hindernissen oder Gefahren vor ihr lag. Sie versuchte, das Elementarwesen mit ihrer Einsicht zu erreichen. Sie wollte es wenigstens überreden, sich langsamer zu bewegen, doch sie mußte feststellen, daß das Wesen kein richtiges Bewußtsein hatte oder etwas, das man im weitesten Sinn als solches bezeichnen konnte. Kein Gedanke, kein Verstand, kein Bewußtsein oder Wissen um irgend etwas, das über die entsetzliche Angst, die es erfüllte, hinausging und die damit verbundene, ebenso tief empfundene Gewißheit, daß Elora das einzige Wesen sei, das die Dinge wieder ins Lot bringen konnte.

Erneut stieß sie sich an einem zackigen Felsvorsprung ihren Kopf und sandte eine stumme, an Thorn und Torquil adressierte Danksagung zurück, daß sie ihr soviel Vernunft beigebracht hatten, im Hinausgehen ihre gepolsterte Schutzkappe auf den Kopf zu stülpen, die jeden Zusammenstoß mit dem harten Gestein dämpfte. Sie hatte keine Ahnung, wo sie war – außer daß sie sich tief im Innern eines Berges befand. Sie vermutete, daß sie sich inzwischen ebensoweit jenseits der Minen befand, wie es von dort zurück zur Nelwyn-Siedlung war, und außerdem hatte sie das mulmige Gefühl, daß sie ohne die Hilfe des Elementarwesens ziemliche Schwierigkeiten haben würde, jemals wieder zurückzufinden. Keiner der Gänge, durch die sie zuletzt gekommen war, war künstlich angelegt; sie war nur noch durch natürlich entstandene Spalten und Risse im Fels gekrochen oder geschlittert und versuchte nun, Analogien zu den Spalten, Schluchten und tiefen Tälern zu ziehen, die sich an der Oberfläche des Berges gebildet hatten. Es sprach einiges dafür, daß sie im Innern des Berges ihre Fortsetzungen und Entsprechungen fanden.

Endlich blieb das Elementarwesen stehen und flitzte im Fels unter ihren Füßen hin und her wie ein Leuchtkäfer in einem Marmeladenglas, wodurch genügend Licht entstand, die niedrige Höhle, in der Elora stand, mit einem fahlen

Schein zu erhellen. Es war nichts Schönes an dem sie von allen Seiten umschließenden Fels. Das Gewicht von Äonen hatte alle Feinheit aus seiner Substanz gepreßt, und was geblieben war, war härter als alles, was Elora jemals zuvor berührt hatte. Die Schichten des Gesteins waren so fest zusammengebacken, daß nicht einmal eine Spur von Wasser sie durchdrang, und die Luft war so muffig und schal, als sei sie seit ewigen Zeiten von keinem Windhauch mehr bewegt worden.

»Was ist das für ein Ort?« murmelte sie mehr zu sich selbst als an ihren Begleiter gewandt. Der Gedanke, der ihr durch den Kopf zuckte, das Elementarwesen könnte auf ihre Frage antworten, jagte ihr einen Angstschauer über den Rücken; schon ein einziges gesprochenes Wort würde die Luft vermutlich so sehr erhitzen, daß sie ihre Lungen verbrannte.

Der Berg ächzte.

Elora fühlte es zuerst als ein Beben unter ihren Füßen, und ihr Herz setzte vor Schreck einen Schlag aus, weil sie in ihrer ersten Panik glaubte, dies sei der Beginn eines Erdbebens. Ein solches zu überstehen war schon unter freiem Himmel schlimm genug, und sie verspürte nicht den geringsten Wunsch, eines mit einem ganzen Berg über ihrem Kopf zu erleben. Dann folgte ein tiefes, knirschendes Geräusch, das sich vom Fels direkt in ihre Knochen fortsetzte und sie in einer unwillkürlichen, stummen Grimasse mitempfindenden Schmerzes ihre Zähne entblößen ließ. Es fühlte sich an, als ob zackige Kristallblumen vom Kopf bis zu ihren Zehen hinab aus dem Mark ihrer Knochen aufblühten. Sie hatte einmal einen Gewittersturm auf einem Berggipfel erlebt und immer geglaubt, dies sei das gewaltigste und erhabenste Geräusch in der Natur, das sie in ihrer Fantasie immer mit der Vorstellung von einem hammerschwingenden Gott verbunden hatte, der alles in Trümmer schlägt, was in seine Reichweite gerät.

Doch das war eine Begegnung mit dem Element Luft gewesen, hier war sie umgeben von Fels.

Der Schock ließ ihre Knie weich werden, doch glücklicherweise war zu wenig Platz, um zu Boden zu stürzen. Sie sackte gegen den Fels, und ihre Beine verkeilten sich in dem engen Spalt und hielten sie aufrecht. So verharrte sie, bis sie wieder zu Atem gekommen war und einen klaren Gedanken fassen konnte. Sie legte zuerst ihre Hände flach gegen den Stein und dann ihre Stirn, und in diesem Zustand passiver Empfänglichkeit hörte sie die Schreie.

Schreie der Angst. Schreie der Pein. Zorn über das, was getan worden war, was getan wurde, was getan werden würde. Gefesselte, geknechtete Leidenschaft, in Ketten gelegt durch magischen Zauber, so finster, daß selbst die dunkle Höhlung, in der Elora steckte, wie von der Mittagssonne erhellt schien, und so stinkend, daß ein Schlachthaus im Vergleich dazu einen süßen Duft verströmte.

Sie blinzelte und stellte fest, daß sie erneut die Zähne entblößt hatte, doch diesmal zu einem wütenden Fauchen. Ein Luftzug streifte ihre Wangen und mit ihm ein Hauch von Hitze, eine kaum wahrnehmbare Spur von Schweißgeruch. Elora schob sich schnuppernd auf einen Felsvorsprung empor, dann auf einen nächsten und entdeckte einen schräg nach oben abzweigenden Spalt, gerade groß genug, sie aufzunehmen. Sie zwängte sich hinein, ohne einen Gedanken daran zu verschwenden, was geschehen würde, wenn sie steckenbliebe. Mühsam kroch sie vorwärts, und ganz allmählich änderte der Spalt seinen Verlauf von der Senkrechten hin zur Waagrechten. Doch nicht einen Augenblick dachte Elora daran, etwas von ihrer Kleidung abzulegen. Jedes Stück davon erfüllte einen Zweck, und sie war nicht bereit, das Risiko einzugehen, ohne ihren Schutz weiterzukriechen.

Plötzlich verlor der Fels unter ihren Fingerspitzen jegliche feste Konsistenz. Einen flüchtigen Augenblick lang bewegte er sich, als existiere jedes seiner Partikel für sich alleine wie Sandkörner an einem Strand, von denen ein jedes einzeln mit Energie überladen war. Er knisterte bei der Berührung, ähnlich wie das Fell einer langhaarigen Katze, wenn man sie streichelte. Sie riß ihre Hände fort, so schnell sie konnte, und rieb sie aneinander. Sie waren ganz taub –

vor Kälte, wie sie zuerst dachte –, doch dann fühlte sie, daß ihre Haut von einer öligen Substanz bedeckt war, die sich entsetzlich ekelhaft anfühlte.

Ein seltsamer Singsang drang jetzt an ihr Ohr, der von den Verwerfungen und Höhlungen, den auf- und absteigenden Spalten und Rissen des Gesteins so verzerrt wurde, daß sie weder zu sagen vermochte, aus welcher Richtung er kam, noch wie weit er entfernt war. Was immer das für eine Zeremonie war, die da abgehalten wurde, der Berg war offenbar alles andere als glücklich darüber. Wenn die Erde ähnlich darauf reagierte wie sie, dann war dies kein Ort, an dem man sich länger aufhalten sollte als unbedingt nötig.

Rückzug war leider keine Alternative. Selbst wenn es ihr gelingen würde, sich rückwärts aus dem Spalt zu schieben, bezweifelte sie, daß die Höhlung ein sicherer Platz sein würde. Der einzige Ausweg, der ihr blieb, war, weiter vorwärts zu kriechen

Sie fühlte ein fernes Vibrieren, ein Sammeln von Kräften, und sie streckte sich zu ihrer ganzen Länge, den Schmerz in ihrem Rücken oberhalb des Beckengürtels ignorierend, als sie ihre Knie so hoch sie konnte gegen den Fels stemmte, während sie mit Zehen und Nägeln nach Halt suchte, sich in den winzigsten Spalten und Unebenheiten des Gesteins festklammerte und betete, daß keiner ihrer Haltegriffe brach.

In der Ferne war ein dumpfes Rumoren zu hören, ein Knirschen von Stein gegen Stein, das rasch zu einem grauenvollen Kreischen anschwoll, ein tektonischer Spasmus, der an Heftigkeit und Ausdehnung zunahm, während er mit atemberaubender Geschwindigkeit auf sie zu rollte. Erneut spielte ihr ihre Erinnerung einen Streich, und sie hatte eine Vision von jener furchtbaren Welle, in der sie und ihre Begleiter auf ihrer Flucht von Angwyn im Ozean des Sonnenuntergangs um ein Haar ertrunken wären. Wie damals fühlte sie, wie ein ohrenbetäubendes Tosen und eine unaufhaltsame Macht, die ihr Begriffsvermögen überstieg, ihre Sinne vernebelte und überwältigte. Sie hörte sich selbst schreien – es klang jedoch nicht wie das gellende Kreischen eines jungen Mädchens, sondern eher wie ein heulendes Bellen, das vom tiefsten Grund ihrer Eingeweide emporstieg und dem Zorn des Berges Einhalt gebieten sollte wie ein erhobener Speer einem anstürmenden Feind.

Der Kampf war ebenso schnell beendet, wie er begonnen hatte: Als die Erde erbebte, wurde Elora Danan gewaltsam ins Freie geschleudert und durch die Luft gewirbelt. Die Landung war höchst ungraziös – wohl genau das, was man als eine Bauchlandung bezeichnet, die im Wasser eine mächtige Fontäne hätte aufspritzen lassen. Da sie jedoch auf Felsgestein landete, trieb es ihr lediglich alle Luft aus den Lungen, und vor ihren Augen explodierten grellfarbige Punkte und Spiralen der unterschiedlichsten Größe und Form.

Der Singsang war jetzt lauter und manifestierte sich auf einer Vielzahl von Ebenen – nicht nur in Form von Tönen, die sich zu Worten zusammenfügten, sondern auch in Erscheinungsformen von Zauberkraft.

Das Elementarwesen glühte direkt unter Eloras Nase, ungeachtet des warnenden Blicks, den sie ihm zuwarf. Es hatte sich zu einer kleinen Kugel zusammengerollt, einer Murmel. Mit erkennbar menschlichen Zügen, die aus Angst, entdeckt zu werden, so wenig wie möglich zu leuchten versuchten. Elora wußte, dies war das Äußerste, zu dem das kleine Wesen fähig war.

Die ölige Konsistenz des Gesteins, die sie in dem Spalt gefühlt hatte, hatte sich jetzt auch auf die Luft übertragen und gab ihr das Gefühl, von Kopf bis Fuß mit Schleim bedeckt zu sein. Ihre Haut und Kleider fühlten sich glitschig an, und sie bewegte sich mit äußerster Vorsicht, für den Fall, daß auch die Sohlen ihrer Stiefel und der Fels, auf dem sie ging, mit dem glitschigen Schleim überzogen waren. Dabei machte ihr nicht so sehr die Möglichkeit angst, daß sie hinfallen könnte, sondern daß sie dadurch vielleicht die Aufmerksamkeit auf sich lenken würde.

Je näher sie dem Ursprung des Singsangs kam, um so größer wurde diese Sorge. Selbst als es nicht mehr zu leugnen gewesen war, daß sie kein Talent für die Geheimen

Künste besaß, hatte Thorn ihr alles, was er selbst über Magie, Zauberei und sogar Geisterbeschwörung wußte, beigebracht. Er lehrte sie, Beschwörungen und Zauberbanne zu erkennen – so wie ein Jäger die Fährte eines Tieres liest –, und wie man sie abwehrt und bekämpft. Mehr als einmal hatte sie ihm gebeichtet, daß sie in all dem keinen Sinn sähe, weil sie niemals dazu in der Lage sein würde, einem Zauberer auf seinem Gebiet entgegenzutreten, so wie sie gegen eine Kriegerin wie Khory Bannefin nicht mit dem Schwert bestehen könne.

Er hatte gelächelt, als sei sie soeben über eine der großen transzendenten Wahrheiten gestolpert. »Genau darum geht es«, hatte er mit sanfter Stimme geantwortet, und sie verstand nicht wirklich, was er damit meinte. »Man tritt jemandem wie Khory nicht mit dem Schwert entgegen, man muß einen anderen Weg finden, wenn man gegen sie siegen will. *Du* wirst gegen einen Zauberer nicht mit Zauberkräften kämpfen, weil du das nicht kannst. Aber du kannst dein Wissen gebrauchen, um ihn zu durchschauen und seine Stärken und Schwächen herauszufinden, so wie Torquil einen Fels betrachtet, um festzustellen, wo er ihn am besten zerteilen kann. Sie erwarten immer ihresgleichen, denn gleich und gleich gesellt sich gern, Elora. Krieger kämpfen mit dem Schwert, weil sie es so gelernt haben. Mit Zauberern ist es ebenso – nur arbeiten sie mit Zaubersprüchen und Beschwörungsformeln. Du mußt nur eine Möglichkeit finden, wie du sie täuschen kannst, so wie es der Betrüger in Angwyn getan hat, und du wirst sie bezwingen.«

In dem Singsang der Beschwörungsformel war ein deutlicher Rhythmus auszumachen, der die monotone Litanei vorantrieb, die Elora sogleich als die Standardformel eines Fesslungszaubers erkannte: *eins* und *zwei* und *drei* und VIER und *eins* und *zwei* und *drei* und *VIER …*

Die Kulmination eines jeden Verses war eine Spur lauter als im Vers zuvor, und das Tempo des Singsangs nahm ebenfalls zu wie eine langsam, aber stetig auf Touren kommende Maschine zum Schmieden von Ketten, die Stacheln hatten und unzerbrechlich waren. Doch es war nicht nur der

Zauber alleine, der Elora Furcht einjagte, auch das Wesen, was immer es sein mochte, das dieser Zauber bannen sollte, machte ihr angst.

Vorsichtig kroch sie eine schräg ansteigende Felsplatte empor, wobei sie beim Ausatmen unwillkürlich die Lippen blähte, um den Geschmack eines jeden Atemzugs aus ihrem Mund zu stoßen. Es war nichts Organisches an dem Fels, und sie konnte sich des beklemmenden Gefühls nicht erwehren, daß etwas um sie herum tot und von Fäulnis befallen war. Und voller Grauen fragte sie sich, ob es möglicherweise der Berg selbst war.

Jenseits des Felsbandes öffnete sich eine Höhle von der Größe einer durchschnittlichen Nelwyn-Schmiede. Der Boden war geebnet worden, so daß er nun eine verhältnismäßig flache und ebene Fläche bot. Und auf einer Seite hatte man ein Becken aus dem Fels geschlagen, das bis zum Rand mit flüssigem Feuergold gefüllt war. Zuerst dachte Elora, es sei nur geschmolzener Fels, doch dann tauchte eine schimmernde, sich wellende Form aus der Oberfläche empor, und Elora grub ihre Zähne in ihre behandschuhte Faust, um ein entsetztes Aufstöhnen des Wiedererkennens zu unterdrükken. In der Höhle herrschte eine Hitze wie in einer mit allen Essen arbeitenden Schmiede, doch durch Eloras Adern kroch eine arktische Kälte, die sie am ganzen Leib erzittern ließ.

Das letztemal hatte sie sie vor drei Jahren gesehen, auf einem Pferderücken im Hain von Cherlindrea, einen halben Kontinent weiter westlich, als der Betrüger sie losgelassen hatte, um den Wald zu vernichten, der nicht verbrannt werden konnte. Es waren Feuerdrachen.

Für die meisten Bewohner der Großen Reiche auf beiden Seiten des Schleiers waren sie Wesen, die es nur in Legenden gab. In einigen dieser Legenden wurden sie als eine der Kernkräfte des Kosmos bezeichnet, die in den schmelzflüssigen Herzen der Sterne selbst ihr Zuhause hatten, während andere Legenden davon berichteten, daß sie diejenigen seien, die Löcher in das samtene Tuch des Firmaments brannten, durch die das Licht des Himmels auf die erwachende

Welt fiel. Sie waren mit Drachen oder Dämonen verwandt, doch so genau wußte das niemand zu sagen. Allen Legenden gemeinsam war jedoch, daß sie Wesen von aufbrausender, ungezügelter Leidenschaft waren, deren quecksilbriger Geist ihrer veränderbaren Substanz durchaus gerecht wurde. Wenn sie intelligent waren, bewegten sich ihre Gedanken in Bahnen, denen zu folgen weder den Daikini noch den Schleierleuten leichtfiel, und jene, die es versuchten, wurden bei einer solchen Begegnung nicht selten in den Wahnsinn getrieben.

Sie besaßen eine nahezu unermeßliche Macht, gepaart mit so ungeheurer Kraft, daß es schon eines unvorstellbar starken und alles umfassenden Zaubers bedurfte, sich Hoffnung machen zu können, sie in Fesseln zu legen. Allenthalben in den Zwölf Reichen sprach man von ihnen wie von dem Bären, den man am besten in seiner Höhle schlafen ließ, dem man tunlichst aus dem Weg ging und den man auf gar keinen Fall störte oder gar weckte. Doch irgendein Zauberer hatte die ganze Schar von Feuerdrachen gefangengenommen, und wie es schien, war er noch immer damit beschäftigt, seinen Zauberbann über sie zu legen.

Sie konnte fünf Gestalten ausmachen; vier davon in weite Gewänder und Schatten gehüllt, die sich in rituellem Gleichtakt in einiger Entfernung hinter ihrem Gefährten bewegten, der unmittelbar am Rand des Beckens stand. Er war derjenige, der dieses widerliche Ritual durchführte. Elora sah, wie er einen speerähnlichen Stab durch die Tiefen des Magma-Beckens zog und dann in die Luft schwang. Von dort, wo sie lag, sah es aus, als schreibe der Mann damit magische Zeichen auf den Fels vor ihm, doch Elora wußte es besser. Es war, als hinterließe jeder Schwung und Krakel mit der Nadelspitze des Zauberstabs sein Brandmal auf ihren Nervenendungen, als der Magier die Symbole von rohem Feuer im Abstand von ungefähr einer Körperlänge eines Nelwyns vor der Felswand in die Textur der Luft brannte.

Das Gesicht des Magiers war unter einer grauenvoll bizarren Dämonenmaske aus Eisen und Leder verborgen, die er wie einen Helm über den Kopf gestülpt trug. Sie war mit Edelsteinen besetzt, und aus der Stirn ragten rechts und links Widderhörner empor. Ein einziger Blick in das Gesicht der Maske, das wußte sie, würde den Betrachter mit Entsetzen und Grauen erfüllen, denn sie verfolgte die Absicht, jedes Wesen, welches herbeigerufen wurde, zu verwirren und glauben zu machen, es stünde vor seinesgleichen. Bei einem flüchtigen Blick konnte man die Steine für Rubine halten, denn in ihnen glühte das dunkle, rote Feuer eines schweren Weins, doch auch dies wußte Elora besser: Es waren Blutsterne – Thorn hatte sie das während ihrer Flucht gelehrt –, magisch aufgeladene Kristalle, die die magischen Fähigkeiten des Trägers bündelten und verstärkten. Um sie aufzuladen, damit sie ihre ganze unheilvolle Kraft entfalten konnten, war jedoch die Durchführung eines Blutopfers nötig.

Elora schmeckte eine metallische Flüssigkeit auf ihrer Zunge und stellte fest, daß aus dem Abdruck ihrer Zähne auf ihrem Daumenballen Blut sickerte. Sie tauchte die Spitze des kleinen Fingers ihrer anderen Hand in einen Blutstropfen und malte mit kurzen, exakten Strichen ihre eigenen magischen Zeichen auf den Fels unter ihr. Wenn sie wirklich so etwas wie ein Leuchtfeuer auf einer Klippe war, wie Torquil gesagt hatte, müßte die Kombination des Herbeirufungszaubers mit ihrem eigenen Blut, mit dem sie die magischen Zeichen geschrieben hatte, das Elementarwesen eigentlich zu ihr zurückrufen. Die anderen Feuerdrachen würden in ihrem Gefängnis die Herbeirufung nicht hören, und auch der Magier und seine Gehilfen waren viel zu sehr mit ihrem eigenen niederträchtigen Tun beschäftigt, um ein so winziges und zudem gezielt gebündeltes Signal überhaupt wahrzunehmen. Zumindest hoffte sie dies. Einen Herzschlag später erschien das Elementarwesen und umströmte mit seiner Substanz die Zeichen, die Elora mit ihrem Blut auf den Fels gemalt hatte, bis sie zu leuchten begannen.

»Ich hätte dich von Anfang an erkennen müssen«, flüsterte sie leise, obwohl es keinen Grund dafür gab. Sie hatte noch nie zuvor einen jungen Feuerdrachen gesehen, geschweige denn einen neugeborenen, und in diesem Stadium ihrer Entwicklung sahen sie den kleineren Elementarwesen täuschend ähnlich, denen sie und die Fels-Nelwyns schon oft begegnet waren.

Rasch, doch ohne Hast, denn sie durfte sich jetzt keine Achtlosigkeit erlauben, bedeckte sie die magischen Zeichen mit ihrer rechten Hand. Dann sog sie die Luft so tief in ihre Lungen, daß sie glaubte, ihre Rippen müßten zerspringen. Die Wärme des kleinen Feuerdrachen strömte durch ihren Körper, und sie fühlte, wie sich die Substanz seines Wesens entlang ihrer Nervenbahnen ausbreitete. Zugleich sandte sie einen Aspekt ihres eigenen Bewußtseins aus, der den Feuerdrachen durchströmte wie er sie, bis sie beide denselben, eins gewordenen Körper einnahmen.

Das Denken wurde nun mühselig. Der Feuerdrache war einfach nicht alt genug. Er war noch immer ein von seinen Instinkten geleitetes Wesen, dessen Wünsche augenblicklich erfüllt werden mußten oder ebenso schnell wieder vergessen waren. Er konnte so gut wie nichts in seinem Gedächtnis behalten und lebte völlig im Hier und Jetzt des Augenblicks. Daß er zu ihr zurückgekommen war und dies mit einer klaren Absicht, war deshalb um so bemerkenswerter.

Sie würde niemandem helfen können, wenn sie zuließe, daß seine Natur die ihre überwältigte, doch dies zu verhindern erforderte Zeit und Geduld und brachte eine bedauerliche Verzögerung ihres eigenen Vorhabens mit sich, da jeder Gedanke und jede Erwiderung zunächst durch ihr menschliches Bewußtsein gefiltert und verarbeitet und dann erst durch ihr Feuerdrachen-Bewußtsein zum Ausdruck gebracht werden konnten. Während der kleine Feuerdrache durch den Fels voranglitt, verstand Elora die Angst, die ihn zu ihr getrieben hatte, und den immer heftiger werdenden Schmerz, der sich bis in das Herz der Berge hineinbohrte. Die anderen Feuerdrachen schrien nun und warfen sich in wilder, doch vergeblicher Verzweiflung gegen die magischen Fesseln, die sie gefangenhielten, ringelten und wanden sich in panischer Angst, während sie versuchten, der Spitze des Speers zu entgehen, der immer häufiger und schneller ins Becken tauchte und von ihnen ihr Leben und ihre Macht forderte.

Elora hatte schon zuvor Welttore gesehen, die Toröffnungen, die das Durchschreiten des Schleiers erlaubten, der das Reich der Welt von jenem des Geistes trennte, und denen, die im Reich des Fleisches lebten, den Übertritt von dem einen in das andere ermöglichten. Soviel sie von Thorns Bemühungen, sie darüber aufzuklären, im Kopf behalten hatte, was – wie sie allmählich zu vermuten begann – herzlich wenig war, konnte man sie nur an den Schnittpunkten von verborgener magischer Energie finden, die die Cascani Ley-Linien nannten. Angeblich gab es in der näheren Umgebung des Siedlungsgebiets der Fels-Nelwyns keine davon.

Doch hier war ein Zauberer, der ein solches Welttor aus dem Nichts errichtete.

Deshalb also braucht er die Feuerdrachen, dachte sie. *Was sonst im Reich der Natur könnte ausreichend große Macht besitzen, ein Welttor zu errichten und aufrechtzuerhalten?*

Sie hatte bisher kaum einen Gedanken daran verschwendet, was hier vor sich ging und welches der eigentliche Grund war für die Gefangennahme der Feuerdrachen und die Errichtung eines Welttors. Es war ihr auch ziemlich egal. Hier ging es um Kreaturen, die sie kannte, denen sie Freundschaft angeboten hatte, die dann wiederum mit Freundschaft erwidert worden war. Sie waren in Gefahr, und weder in ihrem Kopf noch in ihrem Herzen war der geringste Zweifel, daß die Macht, die sie bedrohte, böse war. Und ebenso zweifelte sie keine Sekunde lang daran, daß sie alles versuchen würde, um sie zu retten.

Die Frage angesichts eines derart mächtigen Feindes war lediglich – wie?

Als sie bereits glaubte, am Ende ihrer Weisheit angelangt zu sein, hatte sie eine Idee.

Die vier Männer im Hintergrund hielten mit ihrem Singsang die Fesselung außerhalb des Beckens aufrecht. Außerdem halfen sie, das Tor zu stützen. Je näher der Zauber seiner Vollendung kam, um so mehr Aufmerksamkeit und Konzentration wurde von ihnen verlangt. Dies machte sie verwundbar.

Mit Hilfe ihrer EinSicht und ein paar bedenkenlosen Schmeicheleien brachte Elora den kleinen Feuerdrachen dazu, das zu tun, was sie wollte, und als sie sich den vier Sängern von unten durch den Fels näherten, raffte sie noch einmal ihrer beider ganzen Grips zusammen. Sie sah die Szene durch die Augen des kleinen Feuerdrachen und registrierte, daß die Füße der Gehilfen des Zauberers den Fels wie mit Hämmern bearbeiteten und mit jedem Aufstampfen Schauer einer unheilvollen Energie durch das gesamte Gefüge des Berges sandten. Wenn es irgendwo eine schwache Stelle in der Textur des Gesteins oder einen Riß im Gefüge des Felsens gab, dann würden sie ihn finden und ihn – hatten sie ihn erst einmal aufgespürt – wieder und wieder um ein Stückchen tiefer und breiter machen, bis die Stabilität des Berges nur mehr eine schreckliche Täuschung war. Der Fels, der den Fels-Nelwyns immer Schutz und einen sicheren Hort geboten hatte, würde dann Verderben und Vernichtung über sie bringen.

Für den kleinen Feuerdrachen wäre es ein leichtes gewesen, die vier Gehilfen des Zauberers mit einem einzigen Atemhauch in Asche zu verwandeln. Ein Teil von Elora dürstete danach, dieser Versuchung nachzugeben, doch eine derart plötzliche und abrupte Unterbrechung des Zauberbanns würde nicht nur für Elora und den kleinen Feuerdrachen, sondern wahrscheinlich auch für die erwachsenen Feuerdrachen katastrophale Folgen haben. Sosehr es sie auch frustrierte, Behutsamkeit und Cleverness waren der bessere Weg.

Deshalb bat sie den kleinen Feuerdrachen, seine instinktive Angst zu überwinden und einen der vier mit einer Nadel aus weißglühenden Flammen durch die Sohle seiner Stiefel hindurch in den Fuß zu picken. So kurz wie nur irgend möglich, ein Stich, den er spürte, der aber schon wieder weg war, ehe er ihn richtig wahrnahm. Prompt kam der Gehilfe für den winzigen Bruchteil eines Augenblicks aus dem Gleichtakt mit seinen Gefährten.

Sie piekste erneut mit der Feuernadel, diesmal einen der anderen, dann den nächsten. Einige willkürlich verteilte Stiche, so schnell und so kurz hintereinander, daß sie die vier gar nicht bewußt wahrnahmen, genügten, die Nervenendungen des Quartetts so weit zu reizen, daß sie alle vier einen Wimpernschlag lang aus dem Takt kamen.

Als sie wieder in die tröstliche und behagliche Masse des Felsbodens zurückglitt und dem stampfenden Rhythmus über ihr lauschte, konnte sie sich ein Grinsen nicht verkneifen. Sie hatte das Gleichmaß der Beschwörungsformel durchbrochen, und sie hatten es nicht bemerkt.

Dies änderte jedoch noch gar nichts. Die Fesseln hielten noch immer, anscheinend ebenso fest wie zuvor, erneuert und verstärkt mit jeder Wiederholung des Gesangs. Doch nun trugen diese Wiederholungen einen winzigen Makel in sich, der mit jedem Zyklus der Formel größer wurde. Und – Glanzleistung ihres Bravourstücks und Gipfel des Triumphs – während der Beschwörungszauber allmählich seinem Höhepunkt zustrebte und der Zauberer mit den ebenfalls immer rascher aufeinanderfolgenden Pflichten und Obliegenheiten seiner Rolle vollauf beschäftigt war, hatte er noch gar nicht bemerkt, daß etwas nicht stimmte.

So viel Glück würde natürlich nicht von Dauer sein. Und nicht nur das – in dem Augenblick, in dem er den Makel bemerkte, würde er auch erkennen, daß dies kein Zufall war. Selbst wenn Elora unentdeckt bliebe, würde die Höhle sogleich mit einem so starken Schutzzauber überzogen werden, daß sie ihn nie und nimmer durchbrechen konnte. Oder noch schlimmer: Es konnte passieren, daß sie außerhalb ihres Körpers in der Falle saß und keinen Weg mehr zurück fand.

Sie huschte hinüber zum Becken, um auch dort Unruhe zu stiften, entschlossen, mit noch mehr Vorsicht und Behutsamkeit zu Werke zu gehen als gegen die Sänger. Sie durfte auf keinen Fall riskieren, daß die anderen Feuerdrachen auch nur ahnten, was vor sich ging, denn in ihrer Panik würden sie dem Zauberer durch ihr Verhalten Eloras Aktivitäten sicherlich verraten. Das Allerschwierigste für sie war, sich selbst dazu zu zwingen, sich Zeit zu lassen: zwar so schnell zu arbeiten, wie es ihr möglich war, doch immer im Rhythmus ihres Tuns zu bleiben, was bedeutete, daß sie die verzweifelten Schreie der Feuerdrachen ignorieren mußte, denen es immer seltener gelang, der zustoßenden Lanze des Zauberers zu entgehen. Paradoxerweise nahm seine Treffsicherheit, je weniger Feuerdrachen noch in dem Becken lebten und je mehr Platz sie zum Ausweichen hatten, immer mehr zu. Jeder Stoß fand sein Ziel, und ein zukkender, sich windender Flammenaal nach dem anderen mußte seine Lebenskraft für die Festigung der über ihnen aufragenden Konstruktion lassen. Das kleine Geschöpf, mit dem Elora sich verbunden hatte, blieb von dem stattfindenden Massaker nicht unberührt, und sie mußte einen Teil ihrer Konzentration, den sie eigentlich nur schwerlich erübrigen konnte, darauf verwenden, es davon abzuhalten, sich wie seine Artgenossen in dem verzweifelten, doch vergeblichen Versuch, ein Loch in ihr Gefängnis zu reißen, gegen die Fesseln des Zauberbanns zu werfen.

Für die, deren Sinne scharf genug sind, sie wahrzunehmen, erscheinen Zauberbanne zunächst wie massive, solide Objekte – Mauern oder Kugeln von schimmernder Durchsichtigkeit, die jedoch von fast unsichtbar bis hin zu absolut undurchsichtig variieren können. Dieser erste Eindruck ist gefährlich irreführend. In Wirklichkeit bestehen Zauberbanne aus einem ineinander verwobenen Gitter aus Energie, dessen Stärke davon abhängt, wie dicht die ›Fäden‹ gewoben sind und wie kompliziert das Webmuster ist. Ein großmaschiges, einfach geknüpftes Netz ist überraschend porös, während das Gegenteil davon so gut wie undurchdringlich ist. Das hängt von der Willensstärke des Zauberers ab, der den Bann errichtet hat und aufrechterhält.

Dieser Zauberbann hier war nahezu massiv; deshalb hatte Elora sich auch zuerst gegen die Sänger gewandt. Mit diesem Angriff hatte sie einen Makel in die Matrix für die Aufrechterhaltung des Banns implantiert. Und in dem Maß, in dem die oberflächlichen Schichten der Bannstruktur durch die ständigen Attacken der gefangenen Feuerdrachen zerfetzt und abgelöst wurden, pflanzten die neuen Schichten, die sie ersetzten, diesen Makel in die Fundamentstruktur des Energiefeldes.

Ohne zu zögern huschte Elora zu dem Energiefeld empor und begann, winzige Fäden der Substanz des kleinen Feuerdrachen in die den Makel in sich tragenden Energiestränge des Bannes zu flechten. So nahe am Geschehen, besaß sie keinen wirksamen Schutz mehr gegen das, was über ihr vor sich ging. Jeder Stoß mit der Lanze löste einen schmerzvollen Nachhall tief in ihrem Innersten aus – *wie das, was ich mit den Sängern gemacht habe,* dachte sie mit einiger Selbstironie, *nur viel schlimmer* –, eine schnelle Aufeinanderfolge von Schnitten mit einer Rasierklinge, die nicht bluteten und keine physischen Verletzungen verursachten, aber dennoch schmerzten. Sie ignorierte den Schmerz und konzentrierte sich auf ihre Aufgabe und das Ziel.

Als sie die Fäden fest verflochten hatte, sammelte sie ihre ganze Kraft in sich und erlaubte sich ein grimmiges Grinsen, denn was nun kam, war etwas, das nur sie alleine tun konnte und sonst niemand auf der Welt oder in allen Reichen. Aus Gründen, die ihr und Thorn nach wie vor schleierhaft waren, war sie gegen jede Magie immun; Zauberformeln und Verwünschungen perlten von ihr ab wie Wasser von einer Ente.

Und kein Zauberbann konnte sie fesseln.

Sie sandte ein winziges Quantum ihres innersten Wesens entlang des Feuerstrangs, den sie gelegt hatte, und der Teil des Banns, gegen den sie ihre Attacke gerichtet hatte, schrumpfte bei der ersten Berührung in sich zusammen. Sofort schickte sie ein weiteres, um einiges größeres Quantum ihres Wesens in den Körper des sich unverzüglich in die Bresche werfenden kleinen Feuerdrachen und verband auf diese Weise ihre Kraft mit seiner Form, um den Fluchtweg offenzuhalten, während sie den anderen zurief, daß der Weg in die Freiheit jetzt offen sei.

In wilder Flucht stürmten die Feuerdrachen wie eine in Panik geratene, alles niederstampfende Büffelherde über Elora hinweg, während sie gleichzeitig das Gefühl hatte, inmitten eines glitschigen, sich schlängelnden Schwarms von ziehenden Lachsen geraten zu sein. Mehr Körper, als sie zu zählen vermochte, huschten an ihr vorbei und hüllten sie in einen leuchtenden Strom von flüssigem Feuergold. Zu verbergen, was vor sich ging, war nun nicht mehr möglich. Die Sänger wußten sofort, daß die magische Formel ihres Gesangs, der den Zauberbann aufrechterhielt, durchbrochen war, und sie schlugen mit ihrer ganzen geballten magischen Kraft zurück. Dicke Stränge magischer Energie versuchten, das Loch im Gefüge des Banns zu überspringen, um das Geflecht des Zauberbanns wieder zu schließen. Doch sie ließ sich aus der Substanz des kleinen Feuerdrachen so viele Hände, wie sie brauchte, wachsen, um sie noch im Flug in Asche zu verwandeln, während sie zugleich ihre magischen Muskeln spannte, um die Öffnung größer zu machen.

Doch diese ihr von der Natur gegebenen Fähigkeiten reichten nicht aus. Sie hatte Kraft, sie hatte Wissen, und sie hatte Mut, doch dies alles genügte nicht. Zuerst einer, dann ein zweiter, schließlich ein dritter Faden schafften den Sprung und knüpften die Anfänge eines Kokons, den sie, wie sie fürchtete, nur schwer würde aufbrechen können, und sie begriff, daß es auch für sie bald an der Zeit war, die Flucht zu ergreifen.

Sie kam nicht mehr dazu.

Ohne die geringste Warnung krümmte sich Eloras materieller Körper in seinem Versteck auf der Felsbank im Hintergrund der Höhle mit einem heiseren, nicht mehr zu unterdrückenden Schrei zusammen, als die glühende, mit Widerhaken versehene Spitze der Lanze des Zauberers die kleine, schlanke Gestalt ihres Feuerdrachen durchbohrte.

Der Schock der Berührung war so groß, daß sie die Gewalt über den Zauberbann verlor. Bevor sie wußte, wie ihr geschah, wurde sie aus dem inzwischen leeren Becken in die Luft emporgespießt. Wie so viele seiner Artgenossen vor ihm, versuchte der kleine Feuerdrache vergeblich, sich loszuwinden. Und Elora konnte ihm nicht helfen, denn dies war zuallererst ein körperlicher Angriff, und ihre besonderen Fähigkeiten waren dagegen machtlos.

»Potz Blitz!« hörte sie den Zauberer verwundert ausrufen, als er den kleinen Feuerdrachen wie eine Trophäe in die Luft hielt. »Was haben wir denn hier?«

Die kleine Kreatur spie ihm Feuerzungen entgegen, doch der Zauberer lachte nur, als die Flammen ohne Wirkung von seinem Gewand abprallten. Gemeinsam mit dem Feuerdrachen versuchte Elora ihr Bestes, wenigstens einigermaßen die Kontrolle über die Situation wiederzuerlangen, um die Eindrücke, die seine Sinne erreichten, so umzudefinieren, daß sie sie verstehen konnte. Zuallererst bedeutete dies die Manifestation von Augen, mit denen sie sehen konnte, doch das Bild, das sich ihr bot, war so ungeheuerlich, daß sie sich schlichtweg weigerte, es zu glauben.

Der Zauberer, der dieses schändliche Ritual veranstaltet hatte, war ein Nelwyn!

Im gleichen Augenblick realisierte er, daß er weit mehr als ein gewöhnliches Elementarwesen gefangen hatte.

»Sieh an, sieh an«, brummte er. »*Wen* haben wir denn hier?«

»Carig«, rief einer seiner Gehilfen, und zu ihrem Entsetzen sah Elora, daß auch sie Nelwyns waren. »Die Drachen sind weg.«

»Das macht nichts. Sie haben ihren Zweck erfüllt und der hier, denke ich, ganz besonders.«

»Aber sie kommen bestimmt zurück.«

»Wenn dir das so große Sorgen bereitet, Samel, solltest du am besten zusehen, daß du den Bann aufrechterhältst. Vergiß nicht, sie können niemanden rösten, den sie nicht berühren. Natürlich«, fuhr er, zu Elora und dem kleinen Feuerdrachen gewandt, in normalem Plauderton fort, »gäbe es gar keinen Grund für sein Gezeter, wenn er seine Arbeit richtig gemacht hätte. Das war eine nette kleine Hinterlist, das muß ich zugeben. Aber ich hätte es selbst bemerken müssen. Geschieht mir ganz recht, wenn ich mich auf Stümper verlasse. Und ihnen geschieht es recht, wenn ich sie verbrennen lasse.«

Wer bist du? fragte Elora wortlos, obgleich sie wußte, daß er sie nicht hören konnte. *Warum tust du das? Wie kannst du dein eigenes Volk verraten?*

»Sie glauben, sie haben ein sicheres Plätzchen gefunden in ihren Felslöchern, in denen sie wie die Maden im Speck leben und sich darauf verlassen, daß ihre Felszauber sie schützen. Es wird ihnen die Augen öffnen, wenn derselbe Fels sie zermalmt und verbrennt und von ihrer ach so geliebten Siedlung nichts mehr übrigbleibt als Erinnerung. Sie waren sich so sicher, daß ein Tor nur dort errichtet werden kann, wo die Gesetze der Natur es zulassen. Haben mich einfach davongejagt, weil ich gesagt habe, daß mit der richtigen Ausrichtung der Kräfte die Matrix für ein Welttor an jedem verdammten Ort errichtet werden kann. Manya hat mir geglaubt, das muß ich zugeben. Hat nur einen Blick auf meine Berechnungen geworfen und wußte, daß ich recht hatte. Und dann hat sie dafür gesorgt, daß ich auf der Stelle verbannt wurde, weil die Mittel, mit denen ich meine Konstruktion errichten wollte, wie sie sagte, niederträchtig und abscheulich sind.«

Er grinste selbstzufrieden, und Elora sah in seinen Augen einen Ausdruck, wie sie ihn noch nie zuvor gesehen hatte, einen unersättlichen Hunger, gepaart mit einem Geist, so tot wie Asche. Es waren Augen, die selbst Bavmorda hätten innehalten lassen, in denen eine Grausamkeit glomm, die sie nicht begreifen konnte.

»Der Plan«, fuhr er fort, »ist, das Gefüge des Bergs zu unterminieren. Das Öffnen des Tors wird das Becken hier wegfegen und jeden Zauberbann zerschmettern wie die Flutwelle eines gebrochenen Damms. Der Ehrwürdige Alte, den ich herbeirufe, wird die Feuerdrachen vor sich her jagen. Und sie folgen dem Weg des geringsten Widerstands: Durch die Risse und Spalten, die unser Volk im Fels erweitert hat, die Tunnel und Gänge, werden sie wie eine Sturmflut in die Mine und die Siedlung brechen. Und die, die mich davongejagt haben, werden verbrennen und mit ihnen ihr ganzer schöner Berg. Und jeder wird glauben, sie haben das Verderben selbst über sich gebracht. Niemand wird hinter dem, was offensichtlich ist, etwas anderes vermuten und den wahren Zweck dieser kleinen Übung erkennen. Niemand wird bemerken, was für eine furchtbare Macht nun diese Welt heimsucht, bevor es längst zu spät ist.«

»Genauso wird es sein«, fügte er mit einem irrsinnigen Grinsen hinzu.

Mit einem plötzlichen Ruck des Handgelenks warf er seinen Speer. Der Schaft zersplitterte, als er auftraf, und sandte einen Schauer flüssigen Metalls empor, der nur das Welttor traf und als Fixiermittel wirkte, welches alle magischen Zeichen fest an ihrem Platz verschmolz. Der kleine Feuerdrache heulte auf und Elora mit ihm, als ihr gemeinsamer Körper zusammengepreßt und geformt wurde, bis er in die für ihn bereitete Gußform paßte, und dann mit einer Substanz durchtränkt wurde, die sowohl den Körper als auch den Geist betäubte. Schneller, als ein menschlicher Herzschlag dauert, wurde der kleine Feuerdrache kalt wie ein toter Stein, und in dem Maß, in dem seine Feuer immer matter glommen, wurde auch die Verbindung zwischen Elora und ihrem Körper schwächer und schwächer. Als ihre Gedanken zu einem schnellen Flug ansetzen wollten, kamen sie ins Straucheln, stürzten ab und ertranken in Teer.

Das Tor war vollendet. Die Herbeirufung hatte begonnen.

Elora hörte Musik. Es war das einzige Wort, das ihr dafür in den Sinn kam, obgleich die Klänge, die sie mit dem Wort assoziierte, keinerlei Ähnlichkeit mit irgendeiner Komposition besaßen, die sie jemals gehört hatte. Die Melodie strömte aus der Dunkelheit jenseits des Welttors, schlängelte sich in den dunklen Ort in ihrer Seele, von dem sie nicht gewußt hatte, daß er existierte, und beschwor dort eine Vision von ihr herauf, die sich vor ihr mit einer eitlen Verzückung drehte und putzte, deren Ursache sie mit schmerzlicher Sehnsucht zu begreifen suchte. Dies war die Elora ihrer Träume, wenn sie Tag für Tag im Spiegel das Entlein sah und sich vorstellte, sie sei ein Schwan von strahlender Schönheit. Eine Schönheit, die sie niemals besitzen würde, mit einer Haut so zart und blaß, wie sie sein sollte, und Haaren wie das Gold der Sonne. Sie besaß die Art von Gesicht und Körper, die die Blicke der Männer anzieht und wie sie einer echten Prinzessin auch gebührten: der Elora, die in einer Welt sein sollte, die es niemals gab.

Während sie gebannt zusah, begann das Mädchen ihrer Vision zu tanzen. Für diese Elora existierten keine körperlichen Beschränkungen oder Fesseln oder auch nur der geringste Anflug von Hemmung. Sie verkörperte die ganze launenhafte Ungezügeltheit eines Elementarwesens, für welches Wahrnehmen und Handeln dasselbe waren, aber auch die wilde Anmut des jungen Mädchens. Mit jedem Schritt und jeder Bewegung wurde der Tanz komplizierter, leidenschaftlicher und verführerischer. Die Bilder vor ihrem inneren Auge zerbarsten. Sie wußte nicht mehr, wo sie war – gefangen auf dem Welttor im Körper des kleinen Feuerdrachen, gefangen in ihrem menschlichen Körper, der hilflos zusammengesunken dort lag, wo sie ihn zurückgelassen hatte, oder in eitler, selbstverliebter Verzückung in der Luft vor dem Tor tanzend und sich verführerisch windend, um hervorzulocken, was immer dahinter lauerte.

Sie wußte nicht mehr, wohin sie gehörte, und während die Vision immer greifbarer wurde und die Grenzen zwischen dem, was real war und was nicht, mehr und mehr verschwammen, fühlte sie, wie sich die Verbindungen mit ihrem wirklichen Körper lösten.

Eine weitere Gestalt tauchte aus der Dunkelheit empor und streckte sich von jenseits des Abgrunds nach dem Tor. Elora hatte die Empfindung von etwas, das größer und breiter war als sie, die Ahnung eines Gefühls, daß dort ein männliches Ideal war, das dem weiblichen Ideal ihrer Vision entsprach. Sie blieb jedoch auf ihrer Seite der Grenze und es auf der seinen, doch es war ihr so nah, daß sie glaubte, es berühren zu können, ohne den Arm ganz ausstrecken zu müssen. Dennoch war es weit außerhalb der Grenzen ihres Sehvermögens. Jede seiner Bewegungen schien auf das Vollkommenste mit denen ihrer Vision zu harmonisieren, und je länger der Tanz dauerte, um so deutlicher wurde, daß es die Führung übernahm, der Elora willig und freudig folgte. Der Höhepunkt ihres Duetts würde der Augenblick sein, da es sein Gesicht zu erkennen gab.

Wenn das geschah, dessen war sie sich gewiß, war sie verloren.

Wie ist es möglich, daß dies alles geschieht? schrie sie in stummer Qual. *Kein Zauber ist mächtig genug, mich zu fesseln!* Im nächsten Augenblick fand sie selbst die Antwort, wobei sich nur noch ein kleiner Teil von ihr fest an die Vernunft klammerte. *Nicht ich bin es, die gefesselt ist! Ich habe mich mit dem kleinen Feuerdrachen verbunden und bin von den Fesseln gebunden, die ihn gefangenhalten!*

Die Musik lockte sie, der Tanz wollte sie hinwegwirbeln, und sie mußte eingestehen, daß ein viel zu großer Teil von ihr nur allzu bereit war, sich ihm hinzugeben.

»Nein!« sagte Elora. Dies war eine Feststellung, die ebenso unnachgiebig und entschlossen war, wie ihre Stimme verhalten. »Ich will es nicht! Ich will *dich* nicht!«

Mit jeder Faser ihres Wesens rief sie um Hilfe.

Etwas tief in ihrem Inneren brach auf. Eine Woge ungeheurer Hitze brandete durch sie, die so enorm war, daß sie sie eigentlich hätte verzehren und zu Asche verbrennen müssen, noch ehe sie sich des Verhängnisses bewußt werden konnte. Fleisch kräuselte sich, wuchs und dehnte sich; Arme streckten sich, um bis dahin unbekannte, unerträumte Horizonte zu umfassen, und ihr Körper wuchs empor, die Sterne zu umfangen. Ihr war ganz schwindlig, und sie fühlte sich wie ein Brummkreisel, der trunken umhertorkelte, während ihr Geist und ihre Sinne auf anderen Pfaden davonstoben.

Dann – wie schon zuvor in Angwyn – erhörten die Berge ihre Hilferufe.

Tief unter Eloras Füßen regte sich Feuer, verwandelte in einem flüchtigen Augenblick soliden Fels zu weißglühendem Gas und preßte diese sich ausdehnende Druckblase in Risse und Spalten der Erdkruste. Riesige, massive Platten Urgesteins, die seit Äonen geruht hatten, bewegten sich und sandten mächtige Schockwellen durch den Berg. Diese erschütterten die Höhle so stark, daß der Zauberer und seine Gehilfen zu Boden stürzten. Gestein knackte und knirschte, Felsbrocken polterten herab, und mit einemmal war für alle das simple Überleben wichtiger als die Notwendigkeit, den Herbeirufungszauber aufrechtzuerhalten.

Das Fixiermittel überzog sich mit einem feinen Netz von Haarrissen und bekam Sprünge, als sich der Rahmen des Welttores unter den ungeheuren, zur Entfaltung kommenden Kräften verbog.

Keiner der beiden Tänzer schenkte diesem Geschehen die geringste Beachtung.

Mit einer erbitterten Kraftanstrengung entwand Elora der Vision ihres Selbst einen Teil ihres Willens und zog damit den Blick der Gestalt jenseits des Tores auf sich. Sie wagte nicht, den Blick zu erwidern, sondern rettete sich, indem sie sich völlig in das Wesen des Feuerdrachen zurückzog, das sie ganz mit ihrem eigenen unbedingten Wunsch zu entkommen erfüllte.

Die Kreatur jenseits des Tores glühte auf wie ein neugeborener Stern, doch nichts geschah. Trotz des Schadens, den das Welttor genommen hatte, und ungeachtet des leidenschaftlichen Zorns und aller Willensanstrengung, die sie aufzubringen vermochten, gelang es den beiden nicht, sich voneinander lösen. Carig ließ es nicht zu.

Noch nie hatte Elora so viel Haß gesehen; daneben wirkten ihre eigenen Gefühle wie winzige, kümmerliche, halbausgegorene Lappalien. All die Stärken und Tugenden, die sie an Torquil und auch an Thorn schätzte, besaß auch Carig. Nur daß sie bei ihm verbogen, entstellt und so sehr von einem wilden, an ein tollwütiges Tier erinnernden Haß durchsetzt waren, daß auch der letzte Funke von Licht und Wärme in ihnen verloschen, erstickt oder einfach zermalmt worden war. Seine Seele war ein dunkles Schattenreich, beherrscht von dem übermächtigen Wunsch, die Welt für das Unrecht und die Erniedrigungen, die ihm seiner Meinung nach zugefügt worden waren, bezahlen zu lassen. Schmerz würde mit Schmerz vergolten werden, und es würde ihm größtes Vergnügen bereiten, Grauen und Entsetzen über die Welt zu bringen.

Selbst in ihrem eigenen Körper wäre dies ein harter und brutaler Kampf gewesen, ohne die geringste Garantie, daß sie als Siegerin daraus hervorgegangen wäre. Gefangen in einem gemeinsamen Körper mit dem kleinen Feuerdrachen, war sie jedoch von zu vielen Einschränkungen und Grenzen behindert. Sie hatte weder die Möglichkeit, mit Hilfe einer List zu entkommen oder sich mit Gewalt zu befreien, noch die Zeit, darüber nachzudenken, was sie als nächstes versuchen könnte.

Dabei verschwendete sie kaum einen Gedanken an sich selbst. Es war vor allem der kleine Feuerdrache, um den sie sich sorgte. Und der Schmerz in ihrem Herzen rührte daher, daß sie nicht in der Lage war, ihn zu retten.

Carig schwankte, und in den grimmig entschlossenen Ausdruck seines Gesichts mischte sich Verwirrung, während er mit einer Hand ziellos nach etwas in seinem Rücken tastete. Er konnte den ersten Pfeil, der ihn getroffen hatte, nicht erreichen. Er hatte sich bereits halb umgewandt, als der zweite sein Ziel traf, mit flammendem Schaft, der sich in der sengenden Hitze, die in der Höhle herrschte, entzündet hatte. Die schlanke, selbst Rüstungen durchschlagende Spitze bohrte sich in die Brust seines Wamses, und die Wucht des Aufpralls ließ ihn einen Schritt zurücktaumeln. Benommen starrte der abtrünnige Nelwyn aus ungläubig aufgerissenen Augen auf die Flammen, die direkt unter seinem Bart emporzüngelten, ehe seine Reflexe wieder funktionierten und er mit einer Hand den brennenden Pfeil beiseite schlug.

Er war nicht verletzt – dafür hatte sein kettengepanzerter Wams gesorgt –, doch er war abgelenkt worden. Dies war für Elora die Gelegenheit, auf die sie gewartet hatte.

Mit einer triumphierend emporschießenden Flammeneruption brach der kleine Feuerdrache aus dem Apex des Welttores hervor, deren Glut die magischen Fesseln, die ihn hielten, zu Asche verwandelte und ebenso die anderen magischen Zeichen des Fesselungszaubers in Flammen aufgehen ließ, als auch die anderen Feuerdrachen wieder ihre wahre Gestalt annahmen. Gleichzeitig ließ Elora die gesamte Substanz ihres eigenen Wesens durch den Feuerdrachen in jedes kleinste Partikel des Tores fließen, um eins mit ihm zu werden. Das Tor war eine reine Hervorbringung von

Zauberei, die nur von magischen Zeichen und Formeln aufrechterhalten wurde, während die innerste Natur ihres Wesens von keiner Magie oder Zauberkraft in Fesseln gelegt werden konnte. Dies waren zwei entgegengesetzte kategorische Absolutheiten. Ein Paradox, für das es keine Lösung gab. Schließlich war es das Tor, das unter dieser Unvereinbarkeit nachgab.

Mit einem heiseren Schrei fand Elora sich in ihrem Körper wieder, und die Gewalt des Wiedereintritts riß sie von der Felsplatte empor, auf der sie lag, wobei ihr Kopf mit voller Kraft in den Bauch des Daikini rammte, der über ihr stand. Mit einem ächzenden *Ufff,* das ihm alle Luft aus dem Leib trieb, sackte er zu Boden, sie mit ihm, und gemeinsam schlitterten und rollten sie die schräg abfallende Felsplatte bis zu ihrem Fuß hinab. Noch im Fallen erkannte sie in ihm den Pfeifenraucher vom Bazar, den sie bereits dort für einen Krieger in Verkleidung gehalten hatte. Jetzt hatte er nichts mehr von einem Händler an sich. Er war wie ein Krieger ganz in burgunderfarbenes Leder gekleidet, Breitschwert an der Hüfte, einen Pfeilköcher über den Rücken geschlungen, den Bogen in der Hand, in dem ein schußbereiter Pfeil lag. Trotz der ziemlich unsanften Landung, mehr oder weniger Seite an Seite, entglitt weder der Bogen noch der Pfeil seinen Händen. Seine Nase und seine Lippen waren blutig, und ihr schoß der Gedanke durch den Kopf, daß sein Profil ohne die Dienste eines fähigen Arztes und eines *sehr* guten Gesichtschirurgen nie wieder dasselbe sein würde.

»Heiliger Strohsack!« ächzte er, als er das Welttor zum erstenmal in seiner ganzen Größe erblickte.

Elora sah nicht hin – sie wagte es nicht. Das Wesen, das Carig herbeigerufen hatte, war viel zu nahe. Das Aufbrechen der magischen Zeichen bedeutete noch lange nicht, daß zugleich auch seiner Manifestation Einhalt geboten war; nicht einmal wenn das Welttor einstürzte, konnte man sich dessen sicher sein. Sie hatte entsetzliche Angst, daß sie, wenn sie ihm ins Auge blickte und es die Hand nach ihr ausstreckte, diese Hand ergreifen und die Verdammnis mit Freude umfangen würde.

»Kümmert Euch nicht drum!« schrie sie ihrem Retter zu, als sich die Wände der Höhle um sie herum knautschten und falteten wie eine Pappschachtel, die zusammengeknüllt wird. »Wir müssen weg von hier!«

Sie hatte Carig völlig vergessen. Doch als ein neuerliches Beben den Fels erschütterte, auf dem sie lagen, und ein Felsbrocken von der Größe eines Hauses neben ihr herabstürzte, hörte sie einen gellenden, langgezogenen Schrei des Entsetzens, das zur Todesangst und schließlich zu etwas noch Grauenvollerem anschwoll und dann abrupt verstummte. Da wußte sie, daß zumindest einer der Gehilfen den Preis für seine Versäumnisse bezahlt hatte. Sie wurde vom Boden hochgerissen und mit solch brachialer Gewalt gegen eine Felswand geschleudert, daß ihr die Sinne zu schwinden drohten. Mit Händen und Füßen schlug und stieß sie nach dem Nelwyn, der sie mit einer ausgestreckten Hand wie mit einer Stahlzwinge gegen die Wand gepreßt hielt, doch ihre Anstrengungen entlockten Carig nur ein meckerndes Lachen. Sie hätte ebensogut auf einen Mann aus Stahl einschlagen können.

Der Daikini lag niedergestreckt in einer rasch größer werdenden Blutlache. Mit ihm war Carig weniger sanft umgegangen als mit Elora, er hatte ihm mit einem einzigen Schlag sein Gesicht zerschmettert.

»Ich hätte es mir denken können«, knurrte Carig, zog ihr mit seiner freien Hand die Schutzkappe vom Kopf und entblößte ihr silbernes Haar über silberner Haut. »Ich hätte es wissen müssen. *Ihr!*« Der Haß in diesem einen Wort traf sie wie ein Schwall ätzendes Gift, doch sie zuckte nicht einmal zusammen. Statt dessen fletschte sie die Zähne und schlug noch wilder nach ihm, was ihn lediglich zu einem noch lauteren Lachen veranlaßte.

»Arme kleine Prinzessin«, griente er und schüttelte ein Wurfnetz hervor, um sie zu fesseln. »Wer ist das – Euer Möchtegernretter?« Mit einem verächtlichen Schnauben versetzte er dem reglos daliegenden Krieger einen beiläufigen Tritt, der jedoch, wie Elora wußte, hart genug war, dem Mann sämtliche Rippen zu brechen. »Die Bestnote für Tapferkeit, muß ich sagen, und für sein Geschick, mit dem er sich durch die Höhlen der Nelwyns geschlichen hat, ohne entdeckt zu werden, das muß man ihm lassen. Allerdings wohl kaum zu Eurer Errettung. Seine Farben weisen ihn als Maizan aus ... Hat wahrscheinlich versucht, sich einen Namen zu machen, indem er Euch zu einem Bündel verschnürt zu seinem Kastellan bringt.«

»Tut mir leid, mein Junge, ich habe die älteren Rechte auf sie.«

»Du hast gar nichts.«

»Da bin ich allerdings anderer Meinung, Heilige Hoheit. Tut mir wirklich leid. Es ist fast eine Schande, Eurer Geschichte ein Ende zu setzen, bevor sie noch richtig begonnen hat. Hochgespannte Hoffnungen wie die Euren und eine edle Seele wie die Eure sollten langsam zerstört werden.«

»Tut mir leid, wenn ich dich enttäusche.«

»Und vor allem sollte ein Geist wie der Eure langsam und mit Sorgfalt gebrochen werden.«

»Fahr zur Hölle.«

»Darf ich sagen: Ladies first?« Er warf einen Blick auf das Welttor, das die Höhle in ein fahles, kränkliches Licht tauchte, das jede Farbe fortwusch und alle Formen abflachte, so daß alles zweidimensional, ohne jede Tiefe und unwirklich erschien. »Als Eure Braut, erhabenster und mächtigster Gebieter, biete ich Euch das Herz und die Hoffnung der Welt dar!«

»Niemals! » schrie sie mit all ihrer Kraft.

Er warf das Netz, doch er war zu langsam. Im selben Augenblick holte Elora Danan, ein stummes Stoßgebet zu allen hilfreichen Mächten sendend, denn es war Jahre her, daß sie dieses Kunststück zum letztenmal versucht hatte – und dies auch nur unter Thorns wachsamen Blicken –, tief Luft und warf sich nach hinten, hinein in das schiere Gefüge des Felsens.

3. Kapitel

Als Elora noch sehr klein gewesen war, hatte Thorn ihr eine Geschichte über ein kleines Mädchen erzählt, das einen Brownie verfolgt und in eines seiner Schlupflöcher gejagt hatte. Es war ein sehr enges Loch, denn so wie Daikini für Nelwyns Riesen sind, sind Nelwyns dies für Brownies, und die Stattlichsten aus diesem Volk der Winzlinge sind nicht größer als ein paar Zentimeter. Doch was ihnen an Körpergröße fehlt, haben die Brownies seit jeher durch ihre Schlauheit und Gerissenheit wettgemacht. Es gibt nicht viele Völker diesseits und jenseits des Schleiers, die es in dieser Beziehung mit ihnen aufnehmen können. Sie stehen in dem Ruf, daß nichts in der Welt für sie zu groß sei, es zu stehlen, und kein Feind zu riesig, ihn am Ende nicht doch irgendwie auf eine gebührende Größe zurechtzustutzen.

Das Mädchen hatte sich durch die Öffnung des Schlupflochs gezwängt und war prompt in ein ziemlich tiefes Loch hinabgestürzt. Sie wußte nicht, daß hinter dem Eingang zu einem Brownie-Bau die Gänge seitlich abzweigen und mit Handgriffen gesichert sind, und jeder, der Hals über Kopf in einen solchen Bau hineinstürmt, in ein Loch fällt, aus dem er nicht so leicht wieder entkommt. Dem Mädchen passierte natürlich nichts Schlimmes. Sie erlebte vielmehr eine Reihe wundervoller Abenteuer in immer anderen fantastischen Ländern, durch die sie ein Duo respektloser Brownies begleitete, die sie sicher wieder nach Hause brachten, bevor ihre Eltern bemerkten, daß sie weg gewesen war.

Just dieses Bild vom Sturz in das Loch am Eingang des Brownie-Baus spukte Elora durch den Kopf, als sie, sich rückwärts überschlagend, mit langsamen Drehungen durch die feste Materie des Berges abwärts rollte. Sie war mit gespitzten Ohren an Thorns Seite gesessen, als er ihr erklärte, was ein Dämon ihm einmal erzählt hatte: daß alles, was existiert, aus unvorstellbar kleinen, winzigen Materiepartikeln besteht, die von unsichtbaren, ineinander verschlungenen Energiefäden zusammengehalten werden. Diese aus der Verknüpfung von Kräften bestehenden Bausteine lagen, untereinander ebenfalls durch Energiefäden miteinander verbunden, wie ein Gitterwerk in unvorstellbar großer Zahl übereinander und bildeten so die Dinge und Formen der Welt, die sie kannte. Das kaum wahrnehmbare Schwanken, das sie in seiner Stimme ausmachte, veranlaßte Elora, sich zu fragen, ob er das alles *wirklich* glaubte. Sie jedenfalls hatte so ihre Probleme damit, dies alles zu verstehen. Er deutete zu den Sternen hinauf und sagte, sie solle versuchen, sich vorzustellen, daß sie die Fundamente der Schöpfung seien, winzige Lichtpunkte mit unvorstellbar großen Abständen zwischen ihnen. Natürlich protestierte sie, er rede Unsinn, denn jeder, der auch nur ein bißchen Grips und ein Auge in seinem Kopf habe, könne sehen, daß feste Materie feste Materie ist – Ausrufezeichen, Schluß. Ende der Geschichte.

Er lachte vergnügt und erzählte dann, daß er ziemlich genau das gleiche gesagt habe. Dann zog er ein Bild aus seiner Reisetasche, auf dem eine sehr detaillierte Waldszene dargestellt war. Er hatte es irgendwo erstanden oder geschenkt bekommen, und nun hielt er es ihr vors Gesicht und fragte, was sie sehe. Sie sagte es ihm: eine Waldlichtung, einen Teich, Bäume, zwei sich paarende Schwäne, einen Hirsch und eine Hirschkuh. Während sie beschrieb, was sie sah, brachte er das Bild immer näher und näher an ihre Augen, und allmählich verlor ihre Stimme an Festigkeit und verstummte schließlich ganz, denn was aus der Distanz zunächst wie größere und kleinere, doch deutlich voneinander unterscheidbare Flächen und Felder bestimmter Farben ausgesehen hatte, löste sich vor ihren Augen auf, bis sie nur mehr ein wirres Durcheinander kleiner farbiger Punkte und keine klaren Formen mehr unterscheiden konnte. Die Einzelheiten und die Nuancen der Farbtöne, die sie gesehen hatte, waren Illusionen, ein Trick des Auges, eine Sinnestäuschung, die darin bestand, daß die einzelnen Farbpunkte in ihrer Wahrnehmung miteinander zu Flächen und Formen verschwammen.

»Es ist tatsächlich eine Frage der Wahrnehmung«, sagte Thorn, »und ich vermute, wohl auch eine Frage des Glaubens. Die Wirklichkeit existiert, weil wir daran glauben.«

»Gequirlte Scheiße!« entfuhr es ihr, was ihr einen tadelnden Blick und eine Ermahnung, solch undamenhafte Ausdrücke nicht in den Mund zu nehmen, einbrachte.

Tatsache war jedoch, daß es *wirklich* verhältnismäßig große Zwischenräume im Gefüge dessen gab, was sie als solide, felsenfeste Materie zu betrachten vorzog, denn Thorn konnte sich durch sie hindurch bewegen. Er hatte sie sogar mehr als einmal dabei mitgenommen und ihr auch den Trick verraten, wie so etwas zu bewerkstelligen war. Sie hatte es allerdings nicht sehr oft geübt aus Angst, sie könnte die Konzentration verlieren und für immer im Gefüge der Materie gefangen sein. Wie eine Fliege in einem Stück Bernstein, nur mit dem grauenvollen Unterschied, daß sie irgendwie am Leben bleiben könnte und bei vollem Bewußtsein für endlose Ewigkeiten in einem Stein oder wer weiß wo gefangen sein würde.

Aus diesem Grund hatte sie bereits vor Stunden, als sie ihr Bewußtsein in den Körper des kleinen Feuerdrachen schlüpfen ließ, eine Botschaft an die Berge mit hinausgesandt, in der sie ihre Absicht ankündigte und sie um ihre Hilfe bat. Jetzt schickte sie ein Stoßgebet hinterher, in dem sie um sicheren Durchgang flehte.

Sie ließ sich einfach fallen, da dies die schnellste und effektivste Möglichkeit war, die ihr einfiel, sich so weit wie möglich von Carigs Welttor zu entfernen. Sie wußte nicht sehr viel über Welttore; sie hatte sich die ganze Zeit mehr oder weniger auf ihren Instinkt verlassen. Daher wußte sie auch nicht zu sagen, ob sie die Konstruktionsmatrix zerstört hatte oder ob es das Erdbeben gewesen war, das die Fundamente des Tores zertrümmert hatte, ehe das Wesen, das Carig beschworen hatte, erscheinen konnte. Sie verdrängte jeden Gedanken an die Kreatur und verbannte gewaltsam jegliche Erinnerung aus den oberflächlichen Schichten ihres Bewußtseins, weil sie fürchtete, schon der bloße Gedanke daran könnte von neuem die Verbindung zwischen ihnen herstellen. Zu ihrer eigenen Bestürzung prickelte ihr ganzer Körper in überaus beunruhigender Weise von den Energien, die dieses Wesen um sie gewoben hatte, lechzte förmlich danach, den Tanz zu vollenden, den sie begonnen hatten, und sie ertappte sich dabei, wie sie sich die Form seines Gesichts vorzustellen versuchte und wie es sein würde, seinen Körper an ihrem zu fühlen.

Hör auf damit! Mit einem stummen Aufschrei versuchte sie, ihren Gedanken Einhalt zu gebieten, und fand ein wenig Trost in der Heftigkeit ihres Protests, obgleich sie wußte, daß es eine Lüge war.

Sie breitete ihre Arme und Beine aus, um ihren Fall durch das Gefüge des Gesteins einigermaßen zu lenken, ähnlich wie sie es unter Wasser getan hätte, nur mit dem Unterschied, daß dieses Milieu weitaus dichter war. Sie hatte nicht die geringste Vorstellung, wie lange sie bereits fiel oder wie tief, doch sie hatte nur den einen Atemzug, mit dem sie auskommen mußte, was bedeutete, daß ihr nicht viel Zeit blieb, wieder an die Oberfläche zurückzukehren.

Ein neuerliches Beben dröhnte vorüber und sandte Schockwellen durch das Gestein um sie herum. Die Bewegungen und Verschiebungen im Gestein erschienen ihr langsam und beinahe träge, wodurch das Endresultat um so eindrucksvoller war: Mit geradezu bedächtiger Langsamkeit wurden Gesteinsschichten zusammengepreßt und Fels zu Staub zermalmt. Dann, als die Welle des Erdbebens vorübergezogen war und der dynamische Druck allmählich nachließ, sank das unvorstellbare Gewicht der Welt darüber wieder herab und preßte die Schichten noch fester zusammen als zuvor.

Ohne jegliche Warnung zerbrach die Struktur der Erdkruste um sie herum, und der Aggregatzustand des Gesteins veränderte sich von einem Augenblick zum anderen von fester Materie zu flüssigem Magma. Ehe sie wußte, wie ihr geschah, fand Elora sich inmitten eines schnell fließenden Lavastroms wieder. Obgleich sie glücklicherweise soweit unempfindlich gegen die ungeheuren Temperaturen blieb, daß sie keinen körperlichen Schaden davontrug, empfand sie dennoch die Auswirkungen dieser elementaren Gewalt.

Sie hatte solche Lavaströme bereits an der Erdoberfläche gesehen, wenn sie sich in ihrer majestätischen Pracht die Vulkanhänge herabwälzten. Auch wenn sie einen grandiosen Anblick boten, waren sie doch keine unmittelbare Gefahr – vorausgesetzt, man war in der Lage, sich in normalem Gehtempo zu bewegen und den Lavaströmen aus dem Weg zu gehen. Es gab allerdings noch eine andere Art solcher Magmaeruptionen, die Thorn ihr gezeigt hatte und die eine weitaus größere Gefahr darstellten. Dabei erhitzte das schmelzflüssige Gestein die Luft und das Wasser der Lavamasse so stark, daß diese so gut wie von keinem Reibungswiderstand mehr gebremst wurde. Anstatt langsam vorwärts zu kriechen, bewegte sich diese Art von Lavafluß mit Geschwindigkeiten, mit denen nicht einmal ein Vollblutpferd mithalten konnte, und die Lavamassen tosten mit der Gewalt einer Flutwelle die Berghänge hinab, alles mit sich reißend und vernichtend, was ihnen in den Weg kam.

Dieser unterirdische Lavafluß verhielt sich sehr ähnlich. Er riß Elora mit einer solchen Gewalt mit sich, daß sie all ihre Kraft und Konzentration brauchte, um nicht darin zu ertrinken. Sie wußte, daß sie hier nicht bleiben konnte; sie spürte schon ein dumpfes Brennen unter ihrem Brustbein, da ihre Lungen bereits auf das heftigste protestierten und verzweifelt nach einem Atemzug frischer Luft schrien. Zugleich war ihr klar, daß sie nur eine reelle Chance hatte, zu entkommen. Doch die Kraft der Strömung war zu groß, und der Versuch, sich zu befreien, würde einen so ungeheuren Kraftaufwand erfordern, daß sie keine Reserven mehr hätte, falls sie es nicht schaffen würde.

Was für eine Wohltat, keine Alternative zu haben! dachte sie. *Es schärft die Konzentration ungeheuer.*

Und den Willen, so hoffte sie.

Sie schlängelte sich so nahe wie möglich an den Rand der Strömung, um dann – noch bevor sie lange über die Folgen eines Mißerfolgs nachdenken konnte und dabei nur den Mut verlor – zu versuchen, sich ans Ufer zu ziehen.

Es waren die seltsamsten Empfindungen, die sie jemals gehabt hatte, während sie sich durch absolute Dunkelheit vorwärts kämpfte und ihre Vorstellung willkürliche Farben und Töne für die nicht weltlichen Wahrnehmungen wählte, die in ihrer EinSicht vorüberzogen. Den Lavafluß sah sie in wechselnden Rotschattierungen – von scharlachrot an den Rändern bis hin zu goldglühend und weiß im Zentrum. Auch die Schichten des Gesteins zeigten unterschiedliche, für ihre Beschaffenheit kennzeichnende Farbtöne, die wohltuend kühl für die Sinne und weitaus vielfältiger waren als die des Feuers. Zugleich hörte sie ein ungeheures Tosen, als würde das Wasser eines ganzen Ozeans einen gigantischen Wasserfall herabstürzen, das vom Seufzen und Ächzen, Stöhnen und Weinen der Welt um sie herum übertönt wurde. All ihre Sinne waren involviert – der Gestank von Schwefel, der Geschmack von mit Eisen durchsetztem Bimsstein, eine Berührung, die in ihr die schaudererregende Erinnerung an Finger wachrief, die versuchten, eine Eisscholle zu fassen –, doch sie befand sich weit jenseits der Grenzen, die ihr Verstand zu akzeptieren bereit war.

Den Rand des Magmastroms zu erreichen war verhältnismäßig leicht, doch weiter kam sie nicht, sosehr sie sich auch bemühte. Sie befand sich inmitten des geologischen Äquivalents einer Stromschnelle, ohne irgendwelche Haltegriffe am Ufer zu haben, an denen sie sich hätte herausziehen oder wenigstens Halt finden können. Ihr letzter Versuch wäre ihr um ein Haar zum Verhängnis geworden, als die Strömung sie einmal um ihre eigene Achse wirbelte und gegen die Uferböschung warf, von wo aus sie wieder zurück in die Mitte des Stroms geschleudert wurde. Nur ein schnelles Reagieren und die Geistesgegenwart, sich zu einer Kugel zusammenzurollen, retteten sie.

Ein Pyrrhussieg, fürchtete sie, denn die Glut in ihrer Brust und mittlerweile in ihrem ganzen Körper war inzwischen beinahe ebenso infernalisch wie die um sie herum. Ihre Schläfen pochten unter dem verzweifelten Verlangen ihres Gehirns und Herzens nach Sauerstoff.

Glühende Lichter tauchten jetzt im Magmastrom auf, doch sie schenkte ihnen zunächst keine Beachtung, da sie annahm, sie seien Folgeerscheinungen ihres fortschreitenden Deliriums. Sie bewegten sich überall um sie herum mit der Geschmeidigkeit und Eleganz von Schlangen. Erst als ihr kleiner Gefährte seine Version ihres Gesichts vor dem ihren erscheinen ließ, ihr die Zunge herausstreckte und ihr damit die Nase kitzelte, begriff sie, wer sich zu ihr gesellt hatte.

Sie beobachtete, wie sich einige der Feuerdrachen mit wellenförmigen Bewegungen ihrer ungeheuer biegsamen Körper zum Ufer schlängelten und dann mit einem kräftigen Schlag ihres Schwanzendes ans Ufer glitten. Sie kehrten sogleich wieder in den Magmastrom zurück, und erst jetzt bekam Elora einen ungefähren Eindruck, wie reißend die Strömung war, denn selbst wenn die Feuerdrachen auch nur einen Wimpernschlag lang am Ufer verharrten, blieben sie weit zurück. Die Geschwindigkeit des Lavastroms war für Elora eine Offenbarung. Sie hatte sich nicht vorstellen können, daß sich etwas so schnell bewegt.

Sie wünschte sich, es gäbe eine Möglichkeit, die Feuerdrachen in eine Art Geschirr zu spannen, damit sie sie herausziehen könnten, doch sie fürchtete, daß ein solcher Versuch die stoffliche Substanz ihres Körpers vermehren würde, und dieser Weg führte direkt ins Verhängnis. Ihre einzige Hoffnung war, ihrem Beispiel zu folgen.

Sie hörte auf, wie ein Mensch mit Händen und Beinen zu schwimmen, und legte statt dessen ihre Glieder eng an ihren Körper an. Die Feuerdrachen bewegten sich mit wellenförmigen Bewegungen ihres ganzen Körpers – vom Kopf bis hinab zur Schwanzspitze –, und dasselbe versuchte sie nun auch. Es war zunächst gar nicht so einfach, da sie eine Wirbelsäule hatte, mit der sie zurechtkommen mußte, und sie nicht. Sie bezweifelte, daß die Feuerdrachen überhaupt ein Skelett besaßen, und in diesem Augenblick beneidete sie sie darum. Ihre Lungen verlangten mit so rasender Gier nach Luft, daß aus den tiefen Schichten ihres Gehirns Bilder von Verhängnis, Panik und Verzweiflung aufstiegen. Sie schob sie gewaltsam beiseite. Sie wußte selbst, daß sie sterben würde; da brauchte sie solche orakelnden Prophezeiungen nicht, um daran erinnert zu werden. Doch in den vergangenen Jahren hatten zu viele andere für sie gekämpft und sich für sie geopfert, um sie zu retten. Das wenigste, was sie nun tun konnte, war, jetzt mit derselben Entschlossenheit für sich zu kämpfen, wie andere es getan hatten.

Sie krümmte und wellte sich und stellte überrascht fest, mit welcher Wonne sie in diesen Empfindungen schwelgte, als sie mit verblüffender Leichtigkeit durch die Falten und Schichten des Magmastroms glitt.

Hallo, hörte sie den wohlbekannten Chor melodischer Stimmen rufen, die sie mit Wärme und Zuneigung umschmeichelten.

In diesem infernalischen Kessel hatte sie weder die Luft noch die Stimme, um sprechen zu können, und sie wußte nicht, wie sie ihnen antworten sollte. Es schien ihnen nichts auszumachen.

Hallo, hallo, hallo, hallo.

Bei jedem Gruß glitt eine andere Gestalt nahe an ihr vorüber, und nun näherte sich ihr jedes Mitglied der Schar, um sie zu begrüßen und ihr für ihre Rettung zu danken. Ihre Hände streckten sich ihnen ohne ihr Zutun entgegen, doch die Feuerdrachen wollten sich von ihr nicht berühren lassen. Sie machten ein vergnügliches neues Spiel daraus, ihre geschmeidigen Körper immer gerade einen Fingerbreit außerhalb der Reichweite ihrer Hände zu biegen und zu krümmen und gleich darauf wieder so nahe heranzuschießen, daß Elora das Knistern von Energie zwischen ihrem Fleisch und dem der Feuerdrachen spüren konnte.

Der kleine Feuerdrache tauchte direkt vor ihrem Gesicht auf, und seine winzige Gestalt verwandelte sich wieder in ein Abbild ihrer selbst. Dann schoß er so plötzlich, daß Elora erschreckt zusammenzuckte, auf sie zu und durchdrang menschliches Fleisch und menschliche Knochen, als sei beides immateriell wie Luft. Dies war offenbar ein Signal für die anderen, denn alle schossen nun auf sie zu, durch sie hindurch und erfüllten sie in den flüchtigen Augenblicken des Kontakts mit den köstlichsten Flammen. Sie glitten davon, und sie folgte ihnen, doch nun, so schien es ihr, ohne Skelett, das ihre Bewegungen einschränkte.

Sie begriff nun, wo sie waren und wohin die Feuerdrachen sie zu führen gedachten. Dies hier war das Herz der Erde, der schmelzflüssige Magmakern, der diesen Globus von innen erwärmte, so wie die Sonne dies vom Himmel herab an seiner Oberfläche tat. Er rotierte, von einem ganz eigenen Leben erfüllt, viel schneller als die Schale, die ihn umgab, und nährte ein Feuer, dessen Lebensspanne alle Dimensionen weit überstieg, die Eloras Verstand zu begreifen imstande war. Sie konnte die Jahre seiner Existenz zwar mit Zahlen benennen, doch war diese Zahlenreihe so lang, daß sie für Elora jegliche Bedeutung verlor. Weitaus wichtiger war für sie die Erkenntnis, daß dies hier ebenfalls ein lebendiges Wesen war, so endlich in seiner Art wie sie selbst und ebenso voller Leidenschaft.

Ihr fiel eine Zeile aus dem Nelwyn-Katechismus ein: *Das erste Reich ist das Feuer.*

Es brennt, riefen die Feuerdrachen, als hätten sie ihre Gedanken erfüllt. Vielleicht hatten sie dies auch, denn in ihrer äußeren Gestalt wurden sie und die Drachen einander immer ähnlicher. **Wir brennen. Alle Dinge brennen.**

Ihr Leben war so einfach wie ursprünglich, und vor ihrem inneren Auge sah Elora sie als die Funken, die die ersten Himmelsfeuer entzündeten.

Aber wer entzündet ihre Flammen? dachte sie nach.

Folge uns. Folge, folge, folge uns. Und sieh!

Sie stoben von ihr fort, einzeln und in Gruppen, und tauchten in den Erdkern hinein. Von ihrem Standort aus konnte Elora irgendwie erkennen, wie sie auf der anderen Seite wieder herausschossen. Das Vermögen ihrer Wahrnehmung dehnte sich zusammen mit der Materie ihres Körpers um den Mittelpunkt des Erdkerns herum, bis es den Anschein hatte, als würden die Feuerdrachen durch *sie* hindurchschwimmen. Als sei *sie* der Mittelpunkt und das Herz aller Dinge.

Ihre Augen – so wie sie in diesem Augenblick waren – blickten nach oben, und ihr kam der zweite Vers in den Sinn: *Das zweite Reich ist die Erde.* Weil die Erde das Feuer in sich birgt und ihm Sinn und Zweck verleiht. Aus dem Zusammenwirken dieser beiden entstehen die übrigen Reiche des Weltkreises: Luft und Wasser. Denn ohne die Vermengung aller dieser vier ursprünglichen Elemente könnte der zweite Kreis, der des Fleisches, niemals existieren.

Und ohne Elora – so lautete die Prophezeiung – würde dieser Kreis, ebenso wie die beiden anderen damit verknüpften Kreise, keinerlei Hoffnung haben, zu überdauern.

Es ist falsch, sagte sie, ohne sich bewußt zu sein, daß sie laut sprach und ihre Stimme, genau wie ihr Körper, sich von denen der Feuerdrachen kaum mehr unterschied. **Ich würde gerne bei euch bleiben; ich bin glücklich hier. Aber ich kann nicht.**

Falsch, riefen sie zurück und kehrten ihre eigenen Worte in einen stürmischen Protest. **Hier bist du sicher. Hier ist deine Familie. Hier bist du glücklich.**

Es stimmte. Doch das war nicht von Bedeutung.

Ihr ganzes Leben lang hatte sie sich versteckt. Menschen, die sie liebten, hatten Angst um sie, und einige, die sie kannte, Angst *vor* ihr. Irgendwie hatte sich diese Angst auf sie übertragen, ähnlich wie eine Krankheit. Sie war zu wertvoll, zu wichtig, zu jung, zu verwundbar – ein ganzer Sack voll Gründe, nicht zu handeln, und alle waren sie vernünftig und logisch und führten sie dennoch unweigerlich ins Verderben.

Der junge Feuerdrache näherte sich ihr von neuem und trug ein letztes Mal ihre Züge, nur war das Gesicht, das Elora sah, nicht ganz und gar menschlich – als sei diese Version der Elora Danan mehr eine Widerspiegelung des Geistes denn des Fleisches. Sie versuchte, sich die physiognomischen Einzelheiten einzuprägen, doch die Bilder zerflossen wie Quecksilber. Sie konnten zwar wahrgenommen, doch nicht im Gedächtnis bewahrt werden. Nur die Augen waren fest auf sie gerichtet: kobaldblaue Teiche, die mit einer Ernsthaftigkeit und Reife in die ihren blickten, wie sie der kleine Feuerdrache kaum besitzen konnte. Und Elora ebenfalls nicht.

Und doch wußte sie, daß dieses Gesicht das ihre war.

Ich muß gehen, sagte sie. Und dann, wie um diese Entscheidung unverrückbar zu verankern, wiederholte sie sie in ihrer eigenen Sprache noch einmal für sich selbst: »Ich muß gehen.«

Sie schoß aus dem Boden wie ein Projektil und flog in hohem Bogen, bis weit über die Kronen der nächsten Bäume hinaus, durch die Luft. Emporgeschleudert vom Schwung des Austritts schlängelte und wand sie sich in der gewohnten Fortbewegungsart empor, bis zu dem Punkt, an dem die Schwerkraft sie einholte und wieder ins Wasser zurückstürzen ließ.

Sie schlug um sich wie eine zur Verdammnis verurteilte Seele, als sie sich mit einemmal wieder gezwungen sah, mit Armen und Beinen zurechtzukommen, die sie planlos hierhin und dorthin warf. Es erschien ihr wie ein mittleres Wunder, daß sie nicht schon längst ertrunken war. Ihre Müdigkeit half ihr, denn sie war zu erschöpft, diesen Kraftaufwand lange durchzuhalten.

Ein Rest gesunden Menschenverstands veranlaßte sie, sich auf den Rücken zu rollen, wenigstens so lange, bis sie wieder einigermaßen zu Atem gekommen war. Die Luft war wundervoll süß und das Wasser so herrlich kühl, daß sie am liebsten drinnen geblieben wäre, bis ihre Haut anfing aufzuweichen. Aus den Augenwinkeln sah sie nicht sehr weit entfernt einen Uferstreifen, und sie begann, mit unbeholfenen Paddelbewegungen der Arme und Beine in diese Richtung zu schwimmen. Liebend gern hätte sie eine etwas elegantere Fortbewegungsart gewählt, doch ihre Kleider hatten sich voll Wasser gesogen und waren zu schwer für elegante Bewegungen.

Sie wußte, daß sie am Ufer angelangt war, als sie mit dem

Kopf dagegen stieß. Der Grund des Teichs fiel nur ganz allmählich ab, was Elora erlaubte, einige Zeit im seichten Wasser liegenzubleiben und sich von der Anstrengung zu erholen. Ihre Lungen pumpten wie Blasebälge und gaben ein zitterndes, dünnes *Hah* beim Einatmen und ein heiseres, rasselndes *Hann* beim Ausatmen von sich. Sie brauchte ihre ganze noch verbliebene Kraft, die Luft in sich aufzunehmen, doch wenn sie ausatmete, war es, als würde ein Amboß auf ihre Brust fallen, der auch den letzten Rest Luft aus ihrem Körper trieb. Ihr Herz hämmerte so heftig und schnell, daß sie fürchtete, es könnte ihre Rippen durchschlagen. Und die Stachelblüten, die unter der Erde in ihrer Brust Wurzeln gefaßt hatten, entschieden sich, nach Norden in ihren Kopf zu wandern und ihren Vorschlag, da sie nun schon einmal so weit gewandert seien, könnten sie ihren Körper doch gleich ganz verlassen, zu ignorieren.

Doch ungeachtet all dieser Mühsal und Qual, war jeder Atemzug ein Triumph, hinausposaunt mit den lautesten und majestätischsten Fanfaren.

Ich lebe, dachte sie, und die Erkenntnis machte sie ganz schwindlig vor Glück. *Ich lebe! Ich lebe!*

Als sie schließlich die Augen aufschlug und diese funktionierten, wie sie sollten, fragte sie sich verwundert, woher der Nebel kam, der sich über den Teich gelegt hatte, ehe sie mit einem verdutzten Heben der Augenbrauen feststellte, daß es Dampf war. Ihr Körper gab so viel Hitze wie ein glühender Schmelzofen ab, und ebendies tat er in dem kälteren Quellwasser des Bergsees. Ein prüfender Blick über ihre hingestreckten Glieder überzeugte Elora, daß ihre Kleider die Feuerprobe einigermaßen überstanden hatten und noch zu gebrauchen waren. Anscheinend traf dasselbe auch auf sie zu.

Sie brauchte dringend etwas zu essen; noch nie hatte sie einen so bohrenden Hunger verspürt, doch der Schlaf forderte unerbittlich seinen Tribut. Sie versuchte, auf Ellbogen ans Ufer zu robben, doch mehr als ihren Kopf und ihre Schultern konnte sie nicht aus dem Wasser hieven. Das würde genügen müssen, entschied sie.

Die Sonne schien nicht sehr weit über den Himmel gewandert zu sein, als sie wieder erwachte, doch die klamme Steifheit ihrer Glieder und der Druck in ihrer Blase sagten Elora, daß ziemlich viel Zeit vergangen sein mußte.

Wenigstens sind die Blätter noch grün, dachte sie und kicherte dann amüsiert, *es sei denn, ich habe ein ganzes Jahr lang geschlafen, von einem Sommer bis zum nächsten.*

Sehr unwahrscheinlich, befand sie nach einem prüfenden Blick, da weder ihre Haare noch ihre Nägel gewachsen waren.

Ein Tag also war vergangen – vielleicht auch ein paar mehr.

Wo sie lag, schnürte sie ihre Stiefel auf, löste dann den Bund ihrer Hose und schlüpfte heraus. Die Hose hinter sich her aus dem Wasser zu ziehen erwies sich als ein ziemliches Stück Arbeit. Sie war völlig mit Wasser vollgesogen und so schwer wie sie selbst – wenn nicht noch schwerer. Und ihr Umhang, aus dem sie sich mit einiger Mühe schälte, wog sicherlich noch einiges mehr. Sie breitete ihn auf dem Boden in seiner ganzen Weite auseinander und hoffte, daß er trocknete, bevor sie graue Haare bekäme. Mit dem Gedanken an ihre übrigen Kleidungsstücke schielte sie nach dem Stand der Sonne und ging dann zu einem umgestürzten Baum hinüber, aus dessen Stamm die Strünke abgebrochener Äste emporragten. Sie streifte sich alle Kleider vom Leib und hängte sie zum Trocknen auf. Dies waren die praktischen Vorteile, wenn man einen Zauberer als Lehrmeister hatte: Der Haushaltszauber, den Thorn über alle ihre Besitztümer gelegt hatte, machte ihre Kleider nicht nur undurchlässig für extremste Witterungseinflüsse, sondern sorgte auch dafür, daß sie ihre Form behielten. Normalerweise schrumpfte Leder, das so naß wie ihre Hose geworden war, beim Trocknen zu einem Bruchteil seiner ursprünglichen Größe zusammen. Nicht jedoch ihre Hose.

Nachdem sie ihre Kleidung sorgfältig ausgebreitet hatte, setzte sie sich in die Sonne und kramte in ihren Reisetaschen – ebenfalls ein Geschenk von Thorn – nach frischen Klamotten und etwas Eßbarem. Ein langes ärmelloses Unterhemd befriedigte das eine Bedürfnis, doch alles, was sie fand, um ihren Hunger zu stillen, waren ein paar Sandwiches und was von ihrem Beutezug im Bazar übrig war. Und außerdem, den Göttern sei Dank, eine Feldflasche mit Wasser, um alles hinunterzuspülen. Brot durch einen trockenen Hals hinabzuwürgen war schon schlimm genug, aber scharfen Käse – das war purer Mord.

Sie aß nicht alles, so gern sie sich den Bauch vollgeschlagen hätte, bis sie sich nicht mehr bewegen konnte. Aber sie hatte nicht die geringste Vorstellung, wo sie war, und die Vorsicht gebot, mit den wenigen Vorräten, die sie hatte, sparsam umzugehen.

Die Sonne war heiß, und Elora ließ sich von ihrer Wärme und ihrem Licht erfüllen, bis sie sicher war, daß sie glühte. In den zwei Jahren, die sie bei Torquil und seinen Leuten lebte, war sie nur selten nach draußen gekommen, und keiner ihrer Ausflüge hatte sie über die Grenzen des Tals hinaus geführt, in dem der Bazar war. Ihr war gar nicht bewußt gewesen, wie sehr sie bereits den Lebensrhythmus der Nelwyns angenommen hatte und mit ihm ihre Werte und Grenzen. Ihr Himmel waren ihre Tunnel und Stollen, die ihnen Sicherheit boten. Und alles, was jenseits davon lag, bedeutete Gefahr, was zweifellos auch für Elora zutraf, wenn man sie erkennen würde. Außerdem war der Winkel der Welt, in dem sie lebten, alles andere als ein gastlicher Ort, der abgesehen von der schroffen und ursprünglichen Schönheit schieren Felses und reicher Erzadern nichts zu bieten hatte, was das Herz zu erfreuen vermochte.

Eine sanfte Brise bewegte die Baumkronen und erfüllte den Hain von Zitterpappeln jenseits des Sees mit dem silbrigen Raunen, das sie so sehr liebte. Der Wind trug den schweren, süßlichen Duft von Geißblatt, wie er nur auf Bergwiesen gedeiht, zu ihr herüber. Sie hatte sich bereits gedacht, daß sie sich noch immer im Hochland befand. Die Frage war nur, in *welchem* Hochland. Nach der Form der Berge und dem Charakter der Landschaft zu schließen, lag die Siedlung der Fels-Nelwyns ganz sicherlich nicht in der nächsten Nachbarschaft. Davon abgesehen hatte sie nicht den geringsten Schimmer, wo sie war. Sie konnte überall sein.

Ihre Kleider waren noch immer feucht, und sie beschloß, daß es ihr nicht schaden würde, ein wenig ihre Beine zu strecken und die Gegend zu erkunden. Sie folgte ihrem Gehör und erklomm eine mit Büschen bewachsene Felsstufe, über die sich ein kleiner Wasserfall in den See ergoß. Oben angelangt, öffnete sich vor ihr eine weite, zu beiden Seiten von einem breiten Streifen goldgelb blühender Blumen gesäumte Wiese, die von umgestürzten Baumstämmen und verkohlten Baumstrünken übersät war. Offensichtlich hatte hier vor nicht allzu langer Zeit ein vernichtendes Feuer gewütet. Zu beiden Seiten des Tals stiegen sanfte, von Felsen gekrönte Hügel empor, die sich weiter hinten am Horizont zu eindrucksvoll schroffen Bergen auftürmten, deren Überquerung sie ohne Kletterausrüstung niemals wagen würde.

Während sie ziellos durch die Wiese streifte, pflückte Elora, sich bei den Blumen dafür entschuldigend, im Gehen einen Strauß und begann, die Blüten müßig zu einem Kranz zu flechten. Es war ein beschaulicher, träger Nachmittag, in dem offenbar kein Platz war für Komplikationen jedweder Art. Obwohl ihr klar war, daß sie sich Gedanken darüber machen sollte, wie sie hier zu überleben gedachte – sie mußte etwas zu essen finden und einen Platz, wo sie die Nacht verbringen konnte –, gab sie sich in vollen Zügen dem Luxus hin, daß es für sie weder Hausarbeit noch sonstige Pflichten zu erledigen gab.

Der Blumenkranz wollte nicht so recht passen – er war ihr ein wenig zu groß geraten – und rutschte ihr immer wieder keineswegs hoheitlich über ein Auge herab. In einer ihrer Taschen hatte sie einen Spiegel, und weil sie gerne gesehen hätte, wie sie aussah, machte sie kurz entschlossen kehrt, um zum See zurückzulaufen.

Es war ein so sorgloser und unbekümmerter Augenblick – einer der kostbar wenigen in ihrem Leben –, daß sie beim Hinabsteigen der Felsstufe nicht achtgab, von einem Stein abrutschte und mit dem rechten Fuß in etwas Ekelhaftes von hellbrauner Farbe trat. Es hatte die Konsistenz von Schlamm und stank ganz entsetzlich.

Der Schwung ihres Laufs trug sie noch ein paar Schritte weiter den Hang hinab, die sie mit Hopsersprüngen des linken Beins abfederte, während sie das rechte von sich streckte und das Gesicht zu einer Grimasse des Ekels verzog. Sie stöhnte angewidert auf, als sie sah, daß ihr Fuß bis über den Knöchel mit dem klebrigen Schmutz bedeckt war. Sie wollte vermeiden, das eklige Zeug mit den Händen anzufassen, doch es ging nicht ab, als sie es mit schnellen Bewegungen ihres Fußes im See abzuspülen versuchte; sie mußte sich hinabbeugen und kräftig schrubben. Erst als sie damit fertig war, dämmerte ihr allmählich, was das für ein Gestank war.

Es war Trollkot.

Ein frischer Haufen. Wie frisch, wurde ihr erst mit einem Schock klar, als sich eine abstoßende, schwarzbraune Gestalt aus ihrem Versteck in den Büschen erhob. Auch von weitem waren Trolle ein widerlicher, abscheulicher Anblick mit ihrer Haut, die verschorft und wie von Blasen übersät aussah, als sei die ganze Kreatur vom Kopf bis zu den Füßen mit flüssigem Feuer abgeduscht worden. Dichte Haarbüschel sprossen hier und dort aus ihrem Körper, die zu zottigen Klumpen verklebt und verfilzt waren und aussahen wie das Fell eines räudigen Hundes. Außerdem schienen Trolle Schmutz förmlich anzuziehen. Sie schienen nicht den geringsten Sinn für Körperhygiene zu haben.

Dieser hier war mehr als einen Kopf größer als Elora, breiter und massiger in den Schultern, mit langen, mageren Armen und Beinen. Unter einer wulstigen Stirn lag ein Gesicht, das eher abstoßend denn furchteinflößend war, vor allem wenn er den Mund aufmachte und zwei Reihen verfärbter und abgenutzter Zähne zeigte, deren bloßer Anblick ihr den Magen umdrehte. Elora hatte Leute gesehen, deren Leiber von Trollbissen und den scharfen, gebogenen Krallen, die ihnen an Fingern und Zehen wuchsen, förmlich zerfetzt gewesen waren. Diese Kreaturen waren praktisch von Natur aus mit Krankheitserregern verseucht, und wenn man von ihnen gebissen oder gekratzt wurde, war eine Infektion unabwendbar, die oft tödlich verlief, wenn der Betreffende den eigentlichen Angriff auch überlebt hatte.

Und am schlimmsten von allem war der bestialische Gestank, den Trolle verströmen. Wie Ghule fressen auch Trolle große Mengen Aas, und irgendwann in der Geschichte ihrer Entwicklung hat sich der Aasgeruch als bleibender erblicher Faktor in ihrer Blutlinie eingenistet. Doch anders als Ghule fressen Trolle totes Fleisch aus übriggebliebenen Stükken, weil sie zu faul sind, ihre Beute zu jagen, im Gegensatz zu den Ghulen, die auf diese Art der Nahrungsbeschaffung angewiesen sind. Manchmal jagen auch Trolle – wenn auch sehr ungern. Und ungeachtet ihres Aussehens sind Trolle weder dumm, noch sind sie schlechte Jäger.

Dieser hier stand jetzt zwischen Elora und ihren Kleidern. Einen kurzen Augenblick dachte sie daran, in den See zu springen, doch sie hatte wenig Vertrauen in ihre Fähigkeit, sich lange genug über Wasser halten zu können, bis der Troll aufgab. Jetzt, wo er sie als Beute identifiziert hatte, würde der Troll so lange nicht das Feld räumen, wie er sie sehen konnte. Und es würde ihm nicht das geringste ausmachen, zu warten, bis sie ertrunken war. Sie spielte mit dem Gedanken, sich wieder zurück in die Erde sinken zu lassen und dem Troll auf dieselbe Weise zu entkommen wie Carig, doch dann verwarf sie den Gedanken wieder. Zauberei forderte vom Körper einen beängstigenden Tribut; auf ihren eigenen Füßen war sie schneller und beweglicher.

Sie täuschte einen Fluchtversuch in Richtung See vor, und als der Troll ebenfalls loslief, um ihr den Weg abzuschneiden, warf sie sich herum und rannte so schnell sie konnte auf den Waldrand zu.

Hinter sich hörte sie ein kehliges *Halluwuuwuu* und dann das Peitschen und Splittern von Ästen, als der massige Körper des Trolls durchs Unterholz brach. Eloras Vorteile lagen in ihrer Größe und ihrer Behendigkeit, mit der sie Bäumen und Büschen auswich, ohne ihr Tempo zu verringern, doch dies glich der Troll durch seine immense Kraft aus, mit der er über alles hinwegstampfte, das ihm in den Weg kam. Durch ihre Finte hatte sie etwas Vorsprung gewonnen, doch der würde sehr schnell zusammenschrumpfen, denn die Beharrlichkeit und Ausdauer des Trolls waren ihren Sprinterqualitäten auf längere Sicht überlegen. Sie brauchte eine Waffe, und als ihre suchenden Blicke nichts Geeignetes entdecken konnten, begann sie, nach einem Versteck Ausschau zu halten.

Fast hätte sie den Bau übersehen.

Er war von einem Hain mächtiger alter Eichen wie von einer Ringwache umstanden, die so gigantisch waren, daß Eloras erster, instinktiver Impuls die Flucht hinauf in das Geäst der Baumriesen war. Elora entdeckte eine schmale Öffnung, versteckt zwischen dem Gewirr mächtiger, baumdicker Wurzeln am Fuß des ältesten der Baumriesen.

Doch die Öffnung war zu weit entfernt und der Winkel ungünstig. Erfassen der Situation und Reaktion waren eins, und ohne Zögern lief sie weiter, um einen Baumstamm zwischen sich und den heranstürmenden Troll zu bringen, und wirbelte dann kampfbereit herum. Schnaubend stampfte der Troll um den Stamm der Eiche, doch Elora war bereits weiter um den Baum herum zur anderen Seite des Stammes getänzelt. Ohne zu zögern, nahm der Troll die Verfolgung sogleich wieder auf und reagierte auf ihr Vor- und Zurücktänzeln mit einigen nicht minder wirksamen Finten. Offenbar machte es ihm nichts aus, daß er sie noch nicht erwischt hatte; vielmehr schien er das augenblickliche Schachmatt als willkommene Gelegenheit zu nutzen, wieder zu Atem zu kommen. Soweit sie es beurteilen konnte, hatte der Troll mächtigen Spaß an dieser Jagd. Jeder Aspekt seiner Körpersprache verriet, daß er keinen Augenblick am Ausgang dieser Jagd zweifelte.

Wie makaber! dachte Elora, als ihr die Absurdität der Situation bewußt wurde. *Elora Danan, die Heilige Prinzessin und Retterin der Zwölf Großen Reiche, als tägliche Fleischration eines gefräßigen Trolls.*

Während sie hin und her und dann wieder um den Baum herumlief, raffte Elora eine Handvoll Kieselsteine vom Boden auf und warf sie weit hinter sich und in die entgegengesetzte Richtung, in die sie sich bewegte. Die Kiesel klapperten vernehmbar den mit Geröll übersäten Abhang jenseits der Bäume hinab. Sie klangen wie jemand, der mit großen Sätzen den Hang hinabläuft und dabei kleine Steinlawinen auslöst.

Der Troll fiel auf das Täuschungsmanöver herein und stürmte rechts von ihr um den Baumstamm herum in die Richtung der klappernden Kieselsteine. Sie aber rannte in die entgegengesetzte Richtung. Offenbar nahm er die Bewegung am Rand seines Blickfeldes wahr, doch der steinige Boden war einem derart abrupten Richtungswechsel einer massigen Gestalt wie der des Trolls nicht unbedingt förderlich, und er verlor den Boden unter den Füßen, wirbelte rudernd durch die Luft und hätte nach allem menschlichen Ermessen und den Gesetzen der Schwerkraft zufolge auf die Erde krachen müssen. Statt dessen vollführte er in der Luft einen unglaublich behenden Salto mit gleichzeitiger halber Drehung, der ihn auf beiden Füßen landen ließ, mit dem Gesicht in ihre Richtung blickend. Inzwischen hatte sie den höchsten der verschlungenen Wurzelstrünke erklommen und konnte den untersten Ast fast mit den Fingerspitzen berühren, doch die akrobatische Meisterleistung des Trolls hatte sie mitten in der Bewegung mit vor Verblüffung und einer gehörigen Portion Neid offenstehendem Mund erstarren lassen.

Mit einem mächtigen Satz überwand sie nun die mindestens eine Körperlänge betragende Distanz zum untersten Ast und zog sich dann unter Einsatz ihrer Beine hinauf. Der Troll erreichte den Ast von dort, wo er stand, mit einem einzigen Sprung. Doch Elora hatte nicht auf ihn gewartet. Die ausladenden Äste der Eichen hatten sich bereits vor langer Zeit miteinander und ineinander verschlungen und bildeten ein weitverzweigtes Dach über dem schattigen Boden des Hains. Die Äste in den unteren Ebenen waren so dick wie der Körper eines Menschen, was es ihr erleichterte, von einem zum anderen zu springen. Sie wechselte nicht nur die Bäume, sondern auch die Ebenen, und kletterte mit der Behendigkeit eines Affen in immer höhere Regionen der Baumkronen empor. Doch der Troll nahm diese Herausforderung unbeirrt und ohne das geringste Zögern an, ganz offenkundig unerschüttert in seiner Überzeugung, daß er sie kriegen würde, egal wohin sie floh.

Dann kam der Augenblick, in dem sie zum Angriff überging: mit einem Ast, den sie mit einer solchen Kraftanstrengung zurückgebogen hatte, daß sie glaubte, ihre Arme müßten aus den Gelenken springen, und dann losließ. Der Ast peitschte mit der Wucht eines Katapults zurück. Er fegte den Troll von dem Ast, auf dem er balancierte, und durch die Blätter der Baumkrone hindurch. Die Kreatur sah beinahe komisch aus, als sie einen kurzen Augenblick fast schwerelos in der Luft zu schweben schien, ehe sie abstürzte, so sehr benommen von der plötzlichen und heftigen Begegnung mit massivem Eichenholz, daß ihre katzenartigen Reflexe erst kurz vor der unsanften Landung auf dem Boden auf die neue Situation reagierten. Wie Elora gehofft hatte, landete der Troll auf dem Abhang, und diesmal fiel er, sich mehrmals überschlagend, bis er, in eine Staubwolke gehüllt, am Grund der Schlucht angelangte. Natürlich war der Troll sofort wieder auf den Beinen und machte sich mit seiner ganzen ungeheuren Kraft daran, den Abhang zu erklimmen.

Elora sprang im selben Augenblick vom untersten Ast auf den Boden, in dem ihr Verfolger aus der Schlucht auftauchte. Sie landete direkt vor dem Eingang des Baus. Sie schrie eine Entschuldigung an die Adresse seiner Bewohner und stürzte sich genau wie die Heldin der Geschichte, von der Thorn ihr erzählt hatte, mit nach vorn gestreckten Armen, als wollte sie in ein Becken mit Wasser tauchen, durch die Öffnung. Im selben Augenblick glaubte sie, ihre letzte Stunde sei gekommen, als nämlich ihre Schulter am Strunk einer Wurzel hängenblieb, der in die Öffnung hineinragte und sie einklemmte. Der markerschütternde Jagdschrei des Trolls und die Schreckensvision, wie er sie mit seinen furchtbaren Klauen aus dem Loch herauszerren würde, waren Ansporn genug für sie, sich mit einem entschlossenen Ruck ihres Oberkörpers und einigen kräftigen Stößen ihrer Beine loszureißen und endgültig durch die Öffnung zu zwängen. Im Vorwärtstaumeln ruderten ihre Arme in der absoluten Dunkelheit seitlich nach den Halteleinen, die in den Gängen eines jeden Brownie-Baus entlang der Wege gespannt sind, die sie benutzen. Eine der Leinen, die sie zu fassen bekam, hielt, doch die andere löste sich unter ihrem Griff in nichts auf. Im selben Augenblick war der Boden unter ihren Füßen verschwunden, und mit einem entsetzten Aufschrei befand sie sich plötzlich an drei Fingern über einer Grube baumelnd, die tief genug war, einen ausgewachsenen Daikini zu schlucken.

Sie versuchte, ihre Finger fest um die Halteleine zu schließen, während sie mit der anderen Hand und ihren Zehen verzweifelt nach Halt suchte.

Der Atem des Trolls, der über seinem wild durch die Luft krallenden Arm durch den Eingang des Baus blies, raubte ihr fast die Besinnung. Der bestialische Gestank drehte ihr den Magen um, und nur mit Mühe gelang es ihr, das wenige, das sie zu sich genommen hatte, bei sich zu behalten. Glücklicherweise planten Brownies ihre Baue sehr sorgfältig, wobei sie vor allem jede Art von Raubtieren und anderen räuberischen Wesen in Betracht zogen, die versuchen könnten, in den Bau einzudringen, sei es eine Schlange, ein Dachs, ein Berglöwe – oder ein Troll. Der Eingang war zu eng für den Troll und der anschließende Gang länger als sein ausgestreckter Arm.

Der Troll versuchte jetzt, mit seinen Klauen die Öffnung des Baus aufzureißen, doch erneut erwies sich die Baukunst der Brownies seinen wütenden Versuchen überlegen, denn der Eingang war von dicken Eichenwurzeln eingerahmt. Wer auf diese Weise in den Bau eindringen wollte, mußte erst die Wurzeln beseitigen. Möglicherweise verfügte der Troll über genügend Verstand, dies zu begreifen, und den Willen, es dennoch zu versuchen, aber er hatte die dafür nötigen Werkzeuge nicht. Seine Kraft nutzte ihm wenig – die Eiche war viel zu alt und ihr Stamm und ihre Wurzeln zu gewaltig, und früher oder später würden seine Klauen an dem in Jahrhunderten zur Konsistenz von Metall gehärteten Eichenholz zerbrechen.

Nach einer Weile, während der er Elora mit seinem schauderhaften, durch Mark und Bein gehenden Geheul attackierte, hörte das Jaulen und das Kratzen am Eingang auf, und auch der bestialische Gestank war verschwunden. Nicht einmal mehr ein winziger Schimmer von Licht war jetzt in dem Bau auszumachen, und die Luft war mit einemmal so kalt und modrig feucht, daß sie sich wünschte, etwas mehr am Leib zu haben als ihr Unterkleid.

Inzwischen war es Elora gelungen, die Halteleine mit der anderen Hand zu erreichen und sich auf den schmalen Sims, der um die Grube verlief, emporzuziehen, wo sie einen umbequemen Halt fand. Wie Thorn besaß auch sie die NachtSicht eines Magiers, mit der sie auch in völliger Dunkelheit sehen konnte, doch dies erwies sich in der augenblicklichen Situation als keine große Hilfe. Gegenüber und rechts von ihr zweigten entlang des Pfads, der in die Wände der Grube gegraben war, die Hauptgänge des Baus ab, sechs an der Zahl, die alle sorgfältig verbarrikadiert waren. Und was noch schlimmer war: Als sie nach unten blickte, sah sie, daß der Grund der Grube mit Pfählen gespickt war – armdicke, in den Boden gerammte Äste zumeist, deren aufragende Enden zugespitzt waren. Sie würde nicht das erste Opfer sein, das in dieser Falle sein Leben aushauchte. Auf dem Grund der Grube türmte sich eine Ansammlung von Knochen, und ein Kadaver, der aufgespießt an einem Pfahl hing, würde sich wohl noch vor dem nächsten Frühjahr dazugesellen.

»Verdammt üble Klemme, in der ich hier sitze«, murmelte sie und runzelte angestrengt die Stirn, in dem Bemühen, die Konsequenzen abzuschätzen, die diese Situation für sie mit sich brächte. Die Fallgrube überraschte sie keineswegs. Brownies kämpften wie Dämonen, um ihr Heim und ihre Lieben zu verteidigen, und zeigten denen gegenüber, die sie bedrohten, nur selten Gnade. Trotz der Entschlossenheit und Wildheit, mit der sie sich gegen jeden Feind stellten, hatten sie jedoch nicht das Naturell von Killern. Wenn sie die Wahl hatten, zogen sie es vor, einem Feind den Stolz und seine Würde zu nehmen, anstatt sein Leben.

Im Grunde genommen, überlegte sie und dachte an die zahllosen Male, bei denen sie mit angesehen hatte, wie Rool und Franjean zu zweit über irgendeine arme umnachtete Seele hergefallen waren – manchmal war sie selbst, doch meistens Thorn davon betroffen –, *genießen es Brownies nicht nur, ihre Feinde zu quälen und zu erniedrigen, sie haben auch die größte Freude daran, ihre Freunde zu quälen und zu erniedrigen.*

Für Brownies war das Leben die größte je inszenierte Komödie, und ihre Rolle in dieser Komödie war es, jede heilige Kuh zu schlachten, die ihnen über den Weg lief. Je aufgeblasener und anmaßender jemand war, um so mehr Genuß bereitete es ihnen, den Betreffenden zurechtzustutzen.

Diese tödliche Falle hier sah ihnen eigentlich gar nicht ähnlich; so etwas würde sich eher ein Daikini ausdenken. Diese Erkenntnis beunruhigte Elora mehr als der Umstand, daß der Bau offenbar verlassen war.

Ihre Finger taten weh, und ihre Arme und Schultern schmerzten, was – wie sie angesichts der spitzen Pfähle fand – durchaus positiv zu bewerten war. Sie würde sich erst dann Sorgen machen müssen, wenn ihr Körper taub würde. Entschlossen und rigoros verbannte sie jeden Zweifel an der Festigkeit der Halteleine aus ihrem Kopf. Wenn sie hielt, hielt sie. Wenn nicht, dann konnte sie auch nichts dagegen tun.

Sie hatte nicht die geringste Vorstellung, wo sie sich befand. Die Frage war, wie sollte sie sich von hier fortbewegen? Und in welche Richtung?

Elora tastete sich mit ihrer EinSicht in die Dunkelheit hinaus und betete um Antwort eines ihr wohlgesonnenen Denkers irgendwo innerhalb der Reichweite ihrer Gedanken, ein Augenpaar und Ohren, die sie sich ›borgen‹ konnte, um sich zu vergewissern, daß die Luft rein war. Sie verzog das Gesicht, denn die Reaktionen, die sie auffing, waren enttäuschend. Nichts, das einer höheren Stufe tierischer Existenz gleichkam; sie mußte sich mit Insekten und Eidechsen begnügen.

Die Käfer und Spinnen waren am schlimmsten. Nicht nur ihre Gedankengänge waren rudimentär, auch ihr Verhalten war keinerlei willentlicher Entscheidung unterworfen, sondern folgte allein biologischen Reizen wie Geruch oder Geschmack. Auch der Bau ihres Körpers war im Vergleich zu allem, was Elora jemals erfahren hatte, erschreckend fremd. Als sie versuchte, durch ihre Facettenaugen zu blicken, war es, als würde sie durch eine dieser Kaleidoskop-Linsen schauen, die sie in den Juxbuden auf dem Bazar gesehen hatte. Noch erschreckender war der Versuch, deren Wahrnehmung mit der ihren verschmelzen zu lassen, um die Bilder, die sie aufnahm, richtig interpretieren zu können, denn dies zerrte sogleich mit so bedrohlicher Heftigkeit an der Verbindung mit ihrem menschlichen Bewußtsein, daß sie um ein Haar gerissen wäre.

Dennoch war die Verbindung möglich. Sie wußte dies, selbst in dem Augenblick, als sie entsetzt in ihr eigenes Bewußtsein zurücksprang, was mindestens ebenso waghalsig und lebensgefährlich war, wie mit dem Kopf voran in einen Brownies-Bau zu springen Sie besaß zwar das Wissen und auch das dafür notwendige Können, doch was ihr fehlte, war Übung.

»Geschieht mir ganz recht«, schalt sie sich wieder und wieder und schlug dabei mit dem Hinterkopf gegen die Wand, als würde es helfen, wenn sie ihren Selbstvorwürfen auf diese Weise körperlichen Nachdruck verlieh. »Geschieht mir ganz recht, geschieht mir ganz recht.«

Thorn hatte es ihr von Anfang an gesagt.

»Talent ist eine wundervolle Sache, Elora Danan«, hatte er ihr ins Gewissen geredet. »Aber es ist nur das Rohmaterial. So ähnlich wie das geschmolzene Erz in Torquils Schmelzofen. Es muß zuerst verfeinert und gegart und dann in die richtige Form gebracht werden, bevor es als Werkzeug benutzt werden kann. So wie man das Handwerk und die Kunst der Eisenbearbeitung erlernen muß, so ist das auch bei der Kunst der Zauberei.«

»Nur daß ich kein Zauberer bin«, hatte sie gereizt erwidert. Sie war nicht gerade in bester Laune gewesen, und es war auch keiner der besseren Tage mit Thorn.

»Zauberei«, fuhr er mit einer sanften Unnachgiebigkeit

in der Stimme fort, die sie plötzlich an Torquil erinnerte, »ist im Grunde genommen nichts anderes, als daß ein Wesen einem anderen seinen Willen aufzwingt. Es ist Ausübung von Macht. Dein dir gegebener Weg, zur Magie Zugang zu finden – und versteh das nur nicht falsch, junges Fräulein, denn du *kannst* diesen Zugang sehr wohl finden – ist anders. Und auf seine Art weit schwieriger. Vielleicht sogar auch demütigend. Du mußt die anwesenden Mächte, die beteiligten Wesen um Hilfe bitten. Becirce sie, schmeichle ihnen, schmiere ihnen Honig ums Maul, setzte sie unter Druck, drohe ihnen – was auch immer; das Wichtigste ist, es muß ein Geben und Nehmen sein, während ein Zauberer nur zu nehmen braucht. Die Werkzeuge, mit denen du arbeitest, sind keine magischen Zeichen, Zauberstäbe, Beschwörungsformeln oder Zauberbanne oder sonst irgendwelche Utensilien, wie sie für mich und meinesgleichen selbstverständlich sind. Du mußt mit Dingen arbeiten, die lebendig sind und einen eigenen Willen haben. Und deshalb solltest du sie, zu deinem eigenen Besten, mit Respekt behandeln. Du bist mit ihnen verbunden wie die Kreise der Schöpfung. Du kannst nur überleben, wenn sie überleben.«

Er hatte ihr eine lange Liste mit Übungen und derjenigen Wesen gegeben, von denen er glaubte, sie würde irgendwann mit ihnen zusammenarbeiten. Sie hatte immer geglaubt, ihr Bestes getan zu haben. Nur gab es in der Schmiede und im Haushalt immer so viel zu tun, daß es viel einfacher gewesen war, sich ablenken zu lassen.

Sie stieß auf eine Eidechse, die durch die leeren Gänge huschte, und ihre Freude, endlich jemanden gefunden zu haben, mit dem sie zusammenarbeiten konnte, hätte für sie beide um ein Haar in der Katastrophe geendet. Sie hatte beinahe vergessen, wie klein das Bewußtsein einer Eidechse im Vergleich mit ihrem war, und in ihrer Ungeduld, endlich die Kontrolle zu übernehmen, lenkte sie mehr Energie in das winzige Wesen, als es, ohne Schaden zu nehmen, aushalten konnte.

Bei ihrem nächsten Versuch ging sie viel behutsamer vor und wagte den Eintritt erst, nachdem sie eine sanfte Weise der Heilung gesungen hatte, um den Schock des ersten kurzen Kontakts zu lindern.

Die Gänge waren leer, völlig ausgeräumt, und sie waren nicht in überstürzter Eile oder gar Panik evakuiert worden. Man hatte große Sorgfalt darauf verwendet, nichts zurückzulassen und dann den Bau zu versiegeln, indem man lange Strecken der Gänge zum Einsturz gebracht hatte.

Außerdem waren – wie sie entdeckte, als sie ihren unterirdischen Gefährten gegen einen Artgenossen tauschte, der zwischen den Blumen und Gräsern draußen im Freien umherhuschte – auch die Nymphen geflohen, die normalerweise in den Herzen von so alten und ehrwürdigen Bäumen wie diesen hier wohnten. Eine solche Entscheidung war ihnen sicherlich nicht leichtgefallen, wie sich Elora denken konnte, da Waldnymphen sich für ein ganzes Leben mit ihren Bäumen vermählten. Eine Trennung war nur mit Hilfe einer Vielzahl komplizierter Zauberformeln und Beschwörungen und sorgfältiger Vorbereitung möglich.

Die Tatsache, daß sie eine Eidechse an der Oberfläche gefunden hatte, machte ihr Mut. Keines der scheuen Tiere hätte sich gezeigt, wenn der Troll hier noch lauerte.

Als Elora schließlich aus dem Bau kroch, war das einzige, das noch an die Gegenwart des Trolls erinnerte, der hartnäkkig in der Luft hängende widerliche Gestank, den er zurückgelassen hatte.

Es war noch immer relativ hell; die Luft war von einem milden Dämmerlicht durchflutet, das noch bis weit in den Abend hinein fortdauern würde.

Als sie zum See zurückkehrte, stellte sie fest, daß ihre Kleider und ihre Habseligkeiten verschwunden waren. Das überraschte sie nicht sonderlich. Trolle hatten durchaus eine Vorstellung von Besitz und – was weit wichtiger war – von dem Wert, den diese Besitztümer für ihre Eigentümer darstellten. Mehr als nur ein unglücklicher Reisender hatte ein vorzeitiges Ende gefunden, weil er der Spur gefolgt war, die ihn zu einem Bündel gestohlener Kleider geführt hatte.

Finde den Troll, und du findest deine Sachen. Aber was dann?

Ihr Magen knurrte und erinnerte sie ungnädig daran, daß es ein langer und sehr anstrengender Tag gewesen war. Sie hatte ihre Blütenkrone gleich nach den ersten Sätzen ihrer wilden Flucht vom See verloren, doch der Duft des Geißblatts, den die Abendbrise zu ihr herüberwehte, führte sie rasch zu dem Platz, wo sie lag. Sie zupfte ein paar Blütenblätter heraus und saugte sie aus; sie schmeckten nach süßem Nektar.

Trotz ihrer Müdigkeit bewegte sie sich, als sie sich der Höhle des Trolls näherte, mit einer Geschmeidigkeit und biegsamen Anmut und so völlig lautlos, daß selbst ein Gespenst vor Neid erblaßt wäre. Sie mußte daran denken, was für ein Gefühl es gewesen war, als sie mit den Feuerdrachen im Magma der Erde schwamm und ihr Körper schmolz und eine neue Form annahm, und sie hob ihre Hände vor das Gesicht, um sie zu betrachten. Sie umfaßte einen Unterarm und stellte erleichtert fest, daß das Fleisch noch immer fest und die Knochen nach wie vor beruhigend stabil waren. Sie fand, daß sie aussah wie immer – zumindest seit sie aus Angwyn fort war, und doch fühlte sie zugleich mit einer merkwürdigen Gewißheit, daß sie sich verändert hatte.

Sie hatte sich stets an ihren Gefährten gemessen, was immer in stummer Wut und Frustration geendet hatte, denn jedesmal war sie diejenige gewesen, die bei solchen Vergleichen den kürzeren gezogen hatte.

Khory Bannefin war ein Mensch, zumindest äußerlich. Ihre Seele jedoch – wenn man sie überhaupt als solche bezeichnen konnte – war die eines Dämons. Ryn Taksemanyin gehörte zum Volk der Wyrrn, die in den Ozeanen ebenso zu Hause waren wie auf dem Land. Seine Bewegungen waren gestaltgewordene Poesie – ob im Wasser oder mit festem Boden unter den Füßen. Khory war eine Kriegerin, und die Eleganz und Behendigkeit ihrer Bewegungen waren das Ergebnis jahrelangen Trainings. Sie war Ryn fast ebenbürtig. Elora war nie so begabt gewesen.

Obwohl Ryn ausnehmend geduldig mit ihr gewesen war, als er ihr wieder und wieder die Abfolge von Bewegungen demonstrierte, hatte es Elora stets zur Weißglut gebracht, daß ihr Körper nicht so reagierte, wie sie wollte. Sosehr sie sich auch bemühte und sich danach sehnte, es einmal zu schaffen, erreichte sie das Ziel nicht annähernd. Auch Thorns gutgemeinte und verständnisvolle Erklärungen – daß sie noch immer ein Kind sei, das noch nicht einmal richtig zu wachsen begonnen und in seinem Leben bis zu diesem Tag nur Müßiggang und Bequemlichkeit gekannt habe – hatten sie nicht zu trösten vermocht. Sie wollte Ergebnisse sehen, und damals war sie es gewohnt, daß ihr jeder Wunsch auf der Stelle erfüllt wurde.

Vielleicht, dachte sie mit einer Portion Belustigung, *war das auch eines der Hindernisse meines alten Lebens, die ich überwinden mußte. Es war sicherlich eines der ersten Dinge, die Thorn mich gelehrt hat.*

Sie warf einen Blick über die Schulter und ließ ihn vom östlichen zum westlichen Horizont schweifen. In welche Richtung mußte sie gehen, um wieder zu der Siedlung der Fels-Nelwyns zurückzugelangen? Sie fröstelte – nur ein wenig –, und einen flüchtigen Augenblick lang flackerte die Angst auf, daß sie, falls sie zurückfand, die Felsfestung der Nelwyns ebenso verlassen und ausgestorben vorfinden würde wie den Bau der Brownies.

Die Welt fühlte sich für sie nicht anders an als sonst auch, und sie fragte sich, ob sie es bemerken würde, wenn sie all ihrer magischen Kraft beraubt würde.

Angeblich bin ich doch mit allen Reichen verbunden, überlegte sie bekümmert. *Wenn die Welttore verschlossen sind, wenn der Betrüger all diese Macht für sich stiehlt, was geschieht dann mit mir? Oder ist das der Grund, warum ich für den Betrüger so wichtig bin – weil er durch mich Zugang zu allen Reichen gewinnt? Bin ich für ihn so was wie ein Rammbock, mit dem er die Welttore wieder aufbrechen kann? War es das, was Carig mit mir gemacht hat? Nur wußte er zuerst gar nicht, daß ich es war; er war richtig überrascht, als er es bemerkt hatte.* Sie schüttelte wild den Kopf.

Hör auf, dir darüber den Kopf zu zerbrechen! schalt sie sich. *Es geht dabei gar nicht um dich – nicht nur zumindest. Wenn der Betrüger den Sieg davonträgt, was wird dann aus allem? Vielleicht hat Carig irgendeine Macht angerufen, die den Kampf gegen den Betrüger aufnimmt? Nach dem zu urteilen, was er gesagt hat, könnte das durchaus sein. Aber er klang auch, als wäre er bereit, dabei sein eigenes Volk zu vernichten. Ich habe noch nie von einem Nelwyn gehört, der so etwas tut.*

Sie schüttelte erneut den Kopf, doch diesmal – vor allem aus Müdigkeit – weniger heftig. *Die Leute reden immer davon, daß man Feuer mit Feuer bekämpfen muß,* dachte sie. *Kann man ein Übel mit einem anderen bekämpfen?*

Das war eine Frage für Thorn. Nur war Thorn leider nicht hier – sie hatte auch herzlich wenige Briefe von ihm erhalten, seit er sie verlassen hatte.

Konzentriere dich! ermahnte sie sich streng und unterdrückte den Anflug von Ärger und Enttäuschung, der sie bei dem Gedanken an ihren sogenannten Beschützer überkam. *Konzentriere dich auf die Aufgabe, die vor dir liegt.*

Trollhöhlen waren gewöhnlich leicht zu finden. Man mußte nur den grauenvollen Gestank ertragen können. Kein Abfallhaufen oder Schlachthaus, das sie je gesehen hatte, stank ähnlich entsetzlich.

Die Fährte dieses Trolls führte sie über eine Ansammlung regellos übereinander getürmter, riesiger glattpolierter Felsen, deren Größe etwa zwischen der eines hochgewachsenen Daikini und der eines Hauses variierte, wie es ein solch hochgewachsener Daikini benötigte. Das Ganze sah aus, als hätte hier einmal ein gewaltiger Turm gestanden, bis irgendein bösartiger Dämon den alles tragenden Stein herausgestoßen und das ganze Gebäude zum Einsturz gebracht hatte.

Es war so ziemlich das genaue Gegenteil des Brownies-Baus. Anstatt eines einzigen Eingangs entdeckte sie hier eine ganze Reihe von Möglichkeiten: Spalten, Vertiefungen und Löcher zwischen den Felsen, gestützt von unbeholfen übereinandergetürmten Steinen. Die Oberfläche der Steine war gefährlich glatt und bot kaum Gelegenheiten, sich festzuhalten. Nicht einmal bei Tageslicht würde man erkennen können, was in diesen schwarzen Öffnungen lauerte oder welcher Weg sicher war.

Mit äußerster Vorsicht und geräuschlos, wie sie hoffte,

kroch Elora eine dieser Spalten hinab. Ihren Rücken gegen den Fels gepreßt und die ausgestreckten Beine an die gegenüberliegende Wand stemmend, schob sie sich Handbreit um Handbreit abwärts, und je weiter sie kam, um so sehnlicher wünschte sie sich, sie hätte etwas Festeres am Leib als nur ein dünnes Leinenunterkleid. Ihre Haut brannte, als sie den Grund der Spalte erreichte, aber sie spürte nirgendwo die Nässe von Blut und hatte sich wahrscheinlich nur Schrammen zugezogen. Dummerweise war diese Spalte, wie es schien, zugleich der einzige Weg nach draußen. Die Vorstellung, denselben Weg zurück in höchster Eile und mit einem wütenden Troll auf ihren Fersen bewältigen zu müssen, bereitete ihr Unbehagen.

Sie machte einen ersten Schritt und zog zischend den Atem ein. Sie erstarrte, beugte sich hinab und zog sich einen Knochensplitter aus dem Ballen ihres nackten Fußes. Wieder blutete es nicht, doch ihr Herz zog sich vor Entsetzen zusammen, als sie in der Dunkelheit die Ursache ihres Ungemachs erblickte: ein Daikini, nach der Größe des Skeletts zu urteilen, dessen Knochen schon vor längerer Zeit säuberlich abgenagt und zerschmettert worden waren, um an das Mark heranzukommen. Seine Kleider und seine Rüstung waren in rasender Gier, an sein Fleisch zu gelangen, zerfetzt worden, und nichts, was davon übrig war, konnte ihr in irgendeiner Weise nützlich sein. In einer Ecke jedoch nahm sie aus den Augenwinkeln einen schwachen Lichtreflex wahr, der sie zu dem führte, was einmal die wichtigste Waffe des getöteten Kriegers gewesen sein mußte: eine doppelklingige Kriegsaxt. Sie hatte einen kurzen Stiel, bestens für enge Räume geeignet, und wog weniger und war besser ausbalanciert als die Hämmer der Nelwyn, die sie gewohnt war. Der Stiel endete in einer fünfzackigen Eisenspitze, die zwischen den beiden Klingen aufragte, was ermöglichte, daß die Axt auch als Stichwaffe benutzt werden konnte.

Ein hohles, klagendes Heulen hallte plötzlich durch die Steine, das Eloras Haare so prompt zu Berge stehen ließ, daß sie sofort wußte, daß es nichts mit dem Wind zu tun hatte. Noch nie hatte sie von irgendeinem Troll ein solches Heulen gehört, und verblüfft registrierte sie, daß die beunruhigend menschliche Qualität in diesem Klageschrei ihr im Herzen einen Stich versetzte.

Die Axt vor sich ausgestreckt, tastete sie sich mit vorsichtigen Schritten einen schmalen Gang hinab, den sie dank ihrer MagierSicht so deutlich vor sich sah, als bewege sie sich in hellstem Sonnenschein. Allmählich wurde der Gang breiter und öffnete sich in die eigentliche Höhle.

Der Troll hatte ihr den Rücken zugewandt und war offensichtlich so in Anspruch genommen, daß er nicht bemerkt hatte, daß jemand in seine Behausung eingedrungen war. Elora hatte wenig Erfahrung in solchen Dingen, doch Torquil hatte zwei Jahre lang eine Menge Zeit damit verbracht, ihr beizubringen, wie man mit einem Blick sehr genau Entfernungen abschätzt. Mit drei langen Schritten würde sie hinter dem am Boden kauernden Troll stehen, und ein Schlag mit der Axt würde die Sache beenden. Sie mußte es gleich tun, wenn sie den Überraschungseffekt nutzen wollte.

Doch Elora zögerte.

Etwas in dem Heulen, das der Troll ausstieß, und der Art, wie er am Boden kauerte und vor und zurück schaukelte, löste in ihr eine Resonanz aus, die sie nicht verleugnen konnte. Dies, und das gleiche Gefühl tiefster Trostlosigkeit, das sie bereits in dem Bau der Brownies gespürt hatte. Es war, als drehte sich die Welt auf den Kopf wie ein kenterndes Boot, und alles, was nicht niet- und nagelfest war, stürzte kopfüber in die Tiefe. Mit plötzlicher Gewißheit erkannte sie, daß hier kein wirklicher Feind kauerte, sondern eine der verlorenen Seelen.

Der Troll drehte den Kopf zu ihr herum und entblößte seine Fänge zu einem halbherzigen Knurren. Eloras Blick fiel auf das Bündel in seinen Armen.

Für einen langen Augenblick bohrten sich die Blicke des Trolls und des Mädchens ineinander. Dann war es völlig unerwartet der Troll, der den Blick senkte und Elora wieder den Rücken zukehrte, fast als forderte er sie auf, den tödlichen Hieb zu führen.

Alles, was sie jemals gelernt hatte, jedes Stück sozialer

Prägung, die sie erfahren hatte, drängte Elora, das angebotene Geschenk anzunehmen und zuzuschlagen. Zumindest würde sie diese arme Kreatur von ihrem offenkundigen Elend erlösen. Sie würde nur tun, worum der Troll sie praktisch gebeten hatte.

Sie konnte es nicht.

Dies hier war kein Feind, keine Gefahr – obwohl er, wie ihr natürlich klar war, zu einer anderen Zeit und an einem anderen Ort sehr wohl beides sein konnte –, sondern eine Kreatur in Not. Sie war bereit, Gnade walten zu lassen, aber nicht zum Mord.

Sie stellte die Axt beiseite und schob sich mit vorsichtigen Schritten entlang der Peripherie der nahezu runden Höhle zur anderen Seite. Ihre Kleider und Sachen lagen in einem achtlosen Haufen neben einem Strohlager. Der Troll hatte ihre Reisebeutel gründlich durchsucht und natürlich nichts gefunden wie jeder, der hineinsah – außer Elora selbst –, und ebenso die Taschen ihrer Kleider, doch er hatte sie nicht zerrissen.

Es waren drei Junge – klein und hilflos wie alle Neugeborenen, und Elora brauchte keinen der höheren Aspekte ihrer Sinne zu bemühen, um sehen zu können, wie nahe sie alle dem Tod waren.

Sie kauerte sich vor dem Troll nieder, doch die tröstende Geste, mit der sie die Hand ausstreckte, provozierte ein neuerliches rituelles Knurren, eine Warnung, Abstand zu halten.

Ist es schon so weit gekommen, dachte sie, *daß er mich nicht als das sehen kann, was ich bin? Daikini haben Trolle gejagt, solange die Erinnerung unserer Rasse zurückreicht, so wie sie uns gefressen haben, wenn sie konnten.* Eine ganz ähnliche Beziehung, fiel ihr ein, wie die, die Ryn Taksemanyin zwischen den Wyrrn und ihren alten Feinden, den Haien, beschrieben hatte. *Oder ist ihm bloß alles egal?*

»Kein Problem«, sagte sie laut, doch der Troll schenkte ihren Worten keine Beachtung. »Vielleicht bin ich hier, um uns beiden zu helfen!«

Sie verschwendete keinen zweiten Gedanken an diese

plötzliche Regung oder daran, woher sie gekommen war. Der Intuition folgte ihre Verwirklichung, wie nach dem Erwachen am Morgen das Aufstehen folgt.

Was die kleinen Trolle am dringendsten brauchten, war Wärme. Im Tiefland würde sich der Sommer noch einen Monat oder vielleicht auch noch länger behaupten können, doch hier oben in den Hochtälern der Berge stellten sich in den Nächten bereits die ersten kühlen Vorboten des nahenden Herbstes ein. Die Höhle war kalt und feucht, und in ihrem geschwächten Zustand bot auch das Fell der Trolle wenig Schutz.

Elora entschied sich gegen ein Feuer, weil sie wußte, daß Jäger und Händler es als Waffe und Abschreckung benutzten, um nachts Trolle von ihrem Lager fernzuhalten. Statt dessen griff sie nach ihren Reisebeuteln und kramte ein Quartett glatter, eiförmiger Steine von der Größe ihrer Faust hervor. Sie legte sie auf dem Boden so zu einem Quadrat zusammen, daß sich ihre Enden berührten. Sie hatte sie in der Schmiede für einen Fall wie diesen erhitzt und spreizte jetzt ihre Hände über sie. Zufrieden registrierte sie, wie ihr Blick langsam den Fokus verlor und unscharf wurde, während sie die Mächte der Erde anrief und erneut ihre Hilfe erflehte.

Dann wandte sie sich, wie Thorn es sie gelehrt hatte, direkt an die vier Steine und sang ihnen mit leiser Stimme ein Lied, das so alt war wie die Welt selbst und das sie daran erinnerte, wie es war, als sie von Hitze erfüllt gewesen waren. Diese Erinnerung entfachte ein helles Glühen wie die Glut in einem erloschenen Herdfeuer. Sie sah weder das Leuchten in ihren eigenen Augen, noch registrierte sie das Lächeln auf ihrem Gesicht, das sich zu einem verzückten Grinsen von einem Ohr zum anderen weitete, als sie fühlte, wie Energie kribbelnd und knisternd bis in ihre Fingerspitzen hinabströmte, dort hervorbrach und mit den stetig wachsenden Energien der Steine eine stumme spielerische Zwiesprache begann. Und als Elora zu glühen begann, taten dies auch die Steine; ihr silbernes Schimmern vertiefte sich zu einem goldenen Glühen, und binnen weniger Augenblikke gaben die Steine bereitwillig die gewünschte Hitze ab.

Mit einem Lächeln wandte sich Elora zu dem Troll um, wobei sie darauf achtete, nicht ihre Zähne zu entblößen, da er dies möglicherweise als Herausforderung verstehen könnte. Sie überlegte, ob Trolle vielleicht, ähnlich wie Katzen, auf ein Zwinkern mit den Augen reagierten und es ebenfalls als eine Geste des Friedens und der Freundschaft interpretierten, doch sie entschied sich, damit noch eine Weile zu warten, um ihr Glück nicht unnötig zu strapazieren. Der Troll starrte auf die Steine hinab, dann auf sie und wieder zurück zu den Steinen; nur seine Augen bewegten sich – hin und her –, während sein übriger Körper reglos wie eine Statue verharrte. Auf seinem Gesicht lag ein Ausdruck, der unschwer als tiefste Verwirrung zu erkennen war. Etwas äußerst Merkwürdiges geschah hier, das sein Begriffsvermögen überstieg. Eigentlich hätte der Troll mit Angst und Entsetzen reagieren müssen, doch er tat es nicht. Irgendwo in seinem Bewußtsein, das alle Daikini seit jeher als hoffnungslos bestialisch betrachtet hatten, schlummerte die Fähigkeit, das Geschehen ohne Angst und ohne Fragen zu akzeptieren und mit Staunen hinzunehmen.

Elora hatte den Saum ihres Unterkleids auf einer Seite zusammengeknotet und auf diese Weise eine Art Tasche improvisiert, in die sie die restlichen Geißblatt-Blüten ihrer Krone gesteckt hatte. Sie fischte eine Handvoll davon heraus, zupfte eines der Blütenblätter mit zwei Finger heraus und saugte es aus, dann ein zweites, um dem Troll zu demonstrieren, was sie machte. Sie hielt ihm eine der Blüten hin. Er verzog das Gesicht, als wollte er sagen: *Hältst du mich für dumm?*, schnappte sich die Geißblatt-Blüte mit einer schnellen Bewegung seiner Hand und machte sich unverzüglich daran, Eloras Tun mit Eifer und einer überraschenden Mühelosigkeit nachzuahmen, als wüßte er ganz genau, wie köstlich Geißblatt-Nektar schmeckte.

Elora legte die Geißblatt-Blüten in Reichweite des Trolls auf den Boden und wandte sich wieder ihren glühenden Steinen zu. Aus einem ihrer Beutel kramte sie eine metallene Feldflasche, einen kleinen Topf und zwei Becher hervor, aus der anderen eine Handvoll Pflanzen und Kräuter sowie ein paar Würfel getrocknete Kraftbrühe. Ein Becher für sie, einer für den Troll. Rasch mischte sie die Ingredienzien für eine, wie sie hoffte, kräftigende Brühe. Sie selbst hatte eine Vorliebe für scharfe Gewürze, die ihr die Tränen in die Augen trieben, doch sie hielt sich zurück und würzte die Brühe nur mild, da der Gestank in der Höhle ihren Geruchs- und Geschmacksinn so gründlich betäubt hatte, daß sie ohnehin zu keiner feinsinnigen Wahrnehmung mehr fähig sein würde.

Nachdem der Sud eine Weile geköchelt hatte, probierte ihn Elora vorsichtig. Sie hatte alles genau richtig dosiert: Die Brühe war würzig, doch nicht zu scharf und gerade heiß genug, um eine angenehme Wärme vom Magen durch ihren ganzen Körper strömen zu lassen. Sie setzte den Becher noch einmal an ihre Lippen und mimte den Akt des Trinkens, damit der Troll genau beobachten konnte, worauf es ankam, und hielt ihm dann den anderen Becher mit Brühe hin. Er griff danach, und mehr als eine Minute verstrich, während der der Troll den Becher in offenkundiger Verwirrung gründlichst von allen Seiten untersuchte und vorsichtig seine Temperatur befühlte, bevor er offenbar zu dem Schluß kam, daß alles, was man ohne Gefahr anfassen kann, auch gefahrlos zum Verzehr geeignet sei. Als nächstes prüfte er den Becher mit Lippen und Zähnen, um herauszufinden, ob er ebenfalls eßbar war. Schließlich war seine Imitation des von Elora vorexerzierten Bewegungsablaufs so perfekt, daß Elora ein Lachen unterdrücken mußte, als der Troll den Becher entschlossen an die Lippen setzte, den Kopf in den Nacken legte und den ganzen Inhalt mit einem Ruck hinabstürzte.

Anscheinend mundete ihm die Brühe, denn er stieß ein tiefes Gurren hervor – wieder ein Laut, wie ihn Elora noch nie zuvor von einer dieser Kreaturen gehört hatte –, und das hatte zur Folge, daß eine weitere Schicht des tiefen Argwohns von seinen Zügen abfiel. Elora füllte den Becher erneut, nur nicht so voll diesmal, und bedeutete dem Troll, mit der Brühe sein Junges zu füttern. Der Troll begriff sofort, versuchte jedoch, dem Säugling den ganzen Inhalt des Bechers mit dem gleichen, von ihm selbst praktizierten kurz entschlossenen Ruck in den Hals zu gießen, was der kleine Wurm, angesichts dieses Versuchs, ihn zu ertränken, mit heftigem Spucken und Husten und einem jammervollen Gezeter quittierte. Seine Angst und Pein übertrug sich sogleich auf das Muttertier und hätte beinahe die von Elora so mühsam und geduldig errichtete Brücke zwischen ihnen wieder niedergerissen. Die Reaktion des Trolls war nun kein halbherziges Entblößen der Zähne, sondern ein zorniges, von einem drohenden Fauchen begleitetes Fletschen seiner Fänge.

Elora bemühte sich, die Angst, die ihr diese plötzliche Wendung der Ereignisse einjagte, nicht zu zeigen. Sie reagierte, indem sie sich mit vorsichtigen Bewegungen erneut etwas Brühe in ihren Becher goß, von der sie dann mit kleinen Schlucken trank.

Ohne sich aufzurichten, schob sich Elora mit ein paar seitlichen Schritten zu den beiden anderen Säuglingen hinüber, die in Stoffetzen gehüllt in einem Nest aus Laub und Blumen lagen. In einer Pose, die die des Trolls imitierte, hob sie eines der Jungen an ihre Brust, tauchte einen Finger in die Brühe und hielt ihn an die Lippen des Säuglings. Sofort begann die winzige Kreatur daran zu saugen und fand, als Elora den Finger fortnahm, in seinem abgemagerten Körperchen genügend Kraft für ein forderndes Quaken nach mehr. Wieder und wieder ließ Elora ihren Finger vom Becher zu den Lippen des Kleinen wandern, bis sie sich sicher war, daß der kleine Wurm auch aus dem Becher trinken würde. Der kleine Troll enttäuschte sie nicht, und während er mit gierigen winzigen Schlucken die Brühe trank, entging Elora keinesfalls, daß der Troll jede ihrer Bewegungen mit wachsamen Blicken verfolgte.

Als der Säugling mit einem kräftigen Bäuerchen verkündete, daß er satt war, legte sie ihn zurück und wandte ihre Aufmerksamkeit dem anderen zu.

Sie spürte eine Berührung an ihrem nackten Arm und entdeckte, daß der Troll sich so lautlos neben sie geschoben hatte, daß sie es gar nicht bemerkt hatte. Ein weiteres Bündel wurde ihr von der Mutter in den Arm gedrückt, gefolgt von einem auffordernden Grunzen, mit dem der Troll offenbar seine Aufforderung zum Ausdruck brachte, daß sie tun sollte, wozu er nicht fähig war.

Elora hatte jegliches Zeitgefühl verloren. Die Höhle war so tief in dem Steinhaufen verborgen, daß kein Licht von draußen hereindrang und sie nicht zu sagen vermochte, ob es Tag oder Nacht war. Sie war so damit beschäftigt, sich um die kleinen Trolle zu kümmern, daß bald ein anderer Rhythmus als der von Hell und Dunkel ihr Tun bestimmte. Die Kleinen waren in einem erbarmenswerten Zustand und brauchten ihre ganze Zuwendung, so daß sie jeden Gedanken an ihre anderen Pflichten aus ihrem Kopf verbannte. Sie fütterte die kleinen Trolle, wenn sie hungrig waren, was – wie sich herausstellte – ziemlich oft der Fall war, nachdem sie einigermaßen wieder zu Kräften gekommen waren. Sie hielt sie warm, während sie schliefen, was sie ständig taten, wenn sie nicht aßen. Mehr als einmal dankte sie Thorn stumm für seine Mühen, die er darauf verwendet hatte, ihre Reisebeutel anzufertigen. Für ein unbedarftes Auge sahen sie wie ganz normale, wenn auch oft benutzte und abgewetzte Lederbeutel aus, die mit ein paar Schlaufen an einem breiten Ledergürtel befestigt waren. Ihre magischen Eigenschaften bestanden darin, daß der in ihnen verfügbare Platz in keinerlei Verhältnis zu ihren äußeren Dimensionen stand. Was immer in ihre Öffnung paßte, hatte in ihnen Platz, und ein weiterer Aspekt des Zaubers bestand darin, daß Elora mit einem Griff fand, was immer sie darin suchte. Das Essen blieb frisch, und nicht ein Krümel davon ging verloren. Da Elora sich angewöhnt hatte, oft gedankenabwesend alles mögliche in ihren Taschen zu verstauen, hatte sie keine wirklich konkrete Vorstellung, was sie alles enthielten.

»Das hier ist kein guter Platz für euch«, erklärte sie dem Troll, ohne die leiseste Hoffnung, verstanden zu werden. »Die Höhle mag ja sicher sein, aber begreifst du denn nicht, daß es hier nichts mehr zu jagen gibt? Wenn es dir und deinen Kleinen bessergeht, müßt ihr woandershin gehen. Es muß doch noch andere Trolle geben«, fuhr sie fort. »Irgendwo. Du mußt sie suchen, wenn das die Lebensweise eurer Art ist« – in Wahrheit hatte sie nicht die geringste Ahnung, ob dem wirklich so war –, »so wie ich *meine* Freunde suchen muß.«

Schließlich kam der Tag, an dem Elora von drei wilden, kreischenden Wesen aus dem Schlaf gerissen wurde, die sie ganz offenbar als eine Art Spielwiese für alle Zwecke benutzten und, sich balgend und einander jagend, mit einer solchen Selbstvergessenheit und Hingabe für dieses neue, ausgelassene Spiel über sie hinwegtobten, daß auch Elora sogleich begriff, daß dies ihre Art war, die Grundregeln des Jagens zu erlernen.

An diesem Abend kehrte der Troll mit frischem Fleisch von der Jagd zurück, und die drei Kleinen stürzten sich mit solch gierigem Heißhunger auf den Kadaver, der Elora endgültig klarmachte, daß sie sich von nun an mit Kraftbrühe nicht mehr zufriedengeben würden. Der Troll bot auch ihr ein Stück blutiges Fleisch an, doch Elora lehnte dankend ab und begnügte sich damit, den Rest ihrer Brühe zu trinken und anschließend alles, was sich hier in der Höhle zugetragen hatte, in ihr Tagebuch einzutragen. Als alle satt waren und die Kleinen Aufmerksamkeit und Zuwendung verlangten, erhielt Elora von neuem eine Einladung, sich dem trauten Kreis der Familie anzuschließen. Diesmal war es jedoch der Troll, der ihr vormachte, was hinsichtlich der Körperpflege der Kleinen zu tun sei: Mit geschickten Fingern suchte er den Schädel eines der Kleinen nach Läusen, Flöhen und sonstigem Getier ab, das er mit einem zufriedenen Grunzen zwischen seinen Zähnen knackte und mit dem Kleinen teilte. Elora tat es ihm gleich, nur daß sie ihre Beute großzügig den Kleinen überließ.

Es war eine seltsame Förmlichkeit im Verhalten des Trolls, eine Feierlichkeit in seinem Gebaren und seiner Haltung, die Elora verriet, daß das Ende ihrer gemeinsamen Zeit nahte. Kein Troll hatte jemals einem Daikini Zutritt zu seiner Höhle gewährt, und kein Daikini hatte je einem Troll ins Gesicht gesehen, den er nicht mit allen Mitteln zu töten versucht hätte. Die Umstände hatten sie beide weit hinaus auf eine glitzernde Eisfläche geführt, ohne den geringsten Anhaltspunkt zu haben, wo das Eis sicher war, und boten ihnen einen Weg zurück, den sie nur gemeinsam gehen konnten.

Die alten Verhaltensmuster, überlegte Elora, *hätten zumindest einem von uns das Leben gekostet. Darum sind all diese Veränderungen, die geschehen, vielleicht gar keine so schlechte Sache.*

Das Problem dabei war nur, daß sie sich nicht sicher war, ob sie ein Wort davon glaubte.

Als sie am nächsten Morgen erwachte, war Elora alleine in der Höhle.

4. Kapitel

Mit einem wilden Kriegsschrei, der, wie sie hoffte, bis hinauf zu den Gipfeln der Himmelsstufen zu hören sein würde, sprang Elora Danan von dem Felsen.

Ihre ursprüngliche Absicht war eigentlich gewesen, in einem eleganten Hechtsprung in den See zu tauchen, doch in dem Augenblick, in dem sie in die Luft schnellte, überlegte sie es sich anders und krümmte ihren Körper zu einem Ball zusammen, die Knie unters Kinn gezogen, die Arme fest um die Unterschenkel geschlungen, um sie in Position zu halten. Sie tauchte geräuschvoll ins Wasser wie ein von einem Katapult abgefeuerter Donnerstein und wurde mit einer entsprechend imposant aufspritzenden Fontäne belohnt.

Als sie wieder auftauchte, sah sie noch ihr dünnes Unterkleid durch die Luft segeln und mit bedeutend mehr Schicklichkeit als sie selbst auf das Wasser niederschweben. Offenbar besaßen ihre Kleider mehr Sinn für würdevolles Benehmen als die Heilige Prinzessin, die sie trug.

Sie tauchte erneut unter und glitt, sich windend und schlängelnd, wie sie es bei Ryn gesehen hatte, durch die Fluten des Sees, als sei sie dafür geboren. Prustend kam sie wieder an die Oberfläche. Die Sonne stand nahe am Zenit, auf der Morgenseite des Mittags, und sie war dankbar, daß die wärmsten Stunden des Tages noch vor ihr lagen. Genug Zeit, ihre Kleider sauber zu schrubben und sich selbst ebenfalls. Beides war dringend nötig.

Um sich zu waschen, stellte sie sich unter den Wasserfall und ließ sich von den herabstürzenden Wassermassen erst ein paar Minuten lang kräftig durchwalken, bis sie ganz benommen war. Es war Gletscherwasser, etwa so warm wie geschmolzenes Eis, und nach dem ersten Schock, der sie nach Luft japsen ließ, fachte sie die inneren Feuer ihres Körpers an, um der Kälte entgegenzuwirken. Sie hatte genügend Seife, doch aus der verrückten Laune eines Augenblicks heraus entschied sie, daß ihr Haar kürzer werden mußte.

Kurzes Haar ist leichter zu pflegen, argumentierte sie durchaus vernünftig mit sich selbst, um dann in einem, auch für sie unerwarteten, doch nicht minder vernünftigen Gedanken hinzuzufügen: *Und ist besser geeignet, unerkannt zu bleiben. Alles scheint sich zu verändern – warum nicht auch ich.*

Und so begann sie, mit unbeholfenen, doch entschlossenen Schnitten ihres Messers den Stolz und die Freude ihrer Kindheit bis auf die Länge etwa ihres kleinen Fingers abzusäbeln. Ihr Spiegel aus poliertem Metall zeigte ihr das Ergebnis ihrer Bemühungen: ein Fransenschnitt, zweckmäßig und leicht zu pflegen und weit kürzer, als ihn die meisten Knaben in ihrem Alter trugen. Und kein bißchen attraktiv in ihren Augen.

Natürlich zerschmetterte der Anblick ihres frisch geschorenen Schädels all ihre Entschlossenheit zu Staub, und es fehlte nicht viel, und sie wäre in Tränen ausgebrochen. Sie zermarterte sich das Gehirn, ob es nicht irgendeinen Zauber oder sonst irgendeine Macht gab, die sie anrufen konnte, um die alte Pracht wiederherzustellen.

Sie dachte daran, das Unterkleid wegzuwerfen, um sich ein für allemal irgendwelcher Krankheitskeime aus der Höhle des Trolls zu entledigen, die ihm möglicherweise anhafteten, auch wenn sie es äußerlich völlig sauber geschrubbt hätte. Doch schon der Gedanke allein erschien ihr roh und gefühllos, nach den vielen guten Diensten, die das Hemd ihr geleistet hatte. Außerdem wollte sie es als Andenken daran behalten, was sie hier vollbracht hatte und wie sich Vertreter zweier Arten in Freundschaft die Hand gereicht hatten, die bisher nie etwas anderes füreinander übrig hatten als Haß und Gewalt.

Elora gönnte sich noch ein letztes Mal den Genuß, auf

den See hinauszuschwimmen, und so arbeitete sie sich mit kräftigen Zügen über dessen ganze Breite die letzten Knoten aus ihren Muskeln. Als sie schließlich wieder an dem Ufer angelangt war, wo sie ihre Kleider abgelegt hatte, nahm sie dankbar das Handtuch, das Rool ihr hinhielt.

Sie war so in Gedanken versunken, daß sie im Augenblick gar nicht richtig registrierte, wie ihr geschah. Als sie es dann tat, stieß sie einen Schrei aus, der ihren Kriegsschrei von vorhin um einiges übertönte, und der Schreck, der ihr in die Glieder fuhr, ließ sie mit einigen entsetzten Sprüngen vom Ufer ins tiefe Wasser flüchten.

Das Handtuch flatterte in die Luft, als sie vornüberstürzte, doch im Gegensatz zu ihr fiel es nicht ins Wasser. Ein Krallenpaar stieß aus goldenen Schwingen hervor, deren Spannweite Eloras Körpergröße um mehr als einen Fuß übertraf, und packte das Handtuch, ehe es niederfiel. Sie erhaschte einen flüchtigen Blick von einem Adler, und in einem Bruchteil einer Sekunde erkannte sie Bastian – sein gurgelndes Lachen erklang in ihrem Kopf –, ehe ihr Körper mit einem lauten Klatschen ins Wasser tauchte. Der Schock raubte ihr den letzten Rest von gesundem Menschenverstand, und sie vergaß, unter Wasser ihren Mund und ihre Nase zuzumachen. Als sie wieder auftauchte, brach sie mit einem mächtigen Sprung aus den Fluten empor, der selbst Ryn zur Ehre gereicht hätte, doch Eleganz und Anmut dieser Bewegung wurden sogleich wieder zunichte gemacht, als sie hustend und niesend und in alle Richtungen Wasser spritzend auf ihre Hände und Knie sank, wo sie, röchelnd und von einem neuerlichen Hustenanfall geschüttelt, nach Luft rang.

Sie fühlte den Luftsog von Bastians Schwingen, die die Luft peitschten, um seinen Sturzflug zu bremsen, und dann das Handtuch, das der Adler auf ihre Schultern fallen ließ.

Das Hämmern ihres Herzens beruhigte sich, und sie war endlich wieder in der Lage, einen richtigen, nicht von Hustenanfällen unterbrochenen Atemzug zu nehmen. Auch ihr Blick klärte sich zusehends, und sie konnte am Ufer eine kleine Menschengestalt in der Kleidung eines Waldlandbewohners ausmachen. Rool wollte sich ausschütten vor Lachen; er hielt sich mit beiden Händen den Bauch, als fürchtete er, sein schallendes Gelächter könnte ihm den Leib zerreißen, und schließlich plumpste er japsend auf den Rücken und wälzte sich wiehernd hin und her, weil er nicht mehr genügend Kraft oder Lust hatte, sich auf den Beinen zu halten.

»Sehr ...«, keuchte sie und mußte noch einige Male tief Luft holen, ehe sie den Satz vollenden konnte, »... lustig.«

»Ja, das ist es wirklich«, pflichtete Rool ihr bei und wieherte von neuem los. »Sehr!«

»Altes Ekel!«

Sie hielt ihre Sätze kurz; sie traute ihrer Stimme die Bewältigung komplizierterer Konstruktionen noch nicht zu.

»Elora Danan, jetzt bin ich wirklich verletzt! Sagt nicht so etwas, ich bitte Euch!«

»Mir wird gleich schlecht.«

Sie hatte nicht einmal geblinzelt, aber in der winzigen Zeitspanne, die verstrichen war, hatte Rool sich ein ganzes Stück außerhalb ihrer Reichweite manövriert.

»Wage es nicht!« schrie er.

»Nur eine faire Warnung.«

»Das ist gar nicht lustig!«

»So, wie ich mich fühle, auch nicht!« stöhnte sie und ließ sich der Länge nach auf den Bauch plumpsen.

»Das Leben ist nun mal hart.«

Sie schoß einen indignierten Blick in die ungefähre Richtung des Brownies und streckte ihm als Dreingabe die Zunge heraus.

Rool reichte ihr kaum bis zur Hälfte ihres Unterschenkels, doch dessenungeachtet war er das Bild von einem Mann, mit markanten, wettergegerbten Zügen und dem schlanken, geschmeidigen Körper eines jungen Burschen. Trotz der Heiterkeit, die er in den letzten Minuten an den Tag gelegt hatte, war er von eher nüchternem Gemüt und so anspruchslos und praktisch wie seine äußere Erscheinung. Er trug zwei Schwerter, tückisch gebogene Klingen aus den Fängen eines Todeshundes geschnitzt, dem er eigenhändig den Garaus gemacht hatte und der ihn dabei um ein Haar ebenfalls ins Jenseits befördert hatte, wovon ein Geflecht von Wundmalen quer über seiner Brust und eine bleiche, von seinem Kinn über die rechte Wange bis über den Haaransatz hinaus verlaufende Narbe kündeten. Sein Haar hatte die Farbe von polierten Kastanien, wenn auch der Sommer einen lohfarbenen Schimmer darin hinterlassen hatte, und er trug es zu einem dicken Zopf geflochten, der im Nacken von einer silbernen Spange zusammengehalten wurde. Seine Augen harmonierten in ganz eigentümlicher Weise mit seiner Haarpracht: im Sommer waren sie mit goldenen Flecken und Lichtern gesprenkelt, während sie, wenn der Schnee fiel, dunkel und geheimnisvoll braun blickten.

Als Elora ihm zum erstenmal begegnet war, trug er den Kopf einer Maus als Helm und einen knöchellangen Umhang aus der Haut derselben Maus. Davon abgesehen war sein Körper nur von einem Lendenschurz und einem verschlungenen Muster bizarrer Tätowierungen bedeckt. Doch seither hatte er fast die ganze Welt bereist – eine Expedition, wie sie kein Brownie, der noch einigermaßen bei Verstand war, nicht einmal in seinen entsetzlichsten Alpträumen in Erwägung ziehen würde –, und dabei hatte er nicht nur seinen Horizont, sondern anscheinend auch seinen Kleiderschrank erweitert. Nach wie vor kleidete er sich am liebsten in Leder, eine Vorliebe, die Elora auch für sich übernommen hatte – fein gegerbte Häute, die ihm wie eine zweite Haut paßten, ebenso bequem wie Stoff, doch weitaus strapazierfähiger. Seine Hose steckte in kniehohen Stiefeln, deren Sohlen fest genug waren, um lange Strecken zu gehen, und andererseits genügend Bewegungsfreiheit zum Klettern boten. Er trug ein Hemd aus feingewebter Baumwolle und darüber ein langärmliges Lederwams mit hohem Kragen, an dem vor allem die beiden geräumigen Beuteltaschen rechts und links auf den Hüften beachtenswert waren. Rool und sein Gefährte Franjean waren Diebe – sowohl aus Profession als auch aus Leidenschaft. (Alle Brownies sind – in mehr oder weniger großem Maß – diebische Packratten.)

Und da waren die Taschen ein nützlicher Ort, um Diebeswerkzeug und Beute zu verstauen. Vervollständigt wurde seine Garderobe von einem knöchellangen Umhang aus geöltem Segeltuch, der ebenfalls mit zahlreichen Taschen ausgestattet und am Rücken geschlitzt war, damit er bequem auf dem Rücken eines Adlers reiten konnte. Die Luft mochte hier unten auf der Erde zwar sommerlich warm sein, doch in den Höhen, in die Bastian emporstieg, und bei den Geschwindigkeiten, die er bevorzugte, war ein solcher Schutz vonnöten.

Es war viel zu lange her, seit sie ihre Freunde zum letztenmal gesehen hatte. Am liebsten hätte sie den Brownie so fest an sich gedrückt, bis er um Gnade flehte, doch er war viel zu klein. Statt dessen begnügte sie sich damit, das Handtuch auf eine Schulter zu legen, damit Bastian sich darauf niederlassen konnte. Als der riesige Adler schließlich vorsichtig und mit solcher Präzision landete, daß seine mächtigen, scharfen Klauen ihre Haut nicht einmal piekten, schob sie ihre Finger unter das dicke Federkleid seiner Brust und kraulte ihn dort, wo er es am liebsten mochte. Als Antwort beugte Bastian seinen Kopf zu ihr herab und rieb seinen Schnabel gegen ihre Wangenknochen, mit derselben Geste der Zuneigung und Vertrautheit, die er und seine Gefährtin Anele untereinander gebrauchten.

»Wie habt ihr mich gefunden?« fragte Elora, nachdem Bastian von ihrer Schulter auf einen umgestürzten Baumstamm gehüpft war, und begann in ihren Sachen nach etwas zum Anziehen herumzuwühlen. Als ihr nichts Geeignetes in die Hände fiel, sah sie sich suchend nach Rool um und entdeckte ihn beim Schilf am Seeufer, wo er die Strähnen ihres abgeschnittenen Haars einsammelte und sich über die Schulter warf. Er suchte das Ufer und selbst das seichte Wasser mit einer solchen Sorgfalt ab, wie sie es selten gesehen hatte, um ja ganz sicher zu sein, daß er keine ihrer abgeschorenen Locken übersah.

»Rool?« rief sie, während sie wieder in ihr Unterkleid schlüpfte. »Was tust du?«

»Was glaubst du, mach' ich anderes, Kind, als dich vor

den Folgen deiner eigenen Dummheit zu retten. Wie immer.«

Sie verdrehte die Augen, weil sie glaubte, dies sei wieder einer seiner Späße, doch ein strenger Blick seinerseits gab ihr zu denken.

»Ich verstehe nicht ganz«, sagte sie und kauerte sich neben ihn, um ihm zu helfen.

»Eine bodenlose Leichtsinnigkeit ist das.«

»Sei nicht gemein.«

»Und du solltest nicht so gedankenlos sein.«

Er schüttelte vorwurfsvoll eine Handvoll ihrer Locken unter ihrer Nase.

»Das ist ein Teil von dir«, schnaubte er. »Du brauchst nur den richtigen Zauberer zu finden, denn Zaubersprüche und Formeln gibt es zuhauf, mit denen er Einfluß auf deinen Körper gewinnen kann. Vielleicht sogar die Kontrolle. Und wer Macht über das Fleisch hat, findet vielleicht auch einen Zugang zur Seele. Willst du eines Morgens aufwachen und feststellen, daß du im Sauseschritt in die Arme des Betrügers zurückmarschierst?«

»Ich dachte, ich bin immun gegen Zauberei.«

»Schau in einen Spiegel, Sternenhaut.«

Das brauchte sie nicht. Sie wußte sehr genau, wie sie aussah. Und das Schlimme dabei war, daß sie wußte, wie sie zuvor ausgesehen hatte. Die Worte kamen ihr leicht in den Sinn: Haar wie gesponnenes Gold, verwoben mit Strähnen herbstlichen Feuers, eine Haut so zart, der Schmelz von reifen Äpfeln auf ihren Wangen und Augen so tiefblau wie Kornblumen. Dickes Baby, dickes Kind, das in der Wiege viel und oft lachte und zu schmollen begann, als sie alt genug war, zu lernen auf eigenen Füßen zu gehen. Es war beunruhigend: Wenn sie diese Beschreibungen mit den Bildern in ihrer Erinnerung verglich, wollte nichts zusammenpassen. Es war, als blicke sie auf eine Fremde.

In der Nacht ihrer Inthronisierung war der Mond in seinem Zenit gestanden, und sein Licht hatte alle Farbe aus der Szenerie gebleicht, so daß jede Einzelheit der Inthronisierungszeremonie in grelles Licht und Schatten getaucht war.

Und auf diese Weise stahl der Betrüger auch von ihr alle Farbe fort. Das Gold verschwand aus ihrem Haar und der warme Schimmer von ihrer Haut, und zurück blieb eine Gestalt, die aus reinstem Silber gegossen schien. In all den Jahren, die seitdem vergangen waren, mußten die Menschen, denen sie begegnete, sie immer wieder anfassen, um glauben zu können, daß sie aus Fleisch und Blut war und nicht aus irgendeiner Art belebtem Metall. Nur ihre Augen besaßen noch Farbe, doch auch die war zu einem Blaugrau, der Farbe von geschmiedetem Stahl, verblaßt.

Sie hatte die Ereignisse in jener schrecklichen Nacht so viele Male in den Legenden und Geschichten wieder gehört, die man sich an den Lagerfeuern der Hochländer und den Tischen der Nelwyns und in den Bierhäusern des Bazars erzählte. Und man erzählte sich auch, wie die Götter in jener verhängnisvollen Nacht eingegriffen und ihre Hand über die Heilige Prinzessin Elora Danan gehalten hatten. Was jedoch anscheinend niemand sicher zu sagen wußte, war, ob dies als ein Zeichen des Glücks oder des Unglücks zu verstehen war, obgleich Elora mit ihrem Verdacht, daß eher letzteres zutraf, offenkundig nicht die einzige war.

Sie war immun gegen Magie und Zauberei; dies hatte sich immer wieder bestätigt. Kein Zauberbann schien eine bleibende Wirkung auf sie zu haben.

Außer diesem einen. Was den Betrüger anging, verfügte sie ganz offenbar über keine besonderen Abwehrkräfte. Der einzige Trost war nur, daß sie wiederum die Fähigkeit zu besitzen schien, ihrem Feind Schaden zuzufügen, was andere nicht vermochten.

Unglücklicherweise war die Gestalt, in der er sich schließlich einnistete, als sie endlich seinem Zugriff entkam, die des Kastellan Mohdri, dem Hauptmann der Donnerreiter der Maizan. Es war nicht leicht, gegen einen Feind zu kämpfen, der das Kommando über die furchtbarste Kriegshorde innehatte, die die Welt der Daikini je gesehen hatte.

»Ich seh' ja ein, daß du recht hast«, gab Elora zerknirscht zu.

»Wird aber auch Zeit!« gab Rool zurück.

»Verschone mich damit.«

»Verdien es dir.«

Wie Thorn auch, hatte sie es auf die harte Art gelernt, was es bedeutete, sich mit den Brownies auf einen Disput einzulassen, und einzusehen, wann es klüger war, das Feld zu räumen. Sie tat dies nun mittels eines geordneten Rückzugs zu dem Platz, wo sie ihre Kleider ausgebreitet hatte.

Sie entschied sich, wegen der Hitze mit nackten Beinen zu gehen; wenn sie mehr Schutz brauchte – gegen Dornen oder Mücken und andere Insekten –, würde sie in ihre Beinlinge schlüpfen. Sie streifte sich ein Baumwollhemd über und zog ihre wollene Jacke über. Ihre Stiefel reichten bis zu ihren Oberschenkeln und waren unterhalb und über dem Knie geschnürt, damit sie nicht herabrutschten. Auf diese Weise schützten sie ihre Knie für den Fall, daß sie stürzte oder sich kriechend fortbewegen mußte. Von den Waffen, die sie bei sich trug, war nur ihr Kurzschwert sichtbar, das sie am Rücken in ihren Gürtel schob. Ein wesentlich kleinerer Dolch war in den Falten ihres Reiseumhangs verborgen. Schließlich schob sie auch noch einen Dolch in die Scheide in ihrem Stiefelschaft.

»Wo sind meine Haare?« fragte sie Rool, als der Brownie sich wieder zu ihr gesellte.

»Du hast deine Plätze, wo du Dinge verstecken kannst, und ich meine.«

»Benutze sie nur nicht für irgendeine üble Geschichte.«

Zu ihrem Erstaunen reagierte er ehrlich schockiert.

»Elora *Danan*«, protestierte er. »Ich würde niemals …«

Sein Kummer ob ihrer Bemerkung war so groß und so echt, daß sie nicht anders konnte, als sich neben ihm in das weiche Gras sinken zu lassen und ihm mit einer tröstenden Geste die Hand entgegenzustrecken.

»Ich weiß, daß du so etwas nicht tun würdest, Rool. Verzeih mir. Aber sag mir, was hat euch hierher geführt?« Sie hoffte, ein Wechsel des Themas würde auch seine Stimmung ändern. »Wie habt ihr mich gefunden?«

»Die erste Frage ist so offenkundig, daß sie keine Antwort verdient. Die zweite …?« Er verstummte, um zu überlegen. »Brownies wissen, wenn Fremde in ihre Baue eindringen.«

»Alle Brownies? Alle Baue? Auch die, die verlassen wurden?«

»Nun, äh …« Er versuchte, Zeit zu gewinnen. »Du hast einen ziemlich wilden Schrei ausgestoßen, als du in den Lavastrom gefallen bist. Hat Drumheller so prompt wie ein Pfeil von einem Langbogen aus seinem Schlaf gerissen.«

»Wie geht's ihm?«

»Alles in allem ist er verschrobener und mürrischer denn je. Er schläft nicht sehr viel in letzter Zeit.«

»Warum kümmert ihr euch nicht um ihn?«

»Wir tun unser Bestes. Aber er ist störrisch wie ein alter Esel.«

Das Funkeln in seinen Augen und auch die Art, wie er den Mund verzog, verrieten ihr, daß das Beste der Brownies beträchtliche Mühen mit sich brachte und sie von der anhaltenden Erfolglosigkeit ihrer Anstrengungen alles andere als erfreut waren. »Meistens geht es ihm ganz gut.« Ein letztes, ungern gewährtes Zugeständnis. Zu offenkundig war Rools Überzeugung, daß dieser Zustand nicht von Dauer sein würde.

»Er hat euch geschickt.«

»So schnell wie Bastian fliegen konnte. Er dachte, wenn er deinen Schrei hören konnte, würde das auch der Betrüger können.«

»Hat er in letzter Zeit Kontakt mit Torquil gehabt?« erkundigte sie sich mit klopfendem Herzen, denn ihre Freude über dieses Wiedersehen machte sehr schnell der Sorge um ihre Pflegeeltern und deren Siedlung Platz. »Hat er Neuigkeiten von Fels-Nelwyns gehört?«

»Du hast allen einen furchtbaren Schrecken eingejagt – jawohl, das hast du. Und Franjean war richtig eifersüchtig. Es war genau das, was er selbst gerne getan hätte. So klein er ist, er kann einen schon das Fürchten lehren.«

»Ich meine es ernst.«

»Ich auch.«

»Einer der ihren hat versucht, ein Welttor zu öffnen.«

»Ich glaube, das wissen sie, mein Kind. Nach dem, was sich die Schamanen untereinander erzählen – und Drumheller hat es auch von ihnen erfahren –, hatten sie eine schlimme Nacht, in der sich die Dinge überstürzten. Aber sie haben überlebt. Ihr Berg ist heil. Sie würden sich freuen, wenn du wieder sicher zu Hause wärst.«

»Wovon redest du?«

»Wir sollen dich nach Hause bringen, Elora Danan. Zurück zu Torquil.«

»Gequirlter Bockmist!«

»Was hast du gesagt?«

»Bockmist!«

»Ich kenne das Wort, aber wo hast *du* es aufgeschnappt?«

»Unter Pferdekutschern ist es recht gebräuchlich.«

»Du bist kein Pferdekutscher, sondern eine Heilige Prinzessin!«

»BOCKMIST!«

»Hör auf damit, dieses Wort in den Mund zu nehmen!« Rool klang ehrlich empört – etwas, das Elora ihm gar nicht zugetraut hätte.

»Ich gehe nicht wieder zurück.«

Um ihrem Argument Nachdruck zu verleihen, rollte sie sich mit einer einzigen fließenden Bewegung auf die Füße, raffte ihre Reisebeutel und den Rest ihrer Sachen mitsamt ihrem Umhang zusammen und schlang sie sich über die Schulter.

Die Plötzlichkeit ihres Tuns schreckte Bastian auf, und er schlug heftig mit den mächtigen Schwingen, um Höhe und Gleichgewicht zu halten. Ohne sich umzusehen, marschierte Elora mit den längsten Schritten, zu denen sie fähig war, einfach los und hatte, noch bevor die beiden sich so weit von ihrer Verblüffung erholt hatten, um ihr zu folgen, eine recht ansehnliche Distanz zwischen sich und ihre Freunde gelegt.

Bastian schwebte dicht über ihrem Kopf. Sie ignorierte ihn und überließ es dem Adler, einen Zusammenstoß zu vermeiden, was er ziemlich gekonnt tat. Als er an ihr vorüberglitt, sprang Rool von seinem Platz auf Bastians Rücken auf Eloras Schulter und klammerte sich an den Falten ihres Umhangs fest.

»Das ist eine große Dummheit, Elora«, schrie der Brownie ihr ins Ohr.

Sie sagte nichts und schritt weiter kräftig aus, um den See herum zu dem Fluß hinüber, der sich aus dem See ergoß. Es gab keine erkennbaren Pfade, doch am Ufer gab es keine Büsche oder sonstigen Hindernisse, und deshalb entschied sie sich, ihm zu folgen.

»Hör auf, so starrköpfig zu sein!« sagte Rool.

»Warum?«

»Weil du dich damit nur selbst in Schwierigkeiten bringst.«

»Ich meine, warum ich zurück soll?«

»Weil du dort sicher bist, Elora.«

»Das bin ich nicht. Aber darum geht es gar nicht.«

»Worum geht es denn dann?«

»Auch wenn das alles nicht passiert wäre, ich wäre so und so fortgegangen. Mit dem Cascani-Agenten, wenn er mich mitgenommen hätte, oder mit sonst einem der Händler.«

»Das ist das Dümmste, was du tun könntest, Elora.«

»Das sagst *du*. Mein ganzes Leben in Angwyn war ich eine Puppe in einem Puppenhaus, Rool, ein hübsches, glänzendes Objekt, das bei Staatsempfängen und ähnlichen Gelegenheiten vorgezeigt wurde. Ich war ihr heiliger Talisman, und sie taten alles, was nötig war, um mich in Sicherheit und sicher in ihrem Besitz zu wissen. Wenn das bedeutete, daß ich wie eine Gefangene in einem goldenen Käfig behandelt wurde, dann nahm man das auch in Kauf. Niemand kam auf die Idee, mir zu erlauben, mich wirklich für die Staatsgeschäfte zu interessieren oder mein Leben in die eigenen Hände zu nehmen und selbst zu entscheiden, was ich damit anfangen möchte. Wer weiß, wenn man mir alles richtig erklärt hätte, wäre Angwyn vielleicht seinem Schicksal entronnen.«

»Was geschehen ist, ist geschehen, Elora. Du kannst nicht dir die Schuld daran geben.«

»Wieso nicht? Tir Asleen ist wegen mir zerstört worden. Angwyn wegen mir verflucht. Und wie viele andere Städte wurden seither in Schutt und Asche gelegt, wie viele Menschen erschlagen?«

»Das ist das Wirken des Betrügers, mein Kind.«

»Ich bin es, die er will, Rool.«

»Weshalb sonst, glaubst du, ist es Drumheller so wichtig, daß du in Sicherheit bist?«

»Glaube mir, es gibt keinen Ort, an dem ich sicher bin. Und selbst wenn es ihn gäbe, wäre es falsch. Siehst du denn nicht, daß es dasselbe wie in Angwyn ist, nur der Schauplatz hat sich geändert. Thorn begeht denselben Fehler. Damals war ich ein verhätscheltes Kind, und jetzt bin ich ein Lehrling in Torquils Schmiede.

Vor fünf Jahren wurde mir jede, auch noch so verrückte Laune erfüllt, und eine ganze Armee von Leibgarden aus den besten Familien Angwyns sorgten für meine Sicherheit. Und heute helfe ich Torquils Frau beim Haushalt und passe auf die Kinder auf. Damals war ich fett, und heute habe ich Muskeln. Aber ich bin nie ohne Aufsicht und darf nie alleine weggehen. Wo ist da irgendein wesentlicher Unterschied, Rool?

Wann kommt endlich der Augenblick, an dem ich mein Schicksal in die eigenen Hände nehmen kann?«

»Du kennst die Gefahren nicht.«

»Ich denke schon. Und ich kenne den Preis, den dieser Krieg fordert. Das Lebensprinzip der Nelwyns ist Harmonie, und doch habe ich einen Nelwyn gesehen, der ganz offen alles verraten hat, woran sein Volk glaubt, um eine Macht heraufzubeschwören, die so alt ist, daß Carig nicht einmal einen Namen für sie hatte. Er hat sich gegen seine eigenen Leute gewendet. Sie sollten das Blutopfer sein, mit dem die Abmachung mit dieser Macht besiegelt werden sollte.«

»Unmöglich.«

»Es war Teil von einem Herbeirufungszauber, und ich habe einen Vorgeschmack von seinen Dimensionen bekommen. Sag mir also nicht, was unmöglich ist. Außerdem verlassen Brownies ihre Baue. Und die Baumnymphen ihre Wälder.«

»Sie finden kein Auskommen mehr.« Rool nickte bekümmert. »Genügend Nahrung für den Körper, aber nicht für den Geist – in dieser Hinsicht herrscht großer Mangel. Die Kraft der Magie hat das Land verlassen. Franjean und ich, wir können hier vielleicht überleben, aber zu mehr reicht es nicht. Dies ist kein gutes Land mehr für unsereins.«

»Genau. Und was geschieht, mein Freund, wenn man das von der ganzen Welt sagen kann?«

Sie blieb abrupt stehen und drehte das Gesicht zu ihm herum, ohne sich bewußt zu sein, daß sie in einer breitbeinigen Kampfhaltung verharrte.

»Ich bin *kein* Talisman, Rool. Und auch kein Banner, das nur dazu taugt, geschwenkt zu werden, um die Begeisterung der Krieger im Kampf anzufachen. Ich bin lebendig. Ich bin ein Mensch. Wenn dieser Kampf wegen mir geführt wird, wenn ich tatsächlich so etwas Ähnliches bin, wie die Legenden und Prophezeiungen vorhersagen, dann kann ich nicht untätig dabeistehen und zusehen, wie andere ihr Blut für mich vergießen. Tut mir leid, Rool, aber ich bin es nicht wert, daß man für mich stirbt. Noch nicht.«

»Wohin werdet Ihr dann gehen, Hoheit?«

»Zu Thorn.«

»Ich könnte ein Vermögen machen, wenn ich Karten für dieses Gefecht verkaufen würde.«

»Tu, was du nicht lassen kannst, mein Freund, und von mir aus kannst du auch Wetten auf den Ausgang abschließen.«

»Du weißt nicht, wo er ist.«

»Ich finde ihn schon. Obwohl es natürlich einfacher wäre, wenn mir ein gewisser netter Zeitgenosse den Weg zeigen würde. Das würde zumindest die Gefahr verringern, zufällig in ein Lager der Maizan zu stolpern.«

»Du feilschst wie ein Cascani.«

»Ich habe einen guten Lehrmeister gehabt. Wer weiß, vielleicht werd' ich mal ein Meisterdieb wie du.«

Diese Bemerkung brachte ihr ein geringschätziges

Schnauben ein, welches sie mit einem Grinsen beantwortete, das das Versprechen enthielt, daß ihre Unterhaltung noch lange nicht abgeschlossen war.

Obwohl sie kein besonders scharfes Tempo anschlug, kam Elora entlang des Flusses, der sich zwischen sanften Hügeln und niedrigen Bergen hindurchwand, sehr gut voran. Noch bevor der halbe Nachmittag vergangen war, machten die Bäume und Wiesen allmählich Farnen und Heidekraut Platz, und das Terrain wurde zunehmend uneben und zerklüftet. In unregelmäßigen Abständen hatte das Regenwasser tiefe Rinnen und Schluchten in die Berghänge gegraben, die ein Weiterkommen erschwerten. Die Erde war von dem zu Tal strömenden und sickernden Wasser so durchweicht und glitschig, daß Elora gezwungen war, jeden Schritt mit größter Vorsicht zu setzen, wollte sie nicht das Risiko eingehen, sich den Fuß zu verknacksen oder – noch schlimmer – den Knöchel zu brechen. Sie würde zwar beides heilen können, doch es war ihr lieber, wenn dies nicht nötig war.

Bastian stellte seine Augen zur Verfügung und erkundete das vor ihnen liegende Terrain. Als die Sonne hinter dem westlichen Horizont hinabsank, ließ Elora ihre EinSicht mit der Wahrnehmung des Adlers verschmelzen, um nach einem geeigneten Ort für die Nacht Ausschau zu halten.

Das Beste, was sie jedoch finden konnte, war ein einigermaßen trockener Platz unter freiem Himmel, den sie mit Hilfe ihres Umhangs, der als Wind- und Regenschutz herhalten mußte, ein wenig behaglicher machte, wobei sie den hohen Himmeln für seine erstaunliche Größe mit derselben Inbrunst dankte, mit der sie bei anderen Gelegenheiten sein Gewicht und seine Unhandlichkeit beklagt hatte. Bastian beschaffte ein paar kurze, kräftige Äste, die sie als Zeltstangen benutzte. Das niedrige und steil abfallende Dach ließ zwar nicht einmal genügend Platz, sich bequem hinzusetzen oder gar aufzurichten, doch es bot ausreichend Raum, darunter zu kriechen und sich auszustrecken.

Das wenige Holz, das in der Gegend verstreut lag, war zu naß für ein Feuer, doch Elora verschwendete keinen zweiten Gedanken daran. In diesem kahlen und offenen Gelände würden ein Feuer und Rauch für jeden eventuellen Verfolger weithin sichtbar sein. Es war sicherlich besser, ein weiteres Mal von ihren Feuersteinen Gebrauch zu machen und sich an ihnen zu wärmen. Da dies eine stille und ganz unspektakuläre Art von Magie war, im Grunde genommen nur eine Intensivierung natürlicher Eigenschaften, bestand auch nicht die Gefahr, von möglicherweise umherstreifenden Suchzaubern ausgemacht zu werden.

Rool verzog angewidert das Gesicht, als sie ihm einen Becher von der übriggebliebenen Suppe reichte.

»Schmeckt nach Troll«, nörgelte er. »Riecht auch nach Troll.« Und schließlich sagte er, was sie schon erwartet hatte: »Und du ebenfalls.«

»Ich bin gleich nach meiner Ankunft in einen Dunghaufen getreten«, erzählte sie, und in ihrer Erinnerung schienen diese Augenblicke nun viel unbeschwerter und harmloser, als sie tatsächlich gewesen waren. Sie konnte sogar ein Kichern nicht unterdrücken, als sie daran dachte, wie sie mit weit abgespreiztem Fuß in den See gehoppelt war. »Unter dem Felshaufen ein Stück über dem Wasserfall am See war eine Trollhöhle.«

»Und …?« forschte der Brownie weiter.

»Er hat mich in einen Brownie-Bau gejagt. Und dann hat er meine Klamotten und alles gestohlen. Ich hab' ihn verfolgt.«

»Ich habe aber kein Blut gerochen.«

»Nein, Rool, ich habe ihn nicht getötet. Der Troll hatte Junge. Sie waren krank und hungrig. Deshalb hat der Muttertroll mich angegriffen – aus Angst um seine Jungen.«

»Aus gutem Grund: Nur ein toter Troll ist ein guter Troll.«

»Dasselbe habe ich auch schon über Brownies sagen hören.«

»Und ich über Daikini«, zischte er zurück. »Du bist wirklich nicht ganz bei Trost, einen Troll bis in seine Höhle zu verfolgen.«

»Er brauchte Hilfe.«

»Und wenn du einen Nachtreiher mit gebrochenem Flügel findest, würdest du ihn wahrscheinlich ebenfalls pflegen, wie? Oder noch besser: einen Todeshund!«

Dies brachte Rool ein beifälliges Krächzen Bastians ein, der sich bisher mit den Feldmäusen und Maulwürfen begnügt hatte, die er für sein Nachtmahl erbeutet hatte. Um seinen Standpunkt klarzumachen, balancierte der Adler auf einem seiner Fänge, während er mit dem anderen die leblose Beute emporhielt. Mit einem einzigen Hieb seines mächtigen Schnabels zerteilte er das tote Tier in zwei Stükke, und Elora versuchte, das Knirschen der winzigen Knochen zu überhören, als Bastian würgte und schluckte. Es war eine sehr deutliche und drastische Demonstration seines Standpunkts: Was Nachtreiher und Todeshunde anging, war von dem Adler weder Nachsicht noch Gnade zu erwarten.

»Trolle sind etwas anderes«, erklärte Elora geduldig und versuchte, die Gedanken in ihrem Kopf zu ordnen, noch während sie sie aussprach. Es war gar nicht so einfach, Erklärungen für etwas zu finden, das sie, allein ihrem Instinkt gehorchend, getan hatte. Und um die reine Wahrheit zu sagen, wußte sie noch immer nicht mit Sicherheit zu sagen, welcher Impuls sie dazu veranlaßt hatte. Ihr einziger Trost war die beinahe unheimlich anmutende Sicherheit, daß sie das Richtige getan hatte.

»Aber wenn in diesen Kreaturen derselbe Funke, dasselbe ... Potential an Freundlichkeit und Aufrichtigkeit existieren würde, wie ich sie in dem Troll gefühlt habe« – sie holte tief Luft –, »ja – dann würde ich auch ihnen meine Hilfe anbieten. Erinnere dich an Angwyn, Rool. Du warst dabei in meinem Turm. Du hast es mit eigenen Augen gesehen: Ein ganzer Schwarm von Nachtreihern – und keiner von ihnen hat mir etwas zuleide getan.«

»Weil es der Betrüger ihnen höchstwahrscheinlich so befohlen hat.« Er spuckte aus, um seiner Meinung Nachdruck zu verleihen.

»Schon möglich«, gab sie mit einem Achselzucken zurück. »Aber das ist mir egal.«

»Was für ein Irrsinn! Die ganze Welt ist so völlig außer Rand und Band, daß nichts mehr Sinn macht!«

»Dagegen ist schwer etwas zu sagen. Thorn ist in Sandeni, stimmt's?«

Ihre Frage kam so unvermittelt, daß sie den Brownie überrumpelte. Rool nickte, bevor er sich fangen konnte.

»Und wo liegt das?«

Mit einem Nicken des Kinns deutete er flußabwärts.

»Irgendwo in dieser Richtung. Das war verdammt geschickt eingefädelt, Elora Danan. Ich hab' es absolut nicht geschnallt.«

»Hab' ich dir nicht gesagt, daß ich besser werde? Also nördlich von hier.«

»Und ein ganzes Stück nach Osten. Der Fluß hier wird uns hinführen.«

»Wenigstens eine gute Nachricht. Ich hab' schon befürchtet, mich irgendwo auf der anderen Seite der Welt wiederzufinden.«

»Wenn dem so wäre, wären wir in der Nähe von Tir Asleen.«

»Hast du Sehnsucht nach deiner Heimat, Rool?«

»Und du, mein Kind?«

Sie zuckte mit den Schultern. »Wie kann man nach etwas Sehnsucht haben, an das man sich kaum erinnert? Angwyn käme da schon eher in Frage, wenn man bedenkt, wie lange ich dort gelebt habe. Aber wenn ich ehrlich sein soll, habe ich bei keinem dieser Orte irgendwelche heimatlichen Gefühle. Findest du es merkwürdig, wenn ich glaube, daß meine Heimat irgendwo ist, wo ich noch nie gewesen bin?« Sie ließ ihm gar nicht die Gelegenheit, auf diese Frage zu antworten, sondern schickte sogleich eine mehr praktische Frage hinterher: »Und wie weit ist es noch nach Sandeni?«

Der Brownie warf einen fragenden Blick auf Bastian.

»Für eine Daikini zu Fuß«, antwortete der Adler, »weiter als für mich durch die Luft. Aber eine Daikini ist schneller als ein Brownie.«

»Du bist wirklich 'ne verdammt große Hilfe, Bastian!«

schnaubte Rool und wandte seine Aufmerksamkeit wieder Elora zu. »Aber es ist bestimmt ein ziemlicher Marsch, das ist mal sicher.«

»Die Reiter der Maizan nähern sich aus dem Westen«, sagte sie nachdenklich und krümmte sich ein wenig mehr zusammen, um ein Stück näher an ihre heißen Steine zu rükken. »Was bedeutet, daß wir zwischen ihnen und der Stadt sind, hab' ich recht?«

»Nur zu recht, mein Kind«, knurrte Rool unglücklich. Er saß mit dem Rücken zu Elora und ließ seine Blicke immer wieder suchend durch die Dunkelheit vor ihrem Unterstand schweifen. Und wenn Elora sich die Mühe gemacht hätte, nach Bastian zu schauen, hätte sie gesehen, daß der Adler draußen die gleiche wachsame Haltung eingenommen hatte. Sie würde die Nacht durchschlafen können, während die beiden anderen abwechselnd Wache hielten.

»Ich bin kein Kind«, protestierte sie lahm. »Allerdings glaube ich langsam auch, daß ich in ziemlichen Schwierigkeiten stecke. Und das, mein Freund«, fügte sie in einem Ton hinzu, den der Brownie noch nie aus ihrem Mund vernommen hatte (da er in den letzten zwei Jahren, in denen sie sich ihn angewöhnt hatte, nicht mit ihr zusammengewesen war), »ist Thorn Drumhellers Schuld.«

»Für dich ist er anscheinend an allen Übeln dieser Welt schuld!« Rools Ton machte deutlich, was er davon hielt.

»Nein, das stimmt nicht«, widersprach Elora und bemühte sich, ihrer Stimme einen ruhigen und sachlichen Klang zu geben. »Ich werfe ihm nur vor, daß er mich alleine und schutzlos zurückgelassen hat. Ich kann mich ohne die geeigneten Mittel nicht verteidigen. Ohne das notwendige *Wissen*, Rool.«

»Dich zu verteidigen ist unsere Aufgabe, Elora Danan.«

»Und wo ist er dann? Wo wart ihr alle?«

Rool versuchte erst gar nicht, ihren flammenden Blick zu erwidern.

»Wir haben's ihm tausendmal gesagt«, seufzte Rool, der unverwandt in die undurchdringliche Dunkelheit der Nacht hinausstarrte. »Ich, Franjean und die Adler haben uns den Mund fusselig geredet. Aber er wollte dich in Sicherheit wissen. Was seiner Meinung nach bedeutete, daß du möglichst weit weg von ihm sein mußtest. Er wollte sich in Sandeni erst niederlassen und behaupten; das war mit Risiken verbunden, und er machte sich Feinde. So war sein Plan, und du kannst ihm nicht vorwerfen, daß es ihm an Mut gefehlt hätte, mein Kind, oder gar an seiner Liebe zu dir zweifeln oder daran, daß er sich mit Haut und Haaren deiner Sache verschrieben hat!«

»Habe ich das je?«

»Nein.« Rools Antwort geriet zu einem Seufzen. »Auf jeden Fall hoffte er, wenn er sich selbst zum Ziel machte, so groß und wichtig, daß er nicht zu übersehen war, würdest du dadurch an den Rand des Interesses rücken und in Vergessenheit geraten.«

»Glaubst du, der Betrüger fällt auf so etwas rein?«

»Denk noch einmal gründlich darüber nach, Elora Danan. Auch wenn ihr beiden die polar entgegengesetzten Kräfte seid, befindet ihr euch nicht im offenen Kampf. Möglicherweise dauert dieser Zustand noch eine ganze Weile an. Im Moment ist es ein Stellvertreterkrieg: Er benutzt die Maizan, und du hast uns. Wenn der Betrüger tatsächlich allmächtig wäre, hätte er uns schon längst vernichtet. Uns bleibt nichts anderes übrig, als Verwirrung in die Reihen seiner Handlanger zu tragen, so gut wir können, bis du ihm gewachsen bist.«

»Und wie, o kleiner Zauberer, soll ich das je sein, wenn ich mich mein ganzes Leben lang verkriechen muß? Tut mir leid, Rool, aber diese Handlanger, von denen du gesprochen hast, haben mich in meinem Versteck aufgestöbert. Ich bin jetzt ohne Schutz im Freien, und ich kann nicht wieder zurück.«

Bastian war im Verlauf des Gesprächs unter das Dach ihres Behelfszelts gestakst, und als Elora verstummte, beugte er sich vor und klopfte dem kleinen Mann mit dem Buckel seines Schnabels auf den Kopf. Rool war für einen Brownie ein großgewachsener Bursche, doch der Adler überragte ihn um einiges und nutzte dies schamlos zu seinem Vorteil.

Dem Ritual getreu, kreischte Rool auf, und Bastian versetzte ihm noch einen Knuff.

»Ich habe es dir gleich gesagt«, konstatierte der Adler mit selten gezeigtem Vergnügen.

»Das hast du nicht!«

»Unsere Wette. Ich gewinne. Du zahlst.«

»Nur unter Protest! Darum haben wir nicht gewettet.«

»Du ziehst es vor, die Spitze meines Schnabels zu spüren?«

»Willst du mir etwa drohen?«

Bastian schüttelte sein Haupt, und wenn auch sein Gesicht nicht für ein Lächeln gemacht war, so übernahm das seine Stimme für ihn, die ein Grinsen, wie es breiter nicht sein konnte, verriet.

»Nicht im entferntesten, mein Freund. Ich ziehe nur in Betracht, einen ehrlosen kleinen Wicht, der sich weigert, seine aus eigener freier Willensentscheidung – oder sollte ich sagen, auf sein massives Betreiben hin – entstandenen Schulden zu zahlen, aus der kollektiven Nahrungskette der Mutter Natur zu entfernen.«

Rool zog den Kopf tief zwischen die Schultern und nahm eine Haltung ein, die nur als Herausforderung verstanden werden konnte. Ihre Konfrontation erschien für einen Außenstehenden so ernst, daß selbst Elora mit einemmal fürchtete, die beiden alten Freunde könnten tatsächlich aufeinander losgehen.

»Wen nennst du hier ›klein‹, du Federkopf?« zischte Rool.

»Worüber streitet ihr eigentlich?« wollte Elora wissen.

»Alle Jungen werden irgendwann einmal flügge und müssen das Nest verlassen«, erklärte Bastian umgänglich. »Entweder sie fliegen, oder sie stürzen ab; wir Adler tragen sie nicht ins Nest zurück.«

»Das ist hart, Bastian.«

»Wir verlassen unsere Jungen nicht, Elora Danan. Wir schützen sie, so gut wir können. Aber unser Element ist die Luft. Das Nest ist zwar unser Zuhause, aber nicht der Ort, wo wir Zuflucht finden. Die finden wir nur mit Hilfe unserer Schwingen: wenn wir fliegen. Was immer der Grund war, weshalb du dein Nest verlassen hast, du hast dich entschlossen zu fliegen, und dafür hast du meinen Respekt.«

»Bist du anderer Meinung, Rool?« fragte Elora den Brownie mit einer so gefährlich unschuldigen Miene, daß er eine ganze Weile überlegte, bevor er antwortete.

»Du bist kein Vogel, und ich habe gelernt, Drumhellers Instinkten zu vertrauen.«

»Das ist schön für ihn«, gab sie zurück, »aber irgendwann muß ich lernen, auf eigenen Füßen zu stehen.«

Wenn es dafür nicht schon zu spät ist, schoß ihr ein ungebetener Gedanke durch den Kopf, den sie auch vor ihren Gefährten nicht zu verbergen versuchte.

Sie frühstückten beim ersten Morgengrauen und hatten bereits ein gutes Stück Wegs zurückgelegt, als die Sonne hinter den fernen Gipfeln emporstieg. Elora fiel in einen gleichmäßigen, von Militärpatrouillen praktizierten Trab, den sie von niemand anderem als Ryn Taksemanyin gelernt hatte, dessen raumgreifende Schritte mit verblüffender Schnelligkeit Meile um Meile bewältigten. Sie hatte allerdings keine Ahnung, wo sich einer der im Ozean lebenden Wyrrn eine derart effektive Fortbewegungsart auf zwei Beinen und festem Boden angeeignet hatte, und Ryn – in der Regel ein sehr geselliger und mitteilsamer Charakter – hatte nicht die geringste Bereitschaft erkennen lassen, sich näher über dieses Thema auszulassen.

Sie folgte weiter dem Lauf des Flusses, da er, wenn auch nicht die kürzeste, so doch die leichteste Route bot, wie sie von Bastian wußte, der als Pfadfinder und Ausguck hoch über ihr kreiste. Was immer sich im Blickfeld des Adlers regte – selbst die winzigste Bewegung –, entging auch ihr nicht.

»Was weißt du über die Jenseitigen Reiche?« fragte sie Rool. Er saß auf ihrer linken Schulter, tief in die Falten ihres Umhangs vergraben, und hatte, um sicheren Halt zu finden, eines seiner Schwerter durch ihre Brosche gehakt, die den Umhang zusammenhielt.

»Ich bin nur ein Brownie«, sagte er, und sie brauchte ihn

gar nicht anzusehen, um zu wissen, daß er seine Worte mit einem – wie er glaubte – alles sagenden, doch nichts erklärenden Achselzucken unterstrich, um ihnen mehr Nachdruck zu verleihen.

»Die alles wissen«, tadelte sie ihn sanft, »aber nie darüber reden.«

»Das sagt man uns nach – das ist richtig, ja.«

»Das verdeckt eine Menge Sünden«, nickte sie. »Wie zum Beispiel bei solchen Gelegenheiten, wenn ihr *nichts* wißt.«

Sie hörte ihn verächtlich schnauben; ein Geräusch, in dem auch eine beträchtliche Portion Bewunderung mitschwang, wie ihr nicht entging.

»Du lernst tatsächlich«, brummte er. »Ich glaube nicht, daß Franjean das gefallen wird. Und Drumheller ebensowenig«, fügte er mit einem Grinsen hinzu, doch ihre Gedankengänge bewegten sich in viel zu nüchternen Bahnen, um auf seine ironischen Anzüglichkeiten einzugehen.

»Ich fürchte, ich meine es ernst«, sagte sie eine Weile später. »Wieviel weißt du?«

»Wir beobachten, wie die Welt funktioniert.«

»Das hast du Thorn auch schon gesagt. Ist diese Welt alles, was existiert?«

Er faßte sie scharf ins Auge.

»Was bringt dich dazu, eine solche Frage zu stellen?« fragte er.

Nun war es an Elora, mit den Schultern zu zucken. »Zu viele Dinge, für die ich keine Worte habe, nehme ich an. Oder Erklärungen. Wie beschreibt man etwas, das nicht existiert?«

»Ist das nicht der Grund, warum uns die Götter die Sprache gegeben haben?«

Sie warf einen Blick über ihre Schulter zurück.

»Da ist nichts, Elora«, beruhigte Rool sie.

»Bist du sicher, Rool?«

»Wenn da etwas wäre, würde Bastian es sehen. Er ist gut darin.«

Sie nickte, doch es war offensichtlich, daß er sie nicht überzeugt hatte.

»Hast du jemals das Gefühl gehabt, Rool, daß du verfolgt und belauert wirst?«

»Jedesmal, wenn ich eine Katze sehe. Oder noch schlimmer – wenn ich sie nicht sehe. Belauert von wem?«

»Ich wünschte, ich wüßte es.« Und gleich darauf widersprach sie sich: »Ich bin froh, daß ich es nicht weiß. Wenn ich seinen Namen ausspreche, fürchte ich, daß es mich leichter finden kann. Vorausgesetzt, es gibt ein solches ›es‹, das nach mir sucht.«

Rool nickte beipflichtend. Den wirklichen Namen eines im verborgenen verharrenden Wesens oder eines Menschen zu erfahren, war ein sehr wirkungsvolles Mittel für einen Zauberer, Macht über den Betreffenden zu gewinnen, doch dieses Wissen war ein zweischneidiges Schwert. Es gab Wesen, die so mächtig waren, daß kein Abwehrzauber Schutz vor ihnen bot. Schlimmer noch: Allein das laute Aussprechen ihres Namens konnte unter Umständen bereits ausreichen, ihre Aufmerksamkeit zu erregen. Die Konsequenzen einer solchen Torheit waren oft tödlich.

»Ich muß immer wieder an die Höhle im Erdinnern und an Carigs Welttor denken«, sagte Elora nach einer längeren Zeit des Schweigens leise, in der sie ihre Gedanken zur Ruhe kommen ließ und um den Mut rang, ihre Erlebnisse jener schicksalhaften Nacht auszusprechen. Sie achtete nicht mehr auf das Terrain und den Weg vor ihr und nahm die Einzelheiten ihrer Umgebung nur mehr wie durch einen Schleier wahr, ähnlich wie wenn auf dem Bazar das Gewirr vieler Stimmen zu einem Hintergrundgeräusch verschwamm. Sie sprach mit stockender, zögernder Stimme und faßte die Bilder ihrer Erinnerung erst dann in Worte, nachdem sie sie sorgfältig abgewogen und von allen Seiten geprüft hatte, ob sie gefahrlos ausgesprochen werden konnten. Diese Art von Vorsicht entsprach überhaupt nicht ihrer Natur und fiel ihr alles andere als leicht.

»Es ist, als würde man auf einem scheinbar stillen See schwimmen, nur gibt es unter der Oberfläche eine Strömung, die man zunächst gar nicht bemerkt. Sie scheint gar nicht so stark zu sein, aber sie ist stetig. Man muß ständig dagegen anschwimmen, um am selben Platz zu bleiben; tut man das nicht, wird man sofort abgetrieben, und die Strömung trägt dich fort, wohin sie will.

Dieses Zauberritual wirkt genauso: Es hört nicht auf, mich zu locken. In meiner Erinnerung bin ich das einzige Licht, aber ich erhelle nichts. Das Welttor umschließt nichts als völlige Dunkelheit. Nichts zu sehen, nichts zu fühlen. Ich bin so etwas wie ein Leuchtfeuer oder wohl eher ein Lockvogel für das Wesen, das Carig herbeirief. Wenn ich nur daran denke, möchte ich am liebsten wieder zu tanzen anfangen. Ich kann die Musik zwar nicht im Kopf behalten, aber meine Füße kennen die Schritte. Sagt dir das irgendwas? Ich meine, hast du eine Vorstellung, was dahinterstekken könnte?« fragte sie mit scharfer Stimme und schielte auf ihre Schulter und Rool hinab.

»Was du da erzählst, Elora Danan, solltest du einem Weisen erzählen. Franjean und ich sind nur einfache Jäger.«

»Und große Krieger, hab' ich mir sagen lassen.« Sie hatte seinen Wink mit dem Zaunpfahl verstanden und machte ihm das Kompliment, nach dem er lechzte, auch um ihre eigene wachsende Besorgnis zu vertreiben.

»Ja. Wir haben in unseren besten Tagen sogar Nelwyns und Daikini gefangengenommen. Und wir haben zusammen mit einer gefangenen Prinzessin auf einem Baum gesessen. Wie auch immer«, seufzte er. »Ein Weiser würde vielleicht die Antwort auf deine Frage kennen.«

»Können wir mit einem in Kontakt treten oder ihn besuchen?«

»Wo warst du nur, daß du ....?« rief er aus und verstummte sogleich, als er bemerkte, wie absurd dies unter den Umständen war. »Die Baue werden überall auf dem Kontinent dichtgemacht. Möglicherweise sogar auf der ganzen Welt.«

»Aber vielleicht können wir weiter im Osten noch einen finden?«

»Die Baue sind geschlossen«, wiederholte er nur.

»Alle?«

»Für uns schon.« Er nickte. »Und für dich ebenfalls. Viele

im Schleiervolk nennen dich ›Cherlindreas Verderben‹. Manche von ihnen haben dich sogar mit einem Todesmal gebrandmarkt. Kein Pardon, keine Gnade.«

Seine Worte trafen auf taube Ohren; nach den ersten drei Worten hörte sie gar nicht mehr zu.

»Ihr könnt nicht mehr nach Hause, Franjean und du?« flüsterte sie, und in ihrer Stimme war soviel Betroffenheit und Mitgefühl, daß der Brownie sich bemüßigt fühlte, ein tapferes Grinsen aufzusetzen.

»Nach unserem Sieg, Elora Danan. Wenn wir diesen Krieg gewonnen haben, dann kehren wir nach Hause zurück. Und wenn die uns in ihrer Selbstgerechtigkeit und Beschränktheit nicht haben wollen, dann zur Hölle mit ihnen – dann bleiben wir eben bei dir. Macht so und so mehr Spaß.«

Sie drückte ihm einen Kuß auf den Scheitel seines Haupts – auf dieselbe Stelle, die der Adler malträtiert hatte – und schritt dann entschlossen aus. In ihren Augen stand immer noch Angst, doch auch Entschlossenheit, die von einer Willenskraft angefacht wurde, deren Stärke sie noch überraschen sollte.

5. Kapitel

Die hohen Berge traten allmählich zurück, um niedrigeren Platz zu machen, die schließlich sanften Hügeln wichen. Der sumpfige Boden wurde fester unter den Füßen, und bald säumten Wiesen den Fluß, begleitet von mächtigen Wäldern, die die Hügel bedeckten. Unvermittelt endeten die Wiesen in den ersten von Menschen angelegten Feldern, die Elora seit Jahren zu Gesicht bekommen hatte. Der Fluß war inzwischen zu einem breiten Strom angeschwollen, der jedoch an einigen Stellen, wo der felsige Untergrund zutage trat, passierbar und gar nicht so schrecklich breit war. Allerdings war seine Strömung an diesen Stellen ziemlich reißend und hatte alles Erdreich fortgespült, wodurch unter den schäumenden Fluten tiefe Furchen und Löcher entstanden waren. Die steilen, ausgehöhlten Uferböschungen zeugten davon, daß der Fluß im Frühjahr weit mehr Wasser führte und weite Flächen des Tals überschwemmte. Elora war klar, daß sie sich bald entscheiden mußte, auf welcher Seite des Flusses sie ihren Marsch fortsetzen wollte, denn bald würde eine Überquerung nur noch mit einem Boot oder einer Fähre möglich sein.

Rool und sie hörten beide einen durchdringenden Schrei aus so großer Höhe, daß der Adler nur mehr als winziger Punkt zwischen den weißen, großbäuchigen Wolken auszumachen war, die am Nachmittagshimmel vorbeizogen.

Für einen zufälligen Beobachter wirkte Elora inzwischen ganz und gar nicht mehr wie das Pummelchen, das sie einmal gewesen war, sondern beinahe schmächtig, eine Ansammlung schlaksiger Gliedmaßen, die irgendwie nicht mehr ganz so gut zusammenzupassen schienen wie noch vor einem Monat.

»Was ist?« schrie Rool auf.

Elora drehte sich langsam um und sah in die Richtung, aus der sie gekommen waren. Suchend ließ sie den Blick über die letzte Strecke des Wegs schweifen, ehe sie sich wieder umwandte, wobei sie die umliegenden Hügel genau in Augenschein nahm. Alle ihre Sinne waren auf das äußerste angespannt. Sie fühlte das kleinste Sandkorn durch ihre Socken und die Sohlen ihrer Stiefel hindurch ebenso intensiv, wie sie das leiseste Flüstern der sanften Brise in den höchsten Zweigen der Bäume vernahm oder das leise Gurgeln des Flusses unter der Brücke. Der Geruch von reifem Obst hing in der Luft, der Geruch vernachlässigter Obstgärten, der ebenso schwer und intensiv wie fehl am Platz war an einem Ort wie diesem. Der Gestank von Verbranntem mischte sich darunter – von Holz und Stroh, von Stoff und Fleisch, und alles war durchsetzt mit dem metallischen Geruch von Blut.

Der Tod hatte an diesem Ort Einkehr gehalten, und das vor nicht sehr langer Zeit.

Elora ließ die Luft aus ihren Lungen weichen, ein wenig überrascht, daß sie sie so lange angehalten hatte, bis ihr die Brust schmerzte. Doch noch weit mehr verblüffte sie, daß sie eine Axt in der Hand hielt.

»Ach du meine Güte«, murmelte sie und wog die Streitaxt in ihrer Hand. »Was haben wir denn hier?«

»Du hast sie aus deinem Beutel gezogen, als du dich umgedreht hast«, erklärte Rool. »Du hast hineingegriffen, und schon war sie in deiner Hand.«

»Wie tröstlich, daß mein Reisebeutel immer zu wissen scheint, was ich brauche.«

Sie schloß ihre Finger ein paarmal spielerisch um den Stiel der Axt, um einen besseren Griff zu haben, steckte sie jedoch nicht in den Beutel zurück. Es war dieselbe Axt, die sie vor der Höhle des Trolls neben dem getöteten Daikinikrieger gefunden hatte. Sie hatte sie, wie so viele andere Dinge auch, die sie unterwegs gesammelt und eingesteckt hatte, ohne zu überlegen in ihren Reisebeutel geschoben und vergessen.

»Was kannst du sehen?« fragte Rool leise und forderte sie damit auf, sich die Augen des Adlers zunutze zu machen.

Ein Blinzeln genügte, um Eloras EinSicht mit der Wahrnehmung Bastians verschmelzen zu lassen, und mit einem weiteren Blinzeln war sie wieder in ihrem eigenen Körper, erschüttert von dem, was sie gesehen hatte.

Sie war Rool dankbar, daß er nicht nach Einzelheiten fragte.

»Vielleicht können wir außen herumgehen?« schlug er vor, doch Elora schüttelte den Kopf.

»Das geht nicht.« Sie hatte dieselbe Hoffnung gehegt, doch von Bastians Warte aus war sie in nichts zerstoben.

»Weshalb nicht?«

»Am Fluß entlang ist der einzige Weg; deshalb ist das Dorf auch hier entstanden. Alle anderen Pfade enden in Schluchten oder vor hohen Felswänden. Oder sie führen wieder ins Dorf zurück. Die Gipfel sind zwar nicht übermäßig hoch, aber die Hänge sind verdammt steil und schwer zu ersteigen.«

»Was habt ihr beiden gesehen, Elora?«

»Irgend jemand hat hier schrecklich gewütet, Rool. Sieht aus, als hätten sie alte Rechnungen beglichen.«

Mit diesen Worten schritt sie über die Brücke, um wenigstens einen Teil der Gründe dafür zu erkunden.

Auf der anderen Seite der Brücke waren entlang der Straße Galgen errichtet, drei auf jeder Seite. An jedem der Galgen hing ein Holzkäfig. Den Himmeln sei Dank hatte ihr Inhalt schon vor langem sein Leben ausgehaucht. Elora brauchte gar nicht genau hinzusehen, um zu wissen, daß dies, nach den Hautfetzen zu urteilen, die von den vor Würmern und Maden wimmelnden Knochen herabhingen, einmal eine Trollfamilie gewesen war. Wahrscheinlich hatte sie wie alle ihre Artgenossen versucht, sich unter der Brücke einzunisten. Oder sie waren, da dies hier wie eine natürliche Furt aussah, schon immer – schon vor den Daikini – hier gewesen; in einer Höhle irgendwo am Steilufer vielleicht.

Der Grund, weshalb sie hier waren, interessierte jedoch niemanden; allein ihre bloße Gegenwart besiegelte ihr Schicksal. Hier gab es Trolle; sie waren im Weg, also wurden sie entfernt. Und dann wie Vogelscheuchen aufgehängt, um andere Artgenossen abzuschrecken.

»Ist das alles, wozu wir fähig sind, Rool? Haß und Mord?«

»Das fragst du mich? Du bist die Daikini, Elora Danan.«

»Im Augenblick bin ich wirklich nicht sehr stolz darauf.«

»Wärst du auch dann noch so mitfühlend, wenn ständig deine Lämmer und Kälber gerissen oder dein Kind aus der Wiege gestohlen und von ihnen aufgefressen würde?«

»Was soll ich darauf antworten, Rool? Das dort sind Najaden in den letzten beiden Käfigen, und ich glaube, die kleinen Käfige, die innen herabhängen, sind für etwas noch Kleineres gemacht.«

Wassernymphen waren so veränderlich wie die Flüsse, in denen sie lebten; je wilder und reißender der Fluß, um so wilder waren auch die Najaden, die ihn schützten. Zwei von ihnen waren entweder Geschwister oder ein Liebespaar gewesen: Die eine hatte sich zu einem festen Ball zusammengerollt, während der Arm der anderen aus dem Käfig herausragte, als habe sie versucht, die Hand ihrer Leidensgenossin im anderen Käfig zu fassen.

Mit ihrer EinSicht hatte Elora einen spektakulären Blick von oben auf den Schauplatz des Massakers erhalten: Es war ein Dorf von recht ansehnlicher Größe, mit einigen Dutzend Häusern aus Holz und Stein, die sich entlang des Berghangs über dem Fluß zu mehreren Häusergruppen zusammendrängten. Es waren massive, solide Gebäude, die zum Teil in den Hang hineingebaut waren, auf dem sie standen, und Elora vermutete, daß sich die rückwärtigen Zimmer der Häuser bis tief in den Berg hinein erstreckten. Jede der Häusergruppen war so angeordnet, daß sie leicht zu verteidigen war und ein gutes Schußfeld bot. Insofern unterschied sich das Dorf durch nichts von anderen Siedlungen im Grenzland, die sie auf ihren Reisen gesehen oder von denen Thorn erzählt hatte.

Eine durchaus zweckmäßige, den Erfordernissen des Grenzlands angemessene Strategie.

Sie hatte die Bewohner jedoch nicht zu retten vermocht.

Bereits im ersten Haus, das sie genauer in Augenschein nahm, entdeckte sie das gleiche wie im zweiten und dritten und vierten. Nachdem sie die erste Gruppe von Häusern durchsucht hatte, verspürte sie keinerlei Wunsch mehr, noch mehr zu sehen. Der Überfall war ebenso brutal wie methodisch gewesen: Die massiven Steinmauern waren von Hammerschlägen durchbrochen und die Räume dahinter von Drachenfeuer verwüstet. Die Hitze dieser magischen Flammen war so groß gewesen, vor allem wenn sie sich in einem so kleinen und abgeschlossenen Raum entfaltete, daß die Wände der Zimmer zu Staub zerfielen, als Elora sie berührte – etwas, das sie an Torquils Übungsschmiede nach ihrer Begegnung mit dem Feuerdrachenjungen erinnerte. Für alle, die sich in den äußeren Räumen aufgehalten hatten, kam der Tod in einem einzigen Augenblick flammenden Entsetzens. Sie waren die glücklicheren. In den tiefer gelegenen Räumen entdeckte Elora die Spuren eines derart bestialischen Gemetzels, daß selbst die abgebrühtesten Schlachter mit Grauen die Augen abgewandt hätten.

Als Elora wieder ins Freie trat, stand die Sonne noch immer am Himmel, wenn auch schon weit im Westen über dem Horizont, hinter den sie bald hinabsinken würde. Noch immer hing die Hitze des Tages über dem Berghang, doch Elora zitterte am ganzen Leib unter dem naßkalten, modrigen Lufthauch, der um ihren Kopf strich und sie einhüllte. Es war, als hätte sie in den äußeren Schichten ihres Körpers jegliches Gefühl verloren, während sie sich in ihrem innersten Ich so empfindsam und verletzlich fühlte, wie sie es noch nie in ihrem Leben empfunden hatte. Fast so, als läge sie mit sich selbst im Krieg. Ihr Mund war trokken, doch ihre Haut fühlte sich über ihren Knochen so schlüpfrig und glatt an, als sei sie an der Innenseite mit einer Schleimschicht bedeckt. Sie zwang sich, gleichmäßig zu atmen, kleine, flache Atemzüge, um die Übelkeit in ihrem Magen zu besänftigen. Sie wollte nichts anderes, als sich zu übergeben. Sie sehnte sich geradezu danach, doch sie wagte es nicht.

Seltsamerweise konnte sie auch nicht weinen, wie sie beklommen feststellte.

»Keine Anzeichen von irgendwelchen Belagerungsmaschinen«, sagte sie zu Rool, der aus der Tür des Nachbarhauses trat. »Zumindest nichts, das groß genug wäre, diese Löcher in den Mauern zu machen. Nirgendwo die Reste eines Zauberbanns.«

»Du brauchst weder das eine noch das andere, wenn du über eine Schar Oger verfügst, die für dich die schmutzige Arbeit erledigen.«

»Das glaube ich nicht. Oger sind wie Bären, sie leben allein und verlassen selten ihr Territorium. Möglicherweise könnten einer oder höchstens zwei von ihnen das Land hier für sich beanspruchen, aber auch dann würden sie eher gegeneinander kämpfen, als die Siedler anzugreifen. Und selbst wenn du recht hättest, ein ganzes Dorf und noch dazu mit einer solchen Planmäßigkeit und Methodik zu überfallen entspricht nicht ihrer Art.«

»Wer hat denn gesagt, daß sich die alten Verhaltensweisen nicht ändern können?«

»Das ist nicht witzig, Rool.«

»Die Spuren sind eindeutig, Elora. Es waren Oger und Elfen, die gemeinsame Sache gemacht haben. Die Oger haben die Mauern durchbrochen und die Elfen das Drachenfeuer losgelassen. Oger fressen jedes Fleisch, das nicht völlig verkohlt ist.«

Elora schluckte krampfhaft und preßte in einem vergeblichen Versuch, Tränen zu provozieren, die Augen fest zusammen. Sie hatte die Wahrheit bereits in dem Augenblick geahnt und befürchtet, als sie über die zersplitterte und verkohlte Schwelle des ersten Hauses getreten war. Sie nun aus Rools Mund in seinem nüchternen, für Brownies so typischen Tonfall zu hören, traf sie wie ein Faustschlag in den Magen. Ghule fraßen Aas, ebenso auch Trolle. Oger jedoch liebten frisches Fleisch, bevorzugt lebend, und ihre Mordlust war ebenso unersättlich wie ihr Appetit. Was den

Schrecken, den sie verbreiteten, noch steigerte, war ihre äußerliche Ähnlichkeit mit den Daikini und der Umstand, daß sie einen scharfen Verstand besaßen. Ghule und Trolle waren von ihrer Natur her eher animalische Kreaturen, während Oger auf beängstigende Weise menschenähnlich waren.

»Und was gewinnen die Elfen bei diesem Pakt?« fragte Elora.

»Daß es keine Daikini mehr in dieser Gegend gibt«, entgegnete er, ohne lange zu überlegen.

Rool hielt einen Pfeil in die Höhe, der länger war als er selbst. An der gezackten Spitze waren Flecken getrockneten Rots zu erkennen.

»Die Leute hier haben sich nicht widerstandslos abschlachten lassen«, sagte er. »Sie haben um ihre Häuser und ihr Leben gekämpft; ihre Mörder haben teuer bezahlt.«

»Wie teuer?«

»Genau kann ich das nicht sagen. Die Angreifer haben ihre Toten und Verwundeten mitgenommen, aber es ist hier überall Blut am Boden. Und in der Luft hängt der Geruch des Todes.«

»Das ist gut.«

Er warf ihr einen strengen, forschenden Blick zu.

»Was hast du da in der Hand, Elora Danan?«

Es war ein zerfetztes, schmutziges Stoffknäuel, das nur noch entfernte Ähnlichkeit mit der Puppe hatte, die es einmal gewesen war. In einem der hinteren Räume, die unter der Erde gelegen waren und der offenbar der letzte Zufluchtsort gewesen war, wohin die Bewohner flüchten konnten, hatte sie ein Wandregal entdeckt und darunter ein paar Puppen und anderes Spielzeug. Einige der Puppen waren aus Holz gewesen, kunstvoll geschnitzt und hübsch bemalt, andere aus Stoff zusammengenäht und ausgestopft. Alle waren kaputtgemacht worden – zerfetzt, zerbrochen und zertreten.

»Ich glaube, das war die Lieblingspuppe von dem Kind«, murmelte sie und ließ sich langsam in die Hocke sinken, weil ihre Knie verdächtig weich wurden. In Gedanken versunken, legte sie die Streitaxt beiseite, um die Puppe mit beiden Händen zu fassen, doch ihre Rechte entfernte sich nie weiter als die Spanne einer Hand vom Griff der Axt. Sie sprach langsam und stockend; es fiel ihr schwer, das, was sie gesehen hatte, in Worte zu fassen. »Die arme Kleine muß geglaubt haben, daß ihre Puppe sie beschützt – so wie ich überzeugt war, daß mein Bär über mich wacht.«

Als Elora knapp ein Jahr alt gewesen war, war Thorn Drumheller in der Nacht vor dem Kataklysmus, der ihr Zuhause zerstört und die ganze Welt veränderte hatte, zu ihr gekommen. Er hatte geglaubt, daß alles ein Traum sei, denn er war auf dem Rücken eines Drachen zu ihr geritten. Erst viel später hatte er begriffen, daß der Drachen ebenso real gewesen war wie sein Besuch bei Elora. Er hatte für sie zu ihrem Geburtstag einen Stoffbären gemacht und ihn, bevor er wieder ging, mit einem Zauber besprochen, der sie vor allem Schaden und Übel beschützen sollte. Es war ein Wunsch, wie ihn alle Eltern ihren Kindern mitgeben, doch da Thorn ein Zauberer war, erwies er sich als ein Wunsch, der in Erfüllung ging.

Irgendwie war sie, als die Nacht in einer Explosion von Feuer versank, unbeschadet und ohne den kleinsten Kratzer daraus hervorgegangen, ihren Bären die ganze Zeit so fest an sich gedrückt, daß selbst erwachsene Männer ihn nicht aus ihren Kinderarmen winden konnten.

»Du konntest es nicht verhindern, Elora«, sagte Rool und legte seine Hand auf ihre – auf die, die die Puppe umklammerte.

»Ich weiß, Rool. Aber das macht den Schmerz nicht geringer. Es hätte überhaupt nicht passieren dürfen! Solange sich irgend jemand zurückerinnern kann, hat Friede zwischen den Reichen geherrscht!«

»Ein trügerischer Friede. Ein brüchiger Friede. Es hat immer Gesetzlose gegeben.«

»Dies hier war ein gezieltes Massaker, Rool. Nichts wurde geraubt – nur Leben zerstört, und das so bestialisch wie möglich.« Sie sog tief die Luft in ihre Lungen, um ihrer Gefühle Herr zu werden und ihren Zorn im Zaum zu halten.

»Ich habe dir gar nicht gesagt, was Bastian noch gesehen hat. Entlang der Straße flußabwärts. Auf Stangen gespießte Köpfe. Viele, sehr viele.«

»Sie haben den Spieß umgedreht, wie man so schön sagt.«

»Rool!« fuhr sie ihn entsetzt an.

»Es soll eine Warnung sein, Elora. Eine Warnung für jeden Daikini, so wie die Käfige an der Brücke als Warnung für Trolle, Najaden und ähnliches gedacht waren.« Dann wurde seine Stimme eine Spur sanfter und auch trauriger. »Deine Leute sind nämlich nicht die einzigen, die einen Anspruch auf dieses Land erheben. Wenn die Daikini nicht bereit sind, mit dem Schleiervolk zu teilen, weshalb sollten dann die Schleierleute dazu bereit sein?«

»Ist das also die Zukunft, die uns allen bevorsteht? Wir bringen uns so lange gegenseitig um, bis der letzte Überlebende alles besitzt, was noch übriggeblieben ist? Vorausgesetzt, es ist überhaupt noch wert, besessen zu werden. Sind wir denn nicht zu Besserem fähig?«

»Ich glaube, Königliche Hoheit, das ist die Rolle, die Euch zugedacht ist.«

»Im Augenblick fühle ich mich dieser Aufgabe alles andere als gewachsen.«

Unvermittelt hob sie den Kopf und schnupperte in die Luft. Eine steile Furche erschien zwischen ihren Augenbrauen, und sie murmelte einen leisen Fluch. Zugleich griff sie nach der Axt und legte die Puppe mit einem letzten zärtlichen Tätscheln zur Seite.

Weiter vorn wand sich der Fluß in einer Schleife um eine nicht sehr hohe, aber von Felsen gekrönte Erhebung des Bergrückens, auf dem das imposanteste Gebäude des Dorfes stand, das drei Stockwerke über der vorbeiführenden Straße emporragte. Ein Turm aus Steinen, der als letzter Zufluchtsort bei einem Überfall auf das Dorf gedacht war.

Aus seinem Schornstein stieg Rauch.

Der Himmel leuchtete noch immer blau, doch das Tal selbst lag bereits zu großen Teilen im Schatten. Die Berge hinter Elora waren in rotgoldenes Licht getaucht, doch die vor ihr hatten bereits ihre klaren Konturen eingebüßt. Eine sanfte Abendbrise strich von Ost nach West durch das Tal, vom Dunkeln zum Licht, von dort, wo der Turm war, zu Elora, und sie zog es vor, die anderen Gerüche, die mit dem des Holzfeuers zu ihr herüberwehten, nicht genauer zu definieren. Fackeln und der Schein eines Feuers erhellten das Innere des Turms, aber niemand trat aus dem Tor oder ging an den schmalen Schießscharten vorüber, die anstelle von Fenstern in die Mauern eingelassen waren. Sie hatte nicht die geringste Ahnung, wer sich dort verschanzt hatte oder wie viele es waren. Rool allerdings war bereits zu dem Schluß gekommen, daß er keinerlei Lust verspürte, dies herauszufinden.

»Wir gehen dort herum zur anderen Seite der Bergschulter«, erklärte er Elora und zeichnete mit einem Zweig ihre Route in den Staub. »Wir passieren den Turm hier drüben und stoßen am anderen Ende des Dorfs wieder auf die Straße. Dann marschieren wir die ganze Nacht durch und sehen zu, daß wir so schnell und so weit wie möglich von hier fortkommen.«

»Und wenn sie uns verfolgen?«

»Dann rennen wir, so schnell unsere Beine uns tragen.«

»Das ergibt keinen Sinn.«

»Wie bitte? Willst du dich lieber erwischen lassen? Oder glaubst du, es ist besser, wenn wir uns verstecken?«

»Ich meine das dort«, sagte Elora und zeigte mit dem Kinn in Richtung des Turms. Sie lagen zwischen niedrigen, von Gras umstandenen Felshöckern auf dem Kamm der Bergschulter und blickten, so flach gegen den Boden gepreßt, daß nur ihre Augen und Stirnen zu sehen waren, ins Tal hinab. Sie hatte ihr Gesicht mit Ruß von einem der niedergebrannten Häuser geschwärzt und ihren Umhang über ihren Kopf gezogen, um ihre silberne Haut und ihr Haar zu verbergen. Es war nur eine einfache, doch sehr wirksame Tarnung. Sogar Bastian hatte Mühe, sie in der hereinbrechenden Dämmerung auszumachen.

»Sie machen das Dorf dem Erdboden gleich, bringen alle Bewohner um, schaffen ihre Toten und Verwundeten fort und ...«

»Die klassische Taktik: zuschlagen und dann nichts wie weg«, brummte Rool.

»Möglich, ja. Ich beuge mich der größeren Erfahrung.« Franjean hätte sich angesichts eines solchen Kompliments eitel wie ein Pfau gespreizt, doch Rool verzog nur abschätzig das Gesicht. »Und dann lassen sie jemanden zurück. Wen? Und warum?«

»Ich mag Katzen zwar nicht besonders, Elora Danan«, knurrte Rool, dem offenbar bereits schwante, worauf sie hinauswollte, »aber ich warne dich davor, was mit denen passiert, die zu neugierig sind.«

»Haben sie nicht gerade deshalb neun Leben?«

»Gut für sie. Aber du bist keine Katze.«

»Dann hilf mir, Rool. Der Wind steht günstig; was kannst du mir über die Gerüche sagen, die aus dem Turm kommen?«

»Wozu brauchst du mich überhaupt? Kannst du nicht deine vielgerühmte EinSicht verwenden und mit irgendeinem Viehzeug verschmelzen, das da drin rumkriecht?«

»Daran hab' ich auch schon gedacht. Und es auch versucht. Aber das Innere des Turms ist wie ausgestorben. Alle Vögel, Eidechsen, Käfer, Insekten sind längst geflohen. Außerdem sind Abwehrzauber errichtet. Wenn ich mich zu weit vorwage, laufe ich Gefahr, mich in einem zu verfangen. Was keiner von uns wollen kann.«

Der Brownie nickte grimmig. »Na schön – du hast mich überzeugt«, brummte er und hob prüfend die Nase.

»Zwei Oger«, sagte er leise und leckte mit der Zunge über seine Lippen, als müsse er sie von dem widerlichen Geschmack dieser monströsen Kreaturen säubern. »Einer aus dem Kleinen Feenland, zwei aus dem Großen.«

»Hochelfen?« rief Elora schockiert. »Auf *dieser* Seite des Schleiers?«

»Sie kommen nicht oft herüber, und wenn, dann fühlen sie sich nicht besonders wohl, aber sie können hier ebenso problemlos überleben, wie du oder ich in ihren Sphären. Sie reden zwar so, als würden sie eher sterben, als es zuzugeben, aber all unsere Rassen sind durch gemeinsame Bande miteinander verbunden. Deshalb werden die Großen Reiche immer als ineinandergreifende Kreise dargestellt.«

»Ist das das Wissen eines Jägers?« erkundigte sich Elora unschuldig.

»Franjean und ich beobachten den Lauf der Welt genau«, sagte er wie schon so oft zuvor, als sei diese lapidare Feststellung bereits Antwort genug.

»Ich frage mich, was sie da drin tun?«

»Das geht uns nichts an. Und selbst wenn, ein Oger allein ist schon Grund genug, Abstand zu halten, um so mehr zwei davon. Laß uns *gehen!*«

Sie blieb, wo sie war, die Augen unverwandt auf den Turm gerichtet, und kaute in Gedanken versunken auf einem Streifen Trockenfleisch herum.

»Höre auf mich, Elora Danan!« wiederholte der Brownie noch einmal eindringlich. »Laß uns gehen!«

»Irgend etwas ist noch da unten«, murmelte sie so leise und beiläufig, als spräche sie mit sich selbst.

»Das braucht uns nicht zu interessieren. Was geschehen ist, ist geschehen. Wenn wir uns einmischen, enden wir genauso wie die anderen armen Teufel.«

»Ich kann mich nicht einfach abwenden.«

»Und was hindert dich daran?«

»Meine Instinkte.«

Ihr Eigensinn und die Gefahr, in der sie schwebten, machten Rool so wütend, daß seine Antwort weit grimmiger ausfiel, als er beabsichtigt hatte.

»Verschon mich damit!« fauchte er sie an. »Wann hast du in deinem bisher wohlbehüteten Leben jemals deine Instinkte gebraucht? Oder Gelegenheit gehabt, welche zu entwickeln?«

»Ich weiß, was ich weiß.« Ihre Stimme zitterte ein ganz klein wenig, doch davon abgesehen, hielt sie ihre Emotionen fest im Zaum. Es war das einzige Anzeichen, wie sehr sie seine Worte getroffen hatten. »Ich fühle, was ich fühle. Und das kann oder will ich genausowenig verleugnen wie die Freundschaft mit dir. Egal, wie töricht das vielleicht klingen mag.«

Sie ließ ihm gar nicht die Zeit für eine Antwort. Noch bevor sie zu Ende gesprochen hatte, stemmte sie sich hoch, schwang sich über den Kamm der Bergschulter und machte sich, ihren Umhang fest um ihre Schultern und über den Kopf ziehend, ohne das geringste Zögern daran, geduckt den Abhang hinabzuklettern. Rool sprang hinter ihr her, doch mit ihren langen Beine konnte er nicht Schritt halten. Dafür, daß sie keinerlei Übung in den Künsten des Jägers oder Kriegers hatte, bewegte sie sich mit erstaunlicher Sicherheit über den steilen Hang. Geschickt die Unebenheiten des Geländes ausnutzend, huschte sie von Deckung zu Dekkung, wobei der dunkle Stoff ihres Umhangs ein übriges tat, um sie wie einen Schatten unter Schatten wirken zu lassen.

»Was habt ihr getan?« schrie Bastian in Gedankensprache, um sich sowohl bei dem Brownie wie auch bei dem Mädchen Gehör zu verschaffen.

»Zur Hölle damit!« keifte Rool in derselben Weise zurück.

»Du solltest lieber fragen, was tut *sie?«*

»Ruhe, ihr zwei!« kam Eloras herrische Antwort mit einer solchen Schärfe, daß sowohl der Adler wie auch der Brownie auf der Stelle eingeschüchtert verstummten. »Wenn ihr mir schon nicht helfen wollt, dann könntet ihr wenigstens versuchen, alles nicht noch schwieriger für mich zu machen. Ich kann mich nicht konzentrieren, wenn ihr beide in meinem Kopf durcheinanderkreischt.«

»Was hast du vor?« fragte Rool, nach Kräften bemüht, seine Angst nicht zu zeigen.

»Das Licht kommt aus dem ersten Stockwerk.«

»Das hat nichts zu sagen. Halte dich vom Erdgeschoß fern. Oger mögen die Dunkelheit und hassen jede Art von Höhe. Wahrscheinlich sind sie beide im Erdgeschoß. Und du kannst auch nicht mit Hilfe eines Zaubers nach drinnen kommen, denn das würden die andern drei aus dem Feenland sicher sofort bemerken.«

»Dann muß ich also von oben kommen?«

Er schnaubte abfällig. »Hast du etwa vor, eine Wand von vierzig Fuß hochzuklettern?«

»So glatt sind die Wände auch wieder nicht, Rool. Es gibt sicher Griffe, an denen man sich festhalten kann.«

»Du bist nicht bei Trost, Kind! Haben deine Torheiten denn nie ein Ende? Ich flehe dich an, laß das sein, solange du noch die Möglichkeit dazu hast.«

»Bastian!« rief sie in Gedankensprache. »Ich habe ein Seil an einer Wurzel befestigt, die als Anker funktionieren müßte. Kannst du es auf das Dach des Turms bringen?«

»Sag nein, Bastian!« rief Rool. »Sag um Himmels willen nein!«

»Ich bin zweimal um den Turm herumgeflogen, Rool«, erwiderte der Adler. »Ich muß Elora recht geben. Es sind mehr in dem Turm, als du riechen konntest. Ich glaube, sie haben einen Gefangenen.«

»Wenn es niemand ist, den wir kennen, wieso sollten wir ihm dann helfen?«

»Wenn du so fragst«, erwiderte Elora spitz, »dann erübrigt sich jede Antwort.«

Die Schwingen des Adlers peitschten die Luft, als Bastian herabstieß und das emporgehaltene Seil mit seinen Klauen packte, um es an den gewünschten Ort zu bringen. Als Elora den Turm erreicht hatte, kauerte sie sich in den Schatten der Mauer, deren behauene Quader mit dem natürlichen Fels verschmolzen, auf dem der Turm errichtet war. Sie fühlte sich ganz und gar nicht so zuversichtlich, wie sie die beiden hatte glauben machen wollen. Ihr Herz hämmerte, und der kalte Schweiß auf ihrer Haut ließ sie frösteln.

Sie wollte nicht hier sein. Nur zu gerne hätte sie Rools Wünschen Folge geleistet und sich Hals über Kopf wieder aus dem Staub gemacht. Doch sie wußte, wenn sie dies tat, würde sie sich das ihr ganzes Leben lang nicht verzeihen.

Sie zog an dem Seil, um zu prüfen, wie fest es verankert war. Es gab nicht nach und rutschte auch nicht zur Seite. Gut so. Wenn sie die Wand möglichst geräuschlos erklimmen wollte, würde sie sie auf Zehenspitzen emporlaufen müssen, was bedeutete, daß sie ihr ganzes Gewicht mit Armen und Schultern emporziehen mußte.

Sie streifte sich ein Paar Lederhandschuhe über, holte tief

Luft, um ihren Magen und ihre Nerven zu besänftigen, und zog sich am Seil empor.

In überraschend kurzer Zeit erreichte sie die Brustwehr, schob sich darüber und glitt lautlos wie eine Katze auf das Dach. Sie drückte sich tief in den Schatten der Brustwehr und machte sich so klein, wie sie nur konnte. Reglos verharrte sie so eine Weile und starrte mit weit aufgerissenen Augen in die noch schwärzere Dunkelheit der Treppenöffnung. Sie konnte den flackernden Widerschein eines Feuers ausmachen, der von tief unten bis in die dunklen Regionen unter dem Dach des Turms emporgeisterte. Und ein Gewirr von Lauten, die ihre Seele bedrückten, stieg zu ihr auf. Noch nie hatte sie so viel Haß oder so viel Lust und Vorfreude, anderen Schmerzen und Qualen zuzufügen, gefühlt.

Geräuschlos legte sie ihren Umhang ab und nahm wieder ihre Axt in die Faust. Den Rücken der Wand zugekehrt, tastete sie sich vorsichtig Stufe um Stufe die geschwungene Treppe hinab. Die Dunkelheit stellte kein Problem für ihre MagierSicht dar, mit der sie den Raum so deutlich wie im hellsten Tageslicht sah.

All die Fähigkeiten, die ich besitze, betrachte ich wie etwas Selbstverständliches, schoß es ihr plötzlich durch den Kopf, *meine MagierSicht, die EinSicht, die Fähigkeit, mit anderen Kreaturen und Mächten dieser Welt sprechen und sie verstehen zu können … Was geschieht mit ihnen, wenn der Betrüger die Magie stiehlt, aus der diese Fähigkeiten erwachsen?*

Sie verzog das Gesicht, als ihr bewußt wurde, mit welcher Naivität sie in die Gedankenfalle gestolpert war, anzunehmen, es sei vorherbestimmt, daß er am Ende triumphieren werde. Es war der hoffnungslose Tonfall gewesen, mit welchem die anderen immer über die Maizan und ihren Anführer gesprochen hatten, der sie dazu verleitet hatte, es selbst zu glauben. *Wenn ich das wirklicht glaube,* mahnte sie sich selbst mit beißender Strenge, *dann brauche ich mich ihm gar nicht zum Kampf zu stellen. Dann kann ich gleich kapitulieren und es hinter mich bringen. Der Betrüger hätte sicherlich nichts dagegen einzuwenden.*

Sie schob die Gedanken beiseite, um sich ein andermal damit zu befassen, und durchquerte, ihre Schritte mit größter Vorsicht setzend und darauf vertrauend, daß ihre Füße knarrende Dielen erkennen würden, ehe sie darauf traten, das oberste Stockwerk.

Der Turm war ebenso gründlich verwüstet worden wie die Häuser des Dorfes. Alles, was zerstört werden konnte, war kurz und klein geschlagen worden, und die Trümmer der Verwüstung lagen über den ganzen Raum verstreut.

Vom nächsten Treppenabsatz bot sich ein relativ guter Blick in das darunterliegende Stockwerk. Hier brauchte sie ihre MagierSicht nicht, denn Fackeln und ein hoch loderndes Feuer in einem Kamin warfen mehr als genug Licht. Zu Eloras Leidwesen konnte sie nicht den ganzen Raum überblicken, wollte sie nicht den Kopf durch die Treppenöffnung stecken und das Risiko eingehen, entdeckt zu werden. Sie kramte ihren Spiegel aus ihrem Beutel, legte sich bäuchlings auf den Boden und schob das polierte Rechteck über den Rand der Öffnung.

Sie konnte auf Anhieb vier Gestalten ausmachen. Zwei aus dem Großen Feenland, wie Rool gesagt hatte, hochgewachsen und schlank wie alle ihrer Rasse, deren ebenmäßiger, langgliedriger Wuchs und Feinheit der Gesichtszüge die ungeheure Kraft, die in ihnen steckte und die eines jeden Daikini bei weitem übertraf, nicht erahnen ließ. Ihre Gesichter besaßen eine geradezu überirdische Schönheit, doch sie nach menschlichen Maßstäben zu beurteilen oder sie gar als menschlich einzustufen, hatte für den Betreffenden schwerwiegende, meist nicht wiedergutzumachende Folgen. Die Hochelfen, die das gesamte Große Feenland bewohnten, trugen in ihrem Gebaren einen natürlichen Hochmut zur Schau, der von ihrer Überzeugung herrührte, daß sie das bedeutendste und größte der Reiche verkörperten, die den Kreis des Fleisches bildeten. In den Gesichtern dieser beiden manifestierte sich diese auf alles und jeden herabblickende Arroganz in einem Ausdruck erbarmungsloser Verachtung für die Gestalt, die gefesselt vor ihnen lag. Wie Elora deutlich in ihren Zügen lesen konnte, nahm diese

Verachtung den Bewohner des Kleinen Feenlands, der als ihr Verbündeter neben ihnen stand, keinesfalls aus.

So wohlgestaltet und prachtvoll anzusehen die beiden Hochelfen waren, der Kobold neben ihnen war das schiere Gegenteil. Während die Elfen in feine Stoffe gekleidet waren, so hauchdünn, als seien sie auf die Haut gemalt, war der Kobold in Lumpen gehüllt, die er seinen Mordopfern mit Freude vom Körper gerissen hatte. Kobolde waren etwa halb so groß wie Daikini und wurden wegen ihrer Größe und ihres äußeren Anscheins oft für verirrte Kinder der Daikini gehalten; ein Eindruck, den sie mit Hilfe infamer Zauberkünste noch verstärkten, indem sie ihnen ein geradezu engelhaftes Aussehen verliehen. Nur aus nächster Nähe konnte man die Wahrheit hinter ihren Masken erkennen: grauenvolle Gesichter von solch abgrundtiefer Abscheulichkeit, daß selbst Trolle einen Vergleich nicht zu scheuen brauchten. In ihren Mäulern hatten sie mehr Zähne als ein Hai, und die langen Klauen an ihren Fingern und Zehen waren furchtbare Waffen. Sie liebten es, ihr Haar zu Zöpfen zu flechten, in die sie rasiermesserscharf geschliffene Stein- oder Kristallsplitter knoteten, so daß sie mit einer plötzlichen Drehung des Kopfes ein Gesicht bis auf die Knochen zerfetzen konnten.

Dieser Kobold hatte anscheinend Mühe, seinen Engelszauber über längere Zeit hinweg aufrechtzuerhalten, oder aber er sah keine Notwendigkeit dafür, denn sein Gesichtsausdruck wechselte in unsteter Folge vom Engelhaften zum Monströsen und wieder zurück, wobei sich oft beides zugleich in seinen Zügen vermengte. Der Gefangene ertrug diese grauenvolle Zurschaustellung innerer Abgründe mit trotziger Verachtung. Er war rücklings über einen Amboß gefesselt, seine Handgelenke und Knöchel so fest aneinandergebunden, daß sich sein Körper wie ein Bogen spannte. Auch über seinen Hals spannten sich Fesseln, so daß er nur Luft bekam, wenn er in dieser mörderischen Stellung verharrte. Mit jedem Versuch, die furchtbare Spannung seiner Wirbelsäule zu lindern, würde er sich selbst erdrosseln.

Er war nackt, bis auf einen Lendenschurz, und Elora

konnte nur zu deutlich sehen, daß seine bisherige Gefangenschaft eine harte Zeit für ihn gewesen war. Die eine Hälfte seines Gesichts war stark geschwollen, das Auge fast völlig geschlossen, und sein Körper war übersät mit blutunterlaufenen Flecken, Schürfwunden und Kratzern, die von einer schwarzen Kruste aus Staub und Blut bedeckt waren. Einige der Kratzer waren frisch – offenkundig das Werk des Kobolds, der auch jetzt wieder seine Klauen spielerisch über die Haut des Gefangenen zog, aus der sofort frisches, helles Blut hervorsickerte.

»Zuerst wird er gegrillt«, schnatterte der Kobold fröhlich, »dann wird er gekillt!«

»Zur richtigen Zeit«, wies ihn eine der Elfen zurecht, »und auf die gebührende Art.«

Der Kobold machte ein widerliches Geräusch.

»Sein Opfertod wird diesem Land unser Siegel aufdrükken und es für alle Zeiten auf die andere Seite des Schleiers rücken. Du kannst mit ihm spielen, soviel du willst, solange du ihn nicht verstümmelst oder ihm eine Verletzung zufügst, an der er stirbt. Wenn du es wagen solltest, uns in dieser Beziehung zu enttäuschen, wirst du Qualen erleben, vor denen die seinen verblassen.«

Die Hochelfe sprach diese Drohung mit einer unbeteiligten Miene aus, als würde sie Toast zum Frühstück bestellen, doch der Kobold krümmte sich unter ihren Worten, als hätte sie ihm mit einer Peitsche das Fleisch bis auf die Knochen durchschnitten.

Elora hatte genug gesehen und gehört. Dem Ganzen mußte ein Ende bereitet werden, doch sie hatte nicht die geringste Vorstellung, wie. Sie fragte sich gerade, wohin die Oger verschwunden waren, als eine Hand, so groß wie ihr Kopf, in ihrem Blickfeld auftauchte, ihren Arm packte und sie durch die Treppenöffnung hinabzog.

Als Elora fiel, ließ die Hand ihren Arm los. Sie hatte keine Chance, sich zu fangen, ehe sie auf den Stufen aufschlug. Sie krachte mit gekrümmtem Rücken auf eine Kante und registrierte mit Entsetzen, daß ein Teil ihres Körpers steif und gefühllos wurde. Sie überschlug sich ein paarmal, doch dann gelang es ihr, sich im Fallen von den Stufen wegzustoßen, und sie landete auf dem Boden neben dem Amboß, auf den der Daikini gefesselt war. Es war nicht gerade das, was man einen eleganten Auftritt nennen konnte – der Länge nach auf den Bauch hingestreckt und vor ihren Augen mehr explodierende Sterne und umherzischende Sternschnuppen, als sie je am Himmel gesehen hatte.

Der Oger packte mit seiner riesigen Hand ihren Kopf und stellte sie auf die Beine, während der Kobold bereits mit genüßlicher Vorfreude seine Klauen spielen ließ.

Keine dieser Kreaturen war eine große Geistesleuchte; sie hatten keinen Schimmer, wen sie in ihre Gewalt gebracht hatte. Doch die Hochelfen erkannten sie sofort.

»*Töte sie!*« schrie die eine.

»*Nein!*« die andere.

Im selben Augenblick ließ Rool den ersten Pfeil von der Sehne seines Bogens durch die Schießscharte schnellen, in der Bastian ihn abgesetzt hatte. So mancher hatte schon den Fehler begangen, sich angesichts der Pfeile der Brownies in Spott zu ergehen, denn sie sind so winzig wie die Bogenschützen selbst. Doch noch keiner, den ein solcher Pfeil getroffen hat, ist je auf die Idee verfallen – falls er dazu überhaupt noch in der Lage war –, über das Gift zu spötteln, mit dem diese Pfeile getränkt sind. Bereits der kleinste Nadelstich kann einen ausgewachsenen Daikini bewußtlos machen. Darüber hinaus können Brownies in extremen Situationen ihre Pfeile mit einem Quantum ihrer eigenen Lebenskraft durchtränken, was ihren Pfeilen die Gewalt von Donnersteinen verleiht.

Bei einem Oger, insbesondere wenn er mit einem Zusammenpressen seiner Finger Eloras Kopf wie eine Tomate zerquetschen konnte, ließ Rool sich auf kein Risiko ein.

Schneller als das Auge folgen konnte, legte er nacheinander drei Pfeile auf die Sehne und schoß sie mit dem ganzen Zorn, den ein Browniejäger aufbringen kann, in sein Ziel. Sie hinterließen in der Luft Feuerspuren, als sie quer durch den Raum zischten. Der erste traf den Oger an der Spitze seiner Wirbelsäule, der zweite in der Mitte und der dritte an der Basis, und alle drei verwandelten den riesenhaften Körper des Ogers in eine willenlose Puppe, die von Rools rasendem, seinen Pfeilen innewohnendem Zorn bis an die gegenüberliegende Wand geschleudert wurde. Er war bereits tot, bevor er gegen die Wand krachte.

Im selben Sekundenbruchteil nutzte Elora ihre Macht über das Feuer und erstickte alle Flammen im Raum. Alle Fackeln, Kerzen und das offene Feuer erloschen bis auf den letzten Glutbrocken, und der Raum war plötzlich so dunkel wie die tiefste Nelwyn-Mine. Sie machte einen Satz vorwärts, die Ellbogen nach vorn gestreckt, um den Angriff des Kobolds abzuwehren, und versetzte ihm, ehe die Kreatur seine mit Steinspitzen bewehrten Zöpfe nach ihr schleudern konnte, einen kräftigen Fußtritt, der den Kobold in die Ecke schleuderte. Mit einem weiteren Schritt war Elora bei dem Gefangenen. Die Fesseln waren dick, doch das Messer, das sie aus der Scheide in ihrem Stiefelschaft zog, war scharf und zerschnitt sie mit Leichtigkeit. Sie ging bei der Befreiung nicht gerade sanft vor. Sobald die Fesseln gefallen waren, zerrte sie den Daikini von dem Amboß herunter und hinüber zu dem in die Wand neben dem Kamin vertieften Holzfach. Er gab keinen Laut von sich, wofür sie dankbar war, obwohl das Ganze für ihn sicherlich eine harte, schmerzhafte Prozedur war. Sie hoffte nur, daß dies nicht bedeutete, daß es bereits zu spät und der Daikini tot war.

Die MagierSicht war ihre Rettung. Sie konnte sehen. Die anderen – obgleich ihr Augenlicht dem eines Daikini normalerweise weit überlegen war – konnten den plötzlichen Wechsel von Helligkeit zu völliger Dunkelheit nicht so leicht vollziehen wie sie. Ein paar kostbare Augenblicke lang waren sie völlig blind.

Sie drückte dem Gefangenen den Griff ihres Dolchs in die Hand, schloß seine Finger darum und huschte zur Treppe, wo ihre Axt zu Boden gefallen war. Der Kobold stellte ihr im Vorüberlaufen ein Bein, und Elora stürzte der Länge nach zu Boden, wobei ihre Arme unter ihren Körper gerieten und in solch prekärer Weise eingeklemmt wurden, daß sie sich nicht sogleich wieder auf die Beine rappeln konnte. Sie fühlte, mehr als sie es hörte, ein Zischen in der Luft, als der Kobold den Kopf herumruckte, und stöhnte auf vor Schmerz, als einige der rasiermesserscharfen Steinsplitter durch ihre Kleider bis auf die Haut schnitten. Der Kobold hob den Arm, um Elora seinen Dolch in den Rücken zu stoßen, doch er kam nicht mehr dazu, denn ein weiterer von Rools Pfeilen nagelte ihn an die Wand. Mit einem heiseren Schrei stürzte der Gefangene aus seinem Versteck und stieß ihm Eloras Dolch bis zum Heft in die Brust.

Mit einem verzweifelten Satz versuchte Elora, die Axt zu erreichen, und stieß einen erschreckten Schrei aus, als zwei miteinander kämpfende und ineinander verkeilte Gestalten gegen sie prallten. Die beiden Hochelfen waren dabei, sich gegenseitig an die Kehle zu gehen, die eine ebenso entschlossen, Elora zu töten, wie die andere, sie zu verteidigen. Leider war ihre Beschützerin die Unterlegene bei dem unerbittlichen Messerkampf. Im selben Augenblick, als Elora nach ihrer Axt griff, bereitete der Knochendolch der einen Hochelfe dem Kampf ein jähes Ende. Die Siegerin verlor durch den Stoß, mit dem sie sich ihrer toten Artgenossin entledigte, einen Moment lang das Gleichgewicht und stand, als sie zu Elora herumwirbelte, auf zu unsicheren Beinen, um deren Hieb mit der Axt, die sie mit beiden Händen wie eine Sense führte, zu parieren. Die Axt traf sie mitten ins Gesicht, allerdings nicht mit der Schneide, sondern mit der flachen Seite, denn Elora hatte viel zu viele Fragen, um die Hochelfe tatsächlich töten zu wollen. Sie krachte auf den Boden wie ein gefällter Baum und rührte sich nicht mehr.

Elora sank auf die Knie, mit hämmerndem Herzen und pumpenden Lungen, während sich auf ihrem Gesicht ein immer breiter werdendes Grinsen abzeichnete, als ihr allmählich dämmerte, daß sie und ihre Freunde den Sieg davongetragen hatten. Den zweiten der beiden Oger hatte sie völlig vergessen.

Er hielt sich nicht mit den Stufen auf und war auch nicht im geringsten beeindruckt von dem Steinfußboden. Einen Atemzug lang war noch alles bestens. Beim nächsten schossen zwei mächtige Fäuste aus dem Steinboden, und Steinbrocken und Splitter jeglicher Größe flogen mit der Wucht von zersplitternden Kanonenkugeln durch die Luft. Sein Brüllen war so markerschütternd, als könnte es den ganzen Turm zum Einsturz bringen, und mit einem einzigen Seitenhieb seines Arms fegte er den Amboß aus seiner Verankerung und auch noch durch die Mauer des Turms hindurch.

Panik trieb Elora die Stufen zum Dach des Turms hinauf, doch sie konnte den Daikini, den sie soeben unter Einsatz ihres Lebens gerettet hatte, nicht alleine zurücklassen. Der Oger zog ein Bein aus dem Loch, das er gemacht hatte, und drehte seinen riesenhaften Körper herum, um Elora im Auge zu behalten, die er als die größte Bedrohung ausgemacht hatte. Rool hatte auf das Auftauchen des zweiten Oger noch nicht reagiert, und Elora fürchtete plötzlich, er könnte von den umherfliegenden Steinbrocken getroffen worden sein. Der Oger grinste und entblößte seine mächtigen Zähne in freudiger Erwartung auf das frische Fleisch seiner Beute.

Alles, woran sie in diesem Augenblick denken konnte, war das Hinterzimmer, das sie in einem der Häuser gesehen hatte, und das, was diese Kreatur oder einer seiner Artgenossen dort angerichtet hatte. Zugleich aber senkte sich eine Ruhe über Elora, eine Gelassenheit, wie sie sie bisher nicht gekannt hatte. Sie hatte nichts von ihrer Angst verloren, sie hatte sie einfach nur vorläufig beiseite geschoben. Sie hielt die Axt mit beiden Händen, auf ihrer Schulter ruhend und bereit zum Hieb, und balancierte ihren Körper auf den Zehenballen.

Wie immer dies enden würde, der Oger würde wissen, daß er seine Beute nicht ohne Kampf bekommen hatte.

Bastian war als erster bei ihm: Er schoß mit seinem unverwechselbaren Jagdschrei durch die Treppenöffnung vom Dach herab, der in dem engen Raum so laut und durchdringend gellte, daß er in den Ohren schmerzte. Selbst der Oger zuckte gepeinigt zusammen. Er fuhr zu dem Geräusch herum, doch Bastian war zu schnell für ihn; der Koloß sah die Klauen nicht einmal, die ihm sein Augenlicht raubten. Er brüllte auf vor Schmerz, und wild um sich schlagend und mit den Händen durch die Luft krallend, versuchte er vergeblich, seinen Peiniger zu fassen zu kriegen und zu zerfetzen. Aber Bastian war mit einer schier unglaublichen Wendung seiner Schwingen und seines Körpers bereits außerhalb seiner Reichweite. Doch der Raum war zu klein für Flugmanöver eines Adlers von Bastians Größe. Um eine Kollision mit der Wand zu vermeiden, spreizte Bastian seine Schwingen in ihrer ganzen Breite und peitschte mit ihnen dann, um nicht an Höhe zu verlieren, die Luft mit solcher Kraft, daß der Oger keine Mühe hatte, dem entstehenden Luftsog zu folgen. Ein Hieb des Ogers traf Bastian quer über die Brust, zwar nur mit den Fingerspitzen, doch dies genügte, den Adler betäubt zu Boden stürzen zu lassen.

Mit der einen Hand tastete der Oger nach dem Adler, um das Ziel für die andere auszumachen, die er jetzt, zur Faust geballt, erhob, um Bastian zu Brei zu schlagen. Mit einem gellenden Schrei stürzte Elora vorwärts, schwang dabei die Axt von ihrer Schulter herab mit beiden Händen in weitem Bogen und grub deren Schneide schließlich tief in die Kniekehle des Ogers. Der Hieb war mit solcher Wucht geführt, daß die Kreatur zurücktaumelte und nach hinten fiel, doch Elora wußte, daß dies nicht genügen würde.

Sie überlegte nicht, was sie tun mußte, sie tat es einfach. Ihre Muskeln, von dem stundenlangen Hämmern von Eisen gestählt, hoben die Axt über ihren Kopf, und als der Oger auf den Boden krachte, führte sie sie abwärts, und ihre schimmernde, wohl geschärfte Schneide grub sich tief in seinen Hals.

Nun wußte sie, daß der Kampf wirklich vorbei und tatsächlich und endgültig gewonnen war.

Doch kein Grinsen zeigte sich diesmal auf ihrem Gesicht, als sie den Griff der Axt losließ.

»Rool!« schrie sie, und ihre Stimme klang vor Erschöpfung und Sorge heiserer, als sie eigentlich war. »Du verdammter Brownie, antworte mir, wenn ich dich rufe! *Rool!*«

Sie ignorierte das Schweigen und eilte an Bastians Seite, um erleichtert festzustellen, daß der Adler keine bleibenden

Schäden davongetragen hatte. Er war zwar benommen und ein wenig zerfleddert, aber nichts war gebrochen. Der gefangene Daikini hatte weniger Glück gehabt. Der Dolchstoß ins Herz des Kobolds hatte seine letzte Kraft gefordert. Als Elora nach seinem Puls suchte, war seine Haut so kalt, daß sie keinen Augenblick daran zweifelte, daß er tot war. Zu ihrer Überraschung fühlte sie jedoch einen schwachen Herzschlag und einen kaum merklichen Atem.

Dann näherte sie sich der Hochelfe.

»Seid vorsichtig, Königliche Hoheit«, ertönte Rools warnende Stimme. Das Gesicht und der Wams des Brownies waren voller Blut, doch weder in seiner Haltung noch in der Art, wie er den Pfeil in seinem gespannten Bogen auf die Elfe gerichtet hielt, war irgendeine Schwäche zu erkennen.

Die Elfe, die die Warnung gehört hatte, spuckte aus.

»Achtung, das ist ein zähes Luder«, warnte Rool erneut.

»Aber sie sieht gar nicht gut aus, Rool.«

»Sie stirbt.«

»Du hast mich erschlagen, Cherlindreas Verderben«, flüsterte die Elfe mit brüchiger Stimme.

»Nenn mich nicht so!« zischte Elora schneidend und wandte sich dann fragend an Rool: »Wovon redest du? Ich hab' sie kaum berührt.«

»Du hast ihr Blut vergossen.«

»Und wenn schon. Ich hab' sie mit der flachen Seite der Klinge getroffen. Es kann nicht so schlimm sein.«

»Diese Klinge ist aus geschmiedetem Stahl. Pures Gift für jemanden wie sie.«

»Wahrlich«, flüsterte die Elfe, »du bist der Zerstörer.«

»Nein!«

»Du bist der Betrüger, der Rettung verspricht und für uns alle den Untergang bringt.«

»Nein!«

»Im Vergleich zu dir war Bavmorda ein Segen.«

Mit jedem Satz wurde das Licht in ihren Augen schwächer. Und die letzten Worte hauchte sie mit ihrem letzten Atemzug.

Elora schien es gar nicht bemerkt zu haben. Sie stand vor der Hochelfe, außerhalb ihrer Reichweite, und starrte mit flackerndem Zorn in den Augen auf sie hinab, als wollte sie die Kreatur mit schierem Willen wieder ins Leben zurückrufen, um ihr auch zu ihrer letzten Anschuldigung das gebührende Nein entgegenzuschleudern. Um sie zu überzeugen, daß das alles nicht wahr war.

Rool ließ seinen Bogen sinken und sah sich nach einer Möglichkeit um, wie er von der Stufe, auf der er stand, herabkommen könnte, um der Elfe die Augen zu schließen. Elora war vor ihm dort, und nachdem sie der Elfe diesen letzten Dienst erwiesen hatte, wandte sie sich der nächsten zu, um dasselbe auch für sie zu tun, wobei sie einen stummen Dank dafür mitsandte, daß sie ihr Leben für sie geopfert hatte.

»Ich hab' es dir gesagt«, brummte Rool, als Eloras Blick den seinen fand. Er hatte sich auf einer der Stufen mit dem Rücken gegen die Mauer des Turms sinken lassen und riß nun den Mund zu einem gewaltigen Gähnen auf, mit dem er seinem Körper Tribut für die ungeheure Anspannung zollte, die er ihm abverlangt hatte.

»Sie hat *mich* Betrüger genannt. Und das andere, was sie noch gesagt hat – über Bavmorda!«

»Bavmordas Herrschaft war streng, Elora Danan, aber in ihrer Welt gab es eine feste Struktur. Gesetze und Regeln, die ein Überleben möglich machten und manchem sogar Wohlstand brachten. Es war keine angenehme Zeit, aber man wußte, woran man war. Im Vergleich dazu ist die Welt, in der wir heute leben, das reinste Chaos.«

»Wir versuchen doch, die Dinge besser zu machen, Rool!«

»Ich weiß. Dasselbe hat auch diese arme Seele versucht.« Er deutete auf die Elfe, die zu Eloras Füßen lag.

»Das ist alles so abgrundtief falsch!« stieß sie mit grimmiger Erbitterung hervor. »So habe ich mir das nicht vorgestellt. So, wie sie jetzt ist, sollte die Welt sicher nicht sein.«

»So ist sie aber.«

Sie holte tief Luft. »Und so, wie sie ist, müssen wir uns ihr stellen. Auch das schönste Jammern macht einen schlechten Guß nicht besser, hat Torquil immer gesagt. So oder so, du mußt einen Weg finden, das Beste draus zu machen.«

»Ein selten kluger Gedanke für einen Nelwyn.«

Rools zaghafter Versuch, einen Scherz zu machen, brachte ihm den Anflug eines Lächelns von Elora ein, das jedoch wieder verschwand, als sie sich umwandte, um das ganze Ausmaß des Blutbads zu überblicken.

»Ich habe noch nie in meinem Leben einen solchen Kampf erlebt, Rool«, flüsterte sie. »Ich habe noch nie …«

»Ich weiß, mein Kind.«

»Ich glaube, mir wird schlecht.«

Sie stand in der Mitte des Raums und wünschte sich, die Dunkelheit würde sie ebenso völlig blind machen wie jeden gewöhnlichen Daikini. Der Boden war bedeckt vom Blut des Ogers, und sie konnte seinen bitteren Geruch auf ihrer Haut und ihren Kleidern riechen. Sie fühlte eine schmerzende Leere tief in ihrer Brust und ein entsetzliches Gefühl des Verlusts, das bereits in ihr nagte, seit sie das erste der zerstörten Häuser betreten hatte. Der Kampf hatte dieses Gefühl nicht im geringsten gelindert. Die Waagschalen in diesem Massaker waren nun vielleicht ein wenig mehr ausgeglichen und die Toten gerächt, doch für Elora vermochte der Tod der einen den Tod der anderen nicht aufzuwiegen.

Sie setzte ihre Schritte vorsichtig über die Glieder der Toten hinweg und nahm Bastian sanft auf ihren Arm, wobei sie mit größter Behutsamkeit darauf achtete, daß sich seine Schwingen auf die richtige Weise an seinen Körper falteten. Dankbar stellte sie fest, daß sie sich leicht und offenbar ohne Schmerzen bewegten. Sie streckte ihren linken Arm als Sitzplatz für ihn aus und fühlte, wie sich seine Klauen behutsam um ihren Unterarm schlossen, während sein Körper und sein Kopf gegen ihre Brust sanken. Trotz seiner Größe und der Kraft, die in dem mächtigen goldenen Adler steckte, war es für Elora immer wieder ein Rätsel, wie verhältnismäßig wenig er dank seiner hohlen Knochen wog.

Auf dem Weg nach draußen nahm sie auch Rool auf, bevor sie die letzte der Treppen zum Erdgeschoß hinabstieg und von dort ins Freie hinaustrat. Weder der Brownie noch der Adler fragten, was ihre MagierSicht ihr in dem engen, stinkenden Raum enthüllte, und es von sich aus zu berichten, verspürte sie keine Lust.

Sie fand einen Rastplatz für die beiden ein Stück oberhalb des Turms und der Straße auf einem Felshöcker und kehrte dann in den Turm zurück, um den Gefangenen zu holen. Schließlich ging sie ein letztes Mal zurück, um ihren Umhang zu holen und was sie von den Habseligkeiten des Daikini finden konnte.

»Sollen wir ihn tragen?« fragte Rool, als sie wieder zurückkam.

»Er würde das keine Stunde überstehen.«

»Was dann? Warten, bis sich das Problem von selbst gelöst hat?«

»Ich könnte versuchen, ihm zu helfen.«

Sie machte sich daran, mit Hilfe einiger Strohsäcke, die sie aus den Ruinen der Häuser herbeischleppte, dem Mann ein einigermaßen bequemes Lager zu bereiten, auf dem auch für Rool und Bastian und sie selbst Platz war. Wie nicht anders zu erwarten, bestand der Brownie darauf, daß er völlig in Ordnung sei und solch eine Spezialbehandlung nicht nötig habe. Elora ignorierte sein Gezeter und fuhr fort, ihr Vorhaben in die Tat umzusetzen.

Erneut leistete ihr Umhang wertvolle Dienste als Dach eines Unterstands, doch diesmal hatte sie besser geeignete Stangen zur Hand, um ein richtiges Gerüst zu bauen. Dann legte sie ihre Steine aus, dicht bei Bastian und dem Daikini, und sang Wärme in sie zurück, um die Abendkälte zu vertreiben.

»Der Sommer ist bald vorbei«, stellte sie im Plauderton fest, während sie die Flammen für ein kleines Feuer anfachte. »Eine solche Kälte hätte ich selbst hier im Hochland erst in einem Monat oder noch später erwartet.«

»Das sagt dir wohl deine große Erfahrung, wie?«

»Du bist nicht der einzige, der den Lauf der Welt beobachtet und der zuhört, was die Leute sagen. Die Händler und Viehtreiber auf dem Bazar haben den ganzen Sommer über geklagt. Später Frühling, kalter Sommer – weniger Futter für das Vieh als in anderen Jahren und weniger Wild. Alle haben über das Wetter geredet – beinahe so viel wie über die Maizan. Keiner wollte die lange Reise auf sich nehmen. Und viele, die doch kamen, haben es nur getan, weil sie keine andere Wahl hatten. Sie konnten es kaum erwarten, wieder wegzukommen, und rechneten nicht damit, je wiederzukommen. Weshalb haben alle so große Angst, Rool?«

»Du fragst einen Brownie, warum Daikini sind, wie sie sind?«

»Der einzige verfügbare Daikini scheint nicht in der Stimmung für Konversation zu sein.«

Sie machte für sich, Rool und den Daikini eine Brühe und fand in ihrem Reisebeutel auch Fleisch für Bastian. Sie hatte keinen besonders großen Hunger und saß mit überkreuzten Beinen am Feuer gegenüber dem Daikini, den sie mit konzentriertem Blick betrachtete.

»Du hast vor, etwas Törichtes zu tun, hab' ich recht?«

Sie verzog den Mund zu einer schiefen Grimasse in seine Richtung, was ihn zu einem bekümmerten Kopfschütteln veranlaßte.

»Elora, Elora«, seufzte er.

»Ich kenne mich nicht aus mit Heilungszaubern.«

»Cherlindrea sei gepriesen für diesen Segen.«

»Aber ich habe von Thorn und Torquil gelernt, wie man die in allen lebenden Dingen innewohnende Kraft anfacht. Wenn ich in Steinen die Erinnerung daran, wie es war, als sie warm waren, wachrufen kann, weshalb dann nicht auch bei einem Menschen, wie es war, als er noch gesund und bei Kräften war?«

»Ein Stein ist kein Mensch. Sein Wesen ist einfach, so wie auch seine Aufgabe einfach ist, die er zu erfüllen hat.«

»Ich wüßte nicht, wie ich ihm sonst helfen könnte, Rool.«

»Nicht jedem kann geholfen werden, Elora. Manche muß man auch gehen lassen.«

Sie wiegte skeptisch den Kopf; einerseits mußte sie ihm ja

recht geben, andererseits drängte es sie jedoch, ihm auf das leidenschaftlichste zu widersprechen. Diesmal siegte die Leidenschaft über die Vernunft.

Sie setzte sich zu dem Daikini und ließ eine für sie nicht unbedingt charakteristische Ruhe aus der Mitte ihres Wesens fließen, die sie wie eine Decke umhüllte. Die Flammen des Feuers flackerten mit neuer Kraft empor und sandten einen Wirbel tanzender Funken in den Nachthimmel. Je wilder die Flammen loderten, um so ruhiger wurde Elora. Ihre Haut schimmerte im Feuerschein rot und golden wie poliertes Metall. Mehr und mehr verblaßte in Elora die Empfindung, von der Welt, in der sie sich befand, getrennt zu sein. Ihr Fleisch und die Welt wurden eins: Die Wärme des Bluts, das durch ihre Adern floß, war wie die Hitze der Lava, die unter der Erdkruste dahinströmte. Und ganz allmählich und auf wundersame Weise wurde die Kraft der Welt zu ihrer Kraft.

Ohne auch nur einen Finger zu rühren, dehnte sie die Grenzen ihres eigenen Wesens bis zu dem Daikini aus und versuchte, mit ihm ein ähnliches Gleichmaß herzustellen. Sein Herzschlag war deutlich schneller, doch die Kraft jeder Kontraktion wurde von Mal zu Mal schwächer. Keine seiner Wunden war für sich alleine genommen lebensbedrohend, doch in ihrer kumulativen Wirkung waren sie tödlich. Die vielen Verletzungen schwächten seinen Körper, und er hatte zu lange von seinen Kraftreserven gezehrt, die bereits so erschöpft waren, daß er aus eigener Kraft nicht mehr gesunden konnte.

Sie gab ihm einen Teil von der ihren.

Sie machte ihren Herzschlag zu seinem und ließ ihr Herz sein Blut durch seine Adern pumpen. Gleichzeitig beruhigte sie seinen Atem, bis er langsam und tief atmete. Nachdem sie seinen Zustand auf diese Weise stabilisiert hatte, wandte sie sich nacheinander seinen Wunden zu und erinnerte das zerfetzte Fleisch daran, wie es gewesen war, als es noch heil und ganz war. Wozu der Körper des Mannes Tage gebraucht hätte, vorausgesetzt er wäre dazu überhaupt noch in der Lage gewesen, schaffte sie im Verlauf einer Nacht.

Die Energie, die diese Anstrengung forderte, kam von ihr selbst, doch die Kraft, die sie dafür benötigte, entstammte der Erde.

Die Heilung kostete sie weniger Anstrengung als Thorn, denn sein Wesen war mit der Erde verbunden, während ihres mit dem Urfeuer in ihrem Kern verknüpft war. Die Kräfte, die sie herbeirufen konnte, waren gewaltiger, aber auch launischer als die, über die Thorn gebot. Doch sie forderten auch einen höheren Tribut.

Vor allem von ihr, die sie nicht so viel Übung darin hatte wie ihr Lehrer, sich vor den negativen Auswirkungen zu schützen.

Sie hörte, wie ihr Name gerufen wurde, konnte jedoch nicht feststellen, von wem oder aus welcher Richtung.

»Ist nur gut, daß wir in einem Tal sind«, stellte Bastian fest. »Setze sie auf einen Berggipfel, und die Leute würden sie für einen Stern halten.«

»Was ist?« murmelte Elora unverständlich, denn ein Gähnen, so gewaltig, daß es ihre Kiefergelenke zu sprengen drohte, machte jeden Versuch, ein klares Wort hervorzubringen, zunichte. Der Daikini auf den Strohsäcken vor ihr wiederholte jede einzelne ihrer Bewegungen, als sei er ihr Spiegelbild.

»Du glühst«, erklärte Rool lapidar.

Sie wünschte, sie könnte sich mit den Augen ihrer Freunde sehen, doch ihr fehlte die Kraft, ihre EinSicht zu bemühen. Sie brauchte ihre ganze Aufmerksamkeit, um alle Verbindungen, die sie zwischen sich und dem Daikini errichtet hatte, zurückzuverfolgen und zu lösen – ein Vorhaben, das sich als ebenso erschöpfend erwies wie seine Heilung. Und es war um keinen Deut weniger wichtig, wenn sie sich nicht selbst in Gefahr bringen wollte.

»Elora«, rief Rool erneut verblüfft ihren Namen, wobei die nervöse Eindringlichkeit in seiner Stimme seine Verwunderung übertönte, »bei allen Himmeln, was hast du hier getan?«

Während Elora mit dem Daikini beschäftigt gewesen war, war vom Fluß Nebel aufgestiegen, der sich inzwischen auf die Berghänge und über das Dorf gelegt hatte und die grauenvollen Spuren des Blutbads einhüllte. Die weiß leuchtenden Nebelschwaden verliehen der Szenerie den trügerischen Anschein von Stille und Frieden; doch sie verschleierten nur die schreckliche Wirklichkeit und verwischten die Grenzen zwischen dem, was war, und dem, wie es hätte sein sollen.

»Irgend etwas bewegt sich in dem Nebel«, sagte Rool.

»Ich sehe es auch. Leg deinen Bogen weg, Rool, sie wollen uns nichts tun.«

»Würdest du deine Seele darauf verwetten?«

»Dafür bin ich hier.«

Sie erhob sich mit einer anmutigen Geschmeidigkeit, die gänzlich unvereinbar schien mit einem Körper, der sich vor wenigen Augenblicken noch angefühlt hatte, als sei er aus Blei gegossen. Im Nebel waren nun an den Berghängen, dort wo die Häuser gewesen waren, Lichter auszumachen. Die Mauern und Dächer der Behausungen nahmen konkretere Formen an, und die zertrampelten Gärten ließen ihre frühere Schönheit erahnen.

Gestalten tauchten auf. Gespenster zunächst – und dies waren sie auch –, die nur durch Strömungen des Nebels auszumachen waren, die sie mit ihren Bewegungen erzeugten. Sie waren nicht mehr als dunkelgraue Flecken vor dem helleren Hintergrund, die allmählich konkretere Formen annahmen.

Bei ihrem Anblick stöhnte Rool entsetzt auf, denn Brownies betrachteten sich, ungeachtet ihres rabaukenhaften Benehmens und des Kummers, den sie anderen Rassen bereiteten, als Wesen von Ehre und Würde. Ihre Feinde zu quälen bereitete ihnen zwar Freude und Genuß, doch Mord war eine Sache, die sie zutiefst verabscheuten.

Und dies hier war Mord.

Die Gestalten, die auf sie zukamen, trugen alle die Male der furchtbaren Verletzungen, an denen sie gestorben waren: zerfetzte Leiber, verstümmelte Glieder, zerschmetterte Knochen, verbranntes Fleisch – eine lange, endlos scheinende Parade des Grauens, die sich aus dem Nebel auf sie zubewegte. Das Massaker hatte nicht nur unter den Daikini Opfer gefordert; Elora entdeckte auch Opfer aus dem Kleinen Feenland, die an der Biegung des Flusses ihr Zuhause gefunden hatten. Sie waren mit derselben Brutalität hingeschlachtet worden wie die Daikini.

»Sie kommen näher, Elora«, flüsterte Rool. »Sie sollten aber nicht hier sein; *wir* sollten nicht hier sein.«

»Bastian«, wisperte Elora. »Kannst du fliegen?«

»Weit genug.«

»Nimm Rool mit und verschwinde von hier.«

»Verzeih mir, Elora Danan, aber ich kann euch nicht tragen.«

»Ich frage nicht wegen mir. Nimm Rool und flieg weg.«

»Den Teufel werd' ich tun, mein Kind«, protestierte der Brownie. »Ohne dich gehe ich nirgendwo hin.«

»Und ich auch nicht«, erklärte der Adler.

»Sie schauen mich an«, flüsterte Elora. »Warum schauen sie mich an?«

»Du bist das Licht«, sagte Bastian.

»Sie sind verloren und irren umher«, murmelte Rool. »Gewaltsam aus ihrem irdischen Leben gerissen und unfähig, Frieden an dem Ort zu finden, der jenseits des Todes liegt.«

»Es muß doch eine Möglichkeit geben, sie zu erlösen.«

»Schau nicht mich an, Kind. Tot ist tot; ein Schicksal, das tunlichst so lange wie möglich zu vermeiden ist. Zumindest sehen wir Brownies das so. Wir haben nichts mit Geisterbeschwörern zu tun! Weder mit solchen, die mit den Toten sprechen, noch mit denen, die Macht über sie haben.«

»Tut mir leid, das zu hören, mein Freund«, erwiderte sie. »Denn ich glaube, ich werde beides versuchen.«

»Was?« kreischte Rool entsetzt.

Sie hatte es nicht ganz so gemeint, wie es geklungen hatte. Sie hatte nicht die leiseste Ahnung von den Zauberkünsten, die nötig waren, das eine oder das andere zu vollbringen, und auch nicht die geringste Lust, sie zu erlernen. Doch ihre Wunden brachten sie auf eine Idee. Die Geister empfanden Schmerz – soviel war klar. Und da sie eine

Möglichkeit gefunden hatte, die Verletzungen des Daikini zu heilen, hoffte sie dasselbe auch für die Toten tun zu können.

»Dies hier war einmal ein friedlicher Ort, dessen Bewohner in Eintracht miteinander lebten, Rool«, sagte Elora und trat aus dem Schein des Feuers. Gequälte Blicke und geschundene Körper drehten sich mit ihr. »Wir sollten tanzen – gemeinsam wie früher.«

Das klagende Raunen von Stimmen erhob sich aus dem Nebel; eine endlose Litanei von Vorwürfen und lange genährtem Groll, die sich zu blankem Haß steigerte. Ein Daikini klagte: *Die verdammten Najaden haben unsere Fischreusen zerrissen.* Darauf eine Najade: *Die verfluchten Daikini haben unser Wasser verpestet.* Ein anderer Daikini: *Die Dryaden haben unsere Obstgärten mit einem Zauber verflucht, der die Früchte verfaulen ließ.* Und eine Dryade: *Sie haben ganze Wälder abgeschlagen!*

Und doch waren sie einmal gute Nachbarn gewesen. Die Daikini, die Erde bestellten und dieses schöne Land nach ihren Vorstellungen formten, und die Wesen des Kleinen Feenlands, die schon so lange hier gelebt hatten, wie die Erinnerung zurückreicht. Es gab für alle genug im Überfluß, und die verschiedenen Rassen und Geschöpfe hatten bereits vor langer Zeit gelernt, den Reichtum dieses Tals zum Wohle aller zu teilen.

Doch dann änderte sich alles. Eine wachsende Unsicherheit griff um sich, die auf den Kataklysmus zurückzuführen war, und nach dem Debakel von Eloras Inthronisierung folgten Angst und offene Feindschaft. Der Höhepunkt der Feindseligkeiten war ein Vorfall, der sich im vergangenen Sommer zugetragen hatte. Einige Kinder waren verschwunden, und plötzlich erschienen die alten Geschichten über entführte Kinder und Wechselbälger gar nicht mehr so fantastisch und wirklichkeitsfremd. Als man die Kinder schließlich fand und der Grund für das Verschwinden ans Licht kam – sie waren weggelaufen, weil sie eine Tracht Prügel bekommen und Angst vor einer weiteren Abreibung hatten –, war der Schaden bereits angerichtet: Man hatte eine

Trollfamilie aufgestöbert, in einen Käfig gesperrt und zugrunde gehen lassen, und mit ihnen alle und jeden der anderen Rassen, derer man habhaft werden konnte. Das Dorf hatte grausame Rache geübt für etwas, das ihm vermeintlich angetan worden war.

Nur kurze Zeit danach erfüllte sich die Rache der Opfer. An der Schwelle des Todes hatten sie ihre Verwandten jenseits des Schleiers um Hilfe angerufen, die Hochelfen des Großen Feenlands, die auf ihre Art Vergeltung übten.

Das Blut zu vieler Unschuldiger war vergossen worden, und jeder Tropfen verdarb den Boden, auf den er fiel, und vergiftete die Erde ebenso gründlich und nachhaltig, wie es die Seelen der gequälten Opfer gewesen waren.

Lange Zeit stand Elora mit hängenden Schultern und gekrümmtem Rücken, den Kopf auf die Brust gesenkt, im matten Widerschein des Feuers, als trage sie mit einemmal eine ungeheure Last. Ihre Hände hingen schlaff an ihrer Seite herab, die Finger zu einer Faust gekrümmt. Für Rool und Bastian, die sie von ihrem Lager aus mit besorgten Blicken beobachteten, schien es, als sei ihr innerer Glanz zu einem matten Glimmen verblaßt, das sie ebenso durchscheinend und gestaltlos wirken ließ wie die Geister. Einige Male, wenn Fetzen des Nebelschleiers sie umwaberten und ihre Gestalt umflossen, hatte es den Anschein, als sei sie kurz davor, völlig zu verschwinden. Weit davon entfernt, diese verkrüppelten und gequälten Seelen zu erlösen, schien eher Elora in Gefahr, von ihnen geschluckt zu werden.

Dann, als habe ihr jemand etwas zugerufen, das nur Elora zu hören vermochte, hob sie den Kopf, und ihr Körper straffte sich zu seiner vollen Größe. Unter den Geistern, die sich um sie scharten, waren viele, die sie an Körpergröße weit überragten, doch ihre Gegenwart war nun so kraftvoll und beherrschend, ihre Haltung so gebieterisch, daß sie größer schien als alle anderen.

Sie vollführte eine halbe, überaus anmutig wirkende Pirouette, die von langen Stunden des Übens in weiten, knöchellangen Gewändern zeugte, wobei sie, ein Bein nach vorn gestellt, mit einer fließenden, eleganten Bewegung des

Arms die Runde der Anwesenden umfaßte. Es war die formelle Aufforderung zum Tanz, mit der jeder Kotillon in Angwyn eröffnet worden war. Elora stand nun vor einem betagten Alten des Dorfes mit runzligem Gesicht, dessen Lederschürze ihn als den Marketender und Wirt der Taverne auswies, die in glücklicheren Zeiten im Erdgeschoß des Turms betrieben worden war.

Sie führte ihn, und er folgte. Ihre Einladung zum Tanz war so anmutig, ihr Lächeln so unwiderstehlich, daß er sich ihr nicht zu entziehen vermochte.

Sie tanzten noch nicht lange miteinander, da glitten ihre Schritte fast unmerklich in einen derberen und elementaren Rhythmus hinüber, wie er im Grenzland beliebt und verbreitet ist. Der Wirt begann, sich mit einer solchen Begeisterung und Selbstvergessenheit zu drehen, die Beine zu werfen und um die eigene Achse zu wirbeln, wie er sie vermutlich seit geraumer Zeit nicht mehr empfunden hatte, und das Lächeln, welches sich langsam über sein Gesicht breitete, war wie ein Wunder anzusehen. Mit einem Schwung, der Elora überraschte, wirbelte er sie in einer schnellen Pirouette herum, ohne dabei ihre Hände loszulassen. Ehe sie wußte, wie ihr geschah, oder auch nur Zeit fand, Atem zu holen, zog er sie wieder in seine Arme zurück. Er streckte einen Arm in die Luft, hob sie mit dem anderen vom Boden empor und wirbelte mit ihr in einer Reihe von schnellen Drehungen herum, um sie dann wieder auf ihren Füßen abzusetzen und im letzten Moment des Schwungs loszulassen, der sie ein oder zwei Schritte von ihm wegtrug. Lachend kamen sie beide zum Stehen und erweckten ganz den Eindruck, als seien sie bereit und in Stimmung, denselben vergnüglichen Tanz noch einmal von vorn zu beginnen.

Doch statt dessen wirbelte Elora mit einer Ungezwungenheit, als gehöre dies zur Choreographie des Tanzes, in die Arme eines Burschen, der etwa halb so groß und halb so alt war wie sie. Der Rhythmus dieser Passage war schneller und drängender – wie es dem Wesen des Jungen entsprach. So tanzte sie von einer Seele zur anderen durch die Menge und gab bereitwillig und rückhaltlos und im Vertrauen darauf, daß ihre eigenen inneren Kräfte sie nicht verlassen würden, so viel von sich selbst, wie gebraucht wurde. Das einzige, das sich dabei nicht veränderte, war, daß sie führte und ihr Partner – unabhängig von seinem Alter oder Geschlecht – ihr folgte.

»Siehst du, Rool«, flüsterte Bastian, als fürchtete er, eine normale Lautstärke könnte die kristallene Zartheit des Augenblicks zerschmettern, »was hier geschieht?«

»Du solltest besser fragen, ob ich glaube, was ich sehe.«

»Deine Seele gaukelt dir genausowenig etwas vor, du Wicht, wie die ihre.«

»Was tut sie, Bastian?«

»Nicht mehr und nicht weniger, als du mit deinen eigenen Augen siehst. Sie heilt sie alle, einen nach dem anderen.«

Plötzlich ließ ein Geräusch den Adler und den Brownie erschreckt zusammenzucken – das Schlagen von Fingerspitzen auf einer Trommel. Rool, dessen Nerven von dem Kampf im Turm noch immer überreizt waren, hatte schneller, als ein Wimpernschlag dauert, einen Pfeil auf die Sehne seines Bogens gelegt, wirbelte herum und sah sich unvermutet dem Daikini gegenüber, den sie gerettet hatten. Er saß aufrecht auf dem Lager, eine kleine Felltrommel zwischen seine Schenkel geklemmt, und trommelte mit den Fingern und einem hantelförmigen Klöppel einen schnellen und fließenden Rhythmus auf ihrem Fell.

Elora reagierte nicht auf die unerwartete Einmischung in ihren Tanz, und der Daikini legte die Trommel beiseite und griff nach einem Dudelsack, dem er eine ebenso ansteckend wilde Musik entlockte, wie der Tanz selbst es war. Und je schneller er spielte, um so schneller wirbelte sie von Partner zu Partner, als versuchten beide einander zu übertreffen, mit wachsender Inbrunst und ohne sich um die Konsequenzen zu kümmern, bis sie schließlich gleichzeitig ein Crescendo erreichten.

Es waren nur noch zwei Gestalten übrig: ein kleines Mädchen, dem, wie Elora wußte, die Puppe gehörte, die sie gefunden hatte, und eine Najade, die Mutter, die in einer verzweifelten und vergeblichen Geste ihren Arm durch die Stäbe ihres Käfigs nach ihrem Gefährten ausgestreckt hatte, während die Sonne sie beide ausdörrte.

Über den Hügel senkte sich nun eine Stille, die eindringlicher und lauter schien als jeder Ton. Obwohl sie alle drei außer Atem waren, atmeten sie nur flach und ohne Gier, als wollten sie die delikate Reinheit des Augenblicks nicht beschmutzen. Sich in einem sanften Rhythmus wiegend, den nur sie zu hören schien, bewegte sich Elora zwischen den beiden Gestalten hin und her, deren Form und Wuchs einander so ähnlich waren, obgleich sich die eine am Anfang und die andere am Ende ihrer Lebensspanne befand. Eine Mutter und ein Kind – beider Leben gewaltsam und durch ein Unrecht genommen, und beider Leben danach von einer Angst überschattet, die weder die eine noch die andere verstand.

Elora akzentuierte den sanften Rhythmus ihrer Bewegungen stärker, und das Kind tat es ihr gleich, so hingerissen von der silbrig schimmernden Vision, daß für einen Moment ein Lächeln über ihre ernsten Züge huschte. Elora tat dasselbe für die Najade, um sich dann abermals dem Kind zuzuwenden und anschließend wieder der Najade. Hin und her wiegte sie sich, und mit jedem Mal brachte sie die beiden einander näher, bis sie sich von Angesicht zu Angesicht gegenüberstanden.

Sie hielten inne. Sie starrten einander ins Gesicht. Das kleine Mädchen blinzelte heftig und blickte sich gehetzt um, wohin es fliehen und sich verstecken konnte. Eloras Lippen wurden schmal, als sie sah, wie sich ein dunkler Fleck auf der Brust des Mädchens ausbreitete. Die Wunde, die sie geheilt zu haben glaubte, war wieder aufgebrochen.

Auch die Najade sah sich suchend um, doch nicht nach einem Ort, wohin sie sich in Sicherheit bringen konnte. Ihre Blicke schweiften über die versammelten Gestalten, deren Gesichter vor Staunen und Freude erstrahlten, als seien sie lebendig. Nur hier und dort zeigten sich, als die exaltierte Stimmung allmählich zu schwinden begann, leichte Schatten von Besorgnis. Daikini boten den Wesen aus dem Feenland Trost und Freundschaft, und diese taten es ihnen gleich.

Mit einem Lächeln auf dem Gesicht vollführte die Najade eine langsame, anmutige Pirouette, die jener Eloras, mit der sie den Wirt zum Tanz aufgefordert hatte, aufs Haar glich. Sie streckte dem Kind mit einer Geste so voller Zärtlichkeit und Liebe die Hände entgegen, als sei es ihr eigener Sproß, während sie sich im Rhythmus von Eloras Walzertakt wiegte.

Ein scheues, zaghaftes Lächeln huschte über das Gesicht des Mädchens, und es hob eine Hand, die tastend nach der der Najade griff. Sanft und behutsam, als berühre sie das fragilste Porzellan, die zarteste Seifenblase, zog die Najade das Kind in einer zärtlichen Umarmung an sich.

Auf der anderen Seite des Flusses fuhr ein böiger Wind in die Kronen der Bäume, die sich mit einem flüsternden Rascheln vor ihm neigten. Er fegte mit einem kalten Hauch über die Versammelten hinweg, der den nahenden Herbst ankündete und den Nebel aufwirbelte und zerstob. Das Lagerfeuer loderte auf, als habe es jemand mit einem Blasebalg angefacht, und ein glitzernder Funkenschauer stob wirbelnd in den Nachthimmel empor.

Wo das Licht des Feuers an die Dunkelheit grenzte, stand Elora allein. Von den Dorfbewohnern oder den Schleierleuten war weit und breit keine Spur mehr zu sehen, abgesehen vielleicht von einem rasch verblassenden Gefunkel hier und dort, das man jedoch ebensogut auch für Funken des Feuers halten konnte, die der Wind herübergetragen hatte. Die Geister waren verschwunden. Nur die Lebenden blieben auf dem Hügel zurück.

Elora atmete schwer, und ihre Haut schimmerte nach den Strapazen der Nacht. Eigentlich sollte ihre Erschöpfung grenzenlos sein, doch sie sah überhaupt nicht müde aus. Rool eilte auf sie zu, auf seinen Lippen die Frage, ob es ihr gutgehe und ob er etwas für sie tun könne, doch dann sah er, daß ihr Blick über ihn hinwegging, und erst jetzt bemerkte er, daß die Nacht viel heller und wärmer geworden war.

Aus den Zinnen des Turms schlugen Flammen. Das ganze massive Gebäude wirkte wie ein Schlot: durch die offene Tür und die Schießscharten wurde Luft nach drinnen gesogen, die das Feuer zu einem weißglühenden Inferno anheizte, das alles innerhalb der Mauern und vermutlich auch die Mauern selbst verschlingen würde.

Was immer die Hochelfen für dieses Tal geplant hatten, war mit ihnen zugrunde gegangen. Nun wurde jede Spur ihrer Anwesenheit ausgelöscht.

Das Land, das Dorf, seine Bewohner hatten Frieden gefunden.

Das Tal war wieder heil und ganz.

6. Kapitel

»Duguay Faralorn«, stellte der Daikini sich vor und untermalte seine Worte mit einer eleganten Verbeugung, die weit besser an einen kaiserlichen Hof gepaßt hätte als in diesen Unterstand im hintersten Winkel des Grenzlands.

»Ich heiße Elora«, sagte sie und erwiderte sein Lächeln mit einem etwas müde geratenen Versuch ihrerseits, es ihm gleichzutun.

Er war größer als sie, was bei Daikini nicht ungewöhnlich war, aber seine Schultern waren auch nicht viel breiter als ihre. Er hatte schmale Hüften, war schlank gewachsen wie ein Degen und bewegte sich mit einer trägen Lässigkeit, die sie vermuten ließ, daß er auch über enorme Kraft verfügte. Seine Züge entsprachen dem klassischen Schönheitsideal ebensowenig wie sein Körper, doch das Gesamtresultat war für das Auge durchaus angenehm anzusehen. Sein Mund war groß, die Nase darüber war gebrochen, und Elora fragte sich unwillkürlich, was aus dem Burschen geworden war, der dafür die Verantwortung trug, denn dieser Mann hier sah aus wie einer, der sich eine solche Anfeindung nicht so ohne weiteres gefallen ließ. Sein Gesicht war von Falten durchzogen, besonders um die Augen und auf eine Art, die ihr sagte, daß er gern und oft lachte. Sein gerader, offener Blick, nun prüfend auf sie gerichtet, sah mehr, als der Mann zu erkennen gab. Eine breite, hohe Stirn, über der sich ein wirrer Schopf brauner Locken sträubte; zwei Löcher in seinem linken Ohrläppchen, eines im rechten.

Er war ein sehr einnehmender Mann, aber in vielerlei Hinsicht niemand, der sich unauslöschlich in die Erinnerung eingrub – was die Verkündung seines Gewerbes um so bemerkenswerter machte.

»Ich bin ein Troubadour«, vertraute er ihr an, während er in seinem Rucksack nach Kleidern und diversen Schmuckstücken kramte, darunter auch drei schlichte Goldringe für seine Ohren.

Zu ihrer Beunruhigung mußte Elora feststellen, daß es ihr fast unmöglich war, ihm in die Augen zu sehen. Immer wenn sie ihn ansah, heftete sich ihr Blick an seine Nasenspitze, ein Ohr oder die Grube unterhalb seines Halses. Sein Blick dagegen war beunruhigend offen, und die Art, wie er sie unverhohlen vom Kopf bis zu den Zehen musterte, ließ ihr heiß und kalt zugleich werden und jagte ihr den prikkelnden Schauer einer Gänsehaut über den Rücken.

»Ich bin in Eurer Schuld, Elora«, sagte er und legte dann seinen Kopf ein wenig zur Seite, als sei ihm soeben ein neuer Gedanke gekommen. »Ein berühmter Name.«

»Und ein ziemlich häufiger dazu, wie ich mir habe sagen lassen. Es gab einmal eine Zeit, wo anscheinend jedes Mädchen, das das Licht der Welt erblickte, diesen Namen bekam.«

»Auch die Haut?«

»Euer Schweigen für Euer Leben. Was haltet Ihr davon, Meister Duguay? Ihr habt mich nicht gesehen, und damit ist Eure Schuld beglichen.«

»Und du willst feilschen können wie ein Cascani?« Rool klang enttäuscht, als er ihr, den neuen Weggefährten keine Sekunde aus den Augen lassend, ein wenig später seine Meinung über die Angelegenheit ins Ohr flüsterte, während Elora mit den letzten Vorbereitungen zum Aufbruch beschäftigt war. »Das bezweifle ich!«

»Entschuldige, Rool«, murmelte sie und zurrte den letzten Gurt ihres Gepäcks fest. »Ich bin müde.«

»Und genau dann sollten Händler besonders auf der Hut sein, mein Kind!«

»Meine Aufgabe hier ist erfüllt, Rool«, erwiderte sie, und ihre Miene hellte sich auf, als in den Bäumen auf der anderen Seite des Flusses ein Vogel sein Morgenlied hinausschmetterte. Es war die erste Vogelstimme, die sie hörte, seit sie hier waren. Über dem östlichen Horizont mischte sich in das samtene Blau des Himmels ein zarter Schimmer von Gelb und Rosa, der bereits den nahenden Tag ankündigte. Der Nebel der Nacht hatte sich als Morgentau niedergeschlagen, und die Luft war so kühl, daß der Atem weiße Wölkchen bildete; selbst der aus der Ruine des Turms aufsteigende Rauch störte die Harmonie des Bildes nicht.

»Ich möchte mal eine Zeitlang nicht denken; ich möchte nur den Augenblick genießen – sonst nichts.«

»Ihr seid ganz allein unterwegs?« erkundigte sich Duguay erstaunt, als sie das Dorf schließlich hinter sich ließen.

Sie blieb ihm eine vernehmbare Antwort schuldig und senkte ihren Blick statt dessen auf den auf ihrer Schulter thronenden Brownie und von dort empor zu dem knapp über den Baumwipfeln segelnden Adler.

»Offenbar doch nicht«, gab er zu.

Sie waren noch einen weiteren Tag in dem Lager geblieben, damit Elora nach den Anstrengungen der Heilung wieder zu Kräften kommen konnte. Doch angesichts ihres Heißhungers, mit dem sie alles Eßbare in sich hineinstopfte, das ihr in ihren Reisebeuteln in die Finger fiel, und der aus diesem Grund rapide dahinschwindenden Vorräte für sie alle, wuchs ihre Beunruhigung zusehends. Die meisten von Duguays Instrumenten hatten seine Gefangennahme heil überstanden. Was man von seiner Kleidung allerdings nicht behaupten konnte: Die wenigen Stücke, die ihm geblieben waren, paßten nicht zusammen und entlockten ihm ein bestürztes Ächzen. Er bildete sich einiges ein auf seinen modischen Geschmack, und es war ihm ein Greuel, wie ein zerlumpter Landstreicher herumzulaufen. Rools Verletzung war in erster Linie mehr kosmetischer Natur und war auch ohne Eloras Heilkräfte mit einem Breiumschlag und einem Verband zu beheben, was ihm allerdings das verwegene Aussehen eines Piraten einbrachte. Auch Bastian befand sich auf dem Weg der Besserung, obwohl seine Kraft und Ausdauer eingeschränkt sein würden, bis die Verletzung wieder ganz verheilt war. Seine Erkundungsflüge waren von kurzer Dauer und nicht sehr weit.

Ironischerweise war der, der beinahe gestorben wäre, der gesündeste und kräftigste unter ihnen, doch dies schien für ihn um so mehr Ansporn, die Dinge, die zu erledigen waren, in die Hand zu nehmen, und er tat dies mit einer Selbstverständlichkeit und Freundlichkeit, die alle unwiderstehlich fanden.

»Ich kann gern einen anderen Weg nehmen, wenn Ihr es wünscht, Elora«, bot er ihr jetzt mit seiner gleichbleibenden geduldigen Freundlichkeit an. »Mir ist es einerlei, wohin ich gehe.«

Sie warf einen skeptischen Blick in seine Richtung, den sie dann beredt die steile Bergflanke emporwandern ließ, die auf der einen Seite der Straße anstieg, und drehte den Kopf dann zur anderen Seite, wo die reißenden Wasser des immer breiter werdenden Flusses sie begleiteten.

Duguay lachte glucksend.

»Na schön«, sagte er und warf ergeben und zum Zeichen, daß er sich geschlagen gab, die Arme in die Luft. »Soll ich mich in einer Höhle im Wald verkriechen und einen Tag oder drei warten, bis Ihr so viel Vorsprung habt, daß ich Euch nicht mehr einholen kann?«

Elora antwortete erneut mit einer Pantomime, indem sie den Kopf schief legte, die Augenbrauen hochzog und die Lippen schürzte und eine ganze Palette unbestimmter Laute von sich gab, die als ironische Persiflage ihrer Überlegungen zu seinem Angebot gedacht waren. Tatsächlich jedoch stellte ein Teil von ihr, tief in ihrem Innern, allen Ernstes genau die gleichen Überlegungen an. Aus durchaus unterschiedlichen Gründen kamen beide Betrachtungsweisen zu ein und demselben Schluß.

»Ihr …« – sie dehnte das Wort bis weit über das schickliche Maß hinaus und ließ dann eine Pause entstehen, die den Troubadour in, wie sie hoffte, qualvoller Ungewißheit schweben ließ – »könnt bleiben.«

»Ich fühle mich zutiefst geehrt.«

Sie schnitt ihm eine Grimasse und versetzte ihm einen

Knuff gegen die ihr zugewandte Schulter, der allerdings etwas kräftiger ausfiel als gedacht, ihr jedoch nur ein Lachen einbrachte, als sie mit schmerzverzerrtem Gesicht ihre Finger schüttelte. So leichtgewichtig der Mann erschien, er war so massiv wie geschmiedeter Stahl. Das einzig Weiche an ihm waren die Kleider, die er am Leib trug.

»Ich hab' noch nie eine Haut wie die Eure gesehen«, bemerkte er.

Die gibt es auch nicht ein zweites Mal, war ihre stumme Antwort. Die Worte, die sie laut aussprach, klangen weitaus vorsichtiger. »Dies ist eine große, wundervolle Welt«, sagte sie. »Ihr würdet erstaunt sein, was Ihr darin alles entdecken könnt.«

»In Anbetracht meiner derzeitigen Gefährtin bin ich das bereits.«

Sie verdrehte die Augen und bemühte sich, Rools spöttisches Beifallsgejohle zu überhören, doch insgeheim mußte sie lächeln; ein scheues, verlegenes Lächeln, wie sie es in ihrem Leben bisher noch nicht gekannt hatte.

Seine Antworten auf ihre Fragen waren ebenso ausweichend wie die ihren. Er kam von irgendwoher und war unterwegs nach irgendwohin, wobei sie den Eindruck gewann, als sei sein Aufbruch in einer gewissen Hast erfolgt und auf irgendeinen flagranten Verstoß gegen die Gesetze der Gastfreundschaft zurückzuführen gewesen – von der Schicklichkeit der leidigen Angelegenheit ganz zu schweigen. Troubadouren eilte diesbezüglich ein notorischer Ruf voraus, der in Duguays Fall vollkommen gerechtfertigt schien. Seine Gefangennahme tat er damit ab, daß er zur falschen Zeit am falschen Ort gewesen sei. Und von dem Zauberbann, den die Elfen über das Tal zu werfen gedachten, hatte er, wie er versicherte, nicht die geringste Ahnung gehabt. Alles, was ihn dabei interessierte, war, daß er das Opfer sein sollte, das den Bann aktivierte.

Trotz seiner Geheimniskrämerei – und hatte sie etwa das Recht, jenen ominösen Stein zu werfen, wo sie doch selbst die Türen und Fenster ihrer eigenen Vergangenheit fest verschlossen hielt – erwies sich Duguay als der ideale Reisegeführte. Seine Gesellschaft war angenehm; er konnte schweigen, wenn die Situation danach war, und hatte immer eine Geschichte parat, mit der er sie zum Lachen brachte, oder einen witzigen, manchmal boshaften Kommentar zu diesem und jenem und stets ein Lied, wenn es galt, sie aufzuheitern oder die Meilen schneller dahinfliegen zu lassen. Als sie Mittagsrast machten und später dann einen Platz fanden, wo sie die Nacht verbringen konnten, zog er ein Instrument aus seinem Rucksack und verbrachte einige Zeit damit, darauf zu üben. Im Lauf der folgenden Tage sah sie ihn mit einer Felltrommel, einer Pauke, einem Dudelsack, einer Flöte, einer Fiedel und einer Gitarre, und wenn sie nicht mit eigenen Augen beobachtet hätte, wie kunstvoll er seinen Tornister packte, und nicht sogar versucht hätte, sich den schweren Rucksack selbst auf den Rücken zu wuchten, wäre sie bereit gewesen, Stein und Bein darauf zu schwören, daß er so etwas Ähnliches wie ihre eigenen Reisebeutel verwendete und alles in einem magischen Zauberfach mit unbegrenztem Fassungsvermögen verstaute.

Sie mochte ihn, obwohl sie ihm, wie sie feststellen mußte, nach wie vor nicht in die Augen sehen konnte.

Sie marschierten noch immer durch weite Hochlandtäler, und dies würde sich nicht ändern, bis sie Sandeni erreicht hatten, wo der Kontinent in seiner ganzen Breite über eine Klippe zum Tiefland hinabstürzte, das sich nach Westen bis hin zu den Küsten von Angwyn erstreckte. Meile um Meile führte sie der Weg durch sanftes Hügelland und die mächtigsten Wälder, die Elora seit Angwyn zu Gesicht bekommen hatte. Alte, riesige Koniferen reckten ihre spitzen Kronen gen Himmel wie ein Heer von Lanzenträgern. Selbst die Stämme der kleinsten unter ihnen waren mächtig genug, daß sich ein ausgewachsener Mann leicht dahinter verstekken konnte.

Bastian war ihr Jäger und versorgte sie zu jeder Mahlzeit mit frischem Fleisch – an einem Tag Kaninchen, am anderen Forelle oder Lachs. Elora und Duguay bereiteten meist gemeinsam die Speisen zu, wobei sich Eloras Reisebeutel, entgegen ihrer Befürchtungen, als unerschöpfliches Reservoir für Zutaten und Gewürze erwiesen, während Rool im Wald verschwand und mit Gemüse und Grünzeug zurückkehrte. Um ihren Durst zu löschen, mußten sie sich mit frischem Quellwasser zufriedengeben, oder sie füllten, wenn es sich nicht anders ergab, ihre Feldflaschen im Fluß auf.

Duguays Repertoire schien unerschöpflich, und er brauchte keinen Vorwand, um ein Lied anzustimmen, ob am nächtlichen Lagerfeuer oder unterwegs während des Tages. Er hatte Lieder für alle Gelegenheiten und konnte Elora ebenso leicht zum Lachen wie zum Weinen bringen. Am liebsten mochte sie, wie sie mit einer wachsenden Leidenschaft feststellte, die Lieder, zu denen sie tanzen konnte. Noch nie hatte ihr irgend etwas so großes Vergnügen bereitet: Duguay gab auf seiner Trommel einen Rhythmus vor, ehe er zu seinem Dudelsack oder zur Flöte griff, und Elora ließ ihren Körper die Dinge für sie tun. Wenn sie tanzte, kannte sie keine Hemmungen oder Beschränkungen; sie fand darin die Möglichkeit, die ganze uneingeschränkte Freiheit auszukosten, die ihr fast ihr ganzes Leben lang verwehrt worden war.

»Ihr habt nie bei Hof getanzt?« erkundigte sich Duguay, während er auf seiner Gitarre eine Serie von Paradiddles klimperte. Das Wort brachte sie, als sie es zum erstenmal aus seinem Mund hörte, zum Lachen; und selbst nach seiner geduldigen Erklärung, daß dies eine Folge von Stakkato-Viervierteltakten sei, die abwechselnd auf den Saiten angeschlagen oder von den Fingern auf dem Körper der Gitarre getrommelt werden, konnte sie gar nicht mehr aufhören zu kichern.

Die Frage traf sie unvorbereitet, woran auch sein beiläufiger Tonfall nicht unschuldig war. Sie antwortete, ohne nachzudenken.

»Das war kein richtiges Tanzen«, schnaubte sie abfällig und bemerkte zu spät, daß sie sich nun doch verplappert und Dinge über sich verraten hatte, die sie eigentlich für sich hatte behalten wollen. Doch sie nahm es nicht weiter schwer. Allein ihr Name und ihre silberne Haut genügten bereits, um ihm die Augen zu öffnen, wer sie wirklich war, und alles andere war Augenwischerei, die keinen Sinn mehr hatte. »Ich habe Soldaten gesehen, die beim Exerzieren mehr Spaß hatten.«

»Das ist hart.«

»Schritt-zwei-drei-vier, Schritt-zwei-drei-vier«, fuhr sie in demselben verächtlichen Ton fort, die Etikette am Hof mit so hingebungsvollem Genuß lächerlich zu machen, daß es einem Brownie zur Ehre gereicht hätte. »Und dabei ist man so eng in alle möglichen Gewänder eingewickelt, daß man sich kaum bewegen kann. Sieh deinen Partner nur von dieser Seite an: halte die Schultern so und nicht anders; diese Berührung ist erlaubt, aber jede andere auf *keinen* Fall! Du mußt immer darauf achten, was die anderen tragen, und darfst dir nicht erlauben, daß eine prächtiger aussieht als du.«

»Es klingt, als hätten sich alle wundervoll amüsiert.«

»Ich weiß es nicht. Ich durfte nur ein einziges Mal zusehen.«

Sie ließ sich wie eine Marionette, deren Fäden zerschnitten wurden, zusammensacken und mit einer achtlosen, und deshalb um so beeindruckenderen Geschmeidigkeit auf ihren Allerwertesten sinken, um sich sogleich, noch mit derselben fließenden Bewegung, der Länge nach auf dem Rükken auszustrecken, von wo aus sie in den dunklen Himmel emporspähte, um zu sehen, welche Sterne zwischen den Baumkronen hindurchfunkelten.

»Genießt es, mein Kind«, sagte Duguay im selben vertraulichen Tonfall, den Rool ihr gegenüber praktizierte.

»Was soll ich genießen?« fragte sie erstaunt und empfand einen Anflug von Stolz wegen des anerkennenden Untertons in seinen Worten.

»Wie bereitwillig und leicht Euch Euer Körper gehorcht. Wir betrachten das immer als etwas Selbstverständliches, solange er uns gehört, und doch verlieren wir ihn so bald.«

»Ihr bewegt Euch geschmeidig genug, Meister Faralorn.«

»Und begrüße den Morgen mit Ächzen und Stöhnen«, brummte er und schlug ein paar spielerische Akkorde auf seiner Gitarre an. »Habt Ihr je versucht zu singen, Elora?«

»Wenn ich alleine war«, gestand sie.

»Ich würde es gerne hören.«

Sie schüttelte heftig den Kopf, dankbar, daß die Nacht die Röte verbarg, die ihr heiß in die Wangen stieg. Sie war es nicht gewohnt, Komplimente zu hören, und selbst wenn sie manchmal eines zu hören bekam, konnte sie sich nie des Verdachts erwehren, daß man es ihr machte, weil sie die Heilige Prinzessin war, und nicht, weil sie etwas gut gemacht hatte. Ehrerbietung war etwas, das sie als eines ihrer königlichen Vorrechte zu akzeptieren gelernt hatte. Respekt jedoch mußte sie sich erst verdienen. Und hatte sie diesen Respekt einmal gewonnen, widerstrebte es ihr, ihn leichtfertig wieder aufs Spiel zu setzen. Sie wollte vor ihm nicht wie ein dummes Gänschen erscheinen.

»Was ist mit Euch?« drängte er sanft.

Sie machte eine ausweichende Bewegung in Richtung ihrer Kehle.

»Ihr habt meine Stimme schon gehört.«

»Sie gefällt mir.«

»Seid nicht gemein, Duguay. Sie ist tiefer als die der meisten Mädchen und dazu auch noch heiser und unsauber. Das Publikum liebt es, wenn Mädchen mit einer Stimme singen, die so klar ist wie Kristall und so süß wie Maiwein.«

»Das stimmt allerdings.«

»Eure Stimme hat einen viel größeren Umfang, und ihr Klang ist wundervoll. Ich wäre im Vergleich dazu ein schlechter Scherz.«

»Ihr seid zu streng mit Euch. Glaubt mir, Elora, ich habe die anderen gehört. Alle klingen gleich, doch Eure Stimme ist einmalig. Besonders wenn wir eine Möglichkeit finden können, daß Ihr so singt, wie Ihr tanzt.«

»Die Dinge einfach kommen lassen, so wie die Intuition sie mir eingibt?«

»Ja – aber mit Leidenschaft. Wenn Ihr Euch bewegt und das Licht auf Eurer Haut glitzert und schimmert, ist es, als würde man zusehen, wie ein Feuer zum Leben erwacht – ein Glanz, so intensiv, daß es schmerzt. Und doch kann man die Augen nicht abwenden.«

»Rool«, rief sie gequält. »Hilf mir. Dieser Mann ist nicht bei Trost.«

»Ich fürchte, da kann ich dir grundsätzlich nicht widersprechen«, pflichtete ihr der Brownie bei und wischte sich einen Rest von dem Kraut der Schwarzbeeren von seinem Wams, die er herbeigeschleppt hatte und die alle größer waren als sein Kopf. »Aber wo er recht hat, hat er recht.«

»Verräter!« rief sie und pflockte zwei Beeren aus dem Büschel in seinem Arm, von denen sie eine in ihren Mund steckte und die andere über das Feuer hinaus in Duguays geöffneten Rachen warf. »Treffer«, brummte sie zufrieden und schmeckte genußvoll den Saft der Beere, die sie auf der Zunge zerdrückte.

»Was kann ein Versuch schon schaden, Elora?« drängte Duguay. »Es ist außer uns niemand hier, der zuhört.«

Der erste Gedanke in ihrer Not war, so zu tun, als würde sie gleich einschlafen, und darauf zu hoffen, daß sie das Interesse verlören, doch die beiden kannten sie zu gut, um auf diesen alten Trick hereinzufallen.

Duguay stimmte eine Melodie an, sang ein paar Akkorde und gab den Refrain an Rool weiter, der ihn mit Leichtigkeit auffing und das Lied mit einer kräftigen, für seine Größe erstaunlich voll klingenden Tenorstimme fortsetzte, die Elora dazu brachte, sich auf den Bauch herumzurollen und mit in die Hände gestütztem Kinn zu lauschen.

Dann war sie an der Reihe. Sie erwischte den Refrain einigermaßen, doch im Liegen bekam sie weder genug Luft, noch konnte sich ihre Stimme richtig entfalten. Rool kniff sie so fest, daß sie laut aufkreischte, und ein Blick in sein Gesicht, das ihr noch weit einfallsreichere Qualen versprach, falls sie nicht wenigstens einen ernsthaften Versuch unternähme, veranlaßte sie, sich gerade aufzusetzen.

»Ich dachte, du bist *mein* Freund«, zischte sie ihn an.

»Das bin ich auch. Nur glaube ich, daß dies gut für dich ist.«

»Schuft!«

»Noch nie in der Geschichte der Welt, *jeder* Welt, hat es je ein Wesen gegeben, das so hartnäckig entschlossen war, sich für alle Zeiten unglücklich zu machen!«

»Da irrst du dich!«

»Wirklich?« Er war nicht überzeugt.

Erneut war sie an der Reihe. Diesmal versuchte sie ihr Bestes.

Diesmal traf sie ihren Einsatz perfekt. Ihre Stimme war tief und heiser, und Duguay bezeichnete sie später als ›Whiskey-Kontraalt‹. Dies sagte Elora jedoch gar nichts, denn sie hatte noch nie Whiskey getrunken; höchstens hin und wieder mal ein Glas Wein. Ihr selbst erschien ihre Stimme als die unbedeutendste ihrer Gaben, als die geringste ihrer Fähigkeiten.

»Entscheidend ist, was Ihr aus Euren Talenten macht«, erklärte Duguay. »Was das Publikum mitreißt, ist in der Regel die Art, wie ein Lied gesungen wird, und nicht das Lied selbst. Arbeitet daran, und Ihr werdet sehen, daß ich recht habe.«

Nach einer Woche erreichten sie die erste Gabelung des Wegs, die zu ihrer Linken im tiefen Wald verschwand und zweifellos zu einer weiteren entlegenen Siedlung führte. Elora überlegte, ob sie Bastian hinschicken sollte, um nachzusehen, ob dort alles in Ordnung war, doch was dann? Weder sie kannte diese Leute, noch wußte sie, wie sie ihnen durch den goldenen Adler eine Warnung zukommen lassen könnte. Und wenn sie selbst ginge, konnte niemand wissen, wie lange sie brauchen würde, bis sie das Dorf erreichte, oder was ihr möglicherweise unterwegs alles zustoßen könnte.

Bastian schraubte sich so hoch, wie er konnte, entdeckte jedoch kein Anzeichen einer Daikinisiedlung. Das Land war zu stark zerklüftet, und die Täler, die für eine Besiedlung in Frage kamen, waren zu zahlreich, um sie alle genau in Augenschein zu nehmen.

Schließlich war es Duguay, der eine Antwort auf die Frage, was zu tun sei, fand, die allerdings keinen von ihnen in irgendeiner Weise beruhigte. Der Weg, den sie gekommen waren, war relativ eben und kaum von Spuren zerfurcht. Die Abzweigung dagegen war von tiefen Furchen durchzogen wie auch die vor ihnen liegende Straße, ein untrüglicher Hinweis, daß vor nicht allzu langer Zeit schwerbeladene Wagen hier entlanggefahren waren.

»Seht Ihr das hier?« Er bedeutete Elora, sich neben ihm in die Hocke sinken zu lassen, und zeigte auf die Spuren im Sand, die für Elora ein wirres Durcheinander darstellten, das ihr gar nichts sagte. »Hier, da sind Fußspuren zwischen den Wagenspuren.«

»Aah«, sagte sie scharfsinnig und ignorierte das spöttische Schnauben zwischen den Falten ihres Umhangs auf ihrer Schulter, wo Rool es sich gemütlich gemacht hatte.

»Hier sind eine Menge Leute gegangen«, murmelte Duguay. »Und dort am Straßenrand sind die Abdrücke beschlagener Pferde zu erkennen und hier – über einigen von denen hier – ebenfalls.«

»Und was bedeutet das?«

»Reitereskorte«, antwortete Rool, nur für sie allein hörbar. »Vor- und Nachhut.«

»Eine Reitereskorte«, erklärte Duguay nachdenklich, während er gedankenabwesend auf einem langen Grashalm herumkaute. »Zusammen mit einer Vorhut und einer Nachhut.«

»Sag' ich doch«, blaffte Rool.

»Du bist der Jäger«, gab sie ihm in Gedankensprache zu verstehen. »Eigentlich erwarte ich solche Auskünfte von jemandem wie dir.«

»Ein Warentransport vielleicht – deshalb die Eskorte«, sagte sie laut.

»Aber warum dann so viele Leute zu Fuß? Ich wette, alle Dörfer, die an diesem Weg liegen, sind verlassen.«

»Für einen Troubadour versteht Ihr Euch aber ausnehmend gut auf solche Dinge, Duguay.«

»Ich bin viel unterwegs, Elora. Ich liebe das Wanderleben, und noch mehr liebe ich es, mit heiler Haut davonzukommen. Im Grenzland ist man so ziemlich auf sich allein angewiesen. Ihr würdet erstaunt sein, was man alles lernen kann und wie hilfreich das in vielen Situationen ist.«

»Still!« stieß Rool plötzlich hervor und richtete sich auf Eloras Schulter zu seiner ganzen Größe auf. »Ruhe, ihr beiden!«

»Was ist los, Rool?« fragte sie.

»Still, Elora! Hör doch!«

»Was denn?« fragte Duguay verwundert. »Es ist ein ruhiger Tag, ich kann nichts Außergewöhnliches hören. Jede Menge Vögel und ähnliches.«

»Seid still, verdammt!« zischte Rool ärgerlich. »Ich rede mit Elora.« Und dann zu ihr gewandt: »Horche genau!«

»Worauf? Es ist nichts hier, das es zu hören gäbe, außer, was Duguay gesagt hat.«

»Genau. Ich wollte die Dryaden der Gegend wegen der Wagenkarawane fragen. Die Nymphen sind gesellige Wesen, die nichts lieber tun, als ein Schwätzchen zu halten. Dieser große, polternde, schwere Daikini hier macht ihnen wahrscheinlich angst, und sie kommen deshalb nicht. Aber ich dachte, es würde sich herumsprechen, daß wir ihnen nichts Böses wollen. Ich dachte, irgendwann würde sich eine vielleicht ein Herz fassen und an unser Feuer kommen.«

»Wahrscheinlich sind sie vor meiner Singerei davongelaufen.«

»Irgend etwas hat sie auf jeden Fall vertrieben, Elora. Benutze deine EinSicht und sag mir, ob eine Dryade in der Nähe ist.«

Sie tat, worum er sie gebeten hatte, und eine tiefe Ruhe senkte sich über sie; auch ihre Stimme war ruhig und leise, als sie ihm antwortete.

»Hier ist nichts, Rool«, sagte sie. »Zumindest keine Wesen aus dem Kleinen Feenland. Der ganze Wald ist weit und breit wie ausgestorben. Aber warum? Wo sind sie hin? Und wovor haben sie Angst?«

»Vor dem, was hinter uns ist, nehm' ich an«, erwiderte der Brownie. »Und dem, was vor uns liegt.«

Elora zog die Stirn in Falten.

»Wenn sich ein Krieg ankündigt«, brummte Duguay mit einem Nicken, »möchte keiner zwischen die Fronten geraten.«

»Die Maizan sind hier?« fragte Elora entsetzt.

»Nein«, sagte Rool, doch seine Stimme klang traurig. »Hier geht es um etwas anderes; es ist ein Konflikt zwischen dem Großen Feenland und dem ganzen Daikinireich.«

»Aber es war doch nur ein einmaliger Übergriff«, widersprach sie, doch ihr Herz wußte bereits, daß er im Grunde recht hatte.

Rool deutete auf die zerfurchte Straße und dann auf den Wald um sie herum.

»Die sehen das anders.«

Als sie die Weggabelung hinter sich gelassen hatten, schritten sie schärfer aus. Die Stimmung hatte sich geändert, und keiner von ihnen verspürte die geringste Lust oder war in der Lage, die fröhliche Ausgelassenheit, die sie in den letzten Tagen begleitet hatte, von neuem anzufachen – weder während des Tages noch am abendlichen Lagerfeuer.

Jeden Morgen schickte Elora Bastian zu einem Erkundungsflug aus, um sich zu vergewissern, daß sie nicht verfolgt wurden und ihnen keine Gefahr aus dieser Richtung drohte, und um nach einer vor ihnen liegenden Daikinisiedlung Ausschau zu halten.

Am dritten Tag nach der Weggabelung sandte Bastian ihr den Anblick von einer kleinen Stadt, die offenbar als Stützpunkt und Versorgungszentrum für all die entlegenen Dörfer im Hinterland entstanden war, denn davon abgesehen gab es in der Umgebung des Ortes nichts, das von irgendeinem besonderen Wert gewesen wäre. Es gab jede Menge Holz, das war nicht abzustreiten, aber der Fluß war viel zu wild und reißend, um darauf Baumstämme zu irgendeinem anderen, flußabwärts gelegenen Ort zu flößen. Es gab auch gutes Ackerland, doch das wurde ausschließlich dafür genutzt, die Bewohner der Stadt mit Nahrung zu versorgen; nichts deutete darauf hin, daß dort irgend etwas für den Markt angebaut wurde. Allerdings bot sich dem Ort nun, da die Wälder von ihren Bewohnern und Hütern aus dem Schleiervolk offenkundig verlassen worden waren, die Möglichkeit für einen wirtschaftlichen Aufschwung und neuen Reichtum durch den Pelzhandel.

Dank ihrer EinSicht überblickte Elora mit den Augen des Adlers eine große, natürlich gewachsene Waldwiese, auf der der Ort ursprünglich erbaut worden war, die jedoch durch rücksichtslose Rodung mindestens um das Fünffache erweitert wurde, wodurch rings um den geschäftigen Stützpunkt ein weites, offenes Areal entstanden war. Die gefällten Bäume hatte man einem nutzbringenden Zweck zugeführt und daraus eine mehr als sechs Meter hohe Palisade errichtet, die auf einem etwa drei Meter hohen Ringwall verlief. Innerhalb der Befestigungsanlage war ein offener Platz von der doppelten Größe eines Turnierfelds, an dessen einem Ende ein massives, mehrstöckiges Gebäude aufragte, das zugleich als Wirtshaus und als befestigte Schutzburg fungierte. Um den großen Platz reihten sich niedrigere Häuser, Scheunen und Ställe für Pferde, Rinder und anderes Vieh sowie eine weitläufige Schmiede. Ein Schlachthaus und ein Räucherhaus waren an die Küche angebaut, die ihrerseits an ein großes Gebäude, eine Art Gemeinschaftsunterkunft oder Herberge, grenzte. Die Lagerräume befanden sich vermutlich unter der Erde, und da sich die Lichtung bis zum Ufer des Flusses erstreckte, gab es höchstwahrscheinlich auch einen unterirdischen Kanal, der das Fort mit frischem Wasser versorgte und die sicherlich vorhandenen Brunnen speiste.

»Das nenne ich eine Burg«, murmelte Duguay, als sie ihm beschrieb, was vor ihnen lag, »die zu erobern sich lohnt.«

»Sehr beeindruckend das Ganze, ja.«

Rings um das Fort lagen einzelne Gehöfte verstreut, die ebenso massiv und wehrhaft gebaut waren wie die Fluchtburg selbst. Sie waren von Feldern umgeben, auf denen goldenes Getreide wogte und andere Früchte des Feldes gediehen, die im Spätsommer reiften. Nahe der Palisade entdeckte sie eine Wagenburg, vermutlich ein Treck von Siedlern, die im Grenzland eine neue Zukunft suchten. Duguay schüttelte ungläubig den Kopf, als sie ihm davon berichtete, und fügte dann hinzu, daß es für einen solchen Treck viel zu spät im Jahr sei und er vermutlich im Schnee steckenbleiben würde, ehe die Siedler wirklich gutes Land erreichten.

Elora zog sich in den Schutz eines Gebüsches zurück und

durchstöberte ihre Reisebeutel nach anderen Kleidungsstükken, die sie anziehen konnte. Sie entschied sich für ihre Beinlinge aus Wildleder, die sie von der Hüfte bis zu den Knöcheln bedeckten und an den Schlaufen an der Innenseite ihrer Jacke festgezurrt wurden. Ihre Hände verbarg sie in Handschuhen, und um ihren Kopf wickelte sie ein Tuch, das nur ihr Gesicht freiließ. Schließlich wand sie sich einen langen Schal aus gemustertem Musselin im Stil der Wüstenbewohner über Kopf, Hals und untere Gesichtspartie, so daß nur mehr ihre Augen zu sehen waren. Dies war zwar alles andere als bequem – vor allem, weil sie sich an die leichte und legere Kleidung gewöhnt hatte, mit der sie in den letzten Wochen ausgekommen war –, doch immer noch besser, als wenn irgend jemand einen Schopf ihres silbernen Haars oder einen Fingerbreit ihrer silbern schimmernden Haut entdecken würde.

Für einen oberflächlichen Betrachter sah sie nun wie einer aus dem Hochland aus, einer jener Außenseiter und Einzelgänger, die die entlegensten und unzugänglichsten Winkel der Welt durchstreiften. Im Hinblick auf ihr Naturell und ihr Temperament sagte man den Hochländern eine enge Verwandtschaft mit den Cascani nach, obgleich sich der Respekt, der ihnen allenthalben entgegengebracht wurde, mehr auf ihren Ruf als Krieger denn als Händler gründete. Sie zogen es vor, unter sich zu bleiben, und jeder, der ihre Wege mit üblen Absichten kreuzte, mußte damit rechnen, dabei mit großer Wahrscheinlichkeit irgendeinen wichtigen Teil seines Körpers oder gar sein Leben zu verlieren.

Dabei trieb Elora nicht einmal ein falsches Spiel, wenn sie sich wie ein Hochländer kleidete, denn auf ihrer Flucht von Angwyn hatten sie und Thorn einige Wochen bei einem ihrer Clane verbracht. Thorn hatte sich um ihre Kranken gekümmert, und Elora hatte von ihnen ihren weiten, buntkarierten, wollenen Umhang als Geschenk erhalten.

»Was ist denn?« erkundigte sich Rool indigniert, als sie zuerst mit dem einen und dann mit dem anderen Fuß in ihre Beinlinge fuhr und, sich windend und drehend und von einigem Ächzen begleitet, vergeblich versuchte, die Hose in eine schickliche Höhe zu zerren.

»Sie sind zu eng, Rool! Und sie sind außerdem auch noch in der Länge eingelaufen!« Normalerweise fiel der untere Saum der Beinlinge bis auf ihre Füße hinab. Doch nun fehlte entweder oben eine Handbreit, und sie bekam die Hose nicht mehr zu, oder sie reichten unten nicht einmal mehr bis zu den Knöcheln, wenn sie sie über den Hüften hochzog. Elora stieß ein Wort hervor, das sie eigentlich nicht kennen sollte.

»Ich dachte, deine Kleider gehen nicht ein.«

»Das tun sie angeblich auch nicht. Oh, verdammt!« ächzte sie wütend und entschloß sich dann, da sie ohnehin hohe Stiefel trug, die Hose so weit wie möglich hochzuziehen und mit dem Gürtel festzuzurren. »Und die verflochtenen Stiefel sind auch nicht mehr so bequem, wie sie einmal waren!«

»Vielleicht liegt es ja gar nicht an den Kleidern.«

»Wie meinst du das?«

»Du hast mich schon richtig verstanden. Du bist schließlich die Königliche Hoheit und solltest daher wissen, was ich meine.«

Sie ließ sich auf ihren Allerwertesten plumpsen und vergrub das Gesicht in den Händen.

»Mist, verdammter!« stöhnte sie verzweifelt.

»Du wolltest ja immer größer sein. Obwohl du für meinen Geschmack auch jetzt schon groß genug bist, aber mich fragt ja niemand.«

»Warum, um Himmels willen, ausgerechnet jetzt?«

»Vielleicht, weil du dich endlich in einer Welt herumtreiben kannst, in der du ausreichend Platz zum Wachsen hast.«

»Oh, nein!«

»Ich versteh' dein Problem nicht, Elora Danan. Schließlich bin ich derjenige, der sich den Hals verrenken muß, nur um hallo zu sagen. Wenn ich dir weiter die Ehre erweise, auf deiner Schulter zu reisen, werd' ich wahrscheinlich früher oder später ersticken, weil die Luft hier oben zu dünn zum Atmen wird.«

»Red nicht solchen Unsinn. Wenn ich atmen kann, kannst du das auch.«

»Jemand, der so riesig ist wie du, verbraucht wahrscheinlich die ganze Luft um sich herum.«

»Kann ich irgendwie behilflich sein?« erkundigte sich Duguay aus respektvoller Distanz.

»Ich bin gewachsen!« jammerte Elora.

»Oh.«

»Ihre Kleider passen ihr nicht mehr«, erklärte Rool mit einem genüßlichen Glucksen.

»Aah. Was für ein ungewohnter Anblick«, rief Duguay, als sie hinter dem Busch hervortrat.

»Es muß sein.«

»Ihr braucht nichts zu erklären, Elora. Ihr habt die richtige Größe und das passende Alter für den Schüler eines Troubadours. Gibt es irgendwelche Probleme für einen Hochländer, bei einem Außenseiter das Metier eines Troubadours zu erlernen?«

Sie schüttelte den Kopf. »Die Barden der Hochländer sind so berühmt wie ihre Krieger. Ich werde vielleicht den einen oder anderen neugierigen Blick auf mich ziehen, aber ganz sicher keine unangenehmen Fragen. Und bei dem Ruf, den die Clane haben, wird man sich hüten, mir irgendwelche Schwierigkeiten zu machen.«

»Wunderbar. Ich bin es ohnehin leid, ständig diese Last mit mir herumzuschleppen.«

Sie hatte schon zuvor seinen Rucksack getragen, der – wie sie fand – mindestens eine Tonne wog. Wie es ihrer angenommenen Stellung angemessen war, überließ sie ihm die Führung, als sie wieder auf die Straße hinaustraten und sich dem Rand der Lichtung näherten. Sie wurden in dem Augenblick entdeckt, als sie unter den Bäumen hervortraten. Mit Bastians Augen sah sie von hoch oben, wie ein Wachposten von einem der Wachtürme an den fünf Ecken der Befestigungsanlage mit ausgestrecktem Arm zu ihnen herüber deutete. Die breiteste Seite der Festung war dem Fluß zugewandt, wo es für jeden Angreifer schwer war, massierte Kräfte zum Sturm auf die Palisaden zusammenzuziehen. Irgend jemand auf dem Wachturm hatte ein Fernglas. Das Sonnenlicht spiegelte sich auf der Linse, als sie in ihre Richtung geschwenkt wurde. Duguay schenkte den Aktivitäten auf dem fernen Turm keinerlei Beachtung, während er mit forschem, federndem Schritt auf das Tor in der Palisade zustrebte und Elora – wie es sich für einen dienstbaren Geist gebührte – müde und gebeugt unter dem Gewicht des Rucksacks hinter ihm dreinstapfte.

Er grüßte die Siedler mit einem fröhlichen Winken, als er an ihrer Wagenburg vorüberkam, und verneigte sich im nächsten Augenblick, seinen Umhang mit der vollendeten Eleganz eines geborenen Höflings ausbreitend und in einem sich bauschenden Bogen vor der Brust wieder schließend, vor einer Gruppe von Mädchen, die am Straßenrand spielten und kichernd davonstoben, um ihren Eltern zu berichten, daß jemand Wunderbares in die Stadt gekommen sei. Die Männer betrachteten ihn mit Argwohn, und das Lächeln, mit dem er ihre mißtrauischen Blicke beantwortete, trug wenig dazu bei, sie zu beruhigen. Während Duguay damit beschäftigt war, die Menge zu beeindrucken, betrachtete Elora interessiert die in der Nähe grasenden Pferde. Die Händler des Bazars bevorzugten Bergponys, robuste, kurzbeinige Kreaturen, Bergziegen nicht unähnlich, die in den Unbilden des Wetters und in schwierigem Gelände gleichermaßen bestehen konnten. Dies hier jedoch waren schwere, massige Zugtiere, gut und gern eineinhalbmal so groß wie sie selbst und jedes von ihnen sicherlich mehr als eine Tonne schwer. Alle Tiere der Herde waren von der gleichen Rasse, deren Farbe zwischen Nußbraun und einem hellen Rotbraun spielte, mit kurzem, dichtem Fell und langen, hellen Mähnen und einem Kranz von ebenso hellen Haaren um die Fesseln.

Sosehr sich die Pferde ähnelten, so verschieden war das, was sie hierher gezogen hatten. Höchstens drei oder vier der Gefährte konnte man als Frachtwagen bezeichnen, wie sie die Händler des Cascani-Bazars für den Transport ihrer Waren benutzten. Der Rest war ein Sammelsurium von Karren, Leiterwagen, Blockwagen und Kaleschen unterschiedlichster Machart; einige davon waren in recht gutem Zustand, doch die meisten sahen aus, als kämen sie direkt vom Schrottplatz, wo sie bereits Jahre dem Verfall preisgegeben waren.

Ebenso unterschiedlich waren die Menschen, die mit diesen Gefährten unterwegs waren: Manche waren gut gekleidet, in bequemen, strapazierfähigen Hosen und Joppen, die von einem gewissen Wohlstand zeugten, während andere in dünnen und zerschlissenen Kleidern umherliefen. Allen jedoch war dieselbe bange Besorgnis ins Gesicht geschrieben, die nicht weit entfernt war von nackter Angst. Dies waren Menschen auf der Flucht vor etwas, das zu grauenvoll war, um darüber nachzudenken, geschweige denn, sich ihm zu stellen. Sie alle waren hier, weil sie keine andere Wahl gehabt hatten, und die Tatsache, daß sie ihr Lager außerhalb des Forts aufgeschlagen hatten, verriet, daß sie nicht daran glaubten, daß diese mächtigen Palisaden ihnen Schutz gewähren konnten.

»Rool!« flüsterte sie.

»Dies sind keine neuen Siedler, die ins Grenzland wollen, sondern Bauern, die von dort fliehen.«

»Die Spuren, die wir auf der Straße gesehen haben, könnten von ihnen stammen. Das sind wahrscheinlich die Leute aus diesem anderen Dorf.«

»Vermutlich haben sie gehört, was mit den Bewohnern des Dorfs geschehen ist, durch das wir gekommen sind, und sind in derselben Nacht geflohen.«

»Sieh dir ihre Gesichter an – die der Erwachsenen, meine ich.«

»Wandelnde Leichen allesamt – zumindest sehen sie sich alle selbst so. Sie glauben, es ist egal, wohin sie fliehen, denn es kann sie ohnehin nicht retten. Und wer kann schon sagen, ob sie nicht recht haben.«

Die fiebrige, an Hysterie grenzende Aufregung, die allenthalben herrschte, bestürzte Elora mehr als die Größe des Lagers. Obwohl die Zugänge zum Fort frei waren, um den Verteidigern wenigstens vor den Toren ein offenes Schußfeld zu bieten, erstreckte sich auf eine Länge von mehr als hundert Metern rechts und links des Wegs ein Labyrinth von Zelten und Buden, ein kleiner Bazar. Hier boten fliegende Händler allen nur erdenklichen Plunder und Tand feil, Andenken, Talismane, Fleisch am Spieß und Glücksbringer, oder was eine verängstigte Seele sonst noch begehren mochte, und dies alles in einer Vielfalt und Buntheit, die Elora erstaunte. Überall wimmelte es vor Menschen, was Elora vermuten ließ, daß dies ein Markttag sein mußte. Ein Händler ließ eine Bahn durchscheinenden Stoffs unter den prüfenden Blicken dreier junger Frauen aufflattern, wobei er darauf achtete, daß das Sonnenlicht die eingewobenen metallisch glänzenden Fäden gebührend zur Geltung brachte, doch es wurde schnell klar, daß die drei Frauen entweder nicht vollends hingerissen waren von dem Stoff oder nicht die ausreichenden Mittel hatten, ihn zu kaufen. Als Duguay Eloras Interesse an dem Stoff bemerkte, sprang er in die Bresche und bezauberte sowohl die Damen wie auch den Händler mit seinem strahlendsten Lächeln, während er den Mann auf einen Bruchteil des ursprünglichen Preises herunterhandelte.

Elora konnte sich ein bewunderndes Grinsen nicht verkneifen, als sie den Troubadour bei der Arbeit beobachtete, wie er sich gewandt, hierhin und dorthin tänzelnd, durch die Menge bewegte, scheinbar für jeden ein freundliches Wort parat, das ihm nicht einen abweisenden oder gar ärgerlichen Blick einbrachte. Sie versuchte gar nicht erst, ihm zu folgen, denn dafür war nicht genug Platz für sie und die Beutel und den Rucksack, den sie schleppte, und offengestanden machte es mehr Spaß, ihn von weitem zu beobachten.

»Er ist sehr gut.«

»Er ist ganz geschickt«, nörgelte der Brownie. »Aber das hat nicht viel zu sagen.«

»Willst du etwa, daß man uns davonjagt, noch bevor wir richtig angekommen sind?«

»Wenn er wirklich *sehr* gut wäre, Hoheit«, mäkelte der Brownie, »würde es gar nicht soweit kommen. Ein wirklich *guter* Dieb ...«

»Einer wie du, nehme ich an, Meister Langfinger?«

»Ich nenne keine Namen, aber ein guter Dieb könnte diese Leute bis auf den letzten Sovereign ausnehmen, ohne daß sie es überhaupt merken.«

»Du magst ihn nicht besonders.«

»Er zeigt mir zu viele Zähne, wenn er lächelt, und er lächelt viel zuviel für meinen Geschmack.«

»Ein Mann mit Frohsinn, Rool. Was ist falsch daran?«

»Nein. Er kommt mir vor wie ein Mann, der eine Rolle im größten Witz spielt, der je erzählt wurde, und er ist der einzige, der es weiß. Und das macht mich nervös.«

»Ich mag ihn.«

»Du bist jung und weißt es nicht besser.«

»Vielen Dank, Gewissen.«

»Du denkst, das alles ist ein großer Spaß für mich, Elora? Den Aufpasser zu spielen für ein eigensinniges, unreifes, hochnäsiges …«

»Das bin ich *nicht!*«

»… vorlautes und besserwisserisches …«

»Rool!«

»Nettes Geräusch.«

Sie versuchte ein eindrucksvolleres Lamento zustande zu bringen, die Art von weinerlichem Quengeln, die sie als Kind in Angwyn so perfekt beherrscht hatte, doch es mißriet ihr und brachte sie beide zum Lachen.

Dann – so plötzlich, wie es aufgeflackert war – brach ihr Lachen ab.

»Sieh, was dort angeschlagen steht, Rool! Der Aufruf, der dort hängt!«

Neben der Straße, zwischen dem Lager der Zelte und dem Tor, stand eine große, rechteckige und umrahmte Tafel aus Holz, auf deren einer Hälfte die generellen Verhaltensregeln und Vorschriften innerhalb des Forts aufgelistet waren, während die andere Hälfte für Nachrichten und Ankündigungen von allgemeinem Interesse vorbehalten war. Fast die ganze Hälfte nahm ein großer Bogen Pergament ein, das noch relativ sauber und unvergilbt war, was bedeutete, daß es noch nicht sehr lange dort hing.

IM NAMEN VON

MOHDRI

KASTELLAN ALLER MAIZAN

WIRD EINE BELOHNUNG VON

1000 GOLD-SOVEREIGNS

AUSGESETZT

FÜR DIE RETTUNG UND RÜCKKEHR

–LEBEND UND UNVERSEHRT–

UNSERER ALLSEITS GELIEBTEN

PRINZESSIN

ELORA DANAN

Darunter folgte eine Beschreibung, die mit konkreten Einzelheiten geizte, da niemand wußte, wie groß sie inzwischen geworden war oder wie sehr sich ihre kindlichen Züge verändert hatten (*fast überhaupt nicht,* murmelte sie zerknirscht zu sich selbst, *weder das eine noch das andere*). Der entscheidende Hinweis war, daß die flüchtige Person sehr leicht erkannt werden könne, da sie von Kopf bis Fuß silbern sei: silberne Haut, silbernes Haar – wie eine zum Leben erwachte Schmiedearbeit.

»›Lebend und unversehrt‹«, brummte Rool. »Wie rücksichtsvoll!«

»Mir gefällt vor allem ›unsere allseits geliebte Prinzessin‹. Das ist richtig rührend.«

»So rührend wie ›Rettung und Rückkehr‹. Es läßt einen jeden glauben, daß er etwas schrecklich Gutes tut, wenn er dich an die Maizan verrät.«

»Wer den Maizan einen Gefallen tut, steht auf der Seite der Guten. Das ist geschickt formuliert. Es bietet jede Art von Anreiz, mit den Maizan zu kooperieren, und gibt ihnen, was sie wollen.« Sie verzog das Gesicht. »Na ja – niemand hat je behauptet, daß der Betrüger nicht schlau ist.«

»Die Belohnung ist allerdings nicht sehr beeindruckend. Er versucht, dich so billig wie möglich zu kriegen.«

»Wohl kaum.«

»Tausend Sovereigns?«

»*Gold*-Sovereigns«, korrigierte sie ihn.

»Macht das einen Unterschied? Ich meine, das ist sicherlich eine Menge für diese armen Bauerntölpel hier, aber …«

»Rool, wenn man die Cascani-Währung zugrunde legt, dann ist ein Gold-Sovereign tausend Kronen wert. Und abgesehen von einem Leben in Angwyn und Sandeni vielleicht, kann eine große Familie von tausend Kronen ein ganzes Jahr in Saus und Braus leben.«

»Eine verlockende Summe, nicht?«

»Ich komme mir mit einemmal vor, als hätte ich eine Zielscheibe auf meinem Rücken.«

»Du meinst, wir sollten von hier verschwinden?«

»So bald wie möglich.«

»Du verstehst jetzt hoffentlich, warum Drumheller wollte, daß du bei Torquil bleibst.«

»Vielen Dank – ich bin ja nicht völlig blöd.«

»Wenigstens mal eine gute Nachricht.«

Sie warf dem Brownie einen grimmigen Blick zu, doch dieser schien davon nicht im geringsten beeindruckt.

»Ich will nur nicht länger von der Freundlichkeit anderer abhängig sein«, sagte sie betont langsam. »Wenn du nichts dagegen einzuwenden hast.«

»Hallo, Elora!« hörte sie Duguays Stimme ein paar Schritte hinter ihnen.

»Und was machen wir mit ihm?« lautete Rools letzte Frage, ehe er sich wieder in Schweigen hüllte.

Sie hatte keine Antwort darauf. Duguay hatte für das Anschlagbrett kaum einen flüchtigen Blick übrig, doch sie wußte, daß das nichts zu bedeuten hatte. Seine Augen hatten sich oft genug als schärfer als die ihren erwiesen, und er besaß ein teuflisches Geschick, Dinge zu sehen, die er scheinbar gar nicht wahrnahm.

»Ich weiß nicht, wie du das siehst, Lehrling, aber ich für meinen Teil habe die Nase voll von der Straße«, verkündete er und spazierte mitten auf der Straße und unter den Augen der Wachposten und ihres Offiziers auf das Haupttor des Forts zu, als denke er nicht im Traum an die Möglichkeit, von ihnen abgewiesen zu werden. »Ein paar Tage Ruhe und Erholung, um den Magen und den Geldsack wieder zu füllen, wird uns beiden guttun.«

Er warf Elora einen schnellen Seitenblick zu, der sie so sehr überraschte, daß sich ihre Blicke einen flüchtigen Moment lang trafen. In diesem nicht einmal einen Herzschlag währenden Augenblick war ihr zumute, als habe sie soeben in das Herz der Sonne geblickt. Sie konnte sich an keine Einzelheiten erinnern; zu intensiv waren die auf sie einstürmenden Empfindungen. Der Augenblick verstrich so schnell, in einer so winzigen Zeitspanne, daß sie keine Worte dafür hatte und nur ein diffuser Nachgeschmack zurückblieb. Sie fühlte eine vage Mischung von Heiterkeit und Gefahr, ein Verlangen, so groß und so rein, daß seine Erfüllung völliges Vergessen oder Selbstaufgabe bedeutet hätte.

Das einzige äußerlich erkennbare Zeichen dieser Empfindungen war ein erschrecktes Ringen nach Luft seitens Eloras; Duguay jedoch zeigte keinerlei Regung, was Elora sogleich zu der Vermutung veranlaßte, daß sie sich alles nur eingebildet hatte. Seine Worte jedoch verrieten ihr, daß er das Zeichen gesehen und die richtigen Schlüsse gezogen hatte. Sie waren gedacht, sie zu beruhigen. Doch das taten sie nicht.

»Vertraut mir, Elora«, waren seine Worte, die er sagte, während er auf die Torwache zuschritt.

»Tu das nicht!« flüsterte ihr Rool ins Ohr.

Duguay begegnete dem Anruf des Postens mit einem Lächeln, auf das er eine manierierte Handbewegung folgen ließ, begleitet von glatten Worten, unwiderstehlichem Charme und schließlich dem Klingen von ein paar Münzen, die den Besitzer wechselten, und sie wurden eingelassen.

Plötzlich brach innerhalb der Palisaden ein tumultartiger Lärm los, der mit einem Schrei in einiger Entfernung begann, um sich griff und anschwoll und wie eine dröhnende Brandung aus gellenden Stimmen, dem Klirren von Stahl und dem Poltern umstürzender Gegenstände auf das Tor zubrandete. Entlang der Straße drehten sich Köpfe, um durch das Tor zu spähen, doch keiner der Besucher des Bazars schien irgendeine Ahnung zu haben, was hier vor sich ging. Auf ihren Gesichtern erkannte Elora mehr Neugier als echte Beunruhigung. Die Wachposten schienen jedoch mehr zu wissen. Sie waren bereits beim ersten Schrei von den beiden Tortürmen herabgestürmt, und Elora beobachtete, wie Langspieße an sie ausgeteilt wurden und ein Trupp von ihnen hinter die Flügel des Tores lief, um sie zu schließen.

Elora hörte das Trommeln der Hufe erst, als der Reiter der Kavallerie, der sich vom anderen Ende des Bazars dem Tor näherte, an ihr vorüberdonnerte. Als er durch das Tor galoppierte, sprang ihn eine Gestalt aus dem Schatten innerhalb der Palisaden an. Der Reiter stieß einen entsetzten Schrei hervor, das Pferd wieherte erschreckt und bäumte sich auf die Hinterhand. Der arme Mann hatte einfach nicht genug Hände. Zugleich verlor das Pferd jegliche Erinnerung an sein Training als Schlachtroß und verfiel in den natürlichen Zustand der Panik. Es ruderte mit den Vorderhufen, machte auf der Hinterhand einen Schritt rückwärts, verlor das Gleichgewicht und stürzte mit einem Wiehern und einem vernehmlichen Krachen, das die Erde unter Eloras Füßen erschütterte, zu Boden. Noch während das Pferd stürzte, schnellte die Gestalt, die den Reiter angesprungen hatte, mit einem gellenden Schrei vom Rücken des Tiers.

Unglücklicherweise stand Elora genau dort, wo er landete. Es war, als sei sie von einem Donnerstein getroffen worden. Die Tatsache, daß Duguays Tornister den Großteil der Wucht des Aufpralls auffing, als sie und die Gestalt ineinanderverkeilt zu Boden stürzten, machte die Kollision nicht weniger schmerzhaft.

Einem Reflex gehorchend, der schneller war als jeder bewußte Gedanke und allein dem Instinkt folgte, sich zu wehren, schlug sie um sich. Doch mit jedem Faustschlag, den sie der Gestalt versetzte, dämmerte ihr mehr und mehr, daß sie die Gestalt von irgendwoher kannte. Dies war kein Fremder und auch kein Feind.

Zumindest nahm sie das an, bis Ryn Taksemanyin seine Fänge fletschte und ein Fauchen hervorstieß, das Babys auf der Stelle losplärren ließ und die Augenzeugen veranlaßte, in Deckung zu gehen oder zu ihren Waffen zu greifen. Elora zuckte zurück, als scharfe Klauen nach ihr krallten, und der Ausdruck auf Ryns Gesicht war so wild und entschlossen, daß sie keinen Augenblick daran zweifelte, daß er seine Krallen in sie schlagen würde. Doch statt dessen befreite Ryn sie aus den Gurten des Tornisters und schleuderte sie aus seinem Weg.

Erneut setzten Reflexe ihr Denken außer Gefecht. Sie schnellte in der Luft herum und landete auf allen vieren. Mit gehetztem Blick suchte Ryn nach einem Fluchtweg durch die Menge, doch ein stämmiger Wachposten warf sich auf ihn und brachte ihn zu Fall. Ein Stoß mit dem Ellbogen in den Solarplexus setzte den Daikini schnell außer Gefecht, doch zwei seiner Kameraden warfen sich auf Ryn, während der Wyr noch im Begriff war, sich von der Last des Bewußtlosen zu befreien und wieder auf die Beine zu kommen.

Eine Keule hob sich und sauste nieder, und Elora stöhnte auf, als unter dem Hieb Blut spritzte. Für jeden Gegner, den Ryn zur Seite schleuderte, sprangen zwei oder drei neue in die Bresche, und bald war der Wyr unter einem Berg von Leibern begraben, die auf ihn einschlugen. Es war ein Kampf, der nichts anderes war als eine üble Keilerei, und die Wachen waren Meister in dieser Kunst.

Die Menge hielt sich in respektvoller Entfernung. Wie es schien, hatten die Vertreter der Obrigkeit die Situation im Griff, doch niemand wollte das Risiko eingehen, zu nahe zu treten und auf schmerzhafte Weise herauszufinden, daß dem nicht so war. Ein paar Reiter wurden von einer der Wachen zurückgewunken. Dies hier war ein Gegner, dem man besser auf eigenen Beinen begegnete. Eiserne Schellen wurden mit hastigen Bewegungen vieler Hände um die Knöchel, die Handgelenke und den Hals des Delinquenten gelegt, der dann grob auf die Beine gezerrt wurde. Eine dikke Kette zwischen den Fußschellen hinderte Ryn, sich anders als mit kleinen, schlurfenden Schritten fortzubewegen, und seine Arme waren mit den Handfesseln so schmerzhaft hoch auf den Rücken gezurrt und mit der Schelle um seinen Hals verkettet, daß für ihn jeder Atemzug zu einem qualvollen Ringen nach Luft wurde. In den Mund hatte man ihm einen Knebel gesteckt und mit einem Riemen festgeschnürt. Eloras Hand kroch zu ihren Reisebeuteln und den Waffen darin, als in der Menge der Chor der Stimmen immer lauter wurde, die forderten, daß man dem Gefangenen, dieser *Bestie,* am besten gleich die Kniesehnen durchschneiden solle.

Duguays Hand legte sich auf die ihre, und in dem Aufruhr ihrer Gefühle registrierte Elora dennoch, wie leicht er sie überrumpeln und aus der Fassung bringen konnte. Sie wußte selbst, daß dies nicht die Gelegenheit für eine Befreiungsaktion war, doch es war eine schreckliche Qual für sie, untätig dabeizustehen und zuzusehen, wie ihr Freund in Fesseln fortgezerrt wurde.

Trotz der gebeugten Haltung, zu der ihn seine Fesseln zwangen, überragte Ryn die meisten seiner Peiniger um Haupteslänge. Er war selbst für einen der in den Ozeanen lebenden Rasse der Wyrrn sehr großgewachsen. Seine Schultern waren breit, sein Leib und seine Glieder lang und schlank und eher fürs Schwimmen und Tauchen durch die Fluten gebaut als für die Fortbewegung auf zwei Beinen. Sein Fell hatte unter der Keilerei und was immer seiner Gefangennahme vorangegangen war, ziemlich gelitten. Normalerweise war es makellos gepflegt und besaß einen schimmernden Glanz, doch nun war es von Staub und Schmutz verklebt und an einigen Stellen verfilzt und dunkel von Blut, wie Elora befürchtete. Sein Gesicht war gewöhnlich ebenso ausdrucksstark wie das eines Daikini. Ryns Intelligenz war der der Klügsten in der johlenden Menge sicherlich ebenbürtig, und sein Ehrgefühl reichte hin, sie alle ohne Ausnahme zu beschämen. Doch jetzt, wie er geduckt dastand, durch den Knebel fauchend mit Schaum vor dem Maul und einem bösen Funkeln in den Augen, schien Ryn mehr Bestie denn Mensch zu sein.

Die Wyrrn überbrückten die Kluft zwischen dem Land und dem Meer. Sie bauten ihre Siedlungen an entlegenen, wilden Küsten und waren weit draußen im Tiefen Blau, wie sie die Mutter Ozean nannten, ebenso zu Hause wie an Land. Sie atmeten Luft, waren jedoch in der Lage, so lange und so weite Strecken unter Wasser zu schwimmen, wie sie auch der geübteste und ausdauerndste Daikini nicht überleben würde, und sie konnten in Tiefen tauchen, die Landbewohner nur in ihren Träumen erreichten. Sie waren im Meer ebenso weit verbreitet und selbst in den entlegensten Regionen zu finden, wie die Daikini an Land, doch im großen und ganzen waren sie eine weit verträglichere Spezies als jene. Ihre freundschaftlichen Beziehungen zu den Cascani waren bereits Legende, und viele der Geschichten, die man sich erzählte, bezeichneten die Wyrrn und die Cascani als Nachkommen derselben Ahnen. Wenn man sie auf diesen Punkt ansprach, dann war die Reaktion beider Rassen in der Regel ein breites und wissendes Grinsen und das Angebot, zusammen noch ein Gläschen zu trinken, um die Begegnung noch vergnüglicher zu gestalten. Der Hauptunterschied zwischen ihnen war, von ihrem äußeren Erscheinungsbild einmal abgesehen, daß die Cascani für den Handel lebten und nebenher ihren Spaß hatten, während Wyrrn offenbar zum Lachen geboren waren, und je besser das Spiel, um so glücklicher waren sie.

Verdammt, dachte Elora, als sie zusah, wie Ryn fortgezerrt wurde, und dann machten sich ihre Gefühle in Worten Luft: »Verdammt, verdammt, verdammt!«

»Ihr seid vorhin schon mal stehengeblieben«, stellte Duguay fest, und der Klang seiner Stimme riß sie aus ihren Tagträumen. »Seid Ihr Euch unschlüssig, ob wir bleiben sollten?«

»Nein.«

»Eine scheußliche Sache ist das.«

»Ja.«

Er verstand den Wink mit dem Zaunpfahl und verlor kein Wort mehr darüber, während er ihr voran durch das Haupttor des Forts schritt. Elora folgte ihm dicht auf den

Fersen, doch nicht, ohne einen prüfenden Blick auf die Verteidigungsanlagen zu werfen. Sie war beeindruckt. Der Wall war zweimal so breit, wie sie vom Kopf bis zu den Zehen maß, und die Baumstämme, die die Palisade bildeten, waren zu einer Doppelreihe verbunden.

»Die Leute hier nehmen ihre Sicherheit offensichtlich sehr ernst«, murmelte sie, sowohl dem auf ihrer Schulter thronenden Rool zugewandt als auch Duguay, der nun neben ihr ging. Der Troubadour hatte sich inzwischen wieder seines Rucksacks bemächtigt, den er in einer Hand trug, während er mit der anderen Elora festhielt.

»Dann stehen die Chancen bestens, daß wir heute nacht ruhig und sicher schlafen werden«, erwiderte Duguay.

Das Versprechen, eine Vorstellung zu geben, brachte ihnen eine winzige Kammer für die Nacht und Abendessen für jeden von ihnen ein. In dem Verschlag stand ein Bett, in dem bestenfalls ein Nelwyn Platz gefunden hätte, vorausgesetzt, er war nicht sonderlich groß gewachsen und bewegte sich nicht viel im Schlaf, und an der Wand waren Holzdübel, an denen sie ihr Gepäck aufhängen konnten, und ein einzelnes Holzbord. Keine Kerzen. Als Elora danach fragte, erntete sie nur ein höhnisches Lachen als Antwort von der Dienstmagd, die ihnen den Weg gezeigt hattc. Es gab auch keine Tür, nur einen Vorhang, der ihnen einen kleinen, fadenscheinigen Rest von Privatsphäre bot. Um zu dem gemeinsamen Waschraum und dem Abort zu gelangen, mußten sie über den Hinterhof gehen. Das einzige Licht kam von den Fackeln im Korridor. Natürlich gab es auch komfortablere Zimmer, doch die waren für bessere Leute, die dafür auch zahlten. Doch die Matratze war sauber, ebenso wie der Fußboden und das Personal, und die Kammer schien relativ frei von Ungeziefer. Duguay meinte, er habe schon Schlimmeres gesehen.

Er dirigierte Elora in die von der ›Tür‹ entfernteste Ecke des Verschlags, nahm ihren Umhang vom Haken und hängte ihn über den Rahmen der Türöffnung, was sie beide in nahezu völlige Dunkelheit tauchte. Ihre MagierSicht ermöglichte Elora, perfekt zu sehen, und sie fragte sich, ob das auch für ihn zutraf, bis er eine Ecke des Umhangs zurückschlug, damit ein Streifen Licht über seinen Rucksack fiel. Er kramte eine kleine Metalldose hervor und nahm den fest sitzenden Deckel ab, unter dem ein Docht zum Vorschein kam. Er reichte ihr die Lampe, schlug mit einem Feuerstein gegen Stahl, und Sekunden darauf hatte der Raum Licht. Seiner Aufforderung gehorchend, stellte sie die Lampe auf dem Holzbord ab, während er den Umhang wieder ganz über die Türöffnung breitete, damit kein Licht nach draußen drang.

»Wir könnten deshalb Schwierigkeiten bekommen«, sagte Elora.

»Nur wenn sie es bemerken, was sie nicht werden, oder wenn wir den ganzen Laden in Brand stecken, was wir auch nicht vorhaben.«

»Seid Ihr Euch da so sicher?«

»Vertraut mir.«

»Das sagt Ihr ständig »

»Ich habe Euch nicht verraten, Elora. Und das werde ich auch nicht.«

Sie sagte nichts darauf und zog nur skeptisch eine Augenbraue in die Höhe.

»Bitte versucht nicht, mir etwas vorzumachen, Elora«, sagte er. »Ich habe den Steckbrief draußen vor dem Tor ebenso gesehen wie Ihr, und ich frage mich, wie viele silberhäutige Menschen es auf der ganzen Welt wohl gibt.«

»Ich kenne nicht die ganze Welt – Ihr etwa?«

»Wie Ihr meint. Aber Ihr könnt nicht in diesem Aufzug im Fort herumlaufen.«

»Hochländer tun das aber.«

»Und wenn Ihr eßt oder trinkt – was dann?«

»Ich kann hier im Zimmer bleiben.«

»Das würde Eurem Freund kaum weiterhelfen, hab' ich recht?«

Er hatte recht, und sie seufzte, um zu bekunden, daß sie es einsah.

»Woher wißt Ihr, daß er mein Freund ist?«

»Ich beobachte die Menschen. Ich achte darauf, wie sie

auf Dinge reagieren. Euer Verhalten hat mir gezeigt, daß Ihr diesen Wyr kennt, und dies nicht nur zufällig.«

»Er ist mein Freund, Duguay. Ich muß ihm helfen.«

»Dann solltet Ihr am besten damit beginnen, Euch selbst zu helfen. Es gibt zwei Möglichkeiten, sich zu verbergen, wenn man auf der Flucht ist.« Aus seinem Mund klang das, als wüßte er aus eigener Erfahrung, wovon er redete. »Ihr könnt Euch entweder wie eine Maus verkriechen, oder Ihr könnt Euch so augenfällig und selbstverständlich im Rampenlicht bewegen, daß niemand auf den Gedanken käme, in euch jemanden auf der Flucht zu vermuten.«

»Ihr sprecht aus Erfahrung?«

»Nicht jeder Auftritt endet in Wohlgefallen. Manches Publikum glaubt, seinem Ärger Luft machen zu müssen.«

»Und was zieht Ihr vor?«

»Die Leute mögen keine Überraschungen, Elora. Es ist immer besser, ihren vorgefaßten Meinungen und Vorurteilen gerecht zu werden – um es deutlicher zu sagen: ihnen das zu geben, was sie erwarten. Ihr seid die Schülerin eines Barden. Wann habt Ihr zum letztenmal einen dieser Zunft gesehen, der scheu und zurückhaltend war? Außerdem – wenn Ihr die Aufmerksamkeit aller in eine Richtung lenkt, haben sie keinen Blick mehr für das, was sonst noch hinter ihrem Rücken geschieht.«

»Ich glaube, ich sollte Euch warnen, Duguay, falls Ihr vorhabt, Euch irgendeiner Art von Zauber oder sonst irgendwelches Blendwerks zu bedienen: An mir prallt jede Art von Magie ab.«

»Es ist kein Zauber oder sonst etwas in der Art. Mit so einem Unsinn kann ich nicht viel anfangen.« Er verzog den Mund zu einem schiefen Grinsen, das eine Spur zu kläglich ausfiel, um als Lächeln gelten zu können. »Außerdem habt Ihr genug von mir gesehen und mich angerührt, wie es noch niemand getan hat. Ich hab' ein gutes Herz, wie ich zugeben muß – wenn auch widerwillig –, denn mir liegt die Rolle des Lebemanns und Spitzbuben weit mehr. Aber Magie ...« – Elora hörte deutlich das Bedauern in seiner Stimme – »... ganz gewiß nicht.«

Er richtete den Blick auf sie, und sosehr sie es auch versuchte, sie konnte ihm einfach nicht in die Augen sehen. »Ich verdanke Euch mein Leben, Elora mit der silbernen Haut. Dies ist nur eine kleine, bescheidene Vergeltung.« Er holte tief Luft, um die trübe Stimmung zu verscheuchen, und griff den Faden, den er verloren hatte, wieder auf. »Wie auch immer – Magie ist zu einfach. Wenn jemand aus irgendeinem Grund mißtrauisch wird, ist Magie das erste, das er vermutet. In einem so großen Fort wie diesem gibt es wahrscheinlich drei oder vier Hausmagier, die sofort auch die leiseste Spur von irgendeinem fremden Zauber aufspüren würden. Ich für meinen Fall bin ein altmodischer Spieler. Ich arbeite mit meinen Händen und mit allem, was mir in die Finger kommt, und mit meinem Grips. Und das solltet Ihr auch.«

»Und wie steht Ihr zu der Belohnung?«

»Muß ich ein Lügner oder ein Narr sein, wenn ich Euch sage, daß sie mich nicht interessiert? Ich habe die Wanderlust im Blut, Elora, genau wie Ihr. Zugegeben, das ist mehr Geld, als ein Mann wie ich in seinem Leben jemals auf einmal zu Gesicht bekommt, aber was sollte ich damit anfangen? Es auf dem Rücken mit mir herumschleppen und mich damit zum Ziel für jeden Wegelagerer machen? Selbst wenn es möglich wäre, das ganze Geld überhaupt auszugeben, bin ich mir nicht sicher, ob ich es versuchen möchte. So viel Geld verdirbt früher oder später den Charakter eines jeden aufrechten Mannes, weil sein Tun mehr und mehr von der Frage beherrscht wird, welchen Nutzen es ihm bringt. Manche sind dazu geboren, reich zu sein, aber ich habe noch niemanden ihrer Art kennengelernt, den ich wirklich gemocht hätte. Und ich habe auch nicht die geringste Lust dazu, einer von ihnen zu werden. Natürlich ist so viel Geld auch für mich eine Versuchung. Ich bin schließlich auch nur ein Mensch. Aber so groß, daß ich ihr nachgeben würde, ist sie nicht.«

»Wohl gesprochen.«

»Ihr seid nicht überzeugt.«

»Eure Worte sind wohl gesetzt, Duguay, aber wir leben

in Zeiten, die selbst auf die Seelen der besten Männer ihre Schatten werfen. Vielleicht habt Ihr recht, und es ist besser, sich mit geborenen Spitzbuben und Brüdern Leichtfuß einzulassen. Zumindest hoffe ich das in meinem Fall. Aber so wie es aussieht, habe ich auch keine große Wahl. Also tut, was Ihr für richtig haltet.«

Er verlangte von ihr, sich bis an die Grenze der Schicklichkeit auszuziehen; nur ihre Shorts und ihr Unterhemd ließ er ihr, das jedoch viel zu kurz war, um ihren Bauch zu verbergen, so daß selbst er sich bei dem Anblick, der sich ihm bot, auf seine Absätze zurücksinken ließ und sie mit offenem Mund anstarrte. In einem Anflug von Scham, die sie in der Gegenwart der Brownies nie gekannt hatte, schlug sie die Augen nieder und zog die Schultern nach vorn. Sie schlang vor ihrem Bauch die Finger ineinander, um sie davon abzuhalten, mit kleinen hilflosen Bewegungen zu versuchen, ihre Blöße zu bedecken oder sich für ihren geschorenen Kopf zu entschuldigen.

»Der Steckbrief wird Euch in keiner Weise gerecht.«

Sie wagte nicht, etwas darauf zu erwidern, weil sie fürchtete, ihre Stimme könnte versagen. Am liebsten hätte sie ihn angeschrien: *Das bin nicht ich! Das ist nicht die, die ich wirklich bin!* Doch ebenso stark war der Wunsch, ihm mit Stolz zu begegnen. Noch nie hatte sie sich so gefühlt – so zutiefst unsicher. Man hatte sie geliebt, als sie ein kleines Kind gewesen war, weil jeder kleine Kinder liebt. Und während sie dann in Angwyn heranwuchs, waren die Leibgarden die einzigen Personen, die immer um sie waren, und die waren für sie ebensowenig wirklich, wie die Heilige Prinzessin dies für die Leibgarden war. Ihre eigene Meinung von sich selbst war so schlecht, daß die ihre nicht ins Gewicht fiel. Später dann, als sie wieder mit Thorn zusammen war und lernte, allmählich zu verstehen, daß auch sie kein wertloser Mensch war und große Fähigkeiten in ihr schlummerten, hatte sie sich immer geweigert, sich selbst in Kategorien körperlicher Schönheit zu betrachten. Das war nicht der Maßstab, nach dem sie beurteilt werden wollte. Sie begann, ihre Fähigkeiten zu schulen, und lernte in Torquils Schmiede auch schwere Arbeiten zu verrichten. Mit ihnen entwickelte sich ihr Körper, um diese Arbeiten bewältigen zu können. Sie hatte immer gewußt, daß der Tag kommen würde, an dem sie als Frau gesehen werden wollte, doch sie hatte niemanden gehabt, der sie auf diesen Augenblick vorbereitet hätte.

»Darf ich Euch berühren?« fragte Duguay und erhielt als Antwort ein winziges Kopfnicken. Der bloße Gedanke daran jagte ihr einen neuerlichen Schauer von Gänsehaut über den Leib, und sie spitzte angestrengt die Lippen, während sie zu verstehen versuchte, wie es möglich war, daß sie das Gefühl hatte, als strömte in ihren Adern eiskaltes und zugleich beinahe kochendheißes Blut durcheinander.

Es ist bestimmt nicht so, daß er irgend etwas mit mir macht, dachte sie inmitten des schrecklichen Durcheinanders, das in ihrem Kopf herrschte. *Rool würde das nicht zulassen.* Sie war Rool unendlich dankbar, daß er hier war, und zugleich haßte sie ihn dafür.

»Eure Haut ist ganz warm«, sagte er verwundert, als er ihren Unterarm in die Hand nahm. Dann brach er, als sei ihm bewußt geworden, wie lächerlich dies klang, in ein leises glucksendes Lachen aus.

»Vergebt mir, Elora«, entschuldigte er sich und senkte, sich auf die Knie erhebend, den Kopf in einer geziemlichen Verneigung. »Ich muß Euch wie ein kompletter Narr vorkommen.«

»Das macht nichts – äh, nein, nein.«

»Ihr seht wirklich aus wie eine Statue, die zum Leben erwacht ist.«

»Der einzige Zauberbann, der nicht an mir abgeprallt und spurlos an mir vorübergegangen ist. Es sei denn natürlich, daß das von Anfang an mein natürliches Aussehen war. Die Frage ist nur …« – ihre Stimme klang nun fester, als sei das ursprüngliche Thema, auf das sie zurückzukommen gedachte, so etwas wie eine Rettungsleine für sie –, »… wie soll ich es verbergen? Wenn ich mich, wie Ihr sagt, im Rampenlicht und vor den Augen aller bewegen soll.«

»Kleider sind eine Möglichkeit, wie Ihr wißt. Aber für unsere Zwecke …«

Duguay kramte in seinem Rucksack herum und brachte ein kleines Kästchen zum Vorschein, das eine Menge Gläser und Döschen mit verschiedenen Salben und Pasten enthielt.

»Der Trick ist«, murmelte er geistesabwesend, während er in der Schatulle herumsuchte und einige der Döschen auswählte, »nicht das Silber zu übermalen, sondern es aussehen zu lassen, als sei es auf die Haut gemalt.«

»Und wenn ich schwitze? Und was, wenn ich ein Bad nehmen will? Wäscht das Eure Farben nicht wieder ab?«

»Manche ja, andere nicht. Das ist der springende Punkt: Die Schminke muß in Schichten aufgelegt werden. Ihr werdet sehen ...«

Er ließ ihr Haar so, wie es war, in wilden Strähnen und Fransen, doch er schmierte es mit einer Paste ein, die es so tiefschwarz färbte, als habe sie den Kopf in ein Tintenfaß gesteckt. Mit einem Stift veränderte er die Linie ihrer Augenbrauen, die sich nun in einem kühnen Schwung wölbten, und griff dann nach einem Rasiermesser, mit dem er den spitzen Haaransatz auf ihrer Stirn betonte, indem er rechts und links die Haare einen halben Fingerbreit ausrasierte.

Dann kamen die Farben an die Reihe, kräftige, großzügig aufgetragene Farben, die die Flächen und Rundungen ihres Gesichts in einer Weise hervorhoben oder abschwächten, daß sie nicht nur um einiges älter wirkte, sondern es auch völlig unmöglich machten, zu sagen, wie sie wirklich aussah. Der Gesamteindruck war wundervoll. Nicht einmal in ihren wildesten Träumen hatte Elora sich vorstellen können, daß sie jemals so schön aussehen könnte, obgleich sie feststellen mußte, daß sie in ihrer Erinnerung kein klares, übereinstimmendes Bild von sich selbst finden konnte.

Überall, wo ihre Haut noch zu sehen war, trug er eine Art Grundierung auf, die den silbernen Farbton ihrer Haut gar nicht einmal so sehr veränderte, sondern ihn eher in einem anderen Licht erscheinen ließ. Unter großzügiger Verwendung von Farbe – vor allem von Rot und Weiß – erzeugte er in etwa den Effekt, der jedesmal eintrat, wenn Elora errötete, was ihrer Haut einen schwachen, jedoch deutlich erkennbaren rosafarbenen Schimmer verlieh. Das

Ergebnis war eine Frau mit sehr bleicher, aber sonst völlig normaler Haut.

Der Effekt seiner Schminkkünste war mehr als verblüffend. Elora sah richtig wild aus, und in ihren Gesichtszügen spiegelte sich mehr als nur die Andeutung eines feenhaften Zugs.

»Das wichtigste ist vorläufig allerdings«, stellte er in einem Ton fest, der sie offenbar beruhigen sollte, »daß die Leute vor allem in Euer Gesicht sehen, anstatt sonst irgendwohin.«

»Vorläufig?«

»Macht Euch nichts vor – so betörend ist Euer Körper auch wieder nicht.«

Dafür verpaßte sie ihm einen Hieb gegen den Oberarm. Seine Rache folgte auf dem Fuß in Form der Kostümierung, die er für sie aus seinem Rucksack hervorkramte. Zweifelnd hielt sie den Gazeschleier vor ihr Gesicht und sah ihn durch das Gewebe an.

»Ich glaube nicht, daß ich das anziehe«, erklärte sie mit einem warnenden Unterton in der Stimme.

Doch wie sich herausstellte, waren ihre Befürchtungen unbegründet. Er zog ein Paar leichte Sandalen für ihre Füße aus seinem scheinbar unerschöpflichen Rucksack hervor, dazu eine dünne Seidenhose, die ihre Hüften und Beine wie eine zweite Haut umspannte. Sie reichte nicht ganz bis zu ihrer Taille empor, wie dies für eine Hose schicklich gewesen wäre, sondern saß noch unterhalb des Nabels auf ihren Hüftknochen, ebenso wie der darübergebundene knöchellange und mit Falbeln besetzte Rock, der aus einem ähnlich durchsichtigen Stoff wie der Schal bestand und mit Spangen und Perlen bestickt war, die bei jeder Bewegung glitzernd und funkelnd das Licht spiegelten. Trotz seiner scheinbaren Leichtigkeit fühlte sich der Stoff glatt auf der Haut an und umfloß ihre Beine bei jeder Bewegung und bauschte sich, wenn sie sich mit der ihr eigenen sinnlichen Geschmeidigkeit drehte, mit der jede Frau, die wußte, wie sie sie zu ihrem Vorteil einzusetzen hatte, die Blicke aller auf sich ziehen konnte. Um ihre Taille schlang er einen Gürtel aus goldenen Kettchen, von dessen Schloß, das auf ihrem Nabel ruhte, Objekte aus Metall und Kristall herabhingen.

Das Oberteil war ebenso eine Mischung aus Fantasie und Zweckmäßigkeit: ein Hemd aus feinem Baumwollstoff, das aussah und sich anfühlte wie Seide. Um die Schultern saß es eng und bauschte sich dann am Ärmelansatz in weiten Glockenärmeln bis zu ihren Handgelenken, wo es von Bändern gehalten wurde. Ein hoher Kragen umschloß einen tiefen Ausschnitt, der bis zum Revers der Bluse hinabreichte, die unterhalb der Brust so gerafft war, daß es den Mangel an Rundungen in dieser Region kaschierte. Die Ärmel waren von oben bis unten mehrfach geschlitzt, wodurch ihre Arme in ihrer ganzen Länge zu sehen waren, die mit Bändern und Armreifen und einigen stilisierten Tätowierungen geschmückt waren. Duguay hatte sie ihr mit Tinte, so schwarz wie ihr Haar, auf die Haut gemalt. Die Formen der Tätowierungen waren Elora völlig unbekannt; sie waren für sie abstrakte Linien, in denen sie bestenfalls mehrere ineinander verzahnte Speerspitzen zu erkennen vermochte.

Dann wurde ihr Gesicht geschmückt: ein Clip-Ring für ihre Nasenscheidewand mit einem feinen Doppelkettchen, dessen andere Enden an einem Ring in ihrer Ohrspitze und an einem weiteren in ihrem Ohrläppchen befestigt waren. Ein breites, enganliegendes Halsband und darüber noch mehr Gold um den Hals, Ringe an jedem Finger und je einen an ihren großen Zehen.

»Ist das nicht ein bißchen sehr protzig?« fragte sie skeptisch. »Und viel zu auffallend.«

Das Grinsen, das auf Duguays Gesicht erschien, war so ansteckend, daß sie nicht anders konnte, als es ihm gleichzutun. »Ihr habt *mich* noch nicht gesehen.«

Allein die Vorstellung genügte, sie in schallendes Gelächter ausbrechen zu lassen.

»Ihr seid mit grellen, kräftigen Farben bemalt«, erklärte er ihr. »Eure Kleider haben warme Farbtöne, die mit Gold, Rubinen und Amethysten betont werden. Jedes einzelne Element verfolgt die Absicht, den Betrachter davon abzulenken, Euch zu sehen, wie Ihr wirklich seid.«

»Wird es funktionieren?«

»Fragt mich das morgen.«

»Wie überaus beruhigend für mich. Was machen wir mit Ryn?«

»Eurem Freund aus dem Ozean?«

»Sein Name ist Ryn Taksemanyin.«

»Zunächst sollten wir den Bewohnern des Forts Gelegenheit geben, sich an unseren Anblick zu gewöhnen, bevor wir irgend etwas unternehmen. Auf keinen Fall dürfen wir die Dinge überstürzen.«

»Die ganze Maskerade hat keinen Sinn, wenn wir ihn nicht befreien können!«

»Dann können wir nur hoffen, daß die Schicksalsgötter nicht schlecht gelaunt sind.«

Sie streckte ihm die Zunge heraus und machte es sich dann gemütlich, um in Ruhe zuzusehen, wie er sich für die Abendvorstellung zurechtmachte.

7. Kapitel

Duguay war wirklich sehr gut, das konnte niemand abstreiten.

Er zog die Menge in seinen Bann und faszinierte jeden einzelnen. Er besaß die seltene Gabe, ein Lied so klingen zu lassen, als habe er es in diesem Augenblick und allein für diesen Anlaß komponiert und als sei es eine persönliche Widmung für jeden Anwesenden. Der Speisesaal der Herberge war ein imposanter Raum; nicht so sehr wegen seiner Tiefe, sondern eher wegen seiner enormen Breite, an dessen einer langen Wand Platz für zwei gewaltige Kamine war. Die gut zwölf Fuß hohe Decke war von mächtigen Balken durchzogen, die die darüberliegenden Stockwerke des Gebäudes trugen. Überall sah man grob behauenes Holz, das eher den Eindruck von Urwüchsigkeit und rustikaler Solidität denn von Eleganz oder Gediegenheit vermittelte. Das ganze Haus war in Hinblick auf seine Funktion errichtet worden, mit ebensowenig Luxusansprüchen, wie die Leute sie hatten, denen es Unterkunft bot.

Licht spendeten vor allem die beiden Kaminfeuer sowie eine Menge dickleibiger Kerzen auf Ständern und Lampen entlang der Wände. Die Mahlzeiten wurden an langen Tischen und Bänken serviert, die die ganze Breite des Raums einnahmen. Auf einem Podium entlang der Wand zwischen den beiden Kaminen und unter einem gewaltigen Geweih von solch gigantischen Ausmaßen, daß viele Gäste es für eine Imitation hielten, stand die Hochtafel.

Der Saal um Elora herum bebte unter dem Lärmen und Johlen der versammelten Dauergäste und Durchreisenden, die an den deftigen und manchmal zotigen, aber stets witzigen Darbietungen des Troubadours ihren Spaß hatten. Duguay unterhielt sie mit Liedern und Geschichten, die unter den Männern brüllendes Gelächter auslösten und bei den Damen in ihrer Begleitung nervöses Kichern und so manches schamvolles Erröten. Nach einigen Liedern reihum im Saal kehrte er wieder an denselben Tisch zurück, um diesmal mit seinem Repertoire völlig entgegengesetzte Reaktionen zu bewirken: vergnügtes Johlen und schockiertes Kreischen von seiten der Damen und unbehagliches Murren von ihren Begleitern.

Zugleich herrschte in dem Saal ein hektisches, lärmendes Treiben, denn eine ganze Armee von Kellnern und Kellnerinnen hastete mit Tabletts beladen zwischen der Küche und dem Schankraum hin und her. Die Tischmanieren waren meist schauderhaft, und die Gier, mit der die Leute über die verschiedenen Gänge des Mahls herfielen, hätte so manche der sogenannten Tiere beschämt. Elora war von dem Lärm und dem herrschenden Tohuwabohu entsetzt und abgestoßen. In ihrer Kindheit war sie bei den Mahlzeiten immer an der Hochtafel gesessen und war von allen Seiten bedient worden. Da dies in der Regel Festessen bei Staatsempfängen gewesen waren, die förmlichsten und würdevollsten aller gesellschaftlichen Ereignisse, hatte sie sich stets entsetzlich gelangweilt. Sie hatte wenig Erfahrung damit, auf der anderen Seite des Tisches zu arbeiten, vor allem nicht in einer so großen Menschenmenge.

Aus diesem Grund hielt sie sich, nachdem Duguay seinen Einzug in die Arena gehalten hatte, immer so dicht wie möglich an der Wand, wobei sie sich durchaus bemühte, seinen Instruktionen nachzukommen, zumindest dekorativ auszusehen, während sie die ganze Zeit das beklemmende Gefühl nicht loswurde, daß sie alles verpfuschen würde. Sie fühlte sich hölzern und unbehaglich; ihre Maskierung war ganz sicher ein lächerlicher Witz, und jeden Augenblick würde sie entdeckt und ergriffen werden. Oder aber – und dies war in ihrer Vorstellung noch viel schlimmer – die Menge entdeckte an ihr jede ihrer Unvollkommenheiten und lachte sie aus. Weil sie so etwas noch nie gemacht hatte und es nicht besser wußte, sorgte sie sich zu sehr darum, was das Publikum von ihr dachte, und dies wäre auch beinahe ihr Untergang gewesen, als sie nämlich versuchte, Duguays Eröffnungsballade zur Flucht zu nutzen, um sich dann im nächsten Loch zu verkriechen.

Der Troubadour war jedoch schneller als sie. Seine Hand erwischte sie am Kragen, und ohne auch nur einen Akkord oder ein Wort seines Lieds auszulassen oder sonst irgendwie ins Stocken zu geraten, ließ er sie an seiner ausgestreckten Hand vor der Meute auf und ab stolzieren. Sie glaubte, auf der Stelle sterben zu müssen, doch dann richtete sie sich an dem Gedanken auf, daß sie auf keinen Fall das Zeitliche segnen würde, bevor sie ihn nicht zuvor umgebracht hatte.

Gott sei Dank war wenigstens Rool nicht hier, um diese Erniedrigung mit anzusehen. Sicherlich hätte er jeden Augenblick der entwürdigenden Darbietung in vollen Zügen genossen und sie zeit ihres Lebens mit boshaftem Grinsen daran erinnert. Sie hatte ihn losgeschickt, bevor sie Duguay in den Speisesaal gefolgt war, damit er herausfand, wo Ryn gefangengehalten wurde und wie es ihm ging. Später, wenn dieser Auftritt vorüber war, würde sie ihn suchen und zusammen mit ihm einen Plan entwerfen, wie sie Ryn befreien konnten. Immer wieder kehrten ihre Gedanken zu der Frage zurück, wie es geschehen konnte, daß der schlaue und listige Wyr überhaupt in Gefangenschaft geraten war, und welche Art Mission ihn so weit von Thorn weggeführt hatte. Sie versuchte, jeden Gedanken daran, wie sie unter dem Tor zusammengeprallt waren, von sich wegzuschieben. Während sie sich ineinanderverkeilt auf dem Boden gewälzt hatten, hatte sie versucht, in Gedankensprache mit ihm Kontakt aufzunehmen, doch er hatte nicht geantwortet. Keine Reaktion darauf, daß sie ihn mit seinem Namen ansprach, und was noch schlimmer war: nicht das geringste Zeichen, daß er sie erkannte. Ebensogut hätte sie mit einem Stein sprechen können.

Allmählich dämmerte ihr, daß kaum jemand im Publikum auch nur die geringste Notiz von ihr nahm. Die Anwesenden waren mit ganz anderen Dingen beschäftigt, und sie war für sie nur ein Teil der Dekoration, die man vielleicht für einen kurzen Augenblick bewunderte und dann ebenso prompt und unabänderlich wieder vergaß wie das Geweih an der Wand.

Diese Erkenntnis war zum einen für ihr Selbstbewußtsein nicht gerade förderlich und versetzte ihrem Stolz einen so kräftigen Dämpfer, daß sie laut auflachen mußte.

Zum anderen war es eine befreiende Erkenntnis, und mit ihr fiel ein Großteil der Steifheit und Zurückhaltung von ihr ab. Ihr Lächeln, das bisher gewirkt hatte, als sei es auf ihr Gesicht gemalt, wurde lebhafter und spontaner und fand nun auch auf dem einen oder anderen Gesicht in der Menge ein Echo. Sie beobachtete die Bedienungen, wie sie durch die schmalen Durchgänge zwischen den Tischen hindurchtänzelten, über ausgestreckte Beine hinwegstiegen oder um sie herumkurvten, und mit ein paar, zuerst zögernden und dann immer sicherer werdenden Schritten reihte sie sich in ihr hektisches Hin und Her ein. Es war gar nicht so einfach, wie es aussah, stellte sie fest, als sie mit ihren ersten leeren Krügen zum Schanktresen eilte.

Man mußte sehr aufpassen, daß man die Bestellungen nicht durcheinanderbrachte und sie prompt erledigte, und das Jonglieren mit Tabletts, die etwa so breit waren wie Elora groß, war schwere Arbeit. Die Tische standen so eng zusammen, daß zwischen ihnen kaum Platz war, und alles, was über den Rand eines Tabletts hinausschwappte, landete fast unweigerlich auf der Kleidung eines zahlenden Gastes und war daher um jeden Preis zu vermeiden. Das Problem war der Umgang mit den Rüpeln und selbsternannten Frauenhelden, die glaubten, ihre bloße Anwesenheit gebe ihnen das Recht, sich flegelhaft zu benehmen.

Die besser gestellten Leute saßen unterhalb des Podiums und der Hochtafel und durften sich ihr Menü auf der Speisekarte selbst aussuchen. Auf diesen Plätzen wurden zum Essen auch verschiedene Weine angeboten, für die man allerdings tief in die Tasche greifen mußte. Alle anderen, die im Grunde genommen eigentlich die besseren Plätze hatten, weil die Tische direkt vor den Kaminen standen, ließen sich das schmecken, was der Koch als Menü des Tages auserkoren hatte. Heute abend war dies ein herzhaftes Wildragout – meist Büffelfleisch mit einem Rest Wildschwein und Hirsch vom Vorabend – in einer kräftig gewürzten Soße mit Kartoffeln, Lauch, Karotten, Zwiebeln und anderen Beigaben, das in schweren Eisenkesseln direkt zu den Tischen gebracht wurde. Ein Kessel für ein Dutzend Gäste. Kein Wein auf den billigen Plätzen; nur Bier oder Wasser. Der enorme Appetit, mit dem die Männer ihre Mahlzeit hinabschlangen, ging mit einem mindestens ebenso ausgeprägten Durst einher, der die Bedienungen von Beginn des Abends bis spät in die Nacht mächtig auf Trab hielt. Der einzige Lichtblick war, daß der Kommandant angesichts des aus den Nähten platzenden Raums gezwungen war, das Rudel Elch- und Wolfshunde des Forts für den Rest des Abends in ihre Zwinger zu sperren, womit eine der größten Hürden im abendlichen Hindernislauf im Speiseraum der Herberge aus dem Weg geräumt war.

Während des ganzen Abends befolgte Elora Duguays Anweisung, immer und überall die Augen und Ohren offenzuhalten. Sie arbeitete so hart wie selten in ihrem Leben – *so hart*, fügte sie in Gedanken und mit einem vernehmbaren Ächzen hinzu, als sie feststellte, daß kaum die Hälfte des Abends vorüber war, *wie ich den ganzen Rest meines Lebens zusammengenommen nicht mehr arbeiten werde* – und sie erfuhr wieder etwas Neues.

»Was macht ein hübsches Mädchen wie du in einer Kaschemme wie dieser?« fragte sie ein kräftiger junger Bursche, dem die Selbstgefälligkeit ob seiner Fähigkeiten, die Herzen junger Damen in Aufruhr zu versetzen, nur zu deutlich ins Gesicht geschrieben stand.

»Oh«, erwiderte Elora mit derselben atemlosen Naivität, die sie bei anderen Mädchen beobachtet hatte. »Ich hoffe, endlich dem Wunder von einem Mann zu begegnen, wie du es anscheinend bist.«

Sie klimperte betörend mit den Wimpern – zumindest war dies ihre Absicht – und schürzte die Lippen zu einem Schmollmund. Im selben Moment begegnete ihr Blick dem einer anderen Kellnerin, die die gleiche Pantomime weiblicher Beschränktheit wiederholte und damit jeden Versuch, ernst zu bleiben, zunichte machte, so daß sie beide in prustendes Lachen ausbrachen. Der Bursche bekam den Witz nicht mit und machte Anstalten, sich vom Tisch hochzustemmen, um seine angekratzte Mannesehre zu verteidigen, doch sie stellte ein Bein zwischen seine beiden Füße, und ehe der Bursche wußte, wie ihm geschah, plumpste er wieder auf die harte Bank zurück, ohne die geringste Ahnung, weshalb er das Gleichgewicht verloren hatte. Die Kellnerin füllte sogleich seinen Krug mit frischem Bier, schenkte ihm ihr strahlendstes Lächeln und einen Kuß auf die Wange, und als er schließlich verdattert feststellte, daß er wieder mit sich alleine war, waren sie und Elora bereits einen ganzen Tisch weiter.

»Es war nicht unsere Schuld, was passiert ist!« hörte Elora einen Mann mittleren Alters sagen, der in einer Gruppe von Leuten saß, die entschlossen schienen, sich von der allgemeinen Fröhlichkeit nicht anstecken zu lassen. Sie erkannte einige der Gesichter, die sie bei ihrer Ankunft gesehen hatte, wieder und wußte ohne ein weiteres Wort, daß dies Männer aus der Wagenburg draußen vor den Toren des Forts waren. Elora schob sich näher, um zu hören, was sie redeten.

»Es war nicht rechtens, Maug, was sie gemacht haben«, entgegnete ein anderer, der einiges älter war, doch ebenso tief ins Glas geschaut hatte und den gleichen gehetzten Blick hatte wie Maug.

»Du meinst, die armen Teufel haben verdient, was mit ihnen geschehen ist?« schrie Maug. »Bei allen Reichen, Hobi! In Ganthems Furt sind Kinder abgeschlachtet worden!«

Das Dorf hat also einen Namen, dachte Elora.

»Sogar kleine Kinder und Säuglinge, Mann! Und du weißt, wie versessen Oger auf den Geschmack von so jungem Fleisch sind!«

»Halt dein verdammtes Maul, Maug!« knurrte ein anderer. »Es sind Frauen mit Säuglingen hier und Leute mit Kindern, die nichts anderes wollen, als daß sich jeder um seine eigenen Angelegenheiten kümmert und wir alle in Frieden eine anständige Mahlzeit zu uns nehmen können!«

»Wir haben uns unser Land mit ehrlicher Arbeit und viel Schweiß verdient«, sagte Maug. »Wir hätten bleiben sollen.«

»Dann geh doch zurück!« blaffte ein anderer. »Und sieh zu, wie lange es dauert, bis dein Kopf auf einer Lanzenspitze aus dem Feenland endet!«

Ein Bierkrug krachte so heftig auf die Tischplatte, daß ein Großteil seines Inhalts überschwappte. Maug wurde von seinen Gefährten wieder auf die Bank hinabgezogen, bevor er eine passende Antwort geben konnte oder gar eine Prügelei anfing. Das Fort war eine waffenfreie Zone; niemandem, von den hier stationierten Soldaten abgesehen, war es erlaubt, eine Waffe zu tragen, und stets waren Ordnungswachen in der Nähe, die jeden Unfrieden im Keim erstickten. Dies hier war nur ein hitziger Wortwechsel, doch Elora sah, daß zwei dieser Wachen in ihre Richtung sahen. Sie hatten die geflohenen Siedler bereits als potentielle Unruhestifter ausgemacht.

»Benimm dich, Maug!« zischte einer der anderen. »Oder die Hüter des Gesetzes stecken dich für die Nacht zu dieser haarigen Bestie in die Zelle, und du kannst dir ja selbst ausrechnen, wer von euch beiden die Nacht überlebt.«

»Ich hab's ja nicht böse gemeint«, brummte Maug, doch in dem Blick, den er zu den beiden Wachen hinüberwarf, sah Elora, daß er die Warnung ernst nahm.

»Die Angreifer aus dem Elfenland haben schlimm gewütet; sie hatten ganz sicher Böses im Sinn.«

»Wir haben lange in Frieden gelebt – ihre Art und unsere.«

»Was soll ich darauf sagen, Maug? Die Zeiten haben sich geändert. Sieht so aus, als gibt es hinter dem Schleier neue Mächte, die nicht an Frieden interessiert sind; die die Daikini hassen; die uns von unserem Land vertreiben oder uns umbringen wollen.«

»Hör schon auf damit, Hobi«, sagte einer der anderen. »Du bist genauso schlimm wie Maug.«

»Die ganze Welt ist aus den Fugen«, jammerte Maug über einem frischen Bier.

»Das wird dich lehren, nicht an diesen Blödsinn mit der ›Heiligen Prinzessin‹ zu glauben, du Einfaltspinsel.«

»Sie bedeutete Hoffnung.«

»Für wen?« »Ganz sicher nicht für uns.« »Habt ihr das Plakat gesehen? Sie wird gesucht.« »Aaah! Wenn wir sie finden könnten ...« »Träum weiter.« Ein Gewirr von Stimmen antwortete ihm.

»Das wäre mehr Geld, als wir alle zusammen in unseren wildesten Träumen je ausgeben könnten«, spann Hobi den verlockenden Gedanken weiter. »Selbst wenn wir unser ganzes Leben nichts anderes täten. Wir könnten noch einmal von vorne anfangen.«

»Wenn Schweine Flügel hätten ...«, höhnte Asa.

»Und auf welchem Land könnten wir leben«, warf Maug in die Runde, »das die Herren des Großen Feenlands nicht als das ihre beanspruchen würden?«

»Bei den Maizan vielleicht«, überlegte Hobi.

»Genau«, pflichtete ihm ein anderer am Tisch bei. »Es heißt, im Land der Maizan haben die von der anderen Seite des Schleiers keine Macht.«

»Und wie lange noch?«

»Immer noch besser als die Zustände hier.«

»He, Mädel!« Es dauerte eine ganze Weile, in der ein zweiter und dritter Ruf ungehört verhallten, ehe Elora begriff, daß sie damit gemeint war. »Mehr Bier!«

»Es bedeutet zumindest eine Hoffnung«, brummte Hobi, doch Maug schüttelte sein graues Haupt.

»Wir haben keine Hoffnung«, knurrte er. »Wir haben keine Hoffnung.«

Elora füllte ihre Krüge, räumte die leeren Teller weg und setzte dann ihren Rundgang durch den Speisesaal fort. Sie brauchte nicht extra ihre EinSicht zu bemühen, um nun ganz deutlich zu sehen, wie gezwungen und krampfhaft die gute Laune im Saal war. Daß sie überhaupt aufkam, lag allein daran, daß viele der Anwesenden sich weigerten, über das Hier und Jetzt hinauszudenken. Dies alles erinnerte sie an die glatte Oberfläche einer ruhigen See, unter der jedoch gefährliche Strömungen lauerten, die einen unvorsichtigen

Schwimmer in die Tiefe ziehen konnten. Ryn hatte ihr vor langer Zeit erzählt, daß eines der ersten Dinge, die junge Wyrrn lernten, das Erkennen solch gefährlicher Gebiete im Ozean war, denn selbst für den besten Schwimmer konnte es den Tod bedeuten, wenn er von diesen Strömungen erfaßt wurde.

Das Bild ließ ihre Gedanken zu Ryn zurückkehren, doch es gab im Speisesaal noch viel zuviel zu tun, um sich unbemerkt entfernen zu können. Was ihr am meisten Sorgen machte, war, daß sie nichts von Rool hörte.

Eine stämmige Gestalt erschien unter der Tür des Saals und verharrte dort einen Augenblick, bis er das Winken eines Offiziers an einem der vorderen Tische sah, um sich dann mit eiligen Schritten zu ihm durchzuzwängen. Im Vorbeigehen ergriff er Eloras Ellbogen und bestellte mit knappen Worten etwas zu essen und Wasser. Er trug Rüstung, und auf seinem Wappenrock prangte das Emblem der Sandenischen Reiterei sowie das Rangabzeichen eines Hauptmanns. Er war über und über mit Staub bedeckt, der sich selbst in den Falten um seinen Mund festgesetzt hatte, und er roch nach Schweiß – nach Menschen- und Pferdeschweiß. An seinem Gürtel trug er ein Langschwert, ein Kurzschwert und Dolche, doch seinen Helm hatte er an der Tür zurückgelassen. Sein steifer Gang und seine krummen Beine verrieten ebenso wie die Vorsicht, mit der er sich auf den ihm angebotenen freien Platz auf der Bank sinken ließ, daß er einen langen Ritt hinter sich hatte.

Er leerte das volle Glas Wasser, das sie vor ihn auf den Tisch gestellt hatte, in einem Zug, und sie brachte ihm eine große Karaffe mit Wasser, als sie sein Essen servierte, wobei sie darauf achtete, erst dann mit dem Tablett am Tisch aufzutauchen, als die beiden bereits in ihr Gespräch vertieft waren.

»Keine Nachricht von der Patrouille zum Paradiesfluß?« fragte er seinen Offizierskollegen, der ihm zugewunken hatte.

»Wieso auch, Sam? Wir erwarten sie erst in einer Woche zurück.«

»Eine üble Sache das Ganze, Ran. Jeder Irrtum ausgeschlossen. Baracloughs Station drüben bei den Tooley-Bergen …«

»Ich kenne den Ort.«

»Dem Erdboden gleichgemacht. Genauso schlimm wie in Ganthems Furt, sagen meine Kristallspäher.«

»Aber du warst nicht dort, um dich selbst davon zu überzeugen?«

»Nein, das war ich nicht. Ich sage dir, was ich eben dem Oberst gesagt habe: daß ich nicht bereit bin, gute Männer zu opfern, die wir wahrscheinlich noch vor dem Winter dringend brauchen werden.«

»Deine Späher konnten keinen Kontakt mit der Patrouille zum Paradiesfluß aufnehmen?«

Der Hauptmann schüttelte den Kopf. »Das ist es, was mir angst macht. Die Angreifer von jenseits des Schleiers haben uns Baracloughs Station und Ganthems Furt nur deshalb sehen lassen, damit wir die Nachricht von der Katastrophe im ganzen Hochland verbreiten. Außerdem glaube ich, daß alle Siedler, die nicht bis zum Ende der Woche hier sind, überhaupt nicht mehr kommen.« Er blinzelte verdutzt, als eine große, dampfende Schale mit Ragout unter seiner Nase erschien und dazu ein Teller mit Extrabrot. Sein Hunger war ebenso groß wie sein Durst, und die Gier, mit der er das heiße Ragout in sich hineinschaufelte, ließ ihm keine Zeit, den Geschmack des kräftigen Mahls zu würdigen. Genausogut hätte er Schweinefutter in sich hineinschlingen können und es vermutlich nicht einmal bemerkt.

»Der Oberst sagt, daß kein Getreide und kein Gemüse den Fluß hinabgeschifft wird«, erzählte der andere Offizier. »Alles, was eßbar ist, muß in die Magazine innerhalb der Mauern gebracht werden – für den Fall einer Belagerung. Wir sollen auch einen Plan machen, wie die Leute untergebracht werden können.« Er nahm einen kräftigen Schluck von seinem Bier. »Du hast die Scharen draußen vor dem Tor gesehen, Sam. Wenn noch mehr kommen, glaubst du, daß wir sie alle unterbringen können?«

»Das werden wir wohl müssen.«

»Zuerst die Maizan und jetzt das! Was ist nur mit der Welt los?«

»Sieht nach Krieg aus, alter Junge.«

Elora blinzelte erschrocken, doch es war nicht so sehr die Feststellung, die sie betroffen machte, sondern die Resignation, die in den Worten des Offiziers mitschwang. Diese Männer hatten keinen Einfluß auf die Entwicklung der Dinge, und alles, was sie tun konnten, war, mit den Folgen dieser Geschehnisse fertig zu werden. Die gleiche Ratlosigkeit und Verzagtheit empfand sie auch in der allgemeinen Stimmung im Saal, die wie ein Hitzeschleier über allem hing und einen unangenehm sauren und öligen Nachgeschmack im Mund hinterließ, der sie daran erinnerte, wie sie einmal im Abzugsschacht eines Nelwyn-Schmelzofens steckengeblieben war. Man konnte es aushalten, auch wenn es die Lungen wie Feuer brennen ließ, aber es war kein Ort, an dem man länger verweilen sollte, denn dies war tödlich.

Sie sah sich suchend nach Duguay um, in der Hoffnung, ihn als den einzigen strahlenden Lichtpunkt in all der Hoffnungslosigkeit zu entdecken. Statt dessen sah sie in das Gesicht des Burschen, der zuvor den ungeschickten Annäherungsversuch unternommen hatte.

»Ääh«, sagte er mit der für junge Burschen typischen Eloquenz, um ihre Aufmerksamkeit zu erwecken, und dann, als ihr Blick sich auf ihn richtete: »Hallo.«

Seine Zunge war ebenso ungewandt, wie seine Beine es gewesen waren, als die andere Kellnerin ihn auf die Bank zurückbugsiert hatte, und seine prahlerische Selbstgefälligkeit war jetzt, wo seine Kumpane außer Hörweite waren, wie weggeblasen. Er war größer und breiter als sie und, nach seinem Aussehen zu urteilen, auch älter, doch irgendwie hatte Elora das seltsame Gefühl, daß er sie als die ältere und klügere von ihnen beiden betrachtete.

»Hallo«, erwiderte sie höflich, doch zurückhaltend. Sie lehnte sich mit dem Rücken gegen einen der Pfeiler, die die Decke stützten, und verschränkte beide Arme um den großen Bierkrug, den sie vor ihrem Bauch balancierte.

»Ich – äh – ich heiße Luc-Jon.«

»Elora.«

Er hob den Kopf und sah sie mit einem schiefen Grinsen an. »Ich weiß. Ich hab' gefragt. Er ist ziemlich gut«, fügte er hinzu und schob sein Kinn in die Richtung von Duguay. Sie erwiderte nichts darauf, was ihn veranlaßte, sich zu benehmen, als bewege er sich emotional auf sehr dünnem Eis. »Du bestimmt auch, da geh' ich jede Wette ein.«

»Vielen Dank. Das ist sehr nett von dir.«

Etwas Nasses und Kaltes stupste gegen ihre Hüfte, und sie sah in die traurigen Augen eines der Wolfshunde der Herberge hinab, der mit einem flehenden Ausdruck zu ihr emporblickte. Der Hund reichte ihr bis zur Taille und war sicherlich mehr als doppelt so schwer wie sie. Sein großer Kopf, der mächtige Leib und seine Intelligenz ließen kein Mißverständnis zu, daß er eher als Gefährte und Freund, denn als Schoßhund geeignet war. Dies waren Jagdhunde, die ursprünglich gezüchtet und dressiert worden waren, um sie im Kampf gegen die gefürchteten Schreckenswölfe einzusetzen, die in Vorzeiten die Bergwälder des Hochlands beherrscht hatten. Die Angst vor ihnen war so groß gewesen, daß man sie sogar als Götter verehrte, und vor diesem Hintergrund entstanden die ersten bekannten Heldensagen. Diese Sagen erzählten, wie die Schreckenswölfe ihre wahre und annähernd menschenähnliche Gestalt, die sie in ihren alten, von einem Fluch heimgesuchten Gefilden besaßen, gegen die schreckliche Raubtiergestalt eingetauscht hatten und fortan in diese Welt kamen, um Daikini zu jagen.

Da Daikini aber nun mal Daikini sind, wie es in den alten Sagen hieß, was besagen sollte, daß sie hartnäckig und unbeugsam bis zur Selbstaufgabe und schlauer als die meisten Rassen sind, setzten sie sich zur Wehr. Auf ihre bitteren Erfahrungen gestützt, entwickelten sie neue Strategien im Kampf gegen die Schreckenswölfe und suchten Verbündete, die ihnen in diesem Kampf zur Seite standen. In jener Zeit entstand das Bündnis mit den Wolfshunden, das ungebrochen die Jahrhunderte überdauerte. Hier und dort dauerten die Raubzüge der Schreckenswölfe über die Jahrhunderte hinweg an, bis sie des grausamen Spiels müde wurden und aus freien Stücken verschwanden, offenbar zufrieden mit dem Ausmaß an Blutvergießen und Grauen, mit dem sie das Land und seine Bewohner heimgesucht hatten, das hinreichte, den Schrecken der Schreckenswölfe bis zum Ende aller Zeiten lebendig zu halten. Zum ersten Mal in ihrer eigenen Geschichte machten die Schreckenswölfe in ihrem Krieg gegen die Daikini die Erfahrung, daß sich ihnen jemand entgegenstellte und mit allen Mitteln zurückschlug, und als sie sich zurückzogen, ließen sie nur Sagen zurück und einen Namen, der bis zum heutigen Tage niemals leichtfertig, wenn überhaupt, ausgesprochen wurde, da er noch immer die Macht besaß, Angst und Schrecken in die Herzen jener zu pflanzen, die ihn vernahmen.

Die älteste und gefürchtetste Rasse nannte sich selbst die Malevoiy.

Elora legte ihre Hand auf den Kopf des Wolfshundes, und das Tier leckte mit seiner breiten, warmen und vor Geifer nassen Zunge einmal über ihre Handfläche.

»Du hast einen Freund gefunden«, stellte der junge Mann fest.

»Magst du junge Hunde?«

Der Bursche lachte glucksend. »Er ist schon lange kein junger Hund mehr; er hat schon eigene Kinder und Enkel.«

»Wirklich? Das sieht man ihm gar nicht an. Er sieht genauso jung aus wie du.«

»Du machst dich über mich lustig.«

»Nein. Wirklich.«

Elora stellte den Bierkrug ab und ließ sich, nach wie vor gegen den Pfeiler gelehnt, in die Hocke sinken, bis ihr Gesicht in einer Höhe mit der Schnauze des Hundes war, der sie ausgiebig beschnupperte. Einen Augenblick lang überfiel sie Panik bei dem Gedanken, daß der Hund es nicht beim Schnuppern belassen könnte und ihr das Gesicht abschlecken und dabei ihre Maskerade ruinieren würde, doch ein forschender Blick in die Augen des Hundes zerstreute diese Ängste. Er und seinesgleichen wollten ihr nichts Böses. Ganz im Gegenteil

Er weiß, wer ich bin! dachte sie verblüfft.

»Kein Wunder, Elora Danan, wenn man seine Blutlinie bedenkt.« Es war Rools Stimme, die sich in Gedankensprache in ihrem Kopf zu Wort meldete, und Elora durchfuhr ein glühender Schreck, als ihr bewußt wurde, wie leichtsinnig sie ihre Gedanken in die Welt hatte hinausdringen lassen – so offen, daß Rool deutlich wahrgenommen hatte, was sie dachte. »Diese Wolfshunde«, fuhr der Brownie fort, »haben durch Züchtung die Fähigkeit erworben, den Unterschied zwischen Gut und Böse, zwischen Licht und Schatten, zu fühlen.«

»Rool! In seinem Herzen ...« Sie suchte nach Worten, die die absolute und unerschütterliche Treue auszudrücken vermochten, die sie bei dem Tier wahrgenommen hatte. »Er würde mich bis zu seinem Tod verteidigen!«

»Ebenso wie Drumheller«, entgegnete der Brownie, »oder Ryn oder ich.«

»Rool«, sagte sie und bemerkte gar nicht, daß sie laut sprach, »ich kann es in deiner Stimme hören, daß etwas nicht in Ordnung ist.«

Der Hund fühlte ihren Anflug von Besorgnis, winselte leise auf und stupste sie sanft mit seiner Schnauze an.

»Ist irgendwas?« fragte der junge Bursche und ließ sich neben ihr in die Hocke sinken, offenbar nicht im geringsten überzeugt von ihrem abwehrenden Kopfschütteln. »Ich dachte, ich hätte dich was sagen hören. Viel zu laut hier drin, um sich ohne zu brüllen verständlich zu machen. Komm«, fügte er in fürsorglichem Ton hinzu, von dem er sich erhoffte, daß er keinen Widerspruch provozieren würde, »du siehst aus, als könntest du etwas frische Luft vertragen.«

Sie hatte sich wieder beruhigt, als sie sich aufrichtete, um ihm zu erklären, daß dies nicht möglich sei.

»Du hast ja recht«, sagte sie, »sowohl was den Lärm hier angeht als auch, daß ich eine Pause brauchen könnte.«

»Dann schmeiß ihnen doch den Krempel hin«, sagte er in verschwörerischem Tonfall. »Und *ihm* ebenfalls, wenn du schon dabei bist. Jeder muß sich mal ein bißchen Ruhe gönnen dürfen.«

»Im Augenblick kann ich nicht. Tut mir wirklich leid.«

Damit wollte sie es bewenden lassen, doch ihr Körper reagierte nach seinem eigenen Willen, und bevor sie bemerkte, daß sie sprach, entschlüpften ihr die Worte: »Vielleicht ein andermal.« Sie schluckte krampfhaft, unschlüssig, welche der möglichen Antworten sie nervöser machte.

»Das wäre schön«, sagte er. »Auf bald, ja?«

Das Grinsen, mit dem sie dies quittierte, ließ jeden Gedanken in seinem Kopf, daß sie älter sei als er, wie Seifenblasen zerplatzen, denn es war ebenso jugendlich und konspirativ wie das seine.

Es lag noch immer auf ihrem Gesicht, als sie die Veranda der Herberge überquerte und auf den weiten Exerzierplatz davor hinaustrat. Sie blickte sich suchend nach dem Brownie um, ohne irgendwo eine Spur von ihm zu entdecken. Als sie ihn gerade in Gedankensprache rufen wollte, meldete sich Bastian bei ihr. Der Adler saß auf einem der Wachtürme, von wo er den gesamten Platz überblicken konnte. Ihre EinSicht ermöglichte Elora mit seinen Augen zu sehen, und da er bereits wußte, wohin er blicken mußte, genügte ihr ein einziger Blick, um zu wissen, wo ihre Freunde waren.

Sie hatten Ryn in einen massiven Verschlag in einer Ecke des Pferdestalls geworfen, in den sonst wilde, noch nicht gezähmte Pferde gesperrt wurden. Die Balken, die den Verschlag bildeten, waren ebenso dick wie alle in und um das Fort, und Elora bezweifelte, ob selbst ein Oger mit seinen titanischen Kräften diese Wände so leicht zertrümmern konnte. Außerdem war der Gefangene in Ketten und schwere eiserne Schellen gelegt, die fest an der Wand und am Boden verankert waren und fast jede Bewegung unmöglich machten. Allein die Ketten, mit denen er gefesselt war, wogen wahrscheinlich mehr als er selbst. Es gab keine Möglichkeit, seine Notdurft zu verrichten, abgesehen von dem Stroh, das spärlich auf den Boden gestreut war, und Elora zog angesichts des Gestanks, der den Verschlag erfüllte, die Nase kraus.

Dies alles sah sie nun mit Rools Augen. Vor dem Tor zum Pferdestall standen zwei Wachen, und sämtliche Fenster waren fest verschlossen.

»Ryn!« rief sie leise in Gedankensprache.

Sie erhielt keine Antwort. Eine kleine Gestalt sprang behende aus einem Spalt zwischen den Balken der Wand herab, und sie versuchte es noch einmal: »Ryn!«

»Hat keinen Sinn, Elora«, erklärte Rool mit einem beunruhigend resignierten Unterton in seiner Stimme. »Vergebliche Liebesmüh.«

»Wovon redest du?« fragte sie im Flüsterton. »Er hat mir nicht geantwortet«, stellte sie fest. »Aber bestimmt hat er mich gehört!«

»Zweifellos.«

Sie griff nach seinem langen Staubmantel, an dessen Seite zwei parallel verlaufende Schlitze zu sehen waren.

»Ich bin ihm zu nahe gekommen«, erwiderte Rool auf ihre unausgesprochene Frage. »Ich habe mich ihm als Freund genähert. Mein Fehler.«

»Er hat dich angegriffen?« Sie versuchte gar nicht erst ihre Zweifel zu verbergen.

»Er hatte Hunger, und ich war Fleisch. Er war gefesselt, und ich frei. Wer weiß? Wenn man ihn da so hängen sieht, vergißt man ganz, wie schnell sich Wyrrn bewegen können, wenn es sein muß. Glücklicherweise« – der Anflug eines Grinsens, in dem keine Spur von Fröhlichkeit war, huschte über sein Gesicht – »sind Brownies noch schneller.«

»Ich glaube das nicht.«

Er nickte. Er hatte diese Antwort erwartet.

»Dann komm' mit mir zurück nach drinnen«, sagte er und meinte damit, sie solle mit Hilfe ihrer EinSicht ihre Gedanken und ihren Geist mit dem seinen vereinen, was eine vollständigere Verschmelzung nötig machte, als sie sie üblicherweise anwandte, wenn sie nur für einen Blick oder einen kurzen Eindruck die Wahrnehmung eines anderen benutzen wollte. »Aber was du finden wirst, ist nicht schön. Bastian …«, fügte er in demselben nüchternen Tonfall und im Vertrauen, daß Bastian ihn hörte, hinzu, »… paß auf ihren Körper auf, wenn sie mit ihren Gedanken in der Gegend herumspaziert.«

»Das tue ich immer«, lautete die Antwort. »Und ich bin nicht der einzige, was das betrifft.«

Sowohl das Mädchen als auch der Brownie warfen einen Blick über ihre Schulter, als sich der Wolfshund hinter ihnen mit einem Schnaufen auf den Bauch sinken ließ. Sein dunkles Fell war eine ideale Tarnung im tiefen Schatten des Gebäudes; nur das Funkeln seiner Augen verriet ihn.

»Ich werde anscheinend alt«, brummte Rool angewidert, »wenn ich nicht mal mehr mitkriege, daß sich etwas so Großes an mich heranschleicht.«

»Vielleicht hast du nichts bemerkt, weil er uns nichts Böses will?«

»Na schön, vielleicht. Und welche Entschuldigung findest du für Faralorn?«

»Duguay?«

»Neulich bei dem Turm habe ich Geistwitterung von dem Kobold, den beiden Elfen und den Ogern aufgenommen. Ich habe sogar den Aasgeruch von all den Überresten im Erdgeschoß des Turms wahrgenommen. Mehr nicht. Und auch seitdem nichts – was Duguay betrifft.«

»Willst du damit sagen, daß er nicht real ist, Rool? Ich habe den Mann eigenhändig geheilt. Glaube mir, er ist so real wie jeder von uns.«

»Oh, gewiß, mein Kind – ich kann ihn sehen, hören und spüren. Er existiert auf jeder wahrnehmbaren Ebene. Aber wenn du einen Schritt weitergehst, dann ist da nichts mehr, außer Nebel. Die einzige Geistwitterung, die ich von ihm wahrnehmen kann, ist ein Rest von dir aus dieser Heilung.«

»Willst du sagen, daß er über irgendwelchen Zauber verfügt?«

»Ich habe keine Ahnung, worüber er verfügt, geschweige denn, was oder wer er *ist!* Ich habe noch nie zuvor so jemanden gesehen wie ihn.«

»Warum hast du mir das nicht schon früher gesagt?«

»Es gibt ein Sprichwort: Sorge dafür, daß deine Freunde nahe bei dir sind, und deine Feinde sind noch näher. Du wärest nicht bereit gewesen, ihm den Laufpaß zu geben, und ich wollte herausfinden, was er vorhat.«

»Er hat uns nur geholfen, Rool.«

»Zu wessen Nutzen, Elora Danan?«

»Das ist mir im Augenblick egal. Und ich will nicht mehr darüber reden. Ryn braucht uns.«

Sie war wirklich wütend, was sicherlich nicht der ideale Gemütszustand war, um ihre EinSicht für Zwecke wie diesen zu gebrauchen. Es hatte zur Folge, daß der Ausflug holprig und schmerzhaft verlief, und leider hatte die Person, mit der sie die Verschmelzung einging, den Großteil der Pein zu ertragen. In Rools Fall waren dies moderate bis schreckliche Kopfschmerzen.

Sie drängte den Brownie, schneller zu gehen, und im selben Augenblick, als der Wyr in Sicht kam, eilten ihre Gedanken zu Ryn voraus. Ihr Herz machte einen Freudensprung, ihn zu sehen, doch der Anblick, den er bot, steigerte ihren Zorn nur noch mehr. Er war in sitzender Position mit dem Rücken an die Wand gefesselt: die Arme an der Wand über seinem Kopf, die ausgestreckten Beine am Boden. Außer um Fuß- und Handgelenke hatte man ihm zudem noch eiserne Schellen um die Knie, die Ellbogen, die Taille und sogar um den Hals gelegt. Über den Kopf hatte man ihm einen eisernen, mit Stacheln versehenen Schädelkorb gestülpt, der sein Kinn fest auf den voluminösen Knebel in seinem Mund preßte.

»Sie haben seine Wunden nicht verarztet, Rool«, sagte Elora in Gedankensprache. »Eine davon fängt schon an zu eitern.«

»Ich kann es bis hierher riechen, Elora. Kannst du von hier aus arbeiten? Näher geh' ich auf keinen Fall an ihn heran.«

»Was ist vorhin eigentlich passiert? Wie war es möglich, daß er dich angegriffen hat?«

Der Brownie klang aufrichtig zerknirscht. Es war seine Schuld gewesen. »Sie haben seine Finger nicht gefesselt.«

»Seine Krallen ...«, begann sie.

»Sind verdammt scharf«, beendete er an ihrer Stelle den Satz.

»Ich werde den Schaden später beheben.«

»Kannst du nähen?«

»Bei allen Himmeln, nein! Ich werde einfach nur das passende Lied singen und die zerrissenen Fäden daran erinnern, wie es war, als sie noch eins waren. Die kleinen braven Schätzchen tun dann die Arbeit für mich.«

Sie sagte das in einem beiläufigen Tonfall und mit so ausdrucksloser Miene, daß er es ihr ohne Zögern abkaufte und zufrieden nickte.

Nach einiger Überlegung seinerseits ruckte sein Kopf hoch. »Das kannst du gar nicht!« rief er erbost.

»Aber ich näh' es dir trotzdem«, erwiderte sie mit einem fröhlichen Kichern, in dem die kindliche Freude mitschwang, daß es ihr gelungen war, den Brownie auch einmal ins Bockshorn zu jagen, und nicht immer nur umgekehrt. »Ich habe eine Menge nützlicher Dinge bei Torquil und Manya gelernt.«

»Du bist ein richtiges Wunder, das ist nicht zu übersehen.«

»Was soll ich dir sagen – eine Prinzessin zu sein ist auch nicht mehr das, was es einmal war.«

Dieses kleine Wortgeplänkel unter Freunden war mehr, als es schien. Für Elora war es eine unbedingte Notwendigkeit, denn wenn ihr Geist in einem Netz von gewaltfähigen und negativen Energien gefangen war, war eine Heilung völlig unmöglich. Mit Zorn oder gar Haß im Herzen mit einem geschwächten Wesen zu verschmelzen, konnte zur Folge haben, daß die Verletzungen schlimmer wurden und sich zum Beispiel die Infektion, die sie gefühlt hatte, rapide zu einem lebensbedrohenden Wundbrand entwickelte.

Wie bei der Heilung von Duguay mußte sie zunächst ein gewisses Maß an Kontrolle über die wichtigen aktiven Lebensfunktionen gewinnen, vor allem über Puls und Atmung. Die Schwierigkeit dabei war, daß sie zwei Körper umgehen mußte, während ihr Geist von beiden getrennt war. Wenn irgend etwas schiefging, waren die ersten Reserven, von denen sie zehren mußte, nicht ihre eigenen, sondern die Rools, da sie mit ihm seinen Körper teilte. Noch viel gefährlicher für ihn war der Umstand, daß sie dabei mit den ungeheuren Energien des Urfeuers operierte und jedes unkontrollierte Überschießen dieser Energien ihn unweigerlich verbrennen würde.

Er wußte dies, erwähnte es jedoch mit keinem Wort. Sein Vertrauen in sie war grenzenlos, so grenzenlos wie ihre Entschlossenheit, ihn niemals zu enttäuschen.

Ryn leistete nicht den geringsten Widerstand gegen Eloras Eindringen, doch sie zog sich hastig wieder zurück, als sei die bloße Berührung mit ihm pures Gift für sie.

»Was ist?« fragte Rool sie, der ihren Schock, den Schmerz und die schreckliche Sorge um den Freund ebenfalls fühlte.

»Es ist nicht Ryn«, sagte sie entsetzt.

»Ein Doppelgänger? Einer, der sich für Ryn ausgibt, meinst du?«

»Nein, nein – nichts in der Art. Es ist Ryn, und doch ist er es nicht. Es ist ein Zauberbann, Rool. Er ist in einem Zauberfluch gefangen.«

»Ah. Es muß ein außergewöhnlicher sein, denn ich habe nichts davon bemerkt.«

»Ich habe ihn bemerkt, als ich mit der Verschmelzung gerade anfing; er fühlt sich an wie ein Spinnennetz unter der Haut. Ich muß sehr vorsichtig vorgehen, Rool. Ich glaube, ich kann die Heilung gar nicht auf einmal schaffen.«

»Vielleicht solltest du es überhaupt lassen. Du könntest selbst darin gefangen werden.«

»Er fühlt sich nicht so stark an, daß er mich fesseln könnte, aber wenn ich das magische Muster des Zaubers zerreiße, könnte das unter Umständen Ryn schaden. Keine Spur mehr von seinem Geist oder seinem Selbst. Alles, was von ihm noch übrig ist, ist seine leere Hülle, die nur noch auf der untersten Ebene ihrer Daseinsform als Bestie funktioniert. Das hat nichts damit zu tun, daß er ein Wyr ist; ich glaube, nicht einmal die Wahnsinnigsten unter ihnen könnten so sein. Sein innerstes Wesen wurde ihm geraubt und durch tierische Instinkte ersetzt.«

»Sehr schlau.«

»Du redest, als würdest du bewundern, was ihm angetan wurde.«

»Du hast ja recht, es ist niederträchtig und verabscheuenswert, Elora, aber es ist auch verdammt schlau und gerissen. Du hast die alleinige Macht über das Wesen des Mannes und nimmst ihm damit zugleich jede Möglichkeit zum Widerstand. Er kann sich weder an seine Freunde um Hilfe wenden, noch kann er erklären, was mit ihm geschehen ist, und er ist so gefährlich, daß er eingesperrt werden muß, weil er sonst sogar die anfällt, die ihm helfen wollen. Und selbst wenn er irgendwie entkommt, was Ryn offensichtlich gelungen ist, ist er nicht schwer zu finden.«

»Rool« – ihre Stimme klang heiser vor Sorge und der Anstrengung, die Tränen zurückzuhalten –, »ich weiß nicht viel über Zauberbanne. Ich kann dafür sorgen, daß sein Körper sich von selbst heilt, aber dieses Spinnennetz in ihm, das ist von jemandem dort hineingewoben worden. Es ist nicht natürlich. Ich hätte mehr Aussichten auf Erfolg, die Eisenketten zu manipulieren als dieses Gespinst von einem Zauberfluch.«

»Helft ihm, so gut Ihr könnt, Hoheit. Und dann nichts wie fort von hier.«

Sie konzentrierte sich nur auf die eine Wunde, und dies nur, um die Entzündung zu stoppen. Es war noch ein weiter Weg bis zur Heilung, doch es war alles, was sie wagen durfte, bis sie eine klarere Vorstellung von den Beschränkungen hatte, die der Zauber, der Ryn gefangenhielt, ihr auferlegte.

Der Exerzierplatz war still und verlassen, als sie Rools Körper verließ und wieder in ihren eigenen schlüpfte. Entlang der Brustwehr auf der Palisade brannten Fackeln, doch hinter kaum einem der Fenster in Sichtweite brannte Licht. Die gespenstische Stille tiefster Nacht lag über der Szenerie.

»Wie spät wird es wohl sein?« fragte sie und sah sich vorsichtig um.

»Spät genug, daß alle braven Bürger im Bett sind. Wir sollten uns beeilen, von hier wegzukommen.«

»Du wirst so und so nicht bleiben.« Die Entschiedenheit in ihrer Stimme ließ den Kopf des Brownies zu ihr hochrukken.

»Ich kann Ryn nicht helfen«, sagte sie. »Und du ebenfalls nicht. Es gibt nur einen, der ihm helfen kann.«

»Kommt gar nicht in Frage.«

»Sei nicht so starrköpfig, Rool. Du weißt, daß ich recht habe.«

»Beobachtungen und die Schlußfolgerungen daraus – na wunderbar! Wo soll das alles nur enden? Im Wahnsinn vermutlich ...«

»Jemand muß Thorn Bescheid sagen.«

»Bastian kann doch fliegen. Ich bleibe bei dir.«

»Das genügt nicht. Weil wir verschmolzen waren, hast du gesehen, was ich gesehen habe, Rool. Die ersten Beobachtungen und Eindrücke sind entscheidend, vor allem weil du alles viel besser erklären kannst als Bastian. Ihr gehört zwar beide zum Kreis des Fleisches, das stimmt schon, aber Bastian ist ganz von dieser Welt: Er ist fest an das Reich der Daikini gebunden. Du gehörst zum Schleiervolk, du verstehst etwas von Magie, du begreifst Dinge, die er nicht versteht. Sei nicht beleidigt, Bastian. Du weißt, daß ich recht damit habe«, fügte sie hastig in Gedankensprache hinzu, weil sie fürchtete, mit ihren Worten Bastians Gefühle verletzt zu haben.

»Keine Sorge, ich bin nicht beleidigt. Außerdem hat sie recht.«

»Ich lasse dich hier nicht alleine zurück!« erklärte der Brownie widerborstig.

Sie lächelte. »Ich paß auf mich auf. Und ich habe ja noch einen Beschützer, wie wir heute abend festgestellt haben.«

Der Wolfshund ließ von dort, wo er lag, ein beipflichtendes Blaffen hören.

»Vielleicht hat er sich deshalb mit mir angefreundet«, überlegte Elora. »Weil er gespürt hat, daß uns diese Trennung bevorsteht.«

»Es ist zu gefährlich, Elora. Vergiß nicht, daß die Maizan einen Preis auf deinen Kopf ausgesetzt haben, und wer weiß, welche Auswirkungen die Geschehnisse in dem Dorf haben.« Er ließ es damit bewenden, doch Elora wußte genau, in welchen Bahnen seine Gedanken weiterliefen: *Und so offen du auch für ihn Partei ergreifst, ich traue diesem Dandy-Troubadour nicht über den Weg.*

»Ich werd' vorsichtig sein, Rool«, beruhigte sie ihn. »Ich

komme schon zurecht.« Und dann versetzte sie ihm den Gnadenstoß: »Es sei denn, du hast eine bessere Idee.«

Er marschierte ungehalten auf und ab; er schäumte vor Wut; er war außer sich vor Sorge, und er hätte seinem Kummer sicherlich lautstark Luft gemacht, wenn nicht zu befürchten gewesen wäre, daß er damit die Wachen auf sie aufmerksam gemacht hätte.

»Mach bitte keine Dummheiten«, beschwor er sie schließlich flehentlich, doch dies war bereits sein Eingeständnis, daß sie gewonnen hatte.

»Je früher du gehst, um so früher bist du wieder zurück. Wir warten auf euch.«

Mit einer von ihm selten an den Tag gelegten Förmlichkeit ergriff er einen ihrer Finger und neigte sich mit einer vollkommenen Verbeugung, die jedem Königshof zur Zier gereicht hätte, über ihn, um ihn zu küssen. Sie stellte ihn auf ihre Handfläche, hob ihn mit der gleichen würdevollen Feierlichkeit an ihre Lippen und gab ihm dort, wo er vor einigen Wochen verletzt worden war, einen Kuß auf den Kopf. Sie richtete sich auf, setzte Rool auf ihre linke Schulter und hob dann, als Einladung für den Adler, den Arm.

Lautlos wie ein Gespenst stieß Bastian aus der Nacht herab, mit gespreizten Schwingen die Luft peitschend, während seine Klauen sich bereits um Eloras ausgestreckten Arm schlossen. Jeder Falkner würde für ein solches Manöver dicke Armschützer anlegen, die von der Schulter bis zur behandschuhten Faust reichten, doch Bastians Landung war so behutsam, seine Balance so außerordentlich, daß die dolchartigen Spitzen seiner Klauen nicht ein einziges winziges Loch in das zarte Gewebe ihrer Bluse stachen. Er spreizte seine Eloras Schulter zugewandte Schwinge ein Stück abwärts, um Rool eine Rampe zu bieten, der daraufhin folgsam über das Gefieder zu seinem Platz zwischen den Schultern des Adlers emporkletterte. Elora streichelte Bastian über das Gefieder seiner breiten Brust.

»Flieg schnell«, sagte sie. »Und gebt auf euch acht.«

»Und du auf dich ebenfalls«, erwiderte der Adler.

Mit einem kraftvollen Stoß seiner Beine katapultierte er

sich von ihrer Schulter, und im selben Augenblick, in dem sich seine Klauen lösten, peitschten seine Schwingen die Luft und trugen seinen Körper mit schierer Muskelkraft empor.

Als der Adler über den Exerzierplatz hinwegstrich, stieß Rool den gellenden Schrei der Todesfeen aus, der überall im Fort die Köpfe herumfahren und Hunde in wütendes Gebell ausbrechen ließ, und Elora fragte sich verblüfft und nicht wenig beeindruckt, wie ein solch winzig kleines Wesen einen so ohrenbetäubenden Lärm machen konnte.

Und dann war sie alleine. Bis sich ein schwerer Körper gegen ihre Hüfte schmiegte und ihre Hand sich wie von selbst auf den mächtigen Schädel des Hundes legte.

Duguay blieb stumm, als sie auf Zehenspitzen über die Schwelle schlüpfte und sich auf dem freien Platz niederkauerte, den er für sie auf ihrem Lager gelassen hatte. Sie hatte sich im Waschraum bis auf ihre Hose und das Hemd entkleidet und allen Schmuck abgenommen, der Lärm machen und ihn wecken könnte. In dem fleckigen Metallrechteck, das dort als Spiegel diente, konnte sie sehen, daß ihre Körperbemalung den Abend erstaunlich gut überstanden hatte, dennoch waren die Schritte zu ihrem Zimmer die längsten und qualvollsten, an die sie sich erinnern konnte. Sie drückte sich in eine Ecke und zog ihren Umhang fest um sich, bis nur noch ihr Kopf heraussah. Im Sitzen schlief sie ein.

Und zahlte am Morgen dafür mit einer schmerzverzerrten Grimasse und einem Stöhnen bei jedem Versuch, ihre Position zu ändern. Sie wußte, er war wach gewesen, als sie ins Zimmer geschlüpft war, und war dankbar, daß er so getan hatte, als würde er schlafen. Er stieg in ihrer Achtung noch um einige Grade, als er am Morgen auch kein Wort darüber verlor, daß Rool und Bastian verschwunden waren. Sie war daran gewöhnt, daß man sie fürchtete, eine Haltung, die nur wenig von der Verehrung entfernt war, die ihr in Angwyn als Heiliger Prinzessin entgegengebracht worden war. Doch daß sie und das, was sie tat, respektiert wurde – sogar jetzt –, war für sie eine völlig neue Erfahrung. Sie war sich zwar nicht ganz sicher, ob sie dies auch verdiente, war jedoch deshalb nicht weniger dankbar dafür.

Der Troubadour hatte Neuigkeiten, die er Elora nach einem herzhaften Frühstück eröffnete, als er sie aufforderte, ihre Sachen zu packen und ihm zu ihrem neuen Zimmer in einem anderen Stockwerk der Herberge zu folgen. Offenbar hatte Duguays Auftritt den Wirt so beeindruckt, daß er sie – als Gegenleistung für die Garantie Duguays, noch mindestens eine weitere Woche seine Künste darzubieten – in ein Zimmer mit einer Tür, genügend Platz, darin auf und ab spazieren zu können, einem Fenster zum Exerzierplatz hinaus und sogar einem richtigen Bett umquartierte.

Am Abend arbeiteten sie beide – Duguay als Unterhalter und Elora als Bedienung – von der Ankunft der ersten Gäste bis spät in die Nacht, bis die letzten gegangen waren. Sie erklärte nicht, wohin sie danach für etwa eine Stunde verschwand, und er drang auch nicht weiter in sie, außer vielleicht mit einem besorgten Blick auf ihr erschöpft und hohlwangig wirkendes Gesicht und ihren von Anspannung gezeichneten Körper, als sie zurückkehrte. Es war kein besonders großes Bett, doch es bot genügend Platz für zwei. Eloras Problem dabei war, daß sie noch nie mit jemandem eines geteilt hatte. Sie hatte natürlich keine Geschwister, und aufgrund ihrer Stellung hatte sie auch nie im selben Bett mit ihrem Kindermädchen schlafen dürfen. Sie wußte nicht, was sie von ihm erwarten sollte oder von sich, und in der ersten Nacht löste sie das Problem, indem sie sich auf dem Fußboden zusammenrollte.

An diesem Tag nahm Duguay etwas von dem Geld, das sie verdient hatten, und kaufte ihr ein Nachthemd. Es war aus weichem Flanell, da die Nächte bereits herbstlich kühl waren, knöchellang, mit langen Ärmeln und einer hübschen Stickerei mit Blumenmuster auf der Brust. Seine Großzügigkeit hatte jedoch Grenzen: Er war bereit, mit ihr das Bett zu teilen, doch nicht, es ihr zu überlassen.

Die einzige Lösung dieses Dilemmas war, wenn sie nicht eine weitere Nacht auf dem Fußboden verbringen wollte, die Matratze und das Bettuch gerecht zu teilen, wobei sich jeder von ihnen in seine Decken wickelte, als seien sie getrennte Schlafsäcke. Zwar konnte es vorkommen, daß sie einander berührten, wenn sie sich im Schlaf herumwälzten, doch nur durch ein dicke Schicht von Kleidern und Decken. Für Duguay war dies ein Quell größter Belustigung und für Elora Anlaß tiefster Befangenheit. Sie genoß seine Gesellschaft, wenn sie wach waren, und seine Nähe, wenn sie schliefen. Ungeachtet Rools Bedenken fühlte sie sich in seiner Gegenwart sicher und geborgen. Sie konnte seine Bedenken zwar verstehen, teilte sie jedoch nicht, und je mehr Zeit verstrich, um so weniger Anlaß sah sie, ihnen irgendein Gewicht beizumessen.

Bald schon stellte sich heraus, daß auch ihre Tage keinesfalls dem Müßiggang vorbehalten waren, denn Duguay nahm ihre Rolle als seine Schülerin ziemlich ernst. Sie übten jedoch nie irgendwo innerhalb des Forts – dazu war Elora viel zu befangen –, sondern wanderten jeden Morgen ein Stück entlang des Flusses, bis sie einen geschützten Platz zwischen Felsen fanden oder eine Lichtung unter dichten Bäumen. Er begann mit Tonleitern, um ihre Stimme aufzuwärmen, wie er sagte, und mit Dehnübungen, die ihren Körper lockern sollten, und dann steigerte er beides, soweit sie ihm zu folgen vermochte.

Trotz ihrer anfänglichen Proteste entdeckte Elora, daß sie tatsächlich eine Stimme hatte – und eine überraschend gute dazu. Sie besaß zwar nicht die Reinheit eines klassischen Soprans und konnte auch nicht, was ihren Umfang betraf, mit den Solistinnen im Chor des Forts mithalten und wahrscheinlich auch mit keiner der anderen Chorsängerinnen. Doch die Lieder, die die sangen, waren ohnehin nicht ihre Musik. Ihre Stimme schien wie geschaffen für verräucherte Schankstuben und Trinkhallen, wo die Konkurrenz, gegen die sie sich behaupten mußte, Wein und laute Gespräche waren und hin und wieder auch das dumpfe Klatschen von Fäusten auf Nasen, und wo als Kontrapunkt einer gelungenen Strophe oder eines witzigen Reims allenfalls das Scheppern von Zinngeschirr oder – weit schlimmer – das Klirren von zersplitterndem Porzellan auf dem Fußboden in Frage kamen. Dafür, daß sie nie eine Gesangsausbildung gehabt hatte, verfügte ihre Stimme über einen beachtlichen Umfang, und sie traf die Töne mit der Exaktheit, mit der ein Meister des Schwertkampfs seine Klinge führt – klar und präzise und mit einer schneidenden Schärfe, die unter die Haut ging. Außerdem besaß sie das Atemvolumen, diese Töne zu halten, und die Kraft des Zwerchfells, sie mit der gebührenden Lautstärke zu Gehör zu bringen.

Doch was ihre Stimme einmalig und unvergeßlich machte, war die Leidenschaft, mit der sie sang. Duguay entdeckte und förderte in ihr das Talent, ein Liebeslied mit der Unschuld eines jungen Mädchens zu singen, das noch nie geküßt worden war und für das das ganze Leben nur aus Möglichkeiten und Träumen bestand. Oder er brachte ihr ein Lied bei, in dem sie den Verlust des Liebsten mit so herzzerreißendem Schmerz beklagte, daß es selbst die hartgesottensten Haudegen zu Tränen rühren mußte. In den Unterrichtsstunden, aber auch durch sein Beispiel, wenn er am Abend die Bühne betrat, brachte ihr Duguay bei, die Stimmung ihres Publikums einzuschätzen und sie nach Bedarf abzukühlen oder anzuheizen, indem sie in der Menge das Feuer der Begeisterung dämpfte oder sie mit ihrem eigenen Feuer, mit brennenden Pfeilen der Leidenschaft, attackierte und in Brand setzte.

Zugleich nahm er immer wieder Verbesserungen bei ihrem Make-up vor, machte Vorschläge zu ihrem Kostüm und wechselte bei ihren Gesprächen die Themen von einem Satz zum anderen, als seien sie alle Aspekte desselben Inhalts, zwischen denen er nach Belieben hin und her und wieder zurück springen konnte.

»Glaubt Ihr wirklich, daß das funktioniert?« fragte sie ihn.

»Ich habe gestern abend niemanden nach den Wachen schreien hören, auch nicht am Abend davor oder während der beiden Tage.«

»Weil alle Augen auf Euch gerichtet waren.«

»Genau darum geht es doch: Als meine Schülerin habt

Ihr einen Platz und eine Identität. Eure Aufgabe ist es, die Aufmerksamkeit auf Euch zu ziehen, weil das wiederum die Aufmerksamkeit auf mich richtet, und genau auf diese Weise verdienen wir Barden unseren Lebensunterhalt. Wenn die Leute Euch zuschauen, sehen sie, was sie zu sehen erwarten: die Schülerin eines Troubadours, die in den Augen der sogenannten braven Leute eine gewisse Ähnlichkeit mit dem Dorfflittchen nicht verleugnen kann. Über ihre Vorurteile hinauszublicken fällt diesen Leuten ungeheuer schwer, vor allem wenn die gesuchte Person eine Königliche Hoheit ist. Sie lösen das Rätsel Eurer Erscheinung mit Hilfe ihrer vorgefaßten Ansichten: Eine Königliche Hoheit kleidet sich auf eine bestimmte Weise und verhält sich auf eine bestimmte Weise; Ihr seid weder wie eine Königliche Hoheit gekleidet, noch verhaltet Ihr Euch so – deshalb könnt Ihr auch keine Königliche Hoheit sein. Daher könnt Ihr auch ganz unmöglich die Person sein, nach der die Maizan suchen. Wenn andererseits ein Mädchen Euren Alters alleine unterwegs ist, fragen sich die Leute möglicherweise, warum. Und wenn sie sich das fragen, werden sie sich auch fragen, wer Ihr seid, woher Ihr kommt und was Ihr hier tut. Und wenn sie auf diese Fragen keine Antworten vorgesetzt bekommen, werden sie an jeder Verkleidung so lange herumpicken, bis sie alles wissen.«

»Ihr seid als Schwindler ebenso gerissen wie ein Brownie.«

»Ich fasse das als Kompliment auf. Eine Spur mehr Kohle um die Augen, würde ich sagen, damit sie noch tiefer in den Höhlen liegen – hmm, ja – und das Exotische und Geheimnisvolle Eures Aussehens noch ein wenig stärker betonen.«

»Geht das je wieder ab?« fragte sie in einem plötzlichen Anflug von Besorgnis.

»Sicherlich. Und meist im unpassendsten Augenblick.«

»Na wunderbar.«

»Das erste Gesetz des Universums lautet, wie jeder weiß: Alles, was schiefgehen kann, geht schief. Oder denke ich mir das vielleicht alles nur aus, während ich so dahinplaudere? Hört auf zu kichern, Elora, Ihr undankbares Geschöpf! Diese Striche hier müssen absolut gerade sein.« Und dann, ein paar Augenblicke später, fragte er: »Wie geht es Eurem Freund?«

Sie wußte, wen er meinte. »Besser«, erwiderte sie. »Er sieht schlimmer aus denn je, aber ich habe für seine Wunden getan, was ich konnte.«

»Nach Eurem Ton und Eurer Miene zu schließen, sind seine Verletzungen nicht das Schlimmste.«

»Jemand hat ihn in einem Zauberbann gefangen, Duguay.«

»So ist das mit der Zauberei, Elora. Es muß immer ein Opfer geben.«

»Jeder Zauber hat seinen Gegenzauber!«

»So hofft man. Aber gibt es für jedes Gift ein Gegengift und für jede Krankheit Heilung?«

»Ihr klingt wie alle hier im Fort.«

»Inwiefern?«

»Sie geben alle auf. Und viele von ihnen haben bereits aufgegeben. Es ist, als wären sie alle tot, nur wissen sie es noch nicht.«

»Dann tut etwas dagegen!«

»Das würde ich ja gern! Wenn ich nur die Macht und das Wissen hätte, die Maizan in die Schranken zu weisen, bevor sie die nächste Stadt erobern und die Großen Reiche weiter nach ihrer Pfeife tanzen lassen. Es gab einmal eine Dämonenkönigin, die Bavmorda hieß ...«

»Ich habe Lieder gehört, die von ihr erzählen.«

»Das kann ich mir lebhaft vorstellen. Sie war so böse, wie man sich das nur vorstellen kann, aber es gibt Zeiten, da wünsche ich mir, ich könnte wie sie mit den Armen fuchteln und bräuchte nur den richtigen Zauberspruch auszurufen und – schwupps – schon hätte ich damit eine ganze Armee von Angreifern in ein Rudel grunzender Schweine verwandelt.«

»Und das würde alles wieder ins rechte Lot bringen, glaubt Ihr?«

»Es wäre zumindest ein Anfang, oder? Und es gäbe ein

wenig mehr Ordnung und Frieden im Leben der Menschen.«

»Ist es das, was die Menschen wollen?«

»Weshalb sollten sie keinen Frieden wollen? Weshalb sollte irgend jemand keinen Frieden haben wollen?«

»Ich weiß es wirklich nicht, Elora. Warum findet Ihr es nicht selbst heraus? Genau das macht ein Barde – er hört zu und lauscht dem Auf und Ab der Gespräche. Wer hat was wem angetan und warum? Woher kommen die Leute, wovon träumen sie, und was fürchten sie? Dann faßt er alles zusammen und gibt es ihnen wieder zurück in Liedern, die sie zum Lachen, zum Weinen oder zum Nachdenken bringen. Sicherlich ist es wunderbar, eine Legende zu sein ...« – unter ihren gesenkten Wimpern warf sie ihm einen stechenden Blick zu –, »... aber wer, glaubt Ihr, macht sie im Volk bekannt?«

Er brachte sein Gesicht so nahe vor das ihre, daß sie seinen warmen Atem auf ihrer Wange spürte. Aus irgendeinem Grund jedoch ließ sie der warme Hauch seines Atems auf ihrer Haut heftiger erzittern, als dies der eisigste Nordwind je vermocht hatte.

»Heute abend, denke ich, werden wir ein bißchen mehr Farbe auftragen« murmelte er.

Er sprach über die Farbe für ihre Lippen und Fingernägel, die er mit kundigen Händen aus seinen Töpfen und Tuben zusammenmischte. Das Ergebnis war ein dunkleres und intensiveres Rot als Burgunderwein. Nachdem er damit die Konturen ihres Mundes nachgezeichnet und dann die Farbe mit dem Finger über die ganze Breite ihrer Lippen verteilt hatte, wirkte Eloras Mund, wie sie in ihrem Spiegel feststellen konnte, wie eine blutende Wunde in ihrem bleich geschminkten Gesicht, ein Effekt, den er noch dadurch betonte, daß er mit dem kleinen Finger einen zarten Hauch des Farbtons auf ihre Lider zauberte.

»Das kann ich selber machen«, sagte sie, als er begann, mit einem winzigen Pinsel die Farbe auf ihren Nägeln aufzutragen.

»Es bereitet mir aber Vergnügen«, sagte er rundheraus.

Mir auch. Der Gedanke blitzte ungebeten in ihrem Kopf auf.

Ihre Hand lag auf seinem Schenkel, direkt über dem Knie. Sie saßen auf einem flachgeschliffenen Felsen über dem Fluß. An diesem Abschnitt des Ufers gab es nicht viele Bäume; auf dem felsigen Grund gediehen nur Gras und Blumen und hier und dort ein Baum oder ein Strauch. Er machte die letzten Pinselstriche auf dem Nagel ihres kleinen Fingers und hatte gute Arbeit geleistet – wie ihr nicht schwerfiel, zuzugeben –, vermutlich hätte sie es nicht besser gekonnt. Dann blieb er bewegungslos sitzen. Er kam weder auf sie zu, noch wandte er sich von ihr ab. Sein Blick war wahrscheinlich intensiv und durchbohrend, obwohl jeder andere Aspekt seines Körpers entspannt und gelassen wirkte, doch Elora brachte es einfach nicht fertig, den Blick zu heben, um sich dessen zu vergewissern.

Er streckte zwei Finger aus und strich sanft über die Sehnen auf ihrem Handrücken, als seien es die Saiten einer Gitarre.

Sie holte Atem, um ›bitte‹ zu sagen, konnte sich jedoch nicht entscheiden, was danach kommen würde: ›nicht‹ oder ›mehr‹. In diesem Augenblick bellte der Hund.

Der Wolfshund lag mit hechelnder Zunge in diskretem Abstand in der Sonne, die auf sein schwarzes Fell herunterbrannte. Er sah aus wie die leibhaftige Unschuld, was nichts daran änderte, daß er als Stimmungssaboteur ebenso effektiv war wie jede Anstandsdame.

»Wie kann etwas so Großes sich so leise anschleichen?« fragte Duguay verwundert.

Er tätschelte ihre Hand – eine eher freundschaftliche Geste – und fuhr fort, seine Töpfe und Döschen wegzuräumen. »Ich muß schon sagen, Elora«, brummte er, »Ihr habt verdammt höllische Freunde.«

»Als einer von ihnen müßt Ihr ja wissen, wovon Ihr sprecht, Meister Faralorn«, erwiderte sie mit einem Lachen.

Wo der Hund war, war auch Luc-Jon nicht weit. Vielleicht war es aber auch so, daß Luc-Jon wußte, daß der Hund ihn unweigerlich zu Elora führen würde. Wie herum auch immer – Elora hatte nichts dagegen, daß der junge Mann zu ihr herübergeschlendert kam, nachdem Duguay ins Fort zurückgekehrt war, um sich für seinen Auftritt am Abend vorzubereiten.

Der Himmel war überirdisch blau, und in der Luft lag eine kühle Frische, die mehr war als nur ein Vorbote des Winters, obgleich nach dem Kalender noch nicht einmal der Herbst angebrochen war. Luc-Jon zog seinen Kragen fester vor der Brust zusammen und machte eine einladende Geste, Elora an seiner Wärme teilhaben zu lassen. Doch er besaß genügend Taktgefühl, nicht darauf zu beharren, als sie keinerlei Anstalten machte, seiner Einladung zu folgen.

»Es ist kalt«, sagte er.

»Wirklich?« gab sie zurück. »Ist mir gar nicht aufgefallen.«

»So wie du angezogen bist, müßtest du das doch als erste bemerken, dachte ich.«

Sie sah an sich hinab und fühlte, wie die Röte in ihre Wangen stieg. Er ließ sie wieder in Frieden und beschäftigte sich damit, ein Stück Treibholz in die Luft zu werfen, das der Hund auffing, ehe es den Boden berührte. So weit er den Stock auch warf, der Hund fing ihn ohne die geringste Mühe auf, und nicht ein einziges Mal bei einem Dutzend Würfen landete der Stock im Gras. Der Hund taxierte, während er loslief, die Flugbahn des Stocks und war mit einigen Sätzen, die jedes Pferd beschämt hätten, an Ort und Stelle, um ihn aufzufangen.

»Bären bewegen sich auch so«, sagte Luc-Jon.

»Wie meinst du das?«

»Auf den ersten Blick sehen sie aus wie große, tapsige Plüschtiere«, erklärte Luc-Jon, »rund und fett und faul. Aber wenn sie etwas sehen, das sie wollen – irgendwas, das sie wütend macht zum Beispiel, dann sind sie so schnell wie ein geölter Blitz. Wenn sie erst mal in Schwung kommen, haben sie dich schneller am Wickel, als du denken kannst.«

Er wollte einen Wurf vortäuschen, doch der Hund sah ihn nur mit einem so geduldigen und verächtlichen Blick an, daß Luc-Jon die Finte, die er geplant hatte, nicht zu Ende führte und den Stock in hohem Bogen wegschleuderte.

»Arbeitest du mit Hunden?« fragte ihn Elora.

»Nö ... Ich mag sie bloß, das ist alles. Ich bin ein Lehrling.«

»Ich auch.«

»Du willst mal singen und aufspielen wie der, mit dem du herumziehst?«

Sie antwortete mit einem Achselzucken und lenkte das Gespräch wieder zu ihm zurück. »Was machst du?«

»Ich bin ein Schreiber.«

»Das bist du nicht!«

»Wie? Seh' ich so beschränkt aus?«

»Tut mir leid, ich wollte dich nicht beleidigen.« Sie wurde rot, sie stammelte, und jeder Anschein des Geheimnisvollen war dahin. Bestürzt mußte sie feststellen, daß sie sich wieder einmal ganz ihrem Alter entsprechend benahm. »Es ist nur ... Ich dachte ... Ich will sagen, es tut mir wirklich *so* leid.«

»Mach dir deshalb keine Gedanken«, versuchte er, sie zu beruhigen, jedoch nicht ohne ihre Verlegenheit genüßlich zur Kenntnis zu nehmen. »Du bist nicht die erste, die so reagiert. Liegt sicherlich daran, daß ich rede, wie mir der Schnabel gewachsen ist. Ich kenne mich im Wald aus und mit Tieren – wenn man in 'ner Ecke wie der hier aufwächst, kann man wahrscheinlich gar nicht anders. Ich reite ganz gut, und ich bin kein schlechter Bogenschütze; ich kann meinen Mann bei den Soldaten stehen. Aber am allerbesten kann ich Briefe schreiben. Ich hab' eine sichere und elegante Hand, sagt mein Meister.«

»Ich bin beeindruckt.«

»Ich bin der erste in meiner ganzen Familie, der lesen und schreiben kann. Der erste und einzige in meiner Verwandtschaft, soweit sich irgend jemand zurückerinnern kann. Das Problem ist bloß, daß mir das Geschick, mit dem ich Worte aufs Papier schreibe, beim Sprechen den Dienst versagt.«

»Was schreibst du denn?«

Sie schlenderten nebeneinander mit augenfälliger Ziellosigkeit in Richtung des Forts, begleitet vom Wolfshund, der immer ein paar Schritte hinter ihnen trabte. Luc-Jon nahm für eine Weile ihre Hand in die seine, wogegen sie nichts einzuwenden hatte, doch er ließ sie immer wieder los, weil er seine Hände brauchte, wenn er redete. Wie ein geborener Geschichtenerzähler wob er seine Bilder mit Gesten und Worten.

»Briefe natürlich. Und ich lese auch die, die mit der Post kommen. Verträge und all so was, obwohl auf allen formellen Dokumenten das Siegel des Meisters sein muß, damit sie rechtsgültig sind. Und es macht manchmal richtig Spaß, die Geschichten, die man mir erzählt, in Tinte niederzuschreiben.«

Er hielt inne, doch es war nicht zu übersehen, daß er noch mehr zu erzählen hatte, und so ermutigte ihn Elora mit einer fragenden Miene. Ein scheues, und wie Elora fand, sehr hübsches Lächeln huschte über sein Gesicht.

»Ich ändere sie dabei. Ein bißchen.«

»Wie denn?«

»Ich gebe ein bißchen Würze hinzu und ändere die Figuren vielleicht etwas in die Richtung, daß die Leute hier sie erkennen könnten, und dazu mische ich etwas von dem, was ich über Leute aus anderen Ländern gehört oder gelesen haben. So ähnlich, wie die Welt sein könnte, wenn ich ganz allein sie noch einmal machen dürfte. Ich meine ...« Eine neuerliche Pause entstand, in der er, nach einer Inspiration suchend, hektische Blicke um sich warf. »Das hier ist mein Zuhause und alles, und es ist ein wundervoller Platz, wenn man mit offenen Augen durchs Leben geht, aber trotzdem ist es nicht mehr als Wälder und Berge und Wiesen und Fluß – so wie es mein ganzes Leben gewesen ist. Immer das gleiche, immer dieselbe alte Leier. In meinen Träumen seh' ich all diese Orte, wo ich noch nie gewesen bin. Und wenn ich sie mit meinen Worten Wirklichkeit werden lassen kann, dann ist das ebenso, als wär' ich dort.«

»Warum gehst du nicht tatsächlich dort hin? Du hast einen Beruf, mit dem du flußabwärts ebensogut dein Auskommen finden kannst wie hier.«

»Wenn ich meinen Abschlußbrief habe – ja, dann habe ich einen Beruf.«

»Aber? Ich höre ein Aber.«

»Das hier ist mein Zuhause. Und es würde mir das Herz brechen, wenn ich herausfinden würde, daß meine Träume schöner waren als die Wirklichkeit. Ich habe noch Zeit damit. Vielleicht bleibe ich, vielleicht gehe ich.« Und dann, ziemlich abrupt: »Soll ich dir was sagen, Elora? Mein Meister besitzt eigene *Bücher!*«

»Oh.«

»Ja. Eine ganze Menge Bücher.«

»Ah.«

In ihrem Turm in Angwyn hatte es einen großen Raum gegeben, der vom Fußboden bis hinauf zur gewiß nicht niedrigen Decke mit Regalen vollgestellt gewesen war, in denen Tausende und Abertausende Bücher standen, das Wissen der Jahrhunderte, wie man ihr immer wieder erklärt hatte, eine Schenkung, die allein dem Zweck der Erziehung und Ausbildung der Heiligen Prinzessin dienen sollte. Doch obwohl man sie lesen gelehrt hatte, verwehrte man ihr den Zutritt zu der Bibliothek. In den Augen des Königs von Angwyn war die Bibliothek – ebenso wie Elora – nur Dekoration.

Was sich jedoch als Irrtum herausstellte, denn sie war dickköpfig und eigensinnig und ließ sich nirgendwo aussperren. Je strikter ihr irgend etwas verboten wurde, um so größer war ihre Entschlossenheit, es doch zu bekommen – vor allem wenn sie dabei die Leibgarden und Scharen von Dienern überlisten mußte. Dies war oft schwierig und langwierig und nicht immer von Erfolg gekrönt. Mehr als einmal war sie so weit, ihr Vorhaben wieder zu verwerfen, weil der Aufwand in keinem Verhältnis zu der zu erwartenden Belohnung stand. Was bei solchen Erwägungen letztlich meist den Ausschlag gab, war die Vorfreude auf die Genugtuung, etwas zu wissen, was ihre Aufpasser nicht wußten, obwohl sie zu dem Zeitpunkt noch keinen blassen Schimmer hatte, wie sie es zu ihrem Vorteil nutzen könnte.

Sie hatte kaum mehr als einen oberflächlichen Blick auf die Bücher der Bibliothek geworfen, als sie aus Angwyn fliehen mußte. Sie hatte es damit nicht sonderlich eilig gehabt; sie hatte geglaubt, ein ganzes Leben für die Erkundung der Schätze des Wissens Zeit zu haben.

Luc-Jons Meister arbeitete in seinem Skriptorium an einem mächtigen Schreibtisch, den er mit seinem Lehrling teilte und der fast den gesamten Raum einnahm. Die beiden saßen einander an der breiten Tischplatte gegenüber, die ums Eck verlief, um eine möglichst große Arbeitsfläche zu bieten. Die gesamte Decke des Raums bestand aus einem Dachfenster, und auch die Wand, die an den Garten des Schreibers grenzte, war ganz aus Glas, um das Tageslicht für ihre akribische Arbeit optimal auszunutzen. Die Wände hinter den beiden Männern bestanden vom Fußboden bis hinauf zur Decke aus Nischen und Fächern unterschiedlicher Größe, in denen das Arbeitsmaterial und die Gerätschaften ihres Handwerks – die in Arbeit befindlichen Texte oder zukünftige Aufträge sowie alles, was sonst noch von Nutzen sein konnte – aufbewahrt wurden. In einer Ecke war ein Kamin mit einem engmaschigen Gitter davor, das verhindern sollte, daß Funken in den Raum stoben.

Um den Meister nicht bei der Arbeit zu stören, schlichen Elora und Luc-Jon auf nackten Sohlen an ihm vorbei in die Bibliothek, ein Raum von ähnlicher Große wie die Schreibstube und direkt an sie angrenzend. Die Regale waren aus roh behauenem Holz wie alles innerhalb der Mauern des Forts und die Bücher darauf ein Sammelsurium aus den unterschiedlichsten Bereichen und verschiedensten Ecken der Welt. Wie man es von jemandem einer fahrenden Zunft, der seine Bücher und Schriften unterwegs erstand, nicht anders erwartete. Eloras Blick glitt über Reihen zusammengebundener Pergamentrollen, über Stapel flacher, zwischen Lederrücken gepreßter Blätter desselben Materials, doch es gab auch eine Menge in modernerem Stil gebundene, handgeschriebene Bücher. Und es waren sogar einige von einer Maschine gedruckte Exemplare jüngeren Datums darunter, die sicherlich aus Sandeni den Fluß heraufgekommen waren.

Mit einem Blick, den sie durch die offene Tür auf den Schreibtisch warf, erkannte Elora, daß die Passion des Meisters vor allem den dekorativen Illustrierungen und Illuminationen galt. Die Schreibarbeit überließ er offenbar lieber Luc-Jon. Keiner der Buchtitel sagte ihr irgend etwas. Sie waren in einem halben Dutzend verschiedener Sprachen, von denen sie einige zwar halbwegs verstand, wenn sie gesprochen wurden, doch sie zu lesen war weitaus schwieriger. Leider war Luc-Jon in dieser Beziehung keine besonders große Hilfe, da die meisten dieser Sprachen für ihn ein Buch mit sieben Siegeln waren. Einige waren so alt oder die Länder, in denen sie gesprochen wurden, so fern, daß er von den Kulturen, die sie hervorgebracht hatten, nicht einmal den Namen kannte.

»Das hier ist Hanaha!« rief sie begeistert und klappte ein Buch auf, das fast so groß war wie sie selbst.

»Was hast du gesagt?«

»Die Sprache. Ich kenne sie! Es ist eine Variante der verbreitetsten Chengwei-Sprache, die auf den Inseln vor ihrer Küste gesprochen wird.«

»Du kannst das lesen?«

»Ich wünschte, ich könnte es. Ich verstehe die Sprache zwar einigermaßen, wenn sie gesprochen wird, und habe auch eine ungefähre Ahnung, was die geschriebenen Worte bedeuten, aber niemand würde mich für eine Einheimische halten.«

»Und was heißt das, was da steht?«

»Es ist irgendeine Art Verzeichnis. Eine Erhebung oder Zählung oder so was in der Art. Eine Volkszählung vielleicht oder eine Auflistung von Besitz, Einkünften und Ausgaben.«

»Nicht sehr aufregend.«

»Das ist das Leben selten, wenn du Glück hast.«

»Ich dachte, Barden lieben das Abenteuer.«

Sie mußte lachen. »Wenn es vor dem Kaminfeuer erzählt wird, und dann auch nur die interessanten Episoden, mein Süßer. Niemanden interessieren die schier endlosen Tage, die die Helden unterwegs sind, um dort hinzukommen, wo das Abenteuer auf sie wartet.«

Elora ließ ihre linke Hand über die Kanten der Regalbretter gleiten und berührte im Vorübergehen den einen oder anderen Buchrücken oder den Einband einer Handschrift. Einer davon, vor dem sie stehenblieb, war mit der Darstellung eines Drachen verziert. Er sah kein bißchen aus wie der, den sie mit eigenen Augen gesehen hatte, und der Text war für sie ein Wirrwarr nicht zu entziffernder Schriftzeichen.

»Meinst du, dein Meister hätte etwas dagegen, wenn ich mir noch mehr davon ansehe?« fragte sie.

»Ich wüßte nicht, wieso«, erwiderte der junge Mann und stemmte die Arme auf die Lehnen des Stuhls, auf den sie sich gesetzt hatte. Er stand über sie gebeugt und sah ihr tief in die Augen, wobei von seiner zuvor an den Tag gelegten Schüchternheit so gut wie nichts mehr übrig war. Anscheinend färbte dieser Charakterzug ab, oder er kannte einen Trick, wie er ihn auf andere übertragen konnte, denn Eloras Atem wurde ganz flach und schnell, und ihre Lippen fühlten sich entsetzlich trocken an.

Gleich wird er mich küssen, dachte sie mit einer leidenschaftslosen Nüchternheit, die sie ganz und gar nicht empfand.

Und dann tat er es. Ganz sanft, so daß seine Lippen die ihren kaum streiften; eine leise, zarte Berührung voller Verlockung und Versprechen, die in ihr einen plötzlichen Hunger nach mehr anfachte.

Sie war im Begriff, seinen Kuß zu erwidern, als der Wolfshund zu knurren begann.

Es war ein furchterregender Laut, bei dem sich sofort die Härchen in Eloras Nacken aufstellten und eine Gänsehaut über jeden Fingerbreit ihrer Haut lief. Luc-Jon hörte die Warnung in dem Knurren ebenfalls und reagierte – nach dem Ausdruck auf seinem Gesicht zu urteilen – in ganz ähnlicher Weise.

Ohne ein weiteres Wort rannten die beiden jungen Leute aus dem Zimmer. In der Diele, ein Stück den Korridor hinab, der zur Eingangstür des Hauses führte, zog Luc-Jon im Vorübereilen ein Breitschwert aus dem Waffenständer des

Hauses. Sein zweihändiger Griff und die gerade, doppelschneidige Klinge, die beinahe ebenso lang war wie Elora groß, ließ keinerlei Mißverständnisse zu, wofür es gemacht war: für den Kampf von unberittenen Kriegern gegen die Kavallerie.

Der Wolfshund stand mit gesträubten Nackenhaaren auf der Veranda, und aus seiner Brust stieg ein tiefes, drohendes Knurren. Er war nicht allein. Auch die übrigen Hunde des im Fort lebenden Rudels waren in Sichtweite, und alle hatten die Augen auf das Haupttor gerichtet.

Durch den Torbogen ritt unter den wachsamen Blicken der Wachposten ein Pulk von Reitern, ein kleiner Trupp aus sieben bewaffneten Kriegern, in das Fort ein. Einer der Hunde fing an zu bellen, und die Soldaten der Garnison besetzten im Laufschritt die Wehrgänge auf den Palisaden. Doch ihre Aufmerksamkeit war geteilt – zwischen den Reitern innerhalb der Palisaden und dem, was draußen zu sehen war. Die Bögen lagen bereits in ihren Händen, in jedem ein Pfeil – bereit, jederzeit gespannt und abgeschossen zu werden.

»Das sind nicht unsere Leute, glaube ich«, flüsterte Luc-Jon. »Keine unserer Patrouillen und auch keine Abteilung aus Sandeni.«

»Nein«, pflichtete Elora ihm bei. »Es sind Maizan.«

8. Kapitel

Sie saßen auf ihren Pferden mit der gelassenen Arroganz einer Rasse, die überzeugt ist, daß es allein ihr bestimmt sei, die Welt zu beherrschen. Und in Anbetracht der jüngeren Geschichte trafen sie damit auf immer weniger Widerstand. Großgewachsene, schwarze Männer auf mächtigen, schwarzen Rössern, die durch die dunklen Rüstungen und gehörnten Helme, die ihre Gesichter verbargen, um so imponierender und bedrohlicher wirkten.

Als sich der hochaufgeschossene, hagere Anführer des Trupps aus dem Sattel schwang, haftete seinen Bewegungen eine Steifheit an, die von langen, harten Tagen oder gar Wochen im Sattel zeugte. Es war beruhigend zu sehen, daß auch eine Rasse, die sich rühmte, auf dem Rücken der Pferde geboren zu sein und sich im Sattel mehr zu Hause zu fühlen als in jeder Hütte oder jedem Palast, ihrer nomadischen Lebensweise erkennbaren Tribut zollen mußte.

Elora konnte nicht verstehen, was gesagt wurde, als der Kommandant dem Anführer des Trupps auf der Veranda der zentralen Militärbaracke des Forts entgegentrat, doch die Haltung beider ließ darauf schließen, daß es sich um einen formellen Austausch von Begrüßungsfloskeln handelte.

»Was denkst du?« überlegte sie laut.

»Wahrscheinlich fragt er um die Erlaubnis, die Nacht hier verbringen zu können«, erwiderte Luc-Jon, der nun ein wenig unsicher schien, was er mit dem blanken Schwert in seiner Hand anfangen sollte. »Sehen ganz so aus, als hätten sie lange Zeit nichts anderes gesehen als Felsen und Wald und könnten ein weiches Bett und was Anständiges zu futtern vertragen.«

»Von mir aus können sie auf Felsen schlafen. Je zackiger, desto besser.«

»Du magst sie nicht?«

»Es gibt nicht viel, das man an ihnen mögen kann.«

»Es sind die ersten Maizan, die ich sehe.«

»So, wie sie sich über den ganzen Kontinent ausbreiten, bezweifle ich, daß dies die letzten sein werden.«

»Hmm.« Er schwieg eine Weile und versuchte dann einen Scherz: »Ich dachte, sie sind größer.«

Es war ein redlicher Versuch, und Elora besaß genug Taktgefühl, eine angemessene Erwiderung von sich zu geben.

»Das sagen alle.«

»Du hast gelacht.«

»Ich habe nun mal ein freundliches und überaus edelmütiges Wesen und neige dazu, Mitleid mit den weniger Glücklichen zu haben.«

»Du hast gelacht«, sagte er noch einmal mit vollkommen ausdruckslosem Gesicht.

»Du bist unmöglich.« Diesmal war ihr Lachen kein bißchen gezwungen.

Auf der anderen Seite des Exerzierplatzes schwangen sich die übrigen der Maizan aus den Sätteln. Zwei von ihnen führten, von einigen Wachen eskortiert, die Pferde zum Stall hinüber, während die anderen ihre Satteltaschen schulterten. Der Kommandeur der Wachen, der im Fort die Polizeigewalt innehatte, und ein Trupp seiner Ordnungswächter, die wie aus dem Nichts am Schauplatz aufgetaucht waren, sammelten die Waffen der Maizan ein. Sie würden sicher in der Waffenkammer verschlossen werden, bis die Besucher wieder ihrer Wege zogen. Trotz der auf äußere Wirkung bedachten Zurschaustellung militärischer Stärke von beiden Seiten war nichts Außergewöhnliches oder gar Unheilschwangeres an dem Geschehen zu erkennen – lediglich ein paar Neuankömmlinge, die die Nacht in den Mauern des Forts verbringen wollten.

Elora entging jedoch nicht, daß die Wachsamkeit des Wolfshundes um nichts geringer geworden war, und die anderen Hunde des Rudels folgten seinem Beispiel. Doch keiner der Hunde ging auf die Maizan los; alle hielten sie respektvollen Abstand. Aber solange sich einer dieser fremden Krieger im Freien aufhielt, würde ihm einer der Hunde wie ein Schatten folgen.

»Tja«, seufzte Luc-Jon. »Das war es wohl, wie's scheint – den Himmeln sei Dank. Keine Verwendung mehr für das hier ...« Spielerisch schwang er das Schwert ein letztes Mal. »Ich spring' schnell rein und stelle es weg. Wenn du auf mich wartest, Elora, bring' ich dich nach Hause.«

»Ja, gern.« Sie war dankbar für seine Begleitung.

Als die Sonne hinter den Bergen im Westen hinabsank, war die Nachricht von der Ankunft der Maizan das vorherrschende Thema, an dem sich allenthalben im Fort die Gemüter erhitzten.

»Überlegt Euch noch mal, was Ihr vorhabt, Elora«, sagte Duguay warnend, der neben ihr auf der langen Veranda der Taverne saß. Er hatte die Beine gegen einen der Pfeiler gestützt, die das Vordach trugen, den Stuhl, auf dem er saß, auf den hinteren Beinen balancierend, und klimperte ein paar träge Akkorde auf seiner Gitarre, die quer über seinem Bauch lag.

»Wie?«

»Sie haben Pferde, diese Maizan. Und nach allem, was man hört, sind sie verdammt gute Reiter. Wenn Ihr irgendwas Unüberlegtes tut und dann zu Fuß oder vielleicht sogar mit einem Pferd von hier flieht, was glaubt Ihr, wie weit Ihr kommt mit einem Trupp Maizan auf den Fersen? Und dann wird jeder wissen, wer sich hinter dieser Verkleidung verbirgt. Ein Trumpf weniger in Eurem Spiel.«

»Ich bin nicht so dumm, wie Ihr glaubt, Duguay. Ich habe nicht vor, mich mit ihnen anzulegen. Es geht um Ryn, um den ich mir Sorgen mache. Angenommen, man erkennt ihn? Angenommen, sie sind wegen ihm hier? Was dann?«

»Ich weiß es nicht – noch nicht. Und Ihr ebenfalls nicht, wenn Ihr ehrlich seid. Allerdings muß ich zugeben, daß es wohl kaum ein Zufall ist. Für einen Wyr ist er sehr weit von seiner Heimat weg. Man begegnet einem von ihnen bestenfalls mal in der Gegend von Sandeni, da arbeitet der eine oder andere manchmal für eines der Schiffe auf dem Fluß oder vergnügt sich in den Wasserfällen, aber hier oben im Hochland sind die Flüsse zu flach. Eher für Najaden und ähnliche Wesen geeignet.«

»Auf ihn trifft das gleiche zu, womit Ihr mich abzuhalten versucht habt, alleine unterwegs zu sein – allein sein Anblick provoziert Fragen.«

»Und eine Frage führt fast immer zur nächsten, das liegt in der Natur der Dinge. Und von dort ebenso prompt zu Schwierigkeiten.«

Sie beobachtete zwei Maizan, die aus den Ställen auftauchten und ihrer Unterkunft zustrebten. Alle in Sichtweite blieben stehen und starrten sie an, und alle, deren Weg sich hätte mit ihrem kreuzen können, sahen zu, einen möglichst weiten Abstand zwischen sich und die fremden Reiter zu bringen.

»Sie tauchen immer zu zweit auf«, stellte sie fest.

»Sicherheitsmaßnahmen. Auf diese Weise ist immer einer dabei, der dem anderen den Rücken freihält. Und einer zum Reden.« Er untermalte seine letzte Bemerkung mit einem klangvollen Akkord.

»Warum, glaubt Ihr, sind sie hier, Duguay?«

»Sag du es mir, Lehrling. Betrachte es als die heutige Lektion.«

Luc-Jon war die meiste Zeit des Abends beschäftigt, da der Kommandant ihn in die Schreibstube der Garnison beordert hatte, um zusammen mit seinem Sekretär einen ganzen Stapel neuer Kommuniqués und Berichte auszuarbeiten, die mit dem nächsten Meldereiter flußabwärts geschickt werden sollten. Gleich nach der Ankunft der Maizan waren Kuriere ausgeschickt worden, die die Sandeni-Patrouillen davon in Kenntnis setzen sollten, ehe sie ins Fort zurückkehren würden. Das Fort selbst wurde in erhöhte Alarmbereitschaft versetzt. Der Führer des Wagenzugs verschwendete keine Zeit und verlangte vom Kommandanten sofortigen Geleitschutz für die Flüchtlinge bis hinab ins

Tiefland. Doch dieser lehnte das Ansinnen rundweg ab, mit der Begründung, daß in Sandeni weder Krieg herrsche noch ein solcher in naher Zukunft zu erwarten sei und im übrigen die Aktivitäten marodierender Räuberbanden hier draußen im Grenzgebiet eine solche Zersplitterung der Kräfte nicht rechtfertigen würden. Würde er den gewünschten Schutz zur Verfügung stellen, bedeutete dies ein nicht tolerierbares Risiko für die Sicherheit des Forts. Daraufhin bat der Wagenführer um die Erlaubnis, den Wagenzug in den Schutz der Palisaden bringen zu dürfen, doch auch dies lehnte der Kommandant ab. Die Menschen und das Vieh – ja, aber nicht das ganze Hab und Gut. Es sei einfach nicht genügend Platz im Fort. Die Stimmen wurden schnell lauter, und hitzige Worte flogen, doch der Kommandant ließ sich nicht von seiner Entscheidung abbringen.

Dies alles erfuhr Elora von Sandeni-Soldaten, die an der Pferdetränke schwatzten, von Kunden im Laden der Marketenderin, von Müßiggängern auf dem Bazar draußen vor den Palisaden, von Zechern in der Taverne des Forts und an dem Ausschank, der draußen bei den Ständen der fliegenden Händler errichtet worden war. Außer der Vervollkommnung ihrer Gesichtsbemalung hatte Duguay auch ihre Garderobe erweitert und ihr ein weit und locker fallendes Gewand gekauft, das bis auf ihre Zehen fiel und sie von den Handgelenken bis hinauf zum Kinn auf das Schicklichste bedeckte. Dafür war es an beiden Seiten geschlitzt, wodurch beim Gehen ihre Beine in ihrer ganzen Länge zu sehen waren, ebenso das Oberteil, das vom Hals über die Schultern bis hinab zum Saum an den Handgelenken einen schmalen Streifen Haut zeigte und nur von Haken an den Schultern, den Ellbogen und den Handgelenken zusammengehalten wurde. Sie fing mehr als ihr übliches Maß an entrüsteten Blicken auf, als sie im Fort und zwischen den Buden des Bazars umherschlenderte, doch nur bis die Betrachter sahen, daß sie unter dem Kleid ihre Seidenhose trug und bestenfalls mit den Grenzen der Schicklichkeit spielte, sie jedoch nicht überschritt. Einige wußten den Scherz zu würdigen, andere jedoch reagierten um so entrüsteter.

Je länger sie umherwanderte, um so klarer wurde ihr, daß Duguay mit seinen Argumenten recht gehabt hatte: Sie zog die Blicke aller auf sich, doch kaum einer sah ein zweites Mal hin, außer vielleicht, um sich zu bestätigen, was er bereits gesehen hatte. Sie war zwar noch lange nicht so entspannt und gelassen wie die anderen Mädchen, die im Speisesaal der Herberge arbeiteten, doch mit dem bis zur Nasenspitze eingemummten und in tausend Ängsten vor einer möglichen Entdeckung schwebenden Wesen, das Duguay vor ein paar Tagen durch das Tor gefolgt war, hatte sie nicht mehr viel gemein.

Deshalb empfand sie es, als sie die Tür des Stalls offenstehen sah, in dem Ryn eingesperrt war, auch nicht als ein besonders großes Risiko, hinüberzuschlendern und nachzusehen, was dort vor sich ging. Als sie zu der Handvoll Leute trat, die sich vor dem Verschlag drängten, zog sie ihren dünnen Schal dekorativ ein Stück weiter in die Stirn und schlang eines seiner langen Enden über Nase und Mund.

Einer der Wachposten war vom Wachhaus herübergekommen, um die Zelle zu säubern und den Gefangenen abzuspritzen, und dies war der Anlaß für das Schauspiel. Während ein Helfer mit beiden Händen den Schwengel einer Pumpe auf und nieder bewegte, richtete der Wächter einen kräftigen Strahl eiskalten Flußwassers aus dem Schlauch in seinen Händen zunächst auf den Boden der Zelle und dann auf den Gefangenen. Ryn wand und krümmte sich in seinen Fesseln im vergeblichen Bemühen, dem peinigenden Strahl zu entgehen. Da ihn sein Knebel und der Schädelkorb daran hinderten, seiner Qual mit Worten Ausdruck zu geben, schlug er den eisernen Rahmen des Folterinstruments mit aller Kraft wieder und wieder gegen die Wand hinter ihm.

Elora wußte nicht, was sie tun sollte. Ein Teil von ihr wollte losschreien, die Gaffer mit der Pferdepeitsche von dem Verschlag fortprügeln und dann ihren Freund befreien. Doch jede seiner Reaktionen auf die Situation machte ihr schmerzlich bewußt, daß er nicht mehr der Freund war, an den sie sich erinnerte.

Jemand warf eine angenagte Karotte durch die Gitter, die vom Schädelkorb Ryns abprallte. Seine Treffsicherheit fand den Beifall der Zuschauer, doch die Meute hatte offenbar auf eine wütendere Reaktion gehofft.

»He, kannst du ihn nicht mal mit deinem Speer ein bißchen aufmuntern, Kumpan?« rief einer der Schaulustigen dem Wächter zu, der mürrisch den Kopf schüttelte und erklärte, er werde für niemanden seinen Posten riskieren und einen Gefangenen in solcher Weise mißhandeln. Offenbar galten die Vorschriften nicht nur für Menschen, sondern auch für Tiere und andere Bestien.

Wie edel und zivilisiert! dachte Elora und dann: Elende Bastarde!

Ein verhaltenes, nichtsdestoweniger verständliches wütendes Gemurmel war die Antwort, das sich in rüden Kommentaren über das Vorleben des Wachpostens erging, seine mutmaßlichen sexuellen Vorlieben, seine Manneskraft (beziehungsweise das völlige Fehlen derselben), und was ihnen sonst noch an unflätigen Schmähungen einfiel. Eloras gemeinsame Zeit mit den Brownies hatte sie für solcherart Beschimpfungen relativ unempfindlich gemacht. Dies war Material aus der untersten Schublade, weder originell noch besonders fantasievoll, doch es genügte, die beiden Wachen in Rage zu bringen.

»Paß auf, was du sagst, Bürschchen!« zischte einer von ihnen und hielt drohend einem der Gaffer die Spitze seines Speers vor den Bauch. »Oder du wirst derjenige sein, der meinen Speer zu spüren kriegt.«

»Bist du sicher, daß du weißt, welches Ende du nehmen mußt?«

»Raus jetzt mit euch! Die ganze Meute!«

Es war nicht so sehr die Drohung des Wachpostens, die die Neugierigen bewegte, zurückzuweichen, sondern eher die Einsicht, daß sie hier nicht den Spaß geboten bekommen würden, den sie sich erhofft hatten. Murrend zog sich die Menge zurück und zerstreute sich auf der Suche nach irgendeinem anderen Vergnügen. Elora nutzte die Gelegenheit und trat näher.

»He, Mädel! Was willst du hier?« rief der Wächter, der die anderen davongejagt hatte, offenbar entschlossen, dasselbe auch mit ihr zu tun. »Laß die arme Kreatur in Frieden. Er hat dir nichts getan. Wie wär's, wenn du ihm dieselbe Freundlichkeit erweist?«

»Ich kann hier herzlich wenig Freundlichkeit entdekken!« fauchte sie, bevor ein Gedanke die Worte daran hindern konnte, hervorzusprudeln.

»Paß auf, was du sagst, Kleine! In *meiner* Wache dulde ich keine frechen Antworten!«

»Was habt ihr mit ihm gemacht?«

»Nichts, das wir nicht mit jedem anderen in unserem Gewahrsam auch tun würden. Was geht dich das überhaupt an?«

»Er sieht aus, als hätte er Schmerzen.«

»Ich geh' auf keinen Fall da rein, um nachzusehen, ob ihm was weh tut, und der Knochenflicker ganz sicher auch nicht. Wäre so und so das beste für ihn, wenn er stirbt, falls sich die Forderung der Maizan als berechtigt herausstellt.«

»Was für eine Forderung?«

»Irgend so ein Wisch, auf dem steht, daß der arme Teufel hier ihr Eigentum ist.«

»Der Kommandant würde sich einer Weisung der Maizan beugen?«

Der Soldat seufzte verstimmt. »Was weiß ich! Das sind Entscheidungen, die ich nicht zu treffen habe und die zu beurteilen mir nicht zusteht – dem Himmel sei Dank dafür. Immerhin sind sie Gäste im Fort, und die Gebote der Gastfreundschaft treffen auch auf sie zu. Befehle sind da, um ausgeführt zu werden. Und außerdem seh' ich nicht, wo das Problem liegt. Es ist doch bloß ein Tier, mehr nicht, und schließlich ist es nicht so, daß er hier bei uns das Paradies auf Erden hat.«

»Er ist kein Tier!« zischte Elora wütend. »Er ist ein Wyr.«

»Hast ja recht, kleines Fräulein«, räumte der Wachposten ein. »Aber das heißt nicht, daß nicht einige von ihnen dem Wahnsinn verfallen können, genau wie Daikini auch. Das beste für alle ist, ihn hinter Schloß und Riegel zu halten – so grausam das auch scheint. Diese Bauerntölpel aus dem Wagenzug draußen vorm Tor sind wegen ihm schon ganz aus dem Häuschen, weil sie glauben, er ist einer von denen, die an ihren Problemen schuld sind.«

»Aber das ist er nicht!«

»Das ist einem, der auf Rache sinnt, herzlich egal. Verlaß dich auf unseren Oberst, kleines Fräulein. Er wird den Wyr fair und gerecht behandeln, das ist mal sicher.«

Während des Gesprächs hatte sich Elora Schritt um Schritt an den Verschlag herangeschoben, bis sie unmittelbar am Gitter stand. Es gab keinerlei Anzeichen, daß er sie erkannte; er reagierte weder auf ihren Geruch noch auf ihre Gedankensprache, und sie brauchte ihre EinSicht nicht, um zu sehen, daß er noch immer rettungslos in dem Zauberbann gefangen war.

»O Ryn«, seufzte sie so leise, daß die Worte kaum über ihre Lippen drangen.

Ryn Taksemanyin! rief sie in Gedankensprache und schleuderte ihm seinen Namen mit all ihrer Kraft entgegen, wie ein Fischer, der sein Netz auswirft – doch nur, um es in den Fluten versinken zu sehen, ohne eine Spur dabei zu hinterlassen. Das Tasten nach seinen Gedanken, nach irgendeinem Aspekt seines Geistes, war wie ein Hinabtauchen in die Großen Tiefen, von dem er so oft und so sehnsuchtsvoll gesprochen hatte, tiefer und tiefer hinab in eine eiskalte Dunkelheit, die kein Ende zu nehmen schien.

Ihr Körper rettete sie und reagierte, bevor ihr Gehirn überhaupt registrierte, daß sie sich bewegt hatte: Seine Reflexe rissen Elora von dem Gitter fort, noch während aus Ryns Körper gierige Stränge aus reiner Energie barsten und dorthin schnellten, wo sie soeben noch gestanden hatte. Die Wachen sahen nichts von alldem; sie reagierten lediglich auf Elora, die nach hinten fiel und mit den Füßen in wilder Panik um sich stieß und nach Halt suchend über den staubigen Boden scharrte, in dem verzweifelten Bemühen, außer Reichweite der auf sie zukriechenden Energiestränge zu gelangen. Sie war auf ihr Hinterteil geplumpst und kroch und rutschte rückwärts, weg von den tastenden

Schlingarmen. Sie hörte, wie der dünne Stoff ihres Schals riß, als sie sich zur Seite rollte, auf die Füße schnellte und in geduckter, vollkommen ausbalancierter Kampfhaltung verharrte – bereit zum Angriff, aber auch zur Flucht. Die meisten der Ranken lösten sich in nichts auf, als sie die eisernen Gitterstäbe der Zelle berührten. Den dreien, die das Gitter überwanden und ihr nachsetzten, bereitete sie mit einigen Hieben ihres Dolchs, den sie aus ihrem Reisebeutel zog, ein schnelles Ende. Dann – als sie sich wieder an ihre Rolle erinnerte und registrierte, daß die Gefahr vorüber war – sank Elora auf die Knie, ließ den Dolch ihren kraftlosen Fingern entgleiten und preßte beide Hände gegen den Mund, um den wimmernden Schrei zu ersticken, der ihr entschlüpfte. Sie brauchte weder den Schock noch das blanke Entsetzen vorzutäuschen, denn beides fühlte sie zur Genüge. Die raubgierigen Energieranken waren eine tödliche Gefahr gewesen.

Es war ihr eigener Fehler gewesen, dessen war sie sich bewußt. Sie hätte wissen müssen, daß ein Zauberer, der in der Lage war, eine ihre Freiheit so leidenschaftlich liebende Seele wie die Ryns gefangenzunehmen, sein Werk natürlich auch mit Stolperdrähten und Gedankenangeln schützen würde. Sie hatte recht gehabt, mit der Heilung Ryns vorsichtig zu Werke zu gehen, doch nun dämmerte ihr der Verdacht, daß sie dabei versehentlich irgendeinen anderen Abwehrmechanismus ausgelöst haben könnte.

Ist es möglich, daß ich eine Art Signal oder Zeichen ausgelöst habe, dachte sie, *das den Maizan verraten hat, wo er sich versteckt hält?*

Alles war so schnell gegangen, daß die Wachposten erst reagieren konnten, als die Gefahr bereits vorbei war.

»Was zum Henker war das?« rief der ältere der beiden und eilte an die Seite des am Boden kauernden Mädchens. »Was ist mit dir?«

»Tut mir leid«, plapperte sie drauflos und setzte ein unsicheres Lächeln auf. »Ist schon alles in Ordnung. Ich bin okay, wirklich. Mir ist nichts passiert. Es war meine eigene Schuld, so nahe ranzugehen. Es tut mir leid.«

»Verdammt, Marn! Hast du das gesehen?« ächzte der jüngere, der seinen Speer mit beiden Fäusten umklammert hielt. »Wenn ich es nicht mit eigenen Augen gesehen hätte, könnt' ich schwören, daß die Kleine angegriffen wurde!«

»Aber sie wurde es nicht, Roke«, erwiderte der andere. »Deine Fantasie geht nur mit dir durch. Aber du hast ganz recht, mein Fräuleinchen, wenn du sagst, daß du zu nahe rangegangen bist. Deine Schuld, wenn du so leichtsinnig bist, und unsere, daß wir es zugelassen haben. Was für ein Glück, daß du dir nicht weh getan hast.«

»Was man von meinem Allerwertesten allerdings nicht behaupten kann«, entgegnete sie und verzog den Mund zu einem wehleidigen Flunsch.

Wie aus dem Nichts schlossen sich zwei Hände um Eloras Schultern und stellten sie mit atemberaubender Leichtigkeit auf die Beine. Ohne sich umzudrehen, erkannte sie an den Handschuhen, die sie durch den Stoff ihres Kleides spürte, und an der Struktur seines Geistes, daß es einer der Maizan war.

»Du hast deinen Schal verloren, Mädchen.« Sein Sandeni war fließend, wenn auch von dem unverkennbaren Akzent der Ebenen gefärbt. »Wenn du möchtest, hole ich ihn dir.«

Irgendwie war der Schal in dem Durcheinander in Ryns Zelle geraten.

Als sie den Blick zu dem Maizan hob, blitzte in ihr für einen kurzen Augenblick die Erkenntnis auf, wie die Welt der Daikini für Nelwyns aussehen mußte. Dieser Krieger war eine lebende, wandelnde, sprechende und atmende Verkörperung von allem Großen, und sie fühlte Mitleid mit dem armen Pferd, das ihn tragen mußte. Er lächelte auch, doch in seiner Miene war nichts von der Sanftheit, die sie in Marns Gesicht gesehen hatte. Er hatte sie erblickt, er begehrte sie, und er wollte sie besitzen.

»Nein«, sagte sie rundheraus und darum bemüht, ihre Antwort so lapidar wie möglich zu halten, um jedes Mißverständnis auszuschließen. »Danke.«

»Ich würde das so und so nicht erlauben«, erklärte Marn,

und Elora entging die Veränderung seiner Haltung keineswegs, als sich die beiden Krieger einander abschätzend ins Auge faßten.

Der Maizan zog eine Augenbraue hoch, als wollte er damit sagen: *Und du glaubst, du könntest mich daran hindern, alter Mann?*

Roke schnaubte wütend angesichts dieser Beleidigung, doch Marn zeigte keinerlei Reaktion, was ihn als den erfahreneren und vermutlich besseren Soldaten der beiden auswies.

»Ob wir es uns hier nehmen«, knurrte der Maizan mit einem Blick auf Ryn, »oder unterwegs, ist für uns einerlei.«

»Was meinst du damit?« fragte Elora erschreckt.

»Unser Recht. Wir haben einen rechtlichen Anspruch auf ihn.«

»Nicht wenn unser Kommandant anderer Meinung ist!« zischte Roke.

»Wir sind Maizan«, knurrte der Krieger zurück. »Ihr solltet euch besser gut mit uns stellen.«

Seine Hände umfaßten noch immer Eloras Arme – fest genug, sie nicht entkommen zu lassen, doch nicht so fest, daß es ihr weh tat. Offenbar wollte er damit erreichen, daß sie sich wehrte und freizukommen versuchte, oder ihn bat, sie loszulassen. Beides würde ein Sieg für ihn sein.

Statt dessen knickte sie in der Hüfte ein, wie sie es bei den anderen Mädchen gesehen hatte, wenn sie ihre Geringschätzung für eine allzu plumpe Annäherung signalisierten, und setzte ein derart gelangweiltes Gesicht auf, daß Marn ein amüsiertes Glucksen nicht unterdrücken konnte.

Der Maizan begriff sofort, daß sich sein Verhalten gegen ihn gerichtet hatte und er zum Gegenstand von irgend jemandes Belustigung geworden war. Keines von beidem gefiel ihm sonderlich, und wie alle Maizan reagierte er mit Blitzesschnelle und ging wieder zum Angriff über.

So schnell, daß sie nicht die geringste Chance hatte, sich seinem Griff zu entwinden, wurde Elora herumgewirbelt, so daß sie die breite Brust des Mannes vor Augen hatte, und vom Boden emporgehoben. Seine Lippen preßten sich auf die ihren. Es war kein Vergleich zwischen dem Kuß mit Luc-Jon und diesem. Jener war vom Zauber der Verlockung und vom Verlangen beider erfüllt gewesen; dieser hier war nichts anderes als ein gewaltsamer Überfall.

Sie leistete keinen Widerstand und zeigte keinerlei Reaktion, und als der Maizan sie auf Armlänge von seinem Gesicht weghielt, begegnete sein selbstzufriedenes Grinsen einem Ausdruck in ihrem Gesicht, der noch um einige Nuancen gelangweilter wirkte als zuvor.

»Du machst dich über mich lustig, Mädchen?«

Sie antwortete mit einem Achselzucken. »Wozu mich anstrengen, wenn du das alleine viel besser hinkriegst?«

»Du räudige Hündin von einer Hure!« zischte er ihr auf Maizan ins Gesicht, ohne zu bemerken, daß sie seine Worte sehr wohl verstand. Die beiden Sandeni-Soldaten verstanden zwar nicht, was er gesagt hatte, aber der Ton seiner Worte war eindeutig. Marn trat einen Schritt vor, während Roke sich ein wenig zur Seite schob und wachsam seinen Speer senkte.

»Ich denke, für heute ist genug gesagt und getan worden«, sagte Marn in freundschaftlichem Ton. »Laß jetzt bitte die Dame runter und kümmer dich wieder um deine Angelegenheiten, die dich hierher geführt haben.«

»Und wenn ich es zu meiner Angelegenheit mache, mich um dieses Stück Scheiße hier zu kümmern?«

»Nicht innerhalb dieser Mauern, und nicht in der Weise, wie du möchtest. Ihr seid Gäste der Republik von Sandeni. Ich rate euch, diese Gastfreundschaft nicht zu mißbrauchen.« Mit jedem Satz lag weniger Freundschaftlichkeit und mehr Stahl in Marns Tonfall. Der arrogante Blick des Maizan huschte von Marn zu Roke und wieder zurück. Offenbar versuchte er, das Vergnügen des Augenblicks gegen zukünftige Pein abzuwägen, wobei er das Ausmaß der Verletzungen, die er den beiden mit bloßen Händen beibringen könnte, mit dem Umfang der Strafe verglich, die er sich dafür einhandeln würde. Im selben Augenblick hörte Elora das leise Knarren von Eibenholz, das entsteht, wenn ein Langbogen bis zum Anschlag gespannt wird. Der Blick des

Maizan huschte nach oben zum Heuboden und zu den Bogenschützen, die dort geräuschlos in Stellung gegangen waren. Obgleich er seine Waffen beim Kommandeur der Wachen abgegeben hatte, trug der Maizan ein schweres Panzerhemd unter seinem Lederwams. Doch die Pfeile, die die Bogenschützen auf ihn gerichtet hielten, trugen Spitzen, die jedes Panzerhemd durchschlugen. Und sie waren geübte Schützen, deren Pfeile jedes Ziel fanden.

Der Maizan setzte Elora vorsichtig ab.

»Niemandem ist ein Haar gekrümmt worden«, grinste er, und seine Stimme troff vor Spott und verächtlicher Herausforderung.

Als das letzte Dämmerlicht des Abends verloschen war und die Nacht sich über das Tal legte, war der Zwischenfall in den Stallungen das Gesprächsthema im ganzen Fort. Blicke huschten in Eloras Richtung, und wo immer sie auftauchte, erhob sich hinter ihrem Rücken ein aufgeregtes Tuscheln und Flüstern – inzwischen jedoch nicht mehr wegen ihres Aussehens. Mit jedem neuerlichen Erzählen der Vorfälle – selbst wenn nur wenige Minuten dazwischen lagen – wurde die Konfrontation schärfer und ihr Verhalten immer tollkühner. Es war, als habe die gesamte Besatzung des Forts – Zivilisten wie Soldaten und deren Angehörige – nur auf eine Gelegenheit gewartet, die Maizan in ihre Schranken zu weisen. Elora war nur der Katalysator, an dem sich die aufgestauten Animositäten schließlich entzündeten.

Es kam jedoch nicht zur Bekundung von Feindseligkeiten – weder in Gruppen noch von einzelnen –, denn so dumm war niemand. Oder so selbstmörderisch.

Was aber zu hören war, war immer wieder – Gelächter.

Diese Patrouille repräsentierte die mächtige Nation, die den halben Kontinent erobert hatte, deren erklärtes Ziel es war, die gesamte Welt unter ihr Joch zu zwingen, und dennoch brachten sie es nicht fertig, den Mut eines einzelnen halbwüchsigen Mädchens zu brechen. Die Aura der Unbesiegbarkeit, mit der sie sich gern umgaben, hatte eine hübsche Delle bekommen, und jedes Lachen ramponierte von diesem Augenblick an ihr lädiertes Ansehen ein Stück mehr.

Beim Essen saßen die Maizan alleine an einem Tisch, an dem sonst niemand Platz nehmen wollte.

Elora arbeitete an diesem Abend nur auf der anderen Seite des Speisesaals, wobei sie sich möglichst in der Nähe des Tisches des Kommandanten aufhielt – teils, um den Maizan aus dem Weg zu gehen und die Möglichkeit eines weiteren Zwischenfalls zu vermeiden, vor allem aber, weil sie sich von dem Abend mehr als nur Klatsch und immer wieder dieselbe Geschichte erhoffte. Sie lag mit ihrer Vermutung richtig, daß sich die Unterhaltung der Garnisonsoffiziere um ihre ›Gäste‹ drehen würde und daß sich die Fachsimpeleien nicht nur an taktischen Überlegungen hinsichtlich eines möglichen Kampfes gegen diese legendären Krieger entzünden, sondern auch die strategischen Auswirkungen der Ost-Expansion der Maizan bis an die Grenzen Sandenis diskutiert würden.

»Die Himmelsstufen im Süden«, sagte ein Hauptmann und meinte damit die gigantische Bergkette, die den Kontinent nördlich des Äquators durchzog und deren zahlreiche Ausläufer – einer davon die Heimat der Fels-Nelwyns – große Teile der Südhälfte des Kontinents bedeckten, »die Eisländer im Norden, ein Ozean hinter ihnen und unsere Wand vor ihnen. Sie sind von allen Seiten eingeschlossen – genau wie die Kreatur da draußen, auf die sie so scharf sind. Vielleicht finden sie sich damit ab.«

Der Kommandant war nicht überzeugt; Elora sah es in seinen Augen und fühlte die Zweifel, die seine in diese Richtung gehenden Gedanken überschatteten. Er behielt sie jedoch für sich; er war hier, um die Meinungen der anderen zu hören.

»Glaubst du?« hakte ein anderer Offizier nach, seines Zeichens ebenfalls Hauptmann. Sie erkannte ihn als den Offizier wieder, der an ihrem ersten Abend hier von einem Patrouillenritt zurückgekehrt war. Sein Name war Sam.

»Das sind die natürlichen Gegebenheiten, Sam, mein alter Freund. So ist das Land nun mal beschaffen. Sie haben die natürlichen Grenzen für ihre Gier nach Land erreicht. Ich meine, sie beherrschen jetzt schon fast den halben Kontinent; wieviel wollen sie noch?«

»Vergebt mir, Hauptmann«, mischte sich eine Stimme zur Linken des Kommandanten ein. »Ich bin nur ein einfacher, alter Landarzt …«

Die betonte Bescheidenheit, mit der sich der Mann vorstellte, wurde mit allseitigem Schnauben, glucksendem Lachen und Pro-forma-Protesten quittiert. Der Arzt mochte mit seinem Alter recht haben, doch auf keinen Fall war er ein einfaches Gemüt, und der Respekt, der ihm von den anderen entgegengebracht wurde, war nicht zu übersehen, als hier und dort Weingläser und Bierkrüge erhoben wurden, um ihm zuzuprosten.

»… aber meine Erfahrung sagt mir, daß manche Gier keine Grenzen kennt. Und ebenso die Naivität der Menschen. Weshalb seid Ihr Euch so sicher, daß uns keine Gefahr droht?«

»Wegen der Großen Wand natürlich.«

»Ach ja?«

»Doktor. Der halbe Kontinent liegt zweitausend Fuß höher als der Rest, und dazwischen erstreckt sich eine steile, abfallende Klippe, die von den Bergen hier bis zum Meer im Norden reicht.«

»Die Wand fällt aber nicht überall so steil ab; in manchen Gegenden besteht sie aus normalen Bergflanken. Man muß nur weit genug reiten, und es existiert keine Wand mehr, die einem den Weg versperrt.«

»Das stimmt schon, Doktor«, räumte der andere Mann ein, »aber dafür treffen Sie dort auf die unwirtlichsten und rauhsten Landstriche, auf die je ein Sonnenstrahl gefallen ist. Ein Land, auf dem ein Fluch liegen muß, seit es erschaffen wurde. Ich hab' damals als junger Rekrut meinen ersten Patrouillendienst in die Eisland-Territorien gemacht. Glaubt mir, wenn der Sumpf und die Fliegen dich in der Jahreszeit, die dort als Sommer bezeichnet wird, nicht fertigmachen, dann geben dir das Eis und die Kälte in den endlosen Wintern dort den Rest.«

»Schmuggler kommen ganz gut zurecht.«

»Eine Bande von Gesetzlosen ist keine Armee. Wenn allerdings dieser Kastellan mit irgendeinem der Schleiervölker ein Abkommen trifft oder gar einen Pakt schließt, dann sieht die ganze Geschichte anders aus. Aber wenn man den Berichten trauen darf, bringt er Tod und Verderben über sie. Und über die Magie ebenfalls.«

Hier entwickelte sich die Unterhaltung in eine Richtung, die Elora nicht unbekannt war: Einige sprachen über die Dinge und alten Lebensweisen, wie sie von Anbeginn der Zeiten immer schon gewesen waren, und andere darüber, was die Zukunft bringen mochte. Und auch die Männer in dieser Runde empfanden das drohende Ende der Magie als einen nicht wiedergutzumachenden Verlust für alle, denn sie bereicherte diese Welt um die Sphäre des Wunderbaren und erfüllte sie mit einem weiten Spektrum an Farben und Möglichkeiten, die das Auge und die Fantasie anregten. Zugleich jedoch hörte sie aus den Worten der Männer eine fast fanatische Begeisterung heraus und eine Sehnsucht nach einer Zeit, in der die Daikini über den Kontinent herrschen und die Geschicke der Welt allein in ihren Händen ruhen würden.

»Seht ihr?« sagte der Kommandant schließlich, und ein trauriges Lächeln huschte über sein Gesicht. »Die Gier kennt keine Grenzen. Ihr träumt von einer Zeit, in der die Daikini die Welt beherrschen, und die Maizan träumen von einer Welt, in der sie über die Daikini herrschen. Unterschiedliche Gesichtspunkte, doch die gleiche Absicht. Aber was ist der Preis für unsere Seelen und für die ganze Welt, wenn die Tore zwischen uns und dem Schleiervolk für immer fest verschlossen sind? Hat sich jemals einer von euch gefragt, *warum* dies alles geschieht? Wir finden uns damit ab, daß es geschieht, daß die Maizan *irgend etwas* tun, ohne eine Ahnung davon zu haben, welche Gründe sie dafür haben.«

»Weil es unseren Interessen entgegenkommt«, erwiderte der Doktor. »Als Spezies, als Teil der Zwölf Großen Reiche, sind uns vor allem die Einschränkungen ein Dorn im Auge, die die Existenz des Schleiervolks für uns mit sich bringt. Absurde Dinge, wie zum Beispiel, daß man die Dryaden um Erlaubnis bitten muß, wenn man einen Baum fällen will – von einem ganzen Wald ganz zu schweigen, oder die Najaden, wenn ein Damm gebaut werden soll. Es ist ein Wunder, daß in den vergangenen Zeitaltern überhaupt irgend etwas zuwege gebracht wurde.«

Ein Leutnant ergriff das Wort. »Verzeiht, mein Herr, aber würdet Ihr in das Haus Eures Nachbarn gehen und Euch ohne seine Erlaubnis alles nehmen, was ihm gehört? In seiner Küche kochen und von seinen Tellern essen? Die Welt gehört nicht uns allein; andere waren vor uns hier. Wir schulden ihnen Achtung und Respekt – und Dankbarkeit dafür, daß sie mit uns teilen.«

»Bravo, Leutnant. Das war mit Engelszungen gesprochen. Wir sind eben nicht allein, meine Herren. Alle, die wir den Zwölf Großen Reichen angehören, haben in den Epochen unserer aufgezeichneten Geschichte in unterschiedlichen Stadien des Wohlergehens und relativer Eintracht zusammengelebt. Da wir jedoch Wesen ganz von dieser Welt sind, verstehen wir den Schleier nicht und die Rassen und Reiche, die jenseits von ihm liegen, noch viel weniger. Manche sind der Ansicht, daß wir fürchten, was wir nicht verstehen, und es gibt einiges, das dafür spricht. Doch weit schlimmer ist in meinen Augen, daß wir keine Rücksicht darauf nehmen. Wir fällen den Baum, von dem ich gerade gesprochen habe, ohne einen Gedanken an die Dryaden zu verschwenden, die mit ihm sterben. Wir pflügen das Land, ohne uns um die Baue der Elfen und Brownies zu kümmern, die wir dabei zerstören. Wir stauen Flüsse und sammeln ihr Wasser in großen Reservoiren und bringen damit Verderben über die Najaden, die nur im fließenden Wasser von Flüssen und Strömen überleben können.

Und weil das Haus des Nachbarn – um weiter in dem Bild zu bleiben, das Ihr gebraucht habt, junger Mann – um so vieles größer ist als das unsere und weil die Abkommen über das Land – die schon viel länger existieren als wir – uns daran hindern, unser Haus ebenso groß oder größer als das seine zu bauen, sind wir bereit, vor jedem Angriff auf seine Grundmauern die Augen zu schließen. Wenn das Haus des Nachbarn beschädigt wird, profitieren wir davon. Und wenn es zerstört wird, profitieren wir davon ebenfalls. Wir sonnen uns in der Sicherheit, daß – was immer mit dem Haus unseres Nachbarn geschieht – wir selbst unangreifbar bleiben.«

»Was natürlich«, fuhr der Kommandant an seiner Stelle fort, »barer Unsinn ist.« Sein Blick wanderte hinüber zu der Reiterpatrouille auf der anderen Seite des Saals. »Natürlich kann auch Sandeni eingenommen werden. Es ist nun mal eine feste Stellung. Und *jede* feste Stellung kann eingenommen werden, wenn genügend Truppen dafür da sind.«

»Wie Ihr bewiesen habt, Mikal«, sagte der Doktor, doch der Kommandant ignorierte seine dargebotene Hand und zog es vor, statt dessen sein Glas bis zum Rand neu zu füllen.

»Und noch eines möchte ich dazu sagen, meine Herren«, fügte der Kommandant hinzu. »Was immer mit unserer Hauptstadt geschieht, *wir* haben keine Große Wand, die uns Schutz bietet, außer den Mauern, die wir selbst errichtet haben.«

»Vielleicht, Herr Kommandant«, wagte ein anderer Leutnant in die Runde zu werfen, in der Hoffnung, damit die Stimmung ein wenig zu heben, »rettet ja die Heilige Prinzessin Elora Danan für uns alle die Lage?«

Der Scherz bescherte dem jungen Mann das ihm gebührende Maß an Gelächter, doch erneut fühlte Elora in der Reaktion der Männer den Schatten der Verzweiflung, eine unaufrichtige Färbung der Stimmung, die in ihren Ohren jeden Versuch, lustig zu sein, gezwungen klingen ließ. Ihr ganzes Leben hatten diese Männer und Frauen in einer Welt gelebt, in der Magie ein unerläßlicher, wenn auch komplizierter Bestandteil ihrer ureigensten Struktur gewesen war: man konnte mit den Göttern auf direktem Wege Kontakt aufnehmen und mit ihnen sprechen, Zauberbanne konnten errichtet, das Wohlwollen der Götter erfleht und Verwünschungen abgewendet werden. Jeder Daikini hatte irgendwann im Laufe seines Lebens zumindest einmal Kontakt mit einem aus dem Schleiervolk. Viele hatten täglich mit ihnen Umgang, und ganze Erwerbszweige waren auf diese für beide Seiten vorteilhafte Zusammenarbeit angewiesen.

Und jetzt wurde vor den Augen der Welt und gänzlich außerhalb ihres Einflusses diese Verbindung demontiert. Alte Loyalitäten hatten nicht länger Gewicht; Verträge, von denen Partner auf beiden Seiten des Schleiers profitiert hatten, zählten nichts mehr, und sogar langjährige Freundschaften schlugen in offene Feindseligkeiten um.

Wenn diese fundamentale Wahrheit des Lebens nicht mehr stimmte, wie sollte dann irgendeine andere Wahrheit noch Bedeutung haben? Wenn der Betrüger die Magie aus der Welt stehlen konnte, konnte dann das uneinnehmbare Sandeni nicht ebenfalls fallen? Wie sollte es diesen Sturm, der ihm drohte, nur überstehen?

Dies war der Augenblick, in dem Elora auf die Bühne trat.

Sie hatte mit Duguay lange und gewissenhaft an dem Auftritt gearbeitet, sich jedoch selbst bei weitem noch nicht so sicher eingeschätzt, um damit vor ein Publikum zu treten. Der heutige Abend änderte alles. Sie konnte vor diesem sich ausbreitenden Griff in den Seelen der Menschen genausowenig die Augen verschließen, wie sie einer verletzten Kreatur die Heilung verweigern konnte.

Sie stand im Schein des Kerzenlichts, das ihre Gestalt mit einem goldenen Schimmer übergoß, der das leuchtende Blutrot ihrer Lippen und Nägel auf das vortrefflichste zur Geltung brachte. Sie glitzerte, doch abgesehen von ein paar dezenten, die Linien ihres Gesichts betonenden Andeutungen war nicht ein Hauch von Silber im Teint ihrer Haut zu entdecken. Vielmehr schien sie Feuer zu sprühen, winzige glitzernde Lichtsplitter, die auf ihrer Haut und dem Kleid funkelten und die Illusion erzeugten, als würde ihre Haut nur durch den bloßen Kontakt mit der Luft Funken sprühen.

Sie stand völlig reglos und ließ ihren Blick durch den Saal

schweifen, bis sich der Lärm soweit gelegt hatte, daß man sie auch an den hinteren Tischen verstehen konnte.

Das Publikum war ein wenig irritiert. Sie hatten Duguay erwartet und waren daran gewöhnt, daß sie an den Tischen bediente. Hier vorn, im Mittelpunkt der Aufmerksamkeit zu stehen, war für Elora etwas völlig Neues und gänzlich Unerwartetes. Obwohl sie die Rolle der Schülerin eines Troubadours gespielt und begonnen hatte, mit durchaus redlichem Bemühen dieses Gewerbe zu erlernen, hatte sie kein einziges Mal ernsthaft daran gedacht, tatsächlich vor Publikum aufzutreten. Doch von dem Augenblick an, als sie nach vorn getreten war, wußte sie, daß es die richtige Entscheidung gewesen war.

Es war eine Geschichte aus Angwyns Vergangenheit – aus einer Zeit, lange bevor der Staat in der Welt Ansehen und Achtung erlangt hatte, und die sie beim Stöbern in ihrer Bibliothek gefunden hatte. Diese Geschichte war nicht die erste gewesen, die sie gelesen hatte, aber sie wurde bald ihre Lieblingsgeschichte. Die Worte, die sie sprach, die Melodie, mit der sie ihnen Form und Leben gab, kamen wie von selbst über ihre Lippen – so natürlich wie der Atem, denn sie entsprangen einem Teil von ihr, der näher mit der Seele verwandt war als mit dem Geist.

Es war in den alten Tagen, denn alle guten Geschichten haben sich in den alten Tagen zugetragen, als ein gutes und edles Volk unter dem grausamen Joch eines Tyrannen litt. Er war ein Herrscher von äußerster Grausamkeit, dessen Gier nach Macht selbst die zahlreichen Eroberungen, die er mit seiner Armee machte, nicht zu befriedigen vermochten. Mit eiserner Faust herrschte er in den großen Städten, in den Marktflecken und sogar in den winzigsten und abgelegensten Dörfern. Kein Verstoß oder Affront war zu belanglos, als daß er unbemerkt oder ungestraft geblieben wäre. Die Menschen erduldeten die Knute des Tyrannen, weil sie, trotz ihrer stolzen Geschichte, keinen anderen Weg sahen, die dunklen Zeiten zu überleben. Jeder Widerstand zog unweigerlich eine so grausame Bestrafung nach sich, daß der Tod, wenn er endlich kam, eine Erlösung war.

In diesen dunklen Zeiten, als alle Hoffnung erloschen schien, trat ein einfacher Mann aus dem Volk hervor, mit festem Schritt, das Schwert in seiner Faust, und schleuderte dem erbarmungslosen Lehensherrn die Worte entgegen: »Schluß damit!«

Als der Herrscher einen Trupp Soldaten entsandte, um ihn in Eisen zu legen, war er verschwunden. Meuchelmörder wurden entsandt, die ihn töten sollten, und keiner von ihnen ward je wieder gesehen. Dann wurden königliche Steuereintreiber beraubt, und das Geld, das dabei erbeutet wurde, an die bedürftigsten der Armen verteilt. Königliche Lagerhäuser wurden überfallen und alles, was in ihnen gehortet war, den Hungernden gegeben. Königliche Erlässe wurden verhöhnt, und in dem leidgeprüften Land konnte man allenthalben zum erstenmal seit einer Menschengeneration Geflüster der Unbotmäßigkeit vernehmen.

Eine Armee wurde ausgesandt, die jedoch feststellen mußte, daß sie es nicht mehr nur mit einem Mann zu tun hatte. Andere hatten sich um ihn geschart, und die Soldaten des Herrschers wurden zu Fuß zu ihm zurückgeschickt, ohne ihre Pferde und Waffen, und ihrer Uniformröcke beraubt, dafür aber mit einer Warnung an ihren Herrn, daß er und seine Schergen in diesem Land nicht mehr willkommen seien. Der Herrscher ließ die unglücklichen Soldaten für ihr Versagen pfählen, eine deutliche Warnung an jene, die beim nächsten Feldzug dabeisein würden: Kehrt siegreich zurück oder überhaupt nicht; eure einzige Alternative ist der Tod.

Und so begann ein Krieg. Und bald war das ganze Reich in Blut getränkt. Eine Linie wurde durch das Herz des Landes gezogen, und schließlich schlug für alle Bürger – ob Edelmann oder Gemeiner, ob Kirchenmann oder Bauer – die Stunde, in der sie sich entscheiden mußten, auf welcher Seite sie standen. Auf der einen Seite stand eine Kriegsmacht, wie sie die Welt noch nicht mächtiger gesehen hatte. Auf der anderen eine leidenschaftliche Sehnsucht nach Freiheit, nach dem Sieg des Rechts über Waffengewalt. Dieser Mann, dieser Rebell, sprach von Gleichheit und von einer Zukunft, in der jeder Mann und jede Frau nach ihrem Charakter und ihren Taten und nicht mehr nach dem Zufall ihrer Geburt beurteilt werden würden. Er sprach von Ehre; er sprach von Gerechtigkeit, und er wurde dafür geliebt.

Und gehaßt.

Wer weiß, wie der Krieg geendet hätte? Manche Schlachten wurden gewonnen, andere verloren. Wie Ebbe und Flut an den Gestaden des Meeres schwappten die Kriegszüge über das Land und entschieden am Ende doch nichts. Der Krieg hat seine eigene Dynamik: Oft sind es die Besten, die zuerst sterben. Jene, die überlebten, begannen untereinander zu flüstern, daß es – egal, wie viele Schlachten gewonnen wurden – stets eine neue gab, die morgen geschlagen werden mußte. Die Siege gegen die Armeen des Herrschers brachten keinen Frieden in einem Konflikt, in dem eine Niederlage den sicheren Untergang bedeuten würde.

Am Anfang hatten die Rebellen nichts zu verlieren, und dies gab ihnen Mut. Doch nach langen Jahren des Kampfes hatten sie sich viel erstritten und deshalb auch viel zu verlieren, und dies machte ihnen angst.

Und am Ende verrieten sie, von dem Gedanken beherrscht, daß es zum Besten des Landes sei, ihren Anführer.

In Ketten wurde er vor das Tribunal gezerrt und von dort zum Hinrichtungsplatz, wo das Volk in Scharen zusammengeströmt war, unter ihnen viele, denen der Krieg Grund gegeben hatte, ihn zu hassen: Edelleute aus dem Adelsstand, deren Besitztümer er niedergebrannt hatte, die Äbte der Klöster, deren Schatzkammern er geplündert hatte, aber auch gemeines Volk, das sein ganzes Hab und Gut verloren hatte, oder schlimmer – ihre Söhne und Ehemänner, die in den Schlachten gegen ihn ihr Leben gelassen hatten. Sie alle jubelten, ihn hilflos in Ketten zu sehen, und konnten es kaum erwarten, daß auch sein Blut vergossen würde.

Vor aller Augen verrichteten die Folterknechte ihr Werk und peinigten den Anführer der Rebellen mit unsäglich grausamen Torturen, die seinen Tod ebenso langsam wie qualvoll machen sollten. Es war ein so schrecklicher Anblick, daß viele in der Menge vor Mitleid und Entsetzen aufschrien.

Doch kein Laut kam über die Lippen des Rebellenhäuptlings.

Man zog ihm das Fleisch von den Knochen, und längst hätte jede geringere Seele ihre sterbliche Hülle mit Freuden verlassen. Doch er atmete. Und sagte kein Wort.

Das Johlen und Beifallsgeschrei der Menge war verstummt. Jetzt herrschte nur Schweigen, unterbrochen nur vom Schluch-

zen jener, die den grauenvollen Anblick nicht mehr ertragen konnten.

»Tötet ihn!« rief jemand, doch in seiner Stimme war kein Haß. Es war eine Bitte um Gnade.

Der königliche Scharfrichter, ein spindeldürrer, runzliger und in den Diensten des Herrschers ergrauter Gefolgsmann, aus dem die langen Jahre seines Handwerks jeden Funken von Mitgefühl und Würde gesogen hatten, beugte sich zum Ohr des Häuptlings und flüsterte: »Bitte um Gnade, und sie soll dir gewährt werden.«

Als er keine Antwort hörte, versuchte er es noch einmal.

»Sei vernünftig. Wir haben kaum begonnen. Du hast die Wahl: Du kannst zusehen, wie heute die Sonne untergeht und morgen wieder auf, und deine Qualen werden so unermeßlich sein, daß selbst du sie dir nicht vorstellen kannst. Oder wir können ihnen ein Ende bereiten. Schnell und sauber. Bitte um Gnade, und du wirst deinen Frieden finden.«

Die Menge wurde unruhig. Der Häuptling lebte noch immer. Er war bei Bewußtsein und hörte jedes Wort, fühlte jeden Schmerz, und es war nicht einer unter denen, die zusahen, der das Herz gehabt hatte, solch grenzenlose Tapferkeit zu schmähen. Er weigerte sich zu sprechen, und er weigerte sich zu sterben, und dies war mehr Standhaftigkeit und Widersetzlichkeit gegen den Herrscher, als irgendeiner unter ihnen für möglich gehalten hatte. Und in den tiefsten und geheimsten Winkeln ihres Denkens regten sich die ersten zaghaften Zweifel, ob ihr Herrscher wirklich so allmächtig war, wie sie geglaubt hatten. Vielleicht gab es doch Hoffnung.

Der Scharfrichter ergriff erneut das Wort, und in seiner Stimme schwang ein Anflug von Verzweiflung, denn auch er fühlte, daß die Stimmung im Volk umzuschlagen drohte. Er durfte nicht zulassen, daß der Häuptling starb, bevor vor den Augen aller sein Geist gebrochen wäre. Doch zugleich konnte er nicht erlauben, daß der Rebell weiterlebte, denn jeder seiner Atemzüge war wie ein Pfeil durch das schwarze Herz seines Gebieters. Ein letztes Mal mobilisierte er seine ganze Überzeugungskraft und sprach mit einer Stimme so sanft und schmeichelnd wie die eines liebenden Vaters – denn die Bande, die zwischen ihm und seinem Opfer entstanden waren, waren kaum weniger eng und intim –, um durch List und Täuschung zu erreichen, was mit Gewalt nicht möglich war.

»Du hast lange genug gelitten. Du hast genug getan, und mehr als das. Du hast deine Aufgabe erfüllt. Bitte um Gnade, und du sollst frei sein.«

Schließlich sprach der Häuptling doch. Mit einer Stimme, die bis in den hintersten Winkel des Exerzierplatzes vor den Toren der Stadt drang; mit einer Stimme, die Männer zum Weinen brachte und Frauen an der Brust ihrer Begleiter Trost suchen ließ.

Ein mächtiger Schatten fiel über den Platz, und als die Menschen emporblickten, sahen sie auf allen Zinnen und Türmen der Stadt, auf allen Berggipfeln, die diesen grauenvollen, verhaßten Ort umgaben, …

… Drachen.

Scharen von Drachen, Legionen von Drachen – mehr als irgend jemand der Anwesenden je gesehen hatte, mehr als irgendeiner sich in seinen kühnsten Träumen vorstellen konnte, die alle mit alten und weisen Augen auf den Hinrichtungsplatz herabblickten, um Zeuge dieses letzten Akts des Widerstands und der unbezwingbaren Standhaftigkeit dieses Mannes zu sein. Einer der Drachen hatte sich auf den höchsten Zinnen der Burg des Herrschers niedergelassen, direkt gegenüber des Foltergerüsts, an dem der Häuptling hing. Er war von solch ungeheurer Größe, daß niemand verstehen konnte, warum sein Gewicht die Steine unter ihm nicht zu Staub zermalmte, und seine Schwingen waren so gewaltig, daß sie die gesamte Burg umhüllen konnten. Seine Augen, die die Geburt der Welt gesehen hatten, blickten in die des Daikini, und als der Häuptling lächelte, weinte der Drache.

Als das Echo des Schreis aus dem Mund des Häuptlings verhallte, hob der Drache den Kopf gen Himmel und stieß ein Brüllen hervor, das voller Zorn und Schmerz und Aufbegehren gegen jede Tyrannei war. Und dann fielen all die anderen Drachen auf den Mauern und Zinnen und fernen Berggipfeln mit solcher Macht und Inbrunst in sein Brüllen ein, daß es wie ein Sturm von solch ungeheurer Gewalt über die Stadt und die Menge hinwegbrauste, der selbst die Fundamente des Himmels zum Einsturz bringen konnte.

Es war nur ein einziges Wort …

... gegen das das Böse am Ende machtlos ist und keine Tyrannei lange bestehen kann.

»Freiheit!«

Eloras Stimme war nur mehr ein Flüstern, ein brüchiges Raunen wie jenes, mit dem der Häuptling ins Ohr des Scharfrichters gesprochen hatte. Doch im Saal war es so still und ihre Darstellung so ausdrucksvoll, daß jeder der Anwesenden das Wort verstand.

Sie kauerte mit hängenden Schultern und gebeugtem Kopf vor der Bühne, in einer Pose der Trauer und des Verlusts. Und dann, in einer geschmeidigen Bewegung, so glatt und fließend wie Quecksilber, richtete sie sich plötzlich kerzengerade auf, und das Strecken ihres Körpers verlieh ihrer Stimme zusätzliche Kraft. So laut, daß sie hoffte, es würde auch in Angwyn von all den dort eingekerkerten armen Seelen gehört werden, rief sie: *»Freiheit!«*

Die Akustik in dem Saal war alles andere als gut, und das Echo ihres Schreis verhallte so rasch, als sei es vom Raum selbst geschluckt worden. In die Leere der Stille sickerte plötzlich das Knarren und Ächzen von Holz, als habe sich auf dem Dach ein ungeheures Gewicht niedergelassen. Ein plötzlicher Windstoß wirbelte an Türen und Fenstern vorüber, die Flammen in den beiden Kaminen loderten heller, und mehr als nur ein paar der Zuhörer umklammerten Amulette oder ihre Liebsten oder beides. Geflüster über Drachen war hier und dort im Saal zu hören – manche der Stimmen voller Freude und Hoffnung, andere voller Angst. Elora fühlte sich an ihre Rettung der Feuerdrachen erinnert, denn ihr Blut schien glühend heiß wie flüssiges Feuer, und jeder Schlag ihres Herzens sandte eine neuerliche Woge des Glücks und der Verzückung durch ihre Adern. Das Glücksgefühl war so intensiv, daß sie nicht nur überrascht war, noch heil und ganz zu sein, sondern auch dankbar, nicht am ganzen Leib zu glühen. Es war wie ein alles umschließendes, alles verzehrendes Wunder, das sie zu Asche verbrannte und im selben Bruchteil eines Augenblicks wiedererstehen ließ.

Bei allen Göttern, dachte sie, *Worte haben tatsächlich ungeheure Macht!*

Ein weiterer Augenblick verstrich, und mit ihm verblaßte der Zauber, den Elora mit ihrer Geschichte um die Zuhörer gewoben hatte. In ihrem Herzen und ihren Adern floß kein glühender Lavastrom, sondern nur reines Blut. Jemand vor ihr im Publikum klatschte, dann noch jemand und noch einer, und schneller als eine Reihe fallender Dominosteine brach überall im ganzen Saal ein Beifallssturm los, und in die Jubelrufe mischten sich erleichterte Seufzer, daß alles nur eine Geschichte gewesen war, und befreites Lachen darüber, wie leicht sie alle sich von einem Windstoß ins Bockshorn hatten jagen lassen.

Elora war von Kopf bis Fuß in Schweiß gebadet, als sei sie soeben einem Teich entstiegen. Sie zitterte am ganzen Leib, als die Menge ihren Namen zu singen begann, und war mehr erschöpft als nach einem langen, harten Tag in Torquils Schmiede. Der Anflug eines Lächelns zuckte um ihre Mundwinkel, als Duguay sie von hinten in seine Arme schloß und sie – gerade noch rechtzeitig – festhielt, denn ihre Knie fühlten sich an, als würden sie jeden Augenblick unter ihr einknicken,

»Elora!« sangen sie. »'lor-ah! 'lor-ah!«

Sie schwelgte auf der Woge der Ovationen und wußte selbst nicht, warum sie zu schluchzen begann.

»Was habe ich getan?« rief sie über ihre Schulter Duguay zu.

»Offenkundig das, was deiner Natur entspricht«, flüsterte er in ihr Ohr. »Du bist ein geborener Barde, Elora! Und dies ist ganz sicher kein Mißverständnis, hab' ich recht?«

»Glaubst du, sie haben verstanden, was ich sagen wollte?«

»Einige mehr als andere. Aber das ist immer so. Die Maizan haben's auf jeden Fall verstanden. Sie sind gegangen, noch bevor du zum Ende der Geschichte gekommen bist. Und zwar in ziemlicher Eile.«

»Was?«

Sie blickte sich suchend im Saal um, mit allen SichtWeisen, die ihr zur Verfügung standen, und sah, daß Duguay recht hatte. Die Maizan waren spurlos verschwunden.

In einem kurzen Aufblitzen ihrer Intuition begriff sie, wohin sie gegangen waren und was sie vorhatten. Und im selben Augenblick setzte sie sich auch schon in Bewegung. Doch dann erkannte sie, daß sie keine Chance haben würde, sich einen Weg durch die Menge zu bahnen. Die Zuhörer drängten klatschend und jubelnd und ihren Namen rufend nach vorn, im Bestreben, sie zu berühren, sie zu beglückwünschen und durch eine flüchtige Berührung etwas von dem Wunder ihres Auftritts für sich zu erhaschen. Wenn sie sie zu fassen bekämen, würde sie niemals aus dem Saal entkommen. Falls sie es überhaupt überleben würde.

Sie entwand sich Duguays Armen und erklomm in einem nicht sehr damenhaften Stil das Podium. Dann setzte sie, den letzten Rest von Schicklichkeit über Bord werfend, mit einem mächtigen Satz über die Hochtafel hinweg und rannte auf die Tür zur Küche zu. Sie huschte durch das Spalier der lächelnden, winkenden und rufenden Bedienungen und Köche, das sich vor der Küchentür gebildet hatte, und versuchte, schon wieder weg zu sein, noch bevor sich irgend jemand sicher sein konnte, daß sie da war. Draußen im Hinterhof, wo sich der Abfall türmte und derart bestialisch zum Himmel stank, daß sie sich wunderte, wie die Köche und Küchenhilfen dies aushielten, erreichte sie mit einem gewaltigen Satz die Balkonbrüstung, hangelte sich empor und erklomm mit der Geschicklichkeit eines Affen, die sie niemand anderem als Ryn und den Fels-Nelwyns verdankte, die Wand der Herberge.

Ohne große Anstrengung erreichte sie in kürzester Zeit das Dach, doch als sie auf allen vieren die steile Neigung zu seinem First erklomm, wäre ihr dies beinahe zum Verhängnis geworden: Ihr linker Fuß trat ins Nichts, wo eigentlich Schindeln hätten sein müssen, und sie fiel auf den Bauch, verlor auf der steilen, glatten Fläche den Halt und rutschte kopfüber auf die Regenrinne zu und machte einen Sturz von vier Stockwerken. Zum Glück bekamen ihre rudernden Hände den Rand des Lochs zu fassen, das den Sturz verursacht hatte. Dies bremste ihre schlitternde Fahrt und gab ihr ausreichend Halt, um wieder einigermaßen zu Atem zu kommen. Trotzdem sah sie, als sie wieder die Augen öffnete, Myriaden von Sternen und weißen Flecken vor ihren Augen tanzen, und jeder Atemzug schmerzte, als habe sie ein gewaltiger Faustschlag gegen die Brust getroffen.

»Da ist ein Loch im Dach«, murmelte sie nicht gerade sehr geistreich. Zu ihrer Überraschung entdeckte sie, nachdem sie ihre Kräfte wieder gesammelt und bis zum First emporgekrochen war, noch drei weitere Löcher in etwa gleicher Höhe auf der anderen Seite des Daches. Sie ließ den Blick über die Länge des Dachfirstes gleiten, und ihre MagierSicht enthüllte ihr weitere, ähnliche Löcher mit demselben Verteilungsmuster, die fast bis zum anderen Ende des Daches reichten. Die Löcher sahen aus wie die Spuren von riesigen Klauen, und hätte jemand von ihr eine Erklärung dafür verlangt, hätte sie nichts anderes sagen können, als daß sie aussahen wie Fußspuren irgendeiner riesigen Kreatur, die sich für kurze Zeit auf dem Dach niedergelassen hatte …

An diesem Punkt unterbrach sie den Gang ihrer Gedanken, irritiert von der Richtung, in die sie zielten.

Was soll das, Elora Danan? gemahnte sie sich stumm. *Oder glaubst du etwa tatsächlich, daß ein Drache hier vorbeigekommen ist, nur um sich deine Geschichte anzuhören? Warum hat ihn dann niemand gesehen?*

Andererseits, erinnerte Elora sich an eine Geschichte, die Thorn Drumheller ihr erzählt hatte, *hat auch niemand Calan Dineer gesehen, den Drachen, der ihn und meinen Bären in der Nacht nach Tir Asleen gebracht hat, bevor es vom Kataklysmus zerstört wurde.*

In diesem Augenblick wurden ihre Überlegungen durch das Klirren von Stahl unterbrochen, das aus der Richtung der Stallungen kam, in denen Ryn gefangengehalten wurde. Ihr Instinkt befahl ihr, in diese Richtung zu sehen, doch ihre bewußten Gedanken waren stärker als dieser Impuls, und sie richtete den Blick statt dessen auf das Haupttor. Es stand weit offen!

Beinahe hätte sie lauthals *Alarm!* gerufen, doch ein schneller Blick in die Runde bestätigte ihre schlimmsten Befürchtungen. Die Zinnen waren nicht besetzt! Nirgends konnte sie die vertrauten Silhouetten der Wachposten erkennen. Das Schnauben von Pferden drang an ihr Ohr, dann Geräusche wie von einem Kampf, und schließlich dumpfe, von leisem Klirren begleitete Schläge, als würde mit Ketten auf jemanden eingeschlagen, von dem sie vermutete, daß es Ryn war. Der Stall lag zwar näher, aber sie glaubte, am Tor eine bessere Chance zu haben, sie aufzuhalten.

Sie nutzte die halbe Länge des Dachfirstes als Anlauf und katapultierte sich mit einem mächtigen Satz vom Dachgiebel zu der tiefer liegenden inneren Brustwehr des Wehrgangs hinüber. Doch sie hatte zuviel Schwung, segelte über die Brustwehr hinweg und krachte mit der ganzen Wucht des Satzes gegen die aufragende Palisade. Der Aufprall trieb ihr die Luft aus den Lungen, und als sie sich, nach Atem ringend, wieder auf die Beine rappelte, schmerzten ihre sämtlichen Glieder, und sie konnte die Beulen und blauen Flecken bereits wachsen fühlen, die sie morgen als Beweis ihrer Tollkühnheit spazierentragen würde. Sie ignorierte die Schmerzen und die Proteste ihrer Glieder und humpelte den Wehrgang hinab. Mit jedem Schritt fiel ihr das Gehen leichter, und es dauerte nicht lange, bis sie rannte.

Zwischen ihr und dem Tor befand sich ein Eckturm. Falls sie auf Schwierigkeiten stoßen würde, überlegte sie, dann vermutlich dort. Ohne ihr Tempo zu verringern, öffnete sie den Haken, der ihren Rock zusammenhielt, und schlang den Stoff einmal um ihre Hand. Dies war zwar keine besonders furchteinflößende Waffe, doch es war die einzige, die sie hatte, und mit demselben Gedanken schwor sie sich, daß bei ihrem nächsten Kostüm, das Duguay für sie entwarf, Platz für zumindest einen ihrer Reisebeutel sein würde.

Hinter der Öffnung zum Turm sah sie einen der Maizankrieger stehen; es war derselbe, der sie vor Ryns Verlies bedrängt hatte. In dem Augenblick, in dem er erkannte, daß sie es war, die auf ihn zustürmte, erschien auf seinem Gesicht ein breites und durch und durch unerfreuliches Grinsen. Er stand zwischen ihr und dem Ausgang zur anderen Seite, und die Art, wie er die Arme anwinkelte, machte deutlich, daß er nicht die Absicht hatte, sie vorbeizulassen.

Ohne ihre Schritte zu verlangsamen, stieß sie sich von der seitlichen Wand ab und schnellte sich dann, die gegenüberliegende Wand als Sprungbrett benutzend, hoch durch die Luft. In der Luft rollte sie ihren Körper zu einem wirbelnden Ball zusammen, der sich so drehte, daß ihre Füße nach vorn ragten, um den Aufprall gegen die nächste Wand abzufedern. Als sie etwa in Schulterhöhe an dem Maizan vorübersegelte, der sich offenkundig nicht ganz schlüssig war, was er von ihrer akrobatischen Einlage halten sollte, und dessen Reaktionen daher eine gute halbe Sekunde zu langsam waren, schnalzte sie ihm mit einem gezielten Schlag das Ende ihres zusammengerollten Rocks in die Augen, ähnlich wie es Nelwyn-Knaben im Badehaus mit ihren nassen Handbüchern in Richtung der nackten Hinterteile ihrer Geschwister oder Freunde tun, wenn sie besonders garstig und boshaft sind. Sie fügte ihm damit keine schwere oder bleibende Verletzung zu, doch der Schmerz ließ ihn mit einem Aufstöhnen zurückzucken. Es verschaffte ihr die Sekundenbruchteile Zeit, die sie brauchte, ihn mit einem gellenden Kriegsschrei von hinten anzuspringen und ihm mit all ihrer Kraft beide Fäuste rechts und links seiner Wirbelsäule in den Nacken zu hämmern. Sie traf die Nervengeflechte an der Basis seines Nackens, direkt über dem Schutzkragen seines Lederwamses, perfekt. Er gab einen leisen, grunzenden Laut von sich, seine Augen wurden glasig, die Beine versagten ihm den Dienst, und mit einem eindrucksvollen dumpfen Krachen fiel er wie ein Brett zu Boden.

Er würde eine Weile bewußtlos sein und danach noch einige Zeit brauchen, bis er wieder ein ernstzunehmender Gegner wäre.

Er hatte kein Schwert, doch Elora erleichterte ihn um den langklingigen Dolch, der in einer Scheide an der Außenseite seines Stiefelschafts steckte. Er war zweischneidig, gut ausgewogen und lag perfekt in ihrer Hand.

Soviel zu den Friedensvereinbarungen, dachte sie, *von den Gesetzen der Gastfreundschaft ganz zu schweigen.* Dann stürmte sie durch die Tür des Turms.

Jemand schlug wie wild die Alarmglocke. In das Gellen der Glocke mischte sich das tiefe, heisere Bellen der Wolfshunde. Aus der Tür zum Speisesaal der Herberge ergoß sich ein Strom durcheinanderrennender Menschen über den Exerzierplatz wie aufgeschreckte Ameisen aus einem aufgerissenen unterirdischen Bau. Doch es war zu spät: Die Maizan sprengten bereits auf ihren Pferden auf das Tor zu. Aus den Stallungen schlugen Flammen. Die Maizan hatten Feuer gelegt, um eine Verfolgung zu erschweren. Sosehr der Kommandant und seine Männer darauf brennen mochten, die fliehenden Maizan aufzuhalten, war doch von dringlicherer Priorität, die Pferde aus den Flammen zu retten und zu verhindern, daß das Feuer auf andere Gebäude und möglicherweise auf das gesamte Fort übergriff.

Ein unruhiges Zwielicht – der flackernde Schein der Fakkeln im fahlen Mondlicht – erhellte die Szene, doch Eloras MagierSicht glich diesen Nachteil mit Leichtigkeit aus: Sie entdeckte Ryn, mit dem Gesicht nach unten quer über den Sattel eines Pferdes gebunden, dessen Zügel in der Faust des Maizan lagen, der an der Spitze der Gruppe galoppierte. Zwei gesattelte Pferde trugen keinen Reiter. Eines war vermutlich für den Krieger, den Elora ins Reich der Träume geschickt hatte, das andere sicherlich für den, der das Tor geöffnet hatte.

Sie hatte keine Zeit zum Überlegen, bevor sie handelte. Und wenn sie erst einmal damit anfinge, über ihr Tun nachzudenken, würde sie vor Angst erstarren und keinen Fuß mehr vor den anderen setzen können. Sie erreichte das Tor ein paar Schritte vor den Maizan, und ohne auch nur einen Herzschlag lang zu zögern, stürzte sie sich auf den Krieger hinab, der Ryns Pferd am Zügel hielt. Sie traf ihn mit der ganzen Wucht des Aufpralls und den Füßen voran gegen die Brust und fegte den Maizan, ehe er wußte, wie ihm geschah, aus dem Sattel. Im Fallen riß er seinen Kameraden, der aus dem Schatten neben dem Tor aufgetaucht war, um auf sein Pferd zu springen, mit zu Boden. Mit dieser mehr als tollkühnen Aktion verwandelte sie die geordnete und genau geplante Flucht in ein heilloses Chaos aus rudernden und um sich schlagenden Armen und Beinen und sich aufbäumenden Pferdeleibern. Jetzt mußte sie nur noch sich und Ryn heil und unversehrt aus diesem Durcheinander retten.

Mit einem mächtigen Satz war Elora auf dem Rücken von Ryns Pferd und bohrte ihre Absätze in die Flanken des Tieres, das auf die Hinterbeine stieg und mit den Vorderhufen ausschlug. Gleichzeitig zog sie seinen Kopf hart zur Seite, um das Tier wieder ins Fort zurückzudirigieren.

Sie hatte geglaubt zu wissen, wo sich alle Maizan befanden und daher gedacht, mit einer schnellen Wendung des Pferdes einen Fluchtweg für sich und Ryn offen zu haben. Doch als sie dem Pferd die Zügel freigab und ihre Absätze erneut in seine Flanken stieß, tauchte wie aus dem Nichts neben ihr der Hauptmann der Maizan auf, und ehe sie auf die Gefahr reagieren konnte, flog sie bereits im hohen Bogen vom Pferd und landete in einem weichen, dampfenden Haufen von Mist und Gartenabfällen am Rand der Straße.

Bis sie sich wieder auf die Beine gerappelt hatte, von Kopf bis Fuß dekoriert von einer erstaunlichen Vielfalt von Schmutz und Kompost pflanzlicher und leider auch tierischer Herkunft, hatten die Maizan bereits die Baumgrenze erreicht. Auf ihrer Flucht hatten sie Fackeln zwischen die Zelte vor dem Tor geschleudert und auch einige der Planwagen in Brand gesteckt. Außerdem hatten sie die Viehkoppeln der Flüchtlinge geöffnet, und die in Panik geratenen Pferde und Rinder vervollständigten das ausbrechende Chaos. Von den beiden Maizan, die durch Eloras Einsatz am Tor zu Boden gestreckt worden waren, war einem die Flucht geglückt. Sein Kamerad jedoch befand sich in der Obhut von zwei Wolfshunden, die mit ihrem ganzen Gewicht auf seiner Brust lagen und ihm mit gefletschten Fängen ins Gesicht grinsten. Der Mann wußte genau, daß ihn weder seine Rüstung noch irgendeine Waffe vor ihren gewaltigen Reißzähnen schützen konnte, die mit einem einzigen kräftigen Zuschnappen Glieder abtrennen konnten, und so lag er mucksmäuschenstill und wagte kaum zu atmen. Vier berittene Sandeni-Soldaten donnerten über die Hälse ihrer Pferde gebeugt an Elora vorüber und nahmen die Verfolgung auf. Wenn der Kommandant sein Handwerk verstand – und Elora war überzeugt, daß er dies tat –, lauteten ihre Befehle sicherlich, den Maizan zu folgen, sie jedoch nicht anzugreifen, sondern lediglich auf ihrem Fluchtweg eine Spur zu legen, der später eine größere und besser bewaffnete Einheit folgen würde. Angesichts des herrschenden Chaos und der Notwendigkeit, zuerst die Feuer zu löschen und die Tiere einzufangen, würde es jedoch noch eine ganze Weile dauern, bis diese Verstärkung aufbrechen konnte.

Sie fühlte die Gegenwart des Wolfshundes, der sie adoptiert hatte, noch bevor sie ihn sah. Er ließ ein besorgtes Winseln hören und richtete sich dann auf seinen Hinterläufen auf, legte die Vorderpfoten auf ihre Schultern, was Elora unter seinem Gewicht ein leises Aufstöhnen entlockte, und sah in ihre Augen herab. Er war zwar nur ein Hund, doch auf seine Hinterbeine aufgerichtet, überragte er sie um einige Haupteslängen. Sie wies ihn nicht zurück, denn sie wußte, er wollte nur sicher sein, daß sie unverletzt war. Sie duldete sogar, daß er ihr mit seiner nassen Zunge übers Gesicht schleckte, weil er sie trösten wollte. Einmal jedoch war genug, und mit einiger Anstrengung wuchtete Elora seine Pfoten von ihrer Schulter und setzte ihn wieder auf allen vieren ab.

Was sie jetzt mehr als alles andere brauchte, war ein Pferd, mit dem sie die Verfolgung aufnehmen konnte. Daß es ihr nicht gelungen war, Ryn zu retten, obwohl sie ihn schon gehabt hatte, machte sie wütend und hinterließ einen bitteren Geschmack in ihrem Mund. Die Tatsache, daß sie den Maizankrieger im Wachturm überwältigt hatte, machte die ganze Sache keineswegs besser. Selbst wenn man jede Schlacht gewinnt, dachte sie voller Zorn auf sich selbst, hilft einem das gar nichts, wenn man am Ende den Krieg verliert.

In etwa das gleiche sagte sie auch zu Duguay, als er sie schließlich bei den Löschtrupps entdeckte, die mit der Bekämpfung der verschiedenen Brandherde draußen vor den Palisaden des Forts beschäftigt waren, wobei sie die in Torquils Schmiede erworbene Kraft ihrer Arme und Schultern für die schwungvolle Betätigung des Schwengels der Wasserpumpe einsetzte. Dies garantierte nicht nur einen steten Wasserstrahl aus dem Löschschlauch, sondern erwies sich außerdem als hervorragend geeignetes Ventil für ihre Frustration.

Duguay war elegant und wie aus dem Ei gepellt wie immer. Sie haßte ihn dafür, weil dies um so augenfälliger machte, wie verdreckt und schmutzstarrend sie war.

»Kommt auf den Krieg an«, bemerkte er. »Und darauf, was Ihr unter Sieg oder Niederlage versteht. Ihr solltet Euch mehr auf Eure Lieder und Geschichten konzentrieren.«

»Ich hätte mich mehr auf das Durcheinander am Tor konzentrieren sollen. Ich muß blind gewesen sein, daß ich den Kerl nicht gesehen habe.«

»Der Hauptmann der Maizan ist ein Krieger. So was gehört nun mal zu seinem Handwerk. Ihr solltet Euer Augenmerk lieber auf etwas anderes richten, denn Ihr habt das Zeug zu einem ganz leidlichen Barden.«

»Ich bin weder das eine noch das andere, Duguay! *He!«* bellte sie unvermittelt über seine Schulter hinweg, als der Kolben der Pumpe auf Metall anstatt auf Wasser traf. »Ihr Trampeltiere dort drüben, geht von dem verdammten Schlauch runter! Seht ihr denn nicht, daß wir hier arbeiten?« Die Antwort auf ihre Worte war eine Mischung aus Entschuldigungen und Flüchen, unter denen die Handvoll Männer den Wagen von dem Schlauch, der von der Pumpe zum Fluß verlief, herunterschoben. In den nächsten paar Minuten schwieg Elora, abgesehen von einigen tiefempfunden Grunzlauten, die ihr über die Lippen kamen, während sie den Pumpenschwengel noch schneller und kraftvoller auf und ab bewegte, um den Wasserdruck im Schlauch wieder aufzubauen. Inzwischen ertönten natürlich aus der anderen Richtung irritierte und ungehaltene Rufe, als der Wasserstrahl aus dem Schlauch zu einem kümmerlichen Tröpfeln versiegte.

»Eine Unterhaltung ist wie ein Duett, meine süße Elora«, bemerkte Duguay mit sanftem Vorwurf in der Stimme, als sich das Schweigen in die Länge zog. »Man muß wissen, in welchem Augenblick man mit seinem Part dran ist, sonst verwandelt man das Lied binnen kürzester Zeit in ein heilloses Durcheinander.«

»Ich bin gerade beschäftigt, Duguay«, erwiderte sie spitz. »Wie wär's, wenn Ihr die Ärmel hochkrempelt und ein wenig mithelft?«

»Ich denke, das tue ich – auf meine Weise zumindest. Sprecht mit mir, Elora, das macht die Arbeit leichter. Ich hab' 'ne ungefähre Ahnung, um was es hier geht.«

»Oh?«

»Um eine Prophezeiung«, sagte er mit einem sparsamen Lächeln, das zu erwidern sie trotz ihrer Erschöpfung nicht umhinkonnte. Sie mochte die Form seines Mundes, sein klares, festgefügtes Kinn, die Art, wie sich diese widerspenstige Locke jeder noch so üppig darauf gekleisterten Menge von Frisierpomade widersetzte, um stets verwegen in seine Stirn zu fallen. Sie kannte jeden Aspekt seines Gesichts, jede Linie darin – mit Ausnahme von seinen Augen. Ohne sie war das Bild jedoch unvollkommen. Noch schlimmer: sie fürchtete, möglicherweise sogar bedeutungslos.

»Und um eine Prinzessin«, fuhr er fort und schien glücklicherweise nicht bemerkt zu haben, in welche Richtung ihre Gedanken schweiften. »Jeder will die Beute für sich haben. Aber ich kann mich des Eindrucks nicht erwehren, daß kaum einer weiß, warum. Außer vielleicht dieser Mohdri-Kerl. Er bietet zumindest eine hübsche Stange Geld für sie; könnte das heißen, daß er die Antwort kennt?«

»Wenn ja, dann sind wir alle verloren.«

»Ein bekanntes Gesicht also?«

»Wir haben die Klingen gekreuzt.«

»Eine Prophezeiung und eine Prinzessin. Edle Helden und ein mächtiger und glorreicher Bösewicht. Es muß also eine Heldensage sein. Der Kampf zwischen Gott und dem Bösen – in epischer Form dargestellt.«

Sie bedachte ihn für diese Bemerkung mit dem undurchdringlichsten Blick, den sie zustande brachte, der ihn jedoch nur zum Lachen reizte.

»Was bedeutet das eigentlich genau – Gut und Böse?« fragte sie eine Weile später ganz im Ernst.

»Innere Werte im Gegensatz zu äußeren Formen vielleicht?«

»Müßt Ihr denn über alles Eure Scherze machen?«

»Nicht mehr und nicht weniger, als du es ebenfalls tun solltest, mein Kind. Schließlich sind wir Troubadoure; wir erzählen Geschichten, und unsere Aufgabe ist es, die Leute zu unterhalten – hab' ich recht?«

»Ich wette«, sagte sie und überging seine Frage, da sie ihm zum Teil recht geben mußte, »wenn man Euer Publikum befragen würde, würde sich herausstellen, daß eine ganz beträchtliche Anzahl der Ansicht ist, daß die Eroberungen der Maizan gar kein so großes Unglück sind; daß das Daikini-Reich ein besserer Ort ist, wenn die Tore zum Großen Feenland fest verschlossen und versiegelt sind. Und im Schleiervolk gibt es wahrscheinlich ebenso viele, die der gleichen Ansicht sind.«

»Das Haus wird allmählich zu voll, Elora. Irgend jemand muß ausziehen.«

»Stellt Euch einen wunderschönen, sehr komplex und kunstvoll gewebten Wandteppich vor, ein Gewebe, das als Ganzes, als Einheit, weit stärker ist als die Summe seiner Teile. Wenn man es in seine Fäden auftrennt, ist es dann noch genauso schön und haltbar?«

»Das trifft vielleicht auf Stoffe zu, aber ich habe noch nie von einem Faden gehört, der so etwas wie eine Meinung über einen anderen Faden hat.«

»Ihr müßt genauer hinhören.«

»Öl und Wasser vermischen sich nicht, Elora. Weshalb sollten das unterschiedliche Rassen und Kulturen tun?«

»Ist es nicht die Aufgabe von Toleranz und gegenseitigem Verständnis, Vorurteile zu überwinden, Duguay, selbst wenn sie von Natur aus bedingt sind?«

»Besonders wenn eine Heilige Prinzessin den Weg zeigt?«

»Wer kann das schon sagen? Niemand hat ihr für den Job eine Gebrauchsanweisung mitgegeben.«

»Wer ist hier diejenige, die aus allem einen Scherz macht?«

»Es ist aber wahr. Die einzige Person, die es wirklich weiß, ist der Betrüger …« Sie verstummte abrupt, als hätten diese Worte ihr eine plötzliche und unerwartete Einsicht beschert.

»Was ist?« hakte Duguay nach, als ihr Schweigen andauerte.

»Etwas, das Thorn Drumheller einmal gesagt hat …«

»Den Namen hab' ich schon mal gehört.«

»Mein Lehrer und Beschützer, könnte man sagen.«

»Wollt Ihr damit sagen, daß ich einen Rivalen habe? Der Himmel behüte mich davor!«

»Macht nur so weiter, Meister Faralorn, und ich lasse *Euch* mit dem Löschschlauch eine kalte Dusche verpassen.«

»Oh – dann sollte ich mich wohl tunlichst benehmen. Wenn Ihr mich Meister Faralorn nennt, dann ist nicht gut Kirschen essen mit Euch.«

»Und mit Euch auszukommen ist oft schwieriger als mit jedem Brownie!«

»Was war es denn, das dieser Drumheller gesagt hat?«

»Daß der Betrüger jeden besser zu kennen scheint, als dieser sich selbst. Cherlindrea und all die anderen Monarchen, Thorn selbst.« *Und vor allem,* dachte sie und fühlte, wie ihr ein kalter Schauer über den Rücken lief, *mich. Er kennt mich, und seine Zauberformeln können mir Schaden zufügen. Aber warum? Weshalb kann er allein so große Macht haben? Woher kommt das? Und woher kommt er?*

»Wissen ist Macht, Elora, wie die Weisen dieser Welt gerne sagen.«

»Und ich weiß so gut wie gar nichts. Ich weiß nicht einmal, wer ich bin.«

»Davon hab' ich bisher aber nichts bemerkt.«

»Meine Mutter wurde am Tag meiner Geburt ermordet, Duguay. Ich kann mich nicht an sie erinnern, und über meinen Vater weiß ich *überhaupt* nichts. Und falls irgend jemand etwas über ihn weiß« – sie verstummte abrupt, als eine Vision ganz in Rot und Schwarz, voller entsetzter Gesichter und Augen voller Haß, in ihrer Erinnerung aufblitzte: die Dämonenkönigin Bavmorda, die alles in ihrer Macht Stehende versucht hatte, Eloras Leben ein Ende zu bereiten, noch bevor es begonnen hatte –, »dann hat er oder sie mir nie etwas über ihn erzählt. Warum grinst Ihr so?« fragte sie Duguay unvermittelt und hätte ihm am liebsten eine Ohrfeige für seine Herzlosigkeit verabreicht.

»Ich hör' nur zu, das ist alles. Ich kann zwar nicht für Euer ganzes Leben sprechen, aber bisher, bis zu diesem Punkt, ist es eindeutig, daß Ihr zum Barden bestimmt seid.«

»Hört auf damit!«

»Es ist die Art, wie Ihr die Worte setzt – beinahe so, wie ich musiziere –, und das heißt eine ganze Menge.«

»Vielen Dank«, erwiderte sie, doch der Ton, in dem sie dies sagte, machte deutlich, daß sie kein Wort von dem glaubte. Ihn schien das nicht weiter zu stören, was sie um so wütender machte.

»Diese Elfe in Ganthems Furt hat Euch ›Betrüger‹ genannt, bevor sie starb.«

»Das ist nicht dasselbe!«

»Aber diese Bezichtigung hat irgend etwas in Euch angerührt, so viel ist mir klar. Fürchtet Ihr etwa, daß es irgendeine Verbindung mit Eurem Feind gibt?«

»Das würde eine Menge erklären.«

Er überlegte angestrengt. »Denkt einmal an die Situation, als wir im tiefsten Wald waren. Angenommen, Ihr fragt mich, wie die Welt aussieht, und ich antworte, daß sie nur aus Bäumen besteht. Könnt Ihr mir das Gegenteil beweisen?«

»Das ist nicht schwer.«

»Aber wie? Wenn Ihr Euch umdrehen würdet, Elora – was stünde vor Euren Augen?«

»Bäume. Aber …«

»Was würdet Ihr sehen?« fragte er noch einmal.

»Bäume!« wiederholte sie einigermaßen gereizt. »Aber wenn wir weitermarschieren – einen Tag oder zwei«, fuhr

sie fort und bedachte ihn mit einem grimmig funkelnden Blick, der als Warnung gedacht war, sie ja nicht noch einmal zu unterbrechen, »dann werden wir auch Wiesen erblikken.« Sie machte eine ausholende Armbewegung, um ihre Worte zu unterstreichen. »Und Ebenen. Und Berge. Und einen Ozean.«

»Absolut richtig. Je mehr man kennt,« erklärte er mit triumphierend bebender Stimme, als verkünde er ein fundamentales Naturgesetz, »um so mehr weiß man! Und Ihr …«, um seinen Worten Nachdruck zu verleihen, stieß er einen spitzen Finger gegen ihr Brustbein, »… wißt verdammt viel. Hab' ich recht?«

Sie seufzte beredt und schürzte ergeben die Lippen. »Ihr habt recht«, sagte sie mit einem knappen Nicken.

»Absolut.« Er blickte sich um, strich sich nachdenklich übers Kinn und schien zu einer Entscheidung gelangt. »Kommt mit mir«, sagte er. »Es ist an der Zeit, daß Ihr etwas Gutes tut.«

»Und das wäre?« fragte sie mit einem erschöpften Nikken in Richtung der Pumpe.

»Etwas, das jeder, der ein bißchen Mut hat, tun kann. Woran ich dabei denke, geht nur Euch und mich etwas an.«

Von irgendwoher zauberte er einen Krug mit Pfefferminzwasser, das herrlich kühl war und ihren Durst löschte. Sie spritzte sich eine Handvoll davon ins Gesicht und über den Kopf, was Duguay, angesichts der Unverwüstlichkeit seiner Schminkfarben, Anlaß zu einem selbstzufriedenen Nicken gab, und fragte dann nach etwas zum Essen. Alles, was er ihr anbieten konnte, waren ein paar Stücke Reisezwieback, der zwar wie Sägespäne schmeckte, ihren Heißhunger jedoch zumindest vorläufig stillte.

Dann stimmte sein voller Bariton einen Rundgesang an, wie ihn die Einheimischen bei der Getreideernte sangen, damit das Mähen und Dreschen der Ähren leichter von der Hand ging. Auf sein Taktzeichen hin fiel Elora eine halbe Strophe später ein und sang die zweite Stimme der Melodie.

Niemand schenkte ihnen zunächst besondere Beachtung. Die erste Reaktion, die sie zu hören bekamen, war eine Salve mißmutiger Klagen von den Männern, die Elora an der Pumpe ablösten, und von dem Mann am Schlauch, der fand, daß sie ihre Sache weit nicht so gut machten wie Elora. Sie nahm diese Herausforderung persönlich und begab sich, ohne außer Atem oder aus dem Takt zu geraten, wieder in ihre alte Position am Schwengel der Pumpe. Sie glich ihren Pumprhythmus dem des Liedes an und spornte Duguay zu einem Wettstreit an, wer von ihnen beiden am Ende einer Strophe mehr Kraft und Tremolo in seine Stimme legen konnte.

Der Mann, der den Schlauch hielt, lachte wiehernd los, als er die betretenen Gesichter der vier Burschen sah, die Elora an der Pumpe abgelöst hatte. Sie konnten offenbar nicht begreifen, wie ein Mädchen an der schweren Pumpe mehr leisten konnte als vier Männer. Duguay ging singend zu ihm hinüber und bedeutete ihm, bei der nächsten Strophe mitzusingen. Er quittierte das zögernde Krächzen, das der Mann hervorbrachte, mit einem spaßigen Verdrehen der Augen. Die vier Burschen nahmen dies wiederum als Gelegenheit, sich wenigstens auf diesem Gebiet ins rechte Licht zu rücken, und stimmten bei der nächsten Gelegenheit vierstimmig in den Rundgesang ein. Und selbst als Elora ihnen den Pumpenschwengel wieder überließ, sangen sie weiter, ohne aus dem Takt zu kommen, was wiederum der Mann am Schlauch zum Anlaß nahm, seine gesanglichen Bemühungen zu intensivieren.

Und so geschah es, daß der Troubadour und seine Schülerin die Nacht mit Musik erfüllten, die den Schmerz derer linderte, die ihr Hab und Gut in den Flammen verloren hatten, und die Entschlossenheit jener anfachte, die gekommen waren, um ihnen gegen die Flammen beizustehen. Ihr Repertoire bestand aus einfachen Liedern, die alle kannten oder die leicht zu erlernen waren.

Was das Kriegsglück betraf, so war der Überfall der Maizan in einen schnellen Sieg verwandelt worden, und der Preis dafür war überraschend gering. Abgesehen von einigen schmerzenden Köpfen, zurückzuführen auf Betäubungstropfen im Wein, und einigen ansehnlichen Beulen bei einigen der Wachposten, die niedergeschlagen worden waren, gab es keine Verletzten. Obwohl die Gefahr einer Brandkatastrophe sehr groß gewesen war, stellten sich die tatsächlichen Schäden als weit geringer heraus als befürchtet: einige angekohlte Balken in den Stallungen und ein Dach, das ausgebessert werden mußte, eine Reihe Zelte, die nicht mehr zu retten waren, und ein völlig ausgebrannter Planwagen.

Zwar hatten die Maizan den Gefangenen entführt, aber dafür waren zwei von ihnen gefangengenommen worden – der, der bewußtlos am Tor gelegen hatte, und sein Kamerad, den Elora im Wachturm ins Reich der Träume geschickt hatte.

Elora hatte eigentlich vor, den beiden persönlich ein paar Fragen zu stellen, doch zu ihrem Erstaunen wurde sie selbst zu einer Befragung ins Büro des Kommandeurs der Wache gebracht.

Sie sei weder verhaftet noch unter Verdacht, versicherte man ihr, obwohl sie einen ganzen Trupp bewaffneter Ordnungswächter geschickt hatten, um sie abzuholen. Dies sei lediglich eine Formalität.

Luc-Jon saß am Tisch des Schreibers in einer Ecke der kargen Dienststube des Kommandeurs, um alles aufzuschreiben, was sie sagte. Er bemühte sich, zuversichtlich auszusehen, als Elora in den Raum geführt wurde, doch er konnte die Sorge in seinen Augen nicht verbergen.

Sie sagte nur die Wahrheit. Allerdings nicht die ganze. Sie erzählte von der Auseinandersetzung im Stall und darüber, wie entschlossen die Maizan gewesen seien, sich um jeden Preis zu nehmen, was sie als ihr rechtmäßiges Eigentum betrachteten. Ihre Flucht aus dem Speisesaal nach ihrem Auftritt erklärte sie mit einer plötzlich aufkommenden Panik wegen der Reaktion des Publikums. Sie habe so etwas noch nie gemacht, versicherte sie mit Unschuldsmiene, und habe deshalb nicht gewußt, wie sie auf den stürmischen Beifall reagieren sollte. Sie sei nach draußen gelaufen, um eine Weile alleine zu sein und wieder zu sich zu kommen, und habe dann den Tumult im Stall gehört. Sie habe deshalb nicht den Alarm ausgelöst, weil sie nicht gewußt habe, was im Stall vor sich ging. Als sie es dann begriff, sei dafür keine Zeit mehr gewesen. Der Grund, weshalb sie sich den Maizan in den Weg gestellt hatte, sei der einfachste der Welt gewesen: Sie habe geglaubt, sie würden die arme Kreatur mißhandeln, und das habe sie nicht zulassen dürfen.

Es war eine glatte Geschichte. Der Kommandeur unternahm keinen Versuch, sie zu zerpflücken, machte jedoch auch kein Hehl daraus, daß er genau wußte, daß dies, wie von einem Barden nicht anders zu erwarten, eine Lügengeschichte war. Doch sie war plausibel, weshalb ihm nichts anderes übrigblieb, als sie hinzunehmen.

Als sie fragte, ob die gefangengenommenen Maizan etwas gesagt hätten, bekam sie von ihm nur ein schmallippiges Lächeln zu sehen, mit dem er ihr zu verstehen gab, daß sie dies nichts anginge. Er bedankte sich für ihre Kooperation und entließ sie, und als sie bereits über die Schwelle trat, ließ er sie noch wissen, daß sie und ihr Begleiter das Fort nicht verlassen durften.

Als das erste graue Licht des Morgens über dem östlichen Horizont schimmerte und all die anderen längst zu Bett gegangen waren, saß sie alleine im Speisesaal der Herberge und starrte in den Kamin, bis die letzte Glut erloschen war. Von Zeit zu Zeit strich sie mit einem Finger oder der ganzen Hand durch die Flamme der Kerze, die vor ihr auf dem Tisch stand. Manchmal war ihr Feuer wie das Züngeln einer Schlangenzunge, manchmal wie eine Liebkosung der Wärme. Einmal schloß sie ihre Hand um die Flamme, um zu sehen, ob sie sie fortstehlen konnte, doch die Flamme entschlüpfte ihrem Griff und behauptete ihren Platz am Docht. So ein winziges, unscheinbares Ding, und doch war sie imstande, eine Feuersbrunst zu entfachen, die das gesamte Fort und große Teile des Waldes in Schutt und Asche legen konnte. Und zugleich war sie so zart, daß sie sie mit den Fingerspitzen oder dem kleinsten Lufthauch auslöschen konnte.

Sie dachte an Drachen und fragte sich, wie es möglich war, daß sie in ihrem Bauch ein Feuer, so heiß wie das Herz der Welt, bewahren konnten und nicht davon verzehrt wurden. Wie konnten Feuerdrachen existieren, die aus nichts als schmelzflüssiger Substanz von so ungeheuer Hitze bestanden, daß ihre schiere Gegenwart Stahl und Stein verdampfen ließ? Wie war es möglich gewesen, daß sie eins mit ihnen geworden und mit ihnen im Magmafluß geschwommen war und dennoch nicht verbrannt war?

Der Gedanke ans Schwimmen erinnerte sie an Ryn und daß das erste Wort, das ihr einfiel, wenn sie ihn vor ihrem inneren Auge sah, *Lebensfreude* war. Das Leben war für ihn ein Vergnügen, und sein Sinn für das Wunderbare war so ansteckend, daß sich keiner, der ihm begegnete, dem entziehen konnte. Seine Züge waren nicht einmal menschlich, und als sie jünger gewesen war, hatte sie ihn für eine lebendig gewordene Inkarnation ihres Teddybären gehalten. Duguays Züge dagegen waren sehr menschlich – so menschlich, daß sie den Herzensbrecher nicht verleugnen konnten. Ohne einen Gedanken daran, aus welchem Grund sie die beiden miteinander verglich, stellte sie bei sich fest, daß sie Ryn in die Augen sehen konnte, und das, was sie dort sah, war die einnehmendste und edelste Seele, die man sich vorstellen konnte.

Der Schmerz um seinen Verlust bohrte in ihrer Brust, und sie war zornig auf sich selbst, daß ihr keine Möglichkeit einfiel, wie sie ihn aus den Händen der Maizan befreien könnte.

Die Vernunft sagte Elora, daß sie zu Bett gehen sollte und daß solche Grübeleien zu nichts führten, doch sie hatte einfach keine Lust dazu. Ihr Geist war nicht müde und ihr Körper zu angespannt und von unerquicklichen Empfindungen heimgesucht, als hätten alle ihre Gelenke und Knochen beschlossen, daß ab sofort Schluß sei mit dem harmonischen Miteinander. Sie lachte freudlos auf, als ihr das Bild mit dem Wandteppich einfiel, und sie fragte sich, ob möglicherweise all die Teile von ihr zu dem Schluß gekommen waren, daß sie besser dran seien, wenn sie von nun an getrennte Wege gingen.

Sie blies die Kerzenflamme aus und trat über den Wolfshund hinweg auf die Veranda hinaus. In der Stille des frühen Morgens waren, solange das Fort noch schlief, nur natürliche Geräusche auszumachen. Sie hörte das Rauschen des Flusses, das Rascheln des Windes in den Kronen der Pappeln, die zwischen den viel zahlreicheren Fichten und Bergkiefern wuchsen. Die sanfte Brise brachte eine Fülle von Gerüchen mit sich, die bei Tag nicht so deutlich wahrzunehmen waren. Kein Mond stand am Himmel und auch keine Wolken, die die grandiose Pracht des Sternenhimmels verdeckt hätten. Schwarzer Himmel im Westen und über ihr, in den von Osten her ein leuchtendes Blau sickerte, in welchen die schwarzen Silhouetten der Palisaden und des Waldes jenseits davon emporragten. Endlich umfing sie der langersehnte Friede wie ein warmer Schal, und sie dachte daran, zu Bett zu gehen.

»Elora Danan«, sagte eine Stimme hinter ihr, »du bist tot.«

9. Kapitel

Vielen Dank, mein Lieber«, sagte Elora zu dem Wolfshund, der als Antwort lediglich sein Maul zu einem wohligen Gähnen aufriß und dann seine Zähne mit einem vernehmlichen *Klack* aufeinanderklirren ließ.

»Du solltest besser aufpassen«, sagte die Kriegerin mit einer Stimme, die Elora kannte.

Sie erwog eine rüde Antwort, entschied sich dann jedoch für eine gemäßigtere Reaktion und zog statt dessen eine Grimasse, die die andere, wie sie wußte, nicht sehen konnte.

»He!« hörte sie Luc-Jons Stimme, der die ganze Nacht gearbeitet hatte, von der Veranda des Kommandanten herüberrufen. »Ihr dort! Greift zu den Schwertern, Wachen!«

»Es ist alles in Ordnung!« rief Elora, als der Alarmruf des jungen Mannes in verblüffend kurzer Zeit mehrere Wachen auf den Plan rief, deren Nerven nach dem Zwischenfall am Abend zuvor ohnehin blank lagen. »Alles in Ordnung! Keine Gefahr!«

Sie trat aus dem Schatten in den Halbkreis der gezogenen Klingen hinaus und hörte, wie sie durch die Luft sangen, als die Wachen ihre Schwerter wieder in die Scheiden steckten. Von allen Seiten polterten jetzt Stiefel über Holzdielen heran, und im Handumdrehen waren Elora und ihre vermeintliche Gegnerin von fast einem Dutzend Wachen mit Schwertern, Bögen, Äxten und Lanzen in den Händen umringt.

»Wer dort?« rief der Feldwebel der Wachen.

»Khory Bannefin«, erwiderte die Kriegerin und trat in das Licht der Fackeln hinaus, wo sie gut zu sehen war. »In

Diensten von Thorn Drumheller, seines Zeichens Adjutant im Büro des Kanzlers der Republik von Sandeni.«

Sie hatte sich nicht sehr verändert, seit Elora sie vor zwei Jahren zuletzt gesehen hatte – genausowenig wie seit ihrer ersten Begegnung. Breite Schultern, lange Arme und Beine, kurzgeschnittenes Haar, das von Natur aus so schwarz war wie die falsche Farbe in Eloras Haar und kaum länger als die Stoppeln im Gesicht eines Mannes mit starkem Bartwuchs am Morgen. Sie war weder schön noch häßlich; Khory lebte in einer Welt, in der das Gesicht einer Person mehr vom Charakter als vom äußeren Schein gekennzeichnet wurde. Hohe Backenknochen über einem kräftigen und kantigen Kinn, eine gebrochene Nase und ovale Augen, deren schräger Schnitt sie als eine Tochter der Gewürzländer auswies, obwohl ihre Züge für eine typische Chengwei vom Festland zu eckig und ihre Haut zu golden waren. Thorn hatte vermutet, daß sie eine Hansha sei und von den Inseln vor der Küste der Gewürzländer stamme, doch auch er hatte keine Erklärung dafür gehabt, wie eine ihres Stammes nach Angwyn gekommen war, wo sie in den Verliesen unter dem alten Königspalast vor langer Zeit ihr Schicksal ereilte.

Ihre Oberarme und Schenkel zierten Stammestätowierungen, ebenso ihr Gesicht um ihr linkes Auge herum, wo sie das Augenlid und den oberen Teil der Augenhöhle bedeckten und von dort über die Schläfe bis zum Haaransatz emporflammten. Vor allem die Gesichtstätowierung schillerte in leuchtenden Farben und besaß sehr große Ähnlichkeit mit dem Kopfgefieder irgendeines exotischen Raubvogels. Das Merkwürdige daran war, daß in all den Jahren, die sie gemeinsam durch das Land zogen, keiner ihrer Weggefährten je zu sagen vermochte, was für ein Vogel dies war. Weder Thorn wußte es noch die Brownies, und auch Bastian und Anele, die beiden goldenen Adler, oder sonst irgend jemand, den sie unterwegs trafen, hatten jemals einen solchen Vogel gesehen.

In ihrem vorherigen Leben war Khory eine Kriegerin gewesen. Dies war angesichts der Kraft ihrer Muskeln, der Schwielen an ihren Händen und der Narben, mit der ihr

Körper bedeckt war, von Anfang an offensichtlich gewesen. Als der Tod in den Felskatakomben unter Angwyn sich ihrer Seele bemächtigte, sah er sich jedoch plötzlich mit einem Rivalen konfrontiert, der ihren Körper forderte: ein Dämon, der seit undenklichen Zeiten im schieren Fels gefangen war, auf dem und in den die erste Burg der Herrscher von Angwyn gebaut worden war. Der Dämon rettete Thorn das Leben und bot seine Hilfe bei der Rettung Eloras an, wenn der Nelwyn-Zauberer seinem ungeborenen Sproß zum Leben verhelfen würde. Der Dämon selbst war vom Anbeginn der Zeit bis zu ihrem Ende ein Gefangener und war bereit, alles zu tun, um seinem Kind dasselbe Schicksal zu ersparen. Das Kind war eine Seele ohne Körper, und Khory war ein Körper ohne Seele. Thorn war der Katalysator, der die beiden zusammenführte und miteinander vereinte.

Er hatte nie über dieses Ritual gesprochen. Elora ebenfalls nicht, und sie würde es auch niemals tun. Die Totenbeschwörung war eine Schwarze Kunst und die Domäne von solch bösen Zauberinnen wie Bavmorda. Und der Umgang mit Dämonen war noch viel schlimmer. Die Preisgabe von Khorys wahrer Natur kam einem sofortigen Todesurteil gleich – nicht nur für sie, sondern auch für Thorn.

Aber was ist ihre wahre Natur? überlegte Elora, als sie neben der anderen Frau in Richtung der Amtsstube des Kommandanten ging. *Dämonen wurden seit jeher als Abkömmlinge des zutiefst Bösen angesehen, doch Khory war nie etwas anderes als eine wahre Freundin und eine Frau von großer Tapferkeit und Ehre.*

»Ich habe Bastian und Rool zu Thorn geschickt«, sagte Elora.

»Und er hat mich geschickt, kleine Prinzessin.« Ihre stumme Antwort war ebenso klar und verständlich wie gesprochene Worte: *Er hat Pflichten, Elora Danan, und es steht mehr auf dem Spiel als das Leben eines Freundes, so teuer er dir auch sein mag.*

»Du hättest früher hier sein sollen.« Es gelang ihr nicht, den vorwurfsvollen Ton aus ihrer Stimme zu verbannen.

»Das kann ich mir denken.«

»Oder wenigstens Bastian und Rool vorschicken sollen, damit sie mir Bescheid sagen, daß du kommst. Wenn sie hier gewesen wären, wäre das alles wahrscheinlich nicht passiert.«

»Es ist mir egal, wer zu sein sie behauptet!« hörten sie die wütende Stimme des Kommandanten brüllen. Sein flammender Zorn war so greifbar und gegenwärtig wie ein um sich greifendes Buschfeuer, dem zu nahe zu kommen jeder tunlichst zu vermeiden suchte. »Was ich wissen will, meine Herren, ist, wie, zum Henker, sie unbemerkt in das Fort kommen konnte.«

»Sir«, setzte einer seiner Offiziere zu einer Erklärung an, doch weiter kam er nicht. »Ich will keine Ausreden hören«, bellte der Kommandant. »Ich will, daß so etwas nie wieder vorkommt! Findet heraus, was passiert ist, und sorgt dafür, daß es abgestellt wird!«

Die Offiziere hasteten mit betretenen Mienen aus der Tür, und ihre geröteten Gesichter und schmalen Lippen verhießen nichts Gutes für ihre eigenen Untergebenen. Die Wachposten, die Elora und Khory zur Dienststube des Kommandanten eskortiert hatten, tauschten bei ihrem Anblick bekümmerte Blicke. Dies versprach ein ganz besonders mieser Tag zu werden.

Der Kommandant fragte Khory nicht, wie sie ins Fort gelangt war, als sie ihm die Beglaubigungsschreiben und einen Stoß Depeschen auf den Schreibtisch legte. Ein kurzer, aber gründlicher Blick auf ihre Gestalt und ihre Waffen sagte ihm alles, was er über ihre Befähigungen wissen mußte.

Er sah zerknittert aus und müde, und von seiner distinguierten Kultiviertheit, die er sonst nach außen zur Schau trug, war nicht mehr viel zu sehen. Auf seine Weise war er ebenso rauh und ungehobelt wie das Fort, das er kommandierte und das über die Jahre zum festen Fundament seines Lebens geworden war. Er würde nie einer der eleganten Offiziere sein, wie sie in Sandeni umherstolzierten; er war eher vom Schlag derer, die eine konkrete Aufgabe brauchten, die sie mit Geduld und Beharrungsvermögen ausführten. Im Augenblick erinnerte er Elora eher an einen Bären, der aus seinem Winterschlaf geweckt worden war: ärgerlich wegen der Störung und gereizt, sich aufgrund der Umstände so unvorteilhaft zu präsentieren – unrasiert, mit grauem Stoppelbart und rotunterlaufenen Augen. Offensichtlich hatte er sich im Dunkeln übergestreift, was ihm in die Hände gekommen war, und sein Schwert über seinem Nachthemd gegürtet.

Er fuhr sich mit gespreizten Fingern durchs Haar, das schon seit langem keine Seife mehr gesehen hatte, und kramte auf seinem Schreibtisch und in den Schubladen nach irgend etwas herum, womit er es zurückbinden konnte.

»Sieht so aus, als würden sich eine Menge Leute für Euch interessieren, junge Frau«, brummte er zu Elora gewandt.

»Ein Irrtum des Schicksals vielleicht?« riskierte sie einen Erklärungsversuch.

Er glaubte dem ebensowenig wie der Geschichte, die sie ihm zuvor erzählt hatte, entschloß sich aber, es dabei zu belassen. Vorläufig zumindest.

»Seid Ihr mit dieser Einschätzung der Lage vertraut?« fragte er Khory mit einer Handbewegung in Richtung der Depeschen, die sie gebracht hatte. Die Kriegerin nickte. »Gibt es Hoffnung auf einen Waffenstillstand?«

»Defensives Denken«, sagte sie lapidar und brachte damit ihre eigene Einschätzung der Lage auf einen Nenner. »Defensive Strategie. Wodurch unweigerlich dem Feind die Initiative überlassen wird. Der Friede dauert nur so lange, bis der Feind es für angebracht hält, ihn zu brechen.«

»Woraus sich die nächste Frage ergibt«, stimmte der Kommandant ihr mit einem nachdenklichen Nicken zu: »Kann dieser Angriff zurückgeschlagen werden? Ich soll also die Stellung hier halten.«

»So gut und so lange Ihr könnt – ja. So lauten die Befehle.«

»Nur mit der Besatzung, die wir haben? Ohne Verstärkung?«

»In Anbetracht der Geschehnisse von Testeverde ist man zu dem Entschluß gelangt, daß die republikanischen Streitkräfte in Sandeni konzentriert werden müssen. Falls die

Maizan tatsächlich die Absicht haben, die Mauer zu überrennen, dann müssen sie zuerst Sandeni einnehmen. Und in Sandeni hofft man, daß der Kastellan und sein Kriegsherr zu der Einsicht gelangen, daß sie sich daran möglicherweise die Zähne ausbeißen.«

»Es geht hier aber um mehr als nur um die Maizan. Ist sich Euer Herr, Thorn Drumheller, darüber im klaren? Und der Rat ebenfalls? Die Maizan sind nicht mehr die einzigen, die territoriale Ambitionen haben. Es ist entlang der Grenze zu einer ganzen Reihe von Feindseligkeiten gekommen.«

»Aber das waren nur vereinzelte Übergriffe, oder?« mischte Elora sich ein. »Entschuldigung«, fügte sie rasch hinzu, als sich die Blicke Khorys und des Kommandanten auf sie richteten. »Wahrscheinlich irre ich mich, aber welche Gefahr kann das für ein Fort wie dieses darstellen?«

»Daß die Hochelfen des Großen Feenlands überhaupt solche Übergriffe begehen, ist Grund genug zur Beunruhigung«, erklärte der Kommandant. »Aber es sind ja nicht nur die Hochelfen allein; sie haben Verbündete gewonnen, die sich auf ihre Seite geschlagen haben. Wohin man auch schaut, von Tag zu Tag werden es mehr Arten und Rassen, die sich in die Ecke gedrängt fühlen. Daikini, die glauben, das Schleiervolk will sie vernichten; das seinerseits wiederum glaubt, die Maizan seien ihre einzige Rettung. Schleierleute, die mit ansehen, wie von allem Land der Maizan die Magie verschwindet, fürchten, dasselbe könnte auch mit ihnen geschehen. Und dazwischen die Staaten der Daikini, die sich weder dem einen noch dem anderen Lager unterwerfen wollen. Und keiner von uns allen hat irgendeine andere Möglichkeit mehr, als den Kampf anzunehmen, denn die einzige Alternative ist der Untergang.«

»Was wird mit dem Fort geschehen?« fragte Elora Khory, als sie über die Veranda zurück zur Herberge gingen.

Die größere der beiden Frauen zuckte mit den Achseln. »Vielleicht gar nichts.«

Ihr Blick verharrte nie still; ständig schweifte er umher, durchforschte methodisch, von einem Punkt zum anderen huschend, ihre unmittelbare Umgebung und alle größeren Objekte in Sichtweite nach möglichen dort lauernden Gefahren.

»Das glaubst du doch selbst nicht. Der Kommandant glaubt es jedenfalls nicht.«

»Die Regierung in Sandeni hat so entschieden. Das Fort muß um jeden Preis gehalten werden.«

»Wieso?«

»Ich kann dir nur das erzählen, kleine Prinzessin, was Drumheller mir gesagt hat, bevor ich aufgebrochen bin. Die Republik muß an dem festhalten, was ihr gehört; nicht nur gegen die Maizan, sondern auch gegen marodierende Banden aus dem Großen Feenland. Die Maizan müssen begreifen, daß sie für jeden Fußbreit Boden, den sie erobern möchten, einen hohen Blutzoll zahlen müssen – nicht nur um die Souveränität und Unabhängigkeit von Sandeni zu verteidigen, sondern auch um dem Schleiervolk klarzumachen, daß es Daikini gibt, die verteidigen, was ihnen gehört. Wie auch der Kommandant gesagt hat – es gibt keine Möglichkeit mehr, unbeteiligt zu sein. Das hat Testeverde gezeigt. Um das Leben der Bevölkerung zu retten, hat man sich dort entschieden, zu kapitulieren und die Stadt zu übergeben, obwohl das bedeutete, daß die magische Kraft seines Welttors vom Betrüger geraubt würde. Doch statt dessen hat irgendeine Macht von jenseits des Schleiers das Tor von Testeverde mit einem so furchtbaren Zauberbann zerschmettert, daß das Land für jeden Daikini, der auch nur in seine Nähe kommt, den Tod bedeutet.«

»Genau wie in Angwyn.«

Khory schüttelte heftig den Kopf. »Nein. Was in Testeverde geschehen ist, war eine Greueltat von unsagbaren Dimensionen. Sosehr er auch unser Feind sein mag, der Betrüger hat nie solche Abscheulichkeiten begangen. Angwyn wurde verzaubert, so wie einst dein Tir Asleen – nach allem, was Thorn in seinen Geschichten erzählt. Du mußt dir den Betrüger eher wie einen Sog vorstellen, der der Welt ihre magische Essenz entzieht. Das bringt die Balance der Dinge durcheinander. Weil die Reiche miteinander verbunden sind, wirkt sich das, was mit einem von ihnen geschieht, auf alle aus. Je weniger Energie ein Ding hat, um so kälter wird es.«

»Wenn der Betrüger gewinnt, werden wir also alle erfrieren?«

Khory stieß scharf den Atem aus, und beide betrachteten das dichte weiße Wölkchen, das ihr Atem in der kalten Luft hinterließ.

Ein schneidender Frosthauch hing in der Luft, und andere, die um diese Zeit noch auf den Beinen waren, hielten die Kragen ihrer Jacken vor der Brust zusammengerafft und tauschten wissende Blicke, wie früh der Herbst in diesem Jahr gekommen war, nur den beiden Frauen schien die Kälte nichts anhaben zu können.

»Alle sind verzweifelt«, sagte Elora, und die Art, wie sie dies sagte, machte deutlich, daß sie nicht nur die Daikini in diesem Fort meinte. »Alle haben Angst. Deshalb schlagen sie auch so blind um sich: weil sie glauben, nichts mehr zu verlieren zu haben. Das ist das Werk des Betrügers«, seufzte sie. »Das ist ganz allein seine Schuld. Er ist derjenige, der uns alle in die Ecke gedrängt hat.« Sie ließ den Blick über den weiten Exerzierplatz schweifen und stieß grimmig hervor: »Es muß doch einen Weg geben zu helfen!«

»Die Entscheidung ist gefallen.«

»Daß dieses Fort geopfert werden wird? Ich weigere mich, das zu akzeptieren!«

»Du hast keine andere Wahl, Elora.«

»Hast du dich je gefragt, Khory«, fragte Elora sie, »woher du kommst?«

»Formlosigkeit zu Form. Ich war nicht, und dann war ich.«

»Muß ein Dämon immer in Rätseln sprechen?«

»Ich bin kein Dämon, Elora. Ebensowenig wie ich nur die Frau bin, in deren Körper mein Geist ein Zuhause gefunden hat. Ich bin ganz ich selbst. Und alles, was jenseits davon liegt, muß ich erst noch entdecken.«

»Du klingst wie Ryn.«

»Gar keine so schlechte Art, das Leben anzugehen.«

»Du verleugnest deine Herkunft?«

»Ich nehme an, daß ich – wie die meisten – als Ganzes mehr bin als die Summe meiner Teile. Verleugnest du deine Herkunft?« fragte sie Elora unvermittelt.

Die Frage traf Elora unvorbereitet, und die Antwort sprudelte hervor, ehe sie sie mäßigen konnte. »Ich habe keine.«

»Nein?«

»Ich habe eine Bestimmung. Das ist anscheinend alles, was zählt.«

»Du weißt nicht genug, um darüber Scherze zu machen, Mädchen. Heb dir das für bessere Tage auf.«

»Nein, es ist mein Ernst, glaube ich. Ich meine, wer bin ich eigentlich? Man nennt mich Prinzessin, aber ich weiß nicht einmal, wessen *Blut* ich bin. Verdammter Höllenzahn, Kohry, selbst du weißt mehr über dich, und du bist nicht einmal ganz *Mensch!*«

»So ist es nun mal, und daran ändert auch kein Klagen etwas.«

»Damit hast du verdammt recht – ja.«

»Zeit fürs Bett, Mädchen.«

»Ich bin nicht müde.«

»Du hast morgen einen harten Ritt vor dir.«

»Wir suchen Ryn? Warum bis zum Morgen warten? Ich bin jetzt bereit!«

»Ryn zu finden ist meine Aufgabe, Mädchen. Ich bringe ihn sicher nach Hause.«

»Ich komme mit dir!«

»Du tust, was ich dir sage. Schau nicht so deprimiert drein, Elora; du bekommst deinen Wunsch erfüllt: Du reitest nach Sandeni und wirst Thorn wiedersehen.«

Eine Stunde später war Khory fort.

Elora wäre ihr gefolgt, doch die Kriegerin hatte sie der Obhut von einer Handvoll Ordnungswachen anbefohlen, mit dem Befehl, sie bis zum Morgen unter strikter Aufsicht zu halten, bis sie mit einer Eskorte flußabwärts geschickt würde. Selbst wenn sie ihren Bewachern entkommen wäre, die Tore waren geschlossen und verbarrikadiert und die Wehrgänge mit der vollen Wachmannschaft für den Kriegsfall besetzt. Für sie war das Fort so undurchlässig wie eine Schachtel mit fest verschlossenem Deckel.

In ihrem Zimmer war kein Zeichen von Duguay zu entdecken, was in Elora zwiespältige Gefühle erweckte. Sie war dankbar, alleine zu sein, und zugleich wütend, daß er nicht da war. Sie konnte jetzt nicht schlafen, obwohl sie wußte, daß sie später, wenn sich die Aufregung des Abends gelegt hätte, dafür bezahlen würde, und so beschäftigte sie sich damit, daß sie ihr Kostüm und den übrigen Tand in einen ihrer Reisebeutel packte und gegen ihre Lederhose tauschte.

Das Pferd, das Khory für sie bereitgestellt hatte, war nicht gerade eine Schönheit: mahagonibraunes Fell, rostbraune Mähne und Schweif mit einem Schimmer ins Rötliche, dunkle Strümpfe an allen vier Hufen im selben herbstlichen Rostbraun und auf der Stirn eine weiße Blesse, die die Form eines Breitschwerts hatte. Über seine Schultern und Flanken zog sich ein Geflecht von blassen Linien, manche davon kurz, manche lang, manche breit, manche dünn, die Elora auf den ersten Blick als schon lang verheilte Narben identifizierte. Doch bei genauerem Bedenken verwarf sie diese Erklärung sogleich wieder, denn kein Lebewesen konnte derart furchtbare Verletzungen überleben – und ganz gewiß nicht ein Tier, das so gesund und kraftvoll aussah wie diese Stute.

In ihrer Haltung lag Stolz, und aus ihren Augen sprach eine Klugheit, wie Elora sie noch bei keinem Pferd gesehen hatte. Obgleich sie Sattel und Zaumzeug trug, war der Freiheitswille dieser Stute nie gebrochen worden, und es gab keinen Reiter, den sie als ihren ›Herrn‹ akzeptierte. Innerhalb dieses kurzen Austauschs von Blicken begriff Elora, daß hier ein Geschöpf vor ihr stand, das sich als gleichwertig begriff, dessen Freundschaft und Loyalität und vor allem dessen Respekt sie sich erst verdienen mußte.

Das Klappern anderer Pferdehufe drang an ihr Ohr, und als sie sich umblickte, sah sie Duguay Faralorn, ein Pferd am Zügel führend, um die Ecke des Stalls biegen.

Elora begrüßte ihn mit zusammengepreßten Lippen und setzte die angelegentliche Überprüfung ihres Zaumzeugs fort. Dann zog sie kräftig am Sattelgurt, um sich zu vergewissern, daß er fest genug saß. Sie hielt der Stute eine frische Karotte unters Maul und lächelte, als sie das Schnauben des warmen Atems des Tieres auf ihrer Hand spürte, mit dem die Stute ihren Geruch und die angebotene Karotte aufnahm.

»Was soll das alles?« fragte sie den Troubadour, während sie die Zügel kontrollierte, dann der Stute eine zweite Karotte unters Maul hielt und ihr sanft über die Nüstern strich.

»So leicht werdet ihr mich nicht los.«

»Scheint, als seien wir auf Gedeih und Verderb zusammengewachsen, Meister Faralorn?«

»Wir machen gute Musik zusammen, Elora«, entgegnete er allen Ernstes. »Ich möchte nicht, daß das zu Ende ist. Und ich glaube, Ihr wollt das auch nicht.«

»Ich habe andere Verpflichtungen.«

»Schließt das eine das andere aus?«

»Ryn ist mein Freund. Ich werde ihn nicht im Stich lassen.«

»Glaubt Ihr nicht, daß Eure Krieger-Freundin besser geeignet ist, ihn zu retten?«

»Und ich soll untätig herumstehen und warten, während andere die Arbeit tun und ihr Leben riskieren?«

»So etwas kommt nun mal vor. Es ist gar keine so schlechte Sache.«

»Ihr könnt vielleicht mit einer solchen Einstellung gut leben. Ich nicht.«

»Wie wollt Ihr ihn überhaupt finden?«

»So wie Khory ihn findet: mit Bastians und Rools Hilfe. Ich hab' kurz nach Sonnenaufgang ein Flüstern gehört, das mir sagte, daß sie hier in der Nähe sind. Khory hat sie mitgebracht, aber sie hat sie weit vom Fort entfernt zurückgelassen, wahrscheinlich, um die Maizan aus der Luft zu beobachten.«

»Und sie werden Euch helfen?« Sie warf ihm einen vernichtenden und grimmig blitzenden Blick zu, der ihn veranlaßte, mit einer beschwichtigenden Geste die Hände zu erheben. »Ist ja gut. Ich wollte Euch nicht beleidigen. Wir vergessen das einfach – ja? Ihr müßt deshalb nicht weinen.«

»Ich weine gar nicht«, schniefte sie, obgleich die Tränen, die ihr über die Wangen liefen, das Gegenteil sagten.

»Natürlich nicht. Nehmt trotzdem mein Taschentuch.«

Sie schneuzte sich kräftig, gab es ihm jedoch nicht gleich zurück. Sie hielt es in beiden Händen, die Stirn gegen den glatten Sitz des Sattels gelehnt. Sie hörte, wie die Stute in Sorge um sie aufwieherte.

»Ich hab' mich gestern abend so *gut* gefühlt«, erzählte sie ihnen beiden mit erstickter und noch heisererer Stimme als sonst.

»Und das mit Recht.«

»Ich hab' gefühlt, daß ich etwas Sinnvolles getan hatte! Daß ich all die Angst und Verzweiflung, die in dem Speisesaal spürbar waren, in etwas Helleres und Positiveres verwandelt hatte. Ich habe in den Menschen wieder Hoffnung gespürt, Duguay. Und dann haben sie Ryn fortgebracht, und ich konnte sie nicht aufhalten. Und jetzt sagt man mir, ich soll davonlaufen und mich an einem sicheren Ort verkriechen, obwohl all die Menschen hier verloren sind. Ich kann diese Resignation nicht mehr ertragen! Es macht mich ganz krank, immer nur zu hören, daß man nichts tun kann!«

»Was wollt Ihr also tun?«

Sie seufzte erbittert. »Ich kann nicht kämpfen wie Khory. Ich kann nicht zaubern wie Thorn. Ich bin vielleicht ein ganz guter Schmied, aber Torquil ist besser. Alles, was ich wirklich *gut* kann, ist singen und heilen. Das ist das einzige, was ich kann. Und das ist es auch, womit ich beginnen muß.«

»Ich hab' von Leuten gehört, die mit weniger angefangen und dennoch viel zustande gebracht haben.«

»Danke, Duguay.«

Elora ging um die Hinterhand des Pferdes herum, wobei sie eine Hand über seine Flanken und seine Kruppe gleiten ließ, um das Tier nicht dadurch nervös zu machen, wenn sie sich im toten Winkel seines Blickfelds bewegte. Sie vollendete den Kreis und blieb erneut neben dem Pferd stehen, dessen Rücken sie um gut eine Haupteslänge überragte. Blaue Augen begegneten braunen, und der Blick, den sie wechselten, und der Ausdruck auf ihren Gesichtern waren um nichts weniger formell und feierlich als eine Vorstellung bei Hof.

»Ich bin Elora«, flüsterte sie der Stute ins Ohr. Und fast im selben Augenblick wurde sie sich des Namens gewahr, den sie als Antwort erhielt. Nicht, daß das Pferd tatsächlich geantwortet hätte; dies war eine Kreatur, deren Empfindungen vor allem durch den Akt des *Seins* Ausdruck fanden und nicht durch den Verstand, wie wir Menschen ihn verstehen, doch Elora erkannte intuitiv die einfache und klare Wahrheit, die dem Tier zu eigen war.

»Und du bist Sausewind«, fügte sie hinzu, was ihr ein anerkennendes Wiehern und ein Hochwerfen des Kopfes einbrachte.

Sie kannte die Geschichte von Rool und Franjean, obwohl sie dem Pferd selbst noch nie begegnet war. Bevor sie nach Angwyn gekommen waren, waren die beiden Brownies und Thorn Drumheller einem jungen angwynischen Pfadfinder begegnet. Gemeinsam hatten die vier und das Pferd des Pfadfinders in einem furchtbaren Kampf ein Rudel Todeshunde besiegt, die auf Thorns Spur gehetzt worden waren. Im Verlauf des grauenvollen Kampfes war das Pferd tödlich verletzt worden. Thorn aber hatte es von der Schwelle des Todes wieder zurückgeholt, und dieser Kampf um das Leben des Pferdes – weit schwerer als der gegen die Todeshunde – hatte Thorn schließlich bewogen, an Eloras Seite zu eilen.

Fast zehn Jahre lang war Thorn in der Welt umhergezogen und hatte all die Orte der Macht aufgesucht und studiert, die von demselben Kataklysmus zerstört worden waren, der Tir Asleen den Untergang gebracht hatte – unfähig und nicht bereit zu akzeptieren, daß er selbst davon betroffen war. Die Heilung von Sausewind war der erste aktive und *positive* Schritt gewesen, den er damals gemacht hatte, die längst überfällige Inanspruchnahme seiner ihm zukommenden Aufgabe.

»Es ist mir eine Ehre«, sagte Elora und neigte ihrerseits den Kopf.

Sie griff nach dem Sattelknauf und den Zügeln, schob ihren linken Fuß in den Steigbügel und schwang sich mit einer Leichtigkeit in den Sattel, der nichts davon anzusehen war, daß sie seit Jahren auf keinem Pferd mehr gesessen hatte. Es dauerte nur wenige Augenblicke, bis sich Sausewind auf die ungewohnte Last eingestellt und Elora sich daran gewöhnt hatte, die mächtige Brust des Tiers mit ihren Schenkeln zu umspannen.

In Angwyn hatte man ihr beigebracht, die Zügel in beiden Händen zu halten, als der Kaiser sie für eine kurze und vergeudete Zeit als Ersatz für seine eigenen verschwundenen Kinder betrachtete: seinen Sohn, der in der Nacht verschwunden war, in der Elora erschien, und Prinzessin Anakerie, die lieber von zu Hause weggelaufen war, als die Erste unter den Leibgarden der Heiligen Prinzessin zu sein.

Der Kaiser war ein geborener Krieger. Es war seine Gemahlin, die das Reich regiert hatte, während er mit viel Geschick die Armeen befehligte, die es verteidigten. Tragischerweise war die Kaiserin in der Nacht des Kataklysmus ums Leben gekommen, und er war gezwungen gewesen, die Pflichten des Oberbefehlshabers zugunsten der des Monarchen von Angwyn aufzugeben. Er tat sein Bestes und war gar nicht einmal so schlecht in dieser Rolle, aber man merkte ihm an, daß diese Aufgabe nicht seinen eigentlichen Fähigkeiten und Talenten entsprach.

Um über den furchtbaren Verlust seiner Gemahlin und seiner Kinder hinwegzukommen, hatte er damals Elora mit seiner ganzen Aufmerksamkeit und Zuneigung überhäuft. Mit einer Liebe, die sie angesichts der Tatsache, daß sie die Zeit in Angwyn gehaßt hatte, selbst überraschte, dachte sie jetzt daran zurück, wie er sie, als sie noch kaum auf eigenen Füßen gehen konnte, vor sich in seinen Sattel gehoben hatte und mit ihr auf dem Turnierplatz der Burg herumgeritten war. Sie hatte überhaupt keine Angst gehabt, auf ihrem sicheren Platz vor ihm in dem bequemen Sattel, selbst wenn er das riesige Tier über verschiedene Hindernisse springen ließ, und sie hatte den Tag kaum erwarten können, an dem sie – wie er ihr versprach – auf ihrem eigenen Pony mit ihm ausreiten würde.

Dieser Tag kam natürlich nie, weil die Berater des Kaisers ihm ständig mit ihren Einwänden in den Ohren lagen und nicht müde wurden, ihre Besorgnis zum Ausdruck zu bringen, welche Konsequenzen es für Angwyn haben würde, sollte der Heiligen Prinzessin bei einem dieser Ausritte etwas zustoßen. Oder noch schlimmer – wenn sie von einer anderen Macht der Großen Reiche entführt würde. Oder, was am schlimmsten von allem wäre: wenn sie fliehen würde. Sie war Angwyns Stolz und Angwyns Talisman – und seine Gefangene –, ein Geschenk des Allmächtigen, das um den halben Globus herum direkt in seinen kaiserlichen Hof gefallen war. Sie war ein Schatz von unvorstellbarem Wert und mußte entsprechend bewacht werden.

Also baute man einen Turm neben dem Palast, und von dem Tag an, an dem er fertiggestellt war, durfte Elora keinen Fuß mehr vor seine Tore setzen.

Sie stieg wieder aus dem Sattel und führte ihr Pferd über den Platz zu der Anbindestange vor der Herberge. Ihre Beinlinge waren unbequemer denn je, aber im Sattel waren sie eine absolute Notwendigkeit – vor allem in unwegsamem Gelände. Um ihren Kopf und ihre Schultern hatte sie wieder den Schal aus gemustertem Musselin geschlungen und den viel schwereren Umhang zusammengerollt über die Satteltaschen geschnallt. Wie Duguay vorhergesagt hatte, waren weder die Schminke in ihrem Gesicht noch die Körperbemalung abgegangen oder auch nur um eine Spur verblaßt, und die kräftigen Farben auf ihren Wangen zogen nun mehr neugierige Blicke an, als wenn sie in ihrem durchsichtigen Kostüm umherspaziert wäre.

»Du mußt gehen, hab' ich gehört«, sagte Luc-Jon, der am Rand der Veranda stand.

»Was soll ich sagen? Mein erster Soloauftritt, und schon werde ich aus der Stadt gewiesen.«

»Ja. Es gibt keine Gerechtkeit in der Welt.«

»Gerecht*ig*keit«, verbesserte sie ihn. »Wenigstens ein

Schreiber sollte die Worte richtig verwenden – wenn es schon sonst niemand tut.«

»Paah!«

»Nettes Geräusch.«

»Du brauchst reden. Hättest die hören sollen, die du gemacht hast.«

»Oh – wie galant.«

»Wie du mir, so ich dir.«

»Kinder!« ächzte Duguay mißbilligend, was Luc-Jon und Elora postwendend in ein gackerndes, prustendes Gekicher ausbrechen ließ.

»Sei schön brav, Elora, sonst kriegt dein Meister wegen dir noch vorzeitig graue Haare.«

»Wenn er welche kriegt, dann hat er es verdient.«

Das Klappern von Hufen auf hartgestampftem Lehm kündete die Ankunft ihrer Eskorte an, ein Trupp von einem Dutzend Soldaten mit einem jungen rotbäckigen Leutnant an ihrer Spitze, der die Kommandos gab, und einem grauhaarigen Feldwebel, der dafür sorgte, daß die Kommandos ausgeführt wurden. Der Feldwebel war niemand anderer als Marn, und er begrüßte Elora freundlich und mit offenkundigem Wohlwollen. Der Leutnant hatte es eilig und betrachtete sich in dieser Mission als abkommandierter Babysitter, was offenbar unter seiner Würde war, und er machte kein Hehl daraus, daß für großes Abschiednehmen keine Zeit war.

»Das ist wieder mal mein typisches Glück ...«, begann Luc-Jon.

»Verdammt richtig«, unterbrach ihn Elora und legte ihren Finger auf seine Lippen, bevor er noch mehr sagen konnte. »Die Welt ist jung, Luc-Jon, und wir beide ebenfalls. Alles ist möglich.«

»Glaubst du das?«

»Ich weiß es.« *Diesmal,* dachte sie, *küsse ich ihn.* Und sie tat es. Der Kuß war ebenso sanft und zärtlich wie der erste, nur dauerte er etwas länger.

Er hat schöne Augen, dachte sie. *Er bringt mein Herz wie wild zum Klopfen.* Sie hatte ihre Arme um seinen Hals gelegt und spürte durch seine Haut hindurch unter ihren Fingerspitzen das Pochen seiner Halsschlagader, und angesichts seines ebenso wild hämmernden Pulses kräuselten sich ihre Mundwinkel verzückt.

»Ich hab' dir was gebracht«, stammelte Luc-Jon.

»Bist du ein Zauberer, daß du aus dem Nichts Sachen auftauchen lassen kannst? Das einzige, was ich in deiner Hand sehe, bin ich.«

»Es is' schon in deiner Tasche. Aus dem Archiv meines Meisters. Mit seiner Erlaubnis«, fügte er hastig hinzu, als ihr Gesicht erstarrte bei dem Gedanken, daß er es gestohlen haben könnte.

Dann hörten sie ein Hüsteln des Leutnants – offenbar seine letzte Aufforderung zum Aufbruch.

»Wo ist der Hund?« fragte sie Luc-Jon, mehr um den Leutnant zu ärgern, als den Abschied hinauszuzögern.

Luc-Jon zuckte mit den Achseln. »Hab' ihn und die anderen seines Rudels den ganzen Morgen nicht gesehen. Vielleicht jagen sie Maizan.«

»Sag ihm von mir auf Wiedersehen«, bat ihn Elora und schwang sich mit einem Lächeln, in dem mehr Zuversicht lag, als sie in Wirklichkeit empfand, in den Sattel.

»Paß auf dich auf«, rief Luc-Jon ihr nach, als sie Sausewind herumzog und sich der Eskorte anschloß.

»Du auch!« rief sie mit einem Winken zurück.

Der Leutnant salutierte vor dem Kommandanten, der Fahne und vor dem Offizier der Wache am Tor. Sie hatten das Fort noch nicht einmal verlassen, und Elora war bereits sterbenslangweilig.

Sie hatte mit dem Gedanken gespielt, ihr Pferd zu einem gestreckten Galopp anzutreiben, sobald sie aus dem Fort sein würden, doch der gesunde Menschenverstand veranlaßte sie, sich diese Idee auf der Stelle wieder aus dem Kopf zu schlagen. Deshalb war der Wald um das Fort über Meilen hinweg gerodet worden – damit die Verteidiger jeden, der kam oder ging, sehen konnten. Selbst unter günstigsten Umständen würde sie nur ein paar Sekunden Vorsprung herausholen können, und sie bezweifelte, daß sie diesen

Vorsprung über eine so lange Strecke halten konnte. Die einzige Möglichkeit, wie sie eine einigermaßen beruhigende Distanz zwischen sich und die Eskorte legen konnte, war ein geniales, Verwirrung stiftendes Ablenkungsmanöver.

Der Wolfshund verschaffte sie ihr.

Die Eskorte war kaum aus dem Tor, als die Hunde von allen Seiten auf sie losgingen und bellend und knurrend und mit steifbeinigen Sätzen, gesträubten Nackenhaaren und gefletschten Zähnen nach den Fesseln der Pferde schnappend, ein wahres Höllenspektakel veranstalteten. Die Pferde erwarteten natürlich das Schlimmste, und ihre Reiter, von dem Angriff und seiner Heftigkeit überrascht, konnten sie nicht schnell genug beruhigen. Die Tiere gerieten in Panik, und die Männer hatten alle Hände voll zu tun, nicht auf der Stelle aus den Sätteln geworfen zu werden.

Doch sie hatten keine Chance. Nacheinander landeten sie alle im Staub vor dem Tor, und die erschreckten Pferde galoppierten unter dem Gejohle und Gefeixe der Wachen, die Augenzeugen des Spektakels waren, über den Exerzierplatz zurück in die sichere Wärme ihrer Ställe. Duguays Pferd tänzelte unruhig und stieg wiehernd auf die Hinterhand, und es wäre sicherlich hinter den anderen her galoppiert, hätte sich der Troubadour nicht als ebenso hervorragender Reiter wie Balladenerzähler erwiesen, der das Tier mit eiserner Hand und besänftigendem Flüstern beruhigte. Elora, die weder eine besonders gute noch erfahrene Reiterin war, war starr vor Schreck, doch Sausewind rettete die Situation für sie. Die Stute war von dem Tohuwabohu, das die Hunde veranstalteten, nicht im geringsten beeindruckt. Sie hatte gegen Todeshunde gekämpft und überlebt. Sie wußte, daß die Wolfshunde keine echte Bedrohung waren.

»Bravo, Hund!« rief Elora, und ohne das geringste Zutun ihrerseits schoß Sausewind in gestrecktem Galopp davon.

Mit ein paar mächtigen Sätzen erreichte der Wolfshund eine kleine Erhebung jenseits der Wagenburg der Siedler, auf der er sich niederließ und – offenbar mit sich und der Welt zufrieden – hinter Elora und Duguay dreinsah. Hinter ihm erhob sich ein wütendes Schreien und Fluchen, das eindeutig und ausschließlich aus menschlichen Kehlen stammte, dann war ein gewaltiges rasselndes Krachen zu hören, mit dem das Fallgitter vor dem Tor herabsauste, und einen Wimpernschlag später setzte einer der Wolfshunde, offenbar der wagemutigste und unternehmungslustigste unter ihnen, über die Brüstung des Wachturms und landete zwischen den anderen seines Rudels.

Der Rudelführer, der auf der Erhebung dieses Bravourstück beobachtet hatte, hob triumphierend den Kopf und stieß ein Heulen aus, ähnlich jenem, mit dem seine Vorfahren den Schreckenswölfen verkündet hatten, daß die Zeit ihrer Herrschaft zu Ende und ihnen nun ein Feind erwachsen sei, der diesen Namen auch verdiente.

»Habt Ihr das gesehen?« kreischte Elora zwischen einer ganzen Litanei inbrünstiger Stoßgebete, ihr Steißbein möge diese Tortur überstehen, ohne vom Sattel zu Pulver zermalmt zu werden. »Habt Ihr gesehen, was mein Hündchen getan hat?«

»Sehr eindrucksvoll«, lachte Duguay, dessen Pferd mit Sausewind Schritt hielt. »Wahrlich ein König unter den Hunden.«

»Er hat das für mich getan, dieser prächtige Bursche!« Sie warf einen gehetzten Blick über die Schulter. »Niemand folgt uns!«

»Hab' ich auch gar nicht erwartet.«

»Was war dieses laute Krachen?«

»Das Fallgitter. Ist auch gar nicht so schwer, es zu lösen. Man muß nur einen Hebel umlegen, und schon saust es herunter.«

»Absolut genial.«

»Wolfshunde sind Arbeitshunde. Sie sind nicht nur kräftig und mutig, sondern auch klug.«

»Es gibt viele Kreaturen auf der Welt, die klüger sind, als sie aussehen, Meister Faralorn. Man muß nur den richtigen Weg finden, mit ihnen Kontakt aufzunehmen und sie zu verstehen. Glaubt Ihr, das Fallgitter ist gebrochen? Sind sie deshalb noch nicht hinter uns her?«

»Es dauert seine Zeit, das Gitter wieder hochzuziehen,

wenn auch nicht sehr lange. Und es dauert eine Weile, bis die Eskorte wieder auf den Pferden sitzt, doch ebenfalls nicht sehr lange. Aber bis dahin haben wir die Bäume erreicht.«

»Sie haben Fährtensucher und Kristallspäher.«

»Wenn sie uns wirklich erwischen wollen, dann kriegen sie uns auch – früher oder später. Wir haben nur die beiden Pferde hier, und sie können Ersatzpferde mitnehmen und damit ein gleichbleibend hohes Tempo reiten. Aber ich glaube nicht, daß sie kommen werden.«

»Wieso nicht?«

»Es gibt noch keine Nachricht von der Patrouille, die sich auf die Fährte der Maizan geheftet hat. Wenn die Gerüchte stimmen, daß der Kommandant das Fort um jeden Preis halten soll, dann braucht er jeden Mann und jedes Schwert.«

»Sie stimmen, Duguay.«

»Das hab' ich mir schon gedacht. Er hat nicht genügend Männer für eine Eskorte, die unsere Sicherheit garantieren könnte, und wahrscheinlich denkt er, wenn wir so entschlossen sind, Selbstmord zu begehen, dann kann er uns auch nicht helfen.«

Als sie den Schutz der Bäume erreicht hatten, verringerten sie ihr Tempo ein wenig. Immer wieder zweigten Wege und Pfade in den Wald ab, doch sie folgten der Straße und hielten das Tempo fast eine ganze Stunde lang, ehe Duguay auf dem Kamm eines Hügels sein Pferd zum Stehen brachte. Von hier hatten sie einen verblüffend weiten Blick über die Wälder, die Felder der Rodung und das Fort in ihrer Mitte.

»Und jetzt?« fragte er und sah Elora mit gehobenen Brauen an.

Sie blinzelte verständnislos.

»Von hier aus können wir das Fort zum erstenmal wieder sehen«, erklärte er. »Wir könnten sagen, daß wir uns verirrt haben, falls wir uns doch entschließen sollten, die ganze Sache abzublasen. Wenn wir weiterreiten, mein Kind, dann müssen wir auf diesen Luxus für wer weiß wie lange verzichten. Aber falls wir weiterreiten, dann sollten wir uns darüber im klaren sein, in welche Richtung.«

»Richtig.«

Er griff nach ihrem Zügel und bekam ihn dicht hinter der Kandare zu fassen.

»Ich weiß, was das für dich bedeutet. Ich weiß, Ryn ist dein Freund, aber die anderen, auf die du zählst …, wenn sie dich nicht hören oder nicht hören wollen, dann ist hier Schluß für uns. Wir reiten keinen Schritt weiter – sind wir uns da einig?«

»Wir?«

»Und wenn ich dich an Händen und Füßen fesseln muß. Denk einmal darüber nach, was *du* für die bedeutest, die du zurückgelassen hast! Der Junge und dieser verdammte Köter! Du redest immer davon, daß du dich deiner Aufgaben würdig erweisen willst. Wunderbar! Aber Würde gründet sich auf Ehre, und Ehre auf Wahrheit und Aufrichtigkeit – vor allem dir selbst gegenüber! Und wenn man etwas Dummes tut, dann liegt darin weder Würde noch Ehre noch Wahrheit. Haben wir uns jetzt verstanden?«

Sie saß sehr still und sehr stolz im Sattel, denn es war selten, daß jemand in einem solchen Ton mit ihr sprach, und noch seltener, daß sie zugeben mußte, daß sie es verdient hatte.

Sie antwortete mit einem knappen Nicken des Kopfes und bemerkte gar nicht, wie wahrhaft königlich sie in diesem Augenblick aussah.

»Rool!« rief sie in Gedankensprache und schleuderte ihre Gedanken wie ein leuchtendes Feuer himmelwärts. »Bastian!«

»Ich weiß, was Khory euch wahrscheinlich gesagt hat«, erklärte sie. »Ich weiß, was sie mir gesagt hat. Ich verstehe ja, wenn ihr nicht antworten wollt. Aber ich bitte euch, tut es trotzdem. Bitte. Laßt mich euch helfen.«

Sie sog die Luft tief in ihre Lungen und ließ sie langsam wieder entweichen, während sie auf ihrer Unterlippe kaute. Duguays Pferd war noch immer nervös und stampfte tänzelnd in Erwartung eines weiteren Angriffs der Hunde. Sausewind stand völlig reglos.

»Wie lange können wir warten?« fragte Elora.

Dann weiteten sich plötzlich ihre Augen, und sie kippte

im Sattel nach hinten, als habe eine große und unsichtbare Hand sie vor die Brust gestoßen. Ächzend rang sie nach Atem, und Duguay war bereits halb aus dem Sattel, um sie aufzufangen, doch dann erlangte sie ihr Gleichgewicht wieder.

»O ja!« rief sie und erlaubte sich einen langen Augenblick, um sich an dem Anblick zu erfreuen.

Bastian kreiste über dem nordwestlichen Horizont – dort, wohin Elora reiten sollte. Unter ihm erhob sich eine rundbucklige Bergkette, deren einstmals majestätische Gipfel von den Äonen der Zeit zu sanfteren Formen glattgeschliffen worden waren. Rool ritt auf dem Adler, und bereits nach seinem ersten Wort wußte Elora, daß sie die richtige Entscheidung getroffen hatte.

»Komm«, sagte er mit der Entschlossenheit des Kriegers vor der Schlacht in der Stimme.

»Wohin, Rool? Was geschieht?«

»Folge Bastian; er zeigt dir den Weg. Es gibt eine Abkürzung; ich zeige dir den Pfad unterwegs. Mach schnell, Elora Danan. Du mußt bei Mondaufgang hier sein. Und sei bereit zu kämpfen.«

Rool hielt, was er versprochen hatte, und Bastian erwies sich wieder einmal als hervorragender Führer. Als sie den Pfad erreicht hatten, von dem Rool gesprochen hatte, gab Elora Sausewind die Zügel frei und vertraute darauf, daß die Stute keinen Fehltritt machen würde. Der Pfad führte sie durch wild zerklüftetes Land mit schwindelerregenden Ausblicken, wenngleich Elora des öfteren mit geschlossenen Augen ritt.

Abrupt blieb Sausewind steifbeinig stehen, und erschreckt riß Elora die Augen auf. Eine ungeheuere Spannung durchlief wie eine Schockwelle den Leib des Tieres und ergriff auch Elora mit einer solchen Intensität und Macht, daß sie glaubte, ihre Nerven müßten zerreißen. Auch Duguay fühlte es. Er hatte sein Pferd neben Sausewind gezügelt, und seine Rechte umklammerte den Griff seines gezogenen Schwerts mit solcher Kraft, daß seine Knöchel weiß hervortraten.

Vor ihnen und über ihnen erhob sich die steile Flanke eines Hügels. Es war kein besonders hoher Berg und bei weitem nicht so eindrucksvoll anzuschauen wie viele der Gipfel, die sie schon gesehen hatte. Abgetragen und glattgeschliffen von den steten Kräften der Natur seit Anbeginn der Zeit, waren sie meist nur mehr ein Schatten ihres ursprünglichen Selbst. Doch dieser hier besaß eine *gravitas,* eine zutiefst ursprüngliche Schwere des Geistes, vor der alle anderen Gipfel der Bergkette und sogar die meisten der schwindelerregenden Zinnen der Himmelsstufen verblaßten.

In der Nacht des Kataklysmus wurde nicht nur Tir Asleen zerstört. Wie Thorn im Verlauf seiner mehr als zehn Jahre währenden Wanderschaft durch die entlegensten Provinzen aller Kontinente des Globus herausgefunden hatte, hatte dieselbe unheilvolle Macht eine ganze Reihe ähnlicher Orte auf allen Kontinenten und auf beiden Seiten des Schleiers heimgesucht und über jene besonderen Orte Tod und Vernichtung gebracht, an denen sich magische Energie konzentrierte.

Vor langer Zeit mußte dieser Hügel einmal einer jener Orte gewesen sein, an denen sich Ley-Linien kreuzten, die die Kraft der Magie über die Äonen hinweg aufrechterhalten. Doch ebenso wie sich alle Materie verändert, hatten sich auch hier die einst existierenden Schnittpunkte von magischer Energie verschoben, und nur noch ein Rest von magischer Kraft, ein schwacher Abglanz der einst entfalteten Herrlichkeit war hier zurückgeblieben.

Sausewind stampfte heftig mit den Hufen und legte die Ohren flach nach hinten. Dies war nicht so sehr ein Zeichen, daß sie Angst hatte, sondern vielmehr, daß sie sich auf einen Kampf vorbereitete. Sicherlich dachte sie auch an Flucht. Sie war mutig, aber nicht dumm. Eine atemlose Stille hing über allem, und kein Lufthauch regte sich, als würde im nächsten Augenblick ein gewaltiges Gewitter losbrechen. Die Luft schien erfüllt von unzähligen winzigen und unsichtbaren Blitzen, die knisternd über jeden Fingerbreit ihrer Haut – ob nackt oder bedeckt – sprühten. Sogar ihre Haare sträubten sich. Geräusche verhallten in einer Weise, wie sie es in extremer Kälte tun, wenn die Luft zu trocken ist, um sie weit zu tragen. Und dennoch spürte Elora paradoxerweise, daß ein Wind aufkam, bei dem es sich jedoch nicht um die Bewegung von Luft handelte.

Kräfte wanden sich in spiralförmigen Bahnen vom Fuß des Berges über seine steilen Flanken *durch* die Luft empor.

»Was ist das für ein Ort?« fragte sie mit einer Stimme, die ebenso atemlos und leise war wie der Augenblick.

»Ein Hochfels«, hörte sie Rool laut sagen, und Bastian stieß aus dem bleiernen Himmel herab und ließ sich auf einem Felsvorsprung neben Elora nieder. Mit einem Schenkeldruck dirigierte sie Sausewind ein paar Schritte zur Seite und streckte den Arm aus, um Rool das Umsteigen zu erleichtern. Rool rutschte von den Schultern des Adlers und schwang sich über den Sattelgurt der Stute auf ihre Hand, von wo aus er schnellen und sicheren Fußes seinen gewohnten Sitzplatz auf ihrer Schulter erklomm.

»Ein Ort der Zusammenkunft«, fügte er hinzu. Er schien nicht sehr glücklich, Duguay in Eloras Gesellschaft zu sehen, verlor jedoch kein Wort darüber.

»Ist heute nacht irgendwas Besonderes?« fragte der Troubadour. »Ich meine, weil du Elora so zur Eile gedrängt hast.«

»Wir sind in der Mitte zwischen der Sonnenwende und der Herbst-Tagundnachtgleiche. Das ist ein sehr günstiger Augenblick, um große Zauber zu wirken, wenn man das Wissen und den Mut dazu hat.«

»Laß mich raten«, warf Elora dazwischen. »Jemand dort oben verfügt über beides.«

»Dort drüben in der Senke sind Pferde angebunden«, bemerkte Duguay. »Und weit und breit keine Reiter zu sehen.«

»Zumindest keiner, der noch lebt«, stellte der Brownie grimmig fest.

»Maizan?«

»Die, die Ryn entführt haben, hatten Kameraden, die im Wald auf sie gewartet haben. Und hier haben noch mehr gelagert.«

»Die armen Teufel«, seufzte Duguay, und Eloras Blick fuhr verblüfft zu ihm herum, was den Troubadour zu einer Spezifizierung seiner Worte veranlaßte: »Die Patrouille meine ich, die sich auf die Fährte der Maizan gesetzt hat.«

»Sie lebten noch, als sie hierhergebracht wurden. Und als sie den Berg hinaufgeschleppt wurden.«

»Wo ist Khory?« fragte Elora.

»Sie hat sich um alle Maizan gekümmert, die sie finden konnte, dann ist sie den anderen gefolgt. Seither haben wir nichts mehr von ihr gehört oder gesehen.«

»Der Gipfel ist verhüllt«, erklärte Bastian in Gedankensprache. »Und etwas an dem Dunst, der ihn umgibt, hat mich abgehalten, ihm zu nahe zu kommen.«

»Uns beide«, fügte Rool hinzu, der Bastian gehört hatte.

Ohne ein Wort schwang sich Elora aus dem Sattel und setzte Rool auf dem Sattel von Sausewind ab.

»Elora Danan!« protestierte er schrill, doch sein Mund klappte zu, als sie ihm die Zügel zuwarf.

»Halt sie ruhig«, sagte sie und meinte damit die Stute.

»Und meines auch, kleiner Herr, wenn ich Euch bitten darf«, sagte Duguay und schlang die Zügel seines Pferds um Eloras Sattelknauf.

»Ja, und seines auch«, stimmte sie zu, da er offensichtlich nicht davon abzubringen sein würde, sie zu begleiten.

»Und wenn's Probleme gibt?« rief Rool.

Sie brachte ein Grinsen zustande. »Falls es welche gibt, dann zähle ich auf dich und Sausewind …« – sie streichelte der Stute über das Maul –, »… daß ihr Hilfe bringt. Gib auf ihn acht, Bastian«, rief sie.

»Immer, Königliche Hoheit.«

Und damit wandte sie sich zum Gehen, Duguay an ihrer Seite.

Obgleich sie ihre dicken Reisekleider trug, war Elora froh, von der Natur mit einer ausgeprägten Unempfindlichkeit gegen extreme Witterungsbedingungen ausgestattet worden zu sein. Inzwischen war es empfindlich kalt, und der böige Wind, der über die Bergflanke heulte, brachte die schneidende Kälte von Frost mit sich. Obwohl sie in mehrere dicke Schichten von Leder, Wolle und Pelz gehüllt war, fror sie, und sie spürte förmlich, wie Duguay zitterte.

In der klaren, dünnen Luft des Gebirges wölbte sich das Firmament in seiner ganzen verschwenderischen Pracht über der nachtschwarzen Erde, ein Anblick, dessen Elora nie müde wurde. Die Nacht war wolkenlos, und da der Mond noch nicht aufgegangen war, schmälerte kein anderes Licht die grandiose Herrlichkeit des Sternenhimmels. Auch wenn sie sich sagte, daß es nichts Neues dort oben zu sehen gab, entzündete sich ihre Fantasie an der schwindelerregenden Unendlichkeit des Himmels, und sie stellte sich dort eine andere Elora auf einem unendlich fernen Berggipfel vor, die über diesen unermeßlichen Abgrund hinweg auf sie herabblickte. Normalerweise brachten sie solche Träumereien zum Lachen, weil es schon schwierig genug war, die zahllosen und oft widersprüchlichen Aspekte des Lebens in ihrer eigenen Welt zu begreifen. Da brauchte sie sie nicht auch noch zusätzlich mit einer völlig neuen und anderen Ordnung der Schöpfung zu bevölkern.

Doch da war mehr. Es gibt *immer* mehr, hatte Thorn einmal mit einem resignierten Seufzen gesagt. Wenn jeder dieser leuchtenden Punkte eine Sonne war, ähnlich der, die diese Welt erwärmte, und wenn jede dieser Sonnen Planeten hatte und jeder dieser Planeten bewohnt war, dann war jede Hoffnung vergebens, das Universum, ohnehin schon so unendlich und unergründlich, jemals begreifen zu können.

An diesem Punkt stellte sie normalerweise ihre Überlegungen ein, da ihr allein die Vorstellung Kopfschmerzen und Schwindel bereitete, als hätte sie sich wie ein Derwisch so lange um ihre eigene Achse gedreht, bis sie sich nicht mehr auf den Beinen halten konnte.

Sie sah eine Lichtspur, die einen leuchtenden Streifen über das Firmament zog und dann über dem dunklen Horizont verlosch.

»Eine Sternschnuppe«, sagten sie und Duguay gleichzeitig, und sie lachten beide, weil sie dasselbe gedacht und gesagt hatten.

Ein wabernder Nebel hatte sich um den Felsgipfel gelegt, bis sie das Geröllfeld am Fuß des Berges überquert hatten, das Elora an die Unordnung im Spielzimmer eines Kindes erinnerte, das alle seine Bausteine achtlos durcheinander geworfen hatte. Nur daß diese Quader hier aus Stein und nicht aus Holz waren und Tonnen anstatt Unzen wogen und nur für einen Riesen als Spielzeug geeignet waren.

Der Geruch von Blut führte sie zum ersten Opfer. Der Mann war aller seiner Kleider beraubt worden, doch Elora vermutete, daß er einer der vier Sandeni-Soldaten war. Er war mit dem Kopf nach unten am Fuß des Gipfelturms gepfählt worden; seine Beine zeigten in Richtung des Gipfels. Sein gebrochener Blick war genau nach Norden gerichtet. Elora vermutete, wenn sie den Gipfelturm umrundete, würde sie die anderen drei Sandeni-Soldaten an den übrigen Kardinalpunkten des Berges in derselben Position finden. Neben dem Geopferten lagen zwei Maizan, die ebenso tot waren wie ihr Opfer, und um sie herum waren ihre zerschmetterten Folterinstrumente verstreut. Einer der beiden lag wie eine grotesk verdrehte Gliederpuppe zwischen den Steinen, und Elora brauchte keinen zweiten Blick, um zu wissen, daß ihm nicht nur der Hals, sondern auch die Wirbelsäule gebrochen worden war. Der andere hatte überhaupt keinen Kopf mehr.

»Das nennt man den Blutadler«, sagte Duguay mit einer Stimme, in der nicht die Spur einer Emotion zu erkennen war, als sei die nüchterne Feststellung der Tatsachen die einzige Möglichkeit, diese grauenvolle Szene zu ertragen. Er hatte sich neben dem Toten auf ein Knie sinken lassen und deutete mit einer hilflosen Geste auf das Blutbad, das mit dem Leib des Opfers angerichtet worden war. »Die Absicht dieser Scheußlichkeit ist es, das Opfer so lange am Leben zu halten, bis das Ritual beendet ist.«

»Seht Euch sein Gesicht an. Dies ist ein Mann, der in Frieden gestorben ist, und nicht unter unerträglichen Schmerzen.«

»Das Werk Eurer Freundin Khory«, bemerkte Duguay mit derselben nüchternen Sachlichkeit in der Stimme. »Sie hat sich um die Maizan gekümmert und dann diesen armen Teufel mit einem schnellen und schmerzlosen Tod von seinen Qualen erlöst. Sollen wir versuchen, sie zu finden?« überlegte er.

»Sie ist dort, wo Ryn ist.« Eloras Blick wanderte den steilen Abhang vor ihnen empor. »Dort oben.«

»Dann laßt uns gehen.«

Sie schüttelte den Kopf.

»Nicht Ihr, Duguay. Ihr geht nicht weiter als bis hierher.«

»Ich will das alles nicht noch einmal von vorne diskutieren, Elora!«

»Das brauchen wir auch nicht. Hier oben ist ein Zauber am Werke, der so gefährlich und böse ist, daß mir die Worte dafür fehlen. Ich bin zumindest einigermaßen immun dagegen.«

»Und wenn dort oben noch mehr Maizan sind? Ihr seid keine so große Meisterin mit dem Schwert, daß Ihr nicht jemanden brauchen könntet, der Euch den Rücken freihält.«

»Wenn Khory dort oben ist, dann gibt es dort keine Maizan mehr. Geht zurück zu den Pferden, Duguay, und kümmert Euch um Rool. Und flieht, wenn er es sagt.«

»Ihr braucht mich an Eurer Seite, Elora!« rief er ihr nach.

Sie sah nicht zurück. Er folgte ihr nicht.

Sie hörte den ersten Schrei, als sie den ersten Fuß auf den steilen Abhang des eigentlichen Gipfelturms setzte. Weder mit Hilfe ihrer MagierSicht noch mit ihrer EinSicht konnte sie irgendeinen Pfad ausmachen, der nach oben führte, und wenn auch die Flanke des Berges nirgendwo senkrecht abfiel, war sie doch sehr schwer zu erklimmen. Das erste Stück war das schwierigste, vor allem weil der harte und felsige Grund mit kleinen Steinen übersät war, die bei jedem Schritt unter den Füßen ins Rollen kamen, und nirgends ein Felsvorsprung oder ähnliches zu entdecken war, an dem sie sich festhalten konnte.

Es war eine Männerstimme, die gellende Entsetzensschreie in die Nacht hinausbrüllte, wie jemand, der von dem körperlichen Schock, den er erlebt hat, an den Rand des Wahnsinns getrieben wird. Dann riß die Stimme mit einer

Abruptheit ab, die Elora jede Illusion hinsichtlich seines Schicksals nahm.

Sie fühlte, wie etwas nach ihr griff, drehte sich instinktiv, um sich dem Griff zu entziehen, und verlor dabei das Gleichgewicht. Sie fiel nach hinten, stieß einen spitzen Schrei aus, als sich die scharfe Kante eines Steins in ihren Handballen bohrte, und rutschte schlitternd den Hang hinab, den sie soeben erklommen hatte. Mit den Fingern nach Halt suchend und die Absätze ihrer Stiefel in den Boden stemmend, gelang es ihr, die Schlitterpartie zu bremsen.

Sie lag der Länge nach ausgestreckt auf dem Rücken und blickte geradewegs in das Herz des Nebels über ihr. Doch darin lag für sie auch keine Linderung, denn eine gekrümmte, leuchtende Gestalt schnellte aus den wabernden Nebelschwaden und grabschte nach den Bändern ihrer Jacke. Der Angriff erfolgte so blitzschnell, daß das Wesen längst wieder außerhalb ihrer Reichweite war, ehe Elora überhaupt begriff, in welcher Gefahr sie schwebte. Und es war nicht allein, wie Elora mit einem genaueren Blick auf die wogenden Schleier des Nebels feststellte. Der war von fast ebenso vielen leuchtenden und in wirbelnder Hast dem Gipfel des Felsenturms zustrebenden winzigen Gestalten belebt, wie Sterne am Himmel prangten.

Ein zweites der Wesen ging zum Angriff über, und diesmal schlug Elora nach ihm, doch es wand sich mit einer Leichtigkeit um ihre Hand herum, die selbst Vögel und Insekten beschämt hätte, und stob dann mit verblüffender Geschwindigkeit aus der Reichweite ihrer Hände, nicht ohne den Ärmel ihrer Jacke bis zum Ellenbogen hinauf aufgeschlitzt zu haben.

Diesmal jedoch konnte Elora einen genaueren Blick auf ihren Angreifer werfen. Es war eine Elfe.

Solange sie denken konnte, hatte sie die kleinen Elfen für die friedfertigsten Wesen der Welt gehalten, die bisher für sie nicht viel mehr gewesen waren als silberner Zierrat am so reich geschmückten Gewand der Schöpfung. Man sagte ihnen nach, die sanftesten aller Wesen zu sein, die niemals einen Fremden, der ihnen begegnete, aus Bosheit quälten, sondern stets versuchten, ihn im Spiel für sich zu entzükken.

Die Emotionen, die sie jetzt wahrnahm, waren alles andere als sanft, und der Schlag, der sie traf, war voller Haß.

Eine dritte und vierte Elfe stießen aus dem Schwarm auf sie herab, doch diesmal kam Elora ihnen zuvor, sprang auf die Füße und rannte geduckt den Abhang empor, wobei sie das Risiko, wieder ins Rutschen zu geraten, in Kauf nahm und wie ein Hase im Zickzack lief, um mit jeder Richtungsänderung die Distanz zwischen sich und ihren Peinigern zu vergrößern. Sie versuchte gar nicht erst, den Angriffen auszuweichen, sondern bemühte sich, sie so weit es ging zu ignorieren, ihre ganze Aufmerksamkeit allein darauf konzentriert, den Gipfel so schnell wie möglich zu erreichen.

Der felsige Untergrund ging allmählich in eine trockene Grasnarbe über, die jedoch bald einem satten, weichen Rasen Platz machte, der in dieser Höhe und an einem solch steilen Hang eigentlich nichts zu suchen hatte. Hier und dort sah Elora Stellen, wo das Erdreich bis zum nackten Fels hinab fortgewaschen war. Sie ließen sie unwillkürlich an eine Brandung denken, die unermüdlich über einen Strand hinwegtost und mit jedem Ansturm der Wellen eine weitere Schicht Sand fortträgt. So war es auch hier – in gewisser Weise. Magie nährte das Leben, das seinen Ausdruck in dem satten, üppigen Gras fand. Doch seit dem Verschieben der Ley-Linien konnte diese nicht mehr erneuert werden. Und irgendwann würde schließlich auch der Rest der Magie erschöpft sein, das Gras verdorren und die Erde mit jedem Windstoß davongetragen werden. Schnee und Fels würden auch diesen Gipfel erobern, so wie sie es mit den anderen ringsum längst getan hatten.

Erneut ein gellender Schrei, der in einem gurgelnden Röcheln erstickte, so schauerlich, daß Elora die Hände auf die Ohren preßte und die Tränen fortblinzeln mußte, die ihr in die Augen stiegen. Für den Mann, der zuerst geschrien hatte, war der Tod, so brutal und gewalttätig er auch gewesen sein mochte, schnell und barmherzig gekommen. Nicht so für den zweiten; für ihn kam der Tod weder schnell noch barmherzig. Sie konnte die Stimme nicht erkennen und flehte zu allen Himmeln, daß es nicht Ryns war.

Elora hatte bereits mehr als die Hälfte des Anstiegs zurückgelegt und zwang sich nun zu einer Pause – nicht so sehr, um zu Atem zu kommen, sondern um sich ein klareres Bild von der Situation zu machen, in der sie sich befand. Die Nebelschwaden waren dünn und durchscheinend gewesen, als sie sich am Fuß des Felsturms gesammelt hatten. Von dort aus hatten sie sich dann in der Form einer Spirale und wie ein Wirbelwind kreisend über die Flanken des Bergs emporgewunden. Während Elora den Berg erklommen hatte, waren die Schwaden dicker und dichter geworden und hatten um sich gegriffen, bis sie den ganzen Berggipfel wie eine Wolke einhüllten. Sie sah jetzt viel mehr Lichter, die in den dichten grauen Schwaden hell leuchteten. Und jedes dieser Lichter war eine Elfe. Und jede Elfe schwang ein blitzendes Schwert.

Sie konnte sich jetzt nicht mehr zurückziehen, selbst wenn sie es gewollt hätte.

Ihre Kleider hingen ihr bereits in Fetzen vom Leib, und mit jeder durchtrennten Naht entblößten die Schwerter der Elfen ein Stück mehr nackte, ungeschützte Haut. Sie raffte zusammen, was noch zu retten war, und schleuderte den Rest zur Seite. Sie hatte sich schon so an die Attacken der Elfen gewöhnt, daß sie sie gar nicht mehr beachtete. Es war zwar alles andere als angenehm, wenn einem die Kleider förmlich vom Leib gesäbelt wurden, doch es lohnte den größtenteils ohnehin vergeblichen Aufwand nicht, sich dagegen zu wehren.

Die nächste Elfe stieß in einem so rasanten Sturzflug über einen Buckel in der Bergflanke auf Elora herab, daß sie sie erst sah, als es fast schon zu spät war. Nur ein Reflex, mit dem sie den Kopf vor dem herannahenden glühenden Licht zur Seite wandte, rettete Elora das Augenlicht. Sie fühlte einen Schlag gegen die Schläfe, der sie ins Taumeln brachte, und hörte dann ein Triumphgeheul, eine sehr bescheidene Imitation eines Wolfsliedes, mit dem die winzige Kreatur in die vorbeiziehenden Nebelschwaden zurückschwebte. Sie fühlte etwas Feuchtes über ihre Wange herabrinnen.

Der Schnitt war nur etwa zwei Fingerbreit lang und nicht sehr tief, obwohl er stark blutete und schlimmer brannte als ein Wespen- oder Hornissenstich. Mehr als der Angriff selbst beunruhigte Elora das wahnsinnige Grinsen auf dem Gesicht der Elfe und das wahrhaft barbarische Vergnügen in ihren Augen, mit dem sie eine Tat ausgeführt hatte, die sie und ihresgleichen früher verabscheut hätten.

Jetzt verstand Elora auch, warum sie ihr die Kleider zerschnipselt hatten, und ihr wurde klar, daß selbst die oberflächlichsten Wunden, wenn sie in ausreichender Zahl zugefügt werden, jeden ausgewachsenen Daikini niederstrekken oder sogar töten können.

Als die Elfen eine neue Attacke starteten, warf sich Elora herum und nahm das nächste Stück des Anstiegs in Angriff. Der Hang war jetzt so steil, daß sie sich auf allen vieren vorwärts bewegte, was zwar nicht sehr elegant aussah, aber verblüffend effektiv war und große Ähnlichkeit mit der Fortbewegungsart Ryns hatte, wenn er wirklich in Eile war. Die Elfen verstärkten jetzt ihre Angriffe und stürzten sich nicht mehr nur einzeln auf sie, sondern fielen in ganzen Schwärmen über sie her, um sie zu martern und zu peinigen, offenbar entschlossen, dieses eine Leben auszulöschen als Vergeltung für das große Unrecht, das auf dem Gipfel geschah.

Elora hetzte um einen letzten Felsvorsprung und rannte mit dem Kopf voran in einen Maizan, der in wilder Flucht vom Gipfel herabstürmte. Der Zusammenstoß ließ sie beide zu Boden sinken, obgleich Elora das meiste davon abbekam, da der Maizankrieger gut doppelt soviel wog wie sie – von den Resten seiner Rüstung ganz zu schweigen. Er schlug vom Augenblick des Zusammenpralls an mit Händen und Füßen wild um sich, und Elora blieb nichts anderes übrig, als sich zu einer Kugel zusammenzurollen, die Arme schützend über ihren Kopf und ihr Gesicht zu halten und darauf zu hoffen, daß seine Fäuste ihr keine Rippen oder sonst irgendeinen Knochen brechen würden.

Doch der Maizan war gar nicht daran interessiert, ihr weh zu tun; er wollte sie sich nur vom Leib halten. Sobald er außer Reichweite war, rappelte er sich auf die Beine und schleppte sich weiter. Instinktiv wollte Elora ihm nachlaufen und ihn aufhalten, denn in seinem Zustand und auf dem steilen Hang lief er geradewegs in sein Verderben, doch sie blieb stumm und hob nur halbherzig eine Hand, um ihn zurückzuhalten. Sie hatte die Augen des Mannes gesehen, und in ihnen war kein Funken von Verstand mehr gewesen, um auf einen Anruf oder eine Warnung zu reagieren. In seinem Blick war fast nichts Menschliches mehr gewesen, nur noch Angst und blankes Entsetzen und das, was ihn vorwärtstrieb – die elementarsten und animalischsten seiner ihm angeborenen natürlichen Überlebensinstinkte.

Die Elfen schien seine panische Flucht mehr zu interessieren als Eloras Versuch, den Gipfel zu erreichen. Zwar wandte sich keine von ihnen gegen den Strom, der sie zum Gipfel emporwirbelte, um den Maizan zu verfolgen, doch die, die sich gegen Elora gesammelt hatten, stürzten sich nun auf den Maizan. Sie sah ihn nur in Intervallen, wenn er aus den Nebelspiralen auftauchte, und jedesmal war er von mehr leuchtenden Punkten bedeckt, bis er aussah, als sei er selbst ein leuchtendes Wesen. In kürzester Zeit hatten sie ihm die Kleider bis auf die Haut vom Leib gesäbelt, und dann säbelten sie ihm die Haut vom Leib, doch ihr Opfer hatte offenbar noch immer nicht begriffen, daß er verloren war.

Die Elfen konnten ihn zwar zu Fall bringen – was ihnen immer häufiger gelang –, doch sie konnten ihn nicht am Boden halten. Elora war dankbar, daß in der trockenen Luft, die bei jedem Atemzug ihre Lungen zu verbrennen schien, seine Schreie nicht bis an ihr Ohr drangen. Es war schlimm genug, es mit anzusehen; es auch noch hören zu müssen, wäre unerträglich gewesen. Auch wenn er als Maizan ein erbitterter Feind war, mußte Elora zugeben, daß er ein Prachtexemplar von einem Mann war, der vor Kraft und Leben strotzte. Sie wünschte, er hätte weniger von beidem – um endlich sterben zu können.

Es war ein Speer, der seinen Qualen ein Ende bereitete, so kraftvoll und zielsicher vom Gipfel herabgeschleudert wie ein Pfeil. Eloras Herz machte einen freudigen Sprung, als sie begriff, was geschehen war, denn sie kannte nur eine Person, deren Speer über eine solche Entfernung sein Ziel mit solcher Kraft und Präzision traf.

»Khory!« flüsterte sie. »Du lebst!«

Aber wie lange noch, dachte sie, als sie mit einem letzten Blick nach unten sah, wie der Maizan auf die Knie fiel, der Speer wie eine Standartenstange aus seinem Rücken ragend, während die Elfen wie ein Schwarm glitzernder Hornissen von ihm aufflogen.

Elora rannte los und betete, daß es nicht mehr weit sein würde.

Der Gipfel war etwa so groß wie der Exerzierplatz im Fort und fiel von dort, wo sie stand, in einer flachen Mulde ab, um dann, ein Stück vor dem gegenüberliegenden Rand, zu einem niedrigen Felskamm anzusteigen. Eigentlich hätte das Gipfelplateau öde und kahl sein müssen, abgesehen von ein paar Grasbüscheln und Blumen vielleicht, die dem Wind noch widerstanden. Sämtliche Steine oder Felssockel, die hier oben einmal die Kardinalpunkte der materiellen Welt und die der magischen Welt markiert hatten, mußten schon seit Jahren verwittert und zu Staub zerfallen sein, denn seit sich die Linien der magischen Kraft verschoben hatten, gab es keinen Grund mehr, den Felsturm noch länger aufzusuchen. Selbst für die Errichtung eines Welttors von und zu den Schleierreichen war er nicht mehr geeignet.

Und trotzdem standen überall Steine. Der Rand des Gipfelplateaus wurde von einem Ring keilförmiger Steine gebildet, die nicht höher waren als Eloras Knie. Sie alle waren oben schmaler als unten und erinnerten Elora an die Zinnen des vor langem zerstörten Tir Asleen.

Um die Mulde in der Mitte des Plateaus war ein Ring aus größeren Steine errichtet, alle etwa von der Größe Eloras, in dessen Mitte ein innerer Kreis von Monolithen emporragte, die einen Altar umschlossen. Die Steine im Zentrum überragten alle anderen um ein Vielfaches, und Elora konnte sich beim besten Willen nicht vorstellen, wie irgend jemand sie hier heraufgeschafft und aufgestellt haben konnte.

Der Steinring, der die Mulde umstand, war aus rohen, kaum behauenen Felsblöcken zusammengefügt, doch die Monolithe, die in der Mitte emporragten, waren aus Obsidian, so dunkel und glänzend, als seien sie vor einer Stunde mit Öl eingerieben und poliert worden. Ihre Oberflächen waren so glatt und die Kanten so scharf, daß sie nur von Meistern des Steinmetzhandwerks behauen und errichtet worden sein konnten. Nur selten hatte Elora in Torquils Schmiede Stahl gesehen, der so glatt und makellos war wie diese Steine.

Khory wartete bereits auf sie.

Vielleicht war sie von weniger Elfen angegriffen worden, oder diese waren – sogar in ihrem Zustand des Wahnsinns – davor zurückgeschreckt, sich mit einer Kriegerin anzulegen, die die Seele eines Dämons besaß; wie auch immer, Khory hatte den Gipfel in einem weit besseren Zustand als Elora erreicht. Doch auch sie war blutbefleckt, und einiges davon war ihr eigenes, was von der Tapferkeit ihrer Gegner zeugte.

»Bist du in Ordnung?« fragten sie gleichzeitig, um dann mit einem erleichterten Lächeln zu registrieren, daß dem so war.

»Was geschieht hier?« fragte Elora.

»Ich glaube, ich bin glücklicher, wenn ich das nicht weiß«, erwiderte die Kriegerin lakonisch. »Die Maizan wußten, daß ich hinter ihnen her war. Über Meilen hinweg haben sie mir einen Hinterhalt nach dem anderen gelegt. Aber das hier hatte schon angefangen, als ich ankam.«

»Macht Sinn. Der Beginn bei Mondaufgang; der Höhepunkt, wenn er im Zenit steht.« Elora warf einen suchenden Blick zum Himmel empor, doch der Nebel war zu dicht, um etwas erkennen zu können. »Lang kann es bis dahin nicht mehr dauern.«

Khory nickte. »Ich hab' dich kommen sehen. Dachte, ist das beste, wenn ich auf dich warte.«

Der Altar war der Ort, an dem alle Elemente des Kampfes

aufeinanderprallten. Während sie auf ihn zuschritten, konnte Elora in Höhe des Bodens ein Glühen ausmachen, eine schützende Kugel aus Energie, deren blutfarbene Oberfläche schillerte und sich kräuselte wie feinster Satin in einer sanften Brise. Direkt über der Kugel erhob sich eine breite Säule von fliegenden Elfen, die sich so dicht zusammenballten wie Wolken, wenn sie sich zu amboßförmigen Gewitterwolken auftürmen. So unschuldig und entzückend sie als Einzelwesen anzusehen waren – zarter noch als die durch die Luft schwebenden schimmernden Samenhaare ungesponnener Baumwolle –, so schrecklich waren sie, wenn sie in Massen auftraten: Sie waren der Inbegriff von Gewalt und Zerstörung, die Donner und Blitz und sintflutartige Regenfälle heraufbeschwören konnten und Stürme von solcher Gewalt, daß selbst Steinhäuser nicht gegen sie Bestand hatten.

Elora mußte daran denken, was ein Hochländer ihr einmal gesagt hatte, als sie seine Hunde lobte, die treu und zufrieden hinter ihm her trabten: »Ein Hund allein ist eine wunderbare Sache«, sagte er mit einem Blick auf seine Hirtenhunde unbestimmbarer Abkunft. »Aber sobald zwei zusammen sind, finden sie todsicher ein Schaf, das sie reißen können.« Weil sie dann bereits ein Rudel sind und von den alten, in ihrem Blut vererbten Instinkten geleitet werden, die den Charakter jedes einzelnen Hundes überlagern.

Allein waren Elfen der Inbegriff von Lieblichkeit und Schönheit, doch wenn sie in Massen auftauchten, dann brodelten und waberten sie mit einer solchen Intensität durcheinander, daß das Gebilde, welches sie formten, nie seine stabile Form halten konnte. Dieses Gebilde hier sollte in etwa die Konturen einer menschenähnlichen Gestalt besitzen, mit einigermaßen deutlich ausgebildeten Extremitäten, die auch mehr oder weniger an den richtigen Stellen waren, wobei natürlich weder die Hörner oder Flügel noch der Schwanz fehlte, doch die Details der Gestalt waren nie konstant und änderten sich von einem Augenblick zum nächsten. Jede neu ankommende Elfe, die sich mit dem flirrenden Gebilde vereinte, bewirkte einen Schauer von Veränderungen, die die schemenhafte Gestalt überliefen. Die Veränderungen hörten nie auf, und so viele geschahen zur gleichen Zeit und binnen eines Wimpernschlags, daß Elora den Anblick nicht ertragen konnte. Nichts an der Gestalt war bleibend oder bot einen ruhenden Pol, an dem sich ihr Blick festhalten konnte. Es war, als ginge man über einen Boden, der nur aus Murmeln und Eis besteht. Allein der Versuch ließ ihre Augen brennen und bereitete ihr Kopfschmerzen.

Es ist wie das Schwimmen mit den Feuerdrachen, dachte sie.

Die Gestalt schrie auf, und das Geräusch, das dem wimmelnden Gebilde entstieg, war schlimmer als sein Anblick. Es war keine einzelne Stimme, die schrie, sondern ein Chor von allen Wesen, aus denen sie sich zusammensetzte. Obgleich die amorphe Zusammenballung dieser Elfenhorde niemals eine stabile und bleibende Form annahm, drängten sich die durcheinander wimmelnden Elfen innerhalb der fließenden Grenzen der Gestalt so eng, daß der Glanz jeder einzelnen zu einem gemeinsamen Leuchten zusammenfloß und den Anschein von etwas Größerem und Schrecklicherem erweckte.

Wie jede größere Unternehmung forderte auch diese einen entsprechend hohen Preis. Die Elfe, die am hellsten leuchtete, tat dies nur für eine sehr kurze Zeit, um dann mit einem gleißenden Aufblitzen zu verbrennen. Dies machte den Chor ihrer vereinten Stimmen genauso unerträglich wie das Leuchten der amorphen Gestalt, denn in dem Brausen ihres Liedes verschwanden plötzlich einzelne Stimmen ebenso wie das Licht, das die Lebenskraft jeder Elfe signalisierte. Sie starben – eine nach der anderen und alle gemeinsam –, sie töteten sich selbst, gaben bereitwillig und *freudig* ihr Leben hin, um diesen heiligen Grund ihres Volkes zu verteidigen. Jede Kreatur, die nicht eine der ihren war und in dieser Nacht unbefugt den heiligen Berg betrat, war ein Feind und mußte deshalb ohne Zögern und ohne Gnade vernichtet werden. In der irisierenden Kugel aus Energie – die letzte Bastion eines Zauberers, wenn alle anderen Schutzzauber versagt hatten – befand sich die Person, die für das Sakrileg verantwortlich war und auf die sich der größte Haß der Elfen konzentrierte.

Als Elora auf die Kugel zutrat, sich der Tatsache kaum bewußt, daß sie so gut wie nackt war und nicht viel mehr am Leib hatte als den Gürtel mit ihren Reisebeuteln, von dem die Fetzen ihrer Shorts hingen, löste sich aus dem wimmelnden Elfenschwarm ein Arm, der wie eine Peitsche nach der Kugel schlug und eine Spur feuriger Blasen auf ihrer Oberfläche hinterließ. Feuereruptionen in allen Farben schossen aus der Oberfläche des blutroten Energieballs, und ihm entwuchsen Schlingarme aus purer Energie, die nach dem angreifenden Arm schlugen. Elora entrang sich ein entsetztes Stöhnen, als sie sah, daß die Energiestränge breite Schattenbahnen im Schwarm der Elfen hinterließen. Winzige Körper regneten herab und bedeckten den Fels wie Asche. Sie kannte diese Verteidigungsstrategie: Es waren die gleichen Energietentakeln, die sie im Stall des Forts angegriffen hatten, als sie versucht hatte, mit Ryn Kontakt aufzunehmen. Doch sie empfand nicht die geringste Freude oder Befriedigung angesichts der Gewißheit, daß sie ihre Beute in die Ecke getrieben hatte und daß der Feind der Elfen derselbe Zauberer war, der Ryn in seinem Zauberbann gefangen hatte.

In dem Schwarm der Elfen über ihr hatten längst Hunderte und Tausende den Platz jener eingenommen, die verglüht waren, und der Feuerstrahl, den die Gestalt nun gegen Elora schleuderte, war zehnmal machtvoller als der Schlag gegen die Kugel.

Mit einem heiseren Schrei stieß sie Khory hinter den Steinring in Deckung, doch es war zu spät, sich selbst in Sicherheit zu bringen. Der Feuerschauer, der über sie hinwegfegte, ließ sie taumeln, doch dies war vor allem auf den Schock der Berührung zurückzuführen. Sie dachte, nun würde der Schmerz kommen, so entsetzlich und furchtbar, daß sie für die kurzen Augenblicke, die ihr noch blieben, schreiend auf die Knie sinken würde, ehe die Flammen sie ganz verzehrten.

Doch nichts dergleichen geschah.

Rechts und links von ihr warfen die Steine Blasen, erstarrten zu Schlacke oder explodierten unter dem furchtbaren Angriff. Doch Elora blieb unversehrt.

Verdutzt sah sie an sich hinab, während das Konglomerat der Elfen frustriert aufschrie und seine Angriffe gegen den Zauberer in der Kugel mit vermehrtem Zorn fortsetzte. Sie hatte geglaubt, so viele Schnitte davongetragen zu haben, daß sie nicht mehr zu zählen sein würden, doch nicht ein Kratzer war auf ihrer Haut zu sehen. Getrocknetes Blut an den Fetzen ihrer Shorts, aber sonst nirgends auch nur die Spur einer Verletzung.

Sie fühlte eine Bewegung, sah aus den Augenwinkeln Khory von Deckung zu Deckung huschen und rief ihr in Gedankensprache zu, zu bleiben, wo sie war. Dies hier war eine Angelegenheit für Elora allein.

Ein Pfad führte von dem Durchgang im Steinring zum Kreis der Monolithen und von dort ins Innere des alten Schreins. Elora holte tief Luft, um sich zu wappnen, und schritt dann mit bemessenen und feierlichen Schritten und in respektvoller Haltung auf den Altar zu.

Vor dem Ring der Obsidianmonolithen blieb sie stehen und versuchte – auch wenn es schwerfiel, die riesenhafte Kreatur zu ignorieren, die so hoch über dem Berggipfel aufragte, daß die Monolithen des Schreins zu ihren Füßen winzig erschienen und neben denen wiederum Elora ebenso klein erschien wie die inzwischen sichtlich geschrumpfte, wenn auch noch immer hell glühende Feuerkugel vor dem Altar im Zentrum des Schreins.

Elora hob ihre Arme, streckte die Hände, so hoch sie konnte, und erreichte gerade mit den Fingerspitzen die Unterseite des Kopfsteins über dem Eingang zum Schrein.

»Ehrwürdiges Herz der Gnade«, sagte sie und wünschte, sie hätte etwas Schöneres zu bieten als ihre heisere und brüchige Stimme. »Ich komme in friedlicher Absicht. Ich hege keine bösen Gedanken und will niemandem ein Leid zufügen. Ich bitte Euch, mich willkommen zu heißen.«

Sie wußte nicht, welche Antwort sie erwarteten sollte, und da sie im Grunde auch keine erwartete, war sie nicht weiter erstaunt, als keine kam.

Elora straffte die Schultern und hob ihr Kinn und schritt dann mit derselben würdevollen Haltung, wie sie sie in jedem königlichen Palast, parfümiert und angetan mit ihren kostbarsten Festgewändern, gezeigt hätte, durch den Eingang des Schreins und bis in seine Mitte. Jetzt, wo sie wußte, daß die Waffen der Elfen ihr nichts anhaben konnten, fiel es ihr leichter, den um sie herum tobenden Kampf zu ignorieren.

Sie blieb vor dem Altar stehen und wiederholte ihre Bitte mit lauter Stimme.

Sie fühlte nichts Bedrohliches oder Böses, als sie ihre Hände flach auf die abgenutzte und zernarbte Steinplatte legte. Von allen Dingen, die Elora in dem Schrein sah, zeigte allein die Altarplatte Spuren ihres ungeheuren Alters. Was immer der Zauberer in der Kugel hier zu tun beabsichtigte, es war noch nicht geschehen.

Elora sog tief die Luft in ihre Lungen und nahm die Hände vom Altar. Sie schüttelte sie heftig, damit sie aufhörten zu zittern, denn ihr war klar, falls sie sich hinsichtlich ihrer Unverwundbarkeit irren sollte, würde sie dies nur auf die harte Art erfahren: eine letzte Lektion in Demut.

Sie wandte der Kreatur den Rücken zu und fühlte überdeutlich ein beunruhigendes Kribbeln entlang ihres Rückgrats, während sie nach vorn und inmitten der glühenden Feuerpeitschen trat. Sie ging bis zum Rand der glühenden Kugel, verharrte einen Augenblick lang, um sich niederzuknien und ihre Hand mit einer Geste des Trosts und der Entschuldigung auf den versengten und geschundenen Fels zu legen, der am meisten unter dem Kampf gelitten hatte.

Dann durchschritt sie so leicht, als ginge sie durch eine offene Tür, die Abwehrzauber des Magiers und trat in die Kugel ein.

In ihrem Inneren kauerte eine Frau, die sicherlich doppelt so alt wie Elora und wie ein Krieger gekleidet war, in einer Haltung auf dem Boden, die eher an ein in die Enge getriebenes Raubtier denn an einen Menschen erinnerte. Das weiche Leder kleidete sie sehr gut. Ein eng anliegendes Gewand, das nicht nur das Auge erfreute, sondern auch bequem war und genügend Bewegungsfreiheit bot. Es war in der Farbe von dunklem Rotwein gefärbt, eher schwarz als rot. Ihre mit Stahldornen besetzten Panzerhandschuhe reichten bis zu ihren Ellbogen empor, die Stiefel bis zu den Knien. Ihr Waffenrock, so eng geschnürt wie ein Korsett, war von Schwerthieben zerfetzt und enthüllte darunter einen fein gewobenen Kettenpanzer. Elora zweifelte keine Sekunde lang, daß diese Frau bis zu den sprichwörtlichen Zähnen bewaffnet war, doch sie wußte auch, daß sie weder die Kraft noch die Konzentration aufbringen konnte, auch nur eine ihrer Waffen zu ziehen. Ihre ganze Aufmerksamkeit und Energie war davon in Anspruch genommen, ihre verschiedenen Zauberbanne aufrechtzuerhalten. Die geringste Unaufmerksamkeit, und sie würde das Schicksal ihrer Kameraden teilen. Darüber war sich nicht nur Elora im klaren, auch die Maizan-Zauberin wußte, daß vor den Todesqualen, die sie dann zu erleiden hätte, jene ihrer Kameraden zu einem Nichts verblassen würden.

Sie hatte ein schönes Gesicht, wie Elora sah, das jetzt jedoch angestrengt und gequält wirkte. Unter ihren Augen lagen breite, schwarze Ringe, und die Augen selbst waren tief in ihre Höhlen gesunken und legten beredt Zeugnis ab, welch ungeheuer hohen Tribut dieser Kampf von der Zauberin forderte. Das Ringen um den Sieg fraß sie bei lebendigem Leib auf. Sie verfügte nicht über die schier unerschöpflichen Reserven ihrer Gegner. Elfen konnten auf diesem Schlachtfeld leicht ersetzt werden, doch nicht die Substanz des Fleisches dieser Frau. Ihre Wangen waren ebenfalls eingefallen, und ihre Bewegungen wirkten hölzern, als ziehe an jedem Partikel ihres Körpers ein immer schwerer werdendes Gewicht. Volle Lippen, jetzt dünn und blutleer von der Anstrengung, und lange, elegante Hände, die eher dafür gemacht schienen, einen Tanzpartner im Arm zu halten, als ein Schwert zu führen.

Neben ihr auf dem Boden lag Ryn. Er lebte, und soweit Elora es beurteilen konnte, war er unverletzt.

»Ihr habt verloren, Maizan!« sagte Elora.

»Niemals.«

»Nehmt meine Hand darauf.«

»Lieber hätte ich dein Herz.« Beharrlichkeit war eine Tugend, Starrsinn jedoch nicht.

»Seid Ihr überrascht, daß sie sich wehren? Dies hier ist ihr Zuhause. Was immer Ihr geplant habt, die Elfen sind nicht bereit, es hinzunehmen.«

»Es gibt eine neue Ordnung in der Welt. Sie müssen weichen.«

Die Frau griff nach ihrem Schwert, und Elora tippte ihr im Handumdrehen mit der Spitze des Schwerts gegen das Brustbein.

»Aber wie ...!« ächzte die Zauberin.

»Magie.« Es war nichts dergleichen. Die Zauberin war einfach nur zu sehr darauf konzentriert, ihre Zauberbanne aufrecht zu halten. Bis sie begriff, was um sie herum vorging, hatte Elora ihr ihr Schwert abgenommen.

»Du bist kein Magier; du bist nicht einmal ein Mensch!« flüsterte die Zauberin.

»Es hat genug Blutvergießen gegeben, und zuviel ist bereits zerstört worden.«

Die Augen der Frau weiteten sich. »Ich kenne dich«, zischte sie.

»Ergebt Euch!«

»Das hier ist dein Freund; und das ist auch der Grund, warum wir ihn gefangen haben. Wir hoffen, Drumheller in sein Verderben zu locken, aber du kommst mir genauso recht.«

»Ich bin hier nicht diejenige, die ihrem Verderben ins Antlitz sieht.«

»Ich werde seinen Geist besitzen und seine ...« – die Art, wie sie das Wort hervorstieß, ließ es wie eine Verwünschung klingen – »... Seele.«

»Und ich habe Euch in der Hand«, erwiderte Elora mit einer Ruhe, die sie nicht empfand. »Die Schicksalsgöttinnen haben es so gewollt, und wenn Ihr genug Verstand habt, es zu begreifen, dann kann ich Eure Rettung sein.«

»Sein Leben gegen meines, ist es das, was du sagen willst?«

»Ich bin nicht die einzige, mit der Ihr zu tun habt – vergeßt das nicht.«

»Du sprichst nicht für sie. Du bist nicht wie sie.«

»Vielleicht ist das mein Vorteil. Ihr habt nicht mehr viel Zeit, Euch zu entscheiden; Ihr werdet mit jedem Atemzug schwächer.«

»Dieses Welttor muß geschlossen werden!«

»Warum? Hier gibt es schon seit längerer Zeit, seitdem die Rasse der Daikini in diese Welt gekommen ist, nicht mehr ausreichend Energie für ein Welttor.«

»Das ist unwichtig. Wo einmal ein Ort der Macht gewesen ist, kann wieder einer entstehen. Das darf nicht sein! Wir müssen die Zutritte des Schleiervolks in unsere Welt begrenzen. Wir müssen die Macht begrenzen, die sie über unsere Welt haben – die sie über uns haben!«

»Hat Mohdri Euch das erzählt? Glaubt Ihr, das ist es, was er will? Euer Zauberbann versiegelt nicht nur die Welttore, er raubt dem Land jede Magie und führt sie ihm zu. Er hat Euch betrogen, damit Ihr die Welt betrügt.«

»Lügnerin!« schrie sie. »Wir *retten* die Welt für unser Volk, für unsere Kinder!«

»Und was wird aus dem Schleiervolk? Ist das nicht auch ihre Welt?«

»Die haben ihre eigenen Gefilde. Wir Daikini haben nur diese eine Welt; welches Recht haben die, von unserer Welt auch noch Teile zu beanspruchen?«

»Das trifft vielleicht auf das Große Feenland zu und auf die, die im Kreis des Geistes leben. Aber dies hier ist ein heiliger Ort für die aus dem Kleinen Feenland. Sie sind nur zum Teil vom Schleiervolk, hauptsächlich aber von dieser Welt. Sie haben ebensoviel Recht, hier zu leben, wie wir.«

»Warum haben *sie* uns dann nie angeboten, diese Welt zu teilen?« Es war kein Haß in der Stimme der Frau, obwohl sie die Worte mit einem regelrechten Fauchen hervorstieß. Sie kam Elora fast vor wie ein Kind, das zu lange durch die Gitter verschlossener Tore auf etwas Wunderbares und Unerreichbares geblickt hatte und sich vor Kummer und Leid die Augen ausweinte, weil man sie niemals – wie sehr sie auch flehte und bettelte – hindurchlassen würde.

»Es geht hier nicht um Spielsachen«, stellte Elora mit

sanfter, doch sachlich klingender Stimme klar. »Oder um Besitz irgendwelcher Art. Wir sind alle von dieser Welt – auf beiden Seiten des Schleiers. Zerstören wir einen Teil davon, verringern wir auch das Ganze.«

»Worte.« Ein erneutes Fauchen, voller Verachtung diesmal.

»Eure Kameraden sind tot. Ist es das, was Ihr wollt: dasselbe Schicksal wie sie?«

»Ich bin bereit, für das, woran ich glaube, zu sterben.«

»Dann sterbt Ihr für nichts.«

»Dann töte mich, du silberne Hure, wenn du den Mut dazu hast!«

Elora schüttelte den Kopf. »Es ist genug getötet worden. Wenn Ihr mir Euren Mut beweisen wollt, dann versucht zu leben. Versucht, etwas aufzubauen, etwas zu schaffen.«

»Hör auf damit! Ich will es nicht mehr hören. Laß mich in Ruhe!«

»Dort draußen sind Kreaturen, die genauso gern leben wie Ihr. Sie opfern ihr Leben wie Motten in einem Feuer, um Euch zu kriegen. Wenn ich jetzt gehe, dann sterben sie weiter, und Ihr werdet ebenfalls sterben. Ich will nicht, daß dies geschieht.«

»Dann bist du eine Närrin.«

»Dann bin ich eben eine Närrin.«

Die Energieschale um sie herum knirschte ächzend, als werde sie von einem wütenden Sturm gerüttelt, und die Maizan-Zauberin stöhnte gepeinigt auf, denn die Gewalt, die gegen ihren Schutzzauber anstürmte, war auch in ihrem eigenen Körper zu spüren. Sie atmete in langen, bedächtigen Zügen, beinahe wie ein mechanischer Automat, und jeder Atemzug bekundete die Herrschaft ihres Willens über ihr Fleisch. Doch wie zum Hohn dieses Triumphs des Geistes über das Fleisch füllten sich ihre Augen mit Tränen, die über ihre stolzen, von der Anstrengung dieses Kampfes gezeichneten Wangen rannen. Sie wußte, ihr Leben war verwirkt, und sie hatte Angst.

»Für jeden kommt die Zeit zu sterben«, sagte Elora. »Eure ist noch nicht gekommen.«

»Du versuchst, mich zu täuschen!«

Elora schnaubte verächtlich.

»Ihr seid eine Zauberin«, sagte sie und vertraute darauf, daß ihre Instinkte ihre Worte ebenso sicher lenkten wie ihre Lieder. »Wenn Ihr Euer Handwerk wirklich beherrscht, dann bedeutet das, daß Ihr die Herrlichkeit erblickt habt. Ich kann keine Zauberkünste. Ich werde sie nie können, aber ich habe Zauberer davon sprechen hören.« Thorn sprach darüber immer nur in den einfachsten Worten. Die Worte waren nicht wichtig; dies verstand Elora nun mehr denn je. Worauf es ankam, war das Licht, das tief am Grund seiner Augen glomm wie das Licht eines Leuchtturms in dunkler Nacht, und die Freude, die ihn so warm umhüllte wie seine liebste Decke. Die Herrlichkeit zu erblicken, hatte er ihr einmal gesagt, hieß, das Wunderbare gesehen zu haben und von dort seinen Weg in das Herz des Traumes zu finden.

»Erinnert Euch an die unermeßliche Freude dieses Augenblicks«, rief Elora. »An das Gefühl der Hoffnung; die Gewißheit, daß alles möglich ist. Wo ist das Wunderbare jetzt?« Sie machte eine Handbewegung, die nicht nur das Innere der Kugel umfaßte, sondern auch das Schlachtfeld jenseits davon.

Elora streckte der Frau die Hand entgegen, allerdings ohne sie tatsächlich zu berühren.

»Euer Herz kennt die Wahrheit«, sagte sie. »Und Eure Seele ebenfalls. Das hier ist falsch. Ihr habt das Falsche getan, und Ihr solltet damit aufhören.«

Sie sah ein Zittern über das Kinn der Zauberin huschen, das sie als Zustimmung interpretierte, denn davon abgesehen schienen die Züge der Frau wie aus Stein gemeißelt und so unnachgiebig und ewig wie der Fels des Berges selbst.

Für Elora war dies der Anlaß, sich zu ihrer ganzen Größe aufzurichten, wobei der Scheitel ihres Kopfes gegen die Substanz des Energiefeldes stieß.

Mit einem leisen *Plop*, einer Seifenblase nicht unähnlich, zerbarst die Kugel, und ihre Substanz zerstob in einem Schauer von glühenden Partikeln wie ein Schwarm Leuchtkäfer, um dem schaurigen Schein von Grün- und Blautönen das Feld zu überlassen, den die über ihnen aufragende Elfen-Kreatur verströmte.

Die Kuppel hatte einen Kreis mit einem Durchmesser von etwa der zweifachen Körpergröße Eloras umspannt, und dort, wo sie mit dem Fels verschmolzen gewesen war, türmte sich eine Wand aus Asche: Die verbrannten Reste der Elfen, die sich in einem vergeblichen Ansturm nach dem anderen für die Verteidigung ihres heiligen Orts geopfert hatten; winzige Kreaturen, nicht größer als Sonnenstäubchen, die sich nun wie eine Schneewehe, so hoch wie Eloras Hüften, im Kreis um sie türmten.

Ohne die Kugel, die diese Wand des Grauens gestützt hatte, fiel der Wall aus Asche mit einem flüsternden Seufzen, das in der plötzlichen Stille lauter klang als Kirchenglocken, nach innen. Die toten Leiber ergossen sich wie Quecksilber fast bis zu ihren Füßen, und Elora mußte bei dem Anblick Tränen aus ihren Augen blinzeln.

So viele Hoffnungen – der Gedanke blitzte in ihrem Kopf auf, doch es war nicht ihr eigener, sondern er stammte von einem anderen – *so viele Träume. Und alle dahin.*

Die Kreatur streckte seine mächtigen Arme gen Himmel und stieß einen brüllenden Triumphschrei aus. Die Maizan-Zauberin achtete nicht darauf; sie kauerte am Boden und strich mit zitternden Fingern über das, was von den Elfen übriggeblieben war, ohne sie wirklich zu berühren, doch der Lufthauch, den ihre Hand verursachte, reichte aus, ihre winzigen toten Leiber in einem gespenstischen Tanz emporzuwirbeln, der nur eine blasse und schmerzliche Erinnerung daran war, wozu sie fähig waren, als sie noch lebten.

Kamen in der Nacht deiner Inthronisierung Elfen, um für dich zu tanzen? überlegte Elora. *In der Nacht, in der du die Herrlichkeit berührt und den Anspruch auf deine naturgegebene Macht erhoben hast? Ist es das, woran dich dies erinnert?*

»Was habe ich getan?« flüsterte die Maizan. »Was habe ich getan?«

»WIR WERDEN **RACHE** NEHMEN«, donnerte die riesenhafte Gestalt über ihnen.

Elora machte einen Schritt zu Seite, um sich zwischen die Zauberin und die Gestalt zu schieben, und schüttelte entschieden den Kopf. Ihr Herz klopfte plötzlich so laut, daß sie nur hoffen konnte, es würde nicht bis zu den Sternen hinauf zu hören sein, und mit einemmal wünschte sie sich eine ganze Menge von Dingen, die alle darauf hinausliefen, so weit wie nur irgend möglich von diesem Ort und diesem Augenblick entfernt zu sein.

Doch dann begegnete sie dem rasenden Zorn der Kreatur mit einem Lächeln.

»Dies hier ist ein Ort der Inbrunst«, rief sie zu den Elfen empor und fühlte ein leises Kribbeln in ihren Zehen, als sich die Felsen erinnerten, was dies über zahllose Äonen hinweg bedeutet hatte, »und vor allem des Friedens.«

»NICHT WIR SIND HIERHERGEKOMMEN, UM DIESEN HEILIGEN ORT ZU ENTWEIHEN. WIR VERTEIDIGEN UND BESCHÜTZEN IHN!«

»Und ihr habt das sehr gut gemacht. Aber die Gefahr ist vorbei.«

»Und wenn wir anderer Meinung sind?«

Eine einzelne Stimme, ein einzelnes Gesicht löste sich aus dem grünlich schimmernden Glanz des Gebildes und nahm vor dem Altar Gestalt an. Er blickte um sich und betrachtete den Schauplatz mit der Miene des Besitzers, die seinen Rang, seinen wahren Platz im Gefüge der Dinge mit weit größerer Beredsamkeit verriet als jede Krone. Er war kleiner als Elora, wenn auch nicht viel, und nicht so breit wie ein Nelwyn, obwohl sie eine große Ähnlichkeit in seinem Körperbau und seinen Gesichtszügen erkennen konnte. Sein Gewand schien aus Blättern gemacht, und da sich das Jahr bereits seinem Ende zuneigte, leuchtete es in den bunten Farben des Herbstes – rot und rostbraun und golden. Sein langes Haar hatte die Farbe von Mahagoni und war zu vielen Zöpfen geflochten, doch seinen wallenden Bart trug er lang und offen. Und überall sah Elora aus diesem Gestrüpp die Schnäbel und Köpfe von jungen Vögeln hervorlugen.

»Das ist Euer Recht«, erwiderte sie. »Aber deshalb ist es noch lange nicht richtig.«

»Und das, was hier geschehen ist, ist das vielleicht ›richtig‹?«

»Wenn es das wäre, hätte ich es nicht beendet.«

Er sagte nichts darauf, doch seine Miene zeigte seinen Zorn deutlich.

»Ich bin …«, begann sie, wurde jedoch rüde von einer herrischen Geste seiner Hand zum Schweigen gebracht.

»Dein Name ist mir bekannt und der Anspruch, den du erhebst, ebenfalls. Ob Wir das eine oder das andere anerkennen, muß erst noch entschieden werden.«

»Wie es Eurer Majestät gefällt«, murmelte sie und neigte den Kopf in Anerkennung seines königlichen Rangs.

»Der Tod ist über diesen heiligen Ort gebracht worden, und man hat versucht, ihn auf niederträchtige Weise zu entweihen. Diese Verbrechen verlangen Vergeltung.«

Zu spät begriff Elora, daß der König der Elfen nicht einen Dialog mit ihr führte, sondern ein Urteil sprach. Ein Energiestrahl schoß aus ihm hervor. Sie hatte erwartet, daß ein Angriff von dem Gebilde über ihr kommen würde, doch im selben Augenblick, in dem der König den Energiestrahl nach ihr schleuderte, sah sie, wie die riesenhafte Kreatur in alle ihre Teile zerbarst und der Himmel um sie herum sich mit Elfen füllte, so dicht wie Schneeflocken in einem Wintersturm und unendlich viel schöner.

Ihr blieb kaum ein Herzschlag, um die Absicht dieses Ablenkungsmanövers zu durchschauen, als sie und die Maizankriegerin bereits von den Pfeilen des Königs getroffen wurden. Ihre Gedanken zersplitterten wie brechendes Glas, und die zahllosen Fragmente ihres Ichs stoben Kristallsplittern gleich davon, die alle von Elfen aufgefangen und an einem geheimen Ort, den nur sie kannten, versteckt wurden, um nie wieder gefunden zu werden. Auf diese Weise würde die alte Person unwiederbringlich ausgelöscht werden und den Weg freimachen für die Geburt von etwas Neuem und völlig anderem.

Sie hätte aufgeschrien, doch der Schmerz war so entsetzlich intensiv, daß ihr die Luft wegblieb. Ihr Mund öffnete sich weit, denn dies war alles, was ihr blieb, ihr Leiden zum

Ausdruck zu bringen, doch dann öffneten sich ihre Kiefer noch weiter und immer weiter, als seien ihr Fleisch und ihre Knochen dehnbar. Die Knochen unter ihrer Haut veränderten ihre Form wie nasser Ton, ihr breites Kinn wurde spitz, der Schädel länger und entsprechend schmaler, ihre Eckzähne wuchsen zu Reißzähnen, und ihre Ohren strebten nach oben und außen, bis sie das Dreifache ihrer ursprünglichen Größe und die Form eines Fächers besaßen, mit spitzen Zacken oben und unten. Ihre Wahrnehmung der Dinge um sie herum zersplitterte, fügte sich wieder zusammen und entwickelte eine Vielzahl von Facetten, als seien die Linsen ihrer Augen durch geschliffene Diamanten ersetzt worden. Sie fühlte, wie ihre Schultern zusammengepreßt wurden, dann ihre Hüften, während sich zugleich ihre Wirbelsäule in die Länge streckte. Sie registrierte ein fernes dumpfes Poltern, als ihr Gürtel mitsamt ihren Reisebeuteln zu Boden fiel, weil ihre Hüften viel zu schmal waren, ihn zu halten. Ihre Beine hatten das Aussehen von Stelzen angenommen: ungewohnt lang und spindeldürr wie Weidenruten, nur mehr Knochen und Muskelstränge, dünn wie Peitschenschnüre, unter der straff gespannten Haut. Mit ihren Armen geschah das gleiche, und an Stelle ihrer Fingernägel wuchsen ihr scharfe, einziehbare Klauen. Sie brauchte gar nicht auf ihre Zehen hinabblicken, um zu wissen, daß sie genauso aussahen, nebst einem nach hinten ragenden Sporn, um beim Landen auf einem Zweig oder etwas Ähnlichem Halt zu finden.

Die letzte Phase ihrer Metamorphose war die schlimmste, als Fleisch und Knochen, Muskeln und Sehnen ein letztesmal umgeformt wurden, um ihr Flügel wachsen zu lassen.

Sie fand sich in einem Kokon eingehüllt, den sie selbst gesponnen hatte, die geschmeidigen Flügel schützend um ihren Körper gelegt. Mit großer Anmut entfaltete sie ihre Glieder, da dies für eine aus dem Elfenvolk die einzige Möglichkeit war, sich zu bewegen. Als sie aufblickte, sah sie den König mit ausgestreckter Hand vor sich stehen, um ihr auf die Beine zu helfen.

Elora drehte den Kopf zur Seite, und ihr Blick fiel auf die Zauberin, die in der gleichen Haltung wie sie auf dem Boden kauerte und offenbar eine ebensolche Verwandlung durchgemacht hatte. Sie war viel größer als die meisten der Elfen, nach Daikini-Maßstäben jedoch nicht größer als ein kleines Kind. Sie erwachte langsam, mit zögernden Bewegungen und sichtlich verwirrt von den seltsamen Veränderungen an ihr, doch sehr bald schon schien sie entzückt von dem Wunder, dessen sie gewahr wurde. Jede neue Erfahrung und jede Bewegung war eine Entdeckung, und jede einzelne davon ein Vergnügen.

Ihre Flügel entfalteten sich mit einem schnappenden Geräusch, und im selben Augenblick hoben sich ihre Füße vom Boden. Dies bereitete ihr offensichtlich nicht die geringste Anstrengung, und die sanfte Brise, die inzwischen über die Zinnen des Felsgipfels strich, war ihr dabei weder Hilfe noch Behinderung. Ihr Element war der Himmel, und während sie langsam und mit sanften Schlägen ihrer Flügel in ihn emporstieg, umtanzte sie ein aus drei Kolonnen bestehender, sich wie eine Spirale windender Schwarm leuchtender Kreaturen, bis sie ebenso hell erstrahlte wie die riesenhafte Kreatur, die ihr so erbittert nach dem Leben getrachtet hatte.

Elora fühlte eine schreckliche Sehnsucht in ihrer Brust und ein Krabbeln entlang ihres Rückgrats, während ihre Flügel sich wie von selbst regten.

Sie ballte die Hände zu Fäusten, spürte den Druck stumpfer Fingernägel in ihren Handflächen, streckte ihre Hände nach vorn, um sie zu betrachten, und stellte verdutzt fest, daß sie sie durch eine einzige glatte Linse wahrnahm und nicht mit den Facettenprismen der Elfenaugen.

»Elora Danan«, ächzte der König, während Elora ihre ganze Aufmerksamkeit darauf konzentrierte, den Schmerz der Rückverwandlung zu ertragen, wobei sie dankbar war, bereits auf den Knien zu liegen.

»Ihr seid es tatsächlich!«

Sie lag zusammengesunken auf ihren Knien, die Stirn ermattet auf der rauhen und kühlen Oberfläche einer der

Steinplatten ruhend, aus denen der Boden des Schreins zusammengefügt war. Sie wollte nichts sehnlicher als schlafen – die ganze Nacht und den folgenden Tag, wenn nicht das ganze Jahr oder den Rest ihres Lebens, doch statt dessen stemmte sie sich hoch, bis ihr Rückgrat gerade war, und setzte sich dann auf ihre Absätze, wie es die Chengwei tun. Die Augen des Königs waren nun auf einer Höhe mit ihren. Sie erwiderte seinen Blick und verneigte sich nicht.

»Ich bin Tyrrel.« Das war natürlich sein volkstümlicher Name, denn das Aussprechen seines Wahren Namens würde Zauberern Macht über ihn geben, ähnlich wie seine eher weltlichen Feinde Macht über ihn gewännen, wenn sie seinen wirklichen Rang wüßten.

»Majestät«, murmelte Elora nur.

»Mein Zauber hat nicht gehalten.«

»Keiner hält an mir.«

»Ihr klingt nicht sehr erfreut.«

Sie wandte den Blick himmelwärts, wo sich die Frau, die einmal eine Maizan gewesen war, Hand in Hand mit den anderen Elfen in einem fröhlichen, ausgelassenen Reigen der Wiedergeburt und des Willkommens im Kreis wiegte.

»Es wäre schön gewesen, nur einmal zu fliegen. Was habt Ihr mit uns gemacht, Tyrrel?«

»Wie ich gesagt habe – ich habe Vergeltung geübt. Es war eine Blutschuld. Ein Leben gegen das der Toten.«

»Eure Elfen haben die Kameraden der Maizan nicht verschont – warum sie?«

»Ihre Krieger haben gekämpft und sind im Kampf gestorben. Sie hat sich ergeben. Damit hat sie sich Unserem Richterspruch übergeben. Maßloses Töten ist ein Charakterzug der Daikini, Elora Danan.«

»Was wird aus ihr?«

»Sie wird als Unsere Gemahlin dienen. Ihre Kinder werden den Platz derer einnehmen, die bei der Verteidigung dieses heiligen Orts ihr Leben gelassen haben. Und vielleicht wird ihre Macht als Zauberin Uns gegen alle schützen, die Uns Böses wollen. Auf beiden Seiten des Schleiers.«

»Dazu wird ihre Macht nicht ausreichen.«

»Sollen Wir uns also auf Euch verlassen, Heilige Prinzessin?«

Elora verzog das Gesicht zu einer schmerzlichen Grimasse, als sie sich vorsichtig auf die Beine hochstemmte, denn ihre Glieder und Gelenke mußten erst wieder unter Schmerzen lernen, wie sie richtig funktionierten. Sie fühlte sich müde und zerschlagen, schlimmer als nach einem Tag harter Arbeit in Torquils Schmiede. Sie hob ihren Gürtel mit den Taschen auf und blickte sich nach etwas um, das sie anziehen konnte.

»Ich dachte, wir könnten uns vielleicht gegenseitig helfen. Ihr kennt das Sandeni-Fort am Fluß, südöstlich von hier?«

Tyrrel nickte.

»Früher oder später wird der Krieg auch sie erreichen. Entweder in Gestalt der Maizan oder einer Kriegshorde aus dem Feenland. Die Daikini dort verteidigen nicht nur ihr Zuhause, sondern auch Eures.«

»Erzählt das denen, die vertrieben werden, wenn die Daikini für ihre Straßen und Häuser und Felder Wälder roden.«

»Wollt Ihr ewig diskutieren, bis wir alle nur noch Geister sind und die Reiche, die wir lieben, nur noch eine Erinnerung? Ich sage Euch dasselbe, was ich ihr gesagt habe: Es gibt Platz für alle. Oder zieht Ihr es vor, ebenso taub zu sein wie sie? Diese Männer sind bereit zu *sterben* – für Euch ebenso wie für ihresgleichen. Aber wenn Ihr aus dem Kleinen Feenreich Euch mit ihnen verbündet, dann muß das nicht sein.«

»Elfen«, sagte Tyrrel langsam, »sind nur eine der Rassen des Kleinen Feenreichs, so wie die Maizan, die Sandeni, die Angwyn und die Tir Asleen verschiedene Nationen des Daikini-Reichs sind. Sie können nicht für alle sprechen.«

»Ich bitte nicht sie, Eure Majestät. Ich bitte Euch.«

»Und wer bin ich?«

»Als mein Gegenspieler, der Betrüger, der die Gestalt und das Aussehen des Kastellan der Maizan angenommen hat, die Monarchen der Zwölf Reiche verzauberte, die bei meiner Inthronisierung zusammengekommen waren, tat er dies mit dem Ziel, die Herrschaft über sie alle zu erlangen. Das ist ihm nicht geglückt. Ich bin entkommen. Und die Herrschaft über diese Reiche ist zerrüttet. Aus diesem Chaos erwachsen Gelegenheiten.«

»Nicht nur für ihn.«

»Ihr sprecht mir aus dem Herzen, Tyrrel. Gemeinsam haben wir eine bessere Chance als allein. Und wer weiß, wohin eine solche Allianz führen könnte?«

»Ihr könntet Uns befehlen, Elora Danan. So wie Ihr zuvor hättet befehlen können, von Euch abzulassen. Das ist Euer Recht.«

»Ich dachte nicht, daß Ihr zuhören würdet«, gestand sie. »Und ich habe mir dieses Recht noch nicht verdient.«

Er nickte.

»Du lernst, mein Kind. Alles Leben wächst nach einem *natürlichen* Gesetz. Es könnte ein Weg gefunden werden, wie man das Wachstum beschleunigen könnte. Aber wäre das richtig?«

»Rätsel!« stöhnte Elora zerknirscht. »Warum reden alle immer in Rätseln?«

Zur ihrer Überraschung ließ Tyrrel ein glucksendes Lachen hören.

»Ihr möchtet, daß es leicht ist?«

»Ja«, nickte sie.

»Dann wärt Ihr Euer eigener Gegenspieler.«

»Was soll das nun wieder bedeuten?«

Unter seinem Umhang, der sich wie eine Kaskade aus bunten Herbstblättern um ihn bauschte, zog Tyrrel seinen Herrscherstab hervor. Er war so groß wie Elora und bestand aus Spänen von allen Hölzern der Welt, die der Länge nach ineinander gewunden waren. Sie verschwendete keinen weiteren Gedanken daran, abgesehen von ihrer Bewunderung der meisterlichen Arbeit des Holzschnitzers, Späne von so vielen verschiedenen Bäumen ineinanderzufügen, bis ein genauerer Blick ihr enthüllte, daß kein Stock des Stabs geschnitten oder geschnitzt war. Der Stab selbst war ebenso ein lebendes Wesen wie jeder der Bäume, aus denen er gemacht war, und seine Teile fügten sich deshalb ineinander, weil dies für sie natürlich und richtig war.

Mit einer Hand hob er den Stab in Schulterhöhe und hielt ihn parallel zum Boden, so daß er auf der einen Seite des Altars stand und Elora auf der anderen. Ohne Hast und sich erneut ganz auf ihren Instinkt und ihre Inspiration verlassend, streckte sie beide Hände aus und umgriff den Stab zu beiden Seiten seiner Faust.

»Wir sprechen als Prinzregent des Reiches, das die Daikini Kleines Feenland nennen«, erklärte Tyrrel mit erhobener Stimme, und im selben Augenblick erschien hinter ihm der erste zarte Schein der Morgendämmerung am östlichen Horizont. »Im Namen aller, die Uns Treue und Gehorsam geschworen haben, verpfänden Wir der Heiligen Prinzessin Elora Danan Unser Leben, Unsere Seele und Unsere heiligste Ehre. Wenn Wir gebraucht werden, werden Wir kommen. Ihr Kampf ist Unser Kampf. So wie ihre Feinde Unsere Feinde sind.«

»Ich spreche als Elora Danan«, ergriff dann Elora das Wort. »Und Euch und den Euren, Majestät, verpfände ich mein Leben, meine Seele und meine heiligste Ehre. Wenn ich gebraucht werde, werde ich kommen. Euer Kampf ist mein Kampf. So wie Eure Feinde meine Feinde sind.«

»So sei es«, rief Tyrell, und gemeinsam schlugen sie den Stab auf den Altar.

Stille herrschte nun um sie herum, es war die Stille einer Morgendämmerung in den Bergen. Nur das leise Raunen der sanften Brise war zu vernehmen, die über die Steine und Felsen des Berggipfels strich. Die hoch aufragenden Monolithen waren verschwunden, ebenso die behauenen Quader und die Steinkreise, und sogar der Altar war nur mehr ein von Wind und Regen zernagter Felsbrocken. Die letzten Sterne glitzerten matt am Himmel; Gras kitzelte zwischen ihren Zehen, und jeder Atemzug schmeckte süß.

Sie schnallte sich ihren Gürtel um die Hüften, weil sie nicht wußte, wohin sonst mit ihm, unendlich dankbar, wieder Hüften zu *haben*, und begann dann, in einer ihrer Reisebeutel nach etwas zu kramen, das sie anziehen konnte.

»Für die Siegerin«, sagte Khory, die, ihrer Deckung hinter dem Steinring beraubt, nun zu Elora trat und ihr etwas von dem, was die Maizan-Zauberin getragen hatte, hinhielt.

»Lieber nicht.« Elora zog angewidert die Nase kraus.

»Es ist deine Größe.«

»Lieber nicht«, sagte sie noch einmal und verglich ihr Aussehen insgeheim mit dem der Zauberin.

»Willst du so rumlaufen?«

»Ich werd' schon was finden.«

»Das paßt?« Sie schien Eloras erbitterten Blick nicht zu bemerken. »Denk daran, daß wir Begleitung haben.«

»Ryn!« rief Elora. »Was ist mit Ryn?« Sie lief hinüber, wo der junge Wyr lag. »Er ist noch immer bewußtlos ... Nein!« Sie korrigierte sich aufgeregt: »Er *schläft!*«

Das Lächeln, das auf ihrem Gesicht erschien, als sie ihre Hände sanft auf die Schläfen des jungen Wyrs legte, war wie ein Wunder anzuschauen. »Khory, der Zauberbann ist verschwunden. Seine Seele gehört wieder ihm.«

»Eine gute Nacht für uns alle. War ja auch an der Zeit.«

»Was sollen wir tun?«

»Schlaf ist jetzt das beste für ihn. Rool hat Kräuter, die ihm helfen werden. Während er sich ausruht und zu Kräften kommt, bringen wir ihn zu Thorn. Er ist der große Magier, wenn ich das sagen darf, und wird dafür sorgen, daß Ryn wieder gesund wird.« Sie wandte den Kopf in Richtung des Abhangs und ihrer Gefährten am Fuße des Berges. »Wir haben ganz sicher genügend Pferde für seinen Transport, und Bastian kann uns eine einfache Route suchen. Ryn wird sicher bald wieder ganz der Alte sein.«

»Dein Wort in des Allmächtigen Ohr.«

»Ich kenne mich mit solchen Sachen aus. Es wird sich für ihn alles zum Guten wenden.«

Wer weiß, dachte Elora mit einer Respektlosigkeit, die sie laut auflachen ließ, *vielleicht wird es das für uns alle.*

10. Kapitel

Ob vom Rücken eines Pferdes oder auf Schusters Rappen, der Blick ist immer begrenzt.

Bastian kannte keine solche Beschränkungen seines Blickfelds. Für den Adler war der Ausblick grenzenlos, und die Welt lag ausgebreitet unter ihm. Aus diesem Grund liebte es Elora, sie durch seine Augen zu sehen, denn es erlaubte ihr, Ziele ins Auge zu fassen, an denen sie ihr Vorankommen messen konnte. Sie konnte sehen, wo der Weg sie hinführen würde, welche Hindernisse sie unterwegs erwarteten und wie lange sie brauchen würden, um zu einem bestimmten Punkt zu gelangen. Es ermöglichte ihr, die Dinge als zusammenhängendes Ganzes zu sehen und nicht nur als kurze, sich aneinanderreihende Eindrücke des Augenblicks.

Die Himmelsstufen bildeten gleichsam das Rückgrat des Kontinents und waren zudem – geographisch wie mythisch – auch dessen höchste und mächtigste Erhebung. Auf dem ganzen Globus gab es kein auch nur annähernd so mächtiges Gebirgsmassiv, dessen höchste Gipfel sich in Höhen erhoben, in denen es für Elora und ihresgleichen keine Luft mehr gab zum Atmen. Selbst für Geschöpfe wie Bastian wäre dort oben die Luft zu dünn gewesen, um ihre Körper, selbst auf so mächtigen Schwingen wie den ihren, zu tragen. Die zerklüfteten Bergkämme der Himmelsstufen waren das ganze Jahr über von Schnee bedeckt, und selbst an den heißesten Tagen des Sommers fielen die Niederschläge dort oben als Schnee. Es war ein junges Gebirge, dessen schroffe Spitzen und Grate nur wenig von Wind und Wetter abgetragen waren und wie Reihen schief gezackter Zähne in das tiefe Blau des Himmels emporragten.

Die Ketten des Gebirgsmassivs erstreckten sich wie ein Gürtel von Ost nach West über die Mitte des Kontinents und bildeten eine natürliche Barriere zwischen der nördlichen und südlichen Hemisphäre. Da die höchste Erhebung der Gebirgskette viel näher zur Küste von Chengwei lag als zum Sonnenuntergangsozean von Angwyn, war nach Osten hin kein Raum für einen allmählichen Abstieg des Terrains zur Küste. Die Phalanx dieser Gipfel drängte bis an die Gestade des Meeres und fiel in wahrhaft atemberaubenden Klippen zu der unwirtlichsten und abweisendsten Küste ab, die jemals von Kartographen erforscht wurde. Unter dem Meeresspiegel setzte sich das Gebirge fort, und seine höchsten Gipfel ragten bis etwa zweihundert Meilen vor der Küste als eine schroffe gebirgige Inselgruppe aus dem Ozean empor, als seien sie die Späher einer Armee, die den Weg markierten für die nachfolgenden Legionen, deren letztliches Ziel es wäre, ein Brücke zur gegenüberliegenden Küste des Ozeans zu spannen.

Dank der Arbeit vieler Generationen von Kartographen wußte man, daß die Form des Himmelsstufen-Gebirges ungefähr der einer liegenden Vase ähnelte, deren breiteste Rundung dort war, wo sich die höchsten Gipfel erhoben, um sich dann in immer schmäler und niedriger werdenden Bergketten nach Westen hin zu verjüngen. Diese Gebirgsketten erstreckten sich bis zu den Küsten des Sonnenuntergangsozeans und sandten, ähnlich den Blumen in dieser Vase oder den Wasserstrahlen einer Fontäne, nach Norden wie auch nach Süden Nebenketten aus, die schließlich mit den geologisch älteren und niedrigeren Höhenzügen verschmolzen, die sich in nord-südlicher Richtung entlang der Küste erstreckten.

Der wohl dramatischste geographische Aspekt der gesamten kontinentalen Landmasse bot sich dem staunenden Auge etwa in der Mitte des Kontinents zwischen Angwyn und Chengwei. Es war, als hätten vor langer Zeit unvorstellbar titanische Kräfte die gesamte Oberfläche der Welt einfach hochgehoben und so ein Hochplateau von schier unermeßlicher Weite geschaffen. Die westliche Begrenzung dieser Hochebene war eine sich über Tausende von Meilen erstreckende und meistenteils mehr als tausend Fuß abfallende Klippe, die sich von einer Nebenkette der Himmelsstufen fast bis zum nördlichen Rand der Welt erstreckte, wo sie mit den gewaltigen Gletschern der Eisländer verschmolz.

Die Daikini nannten diese Klippe schlicht und treffend ›die Wand‹.

Schon von den ersten Kapiteln der überlieferten Geschichte der Daikini an schien die Wand ein unüberwindbares Hindernis für Reisen von Ost nach West und umgekehrt gewesen zu sein. Sicherlich gab es Pfade und Pässe, die durch die südlichen Gebirge führten, doch sie waren nur in den Sommermonaten gangbar und führten durch so viele verschiedene Herrschaftsgebiete des Schleiervolks, daß sich regelmäßige Handelsbeziehungen als unwirtschaftlich erwiesen und nur ein sporadischer und minimaler Austausch von Waren und Informationen zustande kam. Ein weiteres Hemmnis für den Handelsverkehr von Ost nach West waren die Wegzölle, die mit jedem einzelnen der Schleierreiche ausgehandelt werden mußten. Es war schon schwer genug, den ansässigen Völkern das Zugeständnis abzuringen, daß die Daikini überhaupt das Recht hatten, das Land zu durchqueren, und noch viel schwerer war es, eine beidseitig annehmbare Form der Entschädigung auszuhandeln. Dies alles machte jede Konzeption eines Straßennetzes, das einen regelmäßigen Handelsverkehr zwischen der Ost- und der Westküste des Kontinents ermöglichen würde, zu einem hoffnungslosen Unterfangen. Die Dryaden mochten sich ja vielleicht einverstanden erklären, daß eine Baumschneise durch ihre Wälder geschlagen würde, doch würden die Najaden zulassen, daß die Handelskarawanen der Daikini die Seen und Flüsse durchquerten, in denen sie lebten? Am Ende war für beide Seiten der Schaden und der Ärger, der mit einem solchen Wagnis verbunden sein würde, stets weit größer gewesen als der daraus zu erhoffende Gewinn und Nutzen.

Dies war die klassische Variante der Beziehungen zwischen den Großen Reichen. Jede Seite hatte nur ihre eigenen Bestrebungen und Ziele im Kopf und war unfähig, irgendeine Form des Kompromisses zu finden. Wie sollte in einer Welt, in der niemand begreifen und akzeptieren konnte, daß ihn mit seinem Nachbarn gemeinsame Interessen verbanden, eine gemeinsame Zukunft gestaltet werden?

Während das Schleiervolk direkte Macht über die materielle Welt besaß – die Fähigkeit, durch Magie und angeborene Begabung die Umwelt nach den eigenen jeweiligen Bedürfnissen zu manipulieren und zu verändern –, waren die Daikini mit großen geistigen Fähigkeiten ausgestattet, die sich mit einem technischen Geschick verbanden, das selbst Brownies Respekt einflößte. Für jedes Problem gab es eine technische Lösung. Dies war die tiefste Überzeugung eines jeden Daikini. Jedes Hindernis war lediglich eine weitere Herausforderung, die bewältigt werden wollte. Wenn die Daikini also auf eine Wand stießen, kamen sie gar nicht auf den Gedanken, um sie herum zu gehen, sondern dachten über eine Möglichkeit nach, wie sie auf direktem Weg zu überwinden sei.

Auch im Fall der Großen Wand, die mehr als tausend Fuß aufragte und unbezwingbar erschien, erwies sich das Hindernis für die Daikini nicht als unüberwindbar. Wasser fließt stets bergab, und die Flüsse, die in den westlichen Regionen der Himmelsstufen entsprangen, wandten sich nicht nach Osten der Küste von Chengwei zu, sondern zum westlichen Rand der Hochebene und stürzten sich, angewachsen zu einem reißenden Strom, in einer atemberaubenden Kaskade von Wasserfällen über die Klippen der Wand in das darunterliegende Becken. Hier vereinigten sich seine Wasser mit denen anderer Flüsse, die zwar einen weit weniger atemberaubenden Verlauf nahmen, aber viel mehr Wasser führten, zum mächtigen Cascadel-Fluß, dem längsten und breitesten der nach Westen fließenden Ströme.

Vom Fuß der Wand schlängelte sich der Cascadel in relativ gemächlichem Verlauf zur Küste des Sonnenuntergangsozeans, wo er im Süden in die Bucht von Angwyn mündete. Der Cascadel war an manchen Stellen so breit, daß von einem Ufer das andere nicht zu erkennen war, während er in anderen Passagen seines Verlaufs so schmal wurde, daß seine Ufer nur einen Steinwurf auseinander lagen. Sein Bett war so tief, daß selbst die größten ozeantauglichen Schiffe ihn fast tausend Meilen tief ins Landesinnere befahren konnten.

Wasser war nicht nur für die Bauern und Viehzüchter, die ihre Farmen an den Ufern des Cascadel gebaut hatten, der Schlüssel zum Wohlstand, sondern natürlich auch für die Händler, die mit ihren Schiffen den Fluß von seiner Mündung bis hinauf zu den Wasserfällen befuhren. Die Najaden beherrschten zwar die kleineren Quell- und Nebenflüsse, doch mit zunehmender Breite und Wassermenge eines Flusses schwand ihr Einfluß. Die großen Ströme wie der Cascadel waren die Domäne der Süßwasser-Wyrrn, wie die Ozeane das Zuhause ihrer Tiefseevettern waren. Die Süßwasser-Wyrrn billigten die besondere Beziehung, die ihre Tiefseevettern seit jeher mit den Cascani pflegten, und über die Zeitläufe hinweg entwickelte sich auch zwischen ihnen und den Cascani eine ähnliche, für beide Seiten nutzbringende Partnerschaft. Nachdem die dafür nötigen Verträge einmal ausgehandelt waren, wurde der Cascadel zu einer gut frequentieren Handelsstraße, die bis ins Innere des Kontinents führte. Danach war die Überwindung der Wand nur mehr ein kleineres Hindernis.

Wenn man sich der Wand von Westen oder – wie Elora und ihre Gefährten – von Süden näherte, bot sich einem einer der spektakulärsten und grandiosesten Anblicke, die diese Welt zu bieten hatte. Ehe man die Ebene erreichte, machten die dicht bewaldeten Hänge des Hochlands einer Kette von Felsgipfeln Platz, die, wegen der mächtigen Schatten, die sie warfen, Shados genannt wurden. Hier stieg die Straße durch Almwiesen bis zu kahlen, nur von hartlaubigem Gestrüpp bewachsenen Felshängen empor, um sich dann im Schatten der benachbarten Gipfel in einer schwindelerregenden Serpentine um die Flanke eines der Berge zu schlängeln, die nur deshalb für Karren und Frachtwägen befahrbar war, weil eine ganze Armee von Arbeitern einen Weg durch jedes sich auftürmende Hindernis gegraben oder gemeißelt hatte. Und dann plötzlich öffnete sich der Blick in die weite Ebene.

In dieser Landschaft gab es keine Übergänge – weder in Form von Vorbergen noch in der Art von Hügeln, die in die Ebene übergingen. Es gab nur die Ebene dort und die schroffen Gipfel hier, die ebenso jäh und steil aufragten wie die Große Wand selbst. Dieser Kontrast war nicht minder spektakulär als die Große Wand, wenn auch nicht ganz so extrem wie die senkrecht abfallende, tausend Fuß hohe Felsklippe. Nach Westen erstreckte sich die Ebene in einer endlosen Prärie, die sich über den fernen Horizont hinausdehnte. Der einzige Anhaltspunkt, den Elora in der endlosen Weite der Ebene ausmachen konnte, war das im Licht der Sonne blitzende Band des Cascadel, der sich von dem herrlichen Morar-See zu Füßen der großen Wasserfälle über eine Reihe weiterer Katarakte und durch mehrere Seen in die offene Ebene hinauswand.

Im Osten erhob sich die Wand.

Von ihrer Warte auf dem Paß der letzten Kette der Shados konnte Elora über die Ebene hinweg sogar die oberen Stadtteile von Sandeni sehen. Hier, wo ein erst vor kurzem ausgebautes und neu befestigtes Vorwerk den Paß bewachte, teilte sich die Straße. Von hier aus konnten die Reisenden über einen schier endlosen Bandwurm von Serpentinen und Haarnadelkurven zur Prärie hinabsteigen oder über eine Reihe nicht minder schwindelerregender Viadukte den Weg zu den am Rand des Hochplateaus gelegenen oberen Stadtteilen von Sandeni einschlagen.

Wie die Prärie im Westen erstreckte sich auch die Hochebene weiter, als das Auge reichte, nach Osten. Wie Elora staunend und einigermaßen bestürzt feststellen mußte, ging sie sogar noch viel weiter, als Bastians Blick reichte. Es war eine Sache, die Geschichten über diese Naturwunder zu hören oder in den Reiseschilderungen über sie zu lesen, doch sie mit eigenen Augen zu sehen war etwas völlig anderes.

Die Wand war, wie sie von hier aus deutlich erkennen

konnte, keine gerade verlaufende Stufe in der Landschaft, sondern von Einkerbungen und Vorsprüngen geprägt. Hier und dort waren diese sich in die Ebene vorschiebenden Felskanzeln unter den stetig nagenden Kräften der Erosion eingestürzt und hatten gigantische Felsnadeln hinterlassen, die wie mahnende Finger aus der Ebene emporragten. Der Verlauf und die Beschaffenheit der Wand erinnerten Elora so stark an eine Küste, daß sie sich unwillkürlich fragte, ob diese Ebenen und Prärien irgendwann vor unvorstellbar langer Zeit einmal unter Wasser gelegen hatten.

Obgleich die Wasserfälle noch viele Meilen entfernt waren, bildeten der steile Abfall der Wand und die schroffen Ketten der Shados so etwas wie einen Verstärker, ähnlich den Wänden einer Trommel, so daß der tosende Donner der Wasserfälle bis zu ihnen drang. Zu Eloras Füßen strömte der Cascadel aus den Bergen direkt in die Ebene hinaus, doch auf dem Hochplateau über der Wand konnte sie mindestens sechs weitere Flüsse unterschiedlicher Breite ausmachen, die sich vereinten und sich in drei Armen über den Abgrund wälzten. Der größte dieser Flußarme stürzte direkt in den See, die anderen schäumten über Felsvorsprünge aus Granit und Basalt zur Ebene hinab, was die Bildung eines ständigen Dunstschleiers zur Folge hatte, der den Fuß der Wand in ein geheimnisvolles und romantisches Zwielicht hüllte.

Vermutlich aus diesem Grund erstreckten sich die unteren Stadtteile von Sandeni nicht bis dicht an die Wand heran. Das Gegenteil war der Fall: Das Land schien bis zu den Katarakten im wesentlichen unerschlossen zu sein, und erst dort, wo sie sich in den See ergossen, konnte Elora eine ziemlich große Ansiedlung ausmachen. Entlang des Seeufers waren Landungsbrücken für Schiffe und Lagerhäuser zu erkennen, und auf dem See war mehr Verkehr als auf den Straßen entlang der Seeufer. Sie konnte einige Getreidespeicher unterscheiden und sogar ein Netz von Straßen, die sich nach Norden und Westen über die endlos scheinende Prärie wanden. Sie sah keine Brücke über den ersten Katarakt, doch in Anbetracht der Breite der Schlucht und der ungeheuren Kraft der herabstürzenden Wassermassen verstand sie, weshalb dies nie versucht worden war. Die Schlucht war zu breit, um sie mit einem Brückenbogen zu überspannen, und einen oder mehrere Pfeiler in den tosenden Fluten zu verankern war völlig unmöglich.

Die Sonne stand bereits weit im Westen, und man brauchte auch in dieser Hinsicht nicht besonders viel Vorstellungskraft, um zu verstehen, weshalb die Stadt sich nicht bis zum Fuß der Wand erstreckte. An einem klaren Tag konnte man vom Plateau aus fünfzig Meilen über die Prärie blicken. Der Nachteil für die Bewohner unten war der ungeheure Schatten, den die Wand fast bis zum Mittag warf. Es mußte ein seltsames Gefühl sein, ging es Elora durch den Kopf, auf einem Balkon oberhalb der Wand im strahlenden Licht der Morgensonne zu stehen und nach unten zu blicken, wo das Land noch für Stunden im Dämmerlicht liegen würde. Noch seltsamer war es sicherlich, in der Unterstadt im Schatten der Wand zu leben und zu wissen, daß hier jeder Tag erst dann wirklich begann, wenn er bereits halb vorbei war.

Etwa zehn Meilen nördlich der Stadt und ungefähr ebensoweit von der Wand entfernt, erhoben sich drei schlanke Felssäulen aus der Ebene. Im Volksmund hießen sie die Drei Jungfrauen, da sie keinerlei nachvollziehbare geologische Verbindung mit dem Hochplateau zu haben schienen. Sie bestanden aus grauem Sandstein, der von dunkelbraunen, bis ins Rötliche spielenden Ablagerungen durchzogen war.

Jenseits des letzten Katarakts dehnte sich zu beiden Seiten des Cascadel bis zum Horizont im Westen fruchtbares Schwemmland, dessen schwarze Erde, wie sie gelesen hatte, das beste Ackerland zwischen Sandeni und dem Meer war. Die Prärie selbst war, abgesehen von einigen riesigen Rinderfarmen, kaum kultiviert und bestand größtenteils aus Grasland, durch welches Büffelherden, Rotwild und Antilopen zogen. Das Land um Sandeni, mit Ausnahme eines schmalen Streifens entlang des Flusses, war so, wie es seit jeher gewesen war. Wenige Daikini hatten auf den Ebenen ihre Spuren hinterlassen, und wenn, dann waren sie nicht von Bestand gewesen. Nachhaltige Eingriffe in die Natur und Veränderungen waren auf die Stadt und ihre unmittelbare Umgebung beschränkt geblieben.

Und was für eine Stadt dies war!

Elora hatte noch nie etwas Vergleichbares gesehen. Selbst aus der Ferne ließ Sandeni die einzige Stadt, die Elora als Vergleich heranziehen konnte – das alte, ehrwürdige Angwyn –, klein erscheinen, und als sie sich vorzustellen versuchte, wie viele Menschen in seinen Mauern leben mochten, versagte ihr Verstand. Was Sandeni unter allen Städten der Welt einzigartig machte, war der Umstand, daß es hier so gut wie keine Magie gab. Sandeni lag an einem Punkt des Globus, wo der Einfluß der magischen Ley-Linien minimal war. Die Stadt schien ein Gegengewicht zu all jenen Orten zu sein, wo die Magie zu einer zweiten Natur wird und Worte mit Vorsicht gewählt werden müssen, weil sich ein unbedacht dahingesagter Fluch eher erfüllen kann, als man ahnt. In Sandeni hingegen, wo der Zugang zum Reservoir magischer Energie schwierig war, forderten auch die einfachsten Zaubereien mehr Anstrengung, als sie Nutzen brachten, und richtige Banne oder Beschwörungen kosteten mehr Kraft, als irgendein Magier aufbringen konnte.

Angesichts dieser Tatsachen schien Sandeni ein merkwürdiger Ort für Thorn, sich für längere Zeit niederzulassen, da dort viele seiner Magierkünste brachliegen oder zumindest stark eingeschränkt sein mußten. Andererseits war ihr Feind gleichfalls ein Magier, und vielleicht war dies der ideale Ort, ihm die Stirn zu bieten.

Sie waren scharf geritten, seit sie den Hochfels der Elfen verlassen hatten, um Ryn so schnell wie möglich in Thorns Obhut zu bringen. Thorn würde ihm sicherlich helfen können. Von Sonnenaufgang bis Sonnenuntergang hatten sie Tag um Tag im Sattel gesessen oder, bis sie wieder die Fahrstraße erreicht hatten, die Pferde am Zügel geführt, wenn das Terrain zu steil und unwegsam gewesen war. Wieder zurück auf der Straße, hatten sie Ryn auf einen Wagen gelegt, was zumindest für ihn die Strapazen der Reise erträglicher machte. Khory hatte offenbar von Anfang an angenommen, daß Elora sie bis nach Sandeni begleiten würde, um ihren Vormund und Beschützer wiederzusehen.

Dies alles lag zehn Tage und mehr als zweihundert Meilen zurück. Unterwegs hatten sie die Reise in einer der Tavernen, die entlang der Straße zwischen Sandeni und dem Fort lagen, unterbrochen, und das Gespräch, das sich zwischen ihnen entspann, hatte nicht als angenehme Plauderei begonnen:

»Ich werde meinen eigenen Weg gehen«, sagte Elora, als sie ihre Pferde in den Stall gebracht hatten.

»Den Teufel wirst du«, erwiderte die größere Frau mit entschiedener Stimme und schien mehr um ihr Pferd besorgt als um Elora.

»Es ist zu unsicher, Kind«, fügte sie einen Augenblick später hinzu und sah Elora, die sich um Sausewind kümmerte, über den Rücken ihres Pferds hinweg an.

»Ich bin kein Kind mehr, Khory.« Elora wandte sich zu der Kriegerin um. »Es stimmt zwar, daß ich in Sandeni noch als minderjährig gelte, aber bei den Nelwyns wäre ich schon ein Lehrling.«

»Wohl kaum.«

»Und in Chengwei verheiratet und hätte wahrscheinlich schon ein Kind!«

»Und das ist dein Ehrgeiz?«

»Ich kenne mich gut genug, um zu versuchen, mein Schicksal in die eigenen Hände zu nehmen.«

»Es ist zu unsicher.«

»Seit ich geboren bin, ist die Welt für mich ein unsicherer Platz.«

»Dieses Argument solltest du dir besser für Drumheller aufheben. Ich will das nicht hören.«

»Bis dahin wird es zu spät sein.«

Khory verzog das Gesicht und wischte den Einwand mit einem Achselzucken beiseite.

»Hör mir zu, Khory! Bitte!« rief Elora und fixierte die Kriegerin mit flammendem Blick über den Rücken ihres Pferdes hinweg, das gar nicht erfreut schien, zwischen die

Fronten geraten zu sein, und dies mit einem nervösen Stampfen der Hufe bekundete.

»Ich bin kein Baby mehr«, rief sie und mußte achtgeben, daß ihre Stimme nicht kippte. »Ich muß nicht immer nur beschützt werden. Ich kann … ich *muß* beim Schutz meiner Person selber beteiligt sein.«

»Bestens. Und was ist falsch daran, das an einem Platz zu tun, wo du tatsächlich beschützt werden kannst?«

»Thorn hat bei den Sandeni doch eine ziemlich verantwortliche Stellung inne, hab' ich recht?«

Khory nickte.

»Wenn ich der Betrüger wäre, würde ich Spione ausschicken, die Sandeni und vor allem ihn beobachten.«

Die Dämonkriegerin zeigte keinerlei Reaktion, doch sie hörte jetzt aufmerksam zu.

»Der Betrüger will vor allem mich – wie es scheint –, und zwar mehr als alles andere. Und Thorn ist mein Vormund. Früher oder später muß der Betrüger auf den Gedanken kommen, daß ich mit ihm oder er mit mir Kontakt aufnehmen wird. Er braucht nur lange genug zu warten, und irgendwann kriegt er mich. Das Klügste, was ich tun kann, ist also, mich von Thorn fernzuhalten.«

Wieder keine Reaktion. Elora interpretierte dies als ein positives Zeichen und fuhr fort: »Denk mal darüber nach. Er kennt meinen Namen, aber ich bin nicht das einzige Mädchen, das so heißt. Soweit ich das in Angwyn und den anderen Orten, an denen ich gewesen bin, mitbekommen habe, gibt es diesen Namen häufiger. Und viele Mädchen, die ungefähr in meinem Alter sind. Er kennt zwar mein Gesicht, aber er hat mich seit Angwyn nicht mehr gesehen. Ich sehe ganz anders aus als damals.«

»Mit einer winzigen Ausnahme«, unterbrach Khory sie sanft, und Elora verstand, daß es ihr nicht darum ging, ihr zu beweisen, daß sie unrecht hatte, sondern darum, herauszufinden, ob Elora diesen Umstand auch gebührend bedacht hatte. Khory nahm das Gespräch inzwischen durchaus ernst.

»Es stimmt, daß nur die Heilige Prinzessin eine silberne

Haut und silbernes Haar hat. Aber was ist mit Elora, der Schülerin eines Barden?«

»Glaubst du wirklich, daß du dich hinter der Farbe verstecken kannst?«

»Ich versuche ja auch gar nicht, mich zu verstecken. Wenn ich mich verstecke – so wie du das meinst –, mache ich die Spione des Betrügers erst recht auf mich aufmerksam. Ich will, daß sie – wenn sie mich ansehen – genau das sehen, was sie zu sehen erwarten.«

»Ein ziemlich waghalsiges Spiel, würde ich sagen.«

»Mir geht es nicht darum, meinen Kopf durchzusetzen, Khory. Schau dir die Leute an. Hast du sie gesehen, als wir vorhin in die Taverne gekommen sind? Und genau so war es im Fort. Die Leute haben Angst. Ihre Welt gerät aus den Fugen, und ihnen bleibt nichts, woran sie sich festhalten können, kein Anker, der ihnen Halt gibt in den Stürmen, die kommen werden. Sie verlieren die Hoffnung.«

»Und du wirst sie ihnen wieder zurückgeben?«

»Ich kann sie an die Zeiten in ihrem Leben erinnern, als sie noch Vertrauen hatten, und daran, worin dieses Vertrauen bestand und warum es so wichtig ist, daran festzuhalten.« Sie drehte die Handflächen nach oben, in einer Geste, die besagen sollte, daß sie daran nichts ändern könne, und die zugleich ihre Frustration darüber zum Ausdruck brachte. »Im Augenblick ist es das, was ich am besten kann.«

»Ich habe dich auf dem Berg gesehen, vergiß das nicht. Verkauf dich nicht zu billig.«

»Du bist eine Kriegerin, Khory. Sag mir die Wahrheit – kann Thorn den Betrüger besiegen? Kann ich es?« Khorys Antwort war Schweigen, wie Elora es nicht anders erwartet hatte.

»Wenn mein einziger Beitrag zu dem Kampf der sein soll, daß ich mich genau so verhalte, wie jeder es von mir erwartet, wie soll sich dieser Zustand dann jemals ändern?«

»Dies ist ein Krieg.«

»Ich weiß.«

Über Khorys Seele geisterten Schatten, als sie antwortete: »Das tust du nicht.«

»Und wer hat mich davon abgehalten, es zu lernen?«

»Der Krieg ist nichts, das man unbedingt und so bald wie möglich kennenlernen muß.«

Khory streckte die Hand aus und strich der jungen Frau mit einer überraschend zärtlichen Geste über die Wange. »Du bist so jung«, sagte sie sanft, und der Schmerz in ihrer Stimme schnitt so tief wie eine Rasierklinge.

»Er hört nicht von selbst auf, Khory. Nicht, bis wir entweder gewonnen haben oder uns unterwerfen. Du weißt das. Und du weißt auch, daß ich dabei eine Rolle zu spielen habe.«

»Ich sollte dich am besten in deinem Zimmer einschließen.«

»Dann breche ich eben die Schlösser auf.«

»Und wenn es Brownie-Schlösser sind?«

»Die um so schneller.«

Khory schenkte ihr ein knappes Nicken. »Er wird nicht glücklich darüber sein«, sagte sie und meinte Thorn damit. »Aber das ist seine Sache. Bastian bleibt bei mir. Adler sind so selten, daß sie auffallen, und goldene besonders. Rool bleibt bei dir.«

»Er ist auch nicht gerade unauffällig.«

»*Falls* man ihn zu Gesicht bekommt, was wohl nicht so schnell geschehen wird – nicht wahr, Rool?« fügte sie mit einem Blick über Eloras Schulter hinweg und zur Decke empor hinzu, der ein diskretes Hüsteln aus dem Schatten des Heubodens über ihnen zur Folge hatte.

»Verdammt«, brummte der Brownie und warf ein Seil herab, an dem er sich auf Eloras Schulter herabrutschen ließ. »Und ich dachte, ich hätte das so verdammt geschickt gemacht.«

»Betrachte es als deinen einzigen und letzten Fehler«, sagte Khory, und der Tonfall in ihrer Stimme war eine unmißverständliche Warnung vor den Konsequenzen eines nächsten Versuchs, sie zu belauschen.

»Du spionierst uns nach, du schamloser Knirps von einem Wicht?« schalt Elora den Brownie und wandte sich dann ab, um sich wieder Sausewind zuzuwenden.

»So hast du mich schon seit Ewigkeiten nicht mehr genannt«, grummelte Rool beleidigt. Er sprang auf die Beine, stemmte die Hände in die Hüften und blitzte Elora wütend an.

»Du hast es bisher auch nicht verdient. Aber du kannst es wieder gutmachen.«

»Ist das eine Drohung?«

»Eine Bitte, o Quell aller Weisheit dieser Welt.«

»Der Ton, in dem du das sagst, will mir gar nicht gefallen.«

»Ich will wissen, wer ich bin, Rool.«

»Schau in den Spiegel. Das ist der Ort, wo du mit deinen Nachforschungen anfangen solltest.«

»Das hab' ich schon, und laß gefälligst diese Anzüglichkeiten. Mir ist es ernst, Rool«, sagte sie.

»Und mir ebenfalls, Elora. Du bist, was du bist – gesalbt vor meinen Augen von Cherlindrea selbst.«

»Warum gerade ich?«

»Weil du in dem Augenblick, den die Verheißung vorhergesagt hat, das Licht der Welt erblickt hast und das ebenfalls prophezeite Geburtsmal hattest.«

»Aber warum ich, Rool?« wiederholte sie. »Warum ich?«

»Ich will verdammt sein, wenn ich das weiß.«

»Du bist ein Brownie. Ihr behauptet, ihr wißt, auf welche Weise die Welt funktioniert. Bin ich nicht auch ein Teil der Welt?«

Sie erwartete zumindest eine flapsige Antwort.

»Ich weiß es wirklich nicht«, sagte er schließlich bekümmert.

»Was?« Sie war verwirrt.

»Ob du ein Teil dieser Welt bist. Ich weiß es nicht. Du sprichst mit *Dämonen*, Kind! Du bist Teil der Legenden und Mythen aller Rassen, die ich kenne – ob Daikini oder Schleierleute. Und das auf Ebenen, von denen ich nicht weiß, ob selbst sie sie verstehen.«

»Was sagen diese Legenden?«

»Daß ein Kind kommen wird, anscheinend aus dem Volk der Daikini, das aber mit allen Großen Reichen verbunden ist. Ihre Geburt soll eine Zeit des großen Wandels ankündigen. Eine Zeit der unbegrenzten Möglichkeiten – zum Guten wie auch zum Schlechten.«

»Ist das alles?«

»Das Wesentliche.«

»Was? Du hast in der Religionsstunde nicht aufgepaßt?«

»Wir erlangen unser Wissen so, wie wir unsere Beute machen …« – er schniefte herablassend – »… am Rande der Ereignisse.«

»Finde mehr darüber heraus.«

»Diese Türen sind für uns verschlossen, Elora. Das hab' ich dir schon gesagt.«

»Weißt du was, Rool? Es ist mir egal, wie du's anstellst. Wenn du wirklich ein so großer Dieb bist, dann beweise es mir. Wenn meine Aufgabe irgendwo geschrieben steht, dann besorge mir das Buch oder wenigstens die Information, in welcher Bibliothek es steht. Und wenn es mündlich überliefert wird, dann bringe mir das Lied oder den Geschichtenerzähler. Egal, wie oder woher, Rool, ich will alles darüber wissen.«

»Wie Ihr befehlt, Prinzessin.«

Sie lächelte und öffnete die Lippen, um zu protestieren, daß dies kein Befehl, sondern eine Bitte gewesen sei, doch im selben Augenblick wurde ihr klar, daß dies nicht der Wahrheit entsprach. Sie hatte einen Befehl gegeben, und aufgrund ihrer Stellung erwartete sie, daß er auch befolgt würde, und Rool hatte lediglich entsprechend reagiert.

»Ich verlange nur einen Gefallen als Gegenleistung dafür«, sagte Rool. »Verlaßt Faralorn. Reitet allein weiter.«

»Das kann ich nicht.«

»Worum geht es hier eigentlich?« erkundigte sich Khory.

»Um den Barden«, keifte Rool, und aus seinem Mund klang das Wort, als sei es etwas Unanständiges.

»Warum kannst du Duguay nicht leiden, Rool?« Als er nicht sofort antwortete, bohrte Elora nach: »Bist du eifersüchtig?«

»Ein Grund, so gut wie jeder andere«, knurrte er zurück, »für die, die zu dumm sind, es besser zu wissen.«

»Lügner.«

»Warum magst du diesen Kerl?«

Sie zuckte mit den Achseln. »Er bringt mich zum Lachen. Und er hat mir Aspekte von mir selbst gezeigt, von denen ich gar nicht wußte, daß sie existieren. Außerdem singt er gut.«

»Aber du kannst ihm nicht in die Augen sehen.«

Sie blinzelte einige Male rasch und sah hierhin und dorthin, als habe Duguay selbst plötzlich vor ihr Gestalt angenommen. Ihr schossen tausend spöttische Bemerkungen durch den Kopf, wie sie Rools Bemerkung elegant umgehen könnte, doch am Ende beschränkte sie ihre Antwort auf ein einziges Wort.

»Nein«, sagte sie leise.

»Und warum ist das so?«

»Ich weiß es nicht. Andere scheinen es zu wissen.«

»Und sie lieben ihn deshalb.«

»Du glaubst, er hat magische Kräfte?«

»Ich weiß es nicht. Und eigentlich sollte ich es mit einem Blick wissen. Wie ich schon gesagt habe, wir Brownies wissen, wie die Welt funktioniert. Wir wissen, wer die Fähigkeiten eines Zauberers hat und wer nicht. Aber wenn ich Duguay anschaue, sagt mir meine Wahrnehmung, daß er genau das ist, was er zu sein scheint, und trotzdem glaube ich es nicht. Und eins ist mal sicher: Ich sehe ihm auch nicht in die Augen.«

Am folgenden Morgen trennten sich Khorys und Eloras Wege: Während die Dämonenkriegerin mit Ryn und dem Wagen aufbrach, blieben Elora und Duguay noch einen Tag in der Taverne. Sie sangen am Abend als Gegenleistung für Essen und Unterkunft und brachen am nächsten Morgen ebenfalls auf. Ihr Ruf eilte ihnen voraus, und immer wenn sie in den folgenden Tagen ihre Reise unterbrachen, erwartete sie in den Gasthäusern am Straßenrand ein größeres Publikum als zuvor und zunehmend freundliche Wirte, die sie willkommen hießen. Als sie schließlich die Shados erreichten, hatten sie – selbst nach den inflationären Maßstäben Sandenis – eine recht ansehnliche Summe eingespielt.

Von dem Vorwerk auf dem Paß der Shados nahmen sie die Abzweigung, die zur oberen Stadt führte. Dieser letzte Abschnitt war der leichteste der gesamten Reise, dank eines weiteren beeindruckenden Beispiels daikinischer Ingenieurskunst: Man hatte die Straße, die so breit war, daß zwei Frachtwagen nebeneinander und mit reichlich Platz dazwischen fahren konnten, im wahrsten Sinn des Wortes in die Flanken und steilen Abhänge der Berge gegraben. Und über die gesamte Strecke verlief am äußeren Straßenrand eine hüfthohe Steinmauer, die Schutz vor dem gähnenden Abgrund gab.

Nach zwei Wochen im Sattel von Sausewind und durch jede Art von Terrain – von Bergpfaden, nicht breiter als die Hufe eines Pferdes, bis hin zu der gut ausgebauten südlichen Fernstraße der Republik – hatte sich Elora an die unglaublich sanfte Gangart der Stute gewöhnt. Außerdem hatte sie gelernt, daß sie dem Pferd vertrauen konnte, ohne selbst ständig auf den Weg achten zu müssen. Durch das Leder des Sattels hindurch konnte sie das Spiel von Sausewinds kraftvollen Muskeln spüren, während sie im Rhythmus ihres Schritts sanft vor und zurück schaukelte. Ihre Gedanken flogen frei und sich selbst genügend wie Vögel, und sie schweiften ziellos, bis der Atem der Stute in Eloras eigenen Lungen eine Resonanz fand, die schließlich zum Einklang wurde und ihr das Gefühl gab, als sei es das unbezwingbare, stolze Herz der Stute, das das Blut glühendheiß durch ihre Adern und Venen pumpte. Elora empfand eine Sicherheit, die sie an das tröstliche Behagen erinnerte, das ihr nur ihr alter und abgewetzter Teddybär zu geben vermocht hatte (jetzt sicher in einem ihrer Reisebeutel verstaut), die Gewißheit, daß sie einen Freund hatte, dessen Treue und Vertrauen uneingeschränkt und bedingungslos war. Sausewind würde Elora immer treu zur Seite stehen und sie mit derselben Entschlossenheit beschützen wie ihre eigenen Fohlen.

Sie ließ zu, daß ihr ihre Augen zufielen und ihre Schultern nach vorn sackten, als säße sie in einem weichen Sessel, ohne wirklich einzuschlafen, aber auch unfähig, ganz wach zu bleiben. Eine machtvolle Sehnsucht erfüllte sie, die sie nicht verleugnen konnte. Die leidenschaftliche Unmittelbarkeit im Leben der Stute lag klar und deutlich vor ihr, festgefügt und überschaubar, die Pflichten genau definiert, ohne das geringste Zaudern und Zweifeln, und alles umfangen und geeint von einer Zufriedenheit, wie Elora sie in sich selbst niemals finden konnte. Sie verspürte den Wunsch, sich nach vorn zu werfen, sich an Sausewinds Leib zu schmiegen und ihren Hals zu umschlingen, bis ihr Fleisch und ihre beiden Leben zu einem verschmolzen. Die Sehnsucht war so stark, daß Elora körperlichen Schmerz empfand, der ihr die Tränen in die Augen trieb.

Anstatt jedoch dagegen anzukämpfen oder dem Sehnen nachzugeben, spreizte sie weit ihre Schwingen und flog zu den Sternen.

Nicht wirklich natürlich. Obwohl dieser eine Schlag mit den Schultern Eloras Geist so hoch in die Luft katapultierte, daß die Gestalten von Duguay und ihr nur mehr winzige Punkte unter ihr waren, wußte sie natürlich, daß ihr Körper noch immer im Sattel der Stute saß. Ihr Körper war nirgendwohin gegangen. Nur ihr Geist flog empor.

Es war das Schönste und Erhabenste, das Elora je erlebt hatte.

Sie wollte nicht glauben, wie sie aussah: diese gewaltige, angsteinflößende Gestalt, die sie in einem – wie sie sich zu erklären versuchte – unglaublich fantastischen und höchst wundersamen Wachtraum heraufbeschworen hatte. Das Merkwürdigste daran war, daß sie in ihrem Denken und ihrer Wahrnehmung unverändert blieb.

Sie konnte ein Kichern nicht unterdrücken, und sobald sie ihm nachgab, schwoll es zu einem lauthalsen, markerschütternden Lachen an. Drei Kreise, die alle Aspekte der Schöpfung umfassen, und dabei erkannte sie auch drei verschiedene Aspekte von sich selbst. Ein rein körperliches Wesen, das sie weit zurückließ. Ein weiteres, nur geistiges Wesen, das sich mit dem vermischte, was zu sein sie träumte. Und ein drittes, für das sie keine Worte hatte, außer daß es irgendwie wirklich zu existieren schien und sie zu den fernsten Regionen ihrer Fantasie davontrug.

Sie drehte ihren Kopf ganz herum, wobei ihr Hals so biegsam wie der eines Schwans war, um einen Blick auf ihr neues Ich zu werfen, und der Anblick, der sich ihr bot, raubte ihr den Atem.

Riesige Schwingen streckten sich von ihren Schultern, von einem Körper, der ihnen an Eleganz, Schönheit und zeitloser Kraft in nichts nachstand. Wenn sie auf dem Exerzierplatz des Forts landen würde, könnte sie mit den Spitzen ihrer gespreizten Flügel leicht die beiden gegenüberliegenden Palisaden berühren. Und von der Nase bis zu ihrer Schwanzspitze war sie sicherlich nicht viel kürzer. Ihre Haut schimmerte in einem irisierenden Glanz, der sie an die Bucht von Angwyn bei Nacht erinnerte, wenn sie aus dem Fenster ihres Turms geschaut und zugesehen hatte, wie das Mondlicht auf dem Wasser spielte. Die funkelnden Lichtreflexe, die sie damals gesehen hatte, waren silbern gewesen; diese hier schillerten in mehr Farben, als sie zu benennen vermochte, und sie flossen mit jedem Kräuseln ihrer Haut schimmernd ineinander über. Auch das Fleisch darunter war von einem Schimmern erfüllt, das ihrer Haut einen metallischen Glanz verlieh; in ihm sah sie das Spiegelbild eines Kopfes, der wie der Vorschlaghammer eines Hufschmieds geformt war, dessen Züge jedoch eine unerwartet große Fülle von Ausdrucksmöglichkeiten gewährten. Sie entblößte ihre Fänge, die länger waren, als die meisten Daikini in ihren Stiefeln maßen, und wußte, sie hatte die Gestalt eines Wesens angenommen, das zu jagen, zu kämpfen und zu töten wußte. Ein Paar Hörner wanden sich aus ihren Schläfen aufwärts und rückwärts, die jedoch offenbar eher ästhetischer als funktioneller Natur waren. Von dort, wo sie ihrem Kopf entsprangen, zogen sich zwei parallele Kämme entlang ihres Rückgrats, die an ihren Schulterblättern an Höhe zunahmen, um dann bis zu ihrer Schwanzspitze hinab allmählich wieder abzufallen.

Ich habe das noch nie getan, dachte sie erstaunt und vor Freude, welche Wonne es war, durch die Luft zu fliegen – von den zahllosen, auf sie einstürmenden Sinneseindrücken und Wahrnehmungen ihres neuen und wundersamen Körpers ganz zu schweigen. Ihr fiel ihre wehmütige Bemerkung über das Fliegen ein, die sie Tyrrel gegenüber auf dem Hochfels der Elfen hatte fallenlassen, und voller Glückseligkeit dachte sie: *Jetzt weiß ich es.*

Das ist wie die Geschichte, die Thorn erzählt hat, dachte sie, *als der Drache ihn nach Tir Asleen gebracht hat. Nur daß er in seinem Traum auf einem Drachen geritten ist* – sie fühlte ein grollendes Rumoren in ihrer Brust, das sie als zufriedenes Lachen interpretierte – *während ich ...!*

»Ja, das tust du«, hörte sie eine Stimme über und hinter sich sagen. »Nach langem Warten.«

Ihr erster Gedanke war: *Jemand sitzt auf meinem Rücken.* Doch der Klang und auch der Tonfall der Stimme stimmten nicht. Zu tief für jemanden, der klein genug war, auf ihr zu reiten, und zu weit entfernt. Sie hätte nur den Kopf zu drehen brauchen, um einen Blick auf ihren neuen Gefährten zu werfen, doch sie entschied sich für etwas Dramatischeres. Der Impuls verband sich mit körperlichen Instinkten und Nervenschaltungen jenseits der Reichweite ihres noch immer primär menschlichen Bewußtseins, um den Wunsch Wirklichkeit werden zu lassen. Sie legte ihre Schwingen an den Körper und schlängelte sich wie ein Aal – oder wie sie es bei Ryn im Wasser gesehen hatte – durch die Lüfte, tauchte in einem rasanten Sturzflug ab und wand sich in einem eleganten Looping wieder empor, der ihre Position umkehren und sie in den Nacken ihres geheimnisvollen Begleiters bringen würde.

Es war ein absolut tollkühnes Manöver, insbesondere für jemanden, dessen gesamte, bisher aktive Flugzeit in Minuten gemessen werden konnte. Es hätte vielleicht sogar funktioniert, hätte nicht der andere Drache im selben Augenblick das gleiche Flugmanöver vollführt, so daß sie beide in wilden Kreisen schneller und schneller umeinander herumwirbelten; bis Elora begriff, daß alle ihre Versuche, ihn abzuschütteln, fehlgeschlagen waren.

Elora hörte ein dröhnendes Lachen und verdoppelte ihre Anstrengungen, und sie beide wirbelten, umeinander kreisend, bis zur Spitze des Himmels empor, um sich dann in rasendem Flug bis zur Erde hinabzustürzen, wo sie mit der wilden Zügellosigkeit von Kindern, die Fangen spielen, durch die Täler und Schluchten der Berge jagten, mit ihren Bäuchen die Wipfel von Bäumen und mit den Spitzen ihrer Schwingen die Bergflanken streifend. Elora empfand nicht das geringste Zaudern – genausowenig wie ihr Widersacher, und der Gedanke an einen Absturz oder Zusammenstoß war ihnen beiden gleichermaßen fremd. Es war die Unverwundbarkeit von Kindern und Unwissenden, die sie schützte – so sicher und fest wie eine glänzende Rüstung.

Sie konnte sich nicht mehr erinnern, wann sie zum letztenmal so viel Spaß gehabt hatte – ob im Traum oder im Wachsein –, doch selbst ihre wagemutigsten Manöver und wildesten Anstrengungen reichten nicht aus, ihn zu fangen oder ihn abzuschütteln, bis sie feststellte, daß sie selbst die Gejagte war.

In der tiefen Finsternis der Nacht konnte sie ihn weder sehen noch seine kinetische Präsenz erfühlen – nicht einmal mit ihrer MagierSicht. Sosehr sie sich auch bemühte, sie sah nicht mehr als einen huschenden Schatten, wenn sein Körper in rasendem Flug einen Wimpernschlag lang die Sterne am Firmament verdunkelte. Er hatte auch die Fähigkeit, ihre EinSicht abzublocken, und es war ihr unmöglich, ihr Bewußtsein mit dem seinen zu verschmelzen.

Der Anblick des Hochfelsens unter ihr schreckte sie aus ihrer selbstvergessenen Jagd auf, und der mächtige Schlag ihrer Schwingen, mit dem sie ihren Flug bremste, peitschte die Luft mit solcher Gewalt, daß es wie Donner über die Berggipfel hallte.

Sie war sich nicht sicher, ob es an der Perspektive aus der Luft lag oder auf irgendeine Verbesserung ihres Sehvermögens zurückzuführen war, die mit der Veränderung ihrer Gestalt einherging, doch die Form und Struktur des Berggipfels unter ihr enthüllte sich ihr nun weit klarer als zuvor. Sie erkannte ein Muster, wo sie zuvor nur Steine gesehen hatte.

Der Altar stand genau in der Mitte des Gipfelturms, an einer Stelle, die von drei sich überschneidenden Kreisen gebildet wurde, die je aus einem Ring von Steinen bestanden. Die Steine jedes dieser Ringe hatten an dem Punkt des Kreises, der am weitesten vom Altar entfernt war, etwa die Größe von Pflastersteinen, kaum größer als Eloras Fuß, und waren in einer Ebene mit dem Boden. Sie zählte zwölf im ganzen, die sich zu je vieren, in gleichem Abstand an den Kardinalpunkten gesetzt, zu den drei Kreisen fügten. Die nächsten Steine in den Kreisen waren doppelt so hoch wie die ersten, und die drei letzten – genau gegenüber des ersten Steins und etwa zwei Schritte vom Altar entfernt – überragten jene wiederum um das Zweifache. Diese drei Kardinalsteine bildeten ein gleichschenkliges Dreieck, in dessen Mitte der Altar stand. Zugleich erkannte Elora ein weiteres Muster, die Andeutung eines vierten Kreises, der durch diese Kardinalsteine verlief und den Altar umschloß.

Ein plötzlicher Luftwirbel über ihrem Rücken kündete die Ankunft ihres Verfolgers an, doch als sie sich blitzschnell herumwarf, um wenigstens einen flüchtigen Blick von ihm zu erhaschen, war die einzige Gestalt, auf die ihr Blick fiel, ein Junge, der im dritten Kreis und mit lässiger Nonchalance an den Kardinalstein gelehnt stand, als verweilte er schon seit Stunden dort.

Im Licht des Mondes schien er genauso silbern wie sie, obgleich – um ehrlich zu sein – ein zweiter, genauerer Blick sie zwang, sein Geschlecht in Frage zu stellen. Er schien in einem Alter und von einem Körperwuchs, bei dem beide Pronomen – er oder sie – mit derselben Berechtigung angewandt werden konnten. Seine Kleider waren diesbezüglich auch nicht sehr hilfreich. Er trug einen eng anliegenden Anzug aus einem Gewebe, das jeden, auch den winzigsten Lichtschimmer in glitzernde bunte Lichtfunken zersplitterte. Ein wahrhaft glanzvoller und blendender Anblick um Mitternacht und – wie Elora vermutete – sicherlich absolut unerträglich, wenn die Sonne aufging. Sein Haar war so schwarz wie das ihre, nachdem es mit Duguays Farben Bekanntschaft gemacht hatte. Und noch etwas schienen sie gemeinsam zu haben: ihren Friseur, der keinem von ihnen einen Gefallen getan hatte.

»Ich kenne dich«, sagte sie und ließ sich vorsichtig balancierend mit den Hinterbeinen auf zwei der Kardinalsteine nieder, als nehme sie dadurch die beiden Kreise – den der Welt und den des Fleisches – für sich in Anspruch. Er stand in der Mitte des Kreises des Geistes.

Ein kaum merkliches Nicken war seine einzige Antwort. Die Art, wie er dabei den Kopf hielt, das Kräuseln seiner Nase, die Mischung von Vertrautem und Fremdem in seinen Augen verrieten ihr, wer er war. Sie wünschte, dem wäre nicht so gewesen, und diese plötzliche Erkenntnis traf sie wie ein Speer durch ihre Seele.

»Du bist tot«, flüsterte sie.

»Komm zu mir«, sagte Kieron Dineer und streckte ihr die Hände entgegen, als wolle er sie einladen, mit ihm zu tanzen. Er hatte ein schiefes Grinsen aufgesetzt, das gerade so weit daneben war, daß es schon wieder anziehend wirkte.

Sie hatte nie die Gelegenheit gehabt, ihn kennenzulernen. Er allein war ihr unter all denen, die in Angwyn versammelt gewesen waren, zur Seite gestanden. Sein Opfer hatte Drumheller die ersehnte Gelegenheit verschafft, Elora zu retten.

Dann fiel ihr der andere Teil von Thorns Erzählung ein: daß alles, was er für einen Traum gehalten hatte, wahr gewesen war. Irgendwie hatte ein Drache seinen Geist von seinem Nachtlager geraubt und ihn Fleisch werden lassen und ihn dann über viele Meilen hinweg nach Tir Asleen gebracht, damit er seine liebsten Freunde ein letztes Mal sehen konnte und, ohne es zu wissen, die beiden Brownies, Rool und Franjean, in Sicherheit bringen würde. Und – am allerwichtigsten von allem – um Elora Danan ihr Geburtstagsgeschenk zu bringen: einen Teddybären, den er mit eigenen Händen gemacht und mit einem Quantum seiner eigenen magischen Kraft ausgestattet hatte, verknüpft mit dem ausdrücklichen Befehl, sie bis zu seiner Rückkehr zu behüten und zu beschützen.

Unwillkürlich tastete ihre Hand nach ihrem Reisebeutel, in welchem sie den Bären aufbewahrte, doch in ihrer jetzigen Gestalt und in dieser Realität waren beide nicht an ihrem Platz. Ihr Herz begann, schneller und schneller zu hämmern wie ein Trommler, der Alarm schlägt und die Soldaten zu den Waffen ruft, während ihr Blick zum Horizont schweifte und sah, wie perfekt und klar gestochen jede Linie der Landschaft sich zu einem vollkommenen Ganzen fügte. Es war, als sei ein Augenblick aus der Zeit herausgelöst und dann von einem himmlischen Maler übermalt worden, dessen Aufgabe es war, alle seine einzelnen Bestandteile zu einer vollendeten Harmonie zusammenzufügen. Die Gipfel im Osten waren von einem zarten rosafarbenen Schimmer übergossen, der eine Morgendämmerung verhieß, die, wie sie wußte, nie kommen würde; jeder Grashalm und jedes Blatt glitzerten von perlenden Tautropfen. Die Tiere der Nacht hatten sich bereits in ihren Nestern und Bauen verkrochen, und die, die im Angesicht der Sonne lebten, waren noch nicht erwacht. Und über allem lag eine tiefe, übernatürliche Stille, die einem Wunder gleichkam, die Elora jedoch mit Angst erfüllte.

»Was hast du getan?« begehrte sie von dem Jungen zu wissen, und in ihren Worten schwang unausgesprochen eine zweifache Anklage mit: *Was hast du der Welt angetan, Kieron? Und was hast du mir angetan?* »Was ist das für ein Ort? Wo bin ich?«

»Ein Ort, den du aufsuchen mußt, Elora Danan, um deinen eigenen Kreis zu vollenden.«

»Sprich nicht in Rätseln, das ist nicht fair!«

»Das hat nichts mit Fairneß zu tun, und es soll auch nicht leicht sein. Manche Preise werden gewonnen, kleine Prinzessin, andere müssen verdient werden.«

»Was willst du von mir?« rief sie.

»Dein Leben«, antwortete er und *brannte.*

Es waren keine Flammen eines echten Feuers, sondern nur Drachenfeuer – die stärkste und extremste Manifestation von Zauberkraft. Kieron brannte wie eine Fackel von Kopf bis Fuß, und die Flammen, die ihn einhüllten, loderten so hell, daß sie ihn auf der Stelle hätten verzehren müssen. Dies war Energie in ihrer reinsten und ursprünglichsten Form, die aus dem Schmelzofen der Schöpfung selbst geschöpft sein konnte, eine Essenz der Natur, so gewaltig und urwüchsig, daß *nichts* Sterbliches ihre Berührung ertragen, geschweige denn überdauern konnte.

Auf Tyrrels Hochfels, in der Stunde des Wolfes, wenn die Nacht am schwärzesten ist und die Grenzen zwischen den Reichen am durchlässigsten, in jenem furchtbaren Augenblick, wenn die NachtMahre ihre Beute durch die Felder und Wälder des Traums jagen, schien es Elora mit einemmal, als sei Kieron Dineer zurückgekommen, um von ihr den Preis für sein Leben zu fordern.

Sie versuchte zu fliehen und schlug wild und nur dem blinden Instinkt gehorchend mit den Schwingen, um sich in den Himmel zu erheben, doch noch während sie verzweifelt darum kämpfte, an Höhe zu gewinnen, wurde sie von einer entsetzlichen Lähmung erfaßt, und sie stürzte taumelnd und mit einem gewaltigen Krachen zur Erde zurück, das die Berge ringsum erbeben ließ wie ein herabsausender gigantischer Donnerstein. Ihre verzweifelten Flugversuche hatten sie gänzlich außerhalb der Kreise befördert, und der Größenunterschied zwischen ihr und Kieron war jetzt so extrem, daß sie – selbst auf die Erde gestreckt – auf ihn hinab sah.

Er sah nicht sehr erfreut aus. Die Dinge entwickelten sich nicht so, wie er es wünschte. Sie war nicht an ihrem richtigen Platz in seinem Plan der Dinge. Die ursprüngliche Vollkommenheit des Schauplatzes war zerstört worden – irreparabel und ein für allemal, wie sie hoffte. Sie war heilfroh darum.

Sie versuchte, sich zu bewegen und die Lethargie zu ignorieren, die durch ihre Knochen und Muskeln kroch und ihr Fleisch so schwer und ihre Glieder so unbeweglich machte, als seien sie aus Metall. In ihr breitete sich eine schreckliche Kälte aus, während sie reglos auf dem ebenso kalten Boden lag, und sie erkannte, daß die einzige für sie erreichbare Wärmequelle die ausgestreckte, brennende Hand Kierons war.

»Warum tust du das?« schrie sie, wütend auf sich selbst, weil sie in ihre Stimme nichts als Verachtung und die Kraft einer Kriegerin hatte legen wollen, und das, was herauskam, verdächtig nach einem kleinen Mädchen klang.

»Weil ich muß. Du es mußt. *Wir* es müssen.«

»Das ist nicht wahr!« Sie hörte, wie jemand ihren Namen rief. »Ich glaube nicht, daß du die Macht hast, mir etwas anzutun!«

Wieder hörte sie ihren Namen, und nach Kierons Reaktion zu urteilen, hörte er ihn auch. Seine Miene verfinsterte sich, und die Betroffenheit, die sich in seinem Gesicht spiegelte, sagte ihr, daß auch dies nicht zu seinem Plan gehörte.

Ein drittes Mal rief jemand ihren Namen. Mit dem letzten Rest ihres Willens, denn ihre Kraft war fast erschöpft, schrie Elora ihre Antwort:

»Duguay!«

Der herzhafte Duft von Hühnersuppe und die behagliche Wärme einer Daunendecke sagten ihr, daß sie in Sicherheit war. Ihr erstes vorsichtiges Blinzeln verriet ihr nur, daß sie, eingewickelt in einen sicheren, warmen Kokon von Bettdekken, in einem Bett lag, und sie klammerte sich an diese Empfindung, als sei sie das letzte Bollwerk gegen die Pein, die, wie sie wußte, jenseits von all dem lag.

Sie befand sich an einem ihr unbekannten Ort, wie sie mit dem ersten vorsichtigen Blick über den Rand der Daunendecke feststellte. Am Fußende des Bettes brannte in einem Kamin ein Feuer, das sie auf Anhieb als ›behaglich‹ empfand, ebenso wie die Wärmflasche unter ihren Füßen.

Es war ein riesiges Bett, wie ihr ein ausgiebiges Strecken ihrer Glieder bestätigte, während sie mit einiger Mühe die Augen ganz aufschlug und einen genaueren Blick riskierte. Es war das Beste, das sie seit jener Nacht, als sie Torquils Heim verließ, zu Gesicht bekommen hatte. Weder mit den Füßen noch mit ausgestreckten Armen konnte sie das Ende des Bettes erreichen, und auch seitlich fühlte sie nach beiden Seiten nichts als Matratze. Und jede Menge Kissen. Der Rahmen des Bettes war so einfach wie elegant – sanfte, weich geschwungene Kurven, sowohl am Kopf- wie auch am Fußende –, und der Rest der Einrichtung stand dem Bett in nichts nach. Die Möbel waren allesamt durchaus funktionell, doch sehr schön gearbeitet; überall waren Kissen und Teppiche. Der Raum besaß Ausstrahlung und zeugte von bemerkenswertem Geschmack, woran auch die deutlich unpersönliche Note nichts änderte, die ins Auge fiel und die Elora verriet, daß sie vermutlich in irgendeiner Herberge und nicht in einem privaten Haus war.

Im Augenblick kam das einzige Licht, das den Raum erhellte, von dem Feuer im Kamin, das allerdings nicht mit hellen Flammen loderte, sondern nur mehr aus einem Häufchen glühender Kohlen bestand. Elora zog ein Kissen an sich, das so groß war, daß sie es leicht mit ihren Armen und Beinen umschlingen konnte. Sie zog die Beine unter ihrem Nachthemd fest gegen die Brust und machte sich in dem behaglichen Nest so klein wie nur irgend möglich. Sie zitterte; eine körperliche Reaktion, die nichts mit dem Empfinden von Kälte zu tun hatte. Ihre Augen waren feucht und angstvoll geweitet wie die eines gefangenen Rehkitzes, obwohl ihr gar nicht zum Weinen zumute war. Sie wollte an keine der jüngsten Erinnerungen rühren, doch sie waren wie ein Wundschorf, der so entsetzlich juckte, daß sie nicht anders konnte, als daran zu kratzen, auch wenn dadurch die Wunde wieder zu bluten anfing.

Es war wie in einem Traum. Besser gesagt, sie *wollte,* daß es ein Traum sei, und doch wußte sie, daß es keiner war. Die Form ihres Körpers paßte ihr nicht mehr ganz so wie sie sollte: sie war zu klein, und jede Bewegung ihrer Schulterblätter erinnerte sie an Flügel, die nicht mehr dort waren. Sie erinnerte sich mit einer Klarheit und Intensität an jeden einzelnen Augenblick auf dem Gipfel des Hochfelsens, die das, was sie nun mit offenen Augen wahrnahm, verblassen ließen. Es war etwas gänzlich anderes gewesen als das, was sie in Ganthems Furt mit den Gespenstern der Toten erlebt hatte. Sie waren zu kaum einer Empfindung mehr fähig gewesen, nur mehr Schatten des Geistes und Schatten des Fleisches, das sie einst mit Leben erfüllt hatten – schemenhafte Abbilder dessen, was sie einst gewesen waren, und nur noch durch ihren Zorn und den Schmerz über die Umstände ihres Todes definiert. Mit Kieron war es etwas völlig anderes gewesen: er war ihr so lebendig erschienen wie damals in Angwyn. Und doch wußte sie, daß er tot war. Und mit diesem Wissen kamen die Tränen um seinen Tod und um die Rolle, die sie dabei unwissentlich gespielt hatte.

»Mama«, flüsterte sie so leise, daß kaum ein Hauch über ihre Lippen kam. In ihren Gedanken jedoch war dieses Wort ein Schrei, der mit aller Leidenschaft und allem Schmerz, zu dem sie fähig war, aus den tiefsten Tiefen ihres Wesens hervorbrach. Ein Schrei, der ihren Verlust, ihre Einsamkeit und ihren Zorn, so völlig alleine auf der Welt zu sein, in sich barg.

»Papa!« Auch dies ein Wispern, nach außen ebensowenig hörbar wie zuvor, doch in ihrem Innern ein Schrei der Verzweiflung.

In diesem Augenblick traf sie die Erkenntnis wie ein Blitz, daß das, was alle um sie herum – einschließlich sie selbst – immer als kindliche Gekränktheit abgetan hatten, mehr als das war: Sie haßte ihr Leben als die Heilige Prinzessin. Nicht die Tatsache an sich, sondern das, was dieses Leben mit sich brachte. Zu lange war sie die Prinzessin im goldenen Käfig gewesen, eine Nippesfigur in einer prunkvollen Vitrine, die nur zum Vorzeigen taugte. Bis zu diesem Augenblick hatte sie nie wirklich verstanden, wie wundervoll es war, eine Familie zu haben und zu einer Gemeinschaft zu gehören, so wie es bei Torquil und Manya und den Fels-Nelwyns gewesen war.

Sie vergrub ihr Gesicht in dem Kissen, wobei sie den Bezug dazu benutzte, sich die Tränen fortzuwischen, und sprach dann die Gestalt an, deren Gegenwart sie in dem prachtvollen Lehnstuhl neben dem Bett fühlen konnte.

»Duguay?«

Sie hörte ein Zögern im Atemrhythmus der Gestalt, das ihr sagte, daß sie gehört worden war, und registrierte beim nächsten Atemzug, wie sehr sie sich getäuscht hatte.

»Nein«, sagte Rool leise, und der Ton seiner Stimme verriet nichts über seine Reaktion auf Eloras Mißverständnis. »Soll ich ihn rufen, Elora Danan?«

Der Brownie sprang vom Stuhl und war verschwunden, ehe sie eine Antwort zustande brachte. Sie zog sich die Bettdecke wie einen Umhang um die Schultern und fühlte sich klein und verloren in dem riesigen Bett.

»Sind wir in Sandeni?« fragte sie den Troubadour unter ihrem Refugium aus Daunen und Decken hervor, als er ins Zimmer trat.

»Sicher und wohlbehalten«, erwiderte Duguay fröhlich. »Wir sind in einer Herberge, die ein ganzes Stück von der Residenz Eures Mentors Drumheller entfernt ist. Die jungen Burschen werden von nah und fern herbeiströmen, um Elora, die Sängerin, zu hören, und niemand wird sich für irgendeine Prinzessin – ob heilig oder nicht – interessieren.« Er setzte sich auf den Rand des Bettes und hob den Deckel von der Schüssel mit Suppe, die auf dem Nachttisch stand. »Ich muß allerdings zugeben, daß Ihr uns auf dem letzten Stück des Wegs durch die Shados einen ziemlichen Schrekken eingejagt habt – mir und Eurem Brownie.«

»Wieso? Was ist passiert?«

»Wir ritten ganz normal und entspannt auf der Straße. Es sah aus, als wärt Ihr im Sattel eingenickt. Und dann habt Ihr plötzlich geschrien. Euer Pferd ist ein verdammt kluges Tier: Es ist sofort vom Abgrund weg zur Wand gegangen, damit Ihr nicht tief fallt, falls Ihr aus dem Sattel stürzt. Und wenn diese Stute Hände gehabt hätte, hätte sie Euch auch noch festgehalten.«

»Sausewind – ist sie …?«

»Sie ist gut untergebracht.« Sein Blick schweifte anerkennend durch das Zimmer. »Und wir ebenfalls.«

»Eine Taverne?«

»Essen, Trinken und Unterkunft, und niemand hat etwas gegen ein kleines Unterhaltungsprogramm am Abend einzuwenden.«

»Das ist gut.«

Sie zog die Decke über ihren Kopf, um die Welt auszuschließen, doch bald wurde es ihr zu warm, und sie mußte ihren Kopf wieder ins Freie strecken. Doch selbst das war ihr noch zu warm, und so ließ sie die Decke von ihren Schultern gleiten. Duguay beugte sich mit einem seltsamen Ausdruck auf dem Gesicht vor, wobei er seine gespreizten Hände flach auf die Matratze preßte.

»Was ist?« fragte Elora.

»Nur neugierig, das ist alles. Wollte nur sehen, wer hier die Nacht in einem solchen Prachtbett verbracht hat.« Doch dann war aus seiner Stimme der schnippische Unterton verschwunden, als er fragte: »Lust zu reden?«

»Wie bin ich hierhergekommen?« erkundigte sich Elora vorsichtig.

»Drückeberger.«

»Nein – gar nicht!«

»Wie sonst würdet Ihr es nennen, wenn Ihr meine Frage mit einer Gegenfrage beantwortet?« In einer einzigen, fließenden Bewegung, der er eine halbe Pirouette folgen ließ, deren kraftvolle Anmut und männliche Eleganz Elora den Atem raubte, kam er auf die Beine und streckte ihr die Hand entgegen. »Ihr habt lange genug den Faulpelz gespielt, Elora, meine Kleine. Hoch mit Euch, bevor Euch jemand mit einem Möbelstück verwechselt.«

»Das war gemein.«

»Sind wir das nicht alle, wenn sich die Gelegenheit bietet?« Ein Anflug von Zornesröte erschien auf ihrem Gesicht, als sie sich aus den Decken wühlte, und er breitete beschwichtigend die Hände aus und brummte: »Ich bin nicht derjenige, dessen Geist auf Wanderschaft gegangen ist, Elora. Habt Ihr jemals daran gedacht, daß man manchmal deshalb keine Antwort findet, weil es keine Anwort gibt?«

»Blödsinn.«

»Glaubt Ihr, ein Käfer sieht die Welt genauso wie Ihr?« fragte er und scharrte mit der Spitze seiner eleganten Stiefel über den Fußboden, wobei er in der Dunkelheit Staub aufwirbelte, der wie Asche von etwas Totem und längst Vergangenem über den Dielen schwebte. »Oder ich? Und wo stehen wir ...« – und nun hob er die Arme in einer Geste, als ob er nicht nur den Raum, sondern die ganze Welt umspannen wollte – »... im Angesicht von all dem? Alles hat seinen Platz und seinen Zweck; und selbst wenn alles andere in der

Schöpfung anders ist, als es scheint, es ist immer wahr. Eine Baßstimme mag noch so mächtig und gewaltig sein, aber erwarte nicht von ihr, daß sie den Part eines Soprans singt.«

»Nichts Übernatürliches, Duguay? Keine Träume? Warum sind dann die Kreise miteinander verwoben?«

Zu Eloras Überraschung verstand er sofort, was sie meinte, obgleich sie eine Erklärung parat gehabt hatte.

»Sind sie das wirklich, Elora? Oder sind sie es nur, weil Ihr sie so sehen wollt?« Er faßte sie erneut genauer ins Auge und kam näher – ein wahrhaft prachtvolles Bild von einem Mann, wie er selbst nur zu gut wußte. Sein Lächeln, wie er sich bewegte – alles an ihm – schien sie aufzufordern, in seine Arme zu kommen.

»Ich für meinen Geschmack«, sagte er. »Mache lieber meine eigenen Kreise.« Seine Augen blitzten sie unter hochgezogenen Brauen hervor mit einem aufmunternden Blick an, der ihr einen Schauer über den Rücken jagte, doch es war nichts im Vergleich zu dem, was sie bei dem Kuß mit Luc-Jon gefühlt hatte. Es war zwar ein durchaus verlockendes und möglicherweise sogar elektrisierendes Gefühl, doch sie tat, als habe sie die Signale nicht verstanden.

Beinahe herausfordernd schlug Elora ein Bein über das andere und erhob sich dann mit einer Anmut von der Bettkante, die der zuvor von ihm an den Tag gelegten Geschmeidigkeit in nichts nachstand.

Seine Augen warteten und seine ausgestreckten Hände ebenfalls. Um dem einen zu entgehen, hätte sie beinahe das andere ergriffen.

Kurz bevor ihre Hände sich berührten, fiel Eloras Blick auf den Tisch, auf dem ihr Gürtel mit den Reisebeuteln lag, und auf die kleine Gestalt, die dort stand und ihr den Gürtel entgegenhielt. Duguay reagierte mit der Gewandtheit einer Katze, als habe er von Anfang an gewußt, daß dieser Augenblick so enden würde. Ohne daß seine Hand die ihre wirklich berührte, drehte er sich, ihrer Bewegung folgend, als sie unter seinem Arm hindurchschlüpfte, so daß es aussah, als sei er derjenige, der Elora auswich, und nicht umgekehrt.

»Störe ich?« erkundigte sich Rool mit einem Tonfall, der kein Hehl daraus machte, daß er sehr wohl wußte, daß er störte – und dies mit voller Absicht.

Duguays Antwort war eines seiner strahlenden Standardlächeln, während er zugleich einen ausgestreckten Finger auf den Brownie richtete und eine Bewegung machte, als würde er den Abzug einer Armbrust drücken. Oberflächlich betrachtet, konnte das als ein harmloser Scherz unter Männern verstanden werden, der nicht böse gemeint war. Doch Rool faßte es ganz offensichtlich als etwas völlig anderes auf. Er fixierte den Troubadour, als sei Duguay die Inkarnation eines Todeshundes.

»Das Zimmer ist bezahlt«, sagte Duguay zu Elora gewandt. »Aber wenn wir länger hierbleiben wollen, müssen wir dafür arbeiten. Ich hab' für heute abend zugesagt.«

»Ich komme gleich runter«, erwiderte sie. »Sobald ich gebadet und mich angezogen habe.«

»Bestens. Bis gleich also.« Und fort war er.

Rool schien nicht im Traum daran zu denken, sich für sein Benehmen Duguay gegenüber zu entschuldigen oder dafür, daß er so tat, als würde er nicht merken, daß Elora allein sein wollte. Sie zahlte es ihm heim, indem sie ihn ignorierte und so tat, als sei er gar nicht da.

Die Taverne, in der sie abgestiegen waren, trug den schönen Namen ›Zur Schwarzäugigen Susanna‹ – offenbar so genannt nach der Besitzerin, eine hübsche Frau mittleren Alters, deren ruhige und großzügige Art sie zur idealen Wirtin machte. Als Elora erfuhr, daß die Straße, in der das Etablissement lag, »Straße der verlorenen Drachen« hieß, schoß sie einen durchdringenden Blick in Duguays Richtung, weil sie dahinter eine bewußte und alles andere als zufällige Anspielung auf ihren Traum vermutete. Doch er reagierte nur mit einem unschuldigen Achselzucken, das so völlig ohne Falsch war, daß sie resigniert die Arme in die Höhe warf. Es war einfach unmöglich zu sagen, wann er einem nicht etwas vorspielte; dazu war er ein viel zu guter Schauspieler.

Die Taverne und die Straße lagen auf einer kleinen Insel,

die Madaket hieß und nur eine von zahlreichen ähnlichen Inseln aus Fels oder Schwemmland war, die von den Armen der Flüsse aus dem Hochland gebildet wurden, bevor ihre Wasser über die Wand hinabstürzten. Sie waren untereinander und mit dem Hauptteil der Stadt durch Brücken verbunden, doch selbst eine scheinbar so geringfügige Trennung wie ein von Brücken überspannter Flußarm hatte zur Folge gehabt, daß jedes dieser Inselviertel seinen eigenen Charme und Charakter entwickelt hatte. Madaket, das nicht weit vom Universitätsviertel und einer ganzen Reihe von Regierungsministerien lag, lockte mit seinen Tavernen und Kaffeehäusern allabendlich eine bunte Mischung aus Studenten, akademischen Lehrern und Regierungsbeamten an. Wenn man an den Abenden durch die Straßen schlenderte, konnte man allenthalben an den Tischen der gut besuchten Etablissements leidenschaftliche Diskussionen zwischen jungen Heißspornen aus der Universität und gesetzteren Herrschaften aus Politik und Wissenschaften verfolgen, in denen die einen den anderen vorwarfen, wie nachhaltig sie die Welt zugrunde gewirtschaftet hätten, um darauf in der Regel die Antwort zu erhalten, sie sollten erst einmal eine richtige Arbeit leisten, ehe sie sich das Recht anmaßen könnten, über solche Dinge zu reden.

Die Häuser waren zum Großteil aus Backsteinen errichtet, was auch für den überwiegenden Rest der Stadt zutraf, da auf der Hochebene ein guter Ton abgebaut wurde, der zudem billiger war als Holz. Außerdem waren Steinhäuser widerstandsfähiger gegen die ständige Feuchtigkeit, die von den Flüssen und Wasserfällen herrührte. Auf dem Festland war in größerem Maß die ordnende Hand einer Stadtplanung zu erkennen, die dafür gesorgt hatte, daß hier alle Gebäude von etwa derselben Größe waren und sich zu gleichförmigen Zeilen entlang der Straßen reihten, während auf Madaket und vielen der anderen Inseln die Häuser sich meist zu einzelstehenden Gruppen zusammendrängten, wodurch Platz für einige sehr spektakuläre Gärten war.

Am ersten Tag hatte Elora kaum Zeit, etwas von der Stadt zu sehen. Nachdem sie sich den Angestellten des Hauses vorgestellt hatte, verbrachte sie den Nachmittag damit, bei der Vorbereitung des Abendessens zu helfen. Alle arbeiteten dabei mit, und jeder legte Hand an, wann und wo er gebraucht wurde. Elora wurde abkommandiert, Susanna und den Küchenchef zum Markt zu begleiten, und mußte dann das Gemüse putzen, das sie nach Hause geschleppt hatte. Und dann – nach einem Besuch im Waschhaus – schlossen sie und Duguay sich in ihrem Zimmer ein, um dünn gewordene Stellen ihrer Bemalung auszubessern. An ihren Kostümen war nichts zu reparieren, denn dies war bereits erledigt worden – mit fast unsichtbar feinen Stichen, wie sie für einen Brownie typisch sind. Dank Rools meisterlicher Arbeit sahen die Kleider jetzt besser aus als zuvor, als sie neu gewesen waren, und Elora fühlte sich schäbig, weil sie so wütend auf ihn gewesen war.

Sie wollte sich entschuldigen, aber er war nirgends zu finden.

Die ersten Gäste, die kamen, nachdem die Taverne geöffnet hatte, waren Stammgäste mit Stammplätzen und Lieblingsgerichten, die Susanna leutselig begrüßten und an den neuen Gästen mehr als nur ein wenig interessiert waren. Es war nicht nötig, daß Elora beim Servieren der Mahlzeiten half, doch sie hatte festgestellt, daß ihr diese Arbeit Spaß machte. Sie hatte in ihrem Leben so wenige Gelegenheiten gehabt, unter Leuten zu sein, vor allem unter solchen ihrer eigenen Art, daß sie diese Möglichkeit nutzen wollte. Je mehr sie beobachtete und zuhörte, um so mehr erfuhr sie – nicht nur die Neuigkeiten des Tages, sondern vor allem, wie die Menschen darauf reagierten, was ihre Hoffnungen und Ängste waren, ihre Wünsche und Sorgen. Jeder Augenblick, jedes Leben war ein Faden, den sie in jede abendliche Vorstellung mit einwob, wodurch ihre Auftritte zu einer persönlichen und bleibenden Erfahrung für ihr Publikum wurden.

Von einer Gruppe Schreiber aus einem der Ministerien, die sie belauschte, erfuhr sie einiges über Thorns Position in der sandenischen Regierung. Der Nelwyn hatte es bis zum Berater ohne spezifischen Geschäftsbereich gebracht, und der Rang, den er in den Räten der Macht einnahm, war so hoch und bedeutend, wie sein Titel nebulös war. Das Ergebnis davon war, daß er jederzeit, wenn er es für nötig hielt, Zugang zum Kanzler hatte und sein Rat oft Gehör fand.

Ihre eigene Reputation war weniger glänzend.

»Die Heilige Prinzessin hat eine Reputation?« fragte sie einen Studenten in aller Unschuld.

»Nicht mehr als jeder andere anständige Blitzableiter auch«, warf einer seiner Freunde mit einen Lachen dazwischen und leerte dann seinen Krug in einem Zug, um sogleich nach einem frischen zu greifen, den Elora ihm hinschob.

»Das ist gar keine so schlechte Strategie«, mischte sich ein älterer Herr am Nachbartisch ein. Er trug den Talar eines Dozenten, und die Studenten behandelten ihn mit offenkundigem Respekt. »Wenn man die Kunde verbreitet, daß jeder Ort, an dem Elora Danan Zuflucht gewährt wird, von einer schrecklichen Katastrophe heimgesucht wird, wie lange wird es dann noch dauern, bis niemand mehr es wagen wird, sie aufzunehmen? Und wenn jede Tür für sie verschlossen ist, wie soll sich dann ein wirksamer Widerstand gegen die Maizan erheben können?«

»Verzeiht, Herr Professor«, erwiderte einer der Studenten, »aber angenommen, daß die Geschichten, die man sich erzählt, wahr sind? Man sagt, daß Angwyn in ständigen Frost und Rauhreif eingehüllt ist.«

»Kein nennenswerter Frachtverkehr mehr auf dem Cascadel«, polterte ein Händler, der an dem Tisch vorüberschlenderte. »Nur noch Nahverkehr, von einem Ort zum nächsten am Südufer zur Hochwüste von Saranye hin. Nichts mehr, das auf die andere Seite des Schutzwalls geht.« So wurde die Gebirgskette genannt, die sich entlang der Küste des Sonnenuntergangsozeans erstreckte. »Die ganze Bucht von Angwyn ist angeblich zugefroren und ein ganzes Stück vom Ozean dazu. Und über das Land breiten sich Gletscher aus, die größer sind als die in den Eisländern. Der Schutzwall wird derzeit seinem Namen gerecht und hält das Schlimmste von diesem falschen Winter von uns ab.

Aber Ihr könnt es mir glauben, junge Herren, es werden Zeiten kommen – und dies bald –, wo uns auch das Gebirge nicht mehr schützen kann. Dann wird der Sommer – von der Wand bis zum Sonnenuntergangsozean – nur mehr Erinnerung sein.«

Aus dem Hintergrund der Taverne drang ein schneller Rhythmus, von fliegenden Fingern auf einer Trommel geschlagen, an Eloras Ohr, der ihre Glieder erfaßte und ihrem Körper so perfekt wie eine Haut paßte.

Ihre Füße begannen, sich im Rhythmus zu bewegen, und ihre Hüften und Schultern nahmen langsam in einem sanften Wiegen den mitreißenden Beat auf. Es waren nur kleine, zunächst verhaltene Bewegungen, die so mühelos ineinander flossen, daß nichts mehr sie zu bremsen vermochte. Elora war der aktive Partner bei dem Tanz, während Duguay mit seiner Trommel die passive Rolle im Hintergrund übernahm.

Sie warf die Arme in die Höhe und tanzte mit einigen Sidesteps zwischen den Tischen hervor auf die offene Fläche vor dem Kamin, die Susanna für ihren Auftritt frei gemacht hatte. Dann ließ sie sie mit einer beinahe trägen Anmut wieder sinken, wobei sie manchmal in völliger Harmonie mit der Musik war und dann wieder, provozierend und gewollt, ganz außerhalb des Takts. Die Trommel wurde zu ihrem Puls, und jeder Schlag ihres Herzens pumpte neues Feuer in ihr Blut. Sie wirbelte auf einem Fußballen um die eigene Achse, das andere Bein nach hinten und oben gestreckt, und beugte Kopf und Schultern so weit zurück, daß ihre Fußspitze ihren Hinterkopf berührte, um dann wieder nach vorn zu federn und sich von neuem wirbelnd um sich selbst zu drehen. Sie wob Elemente in ihren Tanz, die sie bei Akrobaten gesehen hatte, aber auch Schrittfolgen, wie sie von Kriegern praktiziert werden, und der wilde Fluß ihrer Bewegungen – halb Kampf, halb Tanz – war von einer Leidenschaft durchglüht, die das Publikum beinahe ebenso vollkommen in ihren Bann schlug wie sie selbst.

Und stets war Duguay mit dem Rhythmus seiner Trommel gegenwärtig, obgleich er sich im Hintergrund hielt, um den Zuschauern zu verstehen zu geben, daß dies Eloras Solo sei, wobei er jedoch mit jedem Taktschlag und jedem Lächeln, das er in die Runde warf, unmißverständlich klarmachte, daß er der Kopf dieses Duos war. Wann immer er den Arm ausstreckte, wand der ihre sich schlängelnd darum wie eine Pflanze, die nach dem lebenspendenen Licht der Sonne strebt. Jede Bewegung, die er machte, fand in ihren Bewegungen ihren sanfteren, weiblichen Widerhall. Und die kleinste Berührung brachte sie sogleich wieder zu ihm zurück.

Duguay ergriff mit seiner Rechten Eloras linke Hand, führte sie nach oben und mit einer so natürlichen Geste in einem Kreis über ihr, daß sie nicht anders konnte, als ihm in einer Pirouette zu folgen. Er wirbelte sie einmal, zweimal und ein drittes Mal herum, wobei er sie in seine Arme zog, mit festem Griff ihre Hüfte umfassend, um sie dann in einer vierten Pirouette wieder von sich zu schleudern. Sie ließ es nicht nur zu, sondern genoß es, daß er führte.

Schließlich schienen die Körper der beiden Tänzer, während der Rhythmus zu einem Crescendo anschwoll, zu einem zu verschmelzen, als bestünden ihre Körper aus nichts als Sehnen, ohne die hemmenden Knochen dazwischen, denn wie sonst, so fragten sich die staunenden Zuschauer, war es möglich, daß sich jemand mit einer so unfaßbar geschmeidigen Eleganz bewegte?

Duguay hatte geplant, daß sie beim letzten Takt einander gegenüberstehen würden, doch im letzten Augenblick drehte sie sich in seinem Griff, und als der letzte Trommelschlag fiel, stand sie mit dem Rücken zu ihm. Duguay schien es nichts auszumachen; er schlang seinen rechten Arm mit einer so natürlichen Selbstverständlichkeit um ihre Hüften, als sei dies ein Teil einer lange geübten Choreographie.

Elora wirbelte in einer anmutigen halben Drehung vor ihm auf die Knie, ließ sich auf ihre Fersen sinken, wie es in Chengwei Brauch ist, und beugte ihren Oberkörper gleich einem gespannten Bogen nach hinten. Duguay stand über ihr, offenbar bereit, jeden Pfeil zu empfangen, den sie auf ihn abschießen mochte. Vermutlich ein Pfeil der Liebe, doch nach den Untertönen der Darbietung zu urteilen und in der erhitzten Fantasie vieler Zuschauer wohl schon eher ein Pfeil der Sünde.

Einen Augenblick lang herrschte völlige Stille. Das einzige, das zu hören war, war Eloras schnelles Atmen. Auf ihrem Mund lag ein strahlendes Lächeln. Davon abgesehen, schien der ganze Saal den Atem anzuhalten.

Dann brandete Beifall auf und Hochrufe, und in den Händen der beiden Tänzer erschienen wie von Zauberhand Mützen, in die von allen Seiten Münzen klirrten, während die beiden sich durch das dicht gedrängte Publikum schoben. Elora war erschöpft und zugleich zum Bersten angefüllt mit einer unglaublich intensiven Energie. Sie hatte nicht deshalb zu tanzen aufgehört, weil sie müde gewesen war, sondern weil die Musik geendet hatte. Nach dieser Musik konnte sie – wenn sie von Musikanten begleitet wurde, die die gleiche Kraft und Ausdauer besaßen wie sie – eine Ewigkeit tanzen. Selbst jetzt war es ihr nicht möglich, stillzuhalten, und jede noch so zufällige Wahrnehmung außerhalb und innerhalb ihres Körpers war für sie ein neuer Impuls, sich zu bewegen, und in jeder ihrer Bewegungen schlummerte die Inspiration für einen neuen Tanz.

Die Leute starrten sie an. Alle, die ihr beim Servieren des Essens keinen zweiten Blick gegönnt hatten, waren jetzt von ihr fasziniert. Elora war es egal. Sie genoß die bewundernden Blicke, doch noch wichtiger war ihr, was sie erreicht hatte.

Die Leute hatten von Winter, von Frost und Verzweiflung gesprochen, doch sie hatte in ihnen ein Feuer entzündet, das sie für lange Zeit wärmte und ihnen Kraft gab.

Sie würden es brauchen können.

11. Kapitel

Allein in ihrem Zimmer, öffnete Elora das Geschenk, das Luc-Jon ihr gegeben hatte.

Es war ein kleines Büchlein, das so gar nicht zu den dikken Wälzern paßte, die sie in den Regalen der Bibliothek seines Meisters gesehen hatte. Es war in Leder gebunden, dessen Zustand sein augenfälliges Alter nicht verbergen konnte, und wurde von einem Riemen zusammengehalten. Nur wenige Details waren auf dem Buchdeckel noch zu erkennen, doch das Leder war von den Händen, die es gehalten hatten, so glattpoliert und speckig, daß es den Farbton von dunklem Mahagoni angenommen hatte und die Illusion von Tiefe erweckte. Elora hatte den Eindruck, wenn sie die Hand auf das Buch legte, würde sie hindurchsinken wie durch das klare Wasser eines Bergsees. Noch nie hatte sie etwas in Händen gehalten, das so glatt und glänzend war.

Die Seiten des Buches waren nicht weniger eindrucksvoll: Blätter aus feinstem Pergament, feiner und weicher als Velin, doch weit haltbarer. Es war ein Buch mit Illuminationen. Wenn man es aufschlug, entdeckte man auf den rechten Seiten Abbildungen von Fabelwesen und anderen fantastischen Kreaturen, und auf den gegenüberliegenden linken Seiten befanden sich die magischen Symbole für jedes dieser Wesen. Die Bilder waren von derselben erlesenen Qualität wie das gesamte Buch und so lebendig, daß Elora nicht überrascht gewesen wäre, wenn sie sich bewegt hätten. Nur einige dieser Wesen waren ihr bekannt. Die Farben waren so kräftig und leuchtend, als seien sie erst gestern aufgetragen worden.

Luc-Jon hatte einen Brief beigelegt. Das Buch stamme aus

der Sammlung seines Meisters, schrieb er, das dieser ihr, trotz des antiquarischen Wertes des Werks, gerne überlasse, da er die Hoffnung aufgegeben habe, seinen Inhalt jemals entziffern zu können. Luc-Jon wußte nicht genau zu sagen, warum er gerade dieses Buch ausgewählt hatte, außer vielleicht, weil es die Abbildung eines Drachen enthielt, die ihn an das Lied erinnerte, das sie am Abend vor ihrer Abreise gesungen hatte. So seltsam dies auch klingen mochte, schrieb er, das Buch habe sich einfach so *angefühlt,* als sollte es ihr gehören. Außerdem enthielt der Brief ein Empfehlungsschreiben seines Meisters an einen Kollegen an der Universität von Sandeni; falls Elora interessiert sei, mit jemandem zu sprechen, der große Kenntnisse über die Geschichte der Großen Reiche habe, sei dies der richtige Mann.

Sie lächelte und rollte sich, den Brief in ihren Armen, auf dem Bett zusammen, das Buch für den Augenblick vergessen und beiseite geschoben. Sie konnte Luc-Jon vor sich sehen, wie er im Skriptorium über seine Hälfte des Schreibtisches gebeugt saß, angetan mit fingerlosen Handschuhen, damit seine Finger während der Arbeit warm und geschmeidig blieben. Er benutzte eine Reihe verschiedener Kielfedern, und wenn es nötig war, hielt er in seiner akribischen Arbeit inne, um die Feder zu spitzen oder nach einer anderen zu greifen. Seine Handschrift war in der Tat von großer Eleganz, die wenig Ähnlichkeit mit der ungehobelten und ungelenken Fassade des jungen Mannes zu haben schien, die seine wahre Natur ähnlich wirkungsvoll verbarg, wie Eloras Make-up die ihre. Und doch hatte er, obgleich sie sicher war, daß sie ihm keinen Hinweis gegeben hatte, ihre wahre Identität erahnt. Sie brauchte gar nicht besonders aufmerksam zwischen den Zeilen zu lesen, um dies zu erkennen. Er versuchte sein Bestes, ihr zu helfen.

»Rool«, rief sie. »Das hier ist wichtig. Ich brauche deine Hilfe.«

»Ja, Prinzessin?« erwiderte er von seinem Sitz auf dem Nachttisch herab, als habe er die ganze Zeit schon dort gesessen.

»Komm bitte mal her und sag mir, was du davon hältst.«

Er verkniff sich eine Bemerkung über die Herkunft des Buches und schürzte interessiert die Lippen, während Elora die Seiten umblätterte.

»Das hier ist ein Feuerdrache«, sagte er und deutete darauf.

»Dann ist das hier das magische Zeichen für Feuerdrachen?« fragte sie und deutete auf das Symbol auf der gegenüberliegenden Seite.

»Das weiß ich nicht. Tut mir leid.«

»Ein Bestiarium vielleicht – ein altes Tierbuch?«

»Wenn, dann gibt es diese Tiere entweder nicht mehr, oder sie leben in fernen Regionen auf der anderen Seite des Schleiers, die für unsereinen unerreichbar sind. In den Welten, die ich kenne, gibt es solche Kreaturen nicht – weder im Reich der Daikini noch in denen hinter dem Schleier, die mir bekannt sind. Es sei denn ...« – sein Gesicht hellte sich auf –, »es sind Fantasiewesen. Das Produkt einer armen umnachteten Seele.«

»Dann besaß diese Person aber eine sehr gute Vorstellungskraft. Der Drache und der Feuerdrache sind perfekte Abbildungen der Wirklichkeit.«

»Ich kann es Thorn bringen«, schlug Rool vor.

Elora schüttelte den Kopf. »Ich möchte zuerst mit Luc-Jons Professor darüber reden. Er hat sich so viel Mühe gemacht, mich bei dem Professor einzuführen, daß es eine Schande wäre, die Gelegenheit nicht zu nutzen.«

»Sieh dir das hier am Schluß mal an, Elora. Die Seiten sind leer.«

»Nur die rechten, wo die Bilder sein müßten. Die Zeichen gehen bis zum Ende.«

»Du kennst einige davon, oder? Ich kann es in deiner Stimme hören.«

»Nicht ›einige‹, Rool. Eines. Das Symbol, in dessen Form Carig mich gezwungen hat.«

»Ein Name, aber kein Gesicht.«

»Genau.«

»Sollen wir versuchen, das Gesicht dazu zu finden?«

Als sie sich anzog, entdeckte sie, daß Rool wieder mit Nadel und Faden zugange gewesen war. Das Ledergewand der Maizan-Zauberin paßte ihr jetzt, als sei es für sie gemacht, obwohl an den Nähten noch genug Leder übrig war für den Fall, daß Elora noch wachsen würde. Es saß beinahe sündhaft bequem, obwohl ihr Spiegelbild, als sie sich von allen Seiten betrachtete, ihren ursprünglichen Eindruck bestätigte, daß es eine Spur zu gewagt sei für ihren Geschmack. Doch als sie im Spiegel einen Blick von Rool auffing, den sie als Bekundung seines Mißfallens interpretierte, straffte sie sogleich ihre Schultern und legte einen kessen Schwung in ihren Schritt, um kein Mißverständnis aufkommen zu lassen, daß dies ganz und gar und für alle Zeiten ihr ureigenster und nur für sie geschaffener Stil war.

»Der hohe Kragen ist etwas ungewohnt«, murmelte sie und drehte den Kopf im Spiegel. Vorne unter dem Kinn war der Kragen niedrig und stieg dann seitlich steil an, um den gesamten Nacken, bis hinauf zum Kopfansatz, zu bedecken.

»Dieser Stil ist gerade groß in Mode in der Stadt.«

»Oh, wie wunderbar.«

»Die Farbe steht dir.«

»Das Weinrot oder das Silber?«

»Du vergißt Duguays Make-up, Elora. In diesem Aufzug, das garantiere ich dir, sieht niemand zuerst in dein Gesicht.«

»Um so besser. Da fühle ich mich schon gleich sicherer.«

Der Brownie sollte wieder einmal recht behalten, wie sich herausstellte, als Elora die Treppe hinabstieg, um zu frühstücken. Sie setzte sich an die Theke und bemühte sich, die starrenden Blicke einiger Studenten zu ignorieren und sich auf den köstlich aromatischen Duft des Tees zu konzentrieren, den Susanna in einer großen, dampfenden Tasse vor sie hinstellte.

»Vergelt's Gott«, sagte sie, als sie den ersten vorsichtigen Schluck nahm, und meinte es auch so.

Sie verschlang eine Schale voll Hafergrütze und ein ganzes Omelette mit Pilzen und Kräutern und mit Käse überbacken. Eine der anderen Frauen, die in der Taverne arbeiteten, setzte sich neben sie und stibitzte eine Gabel voll Ei im Tausch gegen ein Stück frisches Sauerteigbrot.

»Du ißt und ißt, Mädchen – mehr als für ein junges Ding wie dich gut ist«, mäkelte Pilar mit einem gutmütigen Brummen. »Und trotzdem schlägt es bei dir nicht an.«

»Das kommt von der harten Arbeit jeden Abend«, erwiderte Elora. »Das weißt du doch selbst am besten.«

»Und deine Auftritte natürlich nicht zu vergessen. Sie sind sicherlich ein hartes Stück Arbeit.«

»Außerdem wachse ich noch.«

Pilar maß sie vom Kopf bis zu den Zehen mit einem neidischen Blick, der Elora vor Verlegenheit erröten ließ.

»Es ist lächerlich«, fauchte Elora, »aber alle glotzen mich auf einmal an, als hätte ich zwei Köpfe! Ich bin bis zum Hals angezogen, Pilar. Und trotzdem gaffen sie mehr, als wenn ich mein Kostüm anhabe, das so gut wie alles zeigt!«

»Manchmal ist das, was man verbirgt, verführerischer als das, was man zeigt, meine Süße. Mach dir nichts draus.« Sie nickte in Richtung der Studenten. »Die jungen Spunde von der Universität haben kein eigenes Leben.«

»Ich bräuchte einen von ihnen.«

Pilar wölbte mißbilligend die Augenbrauen und sah zu den Studenten hinüber und dann wieder zurück zu Elora.

»Nicht so, wie du meinst«, protestierte Elora. »Und ganz bestimmt nicht die. Entschuldigt bitte ...«, rief sie zu ihnen gewandt, ließ sich seitlich von ihrem Stuhl gleiten und trat an den Tisch der Studenten. »Ich suche diesen Professor.« Sie reichte ihnen den Umschlag, auf den Luc-Jons Meister den Namen geschrieben hatte.

»Er ist im Keeys College, oder?« fragte einer in die Runde und erntete allseitiges Nicken.

»Aber du kannst ihn nicht vor – äh – Mitte des Nachmittags erreichen, frühestens. Heute sind nämlich Vorlesungen, mußt du wissen.«

»Er hat eine Vorliebe für Tee. Bei Kuchen und Teegebäck läßt sich sein Herz am leichtesten gewinnen.«

»Wir sind leichter zu erobern, Elora. Unsere Herzen hast du schon gewonnen.«

»Aha.« Sie schlug den Blick zu Boden und fragte dann, wie sie zum Keeys College kam.

Über der Stadt erhob sich ein gewaltiges und wahrhaft monumentales Gebäude, das die Zitadelle genannt wurde und von der auch Thorns Turm ein Teil war. In der Zitadelle befand sich der Sitz der Regierung, und sie war so groß und weitläufig, daß sie zwei der Flüsse überspannte, die über die Wand hinabstürzten, und mehr als einhundert Fuß über der Klippe emporragte. Die beeindruckende Höhe der Zitadelle war auf den ersten Blick gar nicht so augenscheinlich, vermutlich wegen der kolossalen Ausmaße der gesamten Festungsanlage. Nur aus der Perspektive eines Adlers sah man, daß sie einen Halbkreis beschrieb, der nach Osten hin (da man davon ausging, daß keine Armee der Welt einen Angriff über die tausend Fuß hohe Wand gegen die Stadt führen konnte) von einem ebenfalls halbkreisförmigen Verteidigungswall mit Palisaden umgeben war. Innerhalb des Walls erstreckte sich über mehr als eine Meile entlang der Palisaden ein verzweigter Komplex von Bauten und Befestigungsanlagen, die miteinander durch Mauern verbunden waren. Dieser halbmondförmige Komplex innerhalb der Bastionen maß in der Breite gut eine halbe Meile und bot mehr Platz, als im Augenblick benötigt wurde, da er im Falle eines Angriffs oder einer Belagerung als Zufluchtsort für die Bevölkerung konzipiert war.

Es waren gefährliche Zeiten gewesen, als die Zitadelle erbaut wurde: Die Kriegsherren der Maizan hatten auch damals schon ihr begehrliches Auge auf die Handelsrouten nach Westen geworfen – vor allem auf den legendären ›Seidenfluß‹, der ihnen den Weg zu immer größerer Macht ebnen würde, bis sie sich schließlich zum ›Kaiser‹ ausrufen konnten. Einige dieser Maizan-Kriegsherren waren nicht mehr als die Anführer marodierender Räuberhorden gewesen, mit denen entsprechend verfahren wurde. Andere erwiesen sich als weit größere und ernster zu nehmende Bedrohung und rückten an der Spitze riesiger Armeen zu Pferd oder zu Fuß über die Ebene des weiten Tafellands gegen Sandeni vor, um mit ihrer massierten militärischen und manchmal auch magischen Macht die Stadt anzugreifen.

Von Anfang an war die größte Gefahr aus dem Osten gekommen, und deshalb hatte die Stadt ihre Wachsamkeit und den Großteil ihrer Befestigungsanlagen in diese Richtung konzentriert. Paradoxerweise war dies auch die Richtung, in der sich Sandeni in den Jahren des Wachstums und der Prosperität ausgedehnt hatte: nach Osten und entlang des Randes der Klippe. Wie die Speichen eines Rades, dessen Nabe die Zitadelle war, erstreckte sich ein Netz von Straßen mit endlosen Reihen zahlloser Häuser, und die Zahl der Menschen, die in ihnen wohnten, überstieg alles, was Elora jemals in ihrem Leben gesehen hatte. Tir Asleen und Nockmaar, die größten Burgen und Städte der jeweiligen Reiche, würden in der Zitadelle von Sandeni Platz finden. Und selbst das mächtige Angwyn konnte sich mit Sandeni nicht messen.

Da das Tafelland oberhalb der Wasserfälle am Zusammenfluß von einem halben Dutzend Flüssen lag, hatte sich hier ein ausgedehntes Schwemmland gebildet, in dem eine stattliche Anzahl von Inseln lag, unter anderen auch Madaket. Einige dieser Inseln bestanden aus Fels, andere aus ursprünglich sumpfigem Untergrund, der im Laufe der Jahrhunderte zu festem Erdreich ausgetrocknet war. Während der ersten Ausdehnung der Stadt jenseits der Palisaden, hinter denen die Zitadelle erbaut wurde, mußten überall Brücken gebaut werden, die nicht nur die Flußarme überspannten, sondern auch weite Flächen von Sumpf und Marschland, und die den Truppen ermöglichten, das Festland zu erreichen. Doch die Sumpfgebiete waren nicht nur ein strategisches Ärgernis. In den Sommermonaten stieg aus ihnen ein Gestank auf, der oft unerträglich war, und Myriaden von Insekten, die den Bewohnern der Stadt das Leben vom Frühling bis in den Herbst hinein zur Hölle machten. Um diese Probleme in den Griff zu bekommen, hatte man massive gemeinschaftliche Anstrengungen unternommen, die Sümpfe trockenzulegen und auf dem der Natur abgetrotzten Land eine Metropole zu errichten, die der Bedeutung Sandenis, seinem wachsenden Reichtum und seiner zunehmenden Macht gerecht würde.

Das Endergebnis rechtfertigte in den Augen der Stadtväter die Kosten schließlich bei weitem.

Sandeni sah aus der Luft tatsächlich aus wie ein Rad, dessen Nabe die Zitadelle war. Nach Generationen, wenn nicht Jahrhunderten zügellosen Wachstums hatte sich dieses Rad verformt: Ein weit größerer Teil der Stadt erstreckte sich nach Norden, wo der Untergrund fester war als nach Süden hin. Breite Avenuen strebten sternförmig von der riesigen Plaza am Fuß der Zitadelle fort. Ursprünglich hatte es dort auch zwei Stadtgräben gegeben, breite Kanäle zwischen den Flußarmen unterhalb der Zitadelle, die den eigentlichen Zweck der Plaza – ein freies Schußfeld vor den Palisaden – unterstützten. Kein Angreifer, so glaubte man, könne unter massivem Feuer von den Befestigungsanlagen eine so weite Fläche überwinden, ohne schwerste Verluste zu erleiden. Doch seit zwei Generationen hatte es keinen Krieg mehr gegeben, und die Stadt selbst war schon seit mehreren Jahrhunderten nicht mehr unter direkter Belagerung gelegen. Der ursprüngliche Zweck des freien Felds erschien nicht mehr so wichtig, und da die Plaza für friedliche Unternehmungen von so großem Nutzen war, hatte man die Gräben schon vor langer Zeit zugeschüttet.

Die größeren Querstraßen der Avenuen folgten dem von den Palisaden vorgegebenen bogenförmigen Verlauf, doch im Unterschied zu den Avenuen waren diese Verkehrsadern von parallel verlaufenden Kanälen begleitet. Diese Kanäle waren untereinander verbunden, so daß man mit einem Boot vom Schleusentor der Zitadelle bis weit jenseits der Stadtgrenzen gelangen konnte. Ein System von Dämmen und Molen brach die Kraft der Flüsse und verhinderte, daß in den Kanälen starke Strömungen auftraten, die Boote erfassen und über die Wasserfälle reißen konnten.

Immer wieder jedoch gab es tollkühne Hasardeure, die von ihrer Unverwundbarkeit oder ihrem Schutzgeist so überzeugt waren, daß sie in einer Konstruktion, die ihr Überleben ›garantieren‹ sollte, den Sturz über die Klippen wagten. Bisher blieben die Wasserfälle jedoch auch in dieser Richtung unbezwungen.

Die der Straßenführung zugrunde liegende Konzeption war einfach und übersichtlich und bildete ein Netz von einander mehr oder weniger rechtwinklig kreuzenden Straßen. Sechs Boulevards, die nach den sechs Flüssen benannt waren, die die Fälle speisten, strebten wie die Speichen eines halben Rads von der Zitadelle nach außen und wurden von den Namen tragenden Ringstraßen und den numerierten Ringavenuen gekreuzt. Auf diesen Boulevards konnte man die beeindruckendste und berühmteste Demonstration des innovativen Geistes der Stadt bewundern – ihr Straßenbahnsystem.

Seit der Gründung der Stadt hatten ihre Bewohner der ungeheuren Kraft der Wasserfälle stets großen Respekt entgegengebracht. Da sie Daikini waren und in einem Teil der Welt lebten, an dem die Schleierleute wenig Interesse und geringen Einfluß hatten, träumten sie seit jeher davon, wie sie diese Kraft zügeln und nutzen konnten. Das Prinzip, wie man mit Hilfe von Wasserrädern den Mahlstein einer Mühle antreiben konnte, war seit langem bekannt. Vor ungefähr einhundert Jahren hatte ein Ingenieur die geniale Idee gehabt, dasselbe Prinzip auch für den öffentlichen Verkehr anzuwenden. Eine ganze Reihe von riesigen Wasserrädern wurde errichtet, die über ein ebenso geniales wie kompliziertes System von Zahnrädern eine unter den Boulevards verlaufende Seilzugkonstruktion antrieben. Das Wasser drehte die Räder, die die Zahnräder bewegten, welche wiederum das Kabel zogen, das alles beförderte, was daran befestigt war. Auf den Straßen verlegte man Schienen, auf denen die Wagen rollten, und die Straßenbahn von Sandeni war geboren. Tag und Nacht ratterten die Wagen der Straßenbahn ohne Pause die Boulevards hinauf und hinab und boten ein sicheres und zuverlässiges Beförderungsmittel für jene, die in den Außenbezirken der Stadt wohnten und ins Zentrum wollten oder umgekehrt.

Es gab Pläne, die schon lange in den Schubläden der Stadtplaner lagen, das Straßenbahnsystem auch auf die wichtigsten Querstraßen auszudehnen, doch der Widerstand von seiten der Gilde der Wassertaxifahrer, die durch die Straßenbahn ihren Lebensunterhalt bedroht sahen, war erbittert. Daher waren die Leute, wollten sie zu einer Adresse abseits der Boulevards, gezwungen, an den Kreuzungen mit den Ringstraßen auf Wassertaxis oder -busse oder auf Pferdedroschken umzusteigen. Andere Möglichkeiten, sich in der Stadt zu bewegen, waren Rikschas, das eigene Pferd oder zu Fuß.

Die Straßen waren zugleich auch Grenzen der administrativen Unterteilung der Stadt. Das Gebiet zwischen zwei Boulevards, das etwa die Form eines riesigen Kuchenstücks hatte, entsprach einem Stadtbezirk, der von den Ringstraßen in verschiedene Viertel unterteilt wurde. Zum Leidwesen des Stadtparlaments waren – aufgrund der planerischen Konzeption der Stadt – die durch die Expansion der Stadt jeweils neu entstehenden Viertel am Rand eines jeden Stadtbezirks größer als die näher zum Zentrum gelegenen älteren Viertel, und natürlich lebten dort auch mehr Menschen als in den schmaleren Segmenten des ›Kuchenstücks‹ eines Bezirks. Dies hatte zur Folge, daß die neuen Stadtviertel im Stadtrat eine größere Zahl von Volksvertretern und einen ihrer Bevölkerungszahl angemessenen Einfluß forderten. Doch die alten Viertel waren natürlich nicht bereit, auf ihre politischen Pfründe zu verzichten. Diese Debatte, die schon so lange existierte wie die Stadt selbst, hatte in den letzten Jahren an Schärfe zugenommen, und die Fronten hatten sich verhärtet, wie Elora beim Servieren des Abendessens mit eigenen Ohren gehört hatte.

Die ältesten Viertel der Stadt, dort wo die Boulevards auf die Plaza mündeten, bildeten das Geschäftszentrum Sandenis. Hier waren die Zentralen der größten Banken und die großen Warenhäuser beheimatet. Hier standen auch die großen Kirchen und Kathedralen, und hinter den Mauern alter Paläste residierten die Botschafter der wichtigsten Daikini-Reiche des Kontinents. An einem schmiedeeisernen Tor vor einem eindrucksvollen Palais hing sogar noch das Wappen des Königreichs von Angwyn.

An einer Seite der Plaza entdeckte Elora eine Insel, die, wie sie intuitiv spürte, eine der ursprünglichen, aus Fels oder anderem festen Untergrund bestehenden Inseln gewesen war, auf denen die Stadt erbaut wurde. Sie ragte ein Stück in die sonst perfekte Symmetrie der Plaza hinein und schnitt auch eine Ecke aus den beiden angrenzenden Stadtbezirken. Hier war der Stadtgraben nicht aufgeschüttet worden, und man hatte einem der Flußarme seinen durch nichts gehemmten Lauf gelassen. Wie stark die Strömung des Flußarms war, davon zeugte das rauschende Tosen, mit dem die Wassermassen durch ihr schmales Bett schossen. Trotzdem war der Flußarm viel zu breit, um darüberzuspringen, und die Strömung viel zu reißend, um ihn zu durchschwimmen oder das Wagnis einzugehen, ihn mit einem Boot zu überqueren.

Auf der Insel waren Gebäude auszumachen, die jedoch zu großen Teilen von so mächtigen Bäumen und dichtem Buschwerk verdeckt wurden, daß Elora zunächst glaubte, eine Art botanischen Garten vor sich zu haben. Eine Uferpromenade umringte die Insel, von der kleinere Wege und Pfade abzweigten, die zwischen Büschen im Schatten der mächtigen Baumkronen verschwanden. Selbst im hellen Tageslicht wirkte die Insel seltsam geheimnisvoll und wie verzaubert. Als Elora die Insel umrundete, entdeckte sie ein wahres Dickicht von Heckenrosen, die trotz der vorgerückten Jahreszeit noch in voller Blüte standen und ein großes Stück des Ufers mitsamt der Promenade überwuchert hatten. Sie empfand einen Anflug von Mitleid für den armen Gärtner, dessen Aufgabe es war, dieses Gestrüpp zu stutzen, und für jeden, der verrückt genug war – aus welchem Grund auch immer –, sich dort hindurchzuzwängen.

Nachdem sie die Insel ganz umrundet hatte, wußte sie, daß es nur eine Möglichkeit gab, sie zu betreten: eine Steinbrücke, die zu schmal für jeden Wagen war und gerade soviel Platz bot, daß zwei Daikini aneinander vorbeigehen konnten. Sie nahm an, daß dies eine Art öffentlicher Park sein mußte, und lenkte ihre Schritt ohne zu zögern über die Brücke, um auf der anderen Seite ihren Weg von einer silbernen Kette versperrt zu finden. Diese Kette war nicht stärker als die Halskette einer Frau und verlief zwischen zwei Steinsäulen quer über den Weg. Es war offensichtlich eine permanente Absperrung, und eine kurze Examinierung der Angelegenheit offenbarte ihr, daß nirgendwo ein Schloß war. Die Kette schien direkt im Gefüge des lackierten Steins zu verschwinden. An den Steinsäulen war nirgends eine Fuge oder sonst eine Spur irgendeines Werkzeugs zu entdecken, was Elora vermuten ließ, daß diese beiden Obeliske zwei vollkommene Kristalle waren, die entweder hier an Ort und Stelle gewachsen oder unbearbeitet aus dem Steinbruch hierhergeschafft worden waren. Obwohl die Oberfläche des Steins glänzte, als würde sie täglich poliert, war auf ihr absolut keine Spiegelung auszumachen.

Elora überlegte, ob sie über die Kette hinwegsteigen oder unter ihr hindurchkriechen sollte, doch nach einem Blick auf die beiden aus Stein gehauenen Fabelwesen, die wachsam auf den Spitzen der Obeliske kauerten, überlegte sie es sich anders.

Es mochte ja durchaus sein, daß die Insel menschenleer war und die Gebäude darauf unbewohnt, doch dies bedeutete nicht, daß sie unbewacht waren.

Sie ließ sich auf ihre Absätze sinken und kaute auf ihrer Unterlippe herum, während sie frustriert und fasziniert zugleich auf die Insel starrte, ohne das warnende Gurren zu beachten, das von hoch oben zu ihr herabgesandt wurde.

Im selben Augenblick kamen auch die beiden Brownies zu dem Schluß, daß in einer Situation wie dieser der Tugend der Besonnenheit und Diskretion der Vorrang vor Neugier und Unerschrockenheit zu geben sei.

»Geh weg von hier!« zischte Rool ihr ins Ohr.

»Sofort!« fauchte Franjean wie ein Echo ins andere.

Die Eindringlichkeit im Tonfall der beiden veranlaßte Elora, ohne Einwände oder Fragen die Brücke mit schnellen Schritten auf demselben Weg, den sie gekommen war, zu verlassen. Sie blieb nicht stehen und sah sich auch nicht um, bis sie fast die Mitte der sonnenüberfluteten Plaza erreicht hatte.

»Hast du *völlig* den Verstand verloren, Mädchen?«

»Schön, dich ebenfalls wiederzusehen, Franjean.«

»Wenn du dich mit meinen Augen sehen könntest, Elora *Danan,* die ihr Haar geschnitten hat! Du schläfst mit offenen Augen wie ein Schaf in einer Herde!«

Der gesunde Menschenverstand erstickte im letzten Augenblick die Erwiderung, die ihr auf den Lippen lag. Franjean war ohnehin schon genug in Rage, und seine Zunge war mindestens ebenso scharf wie Khorys Schwert. Außerdem sagte ihr ihre Erfahrung, daß der Grund für seine Aufgebrachtheit in diesem Fall reine Angst war.

»Wo kommst du her?« fragte sie ihn statt dessen.

»Thorn wohnt dort drüben«, erwiderte der Brownie mit einem Blick auf die Zitadelle, deren Mauern auf der anderen Seite des Platzes aufragten. »Er arbeitet dort. Und ich lebe und arbeite mit ihm. Wenn du ihn nicht sehen willst, ist das deine Sache.«

»Ich habe gute Gründe dafür, Franjean«, versuchte sie zu erklären, doch er wollte nichts davon hören.

»Ich will mir kein Urteil anmaßen. Ich denke nicht daran. Schließlich ist das deine Entscheidung, aber ich fühle mich davon nicht betroffen, vor allem wenn du mit deiner Torheit auch meinen Freund Rool in Gefahr bringst.«

»Ich würde nie ...«, protestierte sie.

»Dreh dich um«, zischte Rool. »Langsam.«

»Was soll das alles?« fragte sie gereizt.

»Schau dich um.«

»Was siehst du?«

»Häuser.« Ein Pause. »Menschen.« Eine längere Pause. »Eine Menge Menschen.« In den beiläufigen Tonfall ihrer Stimme mischte sich eine Spur von Beunruhigung. »Ich hab' nie so viele Leute auf einmal gesehen und noch nie so nah. Nicht einmal in Angwyn oder auf dem Bazar im Tal der Könige der Berge. Woher kommen die alle? Wie können sie nur in solchen Massen leben – einer über dem anderen?«

»Daikini und Ameisen«, knurrte Franjean. »Warum wohl?«

»Mir ist es ernst mit der Frage, Franjean.«

»Mir etwa nicht? Ich glaube zwar nicht, daß es in der Schöpfung irgendeine Spezies gibt, die nicht gesellig ist. Aber ihr Daikini treibt diesen Drang auf die Spitze, wie alles, was ihr tut. Wir Brownies leben am liebsten in Gemeinschaften, wo jeder den Namen der anderen kennt. Groß genug, daß es nicht langweilig wird, aber nicht so groß, daß es unter uns Fremde gibt. In einem Bienenstock wie diesem ist jeder ein Fremder. Ich verstehe nicht, wozu das gut sein soll. Aber ich wette, daß in den Augen der meisten Daikini hier Leute wie wir zu klein sind, um in ihrer Sicht der Welt eine Rolle zu spielen.«

»Du redest, als wäre Sandeni schon so gut wie im Lager des Betrügers, ohne das geringste Interesse oder Mitgefühl für irgend jemanden außer für sich selbst.«

»Du verstehst ihn falsch, Elora«, warf Rool lakonisch dazwischen. »Es ist nicht so, daß sie kein Interesse oder Mitgefühl haben, sie haben nur nicht gerade das, was man Respekt nennt. Die Wesen aus dem Großen Feenland, vor allem die Hochelfen, sind so etwas nicht gewöhnt. Sie mögen das nicht besonders. Es macht sie wütend.«

»Und mich machst du wütend«, bellte Franjean seinen Freund an. »Wenn ich es nicht mit eigenen Augen gesehen hätte, würde ich es nicht glauben. Du läßt sie einfach über diese Brücke spazieren, obwohl du *weißt*, was dort lauert!«

»Was lauert denn dort?« fragte Elora und widerstand dem Drang, über die Schulter zu schielen.

»Das ist im Augenblick nicht wichtig. Hast du die Spaziergänger beobachtet? Hast du gesehen, wo sie gehen? Und vor allem: wo nicht?«

Sie nickte. Es war ihr auch schon aufgefallen, bevor er es fragte.

»Niemand hält sich in der Nähe der Brücke auf. Nicht einmal in der Nähe des Wassergrabens. Ein Abwehrzauber?« fragte sie nach kurzem Nachdenken.

Franjean runzelte verblüfft die Stirn. Er hatte angenommen, ihr alles Schritt für Schritt erklären zu müssen; statt dessen hatte sie seine Schlußfolgerung bereits vorweggenommen.

»Ein zum Großteil passiver«, erklärte er. »Über dem Land und den Gebäuden der Insel ... Er suggeriert einem das unbestimmte, aber hartnäckige Gefühl, daß es besser wäre, nicht an diesem Ort zu sein. Verstärkt wird er natürlich von den beiden Fabelwesen. Sie sind aufgewacht, als du den Eindruck erweckt hast, länger bleiben zu wollen.«

»Das Gefühl habe ich auch gehabt.«

»Jeder andere hätte Reißaus genommen, denn er hätte gedacht, plötzlich auf glühenden Kohlen zu stehen. Du hast kaum Notiz davon genommen und bist dort herumspaziert, als gäbe es ihn gar nicht. Wenn wir nicht gewesen wären, würdest du immer noch dort sitzen und schauen.«

»Hätten die Fabelwesen mich angegriffen?«

»Das bezweifle ich – in Anbetracht dessen, wer du bist«, sagte Rool. »Sie war nicht in Gefahr, Franjean.«

»Warum hängst du ihr nicht gleich ein Schild mit ihrem Namen um den Hals?« Franjeans Stimme triefte von beißendem Spott. »Oder wir stellen sie mitten auf den Platz hier auf ein Podium und verkünden, wer sie wirklich ist. Würde uns 'ne Menge Mühe und Verdruß sparen.«

»Und was ist das für eine Insel, Franjean?« fragte Elora.

»Hast du genug Zeit und Geduld, dir das alles anzuhören? Die Insel existiert auf dieser Ebene der Realität nicht einmal wirklich. Sie stammt aus einer Zeit lange vor der Gründung der Stadt, und deshalb ist nie der Versuch unternommen worden, sie zu aufzuschütten oder ihre Form sonst irgendwie zu verändern. Angeblich gibt es in ihrem Innern ein altes Welttor. Niemand hat es je gefunden, aber selbst wenn man es fände, würde das nichts ändern, weil keine Energie hier in der Gegend mehr ist, die es öffnen könnte.«

»Wie auf dem Hochfels der Elfen«, murmelte Elora.

»Ich hab' davon gehört«, sagte Franjean. »Das Dämonenkind hat's erzählt.« Damit meinte er Khory, denn Franjean war der einzige von ihnen, der sich nach wie vor weigerte, sie bei ihrem Namen zu nennen. »Schlimme Sache.«

»Mit einem glücklichen Ende«, fügte Rool hinzu. »Und du solltest etwas freundlicher sein, Franjean, jetzt, wo wir Verbündete sind – das Kleine Feenland und Elora.«

Franjeans Antwort darauf war eine rüde Grimasse, begleitet von einer Reihe despektierlicher Geräusche, die Elora beinahe zum Lachen gebracht hätten.

»Der materielle Aspekt der Welt verändert sich mit ihrem Alter«, sagte sie, den Faden ihrer Gedanken wieder aufnehmend. »Und warum auch nicht, denn schließlich ist die Welt ein lebendes Wesen. Die Energiefelder, die sie erzeugt, ändern sich mit ihr. Und was für ein Alter zutrifft, muß nicht unbedingt für das nächste gelten.«

»Ist das hilfreich?« fragte Rool.

»Nicht wirklich«, gestand sie. »Noch nicht.«

»*Wie auch immer*«, erklärte Franjean mit erhobener Stimme, um das Gespräch wieder an sich zu reißen. »Diese Insel dient als Domizil für die hiesigen Botschafter des Schleiervolks! Und niemand taucht dort ungebeten auf, so wie niemand einen Brownie-Bau findet, wenn er nicht willkommen ist. Allein schon über diese Brücke zu gehen bringt Probleme genug. Nicht angegriffen zu werden fällt um so mehr auf.«

»Ich hab' verstanden, Franjean. In Zukunft werd' ich vorsichtiger sein.«

»Du bist in der Welt, Elora, wie du so stolz verkündest. Unwissenheit – oder besser gesagt, Dummheit – ist ein Luxus, den du dir nicht erlauben kannst.«

»Dir wäre es lieber, wenn ich mich verstecke?«

Franjean, sonst immer der redseligere der beiden, machte ein Geräusch, das seine Verärgerung ausdrücken sollte.

»Die Hoffnung hab' ich so gut wie aufgegeben – bei einem Dickkopf wie dir!« knurrte er. »Aber denk an meine Worte, Mädchen: Im Plan der Dinge hast du gerade mal deine Milchzähne gekriegt. Du bist ein Küken, das noch mehr Flaum an den Flügeln hat als richtige Federn.«

»Ich bin nicht ganz hilflos, Franjean.«

»Nicht *völlig* hilflos vielleicht«, blaffte er.

»Ich hab' mich bisher ganz gut gehalten.«

»Und unsere Aufgabe ist es, dafür zu sorgen, daß das nicht deine Grabinschrift wird.«

»Deine Laune ist heute wirklich ausgesucht blendend.«

»Die Klamotten sind in Ordnung«, brummte er gnädig, abrupt das Thema wechselnd, wobei er sich dieses klitzekleine Kompliment mit einigem Widerwillen abrang, um es sogleich wieder zurückzunehmen. »Um im Morast und im Sumpf und ähnlichem rumzustapfen.«

Elora verdrehte die Augen und versuchte, einen genervten Blick mit Rool zu wechseln, doch der andere Brownie war nirgendwo auf ihrer Schulter zu entdecken. Und als sie den Kopf zur anderen Seite drehte, Franjean ebenfalls nicht, obwohl seine Stimme verriet, daß er hier war.

»Ich nehme an, meine Körperbemalung gefällt dir auch nicht«, lachte sie.

»Ist ganz passabel.«

»Das freut mich.«

»Wenn ich die Wahrheit sagen soll«, brummte er unwillig, »wenn mir das Dämonenkind und Bastian nicht gesagt hätten, wonach ich Ausschau halten soll, und wenn Rool nicht dabei gewesen wäre, wäre ich wahrscheinlich an dir vorbeigelaufen. Aber nicht nur deine Haut hat sich verändert, Elora, auch du bist nicht mehr das Mädchen, das du einmal warst – weder dein Körper noch dein Geist.«

Sie sagte nichts darauf, und normalerweise wäre sie von Franjeans unerwartetem und galantem Kompliment überrascht gewesen. Doch nun schien es, als hätte sie es gar nicht gehört.

»Elora?« fragte Rool beunruhigt. »Was ist?«

»Was ich vorhin schon gesagt habe: all die vielen Menschen. Der Lärm …« Ihre Stimme verlor sich.

Die Plaza, auf der sie standen, war das Zentrum des städtischen Lebens in der Oberstadt von Sandeni. Von ihr zweigte eine Vielzahl von Straßen, Esplanaden und Gehwegen ab, auf denen die Spaziergänger bis zum Rand verschiedener Wasserfälle und sogar bis zur Klippe selbst gelangen konnten. Große Flächen von Fels waren hier vor langer Zeit abgetragen und gegen den energischen Protest der Militärs mit Bäumen bepflanzt worden. Inzwischen überragten die Bäume die Gebäude im Umkreis, und man hatte Blumenrabatten und Grünflächen angelegt. Überall standen Bänke, auf denen die Bürger sich ausruhen und beschaulichen Gedanken nachhängen oder einen Imbiß im Freien zu sich nehmen konnten. Spielende Kinder allenthalben und Straßenmusikanten, die ihr Können zum besten gaben.

Hier und dort standen Redner, die in wortgewaltigen Tiraden ihr Anliegen über die Köpfe der Umstehenden hinausposaunten; und dazwischen Beutelschneider jedweder Art, die auf der Suche nach Opfern umherstreiften und sich zugleich alle Mühe gaben, den wachsamen Blicken der Streifengendarmen zu entgehen. Elora hörte das Scharren von Schuhen auf gepflasterten Wegen, das Summen von tausend Stimmen im Hintergrund, dazwischen Musikfetzen – und über allem das gewaltige Tosen der Wasserfälle. Nichts um sie herum stand still, alles war in ständiger Bewegung – ein nie endendes Kaleidoskop von Bildern und Farben, ein Fest für die Augen, das sie berauschte und ihr zugleich angst machte.

Mit einemmal fühlte sie sich winzig wie eine Elfe unter Riesen. Und schrecklich alleine.

»Es sind so viele!« seufzte sie beklommen. »Und das hier ist nur ein Teil von einer Stadt in einem Land im ganzen großen Daikini-Reich. Und dieses Reich wiederum ist nur eines von zwölfen.«

»Von dreizehn«, verbesserte sie Rool.

»Das Reich von Elora«, schnaubte sie verächtlich.

»Wenn du Angst hast«, sagte Franjean mit ungewohnter Freundlichkeit, »brauchst du nur an das Tor zur Zitadelle klopfen.«

»Sieht uns Thorn, Franjean?« Ihre Blicke schweiften über die Zinnen und Mauern, doch sie waren zu hoch und zu weit weg, um Einzelheiten erkennen zu können.

»Nein, sicher nicht. Das Dämonenkind hat für dich gesprochen, und er hat es respektiert. Er wird sich hüten, nach dir Ausschau zu halten, aus Angst, daß jemand ihn beobachten könnte.«

»In Ganthems Furt oder auf dem Elfenberg war alles viel einfacher«, sagte sie. »Ich mußte nur tun, was auf der Hand lag. Die Ziele lagen klar und greifbar vor mir. Jemandem mußte geholfen werden, und ich hab' es einfach getan. Und die Folgen waren sichtbar und persönlich nachvollziehbar.« Sie seufzte tief. »Wenn ich mich hier umsehe und all diese vielen Leute sehe ...!«

»Es schadet nichts, wenn man seine Grenzen erkennt und akzeptiert«, erklärte Franjean.

Sie griff in ihren Reisebeutel und legte die Hand auf Luc-Jons Geschenk. Sie strich mit den Fingern über den Einband und dachte, daß ihre Haut nie so glatt sein würde, und dann erschien vor ihrem inneren Auge plötzlich das magische Zeichen, zu dem das Bild fehlte.

»Ich habe mein Wort gegeben, Franjean«, sagte sie nur, während sie sich nach einer Straßenbahnhaltestelle umsah. »Wie Thorn seines Cherlindrea gegeben hat, als sie ihn bat, mich nach Tir Asleen zu bringen. Seine Grenzen zu kennen ist eine gute und wichtige Sache, meine Freunde. Aber zu wissen, was die Ehre von einem verlangt, ist noch wichtiger«, fügte sie hinzu, »und schwieriger.«

Die Universität war größer als viele Städte, die Elora gesehen hatte. Sie war wie eine Stadt innerhalb der Stadt und bestand aus verschiedenen Instituten und Fakultäten, die miteinander verkehrten wie rivalisierende Staaten. Elora genoß es, zwischen den hohen, eindrucksvollen Geländen und den vielen jungen Leuten umherzuspazieren, auch wenn ihr bewußt war, daß die staunenden Blicke, die sie um sich warf, sie trotz ihres Lederkostüms auf den ersten Blick als Landpomeranze zu erkennen gaben. Bald hatte sie sich an die rüden Umgangsformen gewöhnt, die die Studenten jedem gegenüber an den Tag legten, der nicht zu ihrer Fakultät gehörte. Die beiden Brownies waren in dieser Hinsicht weniger nachsichtig. Es dauerte nicht lange, und sie diskutierten untereinander genüßlich diverse infame Rachefeldzüge, mit denen sie diesen jungen Schnöseln ihre Unfreundlichkeiten heimzuzahlen gedachten.

Wie die Studenten in der Taverne vorhergesagt hatten, war der Professor in einer Vorlesung, doch Elora hatte den

Zeitpunkt ihres Besuches so gewählt, daß sie nicht lange warten mußte. Auch seine angebliche Vorliebe für Gebäck und Süßigkeiten bestätigte sich.

»Aah, Luc-Jon!« sagte er mit einem sinnierenden Nicken und pflückte mit einer solch akribischen Sorgfalt die Krümel von seinem verblichenen schwarzen Talar, wie Elora sie noch nie bei jemandem gesehen hatte. »Ich habe Parry gesagt« – Parry war Luc-Jons Meister –, »wenn er den Jungen in die Stadt schickt, werde ich ihn persönlich unter meine Fittiche nehmen.«

»Er wird sich sehr geehrt fühlen, daß Ihr so große Stücke von ihm haltet.«

Sie bot ihm den Teller mit Kuchen an. Er zierte sich zunächst, schüttelte dann den Kopf, kratzte in seinem Bart herum und pflückte mit spitzen Fingern das beste und größte aller Stücke heraus.

»Ihr müßt mir verzeihen, mein Fräulein, wenn ich das so offen heraus sage«, schnaufte er zwischen zwei Bissen, »aber Ihr seid nicht von der Art, die man für gewöhnlich in dieser Gegend zu sehen bekommt.«

»Wie meint Ihr das?«

»Euer Auftreten und Euer Aussehen ist ..., wie soll ich sagen, ... auffälliger als das der meisten.«

»Das hängt mit meinem Beruf zusammen.«

»Und doch seid Ihr zu mir gekommen, weil Ihr glaubt, ich könnte Euch helfen.«

»Eine Notwendigkeit, die einem bedauerlichen Mangel an Bildung entspringt.«

»Ich glaube nicht, daß ich eine solche Äußerung gelten lassen kann.«

»Das Äußere täuscht oft, Professor.« Elora lachte. »Wer seine Worte wohl setzen kann, muß nicht unbedingt belesen oder gar gebildet sein. Und selbst wenn man gebildet ist, bedeutet das nicht immer, daß man all das Wissen hat, das man benötigt.«

»Und was ist es, das Ihr wissen wollt?«

»Ich möchte Euch um Eure Hilfe bitten«, erwiderte Elora bescheiden und vorsichtig.

»Bezüglich?«

»Die Prophezeiungen von Elora«, antwortete sie.

Er gab ein tiefempfundenes Ächzen von sich, und die Leute an den Nachbartischen sahen zu ihnen herüber.

»Und das Wesen und die Natur von Drachen«, fügte sie hinzu.

Das gleiche Ächzen, nur um einiges lauter als zuvor, entrang sich seiner Brust, und dabei warf er entsetzt die Arme in die Luft. Ein Kellner stürzte besorgt herbei, weil er glaubte, der Professor habe eine Art Anfall erlitten.

»Und dabei«, sagte sie, als der Kellner sich wieder zurückgezogen hatte. Sie legte das Buch, das Luc-Jon ihr geschenkt hatte, vor ihm auf den Tisch.

Er legte die Hände vor seinem Mund zu einer steilen Pyramide zusammen und starrte auf das Buch hinab; dann blickte er in ihr Gesicht und verharrte reglos und schweigend so lange in dieser Pose, daß sie allmählich nervös wurde. Wäre nicht das Funkeln in seinen Augen gewesen, sie wäre demselben Trugschluß verfallen wie der Kellner und hätte das Schlimmste bezüglich seines Gesundheitszustandes vermutet.

»Wissen Sie, was Sie hier haben?« fragte er in einem Ton, der nur für ihre Ohren bestimmt war.

»Jemand hat es einmal als eine Art Bestiarium beschrieben.«

»Faszinierend. Ich wüßte nicht, daß es überhaupt jemals von irgend jemandem in irgendeiner Weise beschrieben wurde.«

»Aber Ihr wißt, was es ist.«

»Ich vermute es«, sagte er mit sanftem Nachdruck und einem bedeutungsvollen Räuspern. »Ich weiß möglicherweise, was es angeblich ist – das ist schon möglich, ja.«

»Warum habt Ihr so große Angst, Professor?«

»Wissen Sie das wirklich nicht?« Sie schüttelte den Kopf. »Ich bin ein Gelehrter, und die einzigen Waffen, die ich je in der Hand gehabt habe, sind die Messer, mit denen ich meinen Sonntagsbraten zu schneiden pflege. Und das ist auch richtig so, denn ich habe nicht die geringste Ader für dieses blutige Handwerk. Da ich jedoch Gelehrter bin, habe ich natürlich Berichte über Waffen und Kriege jener gelesen, die von beidem etwas verstehen. Ich weiß zum Beispiel, daß es Schwerter gibt, die so scharf sind, daß jeder Narr, der einen Hieb von einer solchen Klinge erhält, seinen abgetrennten Arm fallen sieht, ehe sein Körper Zeit hat, zu realisieren, was mit ihm geschehen ist.«

Er streckte einen Finger aus, als wollte er ihn auf das Buch legen, berührte es jedoch nicht.

»Mit diesem Buch hier verhält es sich ähnlich. Wissen Sie, warum Parry es Ihnen überlassen hat?« fragte er.

»Luc-Jon hat nichts darüber gesagt, außer daß es keinen Wert für ihn hat, weil er aufgegeben hat, seinen Inhalt jemals entziffern zu können.«

»Schwer, etwas zu entziffern, das man nicht sieht.« Der Professor lachte glucksend. »Ich wette jede Summe, daß Parry das eine und sicherlich *einzige* Mal, als er das Buch aufschlug, nichts außer leeren Seiten gesehen hat. Daraufhin hat er es auf ein Regal gelegt und nie wieder einen Gedanken daran verschwendet.«

»Die Seiten sind nicht leer.«

»Hat man Ihnen das gesagt?« erkundigte er sich mit scharfer Stimme. »Oder haben Sie es mit eigenen Augen gesehen?«

»Ich habe es gesehen.«

»Dann, meine Liebe, seid Ihr besonders gesegnet. Oder verflucht. Es ist eine Enzyklopädie, ein Verzeichnis, wenn Ihr wollt, all derer, die den Dritten Kreis bewohnen.«

»Habt Ihr es gesehen?«

Um seinen Mund zuckte ein wehmütiges Lächeln, eingedenk verpaßter Gelegenheiten vielleicht. »Man hat mir darüber erzählt. Ich bin Gelehrter und kein Zauberer. Nur diese können die wahre Natur dieses Buches und damit seinen Inhalt verstehen. Nur ein Magier« – sein Blick begegnete dem ihren einen flüchtigen Moment und huschte dann zur Seite – »kann die magischen Zeichen der Herbeirufung wirklich anwenden.«

»Von dem Buch einmal abgesehen, Professor«, sagte sie

und zog es, während sie dies sagte, zu sich heran und steckte es in ihren Beutel zurück, »was ist mit den anderen Fragen?«

Er schob ihr über den Tisch einen Schlüssel zu.

»Sie können jederzeit meine Bibliothek benutzen. Was immer in meiner Macht steht, werde ich tun, Ihnen behilflich zu sein.«

Wäre das Keeys College wirklich die Burg gewesen, die zu sein es behauptete, dann hätte die Wohnung des Professors einer der niederen Unterkünfte entsprochen: drei Stockwerke massiver Mauern, deren Inneneinrichtung ebenso solide und konservativ war wie die Fassade des gesamten Gebäudes. Seine eigentliche Wohnung war nicht viel größer als ein Gelaß aus zwei winzigen Kammern, und als Elora daran vorüberging, empfand sie einen Anflug von Mitleid mit der armen Frauensperson, die hier alles sauberhalten mußte. Während in den Privaträumen ein heilloses Chaos herrschte, waren die Arbeitsräume sorgfältig aufgeräumt. Regale mit Büchern nahmen jede Wand bis hinauf zur Decke ein, und dazwischen befanden sich – in der ganzen Breite der Räume – Reihen niedrigerer Regale, die ebenfalls mit Büchern gefüllt waren. Nur für ein paar Schreibtische war freier Platz gelassen worden, und überall waren Leitern, um die obersten Regalfächer erreichen zu können. Am anderen Ende des Raums entdeckte Elora eine Wendeltreppe aus Eisen, die, wie sie annahm, in die darüberliegenden Stockwerke führte.

»Eiserne Stufen«, erklärte der Professor, »eiserne Fensterrahmen, eiserne Türverkleidungen. Einfache Sicherheitsvorkehrungen ...« – ein Anflug eines Lächelns, so schnell wie ein Wimpernschlag – »... aber wirksam.«

»Wogegen?«

»Wissen ist Macht. Und Machtstreben ist nicht nur ein Charakteristikum der Daikini.«

»Ich muß jetzt gehen, Professor. Kennt Ihr die Straße der verlorenen Drachen auf Madaket?« Er nickte. »Kommt irgendwann am Abend in der Schwarzäugigen Susanna vorbei, wenn Ihr Lust habt. Ich möchte, daß Ihr mich singen hört.« Sie ergriff seine Hand. »Ich komme wieder«, sagte sie.

»Die Bücher warten hier auf Euch. Ich erwarte Euch ebenfalls.«

Ein Damm entlang des Ufers des Paschal bildete die südliche Grenze der Universität. Der Paschal war nicht nur der kleinste der sechs Flüsse, die durch Sandeni flossen, er war auch der einzige, der sich nicht mit anderen Flüssen vereinte, ehe er über die Klippe der Wand stürzte und sich in einem eigenen Katarakt in den Morar See ergoß. Als Elora sich der Wand näherte, konnte sie die glitzernde Spur des Paschal sehen, wie er in einer Serie von Wasserfällen die Höhen der Shados hinabschäumte. Die Berge schoben sich wie ein Keil in das Tafelland vor, in einer Formation zerklüfteter, imposanter Gipfel ähnlich einer Pfeilspitze, als versuchten sie, das Land auseinanderzusplittern wie eine Axt einen Baumstamm.

»Ob sie wohl jemals gefunden wurden?« Eloras Frage war an niemanden bestimmten gerichtet. Sie schwelgte im warmen Schein der tiefstehenden Sonne und blinzelte in die Ebene hinaus. Die Luft war erfüllt von einem herbstlichen Glanz, und ihr schwirrte noch immer der Kopf von den Unmengen Büchern, die sie in der Bibliothek des Professors gesehen hatte. Sie nahm an, daß die Brownies antworten würden.

»Wer?« fragte Duguay statt dessen, und Elora kam vor Schreck ins Stolpern. Sie taumelte gegen die Brüstung und stieß ein ärgerliches Fauchen aus – eher vor Schreck denn aus Schmerz, obwohl sie sich die Hüfte an dem Geländer schrammte, doch die Hand des Troubadours schloß sich um ihre Schulter, bevor sie das Übergewicht bekommen konnte.

»Die Drachen.« Welche Gefühle auch immer in ihrem tiefsten Inneren tobten, das Lächeln, mit dem sie ihn begrüßte, war aufrichtig und brauchte sich vor dem Abendstern nicht zu verstecken, der bereits am Himmel stand. Duguay sah aus, als würde er sie jeden Augenblick küssen, entschied sich jedoch statt dessen, mit seinem Daumen sanft über die Rundung ihrer Kehle zu streichen. Es fühlte sich herrlich an, und Elora streckte sich wohlig wie eine Katze. Sie hätte auch geschnurrt, wenn sie gewußt hätte, wie.

»Sie sind ein Pack übellauniger und leidiger Kreaturen«, knurrte er. »Kommt davon, wenn man sich an keine Gesetze hält, außer an die eigenen.«

»Ihr kennt sie so gut?«

Sein Lächeln wurde träge und in einer Weise besitzergreifend, die sie innerlich dahinschmelzen ließ. »Ich habe die Geschichten über sie gehört und die Lieder gesungen wie jeder Troubadour, der seinen Namen wert ist.«

»Die Straße der verlorenen Drachen«, murmelte sie. »Ich frage mich, ob verloren verschollen oder zum Untergang verdammt bedeutet.«

»Oder überhaupt nichts. Macht das einen Unterschied? Es ist nur der Name einer Straße.«

»Nur so ein Gedanke. Was macht Ihr hier, Duguay?«

»Ich dachte, wir könnten einen Abendspaziergang machen, meine Kleine. Und später nur zu unserem Vergnügen tanzen?«

»Tun wir das nicht immer?«

»Ich wollte nur sehen, ob ich Rivalen habe.«

»Beantwortet meine Frage.«

»Ich habe bei Susanna nach Euch gefragt. Sie haben mich zur Universität geschickt. Ich bin hingegangen und hab' nach Euch gesehen. Ist ja nicht so riesengroß, das Ganze, und außerdem seid Ihr nicht so leicht zu übersehen. Beantwortet Ihr jetzt auch meine Frage?«

»Klingt verlockend. Obwohl ich Euch warne, Duguay; wenn der heutige Auftritt nur annähernd so wird wie die an den letzten Abenden, dann bin ich anschließend reif fürs Bett.«

»Ich werde mein Glück versuchen.«

Er nahm ihre Hand und schob seine Finger zwischen die ihren. Sie ließ ihn ein paar Schritte lang gewähren, dann entzog sie ihm ihre Hand, bevor er seine Finger fester um ihre schränken konnte. Sie machte sich keine Gedanken, wohin dieser Spaziergang sie führen würde; sie mußten nur rechtzeitig zum Abendessen wieder auf Madaket sein. Sie schlenderten durch Gassen, die nur ein paar Handspannen breiter waren als ihre Schultern, gelangten schließlich auf richtige Straßen und überquerten Brücken, wenn sie auf welche stießen. In Anbetracht der Lage Sandenis war dies ziemlich oft der Fall. Sie sprachen wenig, während sie ziellos durch die Straßen bummelten, doch für die, die ihnen begegneten, erschienen sie wie ein vertrautes Paar. Nicht unbedingt ein Liebespaar, doch mehr als nur gewöhnliche Freunde, denn die Vertrautheit, die sie ganz augenscheinlich verband, ging über das rein Körperliche hinaus.

Es war ihre Idee, eine Fahrt mit der Straßenbahn zu wagen. Sie entdeckte sie am Ende der Straße und rannte wie von einem Katapult geschossen los, wild gestikulierend und laut rufend, um den Kondukteur auf sie aufmerksam zu machen und zum Warten zu bewegen, bis sie eingestiegen waren. Nur wenige Passagiere waren an Bord, was sich als glücklicher Umstand herausstellte, denn als sie auf die Bahn sprang, hatte sie ein solches Tempo, daß der Schwung sie um ein Haar auf der anderen Seite des offenen Wagens wieder hinausbefördert hätte. Im letzten Augenblick bekam sie eine der glänzenden Stangen zu fassen, die das Dach stützten, wobei sie ein Bein in weitem Bogen herumschwingen ließ, mit beiden Armen die Stange umschlang und mit einem breiten, törichten Grinsen zusah, wie Duguay hinter ihr drein keuchte.

Ihr Einstieg brachte ihr eine strenge Rüge des Kondukteurs ein, die sie mit so viel Anmut und Liebenswürdigkeit hinnahm, daß er nicht das Herz hatte, sie aus dem Wagen zu weisen. Sie schmiegte sich auf die hölzerne Bank neben dem Bremser und sah auf die prachtvollen Häuser zu beiden Seiten des breiten Boulevards hinaus. Ein Grünstreifen mit Bäumen und Gras und Blumenrabatten dazwischen teilte die Prachtstraße in zwei Fahrbahnen.

Von irgendwoher zauberte Duguay zwei belegte Brotfladen hervor, die er unterwegs bei einem der fliegenden Händler erstanden haben mußte, ohne daß sie es bemerkt hatte, und reichte ihr einen. Das Brot war warm und frisch aus dem Ofen, belegt mit kaltem Braten, gebratenen Pilzen und Zwiebeln und Peperoni und dann alles mit Käse überbacken. Es roch köstlich und schmeckte noch besser. Der Duft, den dieser Leckerbissen verströmte, war nicht zu verbergen, und Elora brachte es nicht übers Herz, diese Köstlichkeit ganz für sich zu behalten, und so brach sie zwei ansehnliche Stücke ab und reichte sie der Besatzung des Wagens.

»Ich heiße Elora«, sagte sie fröhlich. Sie streckte dem Bremser nicht die Hand entgegen, da seine Hände in fettverschmierten Handschuhen steckten, doch er erwiderte ihr Lächeln, wenngleich seines ein wenig schüchterner ausfiel als das ihre. Beide nahmen den angebotenen Bissen dankbar an, doch da sie während der Fahrt nicht essen durften, packten sie Eloras Gabe für später weg. Dafür bot der Kondukteur Elora einen Becher aus seiner Feldflasche an, in der heißer, gewürzter Apfelwein war, und während die Bahn den Boulevard hinabrumpelte, unterhielten sie sich über die Stadt, über Politik, Sport und über das Leben.

»Die sind alle bescheuert im Kopf!« knurrte der Bremser und meinte damit die Politiker im allgemeinen. Er war ziemlich jung und ein Schrank von einem Mann, dessen massiger Körper eine gewaltige Kraft verriet und Elora zu der Überlegung veranlaßte, ob unter seinen Vorfahren ein Nelwyn gewesen war. Solche Verbindungen kamen überaus selten vor und wurden von allen Rassen auf beiden Seiten des Schleiers nicht gern gesehen, aber trotzdem gab es sie. Duguay hatte in seinem Repertoire ein Lied, das von einem solchen Liebespaar handelte, das natürlich zum Scheitern verdammt war. So stark und aufrichtig ihre Liebe auch war, die ganze Welt stand gegen sie, und ihr tragisches Ende war vorbestimmt und unausweichlich. Viel trauriger als die Ballade selbst waren die Kommentare hin und wieder von irgendwelchen Dummköpfen im Publikum, die lautstark verkündeten, daß den beiden recht geschehe und sie nur bekämen, was sie verdienten.

Der Bremser hieß Tam.

»Ich meine«, sagte er zwischen zwei Grunzlauten, als er den großen, am Boden befestigten Hebel umlegte, der die Halteklammer um das unter der Erde verlaufende Kabel schloß oder löste. Während der Wagen allmählich langsamer wurde, griff er nach der Bremse, mit der er ihn ganz zum Stehen brachte. Schließlich bimmelte er mit der Glocke, indem er an einer Kordel neben seinem Kopf zog. Dies alles geschah binnen Sekunden und in einer Folge von ineinanderfließenden und so routinierten Bewegungen, daß der Wagen kaum ruckte, als er hielt und wieder anfuhr. »Es ist eine große Welt, oder etwa nicht?«

»Was willst du damit sagen?« erkundigte sich der Fahrer irritiert, dessen Name Rico war, und genehmigte sich einen Schluck von dem Becher, den er Elora gereicht hatte.

»Na ja ... Wie viele Wochen braucht man mit dem Schiff oder einem Pferd nach Angwyn? Wie viele Wochen nach Chengwei in die andere Richtung? Und kennst du vielleicht jemanden, der jemals südlich der Himmelsstufen war? Ich mein' nur, es ist keine Kleinigkeit, von Ort zu Ort zu reisen. Und kaum irgendwo gibt es regelmäßige Verbindungen in der Art, wie wir sie hier haben. Die Karawane zieht los, wenn sie fertig und das Wetter gut ist, und niemand schert sich um irgendeinen Fahrplan. Wie soll eine Regierung, *irgendeine* Regierung, das alles unter einen Hut bekommen? Das ist es, was ich meine.«

»Wir machen das doch gar nicht schlecht, Tam, die Leute von der Zitadelle raus nach Wivlesfeld und zurück zu kutschieren.«

»Willst du damit sagen, wir sollen ein Kabel von hier bis zum Ozean spannen?« Der Bremser fand diese Vorstellung so erheiternd, daß er beinahe an dem Schluck Apfelwein erstickt wäre, den er sich genehmigt hatte. Er lachte prustend, um dann von einem Hustenanfall geschüttelt zu werden, dem ein weiterer Heiterkeitsanfall folgte. Doch nicht einmal eine Sekunde lang kam der gelassene Rhythmus seiner Handgriffe an den Hebeln ins Stocken, und der Wagen verlor nichts von seiner gleichmäßigen Fahrt.

»Was ich sagen will, du *Blöd...*«

»Hüte dein Schandmaul, wir haben eine Dame an Bord!« Tam zwinkerte Elora mit einem schiefen Grinsen zu und bekam von ihr ein strahlendes Lächeln dafür.

»Ich will damit nur sagen«, begann der Kondukteur noch einmal und schnitt dabei eine Grimasse, die darauf schließen ließ, daß Diskussionen solcher Art unter den beiden nicht selten waren und daß die Hitzigkeit, mit der sie sie führten, ein Teil des Spiels zwischen ihnen war, »daß wir damit anfingen, Entfernungen zu Fuß zu bewältigen. Lerne zu stehen, lerne zu gehen. Dann haben wir gelernt, Pferde zu benutzen, und sie die ganze Arbeit für uns tun lassen. Und nachdem wir Tiere domestiziert hatten, haben wir sie vor Wagen gespannt. Und als wir auf Flüsse stießen, haben wir gelernt, Boote zu bauen. Wir haben sogar diese Straßenbahn gebaut. Wir Daikini, wir lernen, wir wachsen, und wir erfinden Dinge. Das liegt in unserer Natur. Du kannst dir nicht vorstellen, daß ein einziger Staat einen ganzen Kontinent oder sogar eine ganze Welt erfolgreich regieren kann, aber heißt das, daß es nicht möglich ist? Oder niemals versucht werden sollte?«

»Und welchen Nutzen bringt das?« fragte Elora.

»Es wäre zum Beispiel wunderbar, wenn man sich nicht mehr wegen irgendwelcher marodierender Kriegsherren aus Chengwei Sorgen machen müßte. Oder wenn eine regelmäßige Schiffsverbindung vom Sonnenaufgang zum Sonnenuntergang quer durch den Kontinent eingerichtet werden könnte, oder regelmäßige Karawanen von Süden nach Norden und umgekehrt.«

»Meine Ma erzählt, daß Elfen dabei waren, wie ich auf die Welt gekommen bin, die bei der Geburt über mich gewacht und mich gesegnet haben«, erzählte Tam mit leiser Stimme. »Hat meinen Pa eine Menge Verpflichtungen eingebracht, aber das hat er gern auf seine Schultern geladen, und ich ebenfalls, nachdem er gestorben ist. Wenn ich einmal Kinder hab', hoffe ich, daß sie wiederkommen. Und bei meinen Enkelkindern ebenfalls. In einer Welt, in der kein Platz mehr für so etwas Wunderbares und Schönes ist, kostet alles, was sie uns dafür an Frieden und Wohlstand bieten kann, einen viel zu hohen Preis.«

»Aber ich habe gehört, daß die Schleierleute uns unterdrücken«, warf Duguay provozierend dazwischen. »Sie verwehren uns unsere ureigenste Natur, von der Euer Kollege spricht.«

»Sie unterdrücken uns!« sagte Rico mit Nachdruck, seine Worte betont langsam aneinanderreihend. »Und sie hindern uns, unserer eigenen Natur zu folgen! Aber ich bin wie Tam: Ich würde sie vermissen, wenn sie nicht mehr da sind. Es wäre besser, wenn wir einen anderen Weg finden.«

»Wenigstens in Sandeni«, warf Tam mit unüberhörbarem Stolz auf seine Heimatstadt in der Stimme dazwischen, »kann jeder von uns das Wort erheben und mit seiner Stimme den Lauf der Dinge beeinflussen.«

»Wie unbedeutend dieser Einfluß auch immer ist«, bemerkte der Kondukteur.

»Wir haben das Wahlrecht, und jeder hat seine Stimme, Rico. Die, die regieren, tun das mit der Zustimmung des Volks. Und die Entscheidungen, die sie treffen, müssen sie vor uns verantworten.«

»In den Clans der Hochländer ist das ganz ähnlich«, sagte Elora. »Und in den Bauen der Brownies ebenfalls, hab' ich mir sagen lassen. Es gibt eine Geschichte, die davon erzählt, daß Nelwyns dieses Gedankengut an die Cascani weitergegeben haben, die es mit einigen Überzeugungen, die sie von den Wyrrn übernommen hatten, vermischten, und das Ganze wurde dann von den Gründern von Sandeni geklaut.«

»Ein verdammt erfolgreicher Diebstahl«, lachte Duguay. »Wenn man das Resultat bedenkt. Kein Wunder, daß die Königlichen Reiche so nervös deshalb sind. Es ist nicht so leicht, die monarchischen Rechte mit denen des einzelnen unter einen Hut zu bringen.«

»Ich hab' Gerüchte aus Angwyn gehört, das war allerdings noch vor dem Frost« – so bezeichneten die Leute mittlerweile den Untergang dieser Stadt –, »daß irgendein Tüftler eine Methode erfunden hat, wie man Dampf als Antriebskraft zur Fortbewegung nutzbar machen kann. Stell dir vor, Tam, Wägen, die wie der hier auf Schienen laufen und von einem Motor gezogen werden, anstatt von einem Kabel.«

»Dann ist es endgültig so weit! Erinnerst du dich noch an das Geschrei von damals? Die Probleme, die die Stadtväter mit den Schleierleuten hatten, nur damit die Straßenbahnschienen verlegt werden konnten? Und das hier ist 'ne Gegend, auf die die meisten hinter dem Schleier keinen besonderen Anspruch erheben. Stell dir vor, man würde versuchen, den Eisenstrang bis ans Meer zu legen – in beide Richtungen, Rico! Dann hätten wir einen Krieg, der sich gewaschen hat!«

»Na – seid ihr beide wieder mal dabei, euch die Köpfe heißzureden?« sagte ein neuer Fahrgast, der an der Haltestelle zustieg, anstatt eines Grußes. Er war ein Daikini von mittlerer Größe und auffallend schlankem Wuchs, obgleich dieser Eindruck, wie Elora bemerkte, ebensogut auf seine Haltung und seine Art, sich zu kleiden, zurückzuführen sein konnte und nicht einmal so sehr auf seinen Körperwuchs. Er hatte kastanienbraunes, sorgfältig gekämmtes Haar, doch sonst war der Mann höchst unauffällig. Das gleiche traf auf seine Kleidung zu und ebenso auf sein zurückhaltendes Auftreten. Auf den ersten Blick konnte man ihn für einen farblosen Vertreter einer Vielzahl von Berufen halten.

Allein seine Augen verrieten ihn, und auch nur deshalb, weil Elora von Khory und den Brownies gelernt hatte, worauf sie achten mußte. Seinen Augen entging nichts, was um ihn herum vorging, und er war darin so geschickt, daß niemandem sein forschender Blick auffiel, mit dem er eine Umgebung betrachtete. Und sein Interesse war auch nicht auf den Straßenbahnwagen beschränkt. Immer wieder ließ er den Blick über die Gehsteige und Fassaden schweifen, an denen sie vorüberfuhren.

Sie streckte ihm die Hand entgegen und nannte ihren Namen. Der Kondukteur übernahm die Vorstellung des Mannes.

»Das ist Renny Garedo«, sagte er.

»Polizist?« fragte Elora mit einem unschuldigen Augenaufschlag und wurde mit einem vergnügten Auflachen seinerseits und einem Nicken belohnt.

»Seid ihr zwei schon wieder dabei, Minderjährige zu verderben?« knurrte der Polizist herausfordernd, doch er grinste dabei, und sein Tonfall war alles andere als drohend. Er ließ sich auf die Bank auf der anderen Seite des Wagens sinken, Elora gegenüber.

»Quatsch!« schnaubte Tam mit breitem Grinsen. »So was tun wir nicht.«

»Schon eher andersherum«, warf Elora vergnügt dazwischen. »Wie Ihr sehen werdet, wenn Ihr zu unserem Auftritt heute abend kommt.«

»Endstation«, rief Rico von seinem Platz im Hintergrund des Wagens. »Zitadelle – Endstation. Alle Passagiere aussteigen, bitte!«

Für Tam und Rico war dies auch das Ende ihrer Schicht, und Elora, Duguay und Renny faßten mit an, als die beiden gemeinsam mit ihrer Ablösung den Wagen auf seinem Drehkranz herumzogen und über das Kabel manövrierten, das in entgegengesetzter Richtung in die Vororte lief.

Die Stimmung war an diesem Abend von Anfang an hektisch und gereizt, aufgeladen von einer unterschwelligen Aggression, die Elora nervös machte. Die Leute waren verdrießlich und ungewöhnlich schwer zufriedenzustellen, und es gab mehr als nur eine Situation an diesem Abend, in der sie froh war, daß der Polizist ihrer Einladung gefolgt war und der Professor nicht.

Dann sang Duguay die Ballade von dem ungleichen Paar, dessen Liebe von Anfang an zum Scheitern verurteilt war. Elora bahnte sich ihren Weg zur Bühne, da sie danach mit einem anderen Lied dran sein würde, doch die Pfiffe und die Zwischenrufe aus dem Publikum waren nicht zu überhören, und die Herzlosigkeit und Intoleranz der Menschen machten Elora wütend. Sie setzte sich auf einen Stuhl vor dem Kamin und verharrte dort reglos, bis um sie herum Stille einkehrte, die Duguays Blick, der ihr Lied bereits angekündigt hatte, zu ihr wandern ließ. Auch Renny richtete sein Augenmerk auf sie, aber aus anderen Gründen. Wie von selbst flatterten die ersten Worte des Liedes von ihren Lippen, während ihre Finger zugleich über die Saiten der Gitarre schlugen und ihr einfache, doch zunehmend leidenschaftlicher werdende Akkorde entlockten, die Elora mit einem mitreißenden Rhythmus unterlegte, den sie mit dem Daumen auf den Gitarrenkörper trommelte. Die Aussage ihres Lieds war eindeutig und kannte weder Schonung noch Gnade. Es war eine Hymne auf die Menschlichkeit und ein Schlag ins Gesicht derer, die rüde Bemerkungen zu Duguays Lied gemacht hatten. Merkwürdigerweise geriet Eloras Lied jedoch auch zu einer Widerlegung der Aussage in Duguays Ballade. Seine Liebenden waren zum Untergang verdammt, ihre widersetzten sich ihrem Schicksal. Seine waren Opfer; ihre nahmen ihre Zukunft selbst in die Hand. Sein Schluß war eine Klage über die Ungerechtigkeit der Welt. Ihrer war eher ein Ruf auf die Barrikaden, ein Schluß, bei dem noch nichts entschieden war und nichts sicher. Ihr Lied war voller Zorn und voller Hoffnung.

Einer der großen Tische war mit einer Meute Studenten besetzt, die nicht aus dem Keeys College waren, wie Elora erleichtert feststellte. Aus deren Reihen war nämlich der Großteil der rüden Kommentare gekommen. Daher bekamen sie das meiste von Eloras Zorn ab, und sie wußten ganz genau, wie jeder andere im Saal auch, daß die Worte auf sie gemünzt waren. Sie schienen nicht besonders glücklich darüber, und wütende Blicke folgten Elora, als sie zu ihrem Tisch zurückging, den sie mit ihren neuen Freunden von der Straßenbahn teilte.

Tam war aufgesprungen und klatschte, die Hände über dem Kopf, begeistert Beifall, wobei er immer wieder schrille Pfiffe ausstieß.

»Verdammt gut!« schrie er. »Verdammt gut!«

»Hat es euch gefallen?« fragte Elora.

»Ich bin mir nicht sicher, ob ›gefallen‹ das richtige Wort für dieses Lied ist«, sagte Renny. »Aber es war auf jeden Fall ein starker Auftritt.«

»Leider«, sagte Elora und blies über ihre wunden Fingerkuppen, »bin ich noch dabei, Gitarre zu lernen.«

»Du bist auf jeden Fall besser, als ich jemals war«, lachte Tam.

»Mit Fingern wie deinen ist das auch kein Wunder.«

Vier Köpfe drehten sich um, und ebenso viele Augenpaare fixierten den Studenten, der diese absichtlich eine Spur zu laute Bemerkung gemacht hatte.

Renny stemmte sich von seinem Stuhl hoch, doch Susanna, die sich leichtfüßig durch das Gedränge der Gäste schob, war schneller am Tisch der Studenten als er.

»Mit Verlaub, meine Herren«, sagte sie. »Sie haben fertig gegessen, und dieser Tisch wird für andere Gäste gebraucht. Es wäre sehr freundlich, wenn Sie jetzt gehen.«

Einer der jungen Burschen begehrte protestierend auf, doch ein anderer schlug ihm auf die Schulter und drängte ihn unter Einsatz seines Körpers von seinem Platz. Keiner von ihnen war glücklich mit dieser Wendung der Dinge, doch sie fügten sich Susannas Aufforderung. Als sie sich aus der Taverne trollten, tauschten Susanna und ihre Bedienungen und Kellner Blicke und ein bestätigendes Nicken, daß diese Gesichter für eine lange Zeit in der Schwarzäugigen Susanna nicht mehr willkommen sein würden.

Diese kurze und eigentlich belanglose Konfrontation zwischen den Studenten und Eloras Freunden schien von nun an wie ein Schatten über dem Rest des Abends zu liegen. Duguay nahm Eloras Erwiderung auf seine Ballade persönlich, und zum erstenmal fielen böse Worte zwischen ihnen.

»Ich hatte keine Ahnung, daß ich erst Eure Genehmigung brauche für das, was ich singen darf«, sagte sie während einer Pause, in der er sie zu einem Tisch in einer Nische gezogen hatte, um sie zur Rede zu stellen.

»Und ich habe nicht erwartet, daß ich von meiner Schülerin so dreist und öffentlich beleidigt werde.«

»Ich wollte Euch nicht beleidigen.«

»Verschont mich damit! Wie würdet Ihr das sonst nennen?«

»Es war nicht gegen Euch gerichtet, Duguay«, versuchte sie zu erklären, doch ihre Gedanken stolperten über die nicht abzuleugnende Tatsache, daß er recht hatte. »Das Lied hat mich wütend gemacht und ...«

»Und Ihr konntet keinen anderen Weg finden, Eurem Zorn Luft zu machen? Keine andere Möglichkeit, zu sagen, was Ihr darüber denkt? Mußtet Ihr daraus denn unbedingt ein öffentliches Zerwürfnis zwischen uns beiden machen?« Er hatte nicht ein einziges Mal seine Stimme erhoben, doch jedem zufälligen Beobachter der Szene sagte seine Haltung, daß dies ein privates Gespräch war. »Empfindet Ihr denn so wenig Achtung für mich?«

Elora blinzelte einige Male heftig, als habe er sie tatsächlich ins Gesicht geschlagen. Sie sagte jedoch nichts darauf. Sie konnte keine Worte finden, die die plötzliche Kluft zwischen ihnen zu überwinden vermocht hätten. Und was noch schlimmer war: Sie war sich nicht einmal sicher, ob sie dies überhaupt wollte. Sein Lied war für sie wie ein Fehdehandschuh gewesen, und sie konnte und wollte sich nicht dafür entschuldigen, daß sie ihn aufgehoben hatte.

Während des ganzen Abends ließ der Polizist Elora nie für länger als ein paar Sekunden aus den Augen. Sie konnte seine verstohlenen Blicke fühlen, und wenn sie aus den Augenwinkeln zu ihm hinüberschielte, ertappte sie ihn, wie er sie auch aus den Augenwinkeln beobachtete. Manchmal versuchte sie ihn zu überraschen und sah ihn offen an, um jedesmal festzustellen, daß sein Blick ostentativ auf etwas anderes gerichtet war, was sie paradoxerweise nur um so sicherer machte, daß er sie beobachtete. Er saß mit dem Rükken zur Wand, den Stuhl ein wenig den anderen beiden Männern zugedreht, doch nicht so weit, daß er nicht den ganzen Raum und Elora im Blick gehabt hätte. Und selbst wenn er sie nicht direkt anblickte, sah er doch immer, wo sie war.

»Sag, Konstabler«, fragte Elora schließlich, als die Taverne sich allmählich leerte, »was schaut Ihr denn ständig an?«

»Ihr habt schöne Glieder, Elora; wieso versteckt Ihr sie unter all dieser Farbe?«

»Ich will, daß mich die Leute ansehen. Ich möchte, daß sie sich an mich erinnern.«

»Aber die Farbe ist künstlich, die Erinnerung eine Lüge.«

»Ich bin Künstlerin, Konstabler.«

»Und haben nichts zu verbergen?«

»Alles und nichts.« Sie machte einen Augenaufschlag. »Das Geheimnisvolle gehört zu meinem Repertoire, Renny, so wie bei Ihnen die scharfen Augen.«

»Punkt und Spiel für Elora, Renny!« gluckste Tam. »Kümmere dich nicht um ihn, Mädel«, fuhr er an Elora gewandt fort.

»Der Mann fragt jedem ein Loch in den Bauch.«

»Ein weiteres nützliches Talent in meinem Beruf, Tam«, sagte Renny.

»Aber es macht dich viel zu argwöhnisch, Renny, wenn ich dir das sagen darf!«

»Stimmt«, verkündete Rico, stemmte sich müde von seinem Stuhl hoch und streckte seinen Rücken. »Tut mir leid, Leute, es war ein langer Tag, und ich hab' Kinder zu Hause, die ich noch zu Gesicht bekommen will, bevor sie am Morgen in die Schule gehen.«

»Es ist noch nicht so spät, Rico«, protestierte Elora.

»Du willst deinen Garten morgen früh umgraben, Rico – nicht?«

»Ja, das hab' ich vor, Tam. Vielleicht laß ich noch etwas Kohl bis zum ersten Frost stehen, aber was gemacht ist, ist gemacht. Seh' ich dich morgen?«

»Ich hab' dir versprochen, daß ich helfe. Aber vor Mittag werd' ich kaum kommen können.«

»Kein Problem.«

»Und du hast keine Verpflichtungen?« fragte Elora Tam, nachdem der größere Mann gegangen war.

»Ich lebe alleine.«

Er lächelte. Sie lächelte zurück. Dann sahen beide Renny an, der so viel Takt besaß, diesen Wink mit dem Zaunpfahl nicht weiter zu erörtern, und sich ebenfalls empfahl.

Als die Taverne schließlich schloß, war Duguay verschwunden; er war weder unten im Schankraum noch oben in den Zimmern, wie Elora feststellte, als sie ihr Kostüm auszog und in ihre weinroten Lederkleider schlüpfte, die sie zur Zeit lieber trug als alles andere. Sie fragte Susanna nach ihm und erfuhr, daß er gleich nach dem Ende ihres Programms weggegangen sei, um für die Nacht eine Gefährtin zu suchen, die mehr Verständnis für ihn aufbrachte. Das besiegelte Eloras Entschluß, Tam noch ein Stück zu begleiten.

Als sie an der Zitadelle vorübergingen, brannte hinter einigen Fenstern in den sonst schwarz und konturlos aufragenden Schutzmauern noch Licht, das davon zeugte, daß dort, trotz der mitternächtlichen Stunde, noch an diversen Staatsgeschäften gearbeitet wurde. Für Tam war eine Arbeit, die einen ständig von Heim und Familie trennte, sinnlos, denn wozu hatte man beides, wenn man von seiner Arbeit so aufgefressen wurde, daß man für sie keine Zeit mehr fand? Und was für ein Mensch mußte das sein, der zuließ, daß er in eine solch verfahrene Situation geriet? War so jemand wirklich die geeignete Person, das Schicksal des ganzes Landes zu bestimmen?

»Und was hältst du von denen, die ihr Zuhause und ihre Familie verloren haben und trotzdem weitermachen?« fragte sie mit einem Anflug derselben Leidenschaft, die sie auch in ihr Lied gelegt hatte, denn sie dachte dabei an die, die sie kannte und liebte, und wohl auch ein bißchen an sich selbst.

»Hätten sie dies alles verloren, mein Mädchen, wenn sie es mehr geschätzt und geachtet hätten?«

»Die Welt ist nicht immer so einfach, Tam. Und ich bin weder dein Mädchen noch dein sonst irgendwas.« Sie sagte das todernst, doch das Blitzen in ihren Augen verriet, daß es nur ein Scherz gewesen war.

»Also ...«, begann Tam, dann zögerte er, begann beinahe von neuem, zögerte wieder und erweckte ganz den Eindruck eines entschlossenen Mannes, der sich zu etwas Spontanem durchringt. *Ein typischer Nelwyn-Zug,* dachte Elora, die auf seine Bemühungen, seine Gedanken in Worte zu fassen, mit einer Mischung aus Ungeduld und Belustigung reagierte. »Du und der Barde.« Wieder entstand eine lange Pause, bevor er endgültig vor der Frage zurückschreckte, die ihm auf der Zunge brannte. »Ihr singt gut zusammen«, murmelte er.

»Meistens stimmt das«, räumte sie ein. »Wir haben gute und schlechte Tage.«

»Ich mag ihn.«

»Es gibt vieles, das man an ihm mögen kann.«

»Und auch eine Menge, wette ich, das einen dazu bringt, ihm mit Genuß eine Bratpfanne über den Schädel schlagen zu wollen.«

Sie kicherte und sagte dann, als Antwort auf seine Frage, die er nicht gestellt hatte: »Er ist mein Lehrer. Wir reisen zusammen.«

»Gefährten, also.«

»Nicht so, wie einige das Wort verstehen – nein«, fügte sie hastig hinzu. »Warum fragst du?«

»Ein Mann muß wissen, wo er steht.«

»Ich wußte gar nicht, daß es so schwierig sein kann, zu wissen, wo man steht.«

»Davon merkt man aber nichts, wenn man dich singen hört.«

»Duguay ist bei uns der Meister, was das betrifft, Tam.«

»Du solltest dein Licht nicht so unter den Scheffel stellen, Elora. Er hat eine wunderbare Stimme, das muß man ihm lassen. Ich hab' noch nie eine bessere gehört. Aber es liegt kein Gefühl drin. Und keine Wahrheit. Ich höre ihm nicht wirklich zu. Bei dir ist es fast unmöglich, *nicht* zuzuhören.

Die Oberstadt ist gar nicht so übel für einen Besuch ab und zu«, sagte er dann und griff damit eine Bemerkung auf, die sie zuvor über die Stadt gemacht hatte. »Hat auf jeden Fall einen tollen Ausblick und ein paar Sehenswürdigkeiten, die ihresgleichen suchen. Ein treffliches Szenarium ...« – ohne das geringste Stocken wechselte Tam in den blasierten Jargon, den viele der Universitätsstudenten pflegten, eine beißende und gekonnte Persiflage derer, die er vielleicht beneidete – »... für treffliche Leute.« Und ebenso leicht schlüpfte er wieder in seine eigene Sprache zurück: »Aber die Prärie ist der Platz zum Wohnen.«

»Ich dachte, sie nennen es Unterstadt.«

»Tun sie auch.«

Von der Endstation jeder Straßenbahnlinie führte eine

breite Steintreppe auf eine Ebene unterhalb der Plaza hinab, von der rechts und links ein gewaltiger Säulengang abzweigte, der sämtliche dieser Ebenen miteinander verband. Hier unten gab es lange Reihen von Buden und Ständen, die während des Tages Waren und Dienste jedweder Art feilboten, die zu dieser Stunde jedoch alle geschlossen waren.

Ihre Schritte schickten ihnen ein hallendes, sich in der Stille vervielfältigendes Echo voraus, das den trüben, kränklichen Schein der Laternen, die den Gang erleuchteten, düster und unheilvoll wirken ließ. Es schien, als würde das Klappern ihrer Schritte von einer trüben Lichtinsel zur nächsten eilen, um möglichst schnell diese alles verschlingende Dunkelheit zu durchmessen. Hier unten war niemand, keine Menschenseele, und es erschien Elora als genau der Ort, an dem man darauf gefaßt sein mußte, daß sich aus der pechschwarzen Finsternis Ghule oder sonst irgendwelche Monster auf einen stürzten, und es war nicht nur die kühle Abendluft, die sie erschaudern ließ.

Ob Tam weniger von mir hält, überlegte sie, *wenn ich meinen Umhang aufrolle und mich ganz fest darin einwickle?* Doch dann verwarf sie den Gedanken an ihren wollenen Reiseumhang wieder, den sie sich zusammengerollt über die Schulter geworfen hatte, als sie aufgebrochen waren. *Er würde mir auch nicht viel helfen. Es ist dieser Gang, der mir eine Gänsehaut macht – oder meine eigene Einbildung.*

Die an den Nerven zerrende Stille war außerdem nicht so absolut, wie sie zuerst geglaubt hatte. Ein leises Vibrieren war durch die Sohlen ihrer Stiefel zu spüren, wie von einem gewaltigen Tosen, so fern und vom Fels gedämpft, daß es eher zu spüren als zu hören war.

»Kommt dieses Geräusch von den Wasserfällen?« fragte sie.

»Ja«, erwiderte Tam. »Man kann ihm nirgendwo in Sandeni entkommen – ob hier oben auf der Hochebene oder unten in der Prärie. Aber das soll nicht undankbar klingen, denn schließlich haben wir es ihnen zu verdanken, was wir erreicht haben.«

»Es klingt, als wären sie weit weg. Aber das sind sie gar nicht, oder?«

»Hat etwas damit zu tun, daß dieses Dröhnen der Fälle gedämpft werden mußte, weil man sonst weder den Bahnhof noch die ganze Etage hier unten hätte bauen können. Deshalb haben sie einen ganzen Steinbruch zwischen dem herabstürzenden Wasser und der Ebene hier verbaut.«

»Ich hab' ganz vergessen, daß Sandeni auf verschiedenen Ebenen gebaut ist.«

»Da bist du nicht die einzige, Elora«, lachte Tam. »Und wir leben hier. Du hast für deine Unwissenheit wenigstens die Entschuldigung, daß du hier fremd bist.«

»Vielen Dank.«

»Ich hab's nicht böse gemeint. Sei bitte nicht beleidigt. Ich habe die Unwissenheit aller Fremden gemeint. Hier unten ist alles von Tunneln durchzogen wie in einem Rattennest, einige davon sind natürlichen Ursprungs, andere von Menschenhand gemacht, und manche stammen noch von denen, die vor uns Daikini hier gelebt haben. Es sind so viele, daß ich bezweifle, ob davon jemals eine richtige Karte mit allen Verbindungen angefertigt worden ist.«

»Ooh«, hauchte Elora.

Und dann entschlüpfte ihr noch ein ›Ooh‹, als sie die Schwebebahn erblickte.

Wie bei der Straßenbahn gab es auch hier sechs Schwebebahnlinien, nur daß diese direkt nebeneinander gebaut waren und beinahe senkrecht durch den Boden des Bahnhofs nach unten führten. Die Gondeln hatten drei Ebenen oder Stockwerke, so daß mit einer Fahrt mehr als einhundert Passagiere befördert werden konnten. Sie funktionierten nach dem gleichen Prinzip wie die Straßenbahnen: eine Reihe von mächtigen Kabeln, die senkrecht in einer endlosen Schleife über riesige Räder liefen, die hoch oben aus ihren Gehäusen im Dach des Bahnhofs ragten. Jede Gondel hing an einem Doppelkabel, und ein Schließen der Halteklammer um das eine Kabel ließ die Gondel zur Ebene hinabschweben, während das andere Kabel sie wieder nach oben beförderte.

Die Fahrt ging die ganze Zeit durch einen Tunnel oder eine riesige Röhre. Tam erklärte ihr, daß es auch eine äußere Schwebebahn gab, die zwei doppelte Kabelstränge und wesentlich kleinere Gondeln hatte, die jedoch hauptsächlich von Touristen und Ausflüglern benutzt wurde. Diese hier waren dafür gemacht, zwischen dem Hochplateau und der Prärie Fahrgäste und Waren mit größtmöglicher Effizienz und Geschwindigkeit zu befördern.

Unten angekommen, öffnete sich ein weiterer Tunnel mit einem Bahnhof für die Schwebebahn, die Passagiere von der Wand zum ersten Katarakt beförderte. Seit Jahren gab es Pläne, mit einem Netz von Schwebe- und Straßenbahnen die ganze Strecke bis zum sechsten Katarakt in den Stadtverkehr einzubinden, doch je weiter sich Sandeni von der Wand in die Ebene hinausschob, um so größer wurde der Widerstand, den die Planer und Ingenieure von seiten des Schleiervolks zu überwinden hatten.

Er war dicht hinter ihr auf einer Aussichtsplattform, die aus dem Fels der Klippe geschlagen worden war und einen spektakulären Blick auf die Ebene darunter bot. Hinter ihnen verkündete das Klirren von Stahl die Abfahrt der nächsten abwärts fahrenden Gondel. Dann und wann hatten sie sich, während sie nebeneinanderher schlenderten, an den Händen gehalten, manchmal von ihr initiiert und manchmal von ihm, doch dieser Kontakt war immer nur kurz gewesen, bis sie die Hand, einem erschreckten Impuls gehorchend, wieder fortgezogen und allmählich begriffen hatten, daß sie beide schüchterner waren, als der andere angenommen hatte. Tam hatte sich auf eine Treppe gestellt, die ihn ein wenig größer machte als sie, worüber Elora lieber nicht nachdachte, weil die Tatsache, daß sie größer war als er – wenn auch nur vielleicht einen Fingerbreit –, sie zum Kichern brachte. Dann legte er seine Hände auf ihre Hüften.

»Könnte es nicht sein, daß sie Angst haben vor dem, was sie nicht verstehen?« fragte Elora.

»Die Götter mögen uns davor bewahren!« Tam klang richtig schockiert. »Würden sie dann nicht …« – er machte eine Pause, um seinen Worten eine bessere Wirkung zu verleihen – »… genauso wie wir?«

»Troll-Junge!« sagte da plötzlich eine Stimme außerhalb ihres Gesichtswinkels irgendwo hinter ihnen, die Elora einen Schauer über den Rücken jagte und ihre Nackenhaare dazu brachte, sich aufzurichten. »Du bist nicht wie wir.«

Tam wirbelte herum, als sei er von einer Peitsche getroffen worden, und sein Gesicht war verzerrt vor Wut, als er Elora hinter sich schob.

»Wer ist das?« stammelte sie, als eine Handvoll Gestalten in das Halbdunkel zwischen ihnen und der Schwebebahn glitten. In dem breiten Gang war jetzt weniger Licht als zuvor; einige der Wandleuchten waren gelöscht worden, doch sie war so in dem Augenblick gefangen gewesen, daß sie es nicht bemerkt hatte.

»Das sind die Kerle aus der Taverne, so wie's aussieht«, flüsterte Tam. Dann lauter: »Wir wollen keinen Ärger. Das hier ist ein öffentlicher Platz!«

»Um so mehr Grund, dir anständiges Benehmen beizubringen, findest du nicht auch? Wenn du und deine Schlampe Schweinereien machen wollt, Troll-Bürschchen, dann verkriecht euch in einem von euren Bauen, wo du hingehörst.«

»Nimm das zurück!« Tam machte einen Schritt nach vorn. Elora packte ihn mit beiden Händen am Arm, um ihn zurückzuhalten, doch er riß sich los, als seien ihre Finger aus Stroh.

»Was soll ich zurücknehmen?«

»Jedes Wort!« Sie griff wieder nach ihm, und er riß sich erneut los.

»Tam! Tu das nicht! Das wollen sie doch bloß!«

»Um so schlimmer für sie!«

Als er vorwärts stürmte, fühlte Elora, wie ihre Wahrnehmung kippte. In diesem Augenblick – und glücklicherweise nur diesen einen Augenblick lang – löste sich ihr Bewußtsein völlig von ihrem Körper, als sich ihre EinSicht in ein halbes Dutzend Fragmente aufsplitterte, um ihre Wahrnehmung mit der ihrer Angreifer zu verschmelzen.

Blitzschnell – in Geist und Fleisch wieder ganz sie selbst – ließ sie sich auf einem Knie in die Hocke sinken, die Hände auf den Boden gestützt, um ihr Halt zu geben, und schwang das andere Bein wie eine Sense in weitem Bogen herum. Ihr Fuß traf Tam in die Kniekehle und brachte ihn, einen Herzschlag bevor einige Armbrustpfeile über ihn hinwegzischten, zu Fall.

Dann geschahen eine Menge Dinge gleichzeitig, obgleich die Erinnerung sie später zu einer zeitlichen Aufeinanderfolge verknüpfte. Tam, der glücklicherweise schnell schaltete, rollte sich zur einen, Elora zur anderen Seite. Sie hatte nicht die Zeit, in ihren Reisebeuteln nach einer Waffe zu tasten, und mußte sich mit dem begnügen, was ihr in die Hand kam. Sie hörte einen Schrei durch das Gewölbe des Durchgangs gellen, dessen Echo sich multiplizierte und so stark anschwoll, daß Elora sich die Hände auf die Ohren pressen mußte. Dann fegte ein Windstoß über sie, als ein goldener Adler – nicht Bastian, wie Elora erkannte, sondern seine Gefährtin Anele – durch die Öffnung im Fels stieß und mit Schnabel und Schwingen und vor allem mit ihren tödlichen Klauen auf einen der Armbrustschützen herabschoß. Elora sah, wie der Mund des verhinderten Meuchelmörders sich bewegte wie der einer Marionette, darüber zerstörte Augen, eine klaffende Halswunde darunter; er ruderte in einem vergeblichen Versuch, sich zu schützen, hilflos mit den Armen und stürzte dann, ehe er begriffen hatte, daß der Adler ihm das Augenlicht, die Stimme und das Leben genommen hatte, leblos zu Boden.

Ein zweiter Armbrustschütze – Elora zählte drei derart bewaffnete unter den acht Angreifern – stieß einen gellenden Schrei aus und machte einen Satz wie jemand, der plötzlich auf glühenden Kohlen steht. Er schlug sich ins Gesicht, auf die Brust und das Gesäß und stieß dabei Laute aus wie ein vor Schmerz jaulender Hund, bis Elora ihm ihre Schulter so hart in den Bauch rammte, daß er vornüberklappte und keinen Ton mehr von sich gab. Aus seiner Wange ragte ein winziger Splitter, nicht größer als ein Dorn von einem Brombeerstrauch, der beredt davon Zeugnis ablegte, daß die Angreifer nicht die einzigen waren, die mit Bögen umgehen konnten. Die Pfeile der Brownies mochten zwar so winzig wie kleine Holzsplitter sein, doch das Gift, mit dem sie getränkt waren, ließ Hornissen- oder Wespenstiche im Vergleich wie Mückenstiche erscheinen. Und Franjean und Rool waren so hervorragende Bogenschützen, daß weder Kleidung noch Rüstung und nicht einmal ein Plattenpanzer gegen ihre Pfeile Schutz boten.

Elora wirbelte zu den zentralen Geschehnissen des Kampfes herum, den Dolch, den sie dem zu Boden gegangenen Mann aus dem Gürtel gezogen hatte, in der Hand, und sah, wie Tam drei auf einmal zu Boden streckte – zwei mit seinen Fäusten und einen mit einem Stoß seines Kopfes. Bastian hatte einen weiteren Angreifer in die Flucht geschlagen, der in wilder Panik den Gang hinabrannte. Die Reihen der Angreifer hatten sich gelichtet; Elora zählte noch vier.

Doch dann begann das Unheil: Ein Pfeil traf Tam von hinten in den Oberschenkel, und sie sah, wie er zu Boden taumelte. Im selben Augenblick stürzte sich einer der Männer auf Elora, doch sie krallte sich wie eine Klette an ihm fest, und er ging mit ihr zu Boden, wobei er jedoch mit seinem ganzen Gewicht auf ihr landete. Der Aufprall ließ vor ihren Augen Sterne explodieren, die sie jedoch ignorierte. Vielmehr nutzte sie den Schwung des Sturzes, bäumte sich auf und wuchtete ihn über ihren Kopf. Er flog nicht weit, was sie auch nicht beabsichtigt hatte, und noch während er sich taumelnd wieder aufraffte, war sie bereits auf den Beinen, wirbelte herum und stieß ihm mit aller Kraft das Knie zwischen die Beine.

Eine Faust krachte gegen ihr Brustbein, doch der Schlag fügte dem Mann mehr Schaden zu als ihr, denn seine Wucht und möglicherweise auch ein paar Knöchel der Faust brachen an der in ihre Kleidung eingearbeiteten Panzerung. Leider erwies sich der Vorteil als ebenso minimal wie kurzzeitig, denn ein gewaltiger Hieb seines Handrückens krachte gegen ihre Schläfe und ließ die Sterne, die sie zuvor gesehen hatte, wie glühende Blitze durch die Nacht vor ihren Augen zischen.

Er warf sie zu Boden, mit dem Gesicht nach unten, setzte sich mit seinem ganzen Gewicht auf sie, packte sie mit seiner heilen Hand unter dem Kinn und bog ihren Kopf zurück. Wäre sie durch das Tanzen nicht so biegsam gewesen, hätte ihr dieser brutale Ruck sicherlich den Hals gebrochen. Dennoch ließ die mörderische Biegung ihres Rückgrats sie vor Schmerz aufstöhnen. Er verstand sein Geschäft und hielt sie hilflos auf den Boden genagelt. Obwohl sie zwei freie Arme hatte und er nur einen gesunden, schaffte sie es nicht, ihn zu fassen zu kriegen.

Nirgendwo ein Zeichen oder eine Gedankenspur von Bastian oder den Brownies. Sie konnten ihr auch nicht mehr helfen, in einer Situation wie dieser. Es würde ihm ein leichtes sein, ihr mit einem Ruck den Hals zu brechen. Nicht einmal das tödlichste Gift der Brownies würde schnell genug wirken, um ihn daran zu hindern.

Andererseits, sobald er seinen Griff lockerte oder seine Aufmerksamkeit nur eine winzige Spur nachließ …

Doch so weit sollte es nicht kommen. Eine Gestalt näherte sich, blieb drohend über ihr stehen, und die Stimme, mit der er sprach, entlarvte ihn als den Studenten, der Tam in der Taverne angepöbelt hatte.

»Du Schlampe!« zischte er und hob eine Hand zum Schlag.

»Tu das«, blaffte der Mann auf Eloras Rücken, »und wir sind tot!«

Der Schläger verstand nicht. Er blinzelte irritiert und hob die Hand höher.

»Wenn du sie schlägst und ich den Griff verliere, sind wir beide tot«, wiederholte der Mann. »Schau dich um, wenn du mir nicht glaubst. Sie hat einen Adler, der ihr zu Hilfe kommt, wenn sie ihn braucht, und außerdem noch andere Freunde. Wir leben noch, weil wir etwas haben, das ihnen wertvoll ist. Sie ist unsere Geisel und unsere einzige Hoffnung, lebend hier rauszukommen.«

Aus den Tiefen ihrer Kehle entrang sich ein zorniger, wilder Schrei, und sie krallte in einem letzten Versuch, ihren Peiniger abzuschütteln, wild um sich. Der Student vor ihr grinste böse, und seine Zähne blitzten erschreckend weiß in seinem von Schatten verhüllten Gesicht.

Das Grinsen war jedoch seine letzte Gefühlsäußerung, denn plötzlich – erschreckend plötzlich – kippte sein Kopf von seinem Hals.

Elora und ihr Peiniger schrien gleichzeitig auf, und dann fühlte sie einen Schwall warmer Flüssigkeit gegen ihren Hinterkopf und ihren Nacken spritzen. Das Gewicht auf ihrem Rücken rutschte zur Seite, und sie rollte sich zur anderen Seite und erhob sich, ohne einen einzigen Blick hinter sich zu werfen. Sie wußte ohnehin, was soeben geschehen war, und ihr Blick galt nur Tam.

Er lag mit dem Gesicht nach unten, dort, wo er gestürzt war. Aus seinem Oberschenkel ragte senkrecht der Pfeil der Armbrust. Sein ganzes Hosenbein war naß von Blut, als sie ihn auf den Rücken rollte, doch der Blutverlust war ganz sicher nicht die wirkliche Gefahr. Elora sah es an der blauschwarzen Färbung seiner Lippen und an der erstarrten Grimasse des Schmerzes, die seine Zähne entblößte. Sie legte beide Hände sanft und die Wunde umschließend auf sein Bein und sah ihre Befürchtungen bestätigt. Der Pfeil war vergiftet gewesen. Was immer ihre Absichten gewesen sein mochten, die Angreifer hatten nicht vorgehabt, Zeugen zurückzulassen.

Sie beugte sich hinab, um an der Wunde zu riechen. Sie rümpfte die Nase und verzog angewidert das Gesicht angesichts des Gestanks nach fauligem Fleisch, der ihr entgegenschlug, als sei Tams Bein bereits in einem fortgeschrittenen Stadium des Wundbrands.

»Franjean!« rief sie. »Rool! Ich brauche ein Gegengift!«

»Es gibt keines«, erwiderte Rool. Der Brownie stand auf der anderen Seite von Tams reglos hingestrecktem Körper, von Kopf bis Fuß mit etwas bespritzt, das – wie Elora vermutete – Blut war. Franjean war ebenso mitten im Kampfgetümmel gewesen wie sein Freund, doch er war völlig unbeschädigt und unversehrt daraus hervorgegangen. Hinter ihnen tauchte Khory Bannefin auf, das Schwert in ihrer Hand. Neben ihr ging Renny Garedo.

»Ich will das nicht hören! Tam stirbt!«

»Seine Mörder haben dafür bezahlt«, sagte der Konstabler. »Unser Freund wird diese Welt nicht ungerächt verlassen.«

»Er wird sie überhaupt nicht verlassen – nicht jetzt, wenn ich dazu auch etwas sagen darf.«

»Selbst ein Heiler kann ein Gift, das so tief in seinen Körper gedrungen ist, nicht mehr aufhalten.«

Es blieb keine Zeit für Erklärungen; hier waren Sekunden entscheidend. Sie legte ihre Hände so um die Wunde, daß ihre Daumen und Zeigefinger einen ungefähren Kreis formten. Dann summte sie ein Lied des Machens und Formens und sandte ihre EinSicht durch die verschiedenen Schichten der Realität, wobei sie zunächst seine Kleider in ihre Bestandteile, die einzelnen Fäden, sonderte, um ihr den Durchgang zu ermöglichen, dann die oberen Schichten seiner Haut. Sie wirkte auf einer Ebene der Wahrnehmung so massiv und fest, und auf einer anderen befand Elora sich neben Poren, die so groß waren wie der Morar See, mit Haaren, die höher emporragten als die Felsnadeln der Shados.

Auf einer noch kleineren Ebene glitt ihr Bewußtsein durch Bündel und Fasern von Fleisch, dann durch weicheres Bindegewebe darunter. Hier war die Zerstörung durch das Gift bereits fortgeschritten. Das Blut floß zäh und träge, wenn überhaupt, und sie fühlte in den Zellen eine trockene Ödnis, als würde Tam von innen her zu Staub zerfallen. Es war mehr als nur ein Hauch des Todes in seinem Körper; sie fühlte eine allumfassende Hoffnungslosigkeit, als habe selbst die winzigste Faser seines Wesens den Kampf aufgegeben.

Kein Problem, Tam, dachte sie mit wilder Entschlossenheit, *ich werde für uns beide hoffen, bis du alleine wieder Hoffnung schöpfen kannst.*

Der Pfeil hatte fünf scharfe Kanten, die alle in einer Weise gekerbt und gefeilt waren, daß sie weit mehr Schaden anrichteten, wenn sie herausgezogen würden, als beim Eindringen. Die Pfeilspitze war aus geschmiedetem Stahl und konnte Metallpanzer durchschlagen. Sie war zu hart und aus einem zu edlen Material, um sie in der kurzen Zeit, die Elora blieb, zu manipulieren. Sie wandte sich statt dessen Tams Fleisch zu und trennte die Verbindungen, die den Zellen untereinander Halt gaben, bis das, was einmal fest gewesen war, nur mehr eine viskose, breiartige Flüssigkeit war. Gleichzeitig griff sie mit ihrer physischen Hand nach dem Schaft des Pfeils. Sie bemerkte nicht, daß sie schwitzte, und sie bemerkte auch nicht, daß sie glühte, denn die Glut des Feuers, das sie durch ihr eigenes Blut branden ließ, drang nach draußen und brachte ihre silberne Haut zum Schimmern.

Dies war eine heikle Angelegenheit. Sie mußte die Spitze herausziehen und gleichzeitig die Wirkung ihres Lieds umkehren, wenn sie nicht die Wirkung des Pfeils verstärken und für ihn seine tödliche Arbeit zu Ende führen wollte.

Sie ließ die Luft langsam aus ihren Lungen entweichen, und in dem Augenblick, als ihr Körper und ihr Geist absolut ruhig waren, zog sie in einer fließenden, glatten Bewegung, als würde sie ein Schwert blankziehen, den Pfeil heraus.

Jemand nahm ihr den tödlichen Schaft aus der Hand. Sie schaute nicht wer, und es war ihr auch egal. Das war der einfachere Teil gewesen. Jetzt mußte sie sich um das Gift kümmern.

Erneut benutzte sie ihre EinSicht, um ihre eigene körperliche Hülle ganz zu verlassen und in die Tams zu schlüpfen. Dies war von Beginn an alles andere als ein Spaß und fühlte sich an, als würde sie in einen Tümpel voll widerlich stinkenden Morasts tauchen, in dem der ganze Unrat der Welt brodelte, doch sie ließ sich nicht entmutigen und drang tiefer. Wenn sie mit den Adlern ›flog‹, war sie im Grunde genommen ein Passagier, und deshalb achtete sie stets darauf, daß sie als angenehmer und hoffentlich willkommener Gast auch Pflichten und Verantwortung hatte. Doch die EinSicht war mehr als ein passives Instrument der Wahrnehmung, denn mit dem Eintritt in den Körper des Wirts ging die Möglichkeit einher, auch die Kontrolle zu übernehmen. Wenn ihr Wille stärker war, konnte sie, wenn sie wollte, Kontrolle und Macht über den Körper des Wirts erlangen.

Der Nachteil dabei war, daß diese Verbindung eine Einflußnahme in beiden Richtungen ermöglichte. So wie sie den Handlungen eines niedrigeren Wesens eine menschliche Tendenz geben konnte, so war es auch möglich, daß die elementarere und leidenschaftlichere Natur dieses Wesens einen ebenso großen Einfluß auf sie nahm. Duguay hatte in seinem Repertoire ein Lied über eine derartige Erfahrung eines Zauberers, der seine Seele mit einem seelenverwandten Tier verschmelzen ließ und dieses Erlebnis so schön und fesselnd fand, daß er nie wieder ›heimkehrte‹. Der Zauberer fand eine tiefe und immerwährende Zufriedenheit, doch dafür verlor er alles, was ihn menschlich machte. Umgekehrt gab es auch Geschichten über jene, die eine solche Besitznahme versucht hatten und am Ende selbst besessen wurden. Angeblich war auf diese Weise das Geschlecht der Gestaltwechsler entstanden.

Elora hegte im Augenblick wenig Befürchtungen, daß ihr etwas dieser Art zustoßen könnte. Tam hatte nur mehr so wenig Leben in sich, und der letzte Rest seiner Willenskraft war erschreckend winzig. Sie rechnete nicht damit, auf irgendwelchen Widerstand gegen ihr Bestreben zu stoßen, die Vorherrschaft zu übernehmen. Die weit größere Gefahr bestand darin, daß er starb. Dadurch, daß sie mit ihm verschmolz und sich enger mit ihm verband als eineiige Zwillinge, bis fast zu dem Punkt, an dem sie zu einem einzigen Wesen wurden, machte Elora sich gegen alles verwundbar, das ihm widerfuhr. Sie hatte bereits das Gift gekostet, und sie zweifelte nicht an ihrer Fähigkeit, seine tödliche Wirkung bekämpfen zu können. Doch wenn der Schaden, den es Tam zugefügt hatte, bereits zu groß war, und wenn er sich schon zu weit entfernt hatte, konnte es durchaus geschehen, daß sie sich nicht mehr rechtzeitig von ihm lösen konnte, wenn er starb.

Sie wußte genug, um Angst zu haben. Doch sie ließ sich davon nicht abschrecken, während sie ein schmales Rinnsal aus Feuer von dem glühenden Sturzbach in ihren eigenen Adern abzweigte und in seine führte, um das Gift zu vertilgen, das ihn umbrachte.

Sie begann von der Wunde aus, denn dies war der Ursprung der Vergiftung, und ließ sich dann von den natürlichen Strömungen seines Körpers von den kleineren Venen in die Oberschenkelvene tragen und von dort in die breite zentrale Vene, die durch seinen Torso nach oben und direkt zum Herzen führte.

Sie hatte schon viele Körper von innen gesehen und Thorn in all den gemeinsamen Jahren bei der Heilung von Kranken und Verwundeten geholfen. Sie wußte, wie ein Herz aussah – von innen und von außen.

Deshalb war ihre Verblüffung grenzenlos, als sie aus der Dunkelheit der Vena cava inferior auf den von Sternen überstrahlten Gipfel des Elfenbergs geschleudert wurde.

Der Schock ließ sie, wo sie stand, zur Salzsäule erstarren. Sie weigerte sich, ihren Augen Glauben zu schenken, und fürchtete im ersten Augenblick, daß sie verrückt geworden oder selbst gestorben sei. So etwas hatte sie noch nie erlebt, und sie hätte nie geglaubt, daß es möglich war, mitten aus einer Trance herausgerissen und irgendwohin befördert zu werden.

»Nein!« flüsterte sie und dann, als könnte dieses Wort, wenn sie es nur oft genug wiederholte, einen Zauber bewirken, der sie wieder dorthin brachte, wo sie hingehörte: »Nein, nein, nein, nein, nein, nein!«

Es funktionierte nicht.

Alles war, wie es zuvor gewesen war – mit einer Ausnahme. Das letztemal war sie als Drache zum Hochfels der Elfen gekommen; diesmal stand sie in menschlicher Gestalt zwischen den Steinen, und ein Drache erwartete sie, der delikat auf den Hauptsteinen des Dritten Kreises saß. Elora stand auf der anderen Seite des Altars neben den entsprechenden Steinen der Kreise der Welt und des Fleisches.

Der Drache war die Personifizierung jedes edlen Wortes, das sie kannte. Er war Kraft und Anmut und von einer Schönheit, die ihren Augen weh tat, denn er repräsentierte eine Art von Lebewesen, die so weit von ihrem Menschsein entfernt war, daß nicht einmal die Fantasie diese Kluft überbrücken konnte.

Sie hatte gesehen, wie er getötet wurde.

Als sei dieser Gedanke das Stichwort für ihn, ruckte Kieron Dineers keilförmiger Kopf auf sie zu und entblößte Zähne, die größer waren als Elora. Sie schnappten mit dem metallischen Klirren der größten vorstellbaren Stahlfalle zusammen, doch sie trafen nur auf Luft.

Elora rollte sich in den Schutz eines der Hauptsteine und dachte nicht daran, den Kreis zu verlassen, in dem sie sich befand. Hier war seine Größe Kierons Nachteil und für sie ihr einziger Vorteil. Die Steine waren nahezu so groß wie er und standen zu eng zusammen, als daß sein Leib zwischen ihnen hindurchgepaßt hätte. Die einzige Möglichkeit für ihn, wie er sie erreichen konnte, war, seinen Hals zu recken oder seine Klauen ganz auszustrecken.

Wie der Mann, der mich bei dem Überfall festgehalten hat, schoß es ihr durch den Kopf, als sie unter den tastenden Vorderklauen des Drachen hindurchtauchte und geduckt am Altar vorbei zu dem Monolithen direkt unter ihm rannte. Kieron sah beinahe komisch aus, als sein Kopf sich von oben herab krümmte, um ihr zu folgen. Doch um sie wirklich zu fassen zu kriegen, mußte er erst auffliegen und versuchen, sie aus der Luft zu packen. *Er konnte mich nicht loslassen aus Angst, was die Brownies oder die Adler dann tun würden. Und ich kann aus dem gleichen Grund nicht den Schutz der Steine verlassen. Aber ich weiß nicht einmal, was ich hier tue! Ich versuche doch, Tams Leben zu retten!*

Sie sagte das auch Kieron, aber es interessierte ihn nicht. Sie war die Beute und er der Jäger. Sein einziges Ziel war zu siegen.

Es sei denn, sie tötete ihn zuerst.

»Ich hab' schon einmal gesehen, wie du gestorben bist, Drache«, rief sie laut und verdrängte den Gedanken, der folgte – *auch wenn es nicht meine Schuld war* –, weil sie noch immer glaubte, sie hätte einen Weg finden müssen, ihn und all die anderen gegen die Macht des Betrügers zu schützen. *»Nie wieder!«*

»Überlege die Alternative«, sagte Kieron mit einer Stimme, die aufgrund seiner Jugend von noch größerer herzzerreißender Schönheit war als die anderer Drachen, und ein Versprechen, das viel zu früh verstummte. Sie brachte Elora zum Weinen.

»Überlege die Konsequenzen.«

»Warum tust du das? Willst du wieder sterben?« Sie schrie die letzten Worte hinaus und erreichte mit ein paar Sätzen den Altar, um dort aufrecht stehenzubleiben und dem Drachen die Stirn zu bieten.

»Ist es das, was du *willst?*«

Er schien erfreut.

Doch die Stimme, die antwortete, war die Stimme Duguay Faralorns.

»Nein!«

Als Kieron dieses einzige Wort hervorstieß, öffnete sich sein Maul gleich dem glühenden Schlund eines Schmelzofens, in dem das Herz der Welt loderte, und Eloras Herausforderung verwandelte sich in Entsetzen und Schmerz, als sie von blankem Feuer eingehüllt wurde, ehe sie das Bewußtsein verlor.

Über ihr schimmerte eine Decke, als sie genügend Mut aufbrachte, ihre Augen zu öffnen. Dann folgte eine gigantische Woge der Erleichterung, daß ihr Erlebnis auf dem Elfenfels – ob ein Traum oder etwas anderes – keine bleibenden physischen Schäden hinterlassen hatte, und mit dieser Erkenntnis wurde ihr Körper von einem tiefen Schluchzen geschüttelt, das sie peinigte wie eine körperliche Züchtigung.

Irgendwie hatten Tam und sie sich während der Heilung herumgedreht. Das letzte, woran sie sich erinnerte, war, daß sie über seinem Schenkel gekauert und er auf dem Bauch gelegen hatte. Jetzt lag er auf dem Rücken, und sein Kopf ruhte in ihrem Schoß. Sein Gesicht hatte wieder Farbe, und er atmete tief und regelmäßig, als würde er schlafen. Die Berührung seines Fleisches mit ihren Fingerspitzen sagte ihr, daß jede Spur des Giftes entfernt und der junge Mann so gesund wie eh und je war.

Das konnte man von ihr nicht gerade behaupten, wie sie feststellte. Eine schneidende Kälte hatte sich so tief in ihren

Knochen eingenistet, daß sie sich zusammennehmen mußte, nicht mit den Zähnen zu klappern, doch das Zittern ihrer Hände konnte sie nicht unterbinden.

»Es ist kalt«, sagte sie und wurde mit ihrem Umhang belohnt, den jemand über ihre Schultern legte und fest um sie und Tam zog.

»Ich hab' etwas Suppe gebracht«, sagte Renny, der mit einer dampfenden Schale in den Händen vor ihr kniete. Es war wohl eher ein Eintopf als eine Suppe, nach dem köstlichen Duft und dem Aussehen zu urteilen. Nur zu schade, daß sie nicht genügend Kraft hatte, auch nur einen Arm zu heben.

Offenbar erkannte Renny ihr Problem, und er begann, sie zu füttern, was angesichts der Umstands, daß ihre Zähne heftig aufeinanderschlugen, sobald sie den Mund aufmachte, gar nicht so leicht war.

Die Brownies waren fröhlich schnatternd damit beschäftigt, die Taschen der Toten zu durchwühlen und sie um alles zu erleichtern, was irgendwie von Wert sein konnte, während Khory an Eloras Seite blieb, das blanke Schwert in der Beuge ihres Arms und zwei weitere griffbereit neben ihr auf dem Boden, für den Fall, daß sie sie noch brauchen würde.

Der Eintopf war so scharf gewürzt, daß es ihr die Tränen in die Augen trieb. Ein geräuschvolles und ergiebiges Schniefen machte ihr bewußt, daß ihre Nase lief, und mit einer, wie sie fand, wahrhaft titanischen Anstrengung fischte sie ein Taschentuch aus ihrer Tasche und erstickte darin ein gewaltiges Niesen.

»Gesundheit«, sagte der Konstabler.

»Wieviel Zeit ist vergangen?« fragte sie.

»Eine Stunde«, erwiderte Khory. »Wenn überhaupt.«

»Seit ich an Tam arbeite?«

»Seit dem Überfall.«

»Schließlich warst du diejenige«, warf Rool dazwischen, »die die Welt sehen wollte.«

»Das will ich noch immer.«

»Milchzähne reichen nicht aus, um sich gegen Wölfe zu

behaupten.« Der Brownie sagte dies leichthin, doch seine Worte waren todernst gemeint. »Und wir sind vielleicht nicht immer in der Nähe.«

»Ich komm' schon zurecht, Rool.«

Sie berührte Tams Wange mit einer zärtlichen und liebevollen Geste. »Ach Tam, du hast es wirklich raus, wie man ein Mädchen verwöhnt.«

»Ihr habt Glück, daß Ihr noch lachen könnt.«

»Das war wohl kaum Glück, Konstabler, angesichts der Armee in meinem Rücken.« Sie richtete den Blick forschend auf Khory, die nichts dagegen zu haben schien. »Woher hast du es gewußt?«

»Dafür mußt du wohl mir danken«, sagte eine Stimme, die sie besser kannte als ihre eigene. »Ich darf behaupten, daß in Sandeni wenig passiert, von dem ich nichts weiß. Und auf die Katakomben unter meinem Turm trifft das erst recht zu.« Sein Blick schweifte über die Toten, und er seufzte. »Dies hier hätte nicht passieren dürfen.

Auf diese Weise wollte ich dich nicht willkommen heißen, Elora Danan«, sagte Thorn Drumheller und breitete die Arme aus, um sie so fest an seine Brust zu ziehen, daß sie sicher war, ihre Knochen knirschen zu hören. Über seine Wangen kullerten Tränen, viel zu lange zurückgehalten, doch es machte ihr nichts aus, denn so war sie wenigstens nicht die einzige, die weinte. »Aber ich bin froh, daß du hier bist.«

»Ich auch, du alter Halunke.«

12. Kapitel

Sie war gewachsen, seit sie sich zuletzt gesehen hatten, das fiel Elora sofort auf, als sie jetzt ihrem kaum vier Fuß großen Freund erstmals wieder gegenüberstand. Wie für die Leute seines Volkes typisch, war Thorns Erscheinung – lange Arme und kurze Beine und darauf ein faßartiger Oberkörper – einer anderen als der Daikini-Ästhetik unterworfen. Nicht gerade die ideale Gestalt für lange Märsche, aber dafür kräftig, und mit seinen langen Fingern vermochte er überdies wesentlich diffizilere Aufgaben auszuführen als Leute, die ihn ansonsten weit überragten. Er hatte ein gutes Gesicht, das allerdings zerfurchter war als damals, als Elora ihn zuletzt gesehen hatte, und aus seinen Zügen sprach eine angeborene Großzügigkeit des Herzens. Trotz des Kummers, mit dem ihn das Schicksal nicht eben bescheiden bedacht hatte, lachte er häufig und so herzlich, daß seine Freunde sich von dieser guten Laune immer wieder anstecken ließen. Seine weit auseinanderstehenden haselnußbraunen Augen blickten voll Klugheit und Mitgefühl in die Welt. Und es grenzte an ein Wunder, wie tief er mit seinem Blick die wesentlichen Triebkräfte der Dinge durchdringen konnte. Nicht zuletzt dieser Fähigkeit verdankte er auch seine magischen Kräfte.

Mit seinem glattrasierten Gesicht wirkte er erstaunlich jung. Doch Elora wußte es besser. Was die Zahl der Jahre und die Fülle der Erfahrung anbelangte, gab es unter den Daikini nur wenige, die es mit ihm hätten aufnehmen können. Und sollte ihm die für Nelwyns übliche Lebensspanne zugemessen sein, dann würden nur wenige seiner Gefährten – mit Ausnahme der Brownies vielleicht – seinen Tod noch mit eigenen Augen sehen. Sein wie helles Eichenholz leuchtendes Haar war sorgfältig zurückgekämmt und wurde im Nacken von einer Silberspange zusammengehalten. Und auch seine übrige Erscheinung beeindruckte Elora nicht wenig.

Sie kannte ihn von früher her je nach Jahreszeit und Terrain hauptsächlich in selbstgesponnenen Schaf- und Baumwollkleidern. Doch die Inkarnation Thorn Drumhellers, die sie jetzt vor sich sah, trug ein überaus schweres Samtgewand, das vorne mit Knöpfen bestückt war und oben in einen Stehkragen mündete. Es lag am Oberkörper eng an und öffnete sich unterhalb der Taille zu einem weitgeschnittenen Rock, der es Thorn gestattete, unbehindert auszuschreiten. Darüber trug er einen ärmellosen und bis zum Boden hinabreichenden brokatbesetzten Überrock. Dieser Rock war vorne ebenso offen wie der weite Umhang, der den Abschluß dieser prächtigen Garderobe bildete. Elora vermutete, daß er unter diesen Hüllen eine Hose trug und nicht etwa Beinlinge, die er nicht mochte, denn soweit sie sich erinnerte, beugte Thorn sich dem Diktat der Mode nur so weit wie unbedingt nötig. Das gleiche galt für seine Schuhe, da Nelwynfüße für das übliche – und sei es auch noch so praktische – Daikini-Schuhwerk völlig ungeeignet waren. Um den Hals trug er eine breit auf den Schultern aufliegende Amtskette, deren einzelne Glieder aus gekreuzten Miniaturspeeren und -weizengarben gefertigt waren, den beiden Symbolen der Republik Sandeni.

Renny übernahm jetzt am Ort des Geschehens das Kommando und ließ erst einmal die Leichen wegschaffen. Der Kampf war kurz und brutal gewesen. Die beiden einzigen Überlebenden der Angreifer waren geflohen, ohne gegen irgend jemanden die Waffe zu erheben, und man ergriff sie bald und nahm sie in Gewahrsam. In dem Bericht über den Tathergang wurde auch Eloras Anwesenheit gebührend vermerkt, doch wurde sie dort nur als ein potentielles Opfer aufgeführt, das sich gegen die hinterhältige und unverzeihliche Attacke aktiv zur Wehr gesetzt hatte. Rennys Freundschaft mit Tam und der Umstand, daß man sie alle zuvor bereits zusammen gesehen hatte, erklärte das Auftauchen des Konstablers. Was Khorys Anwesenheit anbelangte, so war die Schwebebahnstation zwar ein öffentliches Gebäude, das sich freilich unterhalb der Zitadelle befand. Sie stand in Thorn Drumhellers Diensten und genoß als Kriegerin ein beträchtliches Ansehen, und man sagte allgemein, daß sie für solche Dinge einen ›Instinkt‹ habe. Niemand würde sich über ihr Eingreifen weitere Gedanken machen. Die Brownies kamen einfach nicht vor und ebensowenig die Adler.

Daß er noch lebte, verdankte Tam dem Bericht zufolge Thorn Drumheller.

»Da kannst du mal sehen, wie es in der Welt zugeht, Prinzessin«, ließ sich jetzt Franjean vernehmen, der sich bäuchlings auf ihrer rechten Schulter rekelte und mit auf die Hände gestütztem Kopf dem Treiben zusah. Sie hatte noch nie zuvor gesehen, wie die Staatsorgane in einem solchen Fall vorgingen, obwohl sie ihre ganze Kindheit inmitten solcher Leute verbracht hatte.

»Alles fügt sich irgendwie zusammen«, staunte sie.

»Sämtliche Einzelheiten stimmen. *Alles* erscheint völlig plausibel. Und trotzdem ist das Endergebnis eine totale Lüge.«

»Würdest du lieber die Wahrheit ans Licht bringen?« fragte Rool.

»Da möchte ich unsere kleine Prinzessin und Drumheller mal sehen«, kicherte Franjean.

»Wohl in Bombenform heute, ihr zwei, was?« sagte sie.

»Ist doch klar, nach einem solchen Abend«, scherzte Rool.

»Und der Tag gestern war auch nicht von Pappe«, pflichtete Franjean ihm bei.

»Wenn ich mich recht entsinne, Rool«, sagte jetzt Elora mit etwas strengerer Stimme, »hab' ich euch vor nicht allzu langer Zeit einen Auftrag erteilt. Aber seitdem habe ich darüber nichts mehr gehört.«

»Es gibt in den Gefilden der Herren des Großen Feenlandes ein Reich namens Tadjeek.« Der Ekel, mit dem Rool den

Namen jenes Reiches aussprach, war unüberhörbar, und er spie die Worte hervor, als seien sie Pfeile. »Allein unter den Schleierleuten, bedeutet das Leben für die Wesen dort nichts als ein schlichtes Dasein, allerdings mit zwei Aspekten – entweder man ist, oder man ist nicht. So besteht das Leben für sie in einer andauernden Prüfung, da sie sich jeden Augenblick entscheiden müssen, wie sie auf die Welt und die anderen Wesen reagieren. Man kann nichts rückgängig machen und bekommt keine zweite Chance. Was man getan hat, kann man nicht ungeschehen machen, es sei denn vielleicht durch eine künftige Handlung. Die einzige Vergebung, die einzige Versöhnung besteht in dem, was man zu Lebzeiten selbst herausfindet und tut. Ist man einmal tot, mag das Buch zwar noch nicht zu Ende sein, aber das eigene Kapitel ist abgeschlossen.«

»Aber wenn sie zu den Schleierleuten gehören, sind sie dann nicht unsterblich?«

»Das ist doch nur ein Wort, Hoheit.«

»Wie meinst du das?«

»Wenn du zum Beispiel eine Eintagsfliege mit einem Daikini vergleichst: Ist die Eintagsfliege nicht schon deshalb unsterblich, weil während ihres kurzen Lebens zahllose Generationen der kleinen Insekten kommen und gehen? Es gibt bei den Schleierleuten welche, in deren Augen die Daikini nichts als Eintagsfliegen sind. Doch in den Augen wieder anderer Wesen gilt das gleiche für die Schleierleute. Der Legende zufolge können nur die Malevoiy aus eigener Anschauung von der Morgendämmerung der Welt berichten, doch soweit die Überlieferung zurückreicht, hat niemand bei ihnen an die Tür geklopft, um sie danach zu fragen. Und das gleiche gilt angeblich für die Drachen.«

»Hat sie denn jemals irgend jemand gefragt?«

»Um bei der Entzifferung der Antwort verrückt zu werden?«

»Was glaubst du, Franjean?«

Sie spürte, wie der Anflug eines grimmigen Grinsens über sein Gesicht geisterte. »Was ich von der Stelle bewegen kann, das kann ich auch stehlen.«

Sie fühlte Thorns Geist schon von weitem, als dieser jetzt näher kam.

»Ich glaube, sie haben mich einer Prüfung unterzogen«, sagte sie und wollte lustig klingen, doch ihre Stimme bezeugte ihre Betroffenheit.

»Sie prüfen jeden«, entgegnete er leichthin.

»Doch werden sie in meinem Fall ein Urteil sprechen?«

»Weshalb denn, Elora?«

»Ich hatte gehofft, daß du mir das sagen kannst.«

»Laß uns ein wenig spazierengehen, magst du? Ich glaube, hier sind wir vor neugierigen Blicken und Zauber einigermaßen sicher«, fügte Thorn mit einem ihr noch von früher her bekannten verschmitzten Lächeln hinzu.

»Ich dachte, daß Magie in Sandeni wirkungslos ist.«

»Hängt davon ab, was man darunter versteht. Was du getan hast, war schließlich auch Magie.«

»*Ich* habe gar nichts getan, Thorn – außer vielleicht, daß ich Tams Körper dazu gebracht habe, ein wenig intensiver und schneller zu arbeiten.«

»Und wer hat diesen Körper in all den Prüfungen und Leiden am Leben erhalten? Das Feuer in dir, Elora« – er pochte ihr mit dem Finger sanft gegen das Brustbein – »kommt aus ...« Er war schon im Begriff, sich niederzuknien, um den Boden zu berühren. Doch dann besann er sich eines Besseren. Ein seltsamer Ausdruck lag auf seinem Gesicht, als er jetzt zunächst zu Boden blickte, dann auf Elora, in den Himmel und schließlich wieder zu Elora. »Ich wollte gerade sagen aus der Erde«, gestand er, »aber jetzt bin ich mir da nicht mehr so sicher.«

»Klingt nicht gerade beruhigend, Thorn.«

»Ich tue mein Bestes.«

»Ja, das tue ich auch.«

Sie schwieg eine Weile.

»Irgendwas ist mit mir passiert«, sagte sie dann, »während der Heilungstrance.«

»Das habe ich befürchtet. Deshalb bin ich ja zu dir gekommen. Schließlich muß ich dir ja zur Seite stehen.«

Sie nahm seine Rechte in beide Hände und umklammerte

sie gedankenverloren wie ein Kind, während sie ihm von ihren beiden Begegnungen mit Kieron Dineer berichtete. Als sie zu Ende gesprochen hatte, sah sie ihn fragend an, doch er schüttelte nur den Kopf.

»Ich weiß es nicht.«

»Vielleicht nur ein Traum? Kein Anlaß zur Sorge, hoffe ich?« Die gespielte Umbekümmertheit, mit der sie diese Worte sagte, widersprach zutiefst der Angst, von der sie gequält wurde.

Er zog sie auf der Bank, auf der sie nebeneinander saßen, näher zu sich heran und dachte daran, wie er früher oft den Arm tröstend um ihre Schultern gelegt hatte. Inzwischen konnte er bestenfalls noch ihre Taille umfassen.

»Nach so vielen Jahren mit diesen beiden Halunken«, sagte er in demselben unbekümmerten Ton und meinte die beiden Brownies, »solltest du die Kunst der Verstellung eigentlich besser beherrschen.«

»Ist das dein Ernst?«

»Ich wünschte, ich könnte das Gegenteil behaupten, Elora. Die Verbindung zwischen Geist und Körper ist in deinem Fall stärker, als ich es sonst je erlebt habe – mich selbst eingeschlossen.«

»Aber der Betrüger hat seine Haken tief in mich hineingeschlagen, und offenbar ist Kieron Dineer gerade damit beschäftigt, das gleiche zu tun. Wie ist das nur möglich, Thorn?«

»Gewöhnlich ist in solchen Fällen das Blut das stärkste Bindemittel.«

Sie schnaufte verächtlich. »Das ist ja großartig. Willst du damit etwa sagen, daß wir alle verwandt sind?«

»Was immer ich hier sage, Kind, ist aus Unwissenheit geboren. Aber die magischen Machenschaften des Betrügers, die Art und Weise, wie er auf diese Welt einwirkt – besonders aber die Tatsache, daß er sich in materieller Gestalt verkörpern muß –, dies alles führt mich zu der Annahme, daß er ursprünglich im Kreis des Geistes beheimatet ist. Kieron ist tot, wir beide haben ihn sterben sehen, aber Kieron ist auch ein Drache, und wer weiß, welchen Gesetzen diese

Wesen unterworfen sind, wenn sie überhaupt irgendwelchen Gesetzen gehorchen. In beiden von dir genannten Fällen hat dein Geist deinen Körper verlassen. Ich kann nur vermuten, daß du dich dadurch irgendwie Kierons Macht preisgegeben hast.«

»Aber wie kann er Macht haben, wenn er doch tot ist?« fragte sie aufgebracht. »Und versuch mir nicht weiszumachen, es liegt daran, daß er ein verdammter Drache ist.«

»Könnte durchaus der Fall sein, weißt du«, fuhr er dann nachdenklich fort. »Der Drache, der mich in der Nacht vor dem Kataklysmus nach Tir Asleen gebracht hat, hieß *Calan* Dineer. Und sein Verhalten war genauso selbstherrlich.«

»Wenn er gewußt hätte, was kommen würde, warum hat er dann nicht Alarm geschlagen?« Ihre Stimme klang vor Kummer und Wut rauh und belegt. »Weshalb haben sie das alles einfach *geschehen* lassen?«

»Glaubst du etwa, das habe ich mich nicht gefragt? Rool und Franjean und die Adler und ich sind so manche Nacht umhergezogen, und ich stand unter dem unendlichen Sternenhimmel und habe immer wieder seinen Namen herausgebrüllt, bis meine Stimme nur mehr ein dünnes Wispern war. Und ich habe ein magisches Leuchtfeuer entzündet, das heller schien als die Mittagssonne. Ich wollte ihn unbedingt herbeizwingen, ich hab' ihn um die Gnade eines einzigen Besuches angefleht. Dabei habe ich begriffen, daß die Drachen uns ganz nach ihrem eigenen Belieben mit ihrer Gegenwart beehren – oder auch nicht. Wenn wir uns zu ihnen begeben wollten, müßten wir zuerst den Weg finden.«

»Rool hat gesagt, daß alle, die das versucht haben, wahnsinnig geworden sind.«

»Wer auf jener Ebene Macht ausüben und unbeschadet Umgang mit Feuerdrachen und Dämonen pflegen will, der kann nur wahnsinnig sein.«

»Kieron ist bereits einmal getötet worden, Thorn. Warum möchte er, daß ich ihm das gleiche nochmals antue?«

»Noch wichtiger ist doch, Elora: Wieso ist dein Troubadour offenbar in der Lage, es zu verhindern?«

»Ich hätte auf Khory hören und zu dir in die Zitadelle kommen sollen.«

»Nein«, entgegnete Thorn entschieden. »Du hast die richtige Entscheidung getroffen. Das Problem ist doch, daß Königliche Hoheiten meist die Menschen kaum kennen, die sie regieren. Auch haben sie fast nie unter den Folgen ihrer Entscheidungen zu leiden. Doch du hast eine andere Aufgabe. Dir ist es aufgetragen, die Fäden dieser getrennten, verfeindeten Reiche zu einem einzigen starken Band zusammenzufügen. Und das kann dir nicht gelingen, wenn du sie nicht kennst. Und genau dieses Wissen mußt du für dich selbst erwerben.«

»Egal ob mir die Erfahrungen, die ich dabei mache, gefallen oder nicht?«

»Was willst du damit sagen?«

»Der Überfall heute abend galt gar nicht mir, Thorn«, sagte sie und blickte vielsagend zum Tatort hinüber. »Die Kerle waren hinter Tam her; auf ihn hatten sie es abgesehen. Sie waren so voller Haß, Thorn.«

»Das kann ich mir vorstellen.«

»›Troll-Junge‹ haben sie ihn genannt.«

»Das Wort hab' ich schon mal gehört.« Und er mochte es gar nicht.

»Ich habe sein Herz von innen gesehen, und ich *kenne* ihn genausogut wie – glaub' ich – den Konstabler dort drüben.«

»In welcher Hinsicht?«

»Tam ist ein Nelwyn«, sagte sie und fügte, als Thorn sie jetzt überrascht ansah, hinzu, »und Renny gehört zu den Hochelfen.«

Was der Konstabler auch überhaupt nicht zu bestreiten versuchte.

»Eine Welt ohne die Schleierleute ist nur ein Schatten ihrer selbst«, erklärte er ihr, nachdem Thorn ihn herbeigerufen hatte. »Andererseits kann das Vorurteil der Schleierleute kein Reich, keine Gattung von Wesen davon abhalten, ihren angemessenen Platz zu beanspruchen und ihr Schicksal zu erfüllen. Das gilt übrigens auch für die Menschen.«

Während Elora zusah, wie Rennys Kollegen ihrer Arbeit

nachgingen und der Rettungsdienst Tam auf einer Liege davontrug, suchte sie auf jedem der Gesichter nach Spuren jenes Unterschieds, von dessen Existenz sie jetzt wußte. Doch im großen und ganzen wurde sie enttäuscht. Die meisten der Gestalten waren von Daikini absolut nicht zu unterscheiden. Nur hier und da entdeckte sie kaum wahrnehmbare Abweichungen im Körperbau oder in den Linien der Gesichtszüge, die darauf hinwiesen, daß der Betreffende möglicherweise ein Mischling war.

»Hätte ich nie für möglich gehalten«, sagte sie, »daß die verschiedenen Gattungen sich vermischen können.«

»Und wieso nicht?« erkundigte sich Renny ganz unschuldig.

»Na ja, ich hab' nur … Ich meine … ich …« Angesichts des geradezu aufreizenden Gleichmuts, den der Konstabler an den Tag legte, geriet Elora in völlige Verwirrung und zuckte nur wortlos mit den Achseln.

»Einem alten Sprichwort zufolge«, sagte er, »kennt die Liebe keine Hindernisse, Elora. Ihr habt doch erst heute abend noch ein Lied zu diesem Thema gesungen, wißt Ihr das nicht mehr?«

»Wäre ich doch nur ein bißchen vernünftiger gewesen, Konstabler, etwas weniger leidenschaftlich …«

»Ihr macht Euch deswegen Vorwürfe?«

»Jedenfalls habe ich das alles nicht gewollt.«

»Wenn man die Leute in Unruhe versetzt, tun sie noch lange nicht genau das, was man von ihnen erwartet. Da helfen auch die besten Absichten nichts, Kind, weil es immer Leute gibt, die einem unlautere Motive unterstellen.«

»Auch wenn ich mein Pferd liebe«, quengelte Franjean, der auf Eloras Schulter hockte, »muß ich den Gaul deswegen ja noch nicht heiraten.«

»Das solltest du besser den Zentauren erzählen.«

»Das sind doch nur Blender, eine Brut von Bastarden.«

»Vorsicht, kleiner Meisterdieb. In dieser Stadt lächelt man, wenn man so etwas sagt.« Renny lächelte zwar, als er dies sagte, doch seine Augen blitzten bedrohlich. Der Mann war seiner ganzen Erscheinung und seinem Auftreten nach die Sanftmut selbst, aber das war nur eine Seite seines Wesens, sozusagen das öffentliche Gesicht, das ihm bei seiner Arbeit am meisten von Nutzen war. Doch hatte er auch noch eine andere, wesentlich unangenehmere Seite, die jetzt unmißverständlich zu verstehen gab, daß der Brownie besser daran tat, eine bestimmte Grenze nicht zu überschreiten.

»Tut mir leid, daß Ihr diesen Jungen töten mußtet, Konstabler.« Während Khory den Studenten niedergestreckt hatte, der sich vor Elora aufgebaut hatte, hatte Renny nämlich den anderen Burschen erledigt, der Elora von hinten festgehalten hatte.

»Immerhin war er ein Mann, wenn schon nicht dem Ehrgefühl, dann wenigstens dem Alter nach. Euer Anstand verdient höchste Bewunderung, Elora, aber Ihr könnt Euch Eure Tränen und Euer Mitgefühl sparen. Oder glaubt Ihr etwa, der Bursche hätte für Euch das geringste Mitleid aufgebracht?«

Ein weiterer Polizist erschien jetzt und brachte ein Tablett mit einigen Bechern heißer Schokolade. Khory und Renny inspizierten das Tablett mit den Gefäßen kurz, weil sie wissen wollten, ob es sich tatsächlich um ein harmloses Getränk handelte.

»Nur kein Risiko eingehen, was?«

Die beiden sahen sie mit dem starren Blick jagender Raubkatzen an.

Die zwei sind sich wirklich auffallend ähnlich, mußte sie unwillkürlich denken, *geradezu tödlich ähnlich.*

Keiner der beiden entgegnete etwas. Wozu auch das Offenkundige abstreiten.

»Thorn, hat Khory dir erzählt ...«, fing Elora an und verstummte entsetzt wieder, als sie bemerkte, daß ihre Hände zitterten. Sie verschränkte die Finger und umklammerte den Becher so fest, daß ihre Finger so weiß erschienen wie das helle Porzellan. Ihr plötzlicher Schwächeanfall setzte ihr derart zu, daß sie nicht einmal das Getränk zum Mund führen konnte. »Eines hab' ich im Grenzland begriffen«, fuhr sie dann fort und starrte auf die dunkle Schokolade in der Tasse, als ob sie sich von der Flüssigkeit Aufschluß über die

Zukunft erhoffte. »Jedenfalls glaube ich nicht mehr, daß der Betrüger unser einziger Feind ist.«

»Liebes Kind«, sagte Thorn so überaus zärtlich, daß es ihr beinahe das Herz brach, »was führt dich zu dieser Annahme?«

Da brach das Bollwerk, das sie zum Schutz um sich errichtet hatte, unter dem Schock der Ereignisse der vergangenen Nacht zusammen, und ihr traten plötzlich die Tränen in die Augen.

Der Becher entglitt ihren tauben Fingern, als der ernste kleine Mann, der das Zentrum ihres Lebens bildete, sie jetzt umarmte.

»Ist schon gut«, sagte er wieder und wieder und drückte sie mit jener erstaunlichen Kraft seiner Rasse an sich, die so gar nicht zu den Dimensionen seines Körpers passen wollte. Gleichzeitig strich er ihr über das Haar, während sie den Kopf an seiner Schulter barg und sich verzweifelt an ihn klammerte.

Als sie sich ausgeweint hatte, schniefte sie vernehmlich, und er reichte ihr ein Taschentuch. Sie verharrte zunächst mit gebeugtem Oberkörper und geneigtem Kopf weiterhin auf den Knien, da sie es nicht wagte, ihren übrigen Gefährten nach diesem Schauspiel ins Gesicht zu blicken. Doch dann erschien ein neuer Becher mit dampfender Schokolade in ihrem Blickfeld, und sie sah aus den Augenwinkeln, daß es Khory war, die ihr das Getränk reichte.

»Wie kindisch ich doch manchmal bin«, murmelte Elora schamerfüllt.

»Bloß weil du gelegentlich von menschlichen Regungen überwältigt wirst?«

»Aber du weinst doch auch nicht!«

»Ich bin ja auch kein Mensch. Ich bin ein Dämon in menschlicher Gestalt.«

»Das würde ich nicht allzu laut hinausposaunen«, mahnte Renny zur Vorsicht.

»Haben die Leute denn vor *allem und jedem* Angst?« Der Nachhall ihrer Erregung ließ Eloras Frage bissiger klingen, als sie gemeint war.

»Jedenfalls ganz sicher vor Dingen, die sie nicht begreifen«, pflichtete der Konstabler ihr bei.

»Wie alle vernunftbegabten Lebewesen«, fügte Thorn hinzu, »haben sie Respekt vor Mächten, die ihnen in der Vergangenheit Leid zugefügt haben. Schließlich ist der Ruf, den die Dämonen in sämtlichen Großen Reichen und auf beiden Seiten des Schleiers haben, nicht ganz unverdient.«

»Bloß weil du dich mit einem Dämon verbündet hast, Drumheller«, schimpfte Franjean und wies auf Khory, »um *die* da ins Dasein zu bringen, sind uns jetzt auf der ganzen Welt unsere Baue versperrt.«

»Das ist nicht fair, Franjean«, protestierte Elora. »Sind Dämonen denn schon allein deswegen böse, weil sie gefährlich sind? Böser als zum Beispiel ein Löwe oder ein Hai oder ein Adler?«

»Oder ein Troll?« fügte Rool hinzu.

»Oder ein Troll«, wiederholte sie. »Merkwürdige Zeiten«, sagte sie fast mehr zu sich selbst als zu den anderen, »in denen Trolle sich menschlicher verhalten als die meisten Daikini.«

»Wirklich merkwürdige Zeiten«, pflichtete Thorn ihr bei.

»Und sie werden von Tag zu Tag merkwürdiger.«

»Trotzdem habe ich recht«, sagte Elora zu Renny, als sie jetzt vom Boden aufstand und ihm gegenüber auf einem Hocker Platz nahm. »Was Euch und Tam anbelangt. Und ihr seid nicht die einzigen.« Sie sah den Nelwyn an. »Thorn, hast du das gewußt?«

»Über solche Sachen reden die Clans nicht so leicht, Elora. Die Nelwyns halten lieber den Mund, im Privatleben wie in der Öffentlichkeit.«

»Aber die Liebe findet immer einen Weg«, wiederholte Renny.

»Ihr klingt, als wolltet Ihr Euch lustig machen.«

Er lächelte sie traurig an. »Nein, wirklich nicht. Nelwyns und Daikini, Elfen und Nelwyns, Daikini und Elfen, die Karten sind im Laufe der Zeiten immer wieder neu gemischt worden. Sowohl aus den edelsten als auch aus den niedrigsten Motiven. Die Reiche haben viel mehr miteinander gemein, als die meisten zugeben.«

»Ich glaube nicht, daß ich je zuvor so viele Mischlinge gesehen habe.«

»Du hast ja auch schon *so viel* von der Welt gesehen, nicht wahr?«

»Halt du dich da raus, Franjean.«

Franjean konnte sich vor Empörung über diese Zurechtweisung gar nicht mehr einkriegen, während sich der andere Brownie köstlich amüsierte.

»Ich jedenfalls hab' die Welt wirklich gesehen«, sagte Thorn, »und mich fast überall rumgetrieben. Und im großen und ganzen hat Elora recht. Eine so starke Vermischung zwischen den Gattungen findet man nur äußerst selten. Außer in Sandeni.«

»Kann schon sein, Zauberer, und zwar weil sie hier willkommen sind. Unsere Bürger sind frei. Hier wird man einzig nach dem beurteilt, was man tut, und nicht nach der Abstammung.«

»Und woher wissen die Leute dann, wo sie eigentlich hingehören?« wollte Franjean wissen.

»Das muß jeder selbst entscheiden.«

»Schön und gut«, sagte Elora und nickte. »Und welche Funktion ist in Eurer Gesellschaftsordnung für eine ›Heilige Prinzessin‹ vorgesehen?«

»Jedenfalls nicht die Stellung einer Herrscherin, Elora. Sie könnte vielleicht so etwas sein wie eine geistige Führungsfigur ...«

»Das ist der Unterschied zwischen dir und deinem Widersacher«, sagte Thorn. »Und genau deswegen kann man ihm auch so schwer beikommen. Der Betrüger bietet Frieden, ein Ziel, gegen das natürlich kaum jemand etwas einzuwenden hat. Er spricht von Gleichheit und findet damit großen Anklang bei den Daikini, die sich lange Zeit alles andere als gleichberechtigt gefühlt haben. Solange man akzeptiert, daß er am besten weiß, wo's langgeht, ist die von ihm propagierte Welt nicht einmal so schlecht.«

»Warum?«

»Ich bin nie das Gefühl ganz losgeworden, daß der Betrüger mit seinen Plänen in gewisser Hinsicht gar nicht so weit von uns entfernt ist. Natürlich ist er ein gnadenloser Feind, den wir vernichten müssen. Trotzdem erscheint er mir nicht wirklich böse. Zweifellos befindet er sich im Irrtum, und zwar absolut. Und grausam und rücksichtslos und despotisch ist er auch, oder wie immer man das nennen möchte. Aber *böse* ist er nicht.«

»Schwacher Trost, Drumheller«, gab Khory zu bedenken, »wenn er einem das Messer auf die Brust setzt.«

»Und was würdest du vorschlagen?« fragte Thorn die völlig überraschte Elora.

»Wie bitte?«

»Du möchtest dich doch nicht mehr länger mit einer Nebenrolle begnügen. Wie würdest du also weiter vorgehen?«

Im ersten Augenblick wollte sie vorschlagen, man müsse versuchen, mit den Herren des Großen Feenreiches zu einer Vereinbarung zu kommen, wie es ihr ja bereits mit deren Gegenspielern vom Kleinen Feenreich einmal gelungen war.

Doch dann schüttelte sie den Kopf, ließ Thorns Frage erst einmal auf sich beruhen und hörte sich statt dessen an, was die anderen zu sagen hatten.

»Wären Eure Leute vielleicht für ein Bündnis zu gewinnen?« fragte Thorn an Renny gewandt. Dabei verhielt er sich gar nicht wie ein Staatsminister, der mit einem einfachen Polizisten spricht, vielmehr redete Thorn zu seinem Gegenüber von gleich zu gleich.

»Wer seid *Ihr* eigentlich?« wollte Elora nun von Renny wissen, während sie sein Gesicht genau inspizierte. Doch seine Maske war noch perfekter als ihre eigene, und sie vermochte sie nicht zu durchdringen.

»Warum sollten wir?« fragte der Polizist. »Was könnten wir dadurch gewinnen? Oder besser – welchen Preis würdet ihr für ein solches Bündnis zahlen?«

»Die Freiheit«, fuhr sie ihn an.

»Aber die haben wir doch schon.«

»Der Betrüger verschließt die Tore der Welt und beraubt sie ihrer Magie.«

»Was geht das die Leute hier an? Die können sich auch woanders amüsieren. Im übrigen will der Betrüger auf Teufel komm raus das Daikini-Reich erobern, und was hat das schon mit uns hier zu tun? Sollten sich die Leute hier anders entscheiden und sollten sich eure Feinde draußen im Grenzland als Speerspitze von etwas noch Schrecklicherem erweisen, dann werden sie zunächst einmal versuchen, die Daikini mit Stumpf und Stiel auszurotten.«

»Die Reiche bilden ein Ganzes und sind miteinander verbunden«, schnaubte sie wutentbrannt wie ein wildgewordener Dämon. »Deshalb stellt man sie ja auch als sich überschneidende Kreise dar. Was eines von ihnen betrifft, geht letztlich alle an!«

»Das habt Ihr wohl ganz allein herausgefunden, was?«

»Richtig.«

»Also gut.« Thorn lächelte, und sie entdeckte in seinen Augen einen Respekt, wie sie ihn zuvor noch nie gesehen hatte. »Wir können's ja mal versuchen.«

»Ihr habt mich absichtlich provoziert!«

»Und das ist uns auch gelungen. Du bist zu impulsiv, Elora. Das ist dein schwacher Punkt. Du mußt noch lernen, dich besser zu beherrschen.«

Sie stellte ihren Kakao beiseite, wandte sich von Thorn ab und pflanzte sich direkt vor dem Konstabler auf.

»In diesem Krieg geht es nicht nur um Waffengewalt«, sagte sie und gab damit jenen Gefühlen Ausdruck, die bereits seit Wochen in ihr rumorten, genaugenommen seit dem Zeitpunkt, da sie Torquil verlassen hatte. »Sondern auch um die Macht der Ideen. Wenn wir den Maizan unterliegen, so bedeutet das den Sieg des Betrügers. Allerdings garantiert ein Triumph über sie noch nicht das Gegenteil.

Ihr habt ganz recht, Konstabler. Ich kann den Herren des Großen Feenreiches nichts Konkretes anbieten. Meine Armee besteht im wesentlichen aus den Gefährten, die hier um mich versammelt sind. Sämtliche Monarchen, die mir Lehnstreue schuldig wären, werden durch einen bösen Zauber in Angwyn festgehalten, und gegenüber ihren Nachfolgern kann ich keine Forderungen geltend machen. Außerdem ist es angesichts der Entwicklung, die die Dinge seit jenem Tag genommen haben, aus ihrer Sicht sicher das klügste, sich in dieser Auseinandersetzung neutral zu verhalten oder sich von vornherein mit dem Betrüger zu verbünden. Eigentlich ist unser Kampf von Anfang an ziemlich aussichtslos gewesen.« Sie unterdrückte ein Lächeln. »Aber eigentlich spricht auch alles gegen eine Vermischung von Daikini und Hochelfen.«

»Wenn Ihr nur halb so gut singt, wie Ihr sprecht, Lady Elora, dann wundert es mich nicht, daß Ihr so populär seid.«

Renny stand schließlich auf und erhob sich zu voller Größe, und Elora staunte, wie eindrucksvoll sich sein zuvor gebeugter Rücken und seine herabhängenden Schultern jetzt ausnahmen. Er war größer als Khory, schlank und drahtig gebaut und besaß offenbar mehr Kraft als die meisten wesentlich stattlicheren Männer. Er streckte die rechte Hand aus, und sie schlug ein.

»Ich werde für Euch tun, was ich kann«, sagte er.

»Das ist immerhin ein Anfang.«

Der Winter brach in diesem Jahr früher und mit größerer Macht herein, als irgend jemand sich erinnern konnte. Und zugleich mit der kalten Jahreszeit kamen auch die Maizan.

Der erste Frost setzte bereits kurz nachdem die Ernte eingebracht war ein, und der erste Schnee fiel schon Mitte September. Doch die Folgen des ungewöhnlichen Wetters hielten sich in Grenzen: Auch ein Schneesturm und einige weitere Sturmtiefs, die über das Land hinwegfegten, brachten kaum noch zusätzlichen Schnee. Deshalb blieben die Straßen passierbar, und das öffentliche Leben war nur ein paarmal nach einem dieser Stürme für ein oder zwei Tage gestört.

Tödlich war allein die Kälte. Ganz gleich wie strahlend die Sonne auch schien oder wie klar der Himmel auch sein mochte, die Temperatur stieg kaum je über den Gefrierpunkt. Selbst bei schwachem Wind war ein längerer Aufenthalt im Freien bereits ein gefährliches und höchst unangenehmes Unterfangen, und falls einmal eine kräftige Brise wehte, konnte dies tödlich sein. Die Luft war meist trocken wie in der Hochwüste, so bar jedweder Feuchtigkeit, daß der Schnee unter den Füßen knirschte. Und so manchem Reisenden wurde das ungewöhnliche Wetter zum Verhängnis.

Angesichts solcher Verhältnisse konnten die Bürger der Republik Sandeni nur dankbar für das hervorragende Nahverkehrssystem ihrer Stadt sein, besonders in der Unterstadt mit ihrem unterirdischen Schwebebahnnetz. Dieses System bewältigte den Großteil des Verkehrsaufkommens. Als nun die Wochen dahingingen und die Temperaturen kaum je über den Gefrierpunkt stiegen, wurden immer mehr besorgte Stimmen laut – zumal der eigentliche Winter ja noch bevorstand. Nicht so sehr wegen der Wasserkraft, obwohl die Vereisung stromaufwärts den Wasserspiegel der Flüsse bereits drastisch sinken ließ. Die Hydrologen und Ingenieure waren allerdings der Meinung, die Strömung sei weiterhin stark genug, um ein Gefrieren der Wasserfälle zu verhindern.

Doch bezüglich der innerstädtischen Kabelbahnen konnten sie keine solche Zuversicht verbreiten. Die Kälte ließ vielmehr das Fett gefrieren, das die für den Bahnverkehr unverzichtbaren großen Antriebsräder schmierte. Sie befürchteten deshalb, eines dieser Räder könne bersten. Und je nachdem, an welcher Stelle sich ein solcher Unfall ereignete und wie schnell das Wartungspersonal zur Stelle sein konnte, stand entweder eine kleinere Panne oder eine Katastrophe zu erwarten. Sosehr die Kälte auch den Antriebsrädern zusetzte, noch wesentlich schädlicher war sie für die Kabel selbst. Das kalte Wetter ließ die Seile erstarren, so daß zusätzliches Fett vonnöten war, um sie auf ihrer Umlaufbahn ausreichend zu schmieren. Das wiederum führte dazu, daß die Bremser sich von Tag zu Tag mehr ins Zeug legen mußten, um die Wagen überhaupt zum Stehen zu bringen, wobei die Bremsklötze immer wieder Schäden an den Zahnrädern der Wagen anrichteten.

Die Instandhaltungskosten stiegen rapide an, und das

Wartungs- und Bedienungspersonal war schon bald völlig erschöpft.

Zwar bestand keine unmittelbare Gefahr, daß einer der großen Flüsse zufrieren würde, doch für die innerstädtischen Kanäle galt dies nicht. Bereits zur Zeit der Tagundnachtgleiche waren sie von einer Eisdecke überzogen, und findige Unternehmer setzten schon bald eine ganze Flotte von Pferdeschlitten ein, um Ersatz für die sonst allgegenwärtigen Wassertaxis zu schaffen. Überall in der Stadt wurden Schüler und Studenten zum Schneeschaufeln eingesetzt. Bald ließen die Stadtoberen die Lebensmittel- und Energiereserven genau erfassen, da jetzt immer deutlicher wurde, daß die üblichen Wintervorräte nicht einmal bis zur Wintersonnenwende, geschweige denn bis zum folgenden Frühjahr reichen würden.

Elora reagierte auf diese Entwicklung der Dinge mit einem lachenden und einem weinenden Auge. Auf der einen Seite war sie zutiefst verstört über das allgemeine Elend. Andererseits konnte sie sich nicht erinnern, je soviel Spaß gehabt zu haben. Dies war erst der zweite richtige Winter, den sie in ihrem weltabgewandten Dasein erlebte, und sie war entschlossen, ihn in vollen Zügen zu genießen. Abends sorgte sie gemeinsam mit Duguay in der Taverne weiterhin für immer neue Besucherrekorde. Tagsüber durchstöberte sie die Bibliothek des Professors und suchte nach Literatur, die ihr irgendwie von Nutzen sein konnte. Dabei lernte sie rasch, sich mit Enttäuschungen abzufinden.

Im übrigen war sie häufig bei Tams Familie zu Gast und empfing auch bei sich zu Hause zahlreiche Angehörige der gemischtrassigen Gesellschaft von Sandeni. Bei Tam, dessen Ururgroßmutter eine Daikini und dessen Ururgroßvater ein Nelwyn gewesen waren, lag diese Vermischung bereits drei Generationen zurück. Besonders absurd war, daß Elora wegen der unterschiedlich langen Lebensdauer der beiden Rassen den alten Herrn noch persönlich kennenlernen konnte. Er war ein sehr erfolgreicher Eisenwarenhändler und stammte aus einer Seitenlinie der Felsnelwyns. Dabei stand er, was seine Fachkenntnisse betraf, Torquil durchaus in nichts nach, wenngleich ihm dessen künstlerische Fähigkeiten fehlten. Auch wenn an seinem Talent und seinem handwerklichen Können kein Zweifel bestehen konnte, fehlte es seinen Produkten an der letzten Finesse und Eleganz. Trotzdem gab es nur wenige, die sich in ihrem handwerklichen Können mit ihm messen konnten, und es galt allgemein als Ehre, zur Mitarbeit in seiner Schmiede eingeladen zu werden.

In der Architektur und Einrichtung des Hauses mischten sich Daikini- und nelwynische Stilelemente. Es war zu erkennen, daß die Bewohner den Traditionen beider Rassen mit Achtung, aber ohne übertriebene Ehrerbietung begegneten.

»Wie beim Metall«, sagte Raasay, Tams Ururgroßvater, obwohl er in seinem Ofen gerade Glas und nicht etwa Metall einschmolz, »haben alle Dinge ihren Platz und ihren Zweck und – das ist unbestritten – je nach dem Grad ihrer Reinheit auch ihren Wert.« Es war nicht ganz einfach, seinen Ausführungen zu folgen, und wenn man ihm zuhörte, verstand man leicht, wo Tam seinen breiten Akzent aufgeschnappt hatte. Aber er sprach mit einer Lebendigkeit und Vitalität, die sein hohes Alter vergessen ließen und den Zuhörer in ihren Bann zogen.

»Gleichzeitig sind Dinge, die allzu rein sind, für praktische Zwecke oft nur beschränkt tauglich«, fuhr er fort und genoß die Aufmerksamkeit seiner Zuhörer nicht minder als Elora abends in ihrer Taverne die Zuwendung ihres Publikums. »Gold hat eine ganz eigene Schönheit, doch es ist leicht verformbar. Wenn man daraus ein hübsches Schmuckstück anfertigen möchte, muß man es zunächst mit einem weniger wertvollen Metall vermischen, um es zu stabilisieren. Das gleiche gilt für Eisen. So gut es allein auch sein mag, besser noch ist es, wenn man es mit Kohlenstoff zu Stahl legiert. Und genauso verhält es sich mit dem Blut, will mir scheinen. Auch dieser Saft ist gemischt nicht schlechter als ungemischt.«

»Ich habe mal gehört, wie jemand Tam einen Bastard genannt hat«, sagte Elora und blies sich den Schweiß von der

Oberlippe, während sie den Blasebalg bediente, um die Glut zu entfachen.

»Aber ganz sicher nicht ins Gesicht, darauf wette ich.« Der alte Nelwyn mußte bei der Vorstellung lachen, und Elora stimmte mit ein. Gleichzeitig drehte er die Glasbläserpfeife, die er wie ein kostbares Stück Kristall in den Händen hielt, und brachte durch kunstvolles Blasen am anderen Ende des Stabes eine Glaskugel zum Vorschein. Elora schaufelte unterdessen mit bloßen Armen immer neue Kohlen in das Schmiedefeuer.

»Nein, natürlich nicht ins Gesicht«, pflichtete sie ihm mit einem vergnügten Kichern bei.

»Sämtliche Hunde und Katzen, die ich je hier im Haus gehalten habe, waren Mischlinge. Die meisten hab' ich auf der Straße aufgelesen. Manche hatten ihre Fehler – genau wie wir Zweibeiner –, aber in den meisten Fällen hat es sich gelohnt. Unverwüstliche kleine Raufbolde, die sich von niemandem was gefallen ließen. Stolz konnten die nur auf das sein, was sie selbst aus sich gemacht hatten, verstehst du, und nicht auf irgendwelche ererbten Vorrechte. Von der Glasbläserei hier versteh' ich nicht allzuviel.« Während er so sprach, nahm die noch flüssige Vase Gestalt an und warf das Licht der rotweißen Glut, wie in einem Farbenrausch dutzendfach gebrochen, zurück. »Ich mach' das nur so zur Zerstreuung, zum Spaß, wenn ich vom ewigen Hämmern genug habe. Schon mein Vater war in diesen Sachen kein Genie. Erstklassiger Handwerker, aber das war's dann auch schon. Aber ich hab' eine Urenkelin, Tams Tante, die sieht aus wie eine Daikini und stellt hier mit diesem Feuer die reinsten Zauberkünste an.«

»Ja, ich hab' einige ihrer Arbeiten gesehen.« Und zwar in einigen der teuersten Geschäfte in Sandeni, deren Preise Elora den Atem verschlagen hatten. Sie hatte die Signatur sogleich erkannt und sich mächtig geschämt, als sie begriff, daß man ihr in Angwyn häufig das Essen in solchem Kristallgeschirr serviert hatte. Wahrscheinlich hatte sie das meiste davon zertrümmert.

»Ein bißchen was von mir, ein bißchen was von meiner

lieben Frau und dann noch ein geheimnisvoller Funke von irgendwoher. Aber das Ergebnis, liebes Mädchen, das Ergebnis ist von einer Schönheit, wie ich sie niemals erzielen könnte. Und auch sonst kein Nelwyn, und das ist nicht böse gemeint. Ich meine auch gar nicht, daß alle sich vermischen sollten. Aber für manche ist es genau das richtige.«

Nach dem Schneesturm und bevor noch ganze Legionen von Straßenkehrern die öffentlichen Verkehrswege und Plätze freischaufelten, gehörte die Stadt für kurze Zeit ganz den Kindern. Sie bauten Burgen aus Schnee und lieferten sich an jeder Ecke Schneeballschlachten. In den Parks spielten sie im Schnee und nutzten jede noch so geringe Bodenerhebung, um vor Vergnügen kreischend Schlitten zu fahren und tollkühne Rodelmanöver auszuführen. Die Verkäufer heißer Getränke, Suppen und deftiger Eintöpfe hatten Hochkonjunktur, und die Luft war von Jubelrufen und reinster Glückseligkeit erfüllt.

Doch dann begann es wieder zu schneien, trockener Pulverschnee fiel vom Himmel, und die Tage waren so kalt und der Wind so schneidend, daß die Leute nur mehr die nötigsten Gänge im Freien unternahmen. Und so ging es immerfort. Der Schneesturm, der die kalte Jahreszeit eröffnet hatte, erschien jetzt wie eine Erinnerung an die Winter, wie es sie früher einmal gegeben hatte, wie man sie jedoch in Zukunft nicht mehr erleben sollte.

Als sie jetzt mit der Straßenbahn Richtung Zitadelle fuhr, kauerte sich Elora auf ihrer Sitzbank zusammen und beobachtete die Passanten draußen auf der Straße. Die Leute trotteten mit hängenden Schultern dahin – wie Zugpferde, die sich mit einer riesigen Last abmühen – und waren unter ganzen Schichten von Pullovern, Umhängen und Mänteln so dick vermummt, daß ihre Konturen darunter fast verschwanden. Auch die Köpfe waren mit Schals umwickelt und mit tief herabgezogenen Mützen gegen die Kälte geschützt, so daß nur noch die Augen zu sehen waren, und auch das nur aus nächster Nähe. Von Eleganz und Anmut weit und breit keine Spur mehr, vielmehr erinnerten die körperlich und seelisch erschöpften Menschen an taumelnde Lasttiere.

Elora trug auch jetzt noch mit Vorliebe die Kleider, die sie der Maizan-Zauberin abgenommen hatte, zum Teil weil sie sich darin schlank und eindrucksvoll fühlte, hauptsächlich jedoch, weil das Kostüm dank Rools Geschicklichkeit mit Nadel und Zwirn wie angegossen saß. Sie hatte seit ihrer Ankunft in Sandeni schon mehrmals einen Einkaufsbummel unternommen und dabei ihren Konsumgelüsten hemmungslos freien Lauf gelassen. Doch waren die Kleider, die sie bei diesen Gelegenheiten erworben hatte, ihr meist schon nach wenigen Wochen wieder zu klein. Bisweilen dachte sie, daß ihr Körper sich während ihres Aufenthaltes bei den Felsnelwyns freiwillig zurückgehalten hatte und sich dafür jetzt entschädigen wollte. Khory war auch jetzt noch ein bißchen größer als sie, und Elora nahm an, daß sich daran wohl auch in Zukunft nichts mehr ändern würde, doch die beiden überragten deutlich alle anderen Frauen, und Renny hatte eines Abends sogar gemeint, Elora und Khory könnten es inzwischen schon fast mit den Hochelfen aufnehmen. Eloras stürmisches Wachstum verstärkte jedoch jenes Unbehagen, das sie ihrem Körper schon immer entgegengebracht hatte. Bereits als Kind bis zum Exzeß verwöhnt, war sie schon zu Beginn der Pubertät pummelig und übergewichtig gewesen, und der einzige Teil ihres Körpers, den sie regelmäßig trainiert hatte, waren damals ihre Stimmbänder gewesen.

Doch inzwischen war sie kräftiger denn je, und dennoch wollten sich die verschiedenen Teile ihres jungen Körpers irgendwie noch immer nicht zu einem Ganzen fügen. Sie blickte an sich hinunter und sah eine Figur mit zu langen Beinen, einem mächtigen Oberkörper und zu breiten Schultern. Wo andere sanfte Rundungen aufwiesen, hatte sie Muskelpakete, und an jenen Stellen, wo Üppigkeit dem allgemeinen Geschmack entsprochen hätte, war sie nur bescheiden ausgestattet. Sie erinnerte an einen Krieger, dessen Körper für lange Märsche und endlose Ritte geschaffen ist.

Es war ihr zwar selbst nicht bewußt, aber ihre ganze Erscheinung wies sie als geborene Anführerin aus. Wo sie auch auftauchte, zog sie automatisch die Blicke auf sich. Besonders deutlich trat diese Wirkung natürlich auf der Bühne zutage. So gut Duguay auch war, und er hatte in der Tat eine außerordentlich schöne Stimme, dennoch konnte er es mit der leidenschaftlichen Intensität ihres Auftritts nicht aufnehmen. Wenn Elora von Liebe sang, fanden sich automatisch die Hände der Paare unten im Saal, als ob sie sich durch den Gesang oben auf der Bühne an das erinnert fühlten, was sie einmal zusammengeführt hatte. Wenn sie von Liebesschmerz und Liebesleid sang, traten den Leuten Tränen in die Augen. Und wenn sie – wie stets – von der Freiheit sang, dann *glaubten* sie ihr.

Schritt für Schritt verminderte sie mit Duguays Unterstützung ihr Make-up immer mehr und etablierte sich zunehmend als öffentliche Figur. Sie trug ihr Haar kurz und färbte es nachtblau, weil ihr der Kontrast gefiel und weil keine andere Frau sich diese Kühnheit leisten konnte. Sie hellten ihre silbern schimmernde Haut sorgfältig auf, so daß der Eindruck entstand, sie sei ein von Natur aus blasser Typ. Die Ausdruckskraft und die Form ihrer Augen hoben sie durch Kohlestaub hervor und ihre ohnehin schon eindrucksvollen Wangenknochen durch Rouge. Ihren Lippenstift stimmten sie farblich auf das Lederkostüm ab, das ihren Leib umschloß. Das auf Handzetteln – von der Post im ganzen Stadtgebiet verteilt – abgebildete Ergebnis dieser kosmetischen Maßnahmen war ein ebenso unkonventionelles wie bezauberndes Gesicht, aus dem ein vertrauenerwekkendes Augenpaar dem Betrachter entgegenblickte.

Niemand glaubte, daß sie erst fünfzehn Jahre alt war, und die Geschichten, die sie auf ihren Streifzügen durch die Stadt über sich hörte, waren so unvorstellbar absurd, daß sie es bisweilen kaum abwarten konnte, ihren Freunden von diesem Klatsch zu berichten und sich gemeinsam mit ihnen vor Lachen auszuschütten. Die besten und abwegigsten dieser Anekdoten nahm sie sogar in ihr Programm auf.

Sie fand außerdem einen Weg, Thorn bisweilen zu treffen, wenn auch nur in unregelmäßigen Abständen. Der Treffpunkt der beiden war die Bibliothek des Professors, denn die Universität war so riesig und verwinkelt, und es herrschte dort ein solches Gedränge, daß es fast unmöglich war, dort jemanden zu verfolgen.

»Glaubst du, daß das Wetter etwas zu bedeuten hat?« fragte sie ihn einmal an einem herrlichen Nachmittag, während ihre Aufmerksamkeit immer wieder durch die hellen Sonnenstrahlen, die durch die Fenster in den Raum fielen, von den Dokumentenstapeln auf den Tischen des Professors abgelenkt wurde. Das Fensterglas war teils klar, teils bunt bemalt, so daß das Sonnenlicht zugleich den Raum erleuchtete und schöne Farbmuster auf den Boden warf. In dem Raum gab es nur die Bücherregale an den Wänden sowie ein paar Tische und Stühle. Nach oben hin konnte man – vorbei an den dicken Tragebalken – bis unter das spitz zulaufende Dach schauen.

»Das will ich von dir hören«, sagte der Nelwyn.

Sie biß sich auf die Unterlippe und trommelte mit den Fingern gegen die Tischplatte. »Ich mag es nicht, wenn du eine Frage mit einer Frage beantwortest.«

»Daß tue ich nur, weil ich die Antwort von dir hören will.«

»Was bedeutet, daß du sie schon kennst.«

»Es bedeutet, daß *du* diejenige bist, die die Antwort kennen *muß*. Die Wege zu einer Lösung zu erkennen – also die Analyse der betreffenden Situation – ist viel wichtiger als die Lösung selbst.«

»Soll das heißen, daß ich mich auf meine Intuition nicht verlassen kann?«

»Doch, das kannst du, Elora. Die Frage ist nur, wie du deine Erkenntnisse anderen vermittelst.« Thorn beugte sich vor und brachte Elora durch diese einfache Geste dazu, ihm direkt ins Gesicht zu blicken, bis sie nur mehr seine Augen vor sich sah. Sie hatte ihn noch nie mit solcher Intensität und Ernsthaftigkeit sprechen hören. »Es wird eine Zeit kommen, da du vor jene hintreten wirst, die an dich glauben, und bestimmte Dinge nur deshalb tun wirst, weil sie dir *vertrauen*. Aber dieses Vertrauen mußt du dir verdienen. Sie müssen wissen, daß dein Wort etwas wert ist und man sich auf deine Instinkte verlassen kann. Und du selbst mußt dann wissen, daß du das Richtige tust.

Du mußt diesen Männern und Frauen Liebe einflößen, und obwohl ich bete, daß dieser Augenblick nie kommen wird, mußt du auf den Tag vorbereitet sein, da du sie in den Tod schickst und dabei zusiehst, wie sie deinem Befehl willig Folge leisten.«

Sie blinzelte mit den Lidern und redete sich ein, daß die Tränen in ihren Augen vom Sonnenlicht herrührten. Ihre Stimme klang ungewöhnlich heiser, als sie jetzt zu sprechen anfing.

»Für diese Rolle hättest du besser Anakerie aussuchen sollen«, sagte sie.

In der Sekunde da sie den Namen der Prinzessin von Angwyn aussprach, bedauerte sie es bereits.

Nach dem Kataklysmus hatte sich Anakeries Vater mit den Monarchen der anderen Großen Reiche beraten und zum Schutz der Heiligen Prinzessin eine Leibgarde aufgestellt. Es gab zwölf dieser Leibgarden, eine für jedes Reich, und sie gingen maskiert, damit sie sich nicht aus Renommiersucht, sondern aus Pflichtgefühl hervortaten. Sie verrichteten diesen ehrenvollen Dienst für ein Jahr, und die erste, die für diesen Kader ausgewählt wurde, war die Tochter und Erbin des Königs. Aus seiner Sicht hätte er Anakerie keine größere Ehre erweisen können.

Doch Anakerie sah das ganz anders. Sie konnte es einfach nicht verwinden, daß sie – die damals kaum ein Teenager gewesen war – in den schrecklichen Geschehnissen der Nacht, in der Elora in Angwyn aufgetaucht war, ihre Mutter und ihren geliebten Zwillingsbruder verloren hatte. Deshalb verspürte sie keinerlei Neigung, Elora in *irgendeiner* Funktion zu dienen. Und so prallten die Unnachgiebigkeit und die Taktlosigkeit ihres Vaters und ihr eigener Unwille so unversöhnlich aufeinander wie zwei Bergziegen, die auf einem Felsvorsprung hoch über dem Abgrund einen Machtkampf austragen. Er war sicher, daß sie zu guter Letzt einlenken würde. Dabei kam ihm gar nicht in den Sinn, daß sie sich der Auseinandersetzung auf andere Weise entziehen könne. Als sie begriff, daß sie in dem Kampf nur unterliegen konnte, überließ Anakerie dem König einfach das Feld. Die beiden hatten einen letzten lautstarken Streit, und schon am nächsten Tag war sie verschwunden.

Kein Jahr später war Anakerie zu den nomadisierenden Maizan gestoßen und hatte sich dort eine ehrenvolle Stellung erworben. Zwar waren die Maizan für gewöhnlich gegenüber Fremden äußerst mißtrauisch, aber noch höher schätzten sie Geschicklichkeit und Talent. Trotz ihrer jungen Jahre verfügte Anakerie über beides in reichem Maße. Und so wuchs sie bei ihnen vom Mädchen zu einer jungen Frau heran und brach die Herzen sämtlicher Männer, die glaubten, ein Anrecht auf sie geltend machen zu können. Doch all jene, die sich mit einer abschlägigen Antwort nicht abfinden wollten und nicht lockerließen, wurden von ihr im Kampf in die Schranken gewiesen, darunter selbst der Kastellan Mohdri. Er wollte um jeden Preis ihr Herz gewinnen, mußte es sich jedoch statt dessen gefallen lassen, daß sie ihm das Leben rettete.

Obwohl sie im Laufe der Zeit ihre Liebe für die Maizan entdeckte und auch Mohdris Vorzüge zu schätzen lernte, blieb Anakerie eine Tochter Angwyns. Zwar brachte ihr Vater es nicht über sich, ihr die Flucht zu verzeihen, zugleich war er aber ein zu guter Kriegsherr, um endgültig auf eine so großartige Kämpferin zu verzichten. Deshalb schluckte er seinen Stolz hinunter und bat sie, nach Hause zu kommen, wie auch sie selbst ihre Wut und Verletztheit hintanstellte, als sie seinem Wunsch entsprach.

Dann kam die Nacht von Eloras Thronbesteigung, und nicht nur Angwyn selbst, sondern sämtliche zur Inthronisationsfeier erschienenen Monarchen fielen einem bösen Zauber anheim.

Soweit bekannt, trug Elora Danan für den Tod von Anakeries Mutter und Bruder die Verantwortung, letztendlich sogar für den Untergang des ganzen Königreiches. Und eigentlich hätte zwischen den beiden Frauen eine Todfeindschaft bestehen müssen.

Die unbekannte Karte in dem Spiel jedoch war Thorn.

»Anakerie ist eine großartige Kriegerin und eine Prinzessin von edler Gesinnung«, räumte er ein und gab sich redlich Mühe, die starken Gefühle zu verbergen, die er für sie hegte.

»Wie edel, Thorn,« fragte Elora leise, »da sie sich doch bereitwillig in den Dienst des Betrügers gestellt hat? Sie weiß immerhin, wer er wirklich ist.«

»Danach können wir sie erst persönlich fragen, wenn diese ganze schlimme Angelegenheit vorüber ist.«

»Mußt du immer in Rätseln zu mir sprechen?«

»Und würdest du vielleicht aufhören, in diesem Ton mit mir zu sprechen, mein Mädchen? Jetzt beantworte meine verdammte Frage, bevor diese Unterrichtsstunde völlig verschwendet ist. *Hat* das Wetter nun etwas zu bedeuten oder nicht?«

Khory, die ein Stück entfernt im Dämmerlicht hockte, so daß Elora ihre Anwesenheit ganz vergessen hatte, ließ ein leises glucksendes Lachen hören. Wohin Thorn auch ging, das Dämonenkind war nie weit, genausowenig wie die Brownies Elora je allein ließen.

»Sandeni lebt vom Handel«, sagte sie. »Die Stadt kann sich bis zu einem gewissen Grad selbst versorgen, aber ihr Wohlstand und ihre Macht hängen vom Export ab und von ihrer Funktion als Handelsplatz. Die Straßen sind bisher noch passierbar, die Flüsse allerdings immer weniger. Und so gerät wie die Strömung der Flüsse auch die Handelstätigkeit wegen der Kälte immer mehr ins Stocken. Wenn jetzt auch noch Schneestürme die Straßen verwehen, kommen die Händler in arge Bedrängnis.«

»So etwas passiert doch jeden Winter.«

»Aber nicht in diesem Ausmaß, Drumheller. Ich habe mich im Archiv umgesehen. Seit Gründung der Stadt mag es einige wenige Jahre gegeben haben, in denen das Eis die Flüsse bereits vor der Sonnenwende oder vor Neujahr blokkiert hat. Doch diesmal ist der Verkehr bereits zur Zeit der Tagundnachtgleiche, also zwei Monate vor der üblichen Zeit, beinahe zum Erliegen gekommen. Du brauchst nur in den Handelshof zu gehen, selbst die Cascani haben Probleme. Alle hängen dort nur herum und haben kaum was zu tun. Die Leute verlängern oder erhöhen ihre Kredite, versuchen Forderungen einzutreiben und unternehmen alles mögliche, um die Zeit bis zum Frühjahr zu überstehen. Doch angenommen, der Frühling kommt erst spät? Angenommen, das Tauwetter setzt plötzlich und mit großer Macht ein und die Flüsse sind weiterhin nicht schiffbar und die Straßen überschwemmt? Oder angenommen, es gibt nächstes Jahr wieder eine ebensolange Kälteperiode?«

»Und erkennst du in diesen Geschehnissen irgendeine Struktur?«

»Die Kälte hat so einen merkwürdigen Geruch.«

»Tatsächlich?«

»Aber das hast du ja ohnehin von Anfang an gewußt.«

»Ja, ich hab' auch schon darüber nachgedacht. Und ich hab' immerhin eine größere Nase als du.«

Wieder lachte Khory glucksend, und nach Eloras Empfinden mehr auf ihre als auf Drumhellers Kosten. Sie warf einen Blick in die Richtung, in der sie Khory vermutete, war jedoch nicht weiter überrascht, als sie diese dort nicht entdeckte. Vermutlich wieder eine dieser Tüchtigkeitsproben, denen Khory ihre eigenen ebenso wie Eloras Fähigkeiten unterzog, indem sie sich an die jüngere Frau heranschlich und ihre Gegenwart durch einen Klaps mit der Schwertspitze auf Eloras Schulter kundtat. Eloras Teil der Prüfung bestand natürlich darin, Khorys Annäherung zu erspüren.

Bisher war ihr das allerdings nur im Traum gelungen. Und auch jetzt fiel sie wieder auf das Täuschungsmanöver herein.

»Die Luft in den Bergen hatte irgendwie einen anderen Geschmack als hier unten«, sagte sie zu Thorn. Tatsächlich war ihr das erst im nachhinein aufgefallen, als Thorn sie darauf gestoßen hatte. Nachdem er ihre Aufmerksamkeit jedoch einmal in diese Richtung gelenkt hatte, fügte sich ihr alles wie ein Puzzle zusammen. »So merkwürdig es auch klingen mag, die Luft war irgendwie *reiner* als hier. Wenn ich den Wind rieche, der von der Unterstadt heraufweht, muß ich unwillkürlich an Angwyn denken. Er schmeckt genau wie damals, als der Betrüger unser Schiff auf dem Ozean attackiert hat. Es riecht hier wie in Angwyn, wenn der Wind vom Wattenmeer kam; die Luft hat etwas Fauliges an sich.«

Thorn schwieg, ließ sich nur tiefer in seinen bequemen Sessel sinken, nippte von seinem Apfelwein und forderte sie durch seine hochgezogenen Augenbrauen zum Weitersprechen auf.

»Ich habe eine Affinität zum Feuer«, sagte sie. »Du zur Erde. Nach allem, was wir bisher erlebt haben, ist der Betrüger Herr der Lüfte. Über Angwyn hat er einen Wirbelsturm erzeugt und der Luft auf diese Weise auch das letzte bißchen Wärme entzogen.«

»Auch wenn uns das nicht weiterhilft – meteorologisch bezeichnet man diesen Vorgang als Temperatursturz.«

»Mag sein. Niemand weiß, wie sich dieser Wirbelsturm weiterentwickelt hat, als wir damals von Angwyn geflohen sind. Die Adler sind seither nur mehr bis zu den westlichen Bergen geflogen, aber was sie dort von den Zugvögeln erfahren haben, ist grauenhaft, und diese Berichte decken sich überdies mit dem Händlerklatsch auf dem Markt und in den Tavernen. Die ganze Bucht von Angwyn – ob Land oder Meer – ist zu Eis erstarrt. Und es breitet sich jeden Tag weiter nach Norden und Süden aus. Sieht fast so aus, als hätte sich die Erdachse verschoben, so daß Angwyn jetzt den neuen Nordpol bildet, und der Betrüger setzt außerdem Gletscher wie Armeen ein.

Wenn es sich so verhält, dann sind dieser Wind und all die Schneestürme, die er mit sich gebracht hat, vielleicht nur seine Vorboten. Es sind Wüstenwinde, Thorn, daran besteht überhaupt kein Zweifel. Sie wehen aus einer so kalten Region zu uns herüber, daß sie jeden Tropfen Feuchtigkeit in der Luft gefrieren lassen, lange bevor diese zu uns kommt. Der Schnee, den wir gesehen haben, stammt noch aus jenen Luftschichten, die sich bereits über uns befinden. Und das bedeutet: Neben allem anderen sehen wir auch noch einer schrecklichen Trockenheit entgegen und bemerken es nicht einmal, weil sich dies alles im Winter abspielt und geringe Niederschläge in dieser Jahreszeit als Segen gelten.«

Sie erhob sich aus ihrem Sessel und schritt durch die länglichen Rechtecke aus Licht und Farbe, die die Sonne auf den Boden zeichnete. Dabei brachten das Licht und die Farbe im Wechsel die markantesten Elemente von Eloras Physiognomie zur Geltung. Sie erschien plötzlich wild und unbezähmbar, und sie strahlte eine geistige Energie aus, die offenbar zugleich mit ihrem Körper immer größer wurde. Doch eines fehlte ihr noch: Geduld. So vieles veränderte sich in ihr, und jeder Tag stellte sie vor eine neue Herausforderung, vor neue Tatsachen, mit denen sie sich auseinanderzusetzen hatte. Ihre Frustration rührte daher, daß sie die Richtung nicht erkennen konnte, in die das Schicksal sie drängte. Seit ihrer Geburt war ihr Dasein von Kräften bestimmt worden, die sich ihrer Kontrolle entzogen. Jetzt, da sie endlich ihre neue Rolle übernehmen wollte, hatte allem Anschein nach sogar ihr eigener Körper beschlossen, sie zu verraten und sich ihr gegenüber wie eine Art Betrüger zu verhalten.

»Die Reiche sind miteinander *verbunden*«, sagte sie nachdenklich und verwies damit auf jene fundamentalen Tatsachen, die ihr bereits bekannt waren. »Der Kreis der Welt, der Kreis des Fleisches, der Kreis des Geistes. Jeder von uns dreien erhebt Anspruch auf einen Aspekt der Welt, das heißt, daß wir durch unser Tun, die aktive Entfaltung unserer Zauberkräfte, einen entsprechenden Einfluß darauf haben müssen.« Sie eilte zu einem der Tische hinüber und schob irgendwelche Bücher beiseite, bis sie den Band gefunden hatte, den sie suchte. Dann verglich sie rasch ein paar Seiten mit den Notizen, die sie auf ein Blatt gekritzelt hatte. Sie ballte die Hand zu einer Faust und schlug damit leicht auf die Tischplatte. »Die Energie, von der Magie sich nährt, ist in dem Gewebe der Welt enthalten, doch der Genius, ohne den sie nicht zur Geltung kommen kann, entstammt dem Kreis des Geistes. Mohdri hat einen Zauber gewirkt, um alle magische Energie auf sich zu ziehen, und dieser Vorgang führt auf der physikalischen Ebene dazu, daß er auch alle Wärme an sich reißt. Das wiederum erschwert es seinen Feinden, ihm zu widerstehen, wodurch er seinem ersehnten Sieg nur um so rascher näher kommt. *Verdammt!*« schrie sie plötzlich auf und schlug wütend mit der Faust auf den Tisch.

»Was ist?«

»Erkennst du denn nicht die Falle, die er uns gestellt hat? Wenn wir mit ähnlichen Mitteln gegen ihn kämpfen, erfüllen die magischen Aktivitäten, die wir anwenden müßten, um seinen Zauber unter Kontrolle zu bringen oder sogar umzukehren, nicht den gewünschten Zweck, sondern haben ebenfalls entsprechende Auswirkungen auf die physische Welt. Wir haben es hier nicht mit einer Bavmorda zu tun, die mit den Armen herumfuchtelt und eine Armee in Schweine verwandelt« – sie bezog sich mit diesen Worten auf die Schlacht vor Nockmaar, der Festung jener Dämonenkönigin –, »und dann kommst du und Fin Raziel daher, und ihr hebt den Zauber einfach wieder auf. Denn solltest du versuchen, den Betrüger auf seiner Ebene mit seinen eigenen Waffen zu schlagen, so könnte dabei durchaus die Oberfläche des Globus aus ihren Festen gerissen werden. Und ich mag gar nicht daran denken, was geschehen würde, wenn ich etwas Derartiges versuchen würde.«

»Klingt plausibel.«

»Allerdings begreife ich die Maizan einfach nicht.«

»Wieso denn, Elora?«

»Kapieren sie denn nicht, was sich hier abspielt? Schauen die nie über die Schulter zurück? Sind sie so besessen von der Idee, die Welt zu erobern, daß sie nicht mal mehr bemerken, daß der Betrüger sie hinter ihnen zerstört?«

»Vergiß nicht, wer der Betrüger ist. Ihnen erscheint er als Mohdri, ihr geliebter Kastellan, ihr Anführer, mit dem sie sich durch Blut und Schweiß und Stahl verbunden fühlen. Anakerie nimmt in der Schlacht den Ehrenplatz zu seiner Linken ein, und die anderen Männer gehorchen ihr nur, weil er es so will. Sie folgen ihr nur, weil sie ihren Platz in seinem Namen innehat.«

»Aber er ist doch nicht wirklich, Thorn, jedenfalls nicht in dem Sinne, wie wir das Wort verstehen. Wenn ich raten sollte, würde ich sagen, daß er seiner ganzen Natur nach eher einem Dämon als einem Menschen gleicht. Er hat keine physische Realität. Wie wir gesehen haben, kann er auf unserer Ebene gar nicht existieren, geschweige denn auf unsere Welt einwirken, falls er sich nicht einen fremden Körper aneignet.«

»Und aus irgendeinem Grund«, sagte der Nelwyn, »würde er sich am allerliebsten in dir verkörpern.«

»Das soll jetzt nicht unsere größte Sorge sein. Wenn es uns irgendwie gelingt, Mohdri zu eliminieren, dann würden wir den Betrüger zwingen, sich eine andere Inkarnation zu suchen. Wenigstens in dieser *einen* Gestalt könnte er sich dann nicht mehr verbergen! Und wir könnten uns vielleicht gleichzeitig der Bedrohung durch die Maizan entledigen.«

»Haben wir doch schon versucht.«

»Davon hast du mir nie etwas erzählt.«

»Ein Erfolg hätte für sich gesprochen. Ich wollte dich nicht mit schlechten Nachrichten belasten.« Er dachte nicht gerne daran zurück. »Ich könnte beinahe schwören, daß er wußte, daß wir einen solchen Versuch unternehmen würden. Wenn Khory die Falle nicht entdeckt, wenn Anakerie uns nicht sicher aus dem Lager geleitet hätte ...«

»*Sie* hat euch gerettet?«

»Wieso klingst du so ungläubig?«

»Warum tischst du mir hier solche Überraschungen auf?«

»Sie ist nicht unsere Feindin – ist es nie gewesen.«

»Klingt beinahe, als bereite dir das Sorgen.«

»Der Betrüger weiß soviel über alles andere. Er ist mit so vielen intimen Details unserer Lebensgeschichte, ja sogar unserer innersten Empfindungen vertraut – weshalb sollte er ausgerechnet in diesem Punkt unwissend sein? Oder handelt es sich wieder nur um eine Falle?«

»Du meinst, daß Anakerie so 'ne Art Doppelrolle spielt – daß sie nur so tut, als würde sie auf unserer Seite stehen?«

Er schüttelte den Kopf und senkte die Augen, doch Elora

konnte in seinem Blick Anakeries Hinrichtung sehen, und sie wußte, daß Thorn die gleiche Vision hatte.

»Nein. Ich habe nur schreckliche Angst, daß er weiß, daß sie ihn verrät, und daß es ihm egal ist.«

»Das würde ja bedeuten, daß alles vorherbestimmt ist.«

»Und das willst du nicht glauben.«

»Wenigstens nicht, solange ich frei bin.«

Alle beklagten sich über das Wetter. In jedem Gespräch war davon die Rede, und die Leute wurden immer bedrückter. In einer Jahreszeit der Festtagsfreuden hörte Elora überall nur Klagen: »Mein Chef ist ein Blödmann« – »Mein Mann versteht mich nicht« – »Niemand mag mich« – »Die Arbeit ist schrecklich« – »Man hat mich betrogen« – »Hast du gesehen, wie sie mich angesehen hat?« – »Scheißregierung« – »Die verdammten Bauern« und so fort.

Als jetzt die Festtage näher kamen, war von tätiger Nächstenliebe kaum etwas zu spüren und erst recht nichts von Herzlichkeit oder seelischer Zuwendung. Vielmehr stapften die meisten Leute übellaunig und verdrossen durch die Gegend. Der für die Bewohner der Republik Sandeni ansonsten typische Humor schlug in Zynismus um.

Selbst Elora war nicht ganz gegen die allgegenwärtige Atmosphäre dumpfer Bedrücktheit gefeit, und nicht nur weil sie immer häufiger vernehmen mußte, daß ihr eigener Name mit den Zuständen ironisch in Verbindung gebracht wurde, etwa wenn jemand sich über ein Mißgeschick beklagte und darauf die Antwort erhielt, dann müsse es Elora Danan mit dem Pechvogel ja wohl besonders gut meinen.

Als auch ihre eigenen Nachforschungen in der Universitätsbibliothek trotz besten Bemühens zu nichts führten, lächelte auch sie immer seltener und sah – je länger desto mehr – in jeder zufälligen Begegnung schon beinahe so etwas wie eine Bedrohung. Zudem schlief sie jetzt unruhiger. Im Grunde genommen hätte sie am liebsten überhaupt nicht geschlafen. Und wenn sie doch einmal einnickte, fand sie sich sogleich oben auf dem Elfenberg wieder, wo Kieron Dineer sie bereits erwartete. Manchmal trat er selbst als Drache in Erscheinung, mitunter aber auch sie oder sie beide oder keiner von beiden. Doch ganz unabhängig von solchen Verwandlungen war das Ergebnis stets dasselbe. Er wollte, daß sie ihn tötete, und weigerte sich, ihre abschlägige Antwort zu akzeptieren.

Sie war froh, daß sie alleine schlief, da sie nicht wollte, daß jemand sie sah, wenn sie nach diesen schrecklichen Visionen erwachte – den Mund von demselben metallischen Geschmack erfüllt, den sie noch von Torquils Schmiede her kannte, die Haut schweißüberströmt, als hätte jemand sie tatsächlich den Flammen des Geisterdrachen preisgegeben. Bisweilen war sie so ungehalten, daß jemand, der ihr zufällig begegnet wäre, vermutlich entsetzt das Weite gesucht hätte. Bei anderen Gelegenheiten wurde sie von grenzenloser Trauer übermannt und schluchzte so hemmungslos, daß sie kaum mehr Luft bekam. Und in jenen Nächten, da Kierons Geist ihr erschien, gestattete sie sich nach diesen Begegnungen bestenfalls noch ein leichtes Schlummern, nur um hinterher um so erschöpfter zu erwachen.

Gleichzeitig sehnte sie sich nach einem Gefährten, einem Menschen, der sie in den Armen hätte halten, sie trösten und jenes Gefühl der Leere in ihrem Herzen hätte ausfüllen können, das sie vom Augenblick ihrer Geburt an begleitet hatte.

Eines ihrer Lieder brachte dieses Gefühl am besten zum Ausdruck, eine Ballade über ein Mädchen, das stets auf das Wohlwollen fremder Menschen angewiesen war, das zwar Freunde, jedoch nie eine eigene Familie sein eigen nannte. Sie betitelte diese Ballade ›Das endlose Lied‹, weil es tatsächlich kein Ende hatte. Sie trug es nie öffentlich vor, summte es nur leise in der Abgeschiedenheit ihres Zimmers vor sich hin. In jenen Augenblicken, da sich um sie herum und über ihr Herz dunkle Schatten senkten, tauchten auch jene angstvollen Gefühle der Wut und des Verlustes, sehnsuchtsvoller Liebe und des Verrats wieder in ihr auf, die sie für ihre Mutter hegte.

Diese Gefühle krochen wie eine Schlange aus ihrem Innersten hervor und hinterließen in ihrem ganzen Wesen einen abscheulichen Nachgeschmack. Sie hatte ein schlechtes Gewissen wegen der Wut, die sie verspürte. Sie wußte, daß ihre Mutter sie nicht im Stich gelassen hatte. Sie redete sich ein, ihre Mutter habe sie mehr geliebt als ihr eigenes Leben und sich bereitwillig geopfert, um Elora eine Überlebenschance zu verschaffen, aber ein Teil ihres Wesens war noch immer jenes neugeborene winzige kleine Mädchen, das – kaum daß es zu atmen begonnen hatte – bereits weggeworfen worden war und dann nie verstanden hatte, warum seine Mutter es allein gelassen hatte.

Für ihren Vater empfand sie nicht jene Animosität, die sie ihrer Mutter entgegenbrachte. Er war für sie irgendwie wesenlos, niemand hatte ihn je gesehen und niemand ihn gekannt. Und sie konnte nicht hassen, was für sie nie existiert hatte.

Natürlich war das alles ohnehin sinnlos. Die eigentliche Zielscheibe ihrer Feindseligkeit hätte jene dämonische Zauberin sein müssen. Schließlich hatte Bavmorda Eloras Mutter getötet und sich redlich Mühe gegeben, Elora selbst ein ähnliches Schicksal zu bereiten. Das teuflisch Paradoxe daran war jedoch, daß Elora Mitleid für sie empfand. Obwohl sie damals noch ein Säugling gewesen war, hatten sich ihr die Begegnungen mit ihrer Feindin unauslöschlich eingeprägt. Noch immer sah sie die Frau so vor sich wie am Anfang, bevor all die schönen Aussichten den Bach hinabgegangen waren.

Es schmerzte sie nur um so mehr, daß sie ausgerechnet von jener Frau, die Himmel und Erde in Bewegung gesetzt hatte, um sie – Elora – zu zerstören, eine deutlichere Vorstellung besaß als von ihrer eigenen Mutter.

Wann immer diese Stimmungen sie übermannten, so daß sogar die Brownies es für besser hielten, Abstand zu ihr zu wahren, führten sie ihre Schritte unwiderstehlich nach unten in die dunkle, verlassene Taverne, wo Duguay sie schon erwartete. Doch kam sie nicht etwa hierher, weil sie seine Gesellschaft suchte. Denn was er auf ihrem Gesicht erblickte, wenn ihre Blicke sich kreuzten, stellte den Sänger ganz und gar nicht zufrieden. Sie trat dann mitten auf die Bühne und schob nicht einmal die Tische und Stühle beiseite, um sich mehr Raum zu verschaffen. Sie akzeptierte die räumlichen Gegebenheiten so, wie sie sie vorfand.

Und dann fing sie an zu tanzen.

Zunächst legte sie sich auf einen bestimmten Rhythmus fest. Mitunter ließ sie sich dazu von irgendwelchen äußeren Geschehnissen inspirieren, manchmal folgte sie aber auch nur dem Schlagen ihres Herzens. Dieser Rhythmus hallte in ihrem ganzen Körper wider, pflanzte sich in ihrem Rückgrat fort, durchzuckte ihre Finger. Eine Bewegung ergab dann die nächste, bis daraus ein komplexes Ganzes entstand – einem Soloinstrument vergleichbar, das eine schlichte Melodie zu spielen anfängt, in die dann die anderen Instrumente mit einstimmen, bis das ganze Orchester in einer jubelnden Symphonie zusammenklingt.

Wer Elora an diesen dunklen, schrecklichen Abenden zuschaute, sah eine junge Frau vor sich, die mit sich selbst einen heftigen Kampf ausfocht. Man spürte sogleich ihre ungeheure Liebesfähigkeit, ein Eindruck, der noch durch ihre überschäumende Freude verstärkt wurde und durch jenes tiefe Erstaunen, das sie auch in diesen Situationen nicht verloren hatte. Doch damit einher ging eine grenzenlose Wut, als ob die eine Seite ihres Wesens das Schöpferische schlechthin verkörperte, während sich auf der anderen Seite alles Zerstörerische in ihr zusammenballte. Und sie selbst stand gleichsam in der Mitte und mußte jene beiden polaren Kräfte ausbalancieren, von denen jede sie ganz auf ihre Seite ziehen wollte, während sie selbst sich doch in Wahrheit danach sehnte, beide Energien irgendwie miteinander zu verbinden.

Sie schnellte sich in die Luft und hielt sich an einem der Balken über der Bühne fest, so daß die Illusion entstand, sie könne ungeachtet sämtlicher Gesetze der Schwerkraft schweben. Dann legte sie eine so rasante Schrittfolge auf das Parkett, daß die genaue Choreographie kaum mehr zu erkennen, geschweige denn zu imitieren war. Sie vollführte Pirouetten, wie sie sonst nur ein exzellenter Schlittschuhläufer auf dem Eis auszuführen vermag. Und dann verlangsamte sie mit einer Sicherheit und Präzision, wie sie sie in der Öffentlichkeit niemals an den Tag gelegt hätte, unvermittelt ihr Tempo, um anschließend eine Abfolge langsamer Bewegungen zu vollführen, die auf ihre Weise nicht minder beeindruckend waren. In diesen Augenblicken erschien sie fast übermenschlich. Beinahe hätte man glauben können, sie sei eine zum Leben erweckte Statue oder ein Fleisch gewordenes Elementarwesen. Wie anders war ihre Fähigkeit zu erklären, jede beliebige Pose einzunehmen?

Abermals drängte sich der Eindruck auf, daß sie mit sich kämpfte, aber nicht allein mit sich selbst, sondern mit sämtlichen Gesetzen und Verknotungen der Natur, als ob sie sie wie einen bösen Zauber abschütteln wollte.

Duguay saß unterdessen im Dämmerlicht und berührte nicht einmal den mit Glühwein gefüllten Becher, der vor ihm auf dem Tisch stand. Er betrachtete sie mit Augen, die an schwarze Perlen aus Pechkohle erinnerten, Puppenaugen, leblos und doch tiefer als jeder Abgrund. Beutegierige, hungrige Augen.

Nicht ein einziges Mal unternahm er den Versuch, sich ihr als Tanzpartner anzudienen. Jedoch nicht so sehr, weil er glaubte, daß sie nicht mit ihm tanzen wollte, sondern weil er begriff, daß in ihrer Choreographie für ihn kein Platz war.

»Weißt du, wie er aussieht?« fragte Franjean leise, während er neben Rool oben in einer Ritze im Gebälk hockte. Die beiden hatten keine Ahnung, was sich an diesen schrecklichen Abenden dort unten vor ihren Augen vollzog, und verdrückten sich deshalb regelmäßig oben an der Dekke in einen Spalt, von dem aus sie den ganzen Raum überblicken konnten. Dabei hatten sie ein solches Arsenal an Waffen um sich versammelt, daß sie den ganzen Raum in ein Schlachtfeld hätten verwandeln können, falls dazu eine Notwendigkeit bestanden hätte.

»Wie ein besonders bösartiges Insekt, das nur durch eine Glasscheibe daran gehindert wird, sich an einem schmackhaften Opfer gütlich zu tun.«

»Mein Typ ist er jedenfalls nicht.«

»Meiner auch nicht, und zwar von Anfang an.«

»Und was ist mit Elora?« Die beiden brauchten nicht zu überlegen, was der Troubadour wollte, das ließ sich von jedem seiner Blicke ablesen. Die einzige Frage war, warum er bisher noch keinen Vorstoß unternommen hatte, um sein Ziel zu erreichen. Als Elora das erstemal nach unten gekommen war, um zu tanzen, hatten sie geglaubt, daß er dahintersteckte, besonders als sie entdeckten, daß er bereits vor ihr in der Taverne aufgekreuzt war. Doch schon bald zeigte sich, daß ihn Eloras Auftritt nicht weniger verwirrte als die beiden Brownies.

»Jedenfalls danke ich allen Gütigen Mächten, daß sie nicht trinkt«, lautete Rools lakonische Antwort.

»Das ist nicht besonders witzig, Rool! Blödmann!«

»Sollte es auch gar nicht sein. Trotzdem hab' ich recht. Und spuck hier nicht solche Töne.«

»Glaubst du, daß sie verrückt ist?«

»Sind wir das nicht alle?«

»Rool!« Franjeans Stimme klang vorwurfsvoll und beunruhigt zugleich.

»Nach allem, was sie in ihrem Leben bereits durchgemacht hat, hätte sie dazu jedenfalls allen Grund.«

»Das gilt für Drumheller nicht weniger.«

»Einverstanden. Und deshalb wette ich, daß sie genauso verrückt ist wie er. Aber auch nicht verrückter.«

Sie tanzte, bis sie erschöpft zu Boden sank, und der Abend fand ein eher tristes Ende. War sie noch kurz zuvor die Selbstbeherrschung in persona gewesen, lag sie jetzt wie ein Häufchen Elend auf dem rohen Holzfußboden, während sie lauter keuchte als der Blasebalg in einer Schmiede und mehrmals so tief einatmete, als ob sie gerade dem Ertrinken entronnen wäre.

Schließlich ergriff Duguay die Initiative. Mit der ihm eigenen sinnlichen Anmut erhob er sich von seinem Stuhl und nahm Elora in die Arme. Mit größerer emotionaler Beteiligung, als man sie normalerweise in einer solchen Situation einem Kind entgegenbringt, zugleich aber auch mit größerer Zurückhaltung, als sie für einen Liebenden typisch ist, wiegte er sie sanft in seinen Armen, fast als sei er sich selbst noch nicht ganz schlüssig, welches der beiden Gefühle er dem Mädchen entgegenbrachte.

Dann geleitete er sie mit dem Anstand eines echten Gentleman zurück in ihr Zimmer und zu ihrem Bett. Und das war es auch schon.

Elora sprach nie über diese nächtlichen Auftritte, und auch die Brownies erkundigten sich nie danach, obwohl sie Thorn Drumheller über alles genauestens berichteten. Falls sie nur im Zustand völliger Erschöpfung von Alpträumen unbehelligt schlafen konnte, so war sie gewiß bereit, einen solchen Preis dafür zu entrichten. Zwar machten diese Auftritte sie in keiner Weise sonderlich glücklich, aber sie gaben ihr wenigstens eine gewisse Zufriedenheit.

Khory besaß ein zweischneidiges gerades Schwert, eine rasiermesserscharfe alte Kampfwaffe, die ihresgleichen suchte und aus so sorgfältig gehärtetem Metall bestand, daß auch nach jahrelangem Gebrauch kaum Verschleißerscheinungen daran zu entdecken waren. Die Klinge war durch ein schlichtes Kreuz von dem Griff getrennt, der so lang war, daß sie ihn mit beiden Händen umfassen und die Waffe deshalb wie einen Degen oder wie ein traditionelles Breitschwert führen konnte. Das ermöglichte ihr, ihre Feinde sowohl durch Stöße wie auch durch Schläge zu töten, und ihre unglaubliche Kraft gestattete es ihr zudem, das Schwert so zu handhaben, als wäre es federleicht.

Elora kämpfte mit einem Langschwert, wie es die Krieger der östlichen Inseln bevorzugten. In der Länge entsprach es in etwa Khorys Klinge, aber Eloras Waffe war leicht geschwungen und hatte nur auf einer Seite eine Schneide. Das Schwert war hauptsächlich eine Schlagwaffe und hatte in dieser Kategorie kaum seinesgleichen. Beide Frauen trugen gepolsterte Kettenhemden, doch waren ihre Waffen stark genug, um diese Rüstung zu durchschlagen. Ihr bester Schutz war deshalb ihre eigene Geschicklichkeit.

Sie standen im rechten Winkel zueinander. Elora bot Khory ihr Profil und hielt den Griff ihres Schwertes auf

Schulterhöhe, so daß die Klinge neben ihrem Kopf einen sanften, abwärtsgerichteten Bogen beschrieb. Khory stand ihr in einer provozierend legeren Haltung breitbeinig gegenüber, das Schwert – das sie mit einer Hand hielt – nach unten gerichtet.

Beide trugen Stiefel und Hosen sowie zum Schutz ihrer Hände und Unterarme Panzerhandschuhe. Um die Stirn und den Hals hatten sie sich Tücher gebunden. Beide Frauen waren schweißüberströmt und atmeten schwer. Dies war an jenem Tag nicht ihr erstes Duell, und Elora war stolz, daß die blauen Flecken an ihrem Körper dies bezeugten.

Allerdings stand sie nicht freiwillig dort, vielmehr hatten Renny und Khory es so entschieden und sie mehr oder weniger dazu genötigt.

»Ich kann selbst entscheiden, was ich tue«, protestierte sie, als die beiden ihr den Vorschlag unterbreiteten.

Kaum hatte sie diese Worte ausgesprochen, als ihr Körper auch schon blitzschnell reagierte und sich gleichsam verselbständigte. Ihre Hand griff nach dem Reisebeutel und zog eine der Klingen daraus hervor, und zwar das kürzeste der gebogenen Inselschwerter. Als jetzt Khorys gerade Klinge durch die Luft sauste und Elora den Hals vom Rumpf zu trennen drohte, konnte diese den Schlag gerade noch mit ihrem eigenen Schwert abblocken, dessen Griff sie mit beiden Händen umklammert hielt. Doch die Wucht des Schlages schleuderte sie von ihrem Stuhl, und sie machte sich diesen Umstand sogleich zunutze, indem sie das Sitzmöbel mit den Füßen von sich stieß. Unglücklicherweise war Khory genauso stark wie reaktionsschnell, wich dem heranfliegenden Stuhl mit einem mächtigen Satz aus und wäre beinahe von oben auf Elora gesprungen. Elora führte einen verzweifelten Streich mit ihrem Kurzschwert und versuchte sich gleichzeitig unter den Tisch zu rollen, um sich auf dessen Rückseite in relative Sicherheit zu bringen. Doch Khory sprang hinzu und traf Elora so hart mit dem Fuß, daß diese aufschrie, ohne freilich den Griff ihres Schwertes loszulassen. Doch das half ihr auch nichts mehr, als das Dämonenkind ihr jetzt lässig die Spitze ihres Schwertes auf die Brust setzte.

»War ja ’ne richtige Möbelschlacht«, sagte sie lächelnd und streckte die Hand aus, um Elora aufzuhelfen. »Das gefällt mir.«

Elora fiel als Erwiderung nichts Besseres ein, als Khory die Zunge herauszustrecken.

»Die Sache ist die«, sagte Renny, nachdem Elora ihren Stuhl wieder aufgestellt und sich hatte darauf fallen lassen, während sie gierig ein Glas Wasser hinunterschüttete, das Khory ihr gereicht hatte, »Ihr habt Feinde.« Noch bevor sie eine schnippische Antwort geben konnte, fuhr er fort: »Und Eure Deckung ist noch lange nicht so gut, wie Ihr vielleicht glaubt.«

»Was soll das heißen?« Sie dachte, er meinte, daß einer ihrer Gefährten sie verraten habe, und wollte ihm schon vehement widersprechen.

»Mag sein, daß die Maizan nichts von Eurem Geheimnis wissen, aber wie Ihr selbst schon gesagt habt, gibt es noch andere Mächte, die in der Welt eine Rolle spielen. Ihr habt es doch bei Ganthems Furt selbst erlebt.«

»Aber dort hat doch niemand überlebt, Renny«, entgegnete sie, und der Gedanke bereitete ihr Unbehagen. »Wer soll es dann verraten?«

»Redet keinen Unsinn, Elora. Das Große Feenland ist die Heimat der Wilden Meute. Es gibt nichts, was den Hochelfen mehr Freude bereitet als die Hatz. Je listiger ihr potentielles Opfer sich verhält, um so entschlossener jagen sie es. Ihr müßt auf der Hut sein.«

Khory eröffnete das Duell von neuem, riß ihr Schwert hoch und ließ es in einem Bogen zischend niedersausen. Im letzten Augenblick drehte sie die Hände, wirbelte herum und führte dabei einen Angriff, der Eloras Flanke und nicht ihrem Kopf zu gelten schien. Doch Elora durchschaute das großartige Täuschungsmanöver sogleich. Das Klirren der stählernen Klingen erfüllte das Obergeschoß der Bibliothek, das von seinem ganzen Zuschnitt her für solche Fechtübungen ideal geeignet war. Ein paar Stockwerke tiefer hockte der Professor an seinem Schreibtisch, verdrehte die Augen und raufte sich die wenigen ihm verbliebenen Haare bei dem Gedanken, daß er sich auf ein derartiges Chaos eingelassen hatte. Elora führte ihr langes Schwert mit nach unten weisender Spitze parallel zum Boden und parierte Khorys Schlag. Ohne sich auch nur einen Augenblick eine Blöße zu geben, riß sie die beiden Schwerter in die Luft empor, wirbelte herum und holte Khory mit ihrem freien Bein wie mit einer Sichel von den Füßen.

Sie war stolz, als sie ihre Gegnerin zu Boden stürzen sah, aber als sie mit ihrem Schwert einen Treffer landen wollte, schaffte es Khory irgendwie, sich rückwärts aus der Gefahrenzone zu bringen. Wieder und wieder versuchte Elora, ihre Gegnerin außer Gefecht zu setzen, weil sie fest entschlossen war, sich diesmal nicht geschlagen zu geben, doch konnte sie Khorys Deckung nicht überwinden. Stoß, Stoß, Parade, Hieb, Parade, Stoß, Parade, Hieb, Parade, Hieb, Parade, Attacke, Parade – Elora setzte ihre Gegnerin so unter Druck, daß jeder andere verzweifelt nach Luft gejapst hätte, ja, sie intensivierte sogar noch das Tempo ihrer Attacken, als sie Khory jetzt immer weiter zurückdrängte, wobei sie aus Erfahrung wußte, daß sie ihrer Gegnerin nicht die geringste Verschnaufpause gönnen durfte.

Da ihr Gegenüber sich keine Blöße gab, ergriff Khory von sich aus die Initiative. Sie gab sich dem Mädchen geschlagen, ließ dabei aber ihr Schwert so zu Boden fallen, daß es genau dort zu liegen kam, wo sie es brauchte. Dann schlug sie Eloras Klinge beiseite und versetzte ihr blitzschnell eine Reihe kräftiger Schläge. Zuerst mit den Fäusten, dann mit den Füßen, als Elora versuchte, auf Abstand zu ihr zu gehen, um ihr Schwert wieder ins Spiel zu bringen. Als sie jetzt einen kräftigen Tritt gegen den Solarplexus erhielt, krümmte sich Elora vornüber, ein weiterer Tritt gegen den Oberkörper streckte sie rücklings zu Boden.

Bevor Elora noch den Boden berührt hatte, stand Khory bereits mit erhobenem Schwert über ihr und holte zum tödlichen Schlag aus. Nur daß diesmal sie es war, die kalt erwischt wurde. Flach auf dem Rücken liegend, parierte Elora nämlich Khorys wilde Hiebe, während sie in den kurzen Pausen zwischen den Attacken wütende Schwertstreiche gegen Khorys Beine führte, so daß diese gezwungen war, immer wieder in die Luft zu hüpfen, wenn sie nicht riskieren wollte, beide Füße zu verlieren.

Von jetzt an artete das Duell in einen brutalen Kampf aus. Die beiden standen sich auf Armeslänge gegenüber und droschen wie mit Knüppeln aufeinander ein, wobei es einzig auf Kraft und schnelle Reaktionen ankam und die Eleganz kaum mehr eine Rolle spielte. Plötzlich ging Elora zu einer anderen Technik über, so daß der Kampf in seiner Dynamik jetzt eher an den Wettstreit zweier Fechterinnen erinnerte, während sie einen Schritt zurücktrat und dann einen Ausfall machte. Es war eine glänzende Attacke, die Khory mit einem ebenso genialen Hieb parierte und so die Waffe ihrer Gegnerin seitlich ablenkte.

Während die Schwerter zuvor mit der Wucht und dem Klirren von Eisenstangen aufeinandergeprallt waren, klangen sie jetzt eher wie Kristallglocken, eine Abfolge leichter Hiebe, die schneller aufeinanderfolgten als die Schläge der Trommel, die zur Schlacht ruft.

Dann beging Elora einen schweren Fehler. In dem verzweifelten Versuch, gegen ihre Gegnerin zu punkten, wagte sie sich ein wenig zu weit aus der Deckung vor. Doch kam dieser Schnitzer nicht unerwartet, da sie ohnehin bereits Ermüdungserscheinungen gezeigt hatte, die freilich ihr Tempo nicht wesentlich beeinträchtigt hatten. Tatsächlich hatte das außergewöhnlich hohe Tempo des Duells beide Kämpferinnen in Mitleidenschaft gezogen. Keiner der Zuschauer konnte sich erinnern, je einen so unglaublich schnellen und konzentrierten Kampf gesehen zu haben. Bei einer solch raschen Abfolge des Geschehens blieb für bewußte Überlegungen keine Zeit. Jede Aktion löste sofort eine Reaktion aus, und etwaige strategische Erwägungen mußten die beiden Kombattantinnen in einer anderen Sphäre ihres Seins anstellen. Die Angreiferin brauchte einen Plan, den ihre Gegnerin erahnen mußte, um dann die entsprechenden Gegenmaßnahmen einzuleiten, während sie sich zugleich mit wilden Hieben irgendwie zu verteidigen suchte. Gleichzeitig mußten beide Kämpferinnen jederzeit bereit sein, eine Schwäche der Gegnerin blitzschnell auszunutzen.

Nun hatte sich Elora eine Blöße gegeben. Khory reagierte entsprechend. Die Attacke dauerte nur einen Sekundenbruchteil, dann begriff Khory, daß sie hereingelegt worden war.

Elora wirbelte seitlich an Khorys ausgestrecktem Schwert vorbei, und ihr Kettenhemd knirschte, als die Waffe es aufschlitzte und ihr am Arm eine Fleischwunde zufügte, die sie freilich in Kauf nehmen mußte, wenn sie den Sieg erringen wollte. Sie schlug ihrer Gegnerin den Ellbogen ins Gesicht, riß dann beidhändig ihr Langschwert hoch und verpaßte Khory mit dessen stumpfem Knauf einen noch kräftigeren Hieb. Hätten die beiden wirklich miteinander gekämpft, wäre als nächstes Khorys Führungsarm abgetrennt worden, als diese jetzt konsterniert zurückwich, und als nächstes wäre entweder ihr Kopf gefallen, oder aber das Schwert hätte sie vom Hals bis zur Taille aufgeschlitzt. Doch statt dessen riß Elora ihre Kontrahentin mit dem Fuß von den Beinen, so daß Khory rücklings zu Boden stürzte, trat auf deren Führungsarm und schlug ihr dann mit der Breitseite ihres Schwertes gegen die Brust.

Danach blieb für sie nichts mehr zu tun. Sie verzog das Gesicht zu einem breiten Grinsen, um den Sieg anzuzeigen, und ließ sich dann zu Boden fallen, wo sie sich neben Khory wie eine Katze zusammenrollte. Sie keuchte wie besessen, während Khory – verdammt noch mal – kaum heftiger atmete als sonst.

»Ich hasse dich«, grummelte Elora.

»Aber du hast doch gewonnen.«

Elora rappelte sich auf, bis sie beinahe saß, und stützte sich mit dem Arm ab, obwohl ihre sämtlichen Muskeln sich weich wie Pudding anfühlten.

»Du hast nicht mit letztem Einsatz gekämpft.«

»Hätte ich das getan, dann wärst du jetzt tot.« Khory zwinkerte ihr zu und verengte dann die Augen, so daß die Tätowierung über ihrem linken Auge sie noch mehr wie einen Habicht erscheinen ließ und den irritierenden Eindruck verstärkte, daß die stattliche Frau nicht wirklich der Menschenwelt angehörte.

»Nein, ich habe nicht mit letztem Einsatz gekämpft«, sagte sie beiläufig. »Aber du hast dein Bestes gegeben. Du hast in *meiner* Klasse gekämpft, Elora, und du hast einen Weg gefunden, mich zu besiegen.«

»Nach dieser Darbietung«, rief Ryn Taksemanyin aus sicherer Distanz und streckte den beiden jungen Frauen einige Handtücher und einen Krug Wasser entgegen, »werde *ich* ganz sicher keine von euch beiden herausfordern – jedenfalls nicht an Land.«

»Und im Wasser?« wollte Elora wissen.

Er sprach zwar leichthin, meinte seine Antwort aber todernst. »Ich würde dich in die Tiefe ziehen und zusehen, wie du ertrinkst, bevor du noch einmal Luft schnappen kannst.«

Elora erschauderte.

»Bestimmt kalt dort unten, Ryn«, sagte sie.

Er wirkte jetzt wesentlich hagerer als früher und bewegte sich mit der Behutsamkeit eines alten Mannes. Der Zauber, den die Maizan um ihn gewoben hatte, war außerordentlich bösartig gewesen und hatte wegen Ryns entschlossener Gegenwehr nur um so fürchterlicher gewirkt. Thorn hatte lange und hart gearbeitet, um den Schaden zu beheben, doch änderte das auch nichts daran, daß Ryn sein heimatliches Element vermißte. Die wahren Wunden hatte er geistig und nicht so sehr körperlich davongetragen, und wirkliche Heilung konnte er sich nur von der Rückkehr in den blauen Ozean erhoffen. Man hatte bereits darüber gesprochen, ihn nach Osten zur Chengwei-Küste zu schicken, aber seine wirkliche Heimat war das Meer um Angwyn gewesen, das jetzt vereist und unterhalb des Wasserspiegels ebenso unbewohnbar geworden war wie darüber.

Er hockte sich neben den beiden Frauen nieder und reichte jeder von ihnen ein Glas.

»Wyrrn kämpfen nicht zum Vergnügen«, sagte er zu Elora. »Wir lieben zwar bisweilen eine kleine Rauferei, aber das ist etwas völlig anderes.«

Sie legte ihren schweren Lederumhang ab, das Kettenhemd darunter mitsamt der Polsterung, bis sie nur mehr ihr enganliegendes Baumwollunterhemd trug, und stieß die Sachen achtlos beiseite.

Sie wandte sich ab, um wegzugehen, besann sich dann jedoch eines Besseren, kehrte noch einmal zurück und hängte ihre Sachen auf den dafür vorgesehenen Ständer, bevor Khory sie durch ein Räuspern daran erinnern mußte. Bisweilen gewannen die schlechten Manieren ihrer verwöhnten Kindheit noch die Oberhand über ihr neu erworbenes gutes Benehmen. Denn inzwischen mußte sie ihre Dinge selbst in Ordnung halten, und es gab niemanden mehr, der ihr das abgenommen hätte.

Nachdem sie dann ihr langes Schwert in dessen Scheide zurückgesteckt hatte – ein überraschend schlichtes und unprätentiöses Stück, dessen Schönheit einzig der Qualität der Materialien und der Verarbeitung entsprang –, streckte sie Khory die Hand entgegen und zog sie auf die Füße. Sie verbeugten sich zum Abschied knapp voreinander, und Elora trat durch eine der Türen auf den Balkon hinaus, um endlich ein wenig frische Luft zu schnappen.

Nach der Hitze in dem Raum, die durch die schweißnassen Körper der beiden Frauen noch verstärkt worden war, empfand sie die frostige Luft im Freien wie einen Schock. Doch das war Elora ganz egal, obwohl ihre Arme nackt waren und sie nichts als ein dünnes Hemd trug und ihr Aufzug eher der wärmeren Jahreszeit entsprochen hätte. Es wehte eine steife Brise aus Nordwest, die ihr die Tränen in die Augen trieb und auch die übrigen Bewohner der Stadt mit Besorgnis erfüllte.

Sie hörte hinter sich das Geräusch eines schweren Mantels, der geöffnet und ihr um die Schultern gehängt wurde und wie angegossen saß.

Von dem Balkon aus bot sich ein schöner Blick über die Stadt – mitsamt der Silhouette der Universität und der Kuppel der Zitadelle. Auf den Straßen tief unten war fast niemand zu sehen, da die Studenten in den Seminaren hockten. Ryn trat von hinten heran und postierte sich so, daß sie jetzt mehr oder weniger in seinem Windschatten stand. Sie war ihm dankbar für seine Fürsorglichkeit, runzelte dann unwillkürlich die Stirn, als sie über sein Fell strich. Es war auch nicht mehr annähernd so weich und glänzend wie noch einige Monate zuvor, und sie spürte Knochen, wo früher Muskeln und Fleischpolster gewesen waren. Der Geruch von Krankheit lag in der Luft. Sie bot wie in so vielen anderen Fällen ihre Hilfe an, mußte aber feststellen, daß eine Heilung in diesem Fall ihre Möglichkeiten überstieg. Denn körperlich war der Wyr durchaus gesund, seine Probleme lagen auf der geistigen Ebene.

»Es muß schlimm sein«, sagte sie, »wenn man so lange so weit von zu Hause entfernt ist.«

»Wir sind eine umherschweifende Rasse«, sagte er mit einem geringschätzigen Achselzucken, als ob es zu dem Thema sonst nichts zu sagen gebe.

»Das heißt, du bedauerst es nicht?«

»Ich bin freiwillig hier, Elora. Schließlich geht es hier um einen Kampf, der den Einsatz lohnt, und zwar gemeinsam mit Freunden, die den Einsatz ebenfalls wert sind. Warum sollte ich da etwas bedauern?«

Er legte einen Arm um sie und zog sie noch näher zu sich heran, so daß er jetzt direkt hinter ihr stand. »Ich kann noch immer nicht fassen, wie groß du geworden bist.«

»Tut mir leid.«

»Um Himmels willen, so war das nicht gemeint, das war doch keine Kritik.« Er sprach so schnell, daß ihm die Worte aus dem Mund hervorsprudelten, bevor er noch seine Gedanken sinnvoll geordnet hatte. Doch dann ließ er es mit einem tiefen Seufzer dabei bewenden.

»Ich fühl' mich irgendwie unwohl in meiner Haut«, sagte sie verdrießlich.

»Weil dir nichts mehr richtig paßt?«

»Ich glaube, es liegt daran, daß alles sich ständig überstürzt und gleichzeitig auf mich eindringt. Ich kollidiere ständig mit irgendwelchen Sachen, weil sich meine Proportionen schon wieder verändert haben, sobald ich mich gerade daran gewöhnt habe.«

»Das wird nicht ewig dauern, weißt du.«

»Kannst du mir darauf dein Wort geben, Ryn Taksemanyin?«

»Was soll das heißen?«

»Vergiß es.« Dann fragte sie ihn plötzlich: »Hast du die geringste Ahnung, was – oder *wer* – ich bin?«

Er wollte gerade mit einer Platitüde antworten, doch dann begriff er, daß er sie damit nur noch mehr entmutigt hätte.

»Ich hab' jedenfalls nicht den Hauch einer Ahnung«, sagte sie nur. »Nur daß ich irgendwie anders bin als ihr übrigen.« Sie ließ den Blick zum Horizont hinüberschweifen und atmete tief aus. »Wenn mir jemand sagen könnte, woher ich komme, Ryn, dann wüßte ich vielleicht auch, wohin ich gehen möchte.«

»Und wenn das unmöglich ist?«

»Ich bin wie ein Schiff, das ohne Kiel auf dem offenen Meer dahintreibt und nichts gegen den Wind und die Strömung auszurichten vermag.«

»Quatsch«, fuhr er sie an. »Du weißt doch, woher du kommst. Zuerst warst du in einem nelwynischen Dorf, dann auf einer Daikini-Burg, danach in der Festung einer Zauberin, und zuletzt hast du in einer großen, dem Untergang geweihten Stadt in einem Turm gewohnt. Wir beginnen unser Leben als Götter, und die Schicksalsmächte weisen uns einen Weg, aber was dann kommt, liegt zum großen Teil in unseren eigenen Händen.«

»Dann entscheiden wir also selbst, ob wir eine Silberhaut haben möchten?«

»Nicht mehr oder weniger als wir darüber bestimmen, ob wir mit einem Fellkleid auf die Welt kommen möchten. Manchmal ist es an der Zeit, ein Haus zu bauen, Elora. Mitunter treten neue Dynastien und Sagen ins Dasein, oder eine neue Epoche beginnt. Bisweilen scheiden Freunde aus dem Leben.«

»Vielleicht bin ich für den Job nicht geeignet, Ryn.«

»Ja, vielleicht.«

Sie hörten jetzt Schreie von unten und blickten über die Brüstung. Sie sahen einen Studenten, der quer durch den

Hof rannte und dann auf der anderen Seite in dem Seminargebäude verschwand.

»Du kennst ihn nicht wirklich«, sagte Ryn zu ihr und richtete noch einmal das Wort an sie. Sie wußte ganz genau, daß er Duguay meinte und daß er wegen des Sängers genauso besorgt war wie die Brownies. Sie war sich auch darüber im klaren, daß er befürchtete, durch seine Worte die engen Bande zu zerschneiden, die zwischen ihnen entstanden waren. Doch er war auch nicht bereit, sich den Mund verbieten zu lassen.

Und entsprechend reagierte sie. »Ich kenne ja nicht einmal mich selbst wirklich«, entgegnete sie lächelnd. »Noch nicht.«

»Die Semaphore oben auf der Zitadelle bewegen sich«, sagte er und zeigte westwärts.

»Tatsächlich.«

Die Semaphore waren große rechteckige Tücher an langen Masten, die unabhängig voneinander oder auch gleichzeitig einen ganzen Kreis beschreiben konnten. Beide Flaggen konnten im Zusammenspiel sämtliche Buchstaben des Alphabets signalisieren. Gewisse Kombinationen symbolisierten sogar ganze Wörter. Wenn die Notwendigkeit bestand, rasch Botschaften über weite Entfernungen zu vermitteln, waren sie das wirkungsvollste Mittel.

»Sind die Adler in der Luft?« fragte Ryn.

Elora richtete den Blick auf den Horizont und starrte ins Leere.

»Ja, beide. Anele kreist einige Meilen über uns, glaube ich. Bastian schwebt jenseits der Stadt durch die Lüfte. Und dann sehe ich noch einen Reiter am letzten Katarakt und einen zweiten eine halbe Tagesreise weiter entfernt und dann noch einen, der noch mal eine halbe Tagesreise weiter entfernt ist. Und sie alle reiten wie der Teufel.«

Jetzt drangen weitere Stimmen aus dem Hof zu ihnen herauf, und es entstand ein wahrer Tumult, als sämtliche Türen aufflogen und alle Studenten ins Freie stürzten, inklusive der Professoren in ihren dunklen Roben, die wie ein aufgescheuchter Ameisenhaufen hin und her rannten.

Dann hörte sie hinter sich die unregelmäßigen Schritte und den keuchenden Atem des Professors, der die letzten Treppenstufen hinaufgehastet kam, und sah auch Khory in ihren Stiefeln fast lautlos näher kommen.

»Was haltet ihr davon?« fragte Ryn und wandte sich an alle Anwesenden gleichzeitig.

Als erste sprach Khory, als ob sie schon lange auf diesen Augenblick gewartet hätte.

»Die Maizan sind da.«

13. Kapitel

Die Maizan waren beim Frühstück der einzige Gesprächsstoff. »Eine Delegation ist eingetroffen«, berichtete Duguay, als er und Elora zusammen mit Susanna und den übrigen Mitarbeitern an dem größten Tisch in der Taverne das Morgenmahl einnahmen. Als sie hier eingetroffen waren – erinnerte sich Elora –, war der Tisch jeden Morgen reich gedeckt gewesen: Es gab Platten mit Früchten und Käse, Salzgebäck und Brot, Marmelade, Haferflocken, Rosinen und Honig und dazu alles, was vom vorigen Tag noch auf dem Herd stand. Die Auswahl war heute genauso groß wie früher, doch es gab nicht mehr so viel von allem. Die Großhandelspreise stiegen, aber jeder wußte, daß man selbst mit einer Million nichts würde kaufen können, wenn auf dem Markt keine Lebensmittel mehr angeboten wurden.

»Um über Fragen des beidseitigen Handels und andere strittige Fragen zu diskutieren, die einem guten Einvernehmen noch im Wege stehen.«

»Sei ein bißchen sparsam mit dem Kaffee«, sagte Susanna, als Pilar sich die Tasse bis obenhin vollgoß.

»Oh, das ist nicht fair«, stöhnte die andere Frau. Für sie war Kaffee am Morgen genauso wichtig wie frische Luft zum Atmen, und meist begann für sie der Tag erst, nachdem sie ihre erste Tasse Kaffee getrunken hatte.

Susanna zuckte mit den Achseln. Um ihre Augen und ihren Mund waren die ersten Spuren von Erschöpfung und Anspannung sichtbar.

»Was kann ich dafür? Jedenfalls ist die Hochlandmischung inzwischen knapp …«

»Ausgerechnet mein Lieblingskaffee«, nölte Pilar.

»Und unser Vorrat geht demnächst zur Neige.«

»Ich dachte, die Straßen nach Süden sind noch offen«, bemerkte Elora.

»Die Straßen sind nach allen Seiten hin offen, jedenfalls größtenteils«, sagte Susanna, »aber was nützt das schon, wenn die Reisenden und die Zugtiere unterwegs erfrieren. Gerade ist wieder ein ganzer Wagenzug eingetroffen, nur leider haben sie nicht die Fracht mitgebracht, die wir brauchen. Kein Getreide dieses Jahr aus dem Hochland. Sind dort vom Frost überrascht worden und haben – wie es scheint – alles verloren.«

»Das Kanzleramt hat sich in einer Erklärung an den Rat und das Parlament gewandt«, fuhr Duguay jetzt fort, offenbar etwas beleidigt, weil man ihn nicht hatte aussprechen lassen, »derzufolge die diplomatischen Initiativen der vergangenen Monate angeblich Früchte getragen haben. Beide Parteien sehen mit Freuden einem Gedankenaustausch und einer raschen Lösung der anstehenden Probleme entgegen.«

»Wie zum Beispiel der Frage«, sagte Elora und schob sich das letzte Stück einer Orange in den Mund, »seid Ihr und Euer Volk noch immer entschlossen, um jeden Preis die Welt zu erobern?«

»Das klingt ein bißchen zynisch.«

»Über die Maizan kann man gar nicht zynisch genug sprechen.«

»Magst du sie etwa nicht, Elora?«

»Susanna«, sagte Pilar mit angsterfüllter Stimme, »wenn in diesem Jahr die Getreidelieferungen ausbleiben und wenn das Wetter so schlecht bleibt, daß die ganze Saat erfriert, was passiert dann nächstes Jahr? Von was soll die Stadt dann leben?«

»Was gibt's an denen schon zu mögen, Duguay?« fragte Elora herausfordernd. »Wir kamen, wir sahen, wir töteten, wir eroberten, und wer ist als nächster an der Reihe? So lautet in knappen Worten das Credo der Maizan, und nach diesem Grundsatz machen sie Politik. Natürlich sind sie bereit, mit anderen zu teilen – vorausgesetzt, der Sandkasten und das Spielzeug gehört ihnen, und nur ihre Kinder dürfen damit spielen.«

»Hat man dir das auf deinen Ausflügen zu den Katarakten in der Unterstadt oder zu den Vororten hier oben auf dem Tafelland erzählt, Elora?« entgegnete der Troubadour. »Oder an der Universität, wo du dich in letzter Zeit ständig rumtreibst?« fuhr er dann spitz fort. »Es gibt viel zu lernen, nicht? Und jeden Tag erfährt man was Neues, das den Horizont erweitert, wie?«

»Ich weiß nur, daß die Leute Angst haben.« Um ihren Worten Nachdruck zu verleihen, wies sie mit dem Kopf auf Pilar. »Und ich weiß, daß sie dazu allen Grund haben.«

»Dann bleiben nur zwei Möglichkeiten, Kleines.« Sie warf ihm einen wütenden Blick zu, um ihm zu bedeuten, daß ihr diese Anrede gar nicht paßte. Doch er lächelte nur selbstzufrieden und sagte: »Du wärst also dafür, daß die Gesandtschaft niedergemetzelt wird, sobald sie hier eintrifft?«

»Was würde das schon bewirken?«

»Hier in dem Artikel heißt es, daß die Maizan-Delegation von einer hochgestellten Kriegsfürstin angeführt wird.«

»Anakerie?«

»Genau. Wenn man ihr den Kopf abschlägt, würde das schon einiges bewirken. Würde sicher einige Zeit dauern, bis die Maizan Ersatz für sie finden, und wer weiß, ob ein solcher Nachfolger über ähnliche Qualitäten verfügt.«

»Ich nehme an, man hat ihnen freies Geleit zugesichert, und außerdem befinden sich beide Parteien ja nicht im Kriegszustand.«

»Das sind doch nur diplomatische Formalitäten«, seufzte Duguay mit gespielter Dramatik, als ob die ganze Mission nichts weiter als ein besserer Witz wäre, »formales Geplänkel, sonst nichts. Aber ich vermute, daß für Sandeni eine Liquidierung der Delegation nicht in Frage kommt.«

»Warum redest du so?«

»Ich tanze doch nur nach der Choreographie, die du vorgegeben hast, Kleines. Ich ziehe nur die Schlußfolgerungen aus dem, was du angedeutet hast. Wir können die Maizan doch nicht einfach ignorieren, und sicher werden sie nicht mir nichts, dir nichts wieder verschwinden, da hilft alles Wünschen nichts. Wenn wir sie aber nicht ins Jenseits befördern dürfen, dann gibt es nur eine Alternative: Wir müssen mit ihnen einen Handel abschließen.«

»Und damit wären wir am Ende unserer Weisheit angelangt.«

»Durchaus nicht. Zumindest muß das nicht so sein.«

»Welchen für Sandeni interessanten Handel könnte Mohdri denn schon anbieten?«

»Eine Sicherheitsgarantie wäre zum Beispiel kein schlechter Anfang.«

»Die Republik ist schließlich schon öfter bedroht worden, Duguay, und noch nie hat sie kapituliert.«

»Nehmen wir mal an, es gäbe nur die Alternative: Entweder die Stadt wird zerstört, oder aber die Heilige Prinzessin wird ausgeliefert.«

»Was?«

»Wenn die Stadt sie den Maizan übergibt, ist alles in Ordnung. Sollte die Heilige Prinzessin jedoch fliehen, droht Sandeni die Vernichtung. Ehrlich, Elora, würdest du als betroffene Bürgerin einem solchen Tausch zustimmen? Das Leben eines Menschen für das Überleben Tausender? Oder das Leben Tausender für das Überleben einer einzigen Prinzessin?«

»Das ist nicht besonders witzig, Duguay.«

»Kann sein. Aber amüsant. Und ganz sicher eine wichtige Entscheidung.«

Sie traute ihren eigenen Ohren kaum und wußte nicht recht, ob sie sich amüsiert geben, Duguays Ausführungen mit Schweigen quittieren oder ihm die Faust ins Gesicht pflanzen sollte. Die Entscheidung wurde ihr abgenommen, als sie zur Tür gebeten wurde, wo ein Gesandter des Ministeriums auf sie wartete. Er reichte ihr einen dicken Umschlag aus schwerem Pergament, auf dem das offizielle Siegel des Kanzlers prangte.

Sie brach das Siegel vorsichtig.

»Wir haben ein Engagement«, sagte sie, nachdem sie das

Schreiben überflogen hatte. »Die Regierung möchte, daß wir bei dem Staatsbankett auftreten, das zu Ehren der Maizan-Delegation ausgerichtet wird.«

Susanna und die übrigen Anwesenden fingen an zu klatschen und zu pfeifen und brachen in Jubel aus. Alle hoben die Gläser und stießen klirrend an. Duguay blickte so selbstgefällig drein, als sei dieses Engagement ganz allein ihm zu verdanken.

»Und wo findet das Bankett statt?« fragte er Elora, während er mit Glückwünschen überhäuft wurde und eine der Frauen ihm einen Kuß verpaßte.

»Im Haus des Handelsagenten der Cascani in Kinshire, einer Gemeinde am Ufer des Morar Sees.«

»Und, gehen wir hin, Kleines?«

»Verdammt noch mal, Duguay – den Abend würde ich für nichts in der Welt verpassen wollen.«

Die Eskorte, mit der Anakerie in Sandeni eintraf, war nach Eloras Erinnerung kleiner als jene, mit der Mohdri damals in Angwyn aufgekreuzt war. Ein inklusive Troß etwa hundert Mann starker Kavallerietrupp. Die Männer trugen Rüstung, Anakerie hingegen nicht, obwohl auch ihre Kleidung in den dunkelschimmernden, bernsteinfarbenen Tönen gehalten war wie die Panzer ihrer Begleiter. Sie ritt ihr Pferd, als ob sie mit ihm verwachsen wäre, und kommandierte ihre Männer mit souveränem Selbstvertrauen.

Die Jahre hatten bei ihr kaum Spuren hinterlassen, wie Elora durch Bastians Augen sah. Der Adler hielt einen respektvollen Sicherheitsabstand zu den Maizan und kreiste jenseits der Reichweite ihrer tödlichen Pfeile gemächlich am Himmel. Zwischen diesen beiden Rassen herrschte eine tödliche Feindschaft und ein absolut unversöhnlicher Haß, das wußte Elora nur zu gut. Unter den jungen Männern der Maizan galten die Federn eines goldenen Adlers als besonderer Ehrenschmuck des erfolgreichen Jägers. Auch kam es vor, daß sie einen gefangenen Adler rituell töteten und dessen Anima durch einen Zauber mit der Seele des Mörders verbanden. Die Adler betrachteten deshalb die Maizan als ihre Todfeinde und ließen keine Gelegenheit ungenutzt, sich blutig an ihnen zu rächen.

Anakerie hatte in den Jahren, in denen Elora sie gekannt hatte, nur selten gelächelt. Doch jetzt wirkte sie, als hätte sie das Lächeln vollends verlernt, und ihr Blick war so tief verhüllt, daß von ihrer Seele und von ihren Gedanken und Geheimnissen kaum etwas zu erahnen war. Sie war nicht sonderlich groß gewachsen, doch ihr Auftreten und ihre Haltung ließen sie dennoch stattlich erscheinen. Sie war schlank gebaut, verfügte allerdings über eine ungeheure Kraft, die in keinem Verhältnis zu ihren Körpermaßen stand. Doch noch weit wichtiger war ihre enorme Schnelligkeit, die es ihr gestattete, selbst körperlich weit überlegenen Männern auszuweichen. Ein einziger Hieb solcher Kämpfer hätte genügt, sie in Stücke zu schlagen, aber bevor sie diese Überlegenheit noch ins Spiel bringen konnten, waren sie bereits mausetot.

Schwarz ist keine Farbe für sie, konstatierte Elora kritisch. Anakeries leicht gebräunte Haut verströmte dafür zuviel Wärme, und ihr von feurig kastanienbraunen Strähnen durchzogenes mahagonifarbenes Haar war dazu zu lebhaft in seiner Wirkung. Der rötlich leuchtende Glanz von Anakeries Haar erinnerte Elora ausgerechnet an Ryn, dessen Fell sich durch die gleiche herbstliche Färbung auszeichnete. Die Haut über ihren Wangenknochen war fest gespannt, und die Falten, die ihre Augen und ihren Mund umspielten, waren tief eingegraben. Die Augen selbst blickten mißtrauisch und unruhig und suchte etwaige Feinde sofort auf Schwachstellen ab, stets auf einen Überraschungsangriff gefaßt oder berechnend, wann eine solche – von ihr selbst vorgetragene – Attacke am aussichtsreichsten war.

»Kann ich Euch vielleicht irgendwie helfen?« fragte der Professor.

Elora stieß vor Schreck einen spitzen Schrei aus, und Bastian stimmte unwillkürlich mit ein. Sie zappelte auf ihrem Stuhl, fuchtelte mit den Händen in der Luft herum und kappte mit einem mächtigen Ruck den mentalen Kontakt zu Bastian. Als die Verbindung langsam dahinschwand, entschuldigte sie sich überschwenglich bei dem Adler wegen des Kopfwehs, das dieser Schock dem großen Vogel – aber auch ihr selbst – verursachen mußte.

Sie blinzelte verwirrt und hatte dabei einen so starren Blick, daß man hätte glauben können, sie sei in höchster Panik, doch in Wahrheit war dies Starren nur ein Nachhall des Adlerblicks. Ein paar Sekunden lang saß sie reglos da. Ihre Hände umklammerten die Armlehnen des Stuhls, als ob sie glaubte, nicht loslassen zu dürfen, weil sie andernfalls direkt in die Lüfte aufsteigen, von der Erde abheben und bis ans Ende der Schöpfung fliegen würde. Einzig ihre Brust hob und senkte sich kaum merklich, als sie japsend nach Luft schnappte.

Doch dann beruhigte sich ihr Puls allmählich, und sie konnte wieder tief einatmen. Die Augen hielt sie geschlossen und traute sich kaum, sie zu öffnen, so sehr pochten ihre Schläfen, während sie unter der Schädeldecke tausend feine Nadelstiche verspürte. Sie entspannte ihre Hände, zuerst die eine, dann die andere, als ob das für sie etwas völlig Neues wäre. Der Professor, der neben ihr stand, hätte schwören mögen, daß sie vergessen hatte, wie man sich bewegt.

»Bitte nicht«, sagte sie schließlich, öffnete die Augen und lächelte – noch immer nicht ganz Herr ihrer selbst – dem Professor aufmunternd zu.

»Tut mir leid«, stammelte er verlegen, noch immer verwirrt von dem, was er soeben gesehen hatte, und weil er schreckliche Angst hatte, sie irgendwie verletzt zu haben, »tut mir *furchtbar* leid!«

»Schon in Ordnung. Könnte ich …« Sie hielt inne und schluckte und hustete, da ihr Kehlkopf noch völlig verklebt war und genauso schmerzte wie ihr Kopf. Dann räusperte sie sich, brachte jedoch nur ein Krächzen heraus. »Ein Glas Wasser, bitte.«

»Natürlich, meine Liebe, augenblicklich, sofort.« Auf einem Tisch in der Nähe stand eine Karaffe mit Wasser, das mit Minze aromatisiert war, genau, wie sie es liebte. Sie schüttete ein ganzes Glas auf einmal hinunter und ließ sich tief in ihren Stuhl sinken, weil sie hoffte, ein paar Minuten der Entspannung würden sie schon wieder auf die Beine bringen, damit sie etwas gegen ihre Schmerzen unternehmen konnte.

Die Bezähmung des Kopfwehs kostete sie mehr Mühe, als sie erwartet hatte. Erst als der Professor mit den leise klirrenden Teetassen zurückkehrte, bemerkte sie, daß sie eingenickt war. Wieder mußte sie blinzeln, als sie sich jetzt aus dem Stuhl erhob und den Schlaf von sich abschüttelte. Der Anblick des Serviertisches ließ sie unwillkürlich schmunzeln.

»Was ist das denn?« fragte sie ungläubig.

»Ihr wart so freundlich, mich zum Tee einzuladen«, sagte der Professor, »als wir uns zum erstenmal begegnet sind. Ich dachte, es sei höchste Zeit, diese Gefälligkeit zu erwidern.«

Vor ihr stand eine kostbare Silberkanne, neben der sich ein mit dampfendem Wasser gefüllter großer Steingutkrug etwas merkwürdig ausnahm. Ein Kännchen Milch, eine Dose Zucker und zwei Becher komplettierten das Gedeck. Daneben stand ein Tablett samt einem mit Marzipan glasierten Fruchtkuchen, der nicht nur zu seinen, sondern auch zu ihren Lieblingsspeisen gehörte. Das frische Teegebäck wurde mit Butter, dickflüssiger Sahne und diversen Konfitüren gereicht. Ferner gab es noch hübsch belegte Kanapees.

Er nahm seinen Tee mit Milch, sie bevorzugte das Getränk schwarz und mit Zucker. Als beide zufällig dasselbe Stück Fruchtkuchen nehmen wollten, mußten sie kichern und teilten sich das Stück, wobei Elora darauf achtete, daß der Professor die größere Hälfte erhielt.

»War der Einzug der Maizan eindrucksvoll?« fragte er.

Sie hob fragend eine Augenbraue, sagte jedoch nichts und tat sich lieber an dem köstlichen Kuchen gütlich, den sie mit einem Schluck Tee hinunterspülte. Sie hatte von Anfang an beschlossen, den Gelehrten ins Vertrauen zu ziehen, und Thorn hatte sie in dieser Absicht bestärkt. Außerdem hatte sich herausgestellt, daß Thorn und der Professor alte Bekannte waren, und so verbrachten sie, wenn ihre Pflichten es erlaubten, nachmittags oder abends regelmäßig ein paar Stunden miteinander, tranken Tee oder Weinbrand oder spielten Schach. Elora wiederum glaubte, daß der Professor ihr um so mehr von Nutzen sein könne, je mehr er über sie wußte.

»War nicht sehr schwierig, das zu erraten, meine Liebe«, sagte er, obwohl er sich auf seinen Scharfsinn durchaus etwas einbildete. »Schließlich seid Ihr nicht die einzige, die die Semaphore oben auf der Zitadelle beobachtet, deshalb wußte ich, wann sie eintreffen. Ich habe bemerkt, daß Ihr Eure Aufmerksamkeit von Zeit zu Zeit von der Außenwelt abzieht und offenbar mit einem anderen Menschen oder Lebewesen verschmelzt. Als ich Euch hier gesehen habe, dachte ich gleich, daß das auch jetzt wieder der Fall ist. Doch leider habe ich nicht begriffen«, sagte er reumütig, »welche Reaktion ich durch meine Störung verursachen würde. Doch nach den langen Stunden, die wir in den vergangenen Wochen miteinander verbracht haben und insbesondere in Anbetracht der vielen Dinge, die ich inzwischen über Euch selbst und das Schleiervolk erfahren habe, ist ein solcher Fehler natürlich unverzeihlich.«

»Schon in Ordnung. Weder Bastian noch ich haben einen bleibenden Schaden davongetragen. Eigentlich war es sogar meine Schuld. Denn im Grunde genommen hätte ich wirklich Wichtigeres zu tun. Schon in ein paar Tagen werde ich Anakerie von Angesicht zu Angesicht gegenüberstehen.«

»Ob das klug ist?«

Elora zuckte mit den Achseln. »Wieviel wißt Ihr eigentlich?« fragte sie.

Er sah sie an. »Soviel wie man durch Lesen, Fragen oder Intuition in Erfahrung bringen kann. Innerhalb dieser Wände sind so viele Informationen über die Großen Reiche gespeichert wie nirgends sonst auf dem ganzen Kontinent. Ja, ich behaupte, wie nirgends auf der ganzen Welt. Meine eigene und die Lebensarbeit zahlloser meiner Vorgänger – all das Lesen, Schreiben und Sammeln – wäre völlig umsonst, wenn sich daraus nicht irgendein praktischer Nutzen ableiten ließe.«

Während er so sprach, geschah etwas völlig Unerwartetes. Plötzlich standen Tränen in Eloras Augen. Als sie das Gesicht verzog, um ihre Rührung zu verscheuchen, nahm der Professor sie ebenso unbeholfen wie väterlich in die Arme.

»Ist ja gut«, sagte er immer wieder, so unsinnig die Worte auch in seinen eigenen Ohren klangen. Er wußte, daß sie weinte, und ihre stillen Tränen berührten ihn viel tiefer, als herzzerreißendes Schluchzen es vermocht hätten. Ihr Kummer und ihr Leid lagen offen zutage und schmerzten gewiß nicht weniger als Wunden, die man ihr mit scharfen Messern hätte zufügen können.

»Das einzige, was ich brauche, sind Antworten.« Sie schniefte, machte aber keine Anstalten, sich von ihm loszumachen.

Er nickte verständnisvoll. »Auf Fragen, die bisher noch niemand kennt.«

»Sieht ganz so aus, als ob der Betrüger alles weiß. Er hat einen Plan. Und wir improvisieren je nach den Umständen nur immer irgend etwas zusammen.«

»Ihr meint, wir reagieren nur und haben das Gesetz des Handelns nicht in der Hand.«

»Hm?«

»Nehmen wir als Beispiel doch einfach die Arbeit der Polizei, meine Liebe. Man kann entweder warten, bis das Verbrechen geschehen ist, und dann versuchen, die Übeltäter aufzuspüren. Oder aber – was allerdings etwas schwieriger ist – man bemüht sich herauszufinden, was die Leute zu solchen Verbrechen motiviert, und sucht dann nach einem Weg, solche Dinge zu verhindern, noch bevor sie geschehen.«

»Meint Ihr, man sollte versuchen, ihre Pläne zu verstehen?«

»Nein, meine Liebe, ganz so einfach ist das nicht. Wenn jemand stiehlt, weil er Hunger hat, sollte man ihm dabei helfen, sich seinen Lebensunterhalt selbst zu verdienen. In manchen Fällen muß man Kriminellen aber auch dabei helfen, ihre Selbstachtung zurückzugewinnen. Oder man zeigt ihnen durch Taten, daß einem das Gemeinwohl am Herzen liegt, und so gewinnt man ihre Achtung und ihr Vertrauen. Man hilft den anderen, damit sie einem notfalls ebenfalls helfen.«

»Es gibt so viele Leute, Professor, die von mir alles mögliche hören wollen«, sagte sie müde, machte sich von ihm los und kramte in ihren Taschen nach einem Taschentuch. Ihre Nase lief, und ihr Gesicht war so naß und gerötet, als ob jemand sie mit einem nassen Tuch geschlagen hätte. Sie machte eine hilflose Handbewegung. »Viele davon kenne ich nicht einmal, und noch weniger weiß ich, was sie eigentlich von mir wollen.«

»Elora.« Er sah ihr in die Augen. Sie erwiderte seinen forschenden Blick, während er ihr mit den Daumen die Tränen von den Wangen wischte.

»Ja?«

»Gibt es denn sonst jemanden, der diese Aufgabe übernehmen könnte?«

Sie schüttelte den Kopf und fühlte sich plötzlich wieder wie ein sechsjähriges kleines Mädchen.

»Tut mir wirklich leid«, sagte er mitfühlend.

»Manchmal möchte ich am liebsten einfach weglaufen und mich in meinem Bett verstecken und den Großen Reichen sagen, sie können mir gestohlen bleiben.«

»Kann ich gut verstehen. Diese Maizan, sind die wirklich so eindrucksvoll, wie man sagt?«

»Großgewachsen und mächtig aufgeputzt. Und ihre Rüstungen und die Pferde verstärken diese Wirkung natürlich noch. Wenn man sie kommen sieht, denkt man zunächst, daß die Wand über einem zusammenstürzt. Aber das ist nur ein Teil ihrer Wirkung.«

»Habt Ihr sie mit eigenen Augen gesehen, oder hat man Euch das erzählt?«

»Beides. Als ich mit Duguay in dem Fort am Oberlauf des Cascadel war, hielt dort der Kommandierende Oberst allabendlich beim Essen im Kreis seiner Untergebenen hof, und man kam sich fast vor wie in einem Seminar für Taktik.« Sie lächelte scheu. »Ich höre gerne zu. Und ich vergesse nicht so leicht, was ich gehört habe. Es gibt drei Divisionen berittener Maizan: die Panzerbrigade, die leichte Brigade und die Flügeltruppen. Der Trupp, mit dem Anakerie hier eingetroffen ist, besteht aus Panzerbrigadieren. Sie haben ungefähr die Funktion eines Vorschlaghammers und greifen den Gegner mit aller Wucht in der Mitte an. Bei der leichten Brigade steht die Schnelligkeit im Vordergrund. Die Angehörigen dieser Truppe tragen statt massiver Rüstungen nur Kettenhemden und haben schnellere Pferde und leichtere Speere und machen sich die von den Panzerreitern in den feindlichen Linien eröffneten Lücken zunutze. Die Flügelreiter wiederum haben in erster Linie die Aufgabe, Unruhe zu stiften. Die Hauptwaffe dieser Männer ist der Bogen. Sie dienen vornehmlich als Kundschafter, starten kurze Attacken und ziehen sich dann blitzschnell wieder zurück. Sie richten unter den Feinden möglichst viel Verwirrung an, damit der Gegner den Überblick verliert und nicht mehr genau weiß, was sich eigentlich abspielt, bis es zu spät ist, oder sie reizen den Feind zu irgendwelchen unüberlegten, dummen Reaktionen.

So jedenfalls gehen die Maizan in der offenen Feldschlacht vor. Und genau hier liegt nach allgemeiner Auffassung ihre eigentliche Stärke. Doch das ist etwa so, als würde man einem erstklassigen Bogenschützen unterstellen, er könne nicht mit dem Schwert umgehen. Oder besser noch«, bei dem Gedanken an Luc-Jon huschte unwillkürlich ein Lächeln über ihr Gesicht, »als würde man behaupten, ein Junge vom Land mit rustikalen Manieren könne es niemals zum Schreiber bringen.«

»Die meisten würden daran wohl tatsächlich zweifeln«, entgegnete er.

»Da habt Ihr's. Doch die Hauptstärke der Maizan besteht nicht nur darin, daß sie so ungeheuer schnell sind und mit solcher Wucht zuschlagen, sondern daß sie sämtliche Kriegskünste perfekt beherrschen. Sie haben Ingenieure und eine ausgefeilte Belagerungstechnik, und sie sind auch als Infanteristen brandgefährlich. Doch da dies nicht dem allgemeinen Bild entspricht, das man sich von ihnen macht, werden ihre diesbezüglichen Fähigkeiten einfach nicht zur Kenntnis genommen.«

Sie saß mit angezogenen Beinen in ihrem Stuhl und rührte den Becher, der vor ihr stand, kaum an, so daß ihr Tee inzwischen fast kalt geworden war. Der Professor nahm das Gefäß, um ihr von dem Getränk nachzugießen.

Während er damit beschäftigt war, betrachtete Elora den runden Flecken Kondenswasser, den der Becher auf der Tischplatte zurückgelassen hatte. Ohne eine bewußte Absicht beschrieb sie mit dem Finger zweimal einen Kreis um die feuchte Stelle.

»Was seht Ihr?« wollte der Professor wissen.

»Erde, Luft, Feuer und Wasser«, murmelte sie, wie sie es schon so oft für sich selbst getan hatte, und in ihrem Geist formte sich ein Bild, als sie jetzt die Kardinalpunkte des höchsten Kreises mit dem Finger berührte. »Die Großen Reiche des Weltkreises. Daneben der Kreis des Fleisches: Daikini, das Kleinere und das Größere Feenland, ich bin mir nicht ganz sicher. Und jenseits davon: der Kreis des Geistes, von dem ich nur weiß, daß dort die Drachen zu Hause sind.«

»Was wißt Ihr noch von Eurer Inthronisation?«

»Ich sehe nur einen blinden Flecken.« Sie schüttelte den Kopf. Ich hab' schon so oft allein oder mit Thorns Hilfe vergeblich mein Gedächtnis erforscht. Sollten die Bilder noch dort sein, dann hat er jedenfalls keinen Zauber gefunden, um sie hervorzulocken.« Sie schnaufte zornig. »Jedenfalls ist meine Immunität gegen magische Übergriffe nicht nur von Vorteil.

Inzwischen glaube ich nicht mehr, daß die Bilder noch in meinem Gedächtnis sind, jedenfalls nicht in jener verständlichen Form, durch die sich normale Erinnerungen auszeichnen. Der Betrüger hat mich übel zugerichtet.« Sie wies mit den Händen auf sich selbst. »Wie man leicht sehen könnte, wenn Duguay mir nicht diese Schminke aufgelegt hätte. Und dabei hat der Betrüger auch den Großteil meiner Erinnerungen zerstört. Außerdem war ich damals völlig geblendet von ihm und hatte nur noch Augen für ihn. Zwar kann ich mich noch an Anakeries Vater erinnern, aber ich wüßte nicht mehr, wie der Mann aussah, der mir das Leben gerettet hat. Das gilt auch für Cherlindrea. Das einzige Gesicht, das ich noch genau vor mir sehe, ist das des Drachen.« Sie verzog plötzlich das Gesicht, nahm einen kräftigen Schluck Tee und schnappte nach Luft, als das heiße Getränk ihr die Kehle verbrannte.

»Kieron Dineer. Und der Betrüger hat ihn getötet«, fuhr sie dann fort.

»Ist so etwas denn überhaupt möglich?«

»Verlaßt Euch auf mein Wort. Ich war schließlich dabei.«

»Um ehrlich zu sein, ich glaube nicht so recht an ihre Existenz.«

»Wie könnt Ihr daran zweifeln in einer Welt, in der es von den Bewohnern des Großen und des Kleinen Feenlandes nur so wimmelt, ganz zu schweigen von Zauberern in allen Variationen?

Vertraut mir, Professor. Drachen gibt es wirklich. Und außerdem sind sie sterblich, jedenfalls in ihrer körperlichen Erscheinung. Allerdings kann ich auch zu Kierons Geist keinen Kontakt herstellen – merkwürdig.« Sie nahm einen kleinen Schluck, während ein ganz neuer Gedanke in ihr aufstieg. »Ich habe bisher noch nie darüber nachgedacht, aber niemand hat uns je miteinander bekannt gemacht – Kieron und mich. Doch woher weiß ich dann seinen Namen? Jedenfalls«, da ihr keine Antwort einfiel, sprach sie einfach weiter, »verfolgt er mich in meinen Träumen. Wir befinden uns dann immer auf dem Elfenberg, und er bittet mich unaufhörlich, ihn nochmals umzubringen.« Wieder kam ihr ein Gedanke, und sie legte eine längere Pause ein und zog die Stirn in Falten. »Und jedesmal ist Duguay dabei und mischt sich ein.«

»Euer Partner, der Troubadour?«

»Ihr mögt ihn also auch nicht?«

»Ich schaue Leuten gerne in die Augen, meine Liebe. Und es irritiert mich, wenn das nicht möglich ist.«

Sie trommelte wieder mit den Fingern auf dem Tisch, kehrte noch einmal zum Ausgangspunkt des Gespräches zurück und zeigte auf die Kardinalpunkte, die sie unten und links auf dem Kreis markiert hatte. »Ich weiß noch, daß bei der Inthronisationsfeier auch Tiere zugegegen waren. Nein, Augenblick, genaugenommen waren es Leute, die sich als Tiere verkörpert hatten. Ja, das klingt plausibel. Schließlich ist der eine Kreis die Welt selbst, und der nächste steht für das, was *auf* der Erde lebt. Das Fleisch. Die Daikini bilden ein Reich, deshalb ist ihr Platz auf dem zweiten Kreis. Oder kommen vielleicht zuerst die Tiere? Das würde einiges erklären.«

»Besonders überzeugt klingt Ihr allerdings nicht.«

»Bin ich auch nicht, ehrlich gesagt. Kommt mir vor, als ob ich plötzlich *zu viele* Einzelteile für das Puzzle in den Händen hielte. »Die Daikini gehören auf jeden Fall dazu. Dann das Kleine Feenland – Brownies, Feen, Nelwyns, Trolle, Boggarts und dergleichen. Dann das Große Feenland mitsamt den Reichen von Elfland. Ja, sie alle gehören dazu.«

»Dann würden Eure Tiere den Kreis komplettieren.«

»Nein, das tun sie nicht.« Mit jedem Wort, das jetzt aus ihrem Mund hervorsprudelte, klang ihre Stimme fester und überzeugter. Ihr war plötzlich etwas aufgegangen. »Die Tiere sind Kreaturen der Welt, genau wie die Daikini durch und durch Geschöpfe dieser Welt sind. Sie sind nur *Teile* eines Reiches und nicht das Reich selbst, genau wie die Brownies, die Feen und die Nelwyns nur Untergruppen im Kleinen Feenland bilden. Ich hab' so etwas schon mal zu Rool gesagt, allerdings ohne die Bedeutung meiner Worte selbst richtig zu begreifen. Sie hätten also bei meiner Inthronisation in dieser Form gar nicht auftreten dürfen, aber offenbar ging es darum, sämtliche zwölf Kardinalpositionen des Großen Kreises zu besetzen, doch niemand wußte um die wahre Ordnung – oder das *Wesen* – der Dinge. Verstehen Sie, Professor?«

Wieder zeigte sie auf den Kreis, und ihre Stimme und Körperhaltung bezeugten gleichermaßen ihre Erregung. »Fangen wir mit der Welt an, und nehmen wir dann die Sphäre des Fleisches: Die Daikini sind ganz und gar von dieser Welt, das Kleine Feenreich gehört zwar hauptsächlich ebenfalls zu dieser Welt, steht aber gewissermaßen mit einem Fuß jenseits des Schleiers. Das Große Feenreich gehört eigentlich der Sphäre jenseits des Schleiers an, ist aber gleichzeitig mit einem Fuß der Welt verhaftet. Doch muß es auch noch etwas oder jemanden geben, der gänzlich der Sphäre *jenseits* des Schleiers angehört und diese gewissermaßen als Sprungbrett in den nächsthöheren Kreis benutzt, der mit dem Fleisch und der Welt einzig durch den Geist verbunden ist, wie schon der Name sagt.«

»Und das heißt?«

»Wir stehen vor einem unergründlichen Mysterium, nur daß an irgendeinem Punkt die Drachen ins Spiel kommen.«

»Vielleicht sind sie ja das fehlende Verbindungsglied?«

Sie schüttelte den Kopf. »Nein. Drachen und Dämonen stehen außerhalb sämtlicher Wirklichkeiten, sie sprengen alle Regeln und Gesetze. Deshalb treten sie nur in unseren Träumen in Erscheinung ...« Sie verstummte, ließ sich tief in ihren Stuhl sinken und zeigte dann auf sich selbst.

»Wofür ich das beste Beispiel bin. Die Kreise sind ein großes Bild«, fuhr sie dann fort. »Und ich scheine immer nur darin umherzuirren.«

»Vielleicht würde Euch ein weiteres Stück Kuchen guttun.«

Sie nahm sein Angebot an und versank sogleich wieder in Gedanken. Dann stand sie auf, zog ihr Schwert aus der Scheide und vollführte ein wildes Schattengefecht, während der Professor mit weitaufgerissenen Augen dasaß.

Als sie damit fertig war, applaudierte er ihr, bis sie ihm mit dem Kopf bedeutete, er solle damit aufhören.

»Einfach großartig«, rief er protestierend.

»Khory ist großartig«, entgegnete sie. »Ich kämpfe akzeptabel, doch von wahrer Meisterschaft bin ich meilenweit entfernt.« Plötzlich fiel ihr etwas ein. »Wie der Großvater eines Freundes von mir. Er hat gesagt ...«

»Was denn?« drängte der Professor.

»Tut mir leid«, sagte sie hastig, legte das Schwert beiseite und ging steifbeinig zu dem Bücherregal hinüber, das sie für ihren Eigenbedarf reserviert hatte. »Es geht dabei um eine Geschichte«, erklärte sie über die Schulter gewandt,

»die ein Freund mir erzählt hat. Über die sagenhafte Rasse der Malevoiy.«

»Hm. Schwarzer Ledereinband«, rief der Professor plötzlich. »Fast so groß wie Ihr – mit ziseliertem Silber verziert und drei Lederriemen. Noch ein Stück weiter links in der Ecke dort drüben.«

»Ich hab's!« rief sie jubelnd und schleppte das schwere Buch stöhnend zum Tisch hinüber.

»Was wohl in diesem Ledereinband stecken mag«, sagte sie, »vielleicht Blei?«

»Ich bin erstaunt, daß Ihr niemanden habt, der Euch helfen könnte.«

»Die anderen arbeiten heute abend alle für Thorn, selbst die Brownies. Und Duguay ist nach Kinshire hinuntergefahren, um dort wegen unseres Auftritts mit dem Handelsagenten zu reden.«

»Die alten Schreiber wußten schon, wie man die Leute daran hindert, Bücher zu stehlen. Wenn ich ein Dieb wäre, würde ich mir jedenfalls etwas aussuchen, was man auch tragen kann, und keine Beute, die genauso schwer ist wie ich selbst.«

Nachdem sie die Lederriemen gelöst hatten, hoben sie mühsam den knarrenden Buchdeckel an. Elora seufzte auf, doch nicht etwa aus Erschöpfung, sondern weil die Schrift nicht zu entziffern war.

Der Professor rückte seine Brille zurecht, bis sie vorne auf seiner Nasenspitze saß, und studierte dann aufmerksam das erste Blatt – wohl das Inhaltsverzeichnis –, wobei er völlig unverständliche Sätze von sich gab, die Elora ganz verrückt machten. Doch dann stieß er einen Freudenschrei aus und blätterte einen dicken Packen Seiten auf einmal um.

»Da haben wir es ja«, rief er und fragte Elora dann: »Was hat Euer Freund über die Malevoiy erzählt?«

Sie dachte kurz nach, um nichts Falsches zu sagen. »Daß sie noch aus erster Hand über den Anfang der Welt berichten können, daß aber seit ewigen Zeiten niemand mehr bei ihnen angefragt hat.«

»Interessante Formulierung.«

»Wieso?«

»Angeblich, so heißt es hier jedenfalls, waren sie die ersten Lebewesen, die vollständig hinter dem Schleier verschwunden sind.«

»Was heißt das – verschwunden. Aus der Welt?«

»Könnte das nicht auch der Grund dafür sein, weshalb die Reiche durch Kreise miteinander verbunden sind? Weil ihr Zustand sich ändern kann? Oh, das wäre wirklich köstlich, wenn die Hochelfen aus dem Großen Feenland sich plötzlich diesseits des Schleiers wiederfinden würden. Geschähe ihnen ganz recht in ihrer Arroganz.«

»Professor, wißt Ihr eigentlich, was im Grenzland los ist? Die Hochelfen haben die dortigen Siedlungen verwüstet. Angenommen, sie empfinden ein Dasein diesseits des Vorhangs gar nicht als Verbannung, sondern sind von sich aus auf Eroberung aus?«

»Also, das wäre für beide Seiten außerordentlich unangenehm. Die Malevoiy sind die ältesten Bewohner des Feenlands«, sagte er dann plötzlich und hob die Augenbrauen. »Und sie sind auf ihrer Seite des Schleiers offenbar nicht minder gefürchtet als manche der Schleierleute hier auf unserer. Könnte es vielleicht sein, daß die Dämonen bei ihnen ihren Ursprung haben?«

»Soll das heißen, Ihr könnt die Zeichen dort lesen?«

Ja, das konnte er tatsächlich, und so beugte er sich bis tief in die Nacht über das Buch, während der Tee kalt und der Kuchen immer trockener wurde. Die Lektüre brachte ihn auf weitere Einfälle, so daß er in ein anderes Stockwerk eilte, um in irgendwelchen Büchern einen Satz nachzuschauen, der ihm plötzlich wieder in den Sinn gekommen war, während Elora in ihren eigenen Notizen und Tagebuchaufzeichnungen nach weiteren Hinweisen suchte. Sie wußte selbst nicht so genau, ob es sie mehr erschreckte, daß ihr trotz ihrer vielen Arbeit in diesen Mauern bisher so vieles unverständlich geblieben war, oder daß sie in den vergangenen Wochen so vieles herausgefunden hatte.

Als der Professor zurückkehrte, sah er, daß Elora tanzte

und dazu eine Melodie summte, in die sie immer wieder – ihm bereits aus ihren Nachforschungen bekannte – Sätze einstreute. Diesmal unterbrach er sie nicht.

Sie erschien ängstlich und verlegen, als sie ihn aus den Augenwinkeln erblickte. »Als Kind«, sagte sie hastig, »durfte ich *gar nichts* tun. Ich bewege mich nun einmal gerne, weil das die Verbindung zwischen meinem Geist und meinem Körper verstärkt, ungefähr so wie meine EinSicht es mir gestattet, mit Bastian zu verschmelzen. Manchmal überkommt mich beim Tanz eine Inspiration.«

»Und wie sieht's damit heute aus?«

»Ich arbeite noch daran. Und was ist mit Euch?«

»In den Malevoiy-Texten ist von einem Welttor die Rede, und Ihr werdet nie darauf kommen, wo es sich befindet.«

»Sagt bloß nicht, hier irgendwo in diesem Gebäude.«

»Wäre doch ganz praktisch.«

»Wollt Ihr damit sagen, es befindet sich tatsächlich hier in dem Gebäude?«

»Um alles in der Welt, wie kommt Ihr denn darauf? Nein, es befindet sich in der Umgebung von Sandeni, hoch oben auf dem Plateau. Aber das war natürlich vor ewigen Zeiten, als die Malevoiy noch auf beiden Seiten des Schleiers lebten.«

»Allerdings haben sich inzwischen die Ley-Linien verändert, deshalb wird das Tor doch bestimmt nicht mehr aktiv sein – oder?«

Er seufzte tief. »Keine Ahnung. Aber ich habe noch etwas anderes entdeckt.«

Der Band, den er in den Händen hielt, war längst nicht so beeindruckend wie die Malevoiy-Chronik. Der Einband und etliche Seiten waren zerrissen, und das Buch war einmal völlig durchnäßt worden.

»Wir hatten hier mal 'ne Überschwemmung«, sagte der Professor entschuldigend. »Die ganzen Lagerräume unten im Keller sind damals überflutet worden. Ein furchtbares Chaos. Aber schaut einmal, was ich hier habe.« Er zeigte auf eine Illustration. »Was haltet Ihr davon?«

»Ein Daikini-Volkstanz – ein Ländler, glaube ich. Ein schlichter Tanz, was soll damit sein?«

»Aber schaut doch nur einmal die Illuminationen an den Rändern genau an, Elora. Ich weiß, die Farbe ist inzwischen verblaßt, trotzdem weiß ich genau, was ich sehe. Ist das nicht der Rahmen eines Welttors?«

Ihr stockte der Atem, und sie mußte sich an der Tischkante abstützen, um nicht umzufallen. Der Professor spürte sogleich ihre Not, legte den Arm um ihre Schultern und zog sie liebevoll an sich. Dabei fiel ihr auf, daß sie ungefähr gleich groß waren.

Ohne sich aus seiner Umarmung zu lösen, beugte sie sich über den Tisch und schnappte sich das ›Bestiarium‹, das Luc-Jon ihr geschenkt hatte. Sie schlug, ohne zu zögern, die richtige Seite auf und legte das offene Buch neben den Band mit den Illustrationen, den der Professor vor ihr ausgebreitet hatte.

Das in ihrem Buch abgebildete magische Zeichen war dasselbe wie das am oberen Rand des Bandes mit den Illustrationen. Und es war – unauslöschlich in Eloras Gedächtnis eingebrannt – genau dasselbe magische Siegel, das auf Carigs Welttor gewesen war.

»Findet sich in dem Buch ein Name oder ein Hinweis auf irgendein dazugehörendes Wesen?« fragte sie.

»Ich glaube, es handelt sich ganz einfach um eine unterhaltsame Geschichte.« Der Professor wiegte skeptisch den Kopf. »Es ist darin von einem jenseitigen, allerdings ganz und gar nicht feindlichen Wesen die Rede. Einem uns durchaus wohlwollenden Wesen, das man als eine Art schöpferische Kraft bezeichnen könnte.«

»Und der *Name*«, drängte sie.

»Es wird hier als Herr des Tanzes bezeichnet. Augenblick.« Die Stimme des Professors klang belegt, als er jetzt in dem Buch weiterblätterte. »Vielleicht war ich etwas voreilig.«

»Was soll das heißen?«

Die diese Seite umrahmende Illumination war identisch mit der davor, wenngleich sie deutlich stärker beschädigt war. Auch in der Illustration selbst waren zahllose Details nicht mehr genau auszumachen. Doch soweit es noch zu erkennen war, vermittelte sie einen völlig anderen Eindruck als die Illustration davor. Erstere war die Darstellung von zelebrierter Freude, während diese hier unvorstellbaren Schrecken ausdrückte, so daß beide Abbildungen in ihrer Wirkung nicht entgegengesetzter hätten sein können.

»Welche der beiden ist es?« fragte Elora. »Als ich dieses Siegel zum erstenmal gesehen habe, stand es für ein Wesen, das als Kraft der Zerstörung herbeigerufen wurde. Doch Ihr habt mir gerade etwas völlig anderes erzählt, nämlich daß es eine schöpferische Kraft ist.«

»Kann es nicht beides sein?«

»Ich weiß es nicht!« rief sie verzweifelt und bedauerte sogleich ihren Ausbruch.

»Die Reiche existieren innerhalb der Kreise, und die verschiedenen Domänen wiederum sind Bestandteile der Reiche, das ist nun einmal die Struktur der Dinge.«

»Versucht, das einem Dämon zu erzählen. Für die gibt es nichts Verhaßteres als Strukturen.«

»Das Chaos ist ein natürlicher Zustand. Doch ist es deshalb schon ein eigenes Reich oder eine eigene Domäne?«

»Wir wissen, daß die Drachen ein Reich bilden«, sagte sie. »Warum sonst hätte Kieron bei meiner Inthronisation zugegen sein sollen?«

»Soweit ich diesem Buch hier entnehmen kann, spricht nichts dafür, daß es sich nur um ein einziges Wesen handelt.«

»Hm?«

»Um das zu tun, was seine Bestimmung ist, braucht der Herr des Tanzes einen Partner.«

»*Hier* bist du«, rief Duguay, der oben auf der Wendeltreppe stand, fröhlich zu ihnen herab. »Ich habe dich schon überall gesucht, Kleines.«

Sein Lächeln war so strahlend wie ein Sonnenaufgang im Frühling und erfüllte den Raum mit einer Wärme und einem Glanz, wie man ihn seit Beginn des verfrühten Wintereinbruchs in Sandeni nicht mehr gesehen hatte und vielleicht nie wieder erleben würde.

Elora bemerkte es nicht einmal. Endlich, nach so langer Zeit, traf ihr Blick den seinen und hielt ihn fest.

Man hatte das Cascani-Haus sowohl für das Bankett als auch für die politischen Gespräche ausgewählt, denn sämtliche beteiligten Parteien betrachteten den Ort als neutralen Grund und fühlten sich dort vor Angriffen sicher. Die Cascani galten aber nicht nur wegen ihrer Ehrlichkeit und Fairneß in Geschäftsdingen als ideale Gastgeber, sondern vor allem, weil ihre Regeln der Gastfreundschaft jedem Fremden zugute kamen. Solange Fremde unter ihrem Dach weilten und nicht gegen die Regeln der Gastfreundschaft verstießen, hatten sie nichts zu befürchten. Dies war für die ansässigen Handelsherren der Cascani nicht nur eine Frage der wirtschaftlichen Prosperität, sondern auch der Ehre, und wenn es sein mußte, standen sie sogar mit ihrem Leben für das Wohlergehen ihrer Gäste ein.

Truppen aus Sandeni nahmen entlang der Mauer, die das große herrschaftliche Anwesen umgab, und auf dem ausgedehnten Platz vor dem Haupteingang Aufstellung. Das Haus selbst stand oben auf einer Anhöhe, die wie ein Zahn aus der Landschaft herausragte und einen herrlichen Ausblick auf die Gegend östlich der Wand und die Wasserfälle mitsamt den Katarakten bot. Anders als die meisten derartigen Herrschaftshäuser, die parallel zu dem nach vorne hin gelegenen Vorplatz angelegt sind, berührte dieses Gebäude den Vorplatz nur mit der Schmalseite. Deshalb betrat man die Empfangsräume auch nicht von einer zentralen Halle aus, sie waren vielmehr rechts und links eines langgestreckten Ganges angeordnet. Das Gebäude mit seinen hoch aufstrebenden Fenstern verstärkte noch den ästhetischen Gesamteindruck, den die Anlage hinterließ. Allerdings war das Haus nur schwer zu beheizen, was sich besonders angesichts des ungewöhnlich harten Winters als überaus schwierige Aufgabe erwies. Die beiden riesigen Öfen in dem offiziellen Speisesaal, die durch Warmluftschächte auch die übrigen Räume beheizten, wurden deshalb Tag und Nacht mit Unmengen von Brennmaterial gefüttert.

Beamte der Polizei von Sandeni bewachten gemeinsam mit den Männern der Cascani-Garde das große Eingangstor, während der Hauseingang selbst von Maizan kontrolliert wurde. Insgesamt herrschte eine Atmosphäre sachlicher und routinierter Geschäftigkeit. Zwar traute niemand den Maizan so recht über den Weg, und jeder hielt stets – wenn auch möglichst unauffällig – sein Schwert, sein Messer oder seine Keule griffbereit, doch besaßen alle Beteiligten genügend Takt, um von irgendwelchen provozierenden Kommentaren oder allzu aufdringlichem Interesse Abstand zu nehmen. Und so konnte man immer wieder hören: »Der Löwe gibt sich zwar lammfromm, hat aber seine Reißzähne nicht verloren.« Und niemand wollte sich mit diesen Reißzähnen anlegen, auch nicht durch einen dummen Zufall.

Elora trug ihr Lederkostüm und hatte ihren karierten Kriegsmantel in Hochländermanier über die Schulter geworfen. Von Duguay begleitet, überquerte sie mit den federnden Schritten einer Löwin den großen Vorplatz, als ob sie die Herrscherin des Landes wäre. Als sie aus dem Halbdunkel vor das von Fackeln hell erleuchtete Tor trat, richtete sich augenblicklich die Aufmerksamkeit sämtlicher Anwesenden nur mehr auf sie.

Das Essen, das bei dem Bankett gereicht wurde, war vorzüglich, und Anakerie erwies sich als überaus charmanter Ehrengast. Sie saß gemeinsam mit dem Kanzler und dem Leiter der Cascani-Faktorei an einer erhöhten Tafel, während ihre Offiziere an den anderen Tischen gemeinsam mit den Vertretern des Rates, des Parlaments, der Wirtschaft, des Handels, des Bankwesens und den Repräsentanten des diplomatischen Corps sowie anderen einflußreichen Bürgern dinierten.

So streng sie auch während ihres Einzugs in die Stadt erschienen war, an diesem Abend bestach Anakerie durch ihre Eleganz und ihren Charme. Normalerweise trug sie ihr Haar, damit es sie im Kampf nicht störte, zu einem dicken Zopf geflochten, der ihr bis auf die Schultern herabhing. Heute abend hingegen trug sie es offen und hatte es von der rechten Seite über den Kopf drapiert, so daß es in seiner ganzen Fülle und Farbenpracht auf ihre linke Schulter und Brust herabfiel. Ihre Stirn war mit einem Silberreif geschmückt, der in ihrer Familie schon seit Generationen von der Mutter an die Tochter weitergereicht worden war. Die einzige Verzierung daran war ein verschlungenes Siegel mit vier kostbaren Edelsteinen. Ein Rubin, ein Smaragd und ein Saphir bildeten ein Dreieck, in dessen Zentrum ein facettenreicher, feingeschliffener Diamant funkelte. Das aus verschlungenen Elementen gebildete Siegel selbst war wegen seiner geringen Größe schwer zu erkennen, erwies sich jedoch bei näherer Inspektion als ein Arrangement sich überschneidender Kreise.

Nur Anakerie selbst wußte, daß es sich um eine überaus kunstvoll gearbeitete Nachbildung handelte. Das Original hatte sie Thorn zur Aufbewahrung gegeben, nur ein weiterer Beweis ihrer tiefen Verbundenheit, auch wenn keiner der beiden darüber je ein Wort verlauten ließ.

Um den Hals trug sie nach Maizan-Tradition einen offenen goldenen Reif, der ihren Rang und ihre Liebe zu dem Kastellan bezeugte. Es hieß, wer diesen – ewige Lehnstreue und Verbundenheit versinnbildlichenden – Schmuck einmal angelegt habe, könne ihn nie mehr entfernen. Die beiden Enden des Reifs waren mit zwei kostbaren feurigen Rubinen besetzt, deren wahre Leuchtkraft erst durch die Körperwärme der Trägerin voll entfacht wurde. In einem hell erleuchteten Raum kam diese Wirkung nicht so sehr zur Geltung, aber im Halbdunkel funkelten die Steine wie Raubtieraugen.

Ferner trug Anakerie ein schulterfreies, ebenso elegantes wie bequemes langärmeliges Kleid, das ihren schlanken Hals betonte und bis zum Brustansatz ausgeschnitten war. Es brachte ihren schön gewachsenen Körper äußerst vorteilhaft zur Geltung. Die Robe erstrahlte – wie aus Kristallfäden gewebt – in glitzerndem Blau. Und so funkelte die ganze Frau je nach Lichteinfall in allen Tönen des Farbspektrums.

Alle Anwesenden zeigten sich, wie es dem Anlaß entsprach, von ihrer besten Seite. Jeder verbarg seine wahren Gefühle hinter einem lächelnden Gesicht und undurchdringlichen Augen und widmete sich nach besten Kräften der Konversation. Das Lachen klang echt, da viele der Anwesenden sich auf die Kunst der Unterhaltung verstanden und genau jenen scherzhaften Ton trafen, den die Situation verlangte. Selbst die erbittertsten Feinde fanden immer wieder gemeinsame Themen, sei es die Pferdezucht oder die Wildschweinjagd, oder wenn alle Stricke rissen, das Wetter. Und in diesem Zusammenhang schlug den Maizan sogar ein gewisses Mitgefühl entgegen. Denn so unerbittlich der Winter Sandeni auch in seinen Würgegriff genommen hatte, war man doch allgemein der Auffassung, daß er draußen im Gebirge noch weit gnadenloser gegenüber Mensch und Tier sein müsse.

Dann wurde das Essen serviert, und beide Seiten waren bemüht, durch launige Trinksprüche die Atmosphäre aufzulockern. Das Geplauder an den Tischen, besonders an der erhöhten Tafel, an der Anakerie und der Kanzler von Sandeni plaziert waren, diente dazu, einander kennenzulernen und ein angenehmes Klima für die bevorstehenden Verhandlungen zu schaffen. Doch redete man noch nicht über konkrete Standpunkte oder Bedingungen, sondern vermied tunlichst jegliche Anspielung auf die bevorstehenden Gespräche. Zunächst einmal kam es einzig darauf an, sich näherzukommen. Der Kanzler und Anakerie waren sich noch nie begegnet, kannten sich also nur vom Hörensagen, und so kam es zunächst einmal darauf an zu ergründen, wie der künftige Verhandlungspartner eigentlich dachte. Ließ sich der andere eher von Eingebungen oder von nüchternen Erwägungen leiten, zeichnete er sich durch statische Ruhe aus, oder neigte er zu Gefühlsausbrüchen? Würde die andere Seite in den Verhandlungen überlegt zu Werke gehen wie bei einem Schachspiel oder es mit einer Überrumpelungstaktik versuchen? Sagten ihnen die Regeln des Schachs überhaupt etwas, oder bevorzugten sie die Regeln, die beim Pokern gelten?

Man erkundigte sich auch diskret nach Mohdri. Er war bis zum Fall Angwyns Anführer der Maizan gewesen, hatte in den großen Schlachten wie in den nachfolgenden Verhandlungen stets das letzte Wort gehabt. Doch seither hatte man ihn kaum mehr gesehen.

Anakerie verzog das Gesicht zu einem sorgfältig einstudierten Lachen, das ihre wahren Gedanken und Gefühle vollständig verbarg. Drei Jahre war es jetzt her, daß sie Mohdri hatte fallen sehen, vom Geweih eines Hirsches aufgespießt und dann von dem Körper seines gestürzten, sterbenden Pferdes zermalmt. Seine Verletzungen waren zwar tödlich gewesen, doch bereits eine Stunde später sah sie ihn wieder auf den Beinen, wie er – offenbar vollständig genesen – seine Truppen dirigierte. Als sie dann in den Verließen unter dem Palast ihres Vaters erstmals Thorn Drumheller begegnet war, hatte dieser ihr erklärt, daß Elora Danans Leben, aber auch ihr eigenes Königreich einer tödlichen Bedrohung ausgesetzt seien. Doch sie hatte ihm nicht geglaubt. Als sie dann nach der Entscheidungsschlacht Mohdri ins Auge geblickt hatte und Elora und Thorn bereits geflohen waren, hatte sie begriffen, daß sie einer Maske ins Gesicht schaute. Zwar stand körperlich tatsächlich Mohdri vor ihr, jede Geste und jedes Wort wiesen ihn als den Mann aus, den sie einmal beinahe geliebt hatte, aber die Seele in diesem Körper, das war nicht er. Und sie begriff, weshalb Thorn seinen Widersacher den Betrüger nannte.

Obwohl er einen Körper und die weltliche Macht besaß, die damit einherging, machte sich der Betrüger diesen Umstand nur selten zunutze. Er überließ Anakerie sogar die Führung der Maizan, doch obwohl sie bereits als Kind in ihren Reihen Aufnahme gefunden hatte, was außer ihr keinem anderen Mädchen je gelungen war, und sich in zahlreichen Feldzügen hervorgetan hatte, mußte sie ihre Fähigkeiten immer wieder unter Beweis stellen. Doch darüber war sie im Grund genommen sogar froh. Denn die Kämpfe, die sie ein ums andere Mal auszufechten hatte, gaben ihr Gelegenheit, wenigstens einen Teil jener Wut und jenes Kummers über den Verlust ihrer Stadt und ihres Vaters auszuleben, die sie noch immer zu verzehren drohten.

Sie zeichnete für diese Verhältnisse nicht verantwortlich, aber sie schwor sich, die Zahl der Menschen, die unter ihren

Aktivitäten zu leiden hatten, so gering wie eben möglich zu halten. In der Vergangenheit waren die Maizan zwar erfolgreiche Eroberer, aber um so schlechtere Herrscher gewesen. Meist hatten sie aus Unwissenheit und schlichter Dummheit binnen kurzem wieder verloren, was sie durch Kampfesmut errungen hatten. Sie ging nun daran, das zu ändern. Sie etablierte ein Rechtssystem, das niemanden zurücksetzte, und wählte Krieger aus, die dafür sorgten, daß diese Vorschriften allgemein befolgt wurden. Immer wieder mußte sie ihren starrköpfigen Generälen einbleuen, daß es ehrenvoller und ruhmreicher und letzten Endes sogar profitabler sei, eine intakte Stadt einzunehmen als einen Trümmerhaufen. Doch je mehr sich der Herrschaftsbereich der Maizan ausdehnte, um so schwieriger wurde es auch, die Gebiete zu kontrollieren, die sie bereits erobert hatten. Wenn sie auf Dauer erfolgreich sein und ihren eigenen Untergang abwenden wollten, brauchten die Maizan loyale Verbündete, die verläßlich hinter ihnen standen. Doch war es nicht leicht, diese Lektion ausgerechnet einem Volk zu vermitteln, dessen höchster Glaubenssatz bis dahin gelautet hatte, daß man niemandem außerhalb der eigenen Gruppe trauen dürfe.

In all dem Schlachtengetümmel im fernen Feindesland und den unerbittlichen Machtkämpfen in ihren eigenen Reihen sah Anakerie vor ihrem inneren Auge immer wieder ein Gesicht, das ihr Trost spendete. Doch war dies nicht das Gesicht, von dem sie erwartet hätte, daß es in ihrem Herzen einen Funken entzünden würde – nicht einmal in einer Million Jahre. Sie konnte sogar an den Fingern einer Hand abzählen, wie oft sie diese ihr inzwischen wohlvertrauten Züge gesehen hatte, und trotzdem wußte sie, daß genau dieses Gesicht, die sanfte Ausstrahlung dieser Seele ihr bis an ihr Ende Trost bedeuten würden. Und nach ebendiesem Gesicht hatte sie Ausschau gehalten, als sie in Kinshire eingeritten war und auch vorhin, als sie an den Reihen der Gäste vorbei den Saal betreten hatte. Sie wußte, er war in Sandeni, das belegten zahllose Berichte, die sie von ihren Agenten erhalten hatte. Gleichzeitig war sie froh, daß sie ihn nicht unter den Gästen sah.

Denn als Anakerie liebte sie ihn. Doch als Anführerin der Maizan war sie seine verschworene Feindin. Denn der Kastellan hatte Order gegeben, ihn und seine sämtlichen Gefährten bei erster Gelegenheit zu töten. Nur Elora Danan sollte lebendig und unverletzt gefangengenommen werden.

Doch sosehr Anakeries Spione und ein als Schwarze Rose bezeichnetes Killerkommando sich auch bemühten, die Heilige Prinzessin blieb unauffindbar.

Dann trat der Großkämmerer in Erscheinung, und als er zum drittenmal mit seinem über zwei Meter hohen Amtsstab auf den blankpolierten Boden klopfte, verstummten rasch alle Gespräche, und nur die Eingeweihten flüsterten ihrem Tischherrn oder ihrer Tischdame noch rasch zu, was als nächstes zu erwarten stand.

Duguay schritt – farbenprächtig geschmückt wie ein wandelnder Regenbogen – voran. Er war so über und über mit Schleifen und Bändern und Quasten behängt, daß ein ahnungsloser Witzbold ihn mit einem Kleiderständer verglich. Seine Schritte waren entschlossen und selbstsicher, und das strahlende Lächeln auf seinem Gesicht und seine lässig-elegante Verneigung vor dem Publikum versetzte etliche der Damen in schiere Verzückung, und auch der Puls einiger der anwesenden Herren beschleunigte sich merklich. Dann machte er eine Kehrtwendung und verbeugte sich abermals, diesmal vor dem erhöhten Tisch, an dem die Hauptpersonen des Abends saßen. Der Kanzler und der Leiter der Faktorei nickten dankend in Duguays Richtung, doch Anakerie hatte nur Augen für die verhüllte Gestalt, die lautlos hinter dem Troubadour einherschritt.

Als sie erkannte, wen sie vor sich hatte, verstummte Anakerie abrupt, und mit ihr ging eine so unmerkliche Veränderung vor sich, daß nur eine einzige weitere Person in dem großen Saal davon Kenntnis nahm.

Wie auf ein Stichwort hin, das nur sie hören konnte, wandte Anakerie die Augen von Elora ab und richtete sie auf diese andere Person.

In ihrem Blick lag eine Botschaft, die nur für diese eine Person bestimmt war – die Andeutung eines Lächelns. Und

Thorn Drumheller, der, den Blicken aller anderen verborgen, an der entferntesten Wand lehnte, erwiderte dieses Lächeln von ganzem Herzen.

Duguay und Elora hatten bereits mit den Hofmusikern geprobt, seit man sie zu dem Bankett eingeladen hatte. Von ihrem Podest in einer Ecke des Raumes erklang jetzt der mitreißende Rhythmus der Trommeln, und Elora wirbelte in einer Folge von Pirouetten auf den Zehenspitzen herum. Dann verharrte sie die nächsten Sekunden reglos wie eine Statue und erschien unter ihrem Umhang und der Kapuze wie aus Stein gemeißelt, während die Trommeln unbeirrt ihren Rhythmus beibehielten.

Nach dieser Ouvertüre stimmten Sackpfeifen und ein Dudelsack mit ein, was einige der Cascani, die an den verschiedenen Tischen plaziert waren, zu Klatschen und Beifallsrufen hinriß, weil sie die Melodie erkannten. Seiner Haltung und der dramatischen Pose nach zu urteilen, die er einnahm, mußte Duguay Anakerie und allen anderen wie die Hauptperson dieser Darbietungen erscheinen, doch das plötzliche Crescendo der Musik ließ Elora förmlich explodieren und versetzte sie in einen wahren Bewegungsrausch. Sie vollführte in der Luft eine tollkühne Drehung, riß sich dabei den Umhang von den Schultern, warf ihn in Duguays Arme und hatte die Bühne jetzt für sich allein.

Ihr Kostüm hatte dieselbe Farbe wie ihr Ledergewand: das Nachtrot der Schwarzen Rose, die Farbe von in Leidenschaft vergossenem Blut. Es bestand aus zwei Teilen. Der Rock lag tief auf ihren Hüften auf, und ihre Brüste wurden nur von einem schmalen Oberteil bedeckt. Verbunden war beides durch einen Hauch von Gaze, die sich bei jeder Bewegung verführerisch an ihren Körper schmiegte, während der Rock sie fast waagerecht umflatterte, wenn sie sich drehte. Genau wie Anakeries Kleid wurde auch Eloras Kostüm von glitzernden Fäden durchzogen, in denen sich das Licht tausendfach brach. Der einzige Unterschied zwischen den beiden Frauen war, daß Anakerie in ihrem Glitzerkleid nur um so königlicher erschien, während man bei Elora den Eindruck hatte, sie werde von blutigen Flammen umzingelt.

Das Muster ihres Kostüms wiederholte sich in ihrer Körperbemalung. Jene, die sie bereits zuvor einmal gesehen hatten, waren zutiefst beeindruckt von der elementaren Ausstrahlung ihrer ganzen Erscheinung, während die übrigen ein – weit jenseits des Schleiers beheimatetes – überirdisches Wesen vor sich zu sehen meinten, das sich ihnen für einen Abend zugesellt hatte. Hätte ihre Erscheinung noch nicht genügt, um diese Zuschauer zu überzeugen, so wären sie spätestens durch die atemberaubende Körperbeherrschung und die unglaubliche Kühnheit von Eloras Tanz vollends in deren Bann geraten. Wer Elora Danan in jener schicksalhaften Nacht tanzen sah, glaubte, Fleisch gewordene Musik mit eigenen Augen zu schauen. Jede einzelne Note setzte ihren ganzen Körper in Schwingung und fand genau den richtigen tänzerischen Ausdruck. Jeder Ton verwandelte sich augenblicklich in vollkommene Bewegung. Elora und die Musiker bildeten eine unauflösliche Einheit, und ihr Tanz war von einer Leidenschaft erfüllt, die so wild und schön war wie das Leben selbst.

Aber ihre bisherige Darbietung war erst das Vorspiel gewesen. Denn unversehens entpuppte sich Eloras Solotanz als Duett. Falls überhaupt möglich, wurden die Bewegungen jetzt sogar noch kühner, noch intensiver, noch leidenschaftlicher, als die beiden Gestalten vorne auf der Bühne nun miteinander ebenso wie mit der Musik in ein verwirrendes, mitreißendes Wechselspiel traten. Das Publikum reagierte mit ungläubigem Staunen, Jubel und spontanem Applaus. Manch einer hielt den Atem an, und kein Auge vermochte sich von den beiden Tanzenden zu lösen.

Nur Anakerie wandte den Blick einmal ab und sah Thorn an, und beide stimmten wortlos darin überein, daß die Darbietung, deren Zeuge sie wurden, mehr war als nur ein Tanz. Die Anführerin der Maizan hatte bereits von Eloras Bestimmung gewußt, bevor diese auch nur gehen konnte. Und sie verstand sich schon seit langem darauf, ein Duell zu erkennen, wenn vor ihren Augen eines ausgetragen wurde.

Zuerst übernahm Duguay die Führung, dann Elora, danach wieder er, bis sie mit einem fröhlichen Lachen, das im Publikum einen wahren Begeisterungssturm auslöste, abermals die Führungsrolle an sich riß. Als er das nächstemal den Vorrang für sich reklamierte, zeigte sich, daß sie sich so ohne weiteres nicht fügen wollte. Doch ließ sie es auf einen Kampf nicht ankommen, und er wies ihr neuerlich die dienende Rolle zu, die sie akzeptierte. Und als er sie dann zur Seite wirbeln ließ, damit sie den Tanz so beenden konnte, wie sie ihn begonnen hatte, nämlich als Solistin, fügte sie sich in seinen Willen.

Falls zwischen den beiden irgendwelche Unstimmigkeiten bestanden, wurde davon jedenfalls nichts sichtbar, als sie jetzt vortraten und sich verbeugten. In dem Augenblick, da der letzte Akkord verklang, stand das ganze Haus auf den Beinen. Die Leute klatschten und jubelten wie besessen und verlangten lautstark eine Zugabe, ein Ersuchen, dem die beiden Künstler nur zu bereitwillig Folge leisteten.

Duguay stand inmitten der Bühne und hielt das Publikum in seinem Bann. Er war überaus witzig, und seine musikalischen Darbietungen entzückten die Leute. Noch nie war er so gut gewesen. Unterdessen kauerte Elora auf ihren Fersen hockend, wie es in den Ländern des Ostens der Brauch war, am Rand der Bühne. Die Gitarre hielt sie neben sich senkrecht auf die Dielen der Bühne gestützt, so daß Anakerie sich an eine Kriegerin erinnert fühlte, die auf ihr Schwert gestützt Wache hält.

Als Duguays Nummer zu Ende war, erhielt er reichlich Applaus und mußte sogar zwei weitere Zugaben geben.

Elora verharrte reglos an ihrem Platz.

Dann begann sie mit rauher, brüchiger Stimme und ohne jede Begleitung durch ein Instrument zu singen. Das Lied handelte von zwei Liebenden, zwei Leben voller Hoffnungen, deren Erfüllung an dem überzogenen Ehrgeiz der Frau scheiterte. Eloras Stimme allein bildete den Rahmen und die Basis der Ballade, denn sie wollte, daß nichts anderes von den Bildern ablenkte, die sie heraufbeschwor. Als sie dann den Eröffnungsrefrain sang, hielt sie plötzlich die Gitarre auf ihrem Schoß, zupfte zunächst einzelne Saiten, dann Akkorde, während sie auf dem Körper des Instrumentes mit den Fingern einen mitreißenden Rhythmus klopfte.

Sie zeichnete das höchst anschauliche Bild eines Landes und einer Zeit, da das Leben sich gegen sich selbst gekehrt hatte: Unter der Herrschaft der Dämonenkönigin erwuchs Freude nicht mehr aus den Wundern der Welt, sondern aus dem Entzücken über die Leiden anderer Wesen. Die Macht entzog sich jedweder Verantwortung und geriet zu einem Selbstzweck, und man versuchte sie nur aus dem einen Grund zu erlangen, um sie immer weiter auszudehnen. Das höchste Ziel war der absolute Triumph, die Herrschaft über alle Dinge, und was immer diesen Wunsch behinderte, fiel der Zerstörung anheim. So fiel der Vater, so fiel die Mutter, und so wäre auch ihre Tochter gefallen, das einzige Geschenk, das die beiden der Welt hinterlassen hatten, hätte eine gütige Amme die Kleine nicht in Sicherheit gebracht.

Doch die Dämonenkönigin ließ sich nicht so leicht beirren, und damit gewann das Lied nach und nach immer mehr an Tempo. Auch die gütige Amme unterwarf sich schließlich der Dämonenkönigin. Doch das Kind fand einen anderen Retter, dem man solche Tapferkeit ganz und gar nicht zugetraut hätte, dessen Herz und Mut jedoch seinen geringen Körperwuchs vergessen ließen. Mit Hilfe teurer Freunde gelang es ihm, den Weltteil, in dem er daheim war, vielleicht sogar die ganze Welt zum Besseren zu ändern.

Die Dämonenkönigin ereilte unterdessen jenes Schicksal, das sie dem Säugling zugedacht hatte, nämlich die völlige Vernichtung.

Jemand fing an zu klatschen und bemerkte zu spät, daß das Lied noch nicht zu Ende war. Der Paukenschläger verfiel in einen komplementären Rhythmus und wob einen eindringlichen Hintergrund für Eloras Lied, wobei er sich von dem Rhythmus inspirieren ließ, den Eloras Finger auf dem Gitarrenkörper schlugen.

Elora sang nun von einer anderen Zeit und von zwei Liebespaaren. Wieder suchte Anakerie Thorns Blick, denn als er ihr Gefangener gewesen war, war sie kurz mit seinem Geist und seiner Seele verschmolzen, und dank dieser kurzen Vereinigung wußte sie, daß es sich bei einem der beiden Paare um Thorn und seine nelwynische Liebste handelte. Sie hatten einen schweren Kampf erfolgreich bestanden und blickten jetzt voll Zuversicht jenen Freuden entgegen, die gewöhnlich mit einem solchen Sieg einhergehen. Sie waren voller Träume, voller Hoffnungen.

Ein schriller Akkord, ein Augenblick der Stille, dann stieß Elora verbittert hervor:

»Die Welt fiel in Scherben, und wieder forderte der Tod seinen Tribut.«

Sie sang jetzt in einem immer ungestümer vorwärtsdrängenden Tempo und schilderte das Schicksal jenes – abermals in völlige Ungewißheit gestürzten – verlassenen, einsamen Kindes, das inzwischen von einem noch rücksichtsloseren Feind verfolgt wurde, als Bavmorda es gewesen war, und jetzt im Mittelpunkt eines hoffnungslos erscheinenden Kampfes stand.

Allerdings hatte sich inzwischen eines geändert: Das Mädchen war kein Kind mehr, und ihre Verteidiger waren in ihrem Kampf für sie nicht länger allein. Sollten die Geschicke – ob aus Laune oder Grausamkeit – in ihrem unerforschlichen Ratschluß die Absicht hegen, ihr ihr Brandmal aufzupressen, so war sie jetzt bereit, das Schicksal beim Schopfe zu packen und ihm zu zeigen, daß sie sich nicht länger herumstoßen ließ. Zu viele Wesen hatten in der Vergangenheit leiden oder sterben müssen. Natürlich konnte sie unterliegen, doch das Opfer all dieser getretenen und geschundenen Wesen hatte sie für immer des Rechtes beraubt, klein beizugeben.

In diesem Kampf ging es nicht darum, so fuhr sie fort, irgendeine Heilige Prinzessin an die Macht zu bringen. Nein, es ging vielmehr um die Freiheit, sich für einen Weg zu entscheiden und die Verantwortung für die Folgen zu übernehmen.

Erneut verstummte sie mitten im Vers, doch niemand wagte es, auch nur einen Laut von sich zu geben. Sie kniete noch immer, und dennoch schien es, als könnten ihre Blikke jedes andere Augenpaar im Saal erreichen und jeden der Anwesenden bis auf den Grund seiner Seele durchschauen.

Jetzt sang sie abermals von den Liebenden und fiel dann in den Refrain ein: *»Wir werden frei sein!«*

Sie sang von Träumen und wiederholte dann den Refrain: *»Wir werden frei sein!«*

Sie sang von Drachen und wiederholte dann: *»Wir werden frei sein!«*

Sie sang von Hoffnung und wiederholte dann: *»Wir werden frei sein!«*

Mit jeder dieser Wiederholungen nahm ihre Darbietung an Tempo, Leidenschaftlichkeit und Intensität zu. Als sie den Refrain zum viertenmal sang, fiel eine Stimme aus der Menge in ihren Gesang mit ein. Beim fünftenmal war es schon ein ganzer Chor. Beim sechstenmal sangen bereits mit Ausnahme der Maizan alle Anwesenden mit.

Die Stimme, die sie am klarsten hörte, gehörte jener Frau, deren Unterstützung ihr am meisten bedeutete. Und dennoch wußte sie, daß Anakerie in der Schlacht ihr Bestes geben würde, um sie – Elora – zu töten. Die Lippen der Kriegsherrin der Maizan bewegten sich kaum, und sie sang so leise, daß nicht einmal ihre unmittelbaren Nachbarn etwas hörten, doch Elora verstand jedes Wort.

»Wir werden frei sein!«

Sie schmetterte ein letztes Crescendo, erhob sich mit dem Schlußrefrain in einer ebenso eleganten wie geschmeidigen Bewegung vom Boden, hielt ihre Gitarre empor, als ob sie einer Armee die Standarte zeigte, ließ diese vier Worte ein letztes Mal von den Wänden wie Donnergrollen widerhallen und beendete ihr Lied dann mit einem dröhnenden Schlußakkord.

»Wir werden frei sein«, sang sie mit lauter Stimme und aus tiefstem Herzen, selbst als das Pathos ihres Gesangs ihr schier die Kehle zuschnüren wollte, *»und so wird es sein!«*

Der Jubel, der zuvor erklungen war, war nichts im Vergleich zu dem, was jetzt kam. Die Leute sprangen auf, klatschten, pfiffen, trampelten, brüllten, die erste Reihe der Cascani stürmte vor und umringte Elora und Duguay und sang den Refrain von Eloras Lied insbrünstig wie ein Gebet, dann hoben sie die junge Frau auf ihre Schultern, damit die übrigen Gäste sie besser sehen konnten. Einige der Maizan machten betretene Gesichter, aber nicht etwa, weil das Lied ihnen mißfallen hatte, sondern weil sie durch das Lied – ganz gegen ihren Willen – ebenfalls angerührt worden waren und schließlich genauso herzhaft in den Text mit eingestimmt hatten wie die Bürger Sandenis, das sie sich doch eigentlich unterwerfen wollten.

Auf dem Podest der Ehrengäste war inzwischen der Leiter der Cascani-Faktorei aufgesprungen und schlug immer wieder seine großen Hände zusammen. Der Kanzler verhielt sich zurückhaltender, um seine hohe Besucherin nicht zu kränken. Anakerie saß einige lange Sekunden reglos da und gestattete sich dann ein königliches Lächeln, das dem Können der Sängerin und ihrer unglaublichen Kühnheit Achtung zollte. Schließlich erhob sie sich als letzte in dem ganzen Raum von ihrem Stuhl und spendete ebenfalls höflich Beifall.

»Sehr verehrte Gäste«, rief der Kanzler mit jener etwas lärmenden Stimme, mit der er auch im Parlament zu den Abgeordneten zu sprechen pflegte, »meine Damen und Herren, darf ich Sie noch einmal kurz um Ihre Aufmerksamkeit bitten.« Er sprach jetzt vorwiegend zu Anakerie. »Es gibt da etwas, was ich Euch noch vor dem Ende des heutigen Festbanketts zeigen möchte, um damit gewissermaßen den Rahmen unserer bevorstehenden Gespräche abzustecken.«

»Es besteht keine Notwendigkeit, mir die Wand zu zeigen«, entgegnete sie mit einem charmanten Lächeln, als er sie jetzt durch die Menge zu der östlichen Fensterfront hinüberführte. »Die ist mir schon seit langem ein Dorn im Auge.«

»Daran zweifle ich keine Sekunde.«

Der Kanzler gab einem Bediensteten ein Zeichen, woraufhin dieser Duguay und Elora herbeiholte. »Eine wundervolle Aufführung«, sagte er zu ihnen. »Besonders gefallen hat mir Eurer Schlußlied.«

»Der Kanzler ist zu gütig«, erwiderte Elora mit einem angedeuteten Knicks.

Anakerie musterte das Mädchen ausgiebig. Ihre Augen befanden sich auf einer Höhe mit Eloras Nase, was nicht weiter störend gewesen wäre, wäre Elora bereits völlig ausgewachsen gewesen.

»Erlaubt mir, Euch Anakerie, die Kriegsherrin der Maizan, vorzustellen.«

Wieder ein Knicks, diesmal tiefer und förmlicher, eine Geste aufrichtiger Ehrerbietung.

»Eure Königliche Hoheit«, sagte Elora.

»Diesen Titel führe ich nicht mehr.« Worin die Worte mitschwangen: *für ein Reich, das es nicht mehr gibt*.

Der Bedienstete kehrte zurück und flüsterte dem Kanzler etwas ins Ohr.

»Ah. Großartig. Wir sind bereit.«

»Darf ich fragen, wozu?«

»Das dürft Ihr gerne, Hoheit. Wißt Ihr, mein Großvater hat noch dabei geholfen, die ersten Fundamente dieser Stadt zu legen. Er war Maurer und Gründungsmitglied der Gilde.«

»Wie interessant.«

»Aber er war sich der außerordentlichen Vorzüge dieses Ortes deutlich bewußt ...«

»Das gleiche kann ich von meinem Großvater behaupten, Kanzler, der in dem Augenblick, da er die spätere Bucht von Angwyn und das Königstor vor sich sah, sofort wußte, was für einen außergewöhnlichen Platz er da entdeckt hatte. Aber Ihr wolltet uns doch etwas zeigen?«

»Der Standort unserer Stadt ist zweifellos ein entscheidender Faktor für unseren Wohlstand. Aber unsere Unabhängigkeit hat noch ein zweites Standbein, und ich dachte, dies sei die ideale Gelegenheit, Euch mit dieser Seite unseres Gemeinwesens bekannt zu machen.«

Anakeries Offiziere wurden allmählich unruhig, steckten die Köpfe zusammen und nahmen dann an strategisch günstigen Punkten Aufstellung, um ihrer Anführerin im Notfall beizustehen. Sie trugen keine sichtbaren Waffen, waren aber trotzdem auf alles gefaßt und willens, sich und Anakerie mit allen verfügbaren Mitteln zu verteidigen. Natürlich wußten sie, daß es um ihre Aussichten nicht zum besten stand, trotzdem wollten sie Widerstand leisten und ihr Leben so teuer wie möglich verkaufen.

Der Kanzler gab seinem Bediensteten ein Zeichen. »Lasse die Semaphore aktivieren, Nerys.«

Trotz der Kälte öffneten sich jetzt die verglasten hohen Flügeltüren, so daß jene, die dies wünschten, ins Freie treten konnten. Elora führte die kleine Versammlung an und war nicht weiter überrascht, daß Anakerie direkt hinter ihr ging, obwohl die Prinzessin von Angwyn zunächst einen schweren Umhang um ihre Schultern legte, während Elora nichts als ihr dünnes Kostüm am Leibe trug.

»Ihr holt Euch in dieser Kälte den Tod, mein Kind«, gab Anakerie zu bedenken.

»Eure Hoheit sind zu gütig.«

»Mein Umhang bietet Platz für zwei.«

Anakerie öffnete ihren Umhang.

Eine Sekunde lang blickten sich die beiden Frauen mißtrauisch in die Augen. Dann machte Elora einen leichten Knicks, wie sie es schon in dem Festsaal getan hatte.

»Ich stehe in Eurer Schuld, Anakerie«, sagte sie leichthin, als sie jetzt neben die Prinzessin trat und der wärmende Umhang sich über ihnen beiden schloß.

»Das ist gut. Eines Tages werde ich dafür den gebührenden Preis einfordern. Sagt, Elora, was für eine Überraschung erwartet uns eigentlich?«

»Wenn ich das wüßte«, murmelte sie, um dann ein überraschtes *»Oh!«* hinterherzuschicken, als unversehens an den Armen der Semaphore angebrachte riesige Fackeln aufleuchteten. Die beiden Frauen konnten den Signalturm nicht direkt sehen, da er auf einer anderen Ausbuchtung der Wand näher bei den Katarakten stand, aber das Feuer brannte mit solcher Intensität, daß sein Licht hell bis zum Cascani-Haus heraufleuchtete.

Doch dies war erst der Anfang. Die Bankettgäste liefen aufgeregt vor den geöffneten Flügeltüren hin und her und vergaßen die Kälte, als jetzt – von den Katarakten bis zu den Wasserfällen – an beiden Ufern des Morar-Sees in schneller Folge gigantische Fackeln entzündet wurden.

In der Ferne leuchteten phosphoreszierend die gewaltigen Fluten der Wasserfälle, die brausend über die Felsen bis tief in den See hinabstürzten. Die Lichtspuren zogen sich wie gespenstisch schimmernde, silberne Bänder durch das tiefe Nachtblau, in das Sandeni gehüllt war.

Bis zum Fuß der hochaufragenden Klippen wurde beiderseits des Sees Fackel um Fackel entzündet, und Elora, die das Schauspiel völlig hingerissen bestaunte, glaubte schon, daß damit die Vorstellung zu Ende sei.

Doch dann erblickten die ungläubig staunenden Zuschauer ein noch wunderbareres Schauspiel in der Ferne, als hoch oben auf den Zinnen der Wand eine weitere Phalanx weithin leuchtender Fackeln entzündet wurde, die nach Süden hin bis zu den Shados reichte und deren Ende im Norden mit bloßem Auge nicht mehr auszumachen war.

Wie viele Meilen mögen das wohl sein? dachte Elora und staunte über die Logistik des Unternehmens, das immerhin so viele der überaus eigenbrötlerischen Bürger Sandenis auf die Beine gebracht hatte, und dies in einer so eiskalten Winternacht.

Doch der Kanzler war mit seiner Darbietung noch nicht am Ende. Denn jetzt flammten auf den Gipfeln der Drei Jungfrauen weit hinten in der Prärie unvermittelt drei riesige Feuer gleichzeitig auf.

Irgendwo aus der Dunkelheit erhob sich eine Stimme, die zunächst die letzten Verse von Eloras Lied und dann den Refrain anstimmte. Weitere Stimmen schlossen sich dem Sänger an, und dann immer mehr, bis auf dem gesamten Rasen des Parks, in dem die Versammlung sich inzwischen vollzählig eingefunden hatte, Eloras Lied erscholl. Als der Refrain zum zweitenmal erklang, stimmten die Leute jenseits der Mauern der Cascani-Residenz in das Lied mit ein, und so pflanzte sich der Gesang bis zum Ufer des Sees hinab fort, wo Soldaten Wache standen. Auch sie stimmten ebenfalls mit ein, ebenso wie die Fackelträger zu beiden Seiten des Sees und binnen kurzem sogar jene, die hoch oben auf den Klippen der Wand postiert waren.

Es war ein denkwürdiges Schauspiel, von dem jeder der Anwesenden wußte, daß er oder sie es als kostbare Erinnerung mit ins Grab nehmen würde; Abertausende von Leuten, die brennende Fackeln in die kalte Winternacht emporhielten, bis sie – was die Wirkung des Augenblicks nochmals verstärkte – allesamt in den Schlußrefrain von Eloras Hymne mit einstimmten. Elora wußte zwar nicht, ob man sie von der Höhe der Klippe aus sehen konnte, aber das war ihr auch gleichgültig, als sie jetzt bis an den Rand der über einem Felsen angelegten Terrasse trat und die Leute mit hoch erhobenen Händen aufforderte, diesen Schlußrefrain ein ums andere Mal zu wiederholen.

Obgleich der Wind den Jubelgesang von ihr wegtrug, hörte sie dennoch das Lachen und die Hochrufe der Leute und immer wieder – wie ein Brausen – die letzten Verse ihres Liedes.

»Mein Volk hat gesprochen, Hoheit«, sagte der Kanzler und beugte sich ganz nah zu Anakerie hinüber, damit diese ihn verstehen konnte. »Wir sind ein freies Volk, und wir leben in einem freien und unabhängigen Land. Und so soll es auf ewig bleiben. Sagt das Eurem Kastellan.«

Das Lächeln, mit dem sie ihn jetzt ansah, war nicht minder diplomatisch. Ihre Augen jedoch waren voller Trauer.

»Wir alle haben unsere Träume, Herr Kanzler«, entgegnete sie, während sie zu der aus der Ferne zart und gebrechlich wirkenden Gestalt Elora Danans hinüberblickte. »Doch wenn dann der Morgen anbricht, müssen wir die Welt trotzdem so nehmen, wie sie *ist.*«

14. Kapitel

Elora wollte noch nicht gehen. Die offiziellen Gäste hatten sich zeitig und in geordneter Formation auf den Heimweg begeben, obwohl unter den Maizan einige Unruhe entstanden war, als Anakerie beschloß, noch etwas länger zu bleiben. Für sie war jede Stadt, die nicht ihnen gehörte, Feindesland, und deshalb hielten sie sich an solchen Orten nach Möglichkeit nur so lange wie eben nötig auf. Sie bildeten eine Gruppe und hielten sich größtenteils im Cascani-Haus auf.

Irgend jemand hatte draußen auf der Terrasse ein Feuer entzündet, um das sich etliche Leute versammelt hatten, die Wein tranken und die droben auf der Klippe flackernden Lichter betrachteten. Noch immer brannten oben auf der Wand zahlreiche Fackeln, wenn auch inzwischen hier und dort bereits einige Lücken klafften.

»Wie viele, glaubst du, sind es?« fragte Ryn, der so nahe am Feuer hockte, daß sein Fell bereits zu dampfen anfing. Während der vorausgegangenen Darbietungen hatte niemand bemerkt, daß er dem See entstiegen war und sich am Ufer versteckt gehalten hatte. Es war das erstemal, daß er sich in Eloras Gegenwart über die Kälte beklagte, und Elora war besorgt, daß er sich in seinem Verlangen nach Wärme an dem Feuer selbst in Brand stecken könne.

»Hier oben?« Sie schüttelte den Kopf. Sie trug noch immer ihr Kostüm, wollte das Gefühl der Macht und der Verzauberung noch ein wenig auskosten, das sie während ihres Auftritts in so reichem Maße genossen hatte. Duguay hatte inzwischen die Taschen mit ihren gemeinsamen Habseligkeiten herbeigeschafft und außerdem ihren karierten Umhang, den sie sich um den Leib geschlungen hatte, so daß sie jetzt warm und bequem vor dem Feuer saß.

Sie versuchte zu zählen, hörte jedoch gleich wieder auf und sagte nur: »Ziemlich viele.«

Jemand bot ihr ein Bier an, und als sie einen winzigen Schluck davon nahm, wußte sie sogleich wieder, warum sie das Zeug nicht ausstehen konnte. Sie gab gebackenem oder bisweilen getoastetem Getreide den Vorzug vor gebrauter Gerste. Sie war völlig zufrieden mit einem Schluck Wasser, der Gesellschaft, die sich um das Feuer versammelt hatte, und dem herrlichen Ausblick.

Der Morar See war der erste See unterhalb der Wasserfälle und größer als die fünf übrigen Seen, die sich wie an einer Schnur aneinanderreihten; er war über sechs Kilometer breit und fast zwanzig Kilometer lang. Der Legende zufolge war er entstanden, als ein riesiger Fels sich aus den Klippen der Wand gelöst hatte und mit solcher Macht in die Ebene hinabgestürzt war, daß die Erde sich an jener Stelle öffnete und ein See entstand.

Auf der westlichen Seite des Gewässers stieg das Gelände zu einer Hochebene an, die bis zu den Katarakten hinüberreichte. Die dort verstreuten Felsen waren der gleichen Überlieferung zufolge Überreste jener Steinsäule, die damals in sich zusammengestürzt war. Was immerhin an ein Wunder grenzte, wenn man bedenkt, daß der See, der durch diese Säule gebildet worden sein sollte, wenigstens zehnmal so lang wie diese hoch gewesen war.

Aber so war nun einmal der Stoff, aus dem die alten Legenden gesponnen waren, und die Wahrheit hatte in den Zeiten, als jene Legende entstanden war, als nachträgliche Erfindung gegolten oder war gänzlich in Vergessenheit geraten.

Als Elora über all dies nachsann und dann an ihr eigenes Leben dachte, mußte sie unwillkürlich schmunzeln.

Die Umgebung des Sees war genauso dicht mit kleinen Dörfern und Städtchen überzogen wie die eigentliche Ebene selbst. Wegen der Nähe der Wand gab es keine ausgedehnten landwirtschaftlichen Flächen, aber jedes Haus hatte ein so großes Stück Land, daß man darauf einen Garten, in manchen Fällen sogar einen Obsthain anlegen konnte. Die Erde war fruchtbar, und Wasser gab es im Überfluß. Der einzige wirkliche Nachteil war der Mangel an frischem Wildbret, da sich die freilebenden Tiere wegen der zahlreichen Siedlungen immer mehr aus der Gegend zurückzogen.

Der Mond war soeben über der Wand emporgestiegen, und ein paar flüchtige Augenblicke lang wollte es beinahe so scheinen, als ruhte er auf den beiden höchsten Türmen der Zitadelle. Sein Licht glitzerte in einem breiten, silbern schimmernden Streifen auf der Oberfläche des Sees – in dem gleichen hellen Silberton von Eloras Haut. Aus dieser Entfernung und bei diesem Licht vermochte Elora lediglich drei Flüsse auszumachen, von denen zwei ein Stück weiter oben im Gebirge zu entspringen schienen. Der dritte war der Paschal, der sich unmittelbar in den Morar See stürzte.

»Klingt wie Donnergrollen«, sagte sie mit einer Andacht, wie sie sie sonst nur an besonderen Weihestätten überkam.

»Man gewöhnt sich daran«, entgegnete Ryn mit einem Nicken.

Plötzlich erhob sich auf der anderen Seite des Feuers, wo eine Gruppe Mitarbeiter des Ministeriums lebhaft über die für den folgenden Morgen angesetzten Gespräche ihrer obersten Dienstherren diskutierten, lautes Stimmengewirr.

Das Szenario, das die Herren dort drüben für die Verhandlungen entwarfen, sah etwa folgendermaßen aus: Im Verlauf dieser Gespräche wurde das erste Angebot der Maizan (nämlich die bedingungslose Kapitulation) von der Delegation der Republik Sandeni als völlig unakzeptabel verworfen, und genausowenig konnten sich die Maizan mit dem Gegenvorschlag Sandenis anfreunden, der ihnen sinngemäß nahelegte, sich zum Teufel zu scheren. Während der folgenden Tage arbeiteten Expertengruppen beider Seiten immer neue Positionspapiere aus, klopften die Gegenseite nach Bestechungs- oder besser noch nach Erpressungsmöglichkeiten ab und suchten parallel unentwegt nach einer Lösung, mit der beide Parteien leben konnten. Begleitet wurden die Verhandlungen (natürlich inoffiziell) von beidseitigen Ausfällen und Vorwürfen bezüglich der historischen Anrechte und Privilegien.

Doch irgendwann blieben nur noch zwei Möglichkeiten – vielleicht gelangte man zu einer Übereinkunft.

»Oder aber«, wie jemand in der Runde lakonisch anmerkte, »es gibt Krieg.« Die gute Laune, die eben noch in der Runde geherrscht hatte, wich augenblicklich betretenem Schweigen.

»Wenn ich nicht wüßte, was die Maizan antreibt«, sagte Ryn und streckte sich gemächlich, »würde ich behaupten, daß sie verrückt sind.«

»Aber wir wissen doch gar nicht, was sie antreibt, Ryn«, entgegnete Elora leise, obwohl angesichts des knackenden Feuers und des Lärms, den die gesellige Runde inzwischen wieder veranstaltete, selbst ein mit normaler Lautstärke gesprochenes Wort kaum zu verstehen war. »Das ist ja gerade das Problem.«

Die Ministerialen lachten mangels besserer Unterhaltung gerade über den nicht sonderlich geistreichen Witz eines ihrer Kollegen.

»Was ist der Unterschied zwischen einem großzügigen und einem niederträchtigen Maizan-Angebot?«

»Man kann sich den eigenen Kopf von ihnen entweder auf einem Tablett servieren oder ihn auf einer Lanze draußen vor der Stadt den Krähen zum Fraß vorsetzen lassen.«

»Außerordentlich witzig«, sagte Elora angewidert.

»Die Frage oder die Antwort? Aber wieso meinst du, daß wir nicht wissen, was die Maizan antreibt?«

»Ist doch ganz klar, Ryn.«

»Spann mich nicht auf die Folter. Ich bin ohnehin schon krank.«

»Sag das nicht!« entgegnete sie erschrocken.

Er saß zusammengekauert und mit ernstem Gesicht da, und sie wünschte ihn wieder so zu sehen wie damals auf ihrer überstürzten Flucht aus Angwyn. Sie war noch nie jemandem begegnet, der ihr auf Anhieb so sympathisch gewesen war, und hatte ihm nie gestanden, daß sie in ihm gleichsam ihren zum Leben erwachten Teddybären sah.

»In letzter Zeit hab' ich mich wie ein Flegel benommen«, sagte er. »Ich verdanke dir mein Leben, Elora, und habe mich dafür niemals wirklich erkenntlich gezeigt.«

»Schon in Ordnung.«

»Nein, das verstößt gegen meine anerzogenen Grundsätze.«

»Ich wünschte nur, ich hätte alles irgendwie wieder in Ordnung bringen können.«

»Du kannst doch nicht alle und jeden retten.« Ihre Augen blitzten auf, und er erhob beschwichtigend die Hand. »Vielleicht sollte ich auch sagen: Nicht jeder kann gerettet werden. Ist das besser?«

»Nicht viel. Und du solltest dich besser nicht zu diesen Leuten dazuzählen, hörst du?«

»Gehorsamster Diener!« *Eure Königliche Hoheit und Gebieterin,* setzte er den Satz im Geiste schmunzelnd fort.

»Warum hat er mich nur nicht gefunden, Ryn?«

Er wußte sofort, daß sie den Betrüger meinte. »Dafür würde ich an deiner Stelle dem Himmel danken.«

»War ich denn bei den Felsnelwyns wirklich so gut versteckt? Ich meine, wenn ich ihn recht verstanden habe, bin ich doch das höchste Ziel all seiner Wünsche. Er besitzt solch eine gewaltige Macht, daß er Angwyn *und* die Monarchen der Zwölf Großen Reiche verzaubern kann. Er hat einen Drachen getötet und Cherlindreas Heiligen Hain in Brand gesetzt. Warum läßt er mich immer nur von irgendwelchen Marionetten verfolgen? Er hat auf meine Ergreifung sogar eine Belohnung ausgesetzt!«

»Vielleicht ist er doch nicht so eindrucksvoll, wie du denkst. Oder vielleicht braucht er seine ganze Macht dazu, Cherlindrea und all die anderen in seinem Bann zu halten.«

»Interessante Annahme. Und genau darauf wollte ich hinaus. Aber obwohl inzwischen soviel Zeit verstrichen ist – was wissen wir schon von ihm? Jedenfalls ist er nicht wie Bavmorda, da bin ich mir ganz sicher. In diesem Krieg geht es nicht nur um den Erwerb bloßer Macht oder um die Befriedigung einer krankhaften Geltungssucht. Er verfolgt ein

Ziel und einen Zweck, und wir können ihn nicht wirksam bekämpfen, solange wir dieses Motiv nicht kennen.«

»Frag doch Keri, warum eigentlich nicht?« Er wies mit dem Kopf zum Haus hinüber. »Sie steht da drüben auf der Veranda.« Er grinste breit wie über einen gelungenen Scherz. »Sie sitzt an einem Ende der Bank, Thorn am anderen, wohl damit die Leute glauben, daß sie sich nur zufällig am selben Platz aufhalten. Sie ist Mohdris Kriegsfürstin, vergiß das nicht, und ich wette, daß sie in seine sämtlichen Geheimnisse eingeweiht ist.«

»Red doch keinen Unsinn. Diese Behauptung ist genauso dumm wie die Witze, die überall erzählt werden. Und nenn sie nicht immer bei diesem Namen, sie hat mir früher in Angwyn immer die Ohren langgezogen, wenn ich sie so angesprochen habe.«

»Soll das etwa heißen, daß Königliche Hoheit die Heilige Prinzessin gezüchtigt haben?« fragte er mit gespielter Empörung.

»Ich glaube, das hat sie nur aus Auflehnung gegen ihren Vater getan und um mich in die Schranken zu weisen. Ich war ziemlich unausstehlich.«

»Du schaust schon wieder so nachdenklich drein.«

»Ich überlege nur, wohin du starrst, du ungezogener Junge.«

»Genaugenommen sehe ich dich an. Ein hübsches Kostüm, das du da anhast.«

»Das hat Duguay sich ausgedacht.« Die ablehnenden Gefühle, die dieser Name bei Ryn auslöste, waren unverkennbar, und so fügte sie bittend hinzu: »Reg dich nicht auf, Ryn, nicht heute abend, bitte, dazu ist die Nacht einfach zu schön. Verdirb nicht alles.«

»Wirklich sehr hübsch«, räumte er ein. »Mein Kompliment an die Trägerin.«

Ihr schoß vor Verlegenheit das Blut in die Wangen.

»Erzähl mir noch mehr über den Betrüger«, sagte er.

»Würde ich ja gerne«, erwiderte sie. »Auch Thorn erwartet von mir eine Art Bericht, und allein der Gedanke daran macht mich schon nervös. Manchmal frage ich mich, ob ich die einzige bin, die davon etwas versteht, aber dann fällt mir wieder ein, daß ich in den vergangenen Monaten wahrscheinlich die einzige gewesen bin, die überhaupt Zeit gehabt hat, sich umzusehen. Ihr übrigen wart einfach zu beschäftigt.

Der Betrüger ist nur eine Art Katalysator, die größte *derzeitige* Bedrohung, und trotzdem ist er nicht die *einzige* Gefahr. Das Problem sind die *Reiche,* verstehst du, zwölf, die gleichsam die zwölf Aspekte eines Ganzen bilden – wie die verschiedenen Teile eines Körpers – und die sich in verschiedene Richtungen loszureißen versuchen. Hätte der Betrüger sie nicht alle in ihre Schranken gewiesen, indem er sie in Angwyn ihrer höchsten Repräsentanten beraubte, dann wären die meisten von ihnen jetzt schon miteinander im Kriegszustand, darauf wette ich meinen fürstlichen Titel.«

»Ich dachte, deine Thronbesteigung hätte alledem ein Ende setzen sollen?«

»Ryn, du hast mich damals doch selbst gesehen. Glaubst du, daß ein Wort aus meinem Mund den geringsten Eindruck gemacht hätte? Außerdem hat mich das alles damals überhaupt nicht interessiert. Als ich in jene Halle getreten bin, war mein einziger Gedanke: Jetzt bekomme ich endlich zurück, was mir gehört.

Der Betrüger ist lediglich eine plötzlich aufflammende Infektion, die eigentliche Krankheit besteht darin, daß die Reiche sich weigern, in Frieden zusammenzuleben.«

»Aber dazu kann man sie nicht zwingen, Elora.«

»Dann müssen wir eben die Welttore schließen, genau wie der Betrüger es tut, und jene Reiche opfern wie ein Arzt, der ein unheilbares Glied amputiert. Vielleicht werden noch irgendwelche Armeen aufeinanderstoßen, aber in dem eigentlichen Kampf geht es darum, die Herzen der Menschen zu gewinnen.«

»Dabei kann ich dir nur viel Glück wünschen, mein Mädchen.«

»Ich bin nicht Anakerie. Ich kann keine Armee führen. Aber ich kann die Leute dazu bringen, mir zuzuhören, Ryn.

Ich kann dafür sorgen, daß sie denken und fühlen und vielleicht sogar etwas dazulernen.«

»Und wie willst du das machen? Jeden einzelnen von ihnen überzeugen?«

»Wenn es sein muß. Das ist ein weiterer Unterschied zwischen mir und dem Betrüger. Er ist so sehr Monarch wie jene, die er verzaubert hat. Er befiehlt, die andern gehorchen. Die Veränderung, die er der Welt bringt, bricht von oben über sie herein. Ich fange lieber unten an – bei den normalen Leuten. Mit seiner Methode gelangt man schneller ans Ziel, ich hoffe, daß ich mit meiner dafür dauerhaftere Erfolge erziele.«

»Hoffentlich bevor die Welt vollends im Frost erstarrt.«

Seine Ohren zuckten kaum merklich, und er verstummte.

»Hörst du das?« fragte Elora ihn leise.

»Schwer auszumachen in dem ganzen Lärm.«

»Klang wie ein Jagdhorn.«

Ryn wollte sich schon über sie lustig machen, als ein durchdringender Schrei sie beide herumfahren ließ. Sie sahen Rool, der so schnell er konnte über den Rasen auf sie zugerannt kam.

»Elora!« schrie er. Und dann sogar noch lauter: *»Elora Danan!«*

Das Stimmengewirr im Umkreis des Feuers erstarb, als ob jemand einen Schalter betätigt oder eine Tür zugeschlagen hätte, bis eine grimmige Stimme fragte: »Die Heilige Prinzessin, hier?«

»Rool«, rief sie, »was hast du *getan?«*

»Hat ihm denn jemand geantwortet?« fragte einer. Und dann: »Wer ist dort drüben?« Nun überschlugen sich die Stimmen, und alle redeten durcheinander: »Nur dieser räudige Wyr.« – »Ist das nicht die Sängerin, wie heißt sie noch mal?« – »Ihr Name ist Elora. Ihr Name ist *Elora!«* schrie jemand, und dann sah man plötzlich nur mehr ein Knäuel von Menschenleibern, als alle gleichzeitig loszurennen versuchten.

Rool hatte Elora unterdessen erreicht und war auf ihre Schulter gehüpft.

»Haut ab!« brüllte er den beiden zu. »Fragt nicht und streitet nicht, macht bloß, daß ihr hier wegkommt! Hört ihr denn das vermaledeite Horn nicht? Los, haut endlich ab!«

Sie waren schon auf den Beinen, bevor Rool noch zu Ende gesprochen hatte, und hasteten vorwärts. Früher wäre Ryn wie ein Blitz zum Haus hinübergeschossen, mußte Elora unwillkürlich denken. Doch inzwischen mußte sie ihn geradezu antreiben.

Das Horn erklang abermals, doch jetzt wesentlich lauter als zuvor. Begleitet wurden die Töne von Hufgetrappel.

»Was, zum Teufel, ist das?«

Sie wollte schon stehenbleiben und sich umdrehen, wie viele der übrigen es taten, doch Rool kreischte ihr so laut ins Ohr, daß sie ihr Tempo kaum verlangsamte.

»Du erinnerst dich doch noch an Ganthem?« sagte er.

»Das werde ich nie vergessen«, entgegnete sie.

»Da bist du nicht die einzige. Denn die Hochelfen werden es ebenfalls nicht vergessen.«

Die ersten Pferde der Wilden Meute setzten gerade über die Begrenzungsmauer des Anwesens, als Elora und Ryn die Stufen der Veranda erreichten. Elora nannte die heranrasenden Ungeheuer mangels einer passenderen Bezeichnung im Geiste zwar Pferde, doch handelte es sich bei den Kreaturen genausowenig um Pferde wie bei den Reitern um menschliche Gestalten. Die Tiere geiferten vor Wut und Hunger, und Elora glaubte einen schrecklichen Augenblick lang, sie werde wieder von Bavmordas Todeshunden gehetzt. Und plötzlich wurde ihr klar, wo die Dämonenkönigin ihre verdammte Hundebrut aufgegabelt hatte.

Die Pferde malträtierten die Erde mit dreigliedrigen hakenförmigen Hufklauen und rissen – gewissermaßen als Vorgeschmack auf das, was ihre Opfer zu erwarten hatten – bei jedem Schritt klaffende Löcher in den Boden. Die Leute draußen auf dem Rasen stürzten erst schreiend davon, als es bereits zu spät war.

Keiner von ihnen kam mehr als ein paar Schritte weit.

Sie wurden von den schrecklichen Hufen niedergemacht oder von den Reißzähnen der bösartigen Kreaturen, und wen die Bestien übersehen hatten, den trafen die Kristallklingen der wilden Reiter. Zuerst spritzte das Blut, und dann erst erklangen Schreie, als ob die Seelen der Ermordeten einem grauenhaften Schicksal überantwortet würden.

Ein Schwert wurde auf Elora gerichtet, und ein Trupp machte plötzlich – wie von einer unsichtbaren Drehscheibe bewegt – einen rechtwinkligen Schwenk, ohne auch nur einen halben Meter zu verlieren. Ryn nahm sie in die Arme, und bevor sie noch Protest erheben, geschweige denn sich widersetzen konnte, schleppte er sie über die Veranda durch die nächste offene Tür in das Innere des Gebäudes.

Dann drehte er sich um und sah den wilden Angreifern entgegen.

Er warf einer der Bestien eine Sitzbank entgegen, um sie ins Straucheln zu bringen, doch das Roß wich dem Hindernis mit geradezu gespenstischer Geschicklichkeit aus. Ihm blieb keine Zeit nachzudenken, alles geschah so unglaublich schnell, und das Gemetzel begann so rasch und mit solcher Wildheit, daß er augenblicklich tot gewesen wäre, hätte er auch nur eine Sekunde gezögert. Der Wyr rettete sich vor dem Ansturm des zweiten Pferdes durch einen Hechtsprung und holte gleichzeitig den Reiter aus dem Sattel, dessen Genick bei der Landung auf dem Boden krachend brach.

Unglücklicherweise besiegelten die Überzahl der Feinde und sein eigener geschwächter Zustand sein Schicksal. Als Elora sich jetzt wieder aufrappelte, wurde Ryn soeben von einem der Pferde niedergerannt. Er flog durch die Luft, und ein anderer Reiter traf ihn mit seiner blitzenden Klinge, während eine weitere Bestie den Wyr mit den Klauen traktierte, bis dieser leblos auf den Stufen liegenblieb.

Ein ganzer Chor von Stimmen erhob wütend Protest gegen diesen Anblick. Auch Elora kreischte entsetzt auf, wurde aber noch von dem Wutgeheul der gerade die Treppe herunterstürzenden Anakerie übertönt.

»Ein Schwert!« brüllte sie wie in ihren besten Tagen auf dem Schlachtfeld.

»Die Danan«, rief einer der Reiter mit herrlicher Tenorstimme. »Wo ist die Danan?«

Doch die Angreifer hatten Elora bereits entdeckt. Sie konnte gerade noch zur Seite springen, als eines der Pferde eine geschlossene Terrassentür durchbrach und Tausende glitzernder, tödlicher Glassplitter durch den Raum flogen. Weder Pferd noch Reiter hatten durch den Aufprall den geringsten Schaden davongetragen, und Eloras Hoffnung, die Bestie werde auf dem glatten Boden ausrutschen, wurde sogleich zunichte gemacht, als die Klauen der Kreatur die glänzenden Kacheln wie Reispapier durchstießen.

Duguay hatte inzwischen Eloras Reisebeutel mitsamt ihrem Umhang herbeigeschafft, und sie schnallte sie sich augenblicklich an. Noch während sie bemüht war, wieder richtig auf die Beine zu kommen, ohne dabei die Angreifer aus den Augen zu lassen, steckte sie die Hand in einen der Beutel und zog ihr Langschwert hervor.

»Anakerie«, rief sie, so laut sie konnte, und warf dieser die Waffe zu, während sie für sich selbst eine mittellange Klinge aus dem Beutel hervorzog.

Mit einem wilden Grinsen auf dem Gesicht und einem nicht minder ungestümen Kriegsgeheul fischte Anakerie das Schwert aus der Luft. In dem Augenblick, da sie es zu fassen bekam, vollführte sie in der Luft eine volle Drehung und nutzte deren Schwung, um ihrem ersten Streich noch mehr Kraft zu verleihen.

Sie erwischte das Pferd neben sich am Hals und spießte gleich noch den Reiter mit auf. Entsetzt riß er die Zügel an sich, stürzte mitsamt seinem Roß seitlich zu Boden, wo beide, während sie auf den glatten Fliesen dahinschlitterten, Ströme von Blut vergossen.

Elora stand ob des Anblicks schockiert und starr vor Staunen da. Doch was sie in erster Linie bestürzte, war nicht die Brutalität des Geschehens, sondern die schiere Schönheit des gefallenen Elfenritters. Diese Rasse überragte selbst den größten Daikini um mindestens einen Kopf. Die schlanken Gestalten wirkten gerade deswegen so unwirklich, weil sie in ihrer ganzen Erscheinung ansonsten den Daikini sehr ähnlich waren. Sein Panzer bestand aus lackierten Lederstücken, die von kostbaren und verschlungenen Brokatschnüren zusammengehalten wurden. Obwohl hart wie Stahl, schmiegte sich der Panzer der Gestalt des Trägers wie eine zweite Haut an. Unter diesem Panzer trug der Ritter als Polsterung eine gesteppte Jacke und ebensolche Hosen. Die ganze Erscheinung war von unglaublicher Eleganz – von der Kleidung angefangen bis hin zu den Waffen. Die Form und die Funktion sämtlicher Details waren zu einer unauflöslichen Einheit verschmolzen und ließen das in seinem eigenen Blut liegende Wesen beinahe überirdisch schön erscheinen.

Betrachtete man diese Krieger einfach so, war es schwer, sie als Bedrohung zu empfinden, so überwältigend schön war ihre ganze Erscheinung.

Und vielen war diese Illusion schon zum Verhängnis geworden.

Elora stand ein paar Sekunden reglos da, und das wäre auch ihr fast zum Verhängnis geworden. Einer der Krieger zielte mit seinem Schwert auf ihren Rücken, und die junge Frau spürte die Gefahr einen Augenblick zu spät und konnte auf die Attacke nicht mehr rechtzeitig reagieren.

Da schoß Rool von Eloras Schulter aus einen Pfeil auf den Elfenritter, und oben vom Treppenabsatz aus tat Franjean das gleiche. Beide Pfeile trafen den Ritter mit der ganzen Kraft und unbändigen Wut, deren die um Eloras Sicherheit zutiefst besorgten Brownies fähig waren. Der Ritter flog aus dem Sattel, als ob er von hinten mit einem Lasso eingefangen worden wäre, und wurde mit solcher Wucht nach rückwärts gegen eine Wand geschleudert, daß sein Panzer barst. Er war zwar getroffen, aber noch nicht geschlagen, und so rappelte er sich jetzt mit vor Wut und Schmerz verzerrtem Gesicht wieder auf.

Rool schickte einen weiteren Pfeil auf die Reise, aber er hatte bereits zuviel Kraft in seinen ersten Schuß gelegt. Der Pfeil kam deshalb relativ langsam geflogen, und obwohl der Elfenmann noch nicht wieder ganz bei Sinnen war, konnte er das Geschoß mit dem Schwert seitlich ablenken. Dann stürzte er sich auf Elora, die, genau wie sie es in ihren Trainingsduellen mit Khory gelernt hatte, seine Waffe mit ihrem

Krummschwert abwehrte. Der Ritter war selbst in seinem angeschlagenen Zustand noch wesentlich schneller als jeder Daikini, doch Eloras Übungsstunden mit dem Dämonenkind, deren Schnelligkeit und Gewandtheit alle Vorstellungen übertrafen, zahlten sich jetzt aus. Während rundherum die Kämpfenden wie wild mit ihren Klingen aufeinander eindroschen, so daß der ganze Raum vom Klirren der Schwerter widerhallte, klangen die Waffen, mit denen Elora und der Ritter sich duellierten, wie Silberglocken.

Und dann machte sie einen überraschenden Ausfall und setzte ihm das Schwert an die Kehle.

»Fallen lassen«, rief sie. »Weg mit der Waffe!«

Er nickte nur knapp und ließ die Waffe fallen. Da Elora ihn keine Sekunde aus den Augen lassen wollte, bat sie Rool, ihr zu sagen, was sich hinter ihr abspielte.

Genau darauf hatte der Elfenritter gewartet. Eloras Fähigkeiten imponierten ihm überhaupt nicht, obwohl sie ihn soeben noch in seine Grenzen gewiesen hatte; die einzige ernstzunehmende Bedrohung war für ihn der Brownie. Sobald Rool wegsah, hielt der Ritter plötzlich wie durch ein Wunder Messer in beiden Händen, die unauffällig in Scheiden an seinen beiden Unterarmen gesteckt hatten. Mit einem blitzschnellen Fußtritt versuchte er, Elora das Schwert aus der Hand zu schlagen, um ihr anschließend die beiden Dolche in den Leib zu stoßen.

Nur daß dieses Vorhaben mißlang, da sie blitzschnell reagierte. Der Fußtritt, mit dem er ihr den Arm zertrümmern und das Schwert aus der Hand schlagen wollte, streifte sie nur leicht, als sie sich in die Knie fallen ließ und zugleich niederduckte.

In dieser Situation gereichte dem Elfenritter seine Größe zum Nachteil. Er konnte sich nicht ganz so rasch hinabbeugen wie Elora, und zudem erschwerte es ihm der Schwung seines Oberkörpers, sich wieder aufzurichten. Plötzlich stand er wehrlos da, und Elora drehte sich jetzt blitzschnell wie ein Kreisel. Es blieb keine Zeit zum Zaudern, Überlegen oder was immer. Beide Gegner hatten einen Kurs eingeschlagen, von dem es kein Zurück mehr gab.

Der Ritter stieß einen Fluch aus, aber in Sandeni war das nichts Besonderes. Das letzte, was er sah, war Eloras Gesicht. Doch sie empfand keine Wut, sondern nur Bedauern.

Sie hatte es auf diesen Kampf genausowenig abgesehen wie Anakerie, als sie jetzt unterhalb der Rippen seitlich an einer Nahtstelle seinen Brustpanzer durchstieß und ihn ins Herz traf.

Ihr blieb keine Zeit, sich näher mit seinem Tod zu befassen, da ihr ein einziger Blick durch den Raum genügte, um die Situation zu erfassen.

Anakerie stand breitbeinig über dem am Boden liegenden Ryn auf der Veranda, ihr herrliches blaues Kleid war über und über mit Blut besudelt, während das Schwert, das Elora ihr gegeben hatte, die Luft schneller durchschnitt, als das Auge zu folgen vermochte. Auch ihr Körper bewegte sich kaum langsamer, als sie jetzt jedem Krieger die Stirn bot, der sich an sie herantraute.

In der Halle herrschte ein totales Chaos: Leiber wirbelten wie wild durcheinander, und Schreie mischten sich mit Schwerterklirren.

»Wo ist Franjean?« fragte sie Rool. »Wo ist Thorn?«

Sie traute sich nicht, ihre EinSicht zu aktivieren, da sie ihre ganze Konzentration für den Kampf ums nackte Überleben brauchte.

»Maizan!« hörte sie jemanden brüllen und sah Anakeries Leibgarde in geschlossener Formation in den Raum stürmen. Die Männer, die sich sämtlichen Feinden diesseits und jenseits des Schleiers überlegen fühlten, trugen keine Schilde, waren aber von Kopf bis Fuß durch eine stählerne Rüstung geschützt.

Beide Parteien stießen krachend aufeinander, und der Kampf verwandelte sich augenblicklich in zahlreiche Einzelduelle. Zuerst erschienen die Daikini überlegen, denn der Stoff, aus dem ihre Waffen geschmiedet waren, war für ihre Feinde wie ein tödliches Gift. Hinzu kam noch, daß die Elfenritter unter den beengten Verhältnissen, die in dem Raum herrschten, ihre außerordentliche Schnelligkeit nicht zur Geltung bringen konnten. Die Maizan glaubten außerdem, daß die Panzer der Elfen ihren Krummsäbeln kaum Widerstand zu bieten hätten.

Doch zu ihrer Überraschung und sehr schnell sogar zu ihrem Entsetzen zeigte sich, daß dies nicht der Fall war. Denn die Panzer der Feen ließen sich nur mit immensem Kraftaufwand durchbrechen, und selbst wenn ein solcher Gewalthieb einmal von Erfolg gekrönt war, konnten andere Elfen den Maizan, der ihn ausführte, unterdessen attackieren. Und so drohte dem einzelnen Daikini nicht so sehr Gefahr von dem Feind, auf den er unmittelbar einschlug, sondern von dessen Kameraden, die von hinten und von den Seiten angriffen.

Die beiden gegnerischen Parteien hätten in puncto Erscheinung und Kampfstil kaum unterschiedlicher sein können. Schon bei ihrem Eintreten erschienen die Maizan wie dunkle, plumpe Gestalten ohne jegliche Eleganz – wie aus einer Form gegossen. Die Elfen dagegen verloren, selbst wenn sie in Formation kämpften, niemals ihre Individualität, ihre phänomenale Gewandtheit, so daß man fast glauben konnte, man wohne einem Schaukampf bei und nicht einer blutigen Schlacht. Selbst eine blitzartig zustoßende Kobra hätte es in puncto Schnelligkeit mit ihnen nicht aufnehmen können, und sie verfügten zudem über schier unbeschreibliche Kräfte. Die Hiebe, die die Maizan austeilten und die einen anderen Feind röchelnd zu Boden gestreckt hätten, gingen hier häufig ins Leere. Und bevor noch der unglückliche Angreifer sich wieder in Position bringen konnte, war sein Lebenslicht bereits ausgeblasen. Oder aber ein Paar Hände legten sich um seinen Kopf – mit so langen, wohlgeformten Fingern, daß man hätte glauben mögen, sie könnten keine Eierschale zerbrechen. Doch dann kam der fürchterliche Augenblick, da der solchermaßen gefangene Daikini wie in einem Schraubstock zappelte, während ihm jene wohlgeformten Hände kurzerhand und gnadenlos das Genick brachen.

Die Maizan waren tapfere und geübte Kämpfer, trotzdem hatten sie nicht den Hauch einer Chance.

Khory Bannefin kam ihnen zur Hilfe.

Sie trug keine Rüstung – nur ein dünnes Kettenhemd unter ihrem Waffenrock. Mit einem Schwert in jeder Hand trat sie den Elfen entgegen, und auf ihrem Gesicht war deutlich die ungestüme Freude zu erkennen, von der sie erfüllt war. So schnell die Elfenkrieger auch sein mochten, sie war schneller, und ihre Hiebe, Stöße und Paraden glänzten durch eine wahrhaft meisterliche Präzision. Keine ihrer Bewegungen war überflüssig, keine Gelegenheit ließ sie sich entgehen. Sie tötete selbst, aber sie trieb ihre Feinde auch in die aufgepflanzten Schwerter anderer Krieger, sie raffte in so kurzer Zeit so viele der Elfen dahin, daß diese sich ein wenig zurückziehen mußten, um sich neu zu formieren.

Doch sie ließ ihnen keine Chance und stürzte sich auf sie, um hier die Spitze der Klinge in eine ungeschützte Kehle zu stoßen und in einer blitzschnellen Seitwärtsbewegung einem anderen Elfenritter beinahe die Schulter abzuhacken, während sie mit dem zweiten Schwert etwaige Angreifer auf Abstand hielt, um dann dem tollkühnen Ritter, der es trotzdem wagte, sogleich das erste Schwert in den Leib zu rammen. Der Elfenritter stürzte zu Boden und heulte laut auf, durch die bloße Berührung des Stahls ebenso vernichtend getroffen wie durch die Wunden, die sie ihm zugefügt hatte, während ein Maizan hinzueilte und ihm den Rest gab. Doch inzwischen war Khory schon wieder enteilt – einem weiteren Duell und einem weiteren Sieg entgegen.

Thorn kämpfte nicht mit dem Schwert, sondern mit einem Bauernspieß, der doppelt so lang war wie er selbst und Elora an den Amtsstab erinnerte, den der Regent des Kleinen Feenreichs auf dem Elfenberg getragen hatte. Trotz seiner geringen Größe war er deshalb mit dem Schwert kaum zu erreichen, weil er seine Gegner mit dieser Waffe auf Distanz hielt. Mit der ihm eigenen Gewandtheit und Treffsicherheit zielte er mit seinem Spieß auf die Fußgelenke, Knie oder den Unterleib der Elfenritter, um diese zu verwirren oder zu Boden zu strecken und ihnen dann mit seiner Waffe den Rest zu geben. Gleichzeitig entfachte Franjean ein Störfeuer ganz eigener Art, wobei er sparsam mit seiner Energie umging, von der er schon einen Großteil verausgabt hatte, als er Elora zu Beginn des Kampfes durch einen gewaltigen Pfeilschuß zu Hilfe gekommen war. Deshalb beschränkte er sich jetzt darauf, die Elfen durch gezielte Schüsse so weit abzulenken, daß andere Kämpen den Rest erledigen konnten.

Einer dieser Kämpen war Renny Garedo, der – wie Elora rasch erkannte – inmitten eines Haufens gefallener Daikini und Cascani immer mehr in Bedrängnis geriet. Er hatte seine Männer – die ihr Letztes gegeben hatten – heldenhaft in den Kampf geführt, aber seine bloße Anwesenheit reichte schon aus, um die Elfenkrieger vollends in Rage zu versetzen, als sei seine bloße Existenz eine für sie unerträgliche Beleidigung.

Renny versuchte gar nicht erst zu entkommen oder gemeinsam mit den anderen Verteidigern eine Formation zu bilden. Ganz im Gegenteil. Er machte sich die Wut, mit der die Elfen auf ihn eindroschen, sogar zunutze, um sie besonders zu reizen und auf sich zu ziehen, damit – auch wenn es ihn selbst das Leben kosten sollte – wenigstens Thorn und Elora den Kampf unbeschadet überstehen konnten.

Doch Elora war da anderer Meinung.

Es waren nur noch einige wenige Maizan übrig, die jetzt Richtung Veranda vorrückten. In dem allgemeinen Kampfgetümmel stand Khory jetzt nicht weit von Thorn und Renny entfernt.

Elora versuchte gar nicht erst, ihre normale Stimme zu gebrauchen. Nach ihrem Auftritt war davon ohnehin nicht mehr viel geblieben. Selbst wenn sie aus vollem Hals geschrien hätte, hätte sie sich in dem Lärm kaum verständlich machen können. Normalerweise sprach sie nicht gerne mit Khory in Gedankensprache. Jeder solche Kontakt erinnerte sie daran, daß die menschlichen Züge des Dämonenkindes nur eine Fassade waren. Darunter verbarg sich, wie ein Ozean unter einer Eisdecke, ein unauslotbarer dunkler Abgrund, ein Wesen so tödlich wie nichts anderes in den Zwölf Reichen. Genau wie Renny zog deshalb auch Khory in dieser Schlacht die ganze Wut der Elfenritter auf sich. Die Elfen spürten die Doppelnatur des Dämonenkindes und sahen die Gelegenheit gekommen, endlich Vergeltung an einer Rasse zu üben, die ihnen fast so verhaßt war wie die Daikini.

Elora blieb keine Zeit mehr für weitere Grübeleien. Sie mußte augenblicklich handeln, sonst war es zu spät.

»Khory«, rief Elora in Gedankensprache. »Bring Renny zu Thorn und bleib bei den beiden.«

Diese Aufforderung war keine Bitte, sondern ein königlicher Befehl, der Gehorsam verlangte.

Khory gab keine Antwort, was Elora allerdings auch gar nicht erwartet hatte. Im Vertrauen darauf, daß die Kriegerin schon das Richtige tun würde, lenkte Elora ihre Aufmerksamkeit jetzt in eine andere Richtung.

Rool hatte ihre Instruktionen gehört. Er machte sich darüber so seine eigenen Gedanken.

»Am besten, du hältst dich ebenfalls an Khory, Elora, ihre Schwerter sind der beste Schutz.«

Sie entgegnete nichts, sondern tat, was sie für richtig hielt. Sie hatte kaum einen Schritt gemacht, als Rool begriff, worauf sie hinauswollte, und lauthals protestierte.

»Bist du verrückt geworden, Mädchen? Hör mit diesem Unsinn auf, sofort, bevor sie uns beide kriegen!«

»Für heute werde ich deinen Tod zu verhindern wissen, Rool.«

»Und was ist mit dir selbst?«

»Anakerie kämpft dort drüben ganz alleine! Ich kann sie unmöglich im Stich lassen.«

»Immerhin ist sie eine professionelle Kämpferin, blöde Göre, schließlich ist der Krieg ihr *Beruf!*« In seiner Empörung ließ der Brownie sämtliche Regeln der Etikette und des Taktes außer acht und sagte einfach, was ihm gerade in den Kopf kam. Doch sosehr er auch auf sie einredete, er konnte Elora von ihrem Vorhaben nicht abbringen.

Franjean war Rools Gezeter nicht entgangen. Ohnehin wußten die beiden stets, was der andere gerade dachte oder erlebte, und so setzte Franjean sogleich Thorn von den Ereignissen in Kenntnis. Sie alle waren sich der Gefahr bewußt, in der Elora schwebte, doch konnten sie nichts dagegen tun. Sie waren selbst in so großer Bedrängnis, daß sie sich zuerst um ihre eigene Sicherheit kümmern mußten.

Elora schleuderte einen Stuhl quer über die Veranda und holte damit einen Elfenritter von den Beinen, der Anakerie gerade von hinten erdolchen wollte. Dank dieser Intervention kam Anakerie mit einer bösen Fleischwunde davon. Sofort fuhr sie herum und stieß dem Elfenmann die Spitze ihres Schwertes in die Kehle. Das Blut spritzte hoch auf, und der Gefallene röchelte sein Leben aus, während Anakerie mit ihrem Krummschwert bereits wieder die Attacke eines anderen Angreifers parierte. Doch da kam auch schon Elora herangeflogen und versetzte dem Angreifer seitlich einen solchen Stoß, daß er neben der Veranda in ein Gebüsch stürzte. Sofort schnappte sich Anakerie eines der Messer des Elfen und stieß es ihm in die Kehle.

»Was willst du denn hier?« fauchte sie die junge Frau an, während beide Schulter an Schulter über Ryns leblosem Körper standen und mit ihren Schwertern vor sich ein Gewebe lebensgefährlicher Streiche in die Luft zeichneten, während Rool, der auf Eloras Schulter hockte, ebenfalls sein möglichstes tat, um von Nutzen zu sein.

»Ich dachte, du brauchst vielleicht Hilfe.«

»*Deine* Hilfe, Nachtigall? Der Tag muß noch kommen!«

»Wenn wir nur lange genug hierbleiben, Hoheit, könnte es passieren, daß dieser Tag schon bald anbricht.«

Wie lange sie gekämpft hatten, wußte hinterher keine von beiden mehr. Eine Uhr hätte vielleicht nur Minuten angezeigt, doch dies hätten die beiden Frauen gewiß bestritten, denn nach ihrem Empfinden waren Stunden verstrichen. Sie wurden von allen Seiten hart bedrängt, auch dann noch, als zwei oder drei Maizan sich bis auf die Veranda durchkämpften. Was sie sah, roch oder hörte – jede Sinneswahrnehmung –, verwandelte sich für Elora in ein tosendes Inferno, das den Fluß der Zeit immer wieder in Augenblikken erstarren ließ. Sie verlor jegliche Empfindung für sich selbst, aber auch für jene, mit denen sie auf Leben und Tod ihre Kräfte maß. Ihre Gegner – wie auch sie selbst – erschienen ihr nur noch wie Objekte, und der Umstand, daß sie mit ihrer Waffe Leiber aufschlitzte, bis das Blut hoch aufspritzte und die Augen glasig wurden, bekümmerte sie nicht mehr. Sie focht wie der Teufel, schließlich stand ihr eigenes, aber auch das Leben von Freunden und Kameraden auf dem Spiel, doch diese Wahrheit war ihrem Körper wesentlich deutlicher bewußt als ihrem Kopf.

Doch dann geschah – wie aus dem Nichts – die Katastrophe.

Ein bereits von Anakerie schwer verwundeter Elfenritter stürzte sich freiwillig in Eloras Kurzschwert. Mit einer Hand umklammerte er ihren Oberarm, mit der anderen faßte er ihr in den Schritt. Dann hob er sie in die Luft und schleuderte sie in hohem Bogen auf den Rasen. Zu spät trennte ihm Anakerie mit einem gewaltigen Hieb den Kopf mitsamt einer Schulter vom übrigen Körper.

Elora war schmerzhaft auf dem Rasen gelandet, rappelte sich jedoch sofort auf Knie und Hände und versuchte sich zu orientieren, um sich – und vor allem Rool – in Sicherheit zu bringen. Sie rief in Gedankensprache laut nach ihm und spürte, wie sich ihr Herz zusammenkrampfte, als er nicht antwortete.

Sie hörte einen lauten Schrei von der Veranda und sah Anakerie, die ihr zur Hilfe eilen wollte. Doch zwischen den beiden Frauen befand sich inzwischen ein Elfenritter auf seinem Pferd, das gerade einem der Maizan mit den Vorderklauen den Leib aufriß. Sie hörte, daß noch weitere Pferde heransprengten, doch dann, als sie gerade aufspringen wollte, spürte sie, daß etwas Federleichtes sich über ihre Beine legte. Einen Augenblick später stieß sie einen lauten Schmerzensschrei aus, als jenes federleichte Gewebe sich so eng um ihre Beine schloß, daß sie glaubte, ihre Knochen müßten brechen.

Sie versuchte sich zu bewegen, konnte aber nur hilflos zappeln wie ein Fisch an Land und sah jetzt Streifen von glitzernder Energie, die auf ihrem Fleisch brannten.

»Ich hab' die Danan«, hörte sie und sah einen Elfenritter vom Pferd steigen.

»Töte sie!« kreischte ein anderer, der noch im Sattel saß.

»Das entspricht weder dem Plan noch unserem Auftrag.«

»Zum Teufel mit beidem. Dieser Kampf hat schon zu vielen von uns das Leben gekostet; das ist sie nicht wert.«

»Ist das für einen Ritter der Wilden Meute ein Kampf, mein Freund, wenn der Gegner eine leichte Beute ist? Du bist völlig im Unrecht, der Mut, den sie heute nacht gezeigt hat, ist dafür der beste Beweis. Die Danan ist ein unschätzbarer Besitz. Und schon bald wird sie uns gehören.«

Aus einem Beutel zog der Ritter jetzt einen Ring hervor, der groß genug war, um ihn Elora um den Hals zu legen. Er war aus Gold, etwa vier Finger breit, einen halben Finger dick und mit Runen und Siegeln verziert, die ein schreckliches gelbes Licht verstrahlten und ihr Übelkeit verursachten, als sie sie jetzt genauer betrachtete.

Der Elf klappte den Ring wie ein normales Schmuckstück auseinander, doch Elora fühlte sich durch das schimmernde Metall an ein Raubtier erinnert, das vor dem tödlichen Biß noch einmal die Zähne fletscht. Sie kämpfte gegen ihre unsichtbaren Fesseln an und hielt verzweifelt nach etwas Ausschau, was sie als Waffe hätte verwenden können. Plötzlich erblickte sie Rool, der reglos auf einer zerbrochenen Fliese lag. Sie schaute sogleich wieder weg, um nicht die Elfen durch ihren Blick auf den ohnmächtigen Brownie aufmerksam zu machen. Der Elfenritter versuchte jetzt, ihr den Ring um den Hals zu legen, und sah mitleidsvoll auf sie herab, als sie ihn mit ihren Händen daran hindern wollte. Doch sie versuchte nicht, seine Hände festzuhalten, sondern umklammerte vielmehr den Ring, um zugleich damit den Elf wegzuschieben.

Doch die Pattsituation dauerte nur kurz.

Zu ihrem Entsetzen spürte Elora, wie das Metall unter ihren Fingern schmolz. Das alles spielte sich so nahe vor ihren Augen ab, daß sie nicht genau sehen konnte, was eigentlich geschah. Doch in ihrer Verzweiflung schaltete sich automatisch ihre EinSicht ein, so daß sie durch die Augen ihrer beiden Angreifer einen fragmentierten, kaleidoskopartigen Blick auf die Szene werfen konnte. Der Ring verformte sich wie Kitt und streckte züngelnde Fühler nach ihr aus, die ebenfalls diesen widerlichen Glanz verströmten, sich um ihre behandschuhten Hände wickelten, sich zwischen ihren Fingern hindurchschoben und sich gierig ihrem ungeschützten Hals entgegenreckten. Ohne daß sie einen Grund dafür hätte angeben können, wußte Elora instinktiv, daß ihr Schicksal besiegelt sein würde, sollte es den Tentakeln gelingen, ihren Hals zu berühren oder zu umschlingen

Eine Salve Brownie-Pfeile traf den im Sattel sitzenden Elfenritter wie ein Hagel von Donnersteinen, unter der sein Brustpanzer ebenso zerbarst wie seine Knochen und sein Herz darunter.

Gleichzeitig hörte Elora lautes Wutgeheul und das Zischen eines Gegenstandes in der Luft. Dann sah sie aus den Augenwinkeln Thorn Drumheller, der mit der ganzen Kraft seines kleinen Körpers seinen Spieß wie einen Knüppel schwang. Der Kopf des zweiten Elfenritters vermochte der Wucht des Schlages ebensowenig standzuhalten wie zuvor der Panzer seines Kameraden dem Aufprall der Pfeile. Und dann stürmte eine weitere Gestalt durch Eloras Blickfeld, als Khory jetzt mit dem Schwert blitzschnell den Kopf des Mannes von seinem in sich zusammensackenden Körper trennte. Mit einem lauten Schrei schleuderte Elora jetzt den Halsring soweit wie möglich von sich.

»Schon gut«, sagte Thorn zu ihr, als sie sich auf dem glitschigen, zertrampelten Gras aufzurappeln versuchte. »Ist schon gut«, sagte er ein ums andere Mal wie zu einem verängstigten Kind.

Ohne auch nur mit einem Wort auf ihre Herkunft einzugehen, flehte jetzt auch Franjean Khory kreischend um Hilfe an, während er an Thorns Ärmel herunterkletterte, bis er von dort aus auf eine Stufe springen und seinem Kameraden zu Hilfe eilen konnte.

»Die Elfen?« fragte Elora mit kaum vernehmbarer, rauher Stimme.

»Die sind erledigt«, entgegnete Anakerie, die hochaufgerichtet und alleine auf der Veranda stand.

Sie alle boten einen grauenvollen Anblick: über und über mit Blut besudelt, und manches davon ihr eigenes. Ihre

Kleider waren völlig ruiniert, schweiß- und schmutzstarrend und von den Klingen der Feinde zerfetzt. Sie alle hatten den Geruch des Todes an sich, sahen um sich herum die Elfen, die sie umgebracht hatten, und waren sich bewußt, noch einmal davongekommen zu sein. Noch konnte keiner von ihnen wirklich glauben, was geschehen war.

»Was«, fing Elora abermals an, »ist hier eigentlich passiert?«

»Was kann schöner sein«, bemerkte Thorn so nonchalant, als säßen sie alle in der Schwarzäugigen Susanna bei einem gemütlichen Abendessen, »als im Krieg dem Feind den Kopf abzuschlagen und ihm auch noch das zu verwehren, worauf er seine größten Hoffnungen gesetzt hat?«

»Du meinst meinen Tod?« fragte Anakerie, die Thorn gerade auf etwaige Verletzungen hin untersuchte. Die beiden blickten sich einen Augenblick lang vielsagend an, und Thorn täschelte kurz Anakeries Hand.

»Nicht nur deinen, sondern auch den Tod des Kanzlers, des Faktors und all der anderen Honoratioren, die hier versammelt waren. In Angwyn hat der Betrüger das doch geschafft, warum nur hier nicht?«

»Es gibt Leute, die aus der Geschichte lernen«, erwiderte sie mit einer gewissen grimmigen Bewunderung für diesen tollkühnen Überfall, »nur um sie zu wiederholen.«

Bevor irgend jemand ihr zur Hilfe eilen konnte, sprengte Elora mit einem gewaltigen Ruck ihrer Beine und einem lauten Schrei ihre Fesseln. Keuchend und schluchzend barg sie dann ihr Gesicht in den Falten von Thorns Mantel.

»Das waren Wurffesseln aus purer Energie«, konstatierte Renny, ohne sich an jemand Besonderen zu wenden. »Die sind eigentlich unzerreißbar.«

»Magie hin oder her – jedenfalls nicht für Elora«, sagte Khory nur.

Renny hielt den Halsring empor, den die Elfen Elora hatten anlegen wollen. »Das Ding hier verfügt ebenfalls über magische Kräfte. Ein Sklavenring. Die Dinger versklaven den Träger – wie der Name schon sagt – körperlich ebenso wie geistig. Sind angeblich ein Königreich wert.«

»Laßt mich damit in Ruhe«, kreischten Elora und Thorn fast gleichzeitig.

»Wenn sie Euch das Ding angelegt hätten, Elora«, sagte der Konstabler, »hätte Euch das für Euer Leben gezeichnet. Jedenfalls solange Ihr nicht den Magus ausfindig gemacht hättet, der es hergestellt hat, damit er Euch von dem Zauber befreit.«

»Dann haut es endlich kaputt.« Sie schmiegte sich noch enger an Thorn.

»Ehrlich gesagt, ich weiß nicht, ob das überhaupt möglich ist.«

»Wieso soll das Ding denn gefährlich sein, wenn sie doch immun ist?« fragte Anakerie.

»Dieser Ring ist *uralt,* Hoheit«, entgegnete Renny.

»Niemand kennt mehr seine Herkunft, man weiß nur mehr, wie diese Dinger gemacht werden – in einem so widerwärtigen Verfahren, daß ich Euch die Einzelheiten ersparen möchte – und was man damit tun kann. Ihr habt mit eigenen Augen gesehen, wie Elora damit gekämpft hat, denn ihre Seele wußte ganz genau, womit sie es da zu tun hatte. Sie hätte lieber den Tod hingenommen, als diesen Halsring zu akzeptieren. Diese Sklavenringe sind genauso scheußlich wie der Unhold, der ihn in Auftrag gegeben hat. Man sollte sich mit keinem von beiden leichtfertig einlassen.«

Elora sah Thorn tränenüberströmt an. »Die Räder haben keine Nabe, in der sie verankert wären.«

Er nickte. »Und drehen sich deshalb immer unkontrollierter.«

»Und genau das ist deine Funktion, Heilige Prinzessin«, lästerte Anakerie, die neben Ryn am Boden hockte und dessen Wunden notdürftig versorgte, »alle Dinge zusammenzuhalten.«

»Jedes Ding hat so etwas wie eine innere Struktur, verdammt noch mal«, zürnte Elora, die jetzt aufgesprungen war.

»Eine innere Ordnung – das weiß ich. Du sprichst genauso krauses Zeug wie Mohdri. Wenn man ihm nur lange genug zuhört, glaubt man am Ende, daß er wirklich nur das

Beste will. Ein paar Unannehmlichkeiten und Schmerzen in der Gegenwart und dafür eine glorreiche Zukunft.«

»Nur daß er unrecht hat.«

»Und hast du etwa recht?«

»Die Kreise überschneiden sich, weil es nur *eine* Welt gibt. Was immer geschieht, es hat auf alles seine Auswirkungen. Wenn es kalt wird, leiden die Daikini. Aber auch das Kleine Feenland und, wer weiß, vielleicht sogar die Drachen. In all den alten Geschichten heißt es, sie seien ein Quell des Genius und der Inspiration. Sie sind in jenem Reich zu Hause, das wir in unseren Träumen besuchen. Aber wenn es niemanden mehr gibt, der träumt, was wird dann aus ihnen? Und wenn es keine Drachen mehr gibt, die uns in unseren Träumen inspirieren, was wird dann zu guter Letzt aus uns?

Die Wand existiert wirklich, daran besteht kein Zweifel, und die Daikini in Sandeni haben gelernt, damit zu leben – genau wie die Cascani gelernt haben, mit den Wyrrn zu leben. Und dem Zusammensein einer Elfe mit einem Daikini verdankt Renny, daß es ihn gibt. Das alles ist doch gar nicht so schwierig.« Sie sah mit tränenerfüllten Augen über den Garten und all die Toten hin, bis ihr Blick schließlich an dem Ring in Rennys Hand hängenblieb. »Man muß sich selbst nur eine Chance geben.«

Sie blinzelte die Tränen aus ihren Augen fort und sah dann Anakerie an. Mit drei raschen Schritten war sie bei ihr. Sie stand jetzt vor der Kriegerin, und alle sahen, daß Anakerie ihr keinen Widerstand entgegensetzte, als Elora ihr das Langschwert entwandt und sich kampfbereit vor ihr aufbaute. Es war seltsam zu sehen, wie sich ihr Aussehen plötzlich ins Gegenteil verkehrt hatte, denn die Kriegsherrin, die doppelt so alt war wie Elora, wirkte plötzlich wie ein Kind neben ihr.

»Was geschieht hier?« fragte Elora mit jener ruhigen, konzentrierten Stimme, mit der Anakerie sonst zu sprechen pflegte. Ihr Tonfall war nicht königlich, sondern dokumentierte schlicht ihren Führungsanspruch. »Was hast du getan?«

»Genau das, was meine Pflicht ist«, erwiderte Anakerie mit einem matten Lächeln. »Nach einer Möglichkeit zu suchen, wie wir den Sieg davontragen können. Und deshalb hab' ich zum Beispiel Spione eingesetzt. Darum war ich über die Überraschung des Kanzlers – diesen Fackelaufzug am Seeufer und oben auf der Klippe – auch bereits zu dem Zeitpunkt informiert, als ihm die Idee vorgetragen wurde.«

Sie stand reglos da, als seien ihr soeben selbst Fußfesseln angelegt worden, und während sie mit militärisch knapper Stimme sprach, bekamen ihre Augen einen immer gehetzteren Ausdruck, als ihr allmählich klar wurde, daß sie einen unverzeihlichen Fehler begangen hatte.

»Und wer sollte in dieser Situation, als sich so viele Leute oben auf der Wand versammelt hatten und alle Augen auf uns hier draußen gerichtet waren, auf das achtgeben, was hinter unserem Rücken geschieht?«

»Ihr sprecht von der Bevölkerung, nicht vom Militär«, warf Renny mit spöttischer Stimme dazwischen. »Man kann die Leute soviel ablenken wie man will, aber die Armee ist immer in Bereitschaft.«

»Wir haben unsere eigenen Quellen, Anakerie«, pflichtete Thorn ihm bei. »Eigentlich hätten wir von größeren Truppenbewegungen Kenntnis haben müssen.«

»Wer redet denn von größeren Truppenbewegungen, Zwerg?« Normalerweise hätte Thorn sich diese Beleidigung verbeten, doch Anakerie benutzte das Wort wie einen Kosenamen, und die beiden hatten sich schon oft darüber amüsiert. »Und wer sagt, daß das alles überhaupt etwas mit Sandeni zu tun hatte?« fuhr sie dann an Renny gewandt fort. »Elora sieht die Zusammenhänge klarer als ich. Ich wünschte, ich hätte das früher begriffen. Sandeni ist nur eine Schlacht, aber Mohdri möchte den ganzen Krieg gewinnen.«

»Und wie will er das anstellen?« wollte Elora jetzt von ihr wissen.

»Er hat alle magische Energie der Welt auf sich selbst gezogen. Wenn er erst einmal dafür gesorgt hat, daß alle

Macht nur mehr von ihm ausgeht, dann kontrolliert er die ganze Welt. Er kann dann bestimmen, in welcher Beziehung die Reiche zueinander stehen, und er kann sie, wenn er will, zum Frieden zwingen. Um das zu erreichen, glaubt er, daß es am besten ist …«

»Nein«, stöhnte Elora wie vom Donner gerührt auf, als ihr in diesem Augenblick klar wurde, worauf Anakerie hinauswollte.

»… wenn er die Macht der Drachen an sich reißt. Jedenfalls gibt es dann in keinem der Reiche mehr einen Zauberer, der ihm die Stirn bieten kann – wenn überhaupt, könnten sie das nur gemeinsam wagen.«

»Und was hat das alles mit Sandeni zu tun?« wollte Renny wissen.

»In Sandeni gibt es ein *Welttor«*, sagte Elora, »das wesentlich älter ist als die Stadt selbst. Manche glauben, daß es eines der ältesten auf der ganzen Welt ist, ein Tor, das ins Reich der Malevoiy führt. Die Herren des Alten Feenlandes lassen sich auf der Erde genausowenig blicken, wie wir ganz und gar erdgebundenen Daikini uns in das Feenland verirren. Denn wir sind die Wächter am Tor zum Kreis des Geistes. Aber wo ist dieses Tor?« Die Worte sprudelten wie ein Sturzbach aus ihrem Mund, als sie Anakerie bei den Schultern packte und schrie: »Wo ist dieses verdammte Tor? Los, sag schon!«

»*Ich weiß es nicht!* Ehrlich, und ich wollte es auch nicht wissen. Ich möchte, daß der Krieg endlich aufhört. Ich möchte, daß auf beiden Seiten des Schleiers endlich Schluß ist mit dem Blutvergießen und dem Leiden.« Sie schüttelte Elora von sich ab und wies mit dem Arm auf das Schlachtfeld. »Mohdri ist ein unbeschreibliches, völlig wahnsinniges Scheusal, auch wenn er immer wieder um Wohlwollen buhlt. Vielleicht meint er es ja gut, aber ich glaube gar nicht, daß er noch weiß, was das ist. Er leidet an einer Angst, die all seine Bemühungen zunichte macht.« Sie blickte plötzlich von Elora zu Thorn hinüber und dann auf Ryn hinab. »Er hat keinen Glauben und am allerwenigsten Vertrauen zu sich selbst. Aber natürlich war die Elora Danan, die ich früher gekannt habe, für ihn keine ernstzunehmende Gegnerin, auch nicht mit Thorn Drumheller an ihrer Seite.

Mir ist es von Geburt an bestimmt, eine Krone zu tragen«, fuhr sie dann ungeachtet ihres Kummers stolz fort. »Ich habe ein Volk, das meiner Fürsorge bedarf. Ich kann mir den Luxus nicht mehr leisten, für eine verlorene Sache zu kämpfen, auch wenn ich das in der Vergangenheit vielleicht getan habe.

Es tut mir leid«, sagte sie dann und suchte Eloras Blick. »Ich hätte mehr Vertrauen haben sollen.«

»Ich hatte ja auch keines«, entgegnete Elora sanft. »Aber ich habe dazugelernt.«

»Das Problem ist nur«, sagte Renny, »die Truppen des Kastellans kennen ihr Ziel.«

»Vielleicht sind sie nicht die einzigen; jedenfalls müssen wir sofort ins Tafelland hinauf.«

»Die Seilbahn ...«

»Zu langsam! Pferde«, schrie Elora, »wo gibt es hier Pferde, wir brauchen Pferde!«

»Unsere Pferde sind dort drüben im Stall«, sagte Anakerie, »ihr könnt sie haben.«

»Und was ist mit dir?« fragte Thorn und umfaßte mit beiden Händen ihre Hand. Sie saß auf der obersten Stufe, und Ryns struppiger Kopf ruhte auf dem zu einem Kissen zusammengerollten Rock eines ihrer gefallenen Leibgardisten. Den Körper des Wyr hatte sie sorgfältig in ihren eigenen Mantel gehüllt.

»Ich bin nicht frei in meinen Entscheidungen.«

»Aber unsere Sache ist noch nicht verloren!«

Sie lächelte. »Ich spreche hier nicht von meinen offiziellen, sondern von familiären Pflichten.«

Ryn verstärkte den Griff, mit dem er ihre andere Hand umklammert hielt.

»Keri«, stieß er rauh hervor, und nicht nur seine Stimme erinnerte an einen Geist, »tu das nicht!«

»Schscht«, sagte sie und blickte abwechselnd ihn und dann Thorn an. »Und nenn mich nicht bei diesem Namen. So darf mich nur derjenige nennen, den ich liebe.«

»Das entspricht nicht ganz der Wahrheit«, sagte Thorn. »Soweit ich weiß, durfte dich früher nur dein *Bruder* so anreden.«

»Rassenmischung«, sagte Ryn schwach, »gibt es nicht nur in Sandeni. Die Schamanen der Wyrrn können Prophezeiungen genausogut lesen wie jeder andere. Sie wußten, daß die Ankunft Elora Danans eine Zeit der Veränderung und großer Gefahren einläutet. Sie hatten bereits Hinweise darauf, welche Rolle Angwyn in dem ganzen Geschehen bestimmt war. Unsere Mutter war eine Wyr, und obwohl sie unseren Vater seit dem Augenblick geliebt hat, da sie ihn zum erstenmal sah, hielt sie diese Liebe wegen des Rassenunterschiedes für aussichtslos. Durch einen Wandlungszauber nahm sie dann die Gestalt einer Daikini an, und so machte sie sich daran, das Herz des Königs von Angwyn zu gewinnen. Er hat nie gewußt, daß sein Erstgeborener für den Dienst an den Wyrrn bestimmt war. Den alten Prophezeiungen zufolge sollte einer der beiden Zwillinge an Land bleiben, während der andere sein Leben im Meer verbrachte. So hoffte man, daß wenigstens einer von beiden den Kataklysmus überstehen und beide Königreiche vereinigen und führen würde.«

»Das hast du nie gewußt?« fragte Thorn Anakerie.

Sie schüttelte den Kopf. »Erst als die Schwarze Rose ihn gefangen und seiner Seele Fesseln angelegt hat, war es mir plötzlich klar. Zwar können wir nicht auf gemeinsame Wunden im Fleische verweisen, aber im Geist.

Ich muß ihn nach Hause bringen, Thorn. Ich muß *herausfinden,* wo wir überhaupt zu Hause sind. Dann wird sich zeigen, was das Schicksal noch für uns bereithält.«

»So betrachtet sind wir allesamt verlorene Seelen, Anakerie. Von allem abgeschnitten, was wir einmal gekannt haben, um etwas Besseres neu aufzubauen.«

»Ihr geht jetzt besser.«

»Ich werde dich wiederfinden, Keri.«

»In besseren Tagen, hoffe ich.«

Sie verzichteten auf ein großes Abschiedszeremoniell und umarmten sich nur ein letztes Mal innig.

Elora, die schon aufgesessen war, wartete bereits vor

dem Haus auf Thorn und zog ihn zu sich hinauf in den Sattel, so daß er jetzt vor ihr saß.

»Halt dich gut fest«, warnte sie ihn, als sie dem Pferd die Sporen gab, »das hier wird kein Spazierritt.«

Zu siebt ritten sie auf vier Pferden im Galopp davon – Thorn und die Brownies mit Elora gemeinsam auf einem Pferd, während Khory Bannefin, Duguay und Renny Garedo allein im Sattel saßen –, vorbei an allerlei Volk, das jetzt erst herbeiströmte, um den Verwundeten Hilfe zu leisten. Mehrmals wurden sie von Wachposten angerufen, als sie auf dem schnellsten Weg aus Kinshire hinausritten, doch Rennys Kennmarke machte ihnen den Weg frei. Elora war nicht überrascht, als Duguay sie völlig unversehrt erwartete. Sie hätte die anderen ohnehin nach ihm ausgesandt, wäre er nicht dagewesen.

Die Straße war jetzt frei und führte direkt am Seeufer entlang, und die Pferde, auf denen sie saßen, waren echte Meilenfresser. Schon sehr bald fielen sie in einen langsameren Galopp, den die Tiere auch über Stunden durchhalten konnten, und ritten durch die froststarre Nacht der Wand entgegen.

»Ich brauche deine Hilfe, Thorn.«

»Sehr gerne, meine Liebe.«

»Du mußt jetzt das Pferd lenken, ich möchte mich mal für 'ne Weile von hier ausblenden.«

Er wußte sofort, was sie meinte, als sie nun mit geschlossenen Augen im Sattel saß und ihre EinSicht vorausschickte, bis sie im Geiste über den Rand des Plateaus hinwegschwebte.

Eloras Wahrnehmung war schneller als jeder Pfeil, und bereits Sekundenbruchteile später starrte sie mit ihrem geistigen Auge viele Meilen weiter vorne auf einen mit Papieren übersäten Tisch, der nur notdürftig von einigen Kerzen erleuchtet wurde. Überall standen Essensreste herum, die ein in seine Arbeit versunkener Gelehrter dort in seinem Forschungseifer einfach beiseite geschoben hatte.

Der Professor war gerade ein wenig eingedöst. Da sie keine Zeit hatte, ihn zu wecken und ihm alles zu erklären, ergriff sie still und leise Besitz von seinem Körper und pustete zunächst einmal die niedergebrannten Kerzen aus, damit nicht die Bibliothek oder gar der Professor in Flammen aufging. Eine der Flammen hatte bereits seinen Hemdsärmel versengt. Die Dunkelheit störte sie nicht weiter, da sie mit ihrem Zauberblick auch durch die Augen eines anderen Wesens noch immer genug sehen konnte.

Sie fand die Notizen, die er über die Malevoiy angelegt hatte, und lächelte mit seinen Lippen, als sie darunter auch einen neuen Stadtplan entdeckte. Er hatte eine Art graphisches Gitter entwickelt, in welches er die Veränderungen eingezeichnet hatte, zu denen es im Laufe der Jahrhunderte im Stadtbild gekommen war. So hoffte er wohl, die Position des Tores zu jenem Zeitpunkt herauszufinden, da die Malevoiy aktiv gewesen waren, und sie in der heutigen Anlage der Stadt zu lokalisieren.

Das Ergebnis, zu dem er dabei gelangt war, erschien ihr völlig plausibel.

Aber es gab noch ein paar andere Dinge, die sie überprüfen wollte, doch das dauerte länger, als sie erwartet hatte. Auf dem Tisch, an dem sie am liebsten arbeitete, fand sie das zerlesene alte Buch, das der Professor entdeckt hatte. Allerdings hatte sie keinen Zugriff auf ihr Tagebuch – das befand sich irgendwo in den unermeßlichen Tiefen ihrer Reisebeutel an ihrem Gürtel –, deshalb mußte sie sich mit ihrem Gedächtnis begnügen und mit den wenigen Aufzeichnungen, die sie an dem Tisch gemacht hatte. Immerhin hatte sie Luc-Jons ›Bestiarium‹ bei dem Professor zurückgelassen, und so blätterte sie jetzt rasch zunächst das eine und dann das andere Buch durch. Die letzte Illustration in dem Geschichtenbuch zeigte eine Hochzeit, ein fröhliches, von hellem Glanz erleuchtetes Fest, das so deutlich gezeichnet war, daß sie die Figuren allesamt ohne weiteres vor ihrem geistigen Auge zum Leben erwecken konnte. Wie es auch bei den anderen Darstellungen der Fall war, bildete ein Welttor den schmückenden Rahmen des Bildes. Auf dessen Schwelle tanzten voll Ausgelassenheit ein attraktiver Mann und eine schöne junge Frau.

Sie verzog den Mund des Professors und seufzte, als sie sich jetzt abermals den früheren Bildern zuwandte. Das letzte magische Zeichen war unvollständig, aber es war soviel davon übrig, daß ihr sogleich auffiel, wodurch es sich von den vorhergehenden unterschied.

Elora spürte, wie Thorns Bewußtsein an ihr zog. Die Reiter näherten sich jetzt der Endstation der Seilbahn.

Obwohl Thorn sie immer wieder drängte, blätterte sie das Bestiarium Seite für Seite durch, bis sie fand, wonach sie suchte: die Entsprechung zu dem Siegel in dem Geschichtenbuch. Und diesmal war es absolut vollständig auf der Seite verzeichnet, die unmittelbar auf das Symbol des Herrn des Tanzes folgte: das Zeichen, das Carig in sein eigenes Tor eingeritzt hatte, um jene Wesenheit zu beschwören.

Bevor sie den Professor verließ, führte sie ihn zu der Couch an der Wand hinüber. Der Bezug des alten Möbels war schon reichlich abgewetzt, aber die Daunenkissen und die Polsterung waren noch intakt. Wer darauf saß, verspürte sogleich ein unwiderstehliches Ruhebedürfnis, und an gemütlichen Nachmittagen, wenn die Staubpartikel im hellen Sonnenlicht tanzten, war darauf schon so mancher Bücherwurm in seligen Schlummer gesunken, obwohl er eigentlich nur ein Nickerchen hatte machen wollen. Sie legte den alten Mann der Länge nach hin und benutze seine eigenen Hände, um ihn mit einer Wolldecke so gut wie möglich zuzudecken. Dann überließ sie ihn seinem Schlaf …

… und kehrte in ihren Körper im Sattel zurück.

An der Bahnstation herrschte reges Treiben, überall waren Soldaten und Polizisten zu sehen, und die Verteidigungsanlagen waren voll besetzt. Niemand hatte die Attakke der Elfenritter erwartet, und niemand wollte eine weitere Überraschung erleben. Wie schon zuvor bahnte ihnen Rennys Kennmarke den Weg, wobei Thorns Amtskette bisweilen etwas nachhelfen mußte. Sie erfuhren, daß man den Kanzler und seinen Stab auf das Plateau geschafft hatte, wo es aber neuesten Berichten zufolge ebenfalls Ärger gab.

»Wir müssen unbedingt nach oben«, bedrängte Renny einen der Offiziere. »Wann geht die nächste Bahn?«

»Der reguläre Verkehr ist eingestellt«, lautete die Antwort. »Wir setzen die Bahn nur im Bedarfsfall ein.«

Weil Thorn Beziehungen zum Kanzleramt hatte und die Regierung soeben knapp einem Attentat entgangen war, konnte der kleine Trupp, von einer Eskorte begleitet, die von Menschen brodelnde Promenade passieren.

Plötzlich hörten sie lautes Rufen, das von den umliegenden Mauern widerhallte, und Tam und Rico stürzten auf sie zu.

»Was ist denn eigentlich los?« erkundigte sich Tam, der wohl glaubte, etwas Neues erfahren zu können, weil er die meisten Gesichter in dem kleinen Trupp gut kannte. »Sind wir im Krieg?«

»Man läßt uns nicht zur Arbeit hinauffahren«, erklärte Rico.

»Wir haben keine Zeit für Erklärungen, fürchte ich«, sagte Elora. »Wir müssen selbst sehen, daß wir nach oben kommen.«

»Vielleicht könnt ihr uns ja mitnehmen«, schlug Tam vor.

»Kommt nicht in Frage«, entschied der Offizier, der die Eskorte anführte. »Auch der Straßenbahnverkehr ist eingestellt, bis wir die Situation wieder unter Kontrolle haben.«

»Könnte 'ne Weile dauern«, entgegnete Rico nicht ohne Häme.

»Ich nehme an«, erklärte der Hauptmann so gravitätisch, wie dies Hauptleute nun einmal tun, »daß es so lange dauert, wie es eben dauert.«

Unvermittelt fragte Elora: »Wer von euch beiden kennt sich mit dem Terrain unterhalb der Plaza aus?«

»Ich nicht so gut«, räumte Rico ein. »Aber Tam hat dort schon öfter Wartungsdienst und Reparaturen gemacht und an den großen Rädern gearbeitet.«

»Die beiden kommen mit«, entschied sie, und niemand hatte etwas dagegen einzuwenden.

»Alles halb so schlimm«, sagte sie zu Tam, als sie jetzt in einen der großen Frachtaufzüge stiegen. Die Halteklammern schlossen sich um das Kabel, und die Kabine setzte sich mit einem scharfen Ruck in Bewegung.

»Kann der Mann nicht aufpassen, oder hat er keine Ahnung von seinem Job?« knurrte Tam.

»Ganz ruhig, Junge. Nicht alle sind so gut wie du«, beruhigte ihn Rico lächelnd.

»Ganz sicher bin ich nicht besonders gut, Rico, aber der da sollte eigentlich mehr von der Sache verstehen!« rief er immerhin so laut, daß der Bremser ihn hören mußte – Kollegen unter sich. Dann sah er Elora an und fragte mit leiserer Stimme: »Und was kann ich für Euch tun?«

Sie fragte ihn, ob es seines Wissens einen unterirdischen Zugang zur sogenannten ›verzauberten Insel‹ gebe.

Rico stieß einen Pfiff aus. »Und sonst willst du gar nichts wissen, Elora? Wer nur einen Fuß auf diese Insel setzt, ist 'n toter Mann – erst recht, wenn man sich dort gewaltsam Zutritt zu verschaffen sucht.«

»Soll das heißen: nein?«

»Nicht ganz«, sagte Tam zur Überraschung seines Freundes. »Es gibt einen Tunnel.«

»Bist du sicher?« fragte Elora drängend, denn sonst würde ihnen nur der Weg über die Brücke bleiben.

»Es gibt da unten Katakomben, verstehst du«, erklärte Tam. »'n richtiges Rattennest, wenn man sich nicht auskennt.«

»Und kennst du dich da unten aus?« drang Renny in ihn.

Tam zuckte mit den Schultern. »Ich war jung. Ich war neugierig.«

»Und was ist mit den Schutzzaubern, von denen man immer hört?«

»Die gelten nur für reinblütige Daikini, nicht für solche Bastarde wie mich. Man hat die Passage entdeckt, als man damals die Endstation oben auf dem Plateau gebaut hat. Und ein paar von den Arbeitern, die allzu neugierig waren, hat es erwischt – Rübe ab. Die Architekten haben ziemlich schnell rausgefunden, was da oben los war, und deshalb ist Raasay reingegangen, um nachzusehen, ob dort eine Gefahr lauert.«

»Du meinst, ob man dort einen Kopf kürzer gemacht wird?« fragte Elora.

»Die Steinwächter dort unten reagieren wie Wachhunde.«

»Noch nie ist jemand zweimal lebend an den Kreaturen vorbeigekommen.«

»Und deshalb hat Raasay nachgesehen und erzählt, was da unten los ist.«

»Kennst du die Geschichte?«

»Na klar.«

»Die Steinwächter waren gar nicht erfreut, Elora zu sehen, als sie damals über die Brücke gegangen ist«, sagte Rool, als Tam jetzt einen Schlüsselbund aus der Tasche hervorzog und damit den Riegel einer mit Eisen beschlagenen unauffälligen Tür öffnete.

»Waren mächtig nervös«, meldete sich Franjean, als die Tür jetzt aufging.

»Hoffentlich gibt's keinen Ärger!« kreischten die beiden Brownies dann wie aus einem Mund.

»Keine Sorge«, sagte Khory, die mit dem Schwert in der Hand als erste die Schwelle überschritt.

»Khory, warte!« rief Thorn und hastete mit Elora, Duguay, Renny und den beiden anderen hinter ihr her. *»Nein!* Du kannst sie doch nicht einfach umbringen, bloß weil sie ihre Pflicht erfüllen!«

»Will ich ja auch gar nicht, Drumheller«, entgegnete sie. »Das hat schon jemand anderer für mich erledigt.«

Der Tunnel führte unter dem Graben entlang, der die Insel umschloß. Er wurde von mächtigen, rohen Holzbalken gestützt. Die Wände, der Fußboden und die Decke bestanden teils aus Gestein, teils aus Erdreich, so daß es hier unten ständig feucht war. Nachdem sie ein Stück vorgedrungen waren, öffnete sich der Tunnel zu einer Kammer, die früher einmal als unterirdischer Lagerraum eines Hauses gedient haben mochte. Sofort veränderte sich die Atmosphäre, und die eben noch feuchte Luft war plötzlich warm und trocken.

Die Steinwächter, und zwar die beiden, die Elora auf der Brücke von den beiden Obelisken aus beobachtet hatten, aber auch andere, die bisher die Giebel diverser Häuser auf der Insel geziert hatten, lagen zerschmettert auf dem staubigen Boden. Aus der Lage der Trümmer ließ sich leicht ablesen, daß sie dem Gegner bis zuletzt heftigen Widerstand geleistet hatten.

Bis hierher war Rico bereit, mitzukommen, denn in seinen Adern floß reines Daikiniblut. Zudem war er alles andere als kampferprobt und hatte eine Familie, die auf ihn wartete. Renny hätte am liebsten auch Tam mit ihm zurückgeschickt, doch der war als Führer unabkömmlich.

Elora hatte etwas aufrecht Stehendes erwartet wie das Tor, das Carig zu errichten versucht hatte. Statt dessen stießen sie jetzt auf die größte Kammer der Anlage – mit einem Durchmesser von gut zwanzig Fuß –, deren Wände einen Kreis bildeten. Sie standen oberhalb auf einem Balkon, etwa auf halber Höhe der Wand. Eine in den Fels getriebene, den ganzen Raum umrundende Wendeltreppe führte von ihrem Standort aus an den Wänden entlang und erreichte direkt unter ihnen den Boden der Kammer. Dieser von großen Pflastersteinen gebildete und mit dem Staub undenklicher Zeiten bedeckte Fußboden hatte nichts Auffälliges an sich.

»Keine Fußabdrücke«, sagte Renny. »Nichts deutet darauf hin, daß schon jemand vor uns hier gewesen ist.«

»Vielleicht hat er sich ja verirrt«, krähte Franjean hoffnungsvoll.

»Er war hier und ist wieder gegangen«, erklärte Thorn, während er sich am Rand des Balkons auf ein Knie niederließ und mit einem Blick über die Brüstung spähte, um den ihn selbst die Adler beneidet hätten. Tam streckte die Fackel weit über das Geländer hinaus, um den Raum so gut wie möglich für den Nelwyn auszuleuchten, schließlich wußte er nicht, daß Thorn dank des Zauberblicks auf solche Unterstützung gar nicht angewiesen war.

»War ›er‹ hier?« fragte Elora

»Der Betrüger? Ja. Wir sollten uns eigentlich geschmeichelt fühlen. Immerhin nimmt er unser Tun so ernst, daß er sich persönlich hierherbemüht hat.«

»Wie ist das nur möglich?« überlegte Tam. »Magie und so was, das gibt es doch gar nicht in Sandeni, soviel ist klar.«

»Immerhin gibt es davon offenbar so viel«, entgegnete Thorn, »daß die Steinwächter und allerlei Schleierleute sich hier durchaus zu Hause fühlen, aber sonst habt Ihr natürlich recht. Es gibt hier nirgends auch nur annähernd genügend Kraft, um ein so uraltes Tor zu öffnen.«

»Es sei denn, man würde drei Jahre damit verbringen, die Energie eines halben Kontinents hier anzuhäufen«, sagte Elora.

»So ist es«, pflichtete Thorn ihr bei. »Und dann bräuchte man noch einen Katalysator.«

»Was heißt das?«

»Siehst du die Alkoven dort drüben«, sagte er und wies in die Runde. »Es gibt davon insgesamt zwölf.«

»Und die Statuen stehen Wache«, sagte sie nickend. »Sieht aus, als ob sie schon genauso lange hier wären wie das Tor selbst, sonst wären sie nicht so völlig verwittert.«

Thorn schüttelte den Kopf. »Auch wenn sie vielleicht wie Staub aussehen, Elora, ich wette, daß sie vor einer Stunde noch genauso lebendig waren, wie wir es sind. Ein Dutzend Zauberer, als Stellvertreter der Reiche, und *er* selbst hat deine Rolle übernommen.«

»Hat er all ihre Kraft aus ihnen herausgesogen?« Sie sprach fast unhörbar und konnte die unglaubliche Niedertracht, die diesen zwölf Seelen widerfahren war, einfach nicht fassen.

»Er hat alles genommen, was sie je gewesen sind, was sie je zu sein hofften – jede Facette ihres Seins. Nur diese ungestalten, gesichtslosen Hüllen sind von ihnen geblieben. Hier siehst du, was der Ritus der Absoluten Vergessenheit zu bewirken vermag.«

»Wie konnte er nur so etwas tun? Wie kann überhaupt jemand …?«

»Wenn nur der Gewinn groß genug ist«, sagte Renny leise und legte ihr tröstend die Hand auf die Schulter, »dann kennen manche Wesen überhaupt keine Grenzen – im Guten wie im Schlechten.«

»Dann müssen wir ihn verfolgen«, sagte sie.

»Ist das denn möglich?« fragte Renny.

»Werden wir ja sehen«, entgegnete Thorn. »Aber Ihr könnt jetzt nicht mehr weiter mitkommen, Konstabler, und du auch nicht, Tam.«

»Ich bin zu allen Schandtaten bereit, Meister, wenn Ihr wollt, daß ich mitkomme.«

»Um so besser, Tam«, sagte Elora, als sie ihn jetzt zum Abschied herzlich umarmte. »Wir werden auf dein Angebot beizeiten zurückkommen.«

»Und was ist mit dem da?« fragte Renny und zeigte auf Duguay, der lässig an der Wand lehnte.

»Er kommt mit«, erklärte sie.

»Wir sind schließlich zusammen«, ließ sich Duguay jetzt vernehmen, und wenn seine Worte noch Zweifel daran ließen, was er meinte, sagte sein Blick alles.

Renny gefiel zwar gar nicht, was er sah, und Tam genausowenig, doch beide hatten besonders unter den gegebenen Umständen keinen Anlaß, sich zu diesem Thema zu äußern.

»Ihr habt bisher kaum etwas gesagt«, sagte Khory zu dem Troubadour.

»Und Ihr sagt nie etwas.«

»So bin ich nun einmal, Herr Jongleur.«

»Ich habe, was ich will. Ich bin, wo ich sein möchte. Was gibt es da noch zu reden?«

»Hatte im Cascani-Haus nicht gerade den Eindruck, daß Ihr Euch besonders ins Zeug legt«, rief einer der Brownies, von denen bisher noch keiner je das Wort an Duguay gerichtet hatte.

»Ich singe, und ich tanze, kleiner Freund.« Er machte ein paar tänzelnde Schritte und verbeugte sich dann mit ausgestrecktem Arm vor Elora. Sie vollführte ebenfalls mit angehobenem Bein eine elegante Drehung, machte aber keine Anstalten, seine Hand zu nehmen. Tatsächlich hatte ihre Bewegung sogar etwas Abwehrendes, Distanziertes an sich. Als die Energie seiner Geste wie eine Welle auf sie zurollte, trat sie ganz einfach beiseite, so daß sein Gunstbeweis ins Leere ging.

»Ich bin soweit«, verkündete Thorn. »Elora, du gehst bitte neben mir.«

»Augenblick noch«, sagte sie und wandte sich an Renny Garedo. »Rool, Franjean, ihr bleibt bei dem Konstabler.«

»Kommt nicht in Frage«, giftete der eine.

»Kommt gar nicht in die Tüte«, keifte der andere.

»Das ist keine Bitte«, sagte sie mit einer Bestimmtheit in der Stimme, die selbst Anakerie beeindruckt hätte. »Ihr seid beide verletzt, und da, wo wir jetzt hingehen ...«

»Unser Platz, Elora Danan ...«, begann Rool.

»Ist auf deiner Schulter«, führte Franjean den Satz zu Ende.

»Nicht jetzt.«

»Wir müssen hierbleiben ...«

»Aber der da ...« Sein scharfer Blick traf Duguay.

»Genau«, sagte sie lapidar und setzte mit diesem einen Wort der Diskussion ein Ende.

Rool starrte Elora durchdringend an und versuchte von ihren Augen abzulesen, ob diese Entscheidung tatsächlich auf ihrem eigenen Willensentschluß beruhte oder ob Duguay ihr diese Idee eingeflößt hatte. Gleichzeitig wandte sich Franjean an Khory und bleckte die Zähne ganz fürchterlich.

»Du da!« fuhr er das Dämonenkind an. »Ich mache dich für ihre Sicherheit persönlich verantwortlich, verstanden?«

»Ich passe auf beide auf – auf sie und ihn«, entgegnete sie und wies mit dem Kopf auf Thorn. »Ihr werdet mich wiedersehen, Kameraden, und ihr werdet die beiden anderen ebenfalls wiedersehen.«

Elora umfaßte jetzt mit der Hand den Unterarm des Konstablers. Mit erhobenem Kopf und – soweit ihre Verletzungen dies zuließen – gestrafftem Rücken marschierten die beiden Brownies an Renny empor. Einer von ihnen blieb gleich in dessen Armbeuge sitzen, während der andere sich bis zur Schulter emporarbeitete.

Elora nahm rechts, Duguay links neben Thorn Aufstellung, während Khory einen guten Schritt hinter Thorn stand, weit genug entfernt, um ihr Schwert zu ziehen, und nahe genug, um ihren Schutzbefohlenen jederzeit beizuspringen.

Thorn legte nun den Zeige- und Mittelfinger seiner rechten Hand aneinander und zeichnete damit das Symbol der Malevoiy in die Luft, das Elora bei ihren Studien entdeckt und ihm gezeigt hatte. Hinter ihnen in der Luft flatterte jetzt – wie brennendes Gas – ein Schweif aus herbstlichem Feuer, roten und goldenen Energieblitzen. Die Symbole, die Thorn in die Luft zeichnete, entsprachen genau ihrem Vorbild, und von Anfang an war eine verschwommene Form erkennbar. Je häufiger er das magische Zeichen wiederholte, um so stärker erbebte der ganze Raum, als nun die Kraft erwachte und in dem schlafenden Gestein zusammenfloß.

Sosehr Thorn sich beeilte, das magische Zeichen zu vollenden, das Feuer loderte inzwischen wieder schwächer als zu Beginn.

»Das habe ich befürchtet«, murmelte er. »Ich habe nicht genügend Energie, um die Manifestation aufrechtzuerhalten.«

Ohne daß er sie darum gebeten hätte, glitt Elora hinter ihn, legte ihre Hand auf die seine und preßte ihren ausgestreckten Zeige- und Mittelfinger ebenfalls zusammen. Und dank ihrer innigen Vertrautheit verschmolzen die beiden sogleich mit Hilfe ihrer EinSicht, so daß seine große Erfahrung sich mit ihrer Kraft vereinigen konnte. Elora spürte, wie ihr Blut sie heiß durchpulste, als er jetzt von neuem begann. Seine Hand war größer als ihre, obwohl sie ihn um das Doppelte überragte, seine Finger waren länger und zierlicher und trotzdem stark genug, um riesige Findlinge hochzuheben. Noch vor gar nicht so langer Zeit war ihre Haut viel glatter und ohne die geringsten Spuren von Mühsal und Plagen gewesen. Doch jetzt hatte sie am ganzen Körper Schrammen, kleine Narben und Schwielen, die allesamt ihre Kraft bezeugten und das, was sie verrichtet hatte, um sie zu erwerben.

Gemeinsam wiederholten sie noch einmal das Muster, wobei Elora mehrere Male die Zähne fletschte, als die Kraft in abrupten und schmerzlichen Wellen aus ihr hervorbrach. Diesmal blieb die Manifestation des magischen Zeichens bestehen, bis Thorn fertig war, und verströmte einen gleißenden Glanz.

»Also gut«, sagte er und betrachtete sein Werk mit nicht geringem Stolz. »Das wäre geschafft.«

»Aber es ist doch gar nichts passiert«, bemerkte Elora.

»Ein Schlüssel ist erst dann von Nutzen, wenn man das zugehörige Schloß kennt«, erwiderte Thorn.

Er faßte das magische Zeichen am äußeren Rand, und Elora wölbte ungläubig die Augenbrauen, als er das jetzt materialisierte Zeichen tatsächlich aus der Luft pflückte und es in einer Hand hielt. Das Feuer vermochte ihm offenbar nichts anzuhaben, wie sie verwundert feststellte, obgleich sie die intensive Hitze sogar im Gesicht und an den Schultern spüren konnte.

Thorn nahm das magische Zeichen und warf es wie einen Teller genau in den Mittelpunkt des Raumes unter ihnen.

»Gehen wir«, forderte er die anderen auf und führte sie zu der Wendeltreppe hinüber.

15. Kapitel

Elora ließ das magische Zeichen nicht aus den Augen, als sie die Treppe hinabstiegen. Zunächst lag es auf dem Boden, ohne auf den Staub und den Stein im mindesten einzuwirken. Es hinterließ nicht die geringsten Spuren in der Unterlage, und sie wunderte sich, daß ein glühendes Stück Materie zugleich existieren und trotzdem völlig folgenlos bleiben konnte.

Doch dann kam allmählich Bewegung in die Situation. Auf dem Weg nach unten zeichnete Thorn in bestimmten Intervallen weitere magische Zeichen an die Wand. Er war dabei auf Eloras Hilfe nicht angewiesen, denn die Manifestation des Schlüsselsiegels erzeugte offenbar soviel Kraft, daß die Sekundärsymbole sich davon nähren konnten. Gleichzeitig veränderte sich allmählich die Beschaffenheit des Bodens. Von der Stelle her, wo das Schlüsselsiegel lag, breitete sich nun Dunkelheit aus. Der Boden wurde zunächst schwarz und nahm dann eine Tönung an, die das Schwarz noch einmal zu verstärken schien und Elora an die Obsidianpfeiler oben auf der Brücke zur Feeninsel erinnerte.

Die letzte Stufe erweiterte sich zu einem kleinen Podest, auf dem sie alle Platz fanden. Die Sekundärsiegel, die Thorn entlang der Treppe angebracht hatte, leuchteten in einer ansteigenden Spirale von den Wänden, als hätten sie sich dem Gemäuer selbst eingebrannt. Das gleiche galt für das Schlüsselsiegel. Oben von dem Balkon aus hatte es so geschienen, als schwebe das Zeichen wie ein eigenständiges Wesen im Fels des Bodens. Jetzt, da sie sich mit dem Siegel mehr oder weniger auf einer Ebene befanden, wirkte es wie in den Boden eingesunken und erfüllte die wie Obsidian schimmernde Vertiefung mit seinem Glanz.

Doch die Materie des Bodens selbst schien unbewegt in sich zu ruhen, verstrahlte jedoch einen Glanz, der an die polierten Rüstungen der Hochelfen denken ließ. Elora konnte dem Impuls nicht widerstehen, in der Tiefe des Gesteins nach einer Reflexion Ausschau zu halten. Und bestürzenderweise entdeckte sie tatsächlich eine, die jedoch nichts mit dem Blick in einen Spiegel oder einem anderen reflektierenden Medium gemein hatte. Das Gesicht, das ihr von dort entgegenstarrte, erschien dreidimensional und war in seiner Plastizität so überzeugend, daß sie fast schon glaubte, dort unten eine Elora zu sehen, die genauso körperlich und wirklich sei wie sie selbst.

Elora sah etwa eine Handbreit unterhalb der breiten Stufe, auf der sie standen, eine weitere Plattform, die sich nach den Gesetzen der Optik eigentlich unterhalb des Fußbodenniveaus hätte befinden müssen. Noch bevor Thorn oder einer der anderen etwas dagegen einwenden konnte, trat sie in gemessener Haltung auf jene Stufe und dann auf die nächste und so fort und stellte fest, daß sie eine kreisförmige Treppe hinaufstieg und aus einem runden Becken auftauchte, das genauso aussah wie jenes, in das sie gerade einzutauchen meinte. Sie sah sich in einer Aufwallung plötzlicher Panik um und erblickte ihr Spiegelbild, das von weiter unten zu ihr hinaufschaute. Ja, sie war sich nicht einmal mehr sicher, ob nicht vielleicht ihr Spiegelbild und sie selbst in Umkehrung aller ihr bekannten Naturgesetze die Plätze getauscht hatten.

Sie hielt kurz inne und wartete, doch keiner der anderen folgte ihr. Sie überlegte schon, ob sie zurückgehen solle, wollte jedoch zuerst noch nachsehen, was dort oben auf den Stufen stand.

Alles war anders als sonst. Während die Daikini ihre Bauten und Kunstwerke aus Holz und Stein fertigten, verwendeten die Architekten dieses ältesten der physischen Reiche für ihre Konstruktionen Kristall. So bedrückend finster es auf der anderen Seite des Tores auch gewesen war, hier waren die Wände mit den wundervollsten Mosaiken verziert, vielleicht fingernagelgroßen winzigen Kacheln, die ebenso sorgfältig geschnitten wie prachtvoll koloriert waren. Auch die Luft war so beschaffen, daß Elora die Dinge um sich herum viel deutlicher als gewöhnlich empfand. Die Farben hatten Schattierungen, für die ihr die Bezeichnungen fehlten, und dennoch konnte sie jede dieser Nuancen mit fast schmerzlicher Deutlichkeit wahrnehmen. Doch empfand sie den fortgeschrittenen Zerfallsprozeß der Mosaike deshalb nur um so schmerzlicher. Wie es für alle Dinge gilt, hatte der Zahn der Zeit auch an diesen Kunstwerken genagt und ihnen viel von ihrer Leuchtkraft genommen. Deshalb boten sie nur mehr einen schwachen Abglanz ihrer einstmaligen Herrlichkeit.

Nach den Seiten hin war der Raum offen, obwohl Elora nicht recht wußte, ob die Erbauer dies ursprünglich beabsichtigt hatten, als sie die Kristallsäulen betrachtete, die weiter oben in elegante Bögen einmündeten und ein sechsfach gegliedertes Dach trugen. Anfangs glaubte sie, die Säulen seien in Daikini-Manier erbaut worden, als sie dann jedoch näher trat, schien es ihr, als ob die Pfeiler von allein emporgewachsen und wie Zierbäume zurechtgestutzt worden waren.

Die meisten von ihnen waren inzwischen zerborsten, das sah sie gleich, und am Rand des Beckens lagen überall Trümmer verstreut.

Elora trat von der obersten Stufe der Spiraltreppe in eine Sphäre ewigen Zwielichts ein, ein gespenstisches Leuchten, das offenbar seine eigene Kraft aufzehrte und die Erinnerung an sein eigenes innerstes Sein verloren hatte wie ein alter Mensch, dem die Einzelheiten seines Lebens entfallen sind. Auch die Landschaft in diesem fahlen Licht wirkte unerhört trostlos. Zwar erblickte sie die verschiedensten Gebilde und Formen, die freilich von einer überirdischen Mattheit befallen schienen, fast als seien sie bereits durch die Mühe überfordert, sich in ihrer Körperlichkeit zu bewahren.

Vor langer Zeit mochten an diesem Ort steile Klippen

aufgeragt haben mit atemberaubenden Ausblicken, aber die Unbilden der Witterung und die Zeit hatten die meisten der scharfen Kanten abgeschliffen. Früher einmal mochte der Anblick bedrohlich gewirkt haben, doch jetzt erschien die Umgebung überraschend harmlos. Auch war der Boden fast vollständig bedeckt, als ob vor langer Zeit jemand sämtliche Felsvorsprünge und -zacken zerschmettert und das Geröll ringsum verstreut hätte. Vielleicht waren die Formationen aber auch von allein in sich zusammengesackt.

Auf den Steinen, der Erde und der Luft an diesem Ort lasteten Äonen, eine Stille, die schon unendlich viel länger währte als das Leben auf Erden.

»Einfach unglaublich«, sagte sie leise und war froh, ihre eigene Stimme zu hören, zugleich aber auch befremdet, weil sie nirgends den geringsten Widerhall hörte. Töne versikkerten in der abgestandenen Luft genauso rasch wie das Licht, und selbst wenn Elora aus voller Kehle geschrien hätte, wäre dies kaum eine Handbreit weit zu hören gewesen.

»Unvorstellbar alt«, sagte sie flüsternd zu sich selbst, »und unvorstellbar erschöpft von all der Zeit und trotzdem noch nicht am Ende. Träumer, die den Ursprung aller Träume suchen. Hat diese Welt hier vielleicht vergessen, wie man träumt, oder sind ihr die Träume ausgegangen?« In ihrer Stimme klang ein Hauch von Trauer mit. »Gibt es hier nichts mehr zu träumen?«

Kaum.

Die Stimme ließ sie erschaudern. Elora war ebenso sehr über die Stimme selbst wie über deren gespenstischen Klang erschrocken.

Zunächst befürchtete sie, einer Einbildung aufgesessen zu sein, denn weder einer ihrer Sinne noch ihr Zauberblick oder ihre EinSicht gaben ihr den geringsten Aufschluß über den Sprecher. Dann lief es ihr eiskalt wie Rauhreif den Rükken hinab, als sich aus einem aufrecht stehenden Stein eine Gestalt zu lösen schien. Ohne erkennbare Bewegung glitt die Erscheinung von Stein zu Stein immer näher auf sie zu.

Ihr erwartet zuviel von Euren Sinnen.

»Worauf sonst soll ich mich denn verlassen?«

Ja, worauf? Ihr seid die Danan.

Der Sprecher war sich seiner Sache ganz sicher.

»Ja, ich bin Elora Danan.«

Die Danan, ja. Ihr seid also gekommen.

»Ja, ich bin hier. Sagt mir, ist das hier die vierte Station im Kreis des Fleisches? Seid Ihr die erstgeborene Elfenrasse, die ganz hinter den Schleier zurückgetreten ist?«

Wir sind Malevoiy.

»In aller Ehre und, wie ich hoffe, Freundschaft entbiete ich Euch meinen Gruß.« Es war ihr todernst mit diesen Worten, doch irgendeine Qualität des Augenblicks und des Mannes vor ihr bewirkte, daß sie auf der Hut blieb.

Die Gestalt verzog den Mund zu einem gespenstischen Lächeln und entblößte dabei weiß blitzende Raubtierzähne. Eloras Herz fing vor Schreck an zu rasen.

»Ich bin gekommen, Euch um Eure Hilfe zu bitten.«

Das ist Uns bekannt.

»Dann seid Ihr also der Welt nicht so entrückt, wie die Leute glauben?«

Uns kümmert solcher Glaube nicht. Daß es Uns gibt, ist genug.

Plötzlich sah sie so klar wie im hellen Tageslicht und spürte mit allen Sinnen, daß die Träume in dieser Sphäre vielleicht doch nicht so erschöpft und ermattet waren, wie sie bis dahin angenommen hatte.

Ihr seid die erste seit unendlichen Zeiten, die den Weg zu Uns findet.

»Ihr sprecht von Euch im Pluralis majestatis. Habe ich die Ehre, vor dem obersten Lehnsherren dieses Reiches zu stehen?«

Wir sind Malevoiy.

»Heißt das ...?«

Wir sind. Wir waren. Wir werden immer sein. Ihr seid die Danan. Ihr kommt zu Uns als Bittstellerin und sucht Unsere Hilfe.

»Die Reiche sind in Gefahr.«

Wie sollen die einzelnen Teile zusammenhalten ohne ein Zentrum, in dem sie verankert sind?

»Meine Hoffnung war, daß Ihr mir darauf eine Antwort gebt.«

Und welchen Preis seid Ihr bereit, für diese Gnade zu entrichten? Werdet Ihr Euer Volk, die Daikini, Unserem Joch unterwerfen und Uns gestatten, mit ihnen zu verfahren, wie es Uns beliebt? Und werdet Ihr Uns dienen, wie es Uns beliebt, bis in alle Ewigkeit?

Sie erhob sich, und auch wenn sie die absolut lautlosen Bewegungen des Malevoiy nicht nachzuahmen vermochte, war sie doch ganz Anmut und Majestät.

»Ein solches Angebot würde ich vielleicht von einem Repräsentanten des Kleinen Elfenreiches erwarten«, sagte sie und spürte, daß die Kreatur ihr gegenüber in vollem Ernst gesprochen hatte. Trotzdem redeten beide in einem durchaus amüsierten Ton miteinander.

Zu dieser Rasse haben auch Wir einmal gehört, obwohl von einem Kleinen Reich nicht die Rede sein konnte.

Das alles führt zu nichts, dachte sie. Zugleich beschloß sie, es damit bewenden zu lassen.

»Ich danke Euch für Eure Gastfreundschaft, großer Herr«, sagte sie. »Den Heimweg werde ich schon finden.«

Zwölf Ringe, die an drei anderen Ringen befestigt sind und allesamt von einem großen Kreis zusammengehalten werden, das ist die Struktur und das Rätsel der Welt, Danan. Euch ist die Aufgabe zugefallen, die Dinge zusammenzuhalten, wenn Ihr dazu das Herz, das Geschick und den nötigen Mut habt. Die Welt zu bezähmen ist nichts, das haben auch Wir schon getan. Für die Bezähmung des Fleisches gilt das gleiche, denn auch das haben Wir schon getan. Aber darüber hinauszuwachsen und das Reich des Geistes und die Sphären jenseits davon zu erreichen …

»Auch das habt Ihr bereits getan.«

Als die Welt begonnen hat, waren Wir bereits da. Als der große Fels der Schöpfung zersprungen ist und die zahllosen Dinge ins Dasein getreten sind, waren Wir bereits da. Vieles haben Wir schon gesehen, und vieles würden Wir gerne sehen.

»Und warum tut Ihr es dann nicht?«

Dazu bedarf es eines Gleichgewichts, und das gilt es wiederzugewinnen. Ihr seid der Schlüssel.

»Ich weiß.«

Wir halten Euer Schicksal in den Händen, Danan. Würdet Ihr es auf Euch nehmen? Würdet Ihr von Uns Besitz ergreifen?

Ihr ganzer Körper war zu Eis erstarrt, als ob ein arktischer Bergstrom sich in jeden Winkel ihres Seins ergossen hätte. Sie wußte selbst nicht, warum ihr rasendes Herz nicht zersprang, oder wie ihr ganzer Körper gleichzeitig froststarr sein konnte, während ihr Blut so heiß kochte, daß der Schweiß in Strömen an ihr herabrann. Sie hatte das Gefühl, daß jede ihrer Sehnen bis zum äußersten gespannt war, und dennoch hatte sie sich – welch ein Paradox! – noch nie so sehr mit einem Ort oder einem Augenblick eins gefühlt.

Sie würde hier sterben. Und sie würde töten.

Dann wäre alles gut.

Elora stieg zu dem Becken hinab und stellte fest, daß sie, obwohl noch immer am selben Ort, die gleichen Stufen hinaufstieg, als ob sie selbst und ihr Spiegelbild den Platz getauscht hätten und jetzt jedes von beiden seinen Weg ging.

Thorn und Khory und Duguay erwarteten sie bereits.

»Elora Danan«, rief Thorn und zog sie aus dem Becken hervor auf die Plattform, »was hast du getan? Du kannst dem Himmel danken, daß du nur einen Augenblick verschwunden warst.«

»Es war nicht nur ein Augenblick, Thorn.«

»Drumheller«, sagte Khory, »schau nur in das Becken. Dein Siegel hat sich verändert.«

»Ein Geschenk«, erklärte Elora. »Ein Zeichen der Achtung. Eine Gefälligkeit, die durch eine künftige Gefälligkeit vergolten werden muß.« Sie atmete tief ein und war ein wenig überrascht, als sie feststellte, daß sie nicht zitterte. Ganz im Gegenteil, sie fühlte sich unnatürlich ruhig.

»Ich bin den Malevoiy begegnet.«

Duguay verzog bei dieser Nachricht keine Miene, wie sie bemerkte.

»Hast du sie um Hilfe gebeten?« wollte Thorn wissen.

Khory hielt Abstand und beobachtete Elora genau, als ob sie als einzige das Angebot kannte, das Elora erhalten hatte.

Elora schüttelte den Kopf. »Aber Es hat wohl angenommen, daß ich genau das tun würde. Ich hatte den Eindruck, daß ich für Sein Überleben genauso wichtig bin wie für die anderen Reiche.«

»Ob Reich oder Kreis, alles hängt miteinander zusammen, kleine Prinzessin.«

Sie nickte Khory zu. »Das hat Es auch gesagt.«

»Und hast du eine Antwort erhalten?« drängte Thorn.

»Nein, bisher nicht.« Ihr gefiel der Ton des Nelwyns nicht.

»Und was verlangt Es als Gegenleistung?«

»Wenn Es im Ernst gesprochen hat, war der Preis jedenfalls zu hoch.«

»Wir sind vielleicht auf diese Hilfe angewiesen, Elora, um gegen den Betrüger und das Große Feenreich zu bestehen.«

Sie schüttelte heftig den Kopf und nutzte den Schwung, um auf dem Fußballen eine kleine Pirouette zu machen.

»Alle diese Erzählungen – die Geschichten und Legenden, die die Kinder sämtlicher Gattungen und Rassen von jeher in Angst und Schrecken versetzt haben –, sie sind tatsächlich wahr. Die Malevoiy sind im wahrsten Sinne des Wortes wie Raubtiere. Die Wilde Meute, die uns heute abend überfallen hat, liebe Freunde, ist nur ein schwaches Abbild dessen, was die Malevoiy getan haben. So unvorstellbar es auch heute klingen mag, aber in ihrer Jugend waren sie der Inbegriff der Leidenschaft und von einem so unbändigen und gnadenlosen Hunger getrieben wie die Welt, die sie sich als Heimstatt erwählt hatten.«

Sie blickte zuerst Khory, dann Thorn und schließlich Duguay an und sah, daß sich in ihren Augen jener Teil ihrer eigenen Seele spiegelte, den der Malevoiy berührt hatte.

»Sie möchten, daß diese Tage wiederkehren«, sagte sie. Khory sah sie jetzt mit einem intensiven, prüfenden Blick an, in dem ein Nachhall dessen spürbar war, was sie – Elora – angesichts des Malevoiy empfunden hatte. Merkwürdigerweise fühlte sich Elora dadurch an Luc-Jons Wolfshund erinnert, und plötzlich begriff sie schaudernd, daß in diesem Blick etwas von jener Frau zum Vorschein kam, in deren Körper Khorys Geist jetzt heimisch war. Genau wie die Wolfshunde hatte auch jene Kriegerin aus längst vergangenen Zeiten die Malevoiy von ganzem Herzen und unerbittlich gehaßt. Sie hatte gegen sie gekämpft und ihr Blut vergossen und so manchem Leben ein Ende gesetzt, das sonst unsterblich gewesen wäre. Und dafür war sie von einem Menschen, den sie liebte, verraten und ermordet worden.

»Sie möchten, daß ich sie ihnen zurückbringe«, sagte sie. Thorn war so tief schockiert und entsetzt, daß man es beinahe körperlich spüren konnte, als jetzt der innerste Kern seines Seins den Augenblick voll erfaßte und er unversehens alles wußte, was geschehen war. *Ja, so leicht ist es,* dachte sie, *ein paar Kreise auf einen Tisch zu zeichnen und dann die Reiche eines nach dem anderen abzuhaken wie auf einer Einkaufsliste. Wir haben immer nur an physische Risiken und Gefahren gedacht, alter Freund, dabei haben wir uns nie überlegt, welche Folgen unsere Begegnungen mit den Reichen des Geistes haben könnten – oder welchen Preis wir dafür zu entrichten haben.*

Und das hier ist erst das Tor *zu dieser Wirklichkeit! Wer weiß, was jenseits davon auf uns wartet?*

Ohne Vorwarnung umfaßte Duguay Eloras Handgelenk und ließ sie zwei Pirouetten drehen.

»Das hier ist ein Ort des Todes, Kleines«, erklärte er ihr. »Du hast hier nichts zu suchen.«

»Und wohin möchtest du mit mir gehen?« entgegnete sie mit einem schmachtenden Lächeln und verhielt sich plötzlich, als hätte er ein loderndes Feuer in ihr entzündet.

»Meister Faralorn«, fuhr Thorn ihn an, »laßt sofort Elora los!«

Selbstgefällig ließ Duguay Elora eine weitere Pirouette drehen und sah Thorn dabei mit einem einstudierten Blick der Verachtung über die Schulter an.

»Hast wohl noch immer nicht ganz begriffen, was hier los ist, Zwerg, was?« Zum erstenmal sprach er Thorn mit diesem Schimpfwort an, und es war nicht zu überhören, daß er den Nelwyn verletzen wollte. »Die Malevoiy haben kein Anrecht auf sie und du auch nicht. Sie gehört *mir*. Hat immer schon mir gehört und wird mir immer gehören. Das ist *Schicksal.*«

Er gab, während er dies sagte, Elora nicht einen Augenblick frei, obwohl er nur ihre Fingerspitzen berührte und sie ein ums andere Mal eine jener sinnlosen Drehungen vollführen ließ, die nur seine Macht über sie beweisen sollten.

»Ich führe, sie folgt meinem Schritt, wir tanzen. Das ist alles.«

»Das könnt Ihr nicht tun!« schrie Thorn.

»Ist bereits geschehen.«

»Falsch«, sagte sie, und die ruhige Kraft ihrer Stimme ließ den Troubadour urplötzlich stumm erstarren.

Sie sahen sich unverwandt an, und mit einem leichten Hüftschwung sorgte Elora dafür, daß ihr Gürtel und die Reisebeutel auf den Steinboden fielen. Ein Schulterzucken befreite sie von ihrem karierten Umhang, so daß sie jetzt in jenem Kostüm dastand, in dem sie am Abend vor den Gästen in Kinshire aufgetreten war. Sie fletschte wie ein Raubtier die Zähne, was ihr Partner ebenfalls mit einem Blecken der Zähne beantwortete.

»Es hat noch nicht einmal richtig angefangen«, sagte Elora.

Mit einer Pirouette drehte sie sich in seine Arme und preßte ihren Körper gegen den seinen, und plötzlich wurde deutlich, wie sehr sie sich im vergangenen halben Jahr verändert hatte. Als sie sich erstmals begegnet waren, war sie ungeachtet ihrer Robustheit noch klein gewesen und wesentlich zaghafter, als sie zugegeben hatte. Doch seither war sie gewachsen, und auch ihr Geist hatte – ihren mächtigen Schultern gleich – an Volumen gewonnen. Sie hatte den Körperbau einer Schwimmerin, doch verbargen die glatten, eleganten Konturen ihres Leibes ihre Stärke mehr, als daß sie sie betonten.

Mit dem Mädchen hatte er leichtes Spiel gehabt; es ließ sich willig von ihm führen.

Doch jetzt hielt Duguay in seinen Armen eine Frau, die ihm gleichberechtigt gegenübertrat.

Sie führte den Tanz, und schon einen Augenblick später wirbelte das Paar die Stufen hinab und verschwand in dem Becken.

Mit einem Schrei der Wut und des Kummers, wie ihn Thorn nicht mehr ausgestoßen hatte, seit er damals die zertrümmerte Festung Tir Asleen und das vernarbte Land ringsum erblickt und so viele teure Freunde verloren hatte, schlang Thorn sich den Gürtel mit den Beuteln um die Hüfte und sprang – ohne einen Gedanken an die Gefahr oder daran, wo er landen würde, zu verschwenden – hinter Elora her. Khory folgte ihm auf dem Fuße, das Schwert griffbereit.

Sie trafen zu spät – die Prinzessin, der Zauberer, die Dämonin und der Tänzer – auf dem Gipfel der Schöpfung, im Reich der Drachen ein.

Der Krater, der sich in diesem alten Gebirge gebildet hatte, war so riesengroß, daß dagegen selbst die Wand verblaßte, was angesichts der Dimensionen der Wesen, die dieses Land bevölkerten, nicht weiter verwunderte. Als die vier Besucher oben auf der Treppe angekommen waren, erblickten sie vor sich einen Ozean aus weichem Sand, den sie mit den Augen nicht auszumessen vermocht hätten, wäre er nicht auf beiden Seiten von zerklüfteten Formationen gesäumt worden.

Doch an diesem Ort der Wunder erblickten sie die reine Trostlosigkeit.

Alles war zu Eis erstarrt. Der Sand war mit glitzernden Eiskristallen bedeckt, die Felsen mit Rauhreif, und die Luft war so kalt, daß jeder Atemzug Schmerzen bereitete. Der Angriff war so plötzlich und mit solcher Macht über die Drachen gekommen, daß sie sich weder hatten verteidigen noch fliehen können. Rings um die vier Besucher ragten gigantische Statuen auf: das ganze Volk dieser großen und edlen Geschöpfe war im Schlaf oder im Wachsein, im Zustand der Entspannung oder der Aktivität, innerhalb eines furchtbaren Augenblickes der eisstarren Vergessenheit anheimgefallen.

Thorn wußte sogleich, wer das zu verantworten hatte. Dieser heilige Ort war von demselben bösen Zauber entehrt worden, der auch Angwyn und Tir Asleen dahingerafft hatte.

Doch Elora schien das nicht zu kümmern.

Sie sprang mit einem wilden Satz von einem Felsen herab, Duguay immer hinter ihr her, dann wirbelten die beiden wie Derwische durch den Sand und scherten sich nicht darum, wie unangemessen ihr Treiben erscheinen mußte. Sie tanzten zu einer Musik, die niemand außer ihnen selbst hörte, und wenn Thorn sich der offenkundigen Leidenschaftlichkeit ihrer Darbietung auch nicht entziehen konnte, war diese Passion doch nichts im Vergleich zu jener abgrundtiefen Kälte, die die Drachen dahingerafft hatte.

Was immer Duguay angerichtet hatte, was immer Elora für sich entschieden hatte, er mußte etwas tun.

Er rief Eloras Namen, aber die junge Frau hörte nicht auf ihn, als sie und ihr Partner jetzt in ausgelassenen und völlig willkürlich erscheinenden Schrittfolgen über den Sand wirbelten.

Tatsächlich war ihr Tanz von poetischer Schönheit für jeden, der aufmerksam hinschaute und für diese Dinge überhaupt einen Sinn hatte. Mal übernahm sie die Führung, mal bestimmte er die Choreographie und warf sie wie ein wirbelndes Blatt in die Luft, um dann den Schwung ihrer Landung in eine völlig neue Figur umzusetzen. Dabei entwandt sie sich seinem Zugriff immer wieder mit der grenzenlosen Beweglichkeit eines Aals.

Während Thorn voll Entsetzen zuschaute, ließen die beiden ihrer Leidenschaftlichkeit freien Lauf. Mal tanzten sie schnell, mal tanzten sie langsam und erfreuten sich an jeder Bewegung ebenso wie an den Augenblicken völliger Freiheit. In diesem einen Tanz teilten sie miteinander die glückliche Intimität eines ganzen gemeinsamen Lebens.

Ja, sie fanden tatsächlich Erfüllung.

»Ich *kenne* dich«, rief Elora Duguay ungestüm zu, »Herr des Tanzes.«

»Ich kenne *dich*«, lautete seine Entgegnung, »wie ich dich von allem Anfang an gekannt habe, meine Dame.«

»Ich möchte tanzen, Duguay, wie wir noch niemals getanzt haben.«

»Wozu denn, Kleines?«

»Ich möchte brennen. Ich möchte den Feuerdrachen in meiner Seele finden und dann loslassen. Ich möchte einen Glutofen in diesem Krater entzünden, dem keine Kälte standzuhalten vermag. Ich möchte, daß sie frei sind! Ich möchte, daß Mohdri tot ist!«

»Das ist nicht möglich.«

»Sag doch nicht so etwas!«

»Ich sage dir nur die Wahrheit.«

»Nein! Wir können diesen Wahnsinn hier und jetzt beenden!«

»Willst du die Hoffnung auch töten?« Sie kam aus dem Takt, blieb mit den Füßen im Sand stecken und wäre beinahe gestürzt, während sie feststellte, daß sie nicht länger Duguay in den Armen hielt, sondern Kieron Dineer, den Drachen, der für sie gestorben war – doch diesmal wieder in menschlicher Gestalt.

»Kieron?« stammelte sie.

»Warum schaust du so erschrocken?« sagte er mit einem fröhlichen Lachen. »Du befindest dich hier an einem magischen Ort unter magischen Wesen, im Reich der Wunder. Für uns sind alle Dinge möglich, besonders hier an diesem Ort.«

»Dann rettet euch.«

»Wir geben uns alle Mühe.«

»Ich verstehe nicht. Wo ist Duguay, was ist hier eigentlich los?«

»Du hältst ihn in den Armen und er dich in seinen. Aber du hast daneben noch andere Gedanken und Erinnerungen – und Träume. Die spielen ebenfalls eine Rolle.«

»Du hättest nicht sterben sollen, Kieron.« Ihre Stimme erstarb, als er sie jetzt in die Arme nahm. »Du hättest nicht für mich sterben dürfen.«

Alle Dinge vergehen, kleine Tänzerin. Seine Stimme und seine Erscheinung veränderten sich. Er war jetzt wesentlich größer und breiter als sie – mit dichtem tiefschwarzem Haar und funkelnden Augen. Er hatte kurze, schwarzweiße Bartstoppeln im Gesicht, und die Form seiner Knochen offenbarte augenblicklich, daß er Kierons Vater war. Die Fältchen um seine Augen erwiesen ihn als einen Mann, der gerne lacht, und die Tiefe seines Blicks bezeugte ein sanftes, freundliches Wesen. Seine Stärke war unübersehbar, und sein Mut kam dieser Kraft gleich, davon war sie überzeugt. Sie hatte offenbar zu laut gedacht, denn er fing plötzlich an zu lachen.

Eine stattliche Anzahl von Vorzügen, die du an mir entdeckst, mein Kind, ich bin geschmeichelt.

»Du bist Calan«, sagte sie ebenso leise wie ehrerbietig. Sie konnte sich an den Namen erinnern, weil Thorn in seinen Berichten über seine einzige Begegnung mit dem Drachen dessen Namen immer wieder erwähnt hatte.

Ich bin Calan.

»Ich möchte dem Betrüger das Handwerk legen.«

Das mußt du auch, zuviel hängt davon ab. Breite Schultern, aber ein junges Herz, das solche Last zu tragen vermag. Das Schicksal ist in seiner Wahl nicht immer freundlich.

Ein Blitz der Trauer durchzuckte sein Auge, eine schmerzliche Erinnerung, und sie wollte ihm schon sagen, daß alles wieder in Ordnung kommen werde. Doch statt dessen drehte sie sich freudig erregt und tanzte einen Tanz, der in Sandeni gerade beliebt war – dabei zog sie ihn hinter sich her. Der ältere Drache schien über diesen Einfall höchst amüsiert.

Die Kreise drehen sich wie Räder, Elora, sagte er zu ihr. *So sind die Dinge nun einmal. Ewig und unveränderlich. Nichts vermag dies aufzuhalten. Aber die Richtung läßt sich verändern.*

»Das könnte auch Mohdri gesagt haben.«

Ihr seid euch ähnlicher, als du weißt.

»Sei nicht so grausam. Du weißt doch angeblich alles, *bist* alles – wie konntest du dich von diesem Ungeheuer nur überraschen lassen?«

Ist es das, was hier geschehen ist? Wirklich?

»Immer nur Fragen«, brach es wütend aus ihr hervor, »*immer* nur Rätsel!«

Manche Dinge müssen wir uns verdienen. Was wir zu leicht erlangen, betrachten wir oft als natürliches Recht. Den Titel einer Heiligen Prinzessin zu tragen bedeutet noch nicht, ihn auch verdient zu haben. Schau dich einmal um, mein Kind, und sag mir, was du siehst.

»Trostlose Ödnis.«

In diesem Augenblick war es, als ob ein Keil sie in der Mitte gespalten hätte. Elora zerbrach. Ein Teil von ihr tanzte mit Duguay in ihren Armen munter fort, ein anderer Teil ihres Wesens jedoch stand reglos und verwundert im Sand, als sie sich langsam drehte und mit den Augen die herrlichen Formen erforschte, die in dem Eis ringsum begraben lagen. Sie war so gefangen gewesen von ihrem Tanz und von dem Zorn über das, was hier geschehen war, daß ihr das alles durchdringende Fluidum ungeheuren, unvorstellbaren Alters völlig entgangen war, jene Ermattung des Geistes, neben der sich selbst der Überdruß der Malevoiy belanglos ausnahm.

Calans Geistform stand neben ihr, allem Anschein nach ein Daikini im besten Alter. Doch seine Augen verrieten, daß dies nur eine Lüge war, denn sie waren von unergründlicher Tiefe, und sie erblickte in ihnen eine Mischung aus Weisheit und Narrheit, einen ungeheuer gigantischen Erfahrungsschatz, dessen Dimensionen Eloras Geist nicht zu erfassen vermochte. Diese Augen hatten vielleicht schon die Morgendämmerung der Schöpfung gesehen, und das Feuer dieses Drachen hatte vielleicht die zahllosen Sterne oben am Firmament entzündet.

»Nein«, keuchte sie, als sie begriff, was hier eigentlich geschah.

Du kannst nicht retten, was bereits dem Untergang preisgegeben ist, Elora.

»Nein!« heulte sie entsetzt.

Alle Dinge haben die ihnen zugemessene Lebensspanne. Der

Kampf gilt nicht den heute lebenden Wesen, sondern den künftigen Hoffnungen und Träumen. Du und Duguay, ihr seid die Dame und der Herr des Tanzes. Ihr habt kein Ziel. Doch jetzt müßt ihr euch für ein Ziel entscheiden.

»Mohdri!« brüllte Thorn jetzt abermals und sogar noch lauter als zuvor – mit einer Stimme und Leidenschaft, die selbst einem Drachen alle Ehre gemacht hätte.

»Hier bin ich, Zwerg«, sagte der Betrüger.

Die ganze Erscheinung war makellose Vollkommenheit. Ein gestählter Körper mit einem Gesicht, das aus einer Folge kantiger, tollkühner Ebenen gestaltet schien. Das Haar war dunkel und dunkler noch die Augen, und jede Facette dieses Erscheinungsbilds wurde in ihrer Wirkung durch die abgründigen Farben seiner Rüstung noch verstärkt. Es war allgemein bekannt, daß der Kastellan Mohdri aus jeder Schlacht mit strahlend reiner Rüstung hervorging, da jeder Tropfen Blut, der mit seiner Person in Berührung kam, sich augenblicklich in nichts auflöste. Wer ihm im Kampf gegenüberstand, war bereits rettungslos verloren, denn im Zweikampf war der Herr der Maizan unschlagbar. Schon der Versuch, ihn zu überwinden, war tödlich, und zwar für Körper und Seele gleichermaßen.

Thorn wußte nicht, wie der Mann gewesen war, bevor der Betrüger sich seiner Gestalt bemächtigt hatte, doch was die Berichte der letzten Jahre betraf, war er bereit, alles zu glauben. Wie alle Maizan trug auch Mohdri eine Vielzahl von Waffen, doch auf den ersten Blick sichtbar waren nur die Schwerter und die kleineren Messer, die an seinem Gürtel hingen. Was den Rest anbelangte, so blieben sie verborgen, bis der Kastellan mit ihnen zum tödlichen Schlag oder Stoß ausholte.

»Elende Kreatur«, schrie Thorn, »was hast du nur *getan?*«

»Was ich von allem Anfang an geschworen habe. Ich bin nicht dein Feind, Zwerg.« Er sprach langsam und deutlich wie zu einem zurückgebliebenen Kind. »Ich bin das Heil und die Rettung.«

»Und was ist das hier?« Der Nelwyn wies mit seinem Stab auf die froststarren Figuren ringsum.

»Du hast noch nie die ganze Wahrheit verstanden. Die Reiche gehen einander an die Kehle, irgend jemand muß ihnen ja ihren angemessenen Platz zuweisen.«

»Und dieser Jemand, das bist natürlich du?«

»Ja, das ist mein Schicksal, Drumheller. Mein *Fluch!* Ich habe mein ganzes Leben für diesen Augenblick hier gekämpft, ich habe Leiden gesehen, die du weder verstehst noch ertragen könntest, und ich habe *Opfer* gebracht ...!« Er schwieg sich darüber aus, was für Opfer das gewesen waren. Aber das war jetzt ohnehin egal. Mohdris Augen waren weit aufgerissen, ihr Ausdruck kam dem Nelwyn so vertraut vor, daß er bereits freudig überrascht auf die Gestalt zuging, als Khorys Hand auf seiner Schulter ihn wieder zu sich brachte.

»Und ich werde mich von niemandem aufhalten lassen«, sagte der Betrüger.

»Ich werde dich aufhalten«, entgegnete Thorn.

»Das hast du schon mal gesagt. Und was ist daraus geworden?«

»Ich bin Thorn Drumheller«, sagte der Nelwyn, richtete sich stolz zu seiner vollen Größe auf und ließ seine Stimme so laut erschallen, als ob sie allein die verzauberten Kreaturen ringsum wieder zum Leben erwecken würde.

»Du hattest einmal einen freundlicheren Namen.«

»Wie willst du das wissen, da wir uns nie begegnet sind.«

»Laß das mein Geheimnis bleiben. Geh jetzt«, sagte der Betrüger mit soviel Resignation in der Stimme, daß Thorn sich an eine Szene zu erinnern glaubte, die er schon einmal erlebt hatte, »wenn dir dein Leben lieb ist.«

Der Nelwyn blieb reglos stehen und reichte nur Khory Eloras Gürtel, wobei er sie anwies, sich zu entfernen. Was sie natürlich nicht tat.

Das Dämonenkind schleuderte zwei Messer und zog dann das Schwert. Mohdri schlug die Klingen beiseite und stand ihr jetzt ebenfalls mit dem Schwert gegenüber. Stahl klirrte in den alten Sanddünen, und Thorn wurde unversehens von Hoffnung überwältigt, als er sah, daß Khory trotz des immensen Rufes, der Mohdri vorauseilte, besser war als dieser. In diesem Duell ging es nicht um Feinheiten und Eleganz. Die zwei Kämpen hieben beidhändig aufeinander ein, und bei jedem Schlagabtausch blitzten die Klingen in dem kristallinen Licht noch furioser auf als zuvor. Keiner von beiden wich auch nur einen Schritt zurück, und ein einziger Fehler genügte, um das Schicksal eines der beiden Kontrahenten zu besiegeln.

Unter normalen Umständen hätte Mohdri fallen müssen.

In einem wilden Schlagabtausch gelang es Khory plötzlich, Mohdris Abwehr zu durchbrechen und ihm mit ihrer Klinge das Schwert zu entreißen. Doch dann versetzte er ihr nur gelangweilt mit dem Arm einen Schlag, der sie gegen einen Steinhaufen krachen und ihre Knochen bersten ließ.

Thorn griff jetzt auf sämtliche magischen Künste zurück, die ihm zu Gebote standen, und rechnete sich sogar einen Augenblick lang eine Chance aus. Er ließ seine Hände Feuer speien, doch Mohdri lenkte den glühenden Stahl seitlich ab. Er gebot dem Sand, den Betrüger unter sich zu begraben, mußte jedoch zusehen, wie dieses Gefängnis sich sogleich in nichts auflöste. Er rief den Blitz an, sämtliche Urelemente der Natur und entfesselte einen wahren Zaubercocktail, der jeder Beschreibung spottete, und da sie sich an einem Ort befanden, wo keine Grenzen Traum und Wirklichkeit voneinander schieden, wurde er Zeuge, wie seine Zauber Gift und Galle spien.

Er stellte fest, daß er mit seiner Zauberkraft unendlich mehr bewirken konnte, als er bisher in seinen kühnsten Träumen geglaubt hatte. Er ließ seinem Zorn, seinem Kummer, seinem Haß ungezügelt ihren Lauf. Er schuf Lanzen aus geronnener Luft und reicherte sie mit tödlichem Gift an. Er beschwor Kreaturen von solcher Größe und Abscheulichkeit herauf, daß ihr bloßer Anblick genügte, um Herz und Seele schrumpfen zu lassen. Er brachte die dunkelsten Aspekte seines eigenen Wesens zum Einsatz und warf sie hemmungslos, gnadenlos in die Schlacht. Er aktivierte an diesem einzigen Ort, wo Träume sich unmittelbar als absolut tödliche und zerstörerische Realität manifestieren konnten, sämtliche Facetten seiner Vorstellungskraft.

Als er sich verausgabt, alles aus sich herausgeschleudert hatte und zitternd auf den Knien lag, weil seine Beine ihn nicht mehr tragen wollten, wobei er sich verzweifelt an seinen Stab klammerte, damit er nicht vollends umfiel, durchströmte ihn ein merkwürdiges Gefühl des Friedens, und er mußte an ein lange verschlossenes Haus denken, dessen Fenster allesamt plötzlich geöffnet werden, um die erste süße Frühlingsluft hereinzulassen.

Er wußte, daß er nicht gesiegt hatte. Er glaubte sogar, er habe dem Betrüger nicht einmal bleibenden Schaden zugefügt. Er hatte sich sämtlicher Waffen seines Widersachers bedient und zugleich gewußt, daß dieser Widersacher sein eigenes Repertoire natürlich besser beherrschte. Er hatte in sich einen Drumheller entdeckt, dessen Sein keine Grenzen mehr kannte, der über kein moralisches Zentrum mehr gebot, der einem Dämon ähnlicher war als jedes Wesen dieses Namens. Er hatte in sich selbst einen Ort aufgesucht, den kein geistig gesunder Mensch zu betreten gewagt hätte, und jenen Teil von sich entbunden, der Böses tun konnte.

Und sollten ihm tausend weitere Leben geschenkt werden oder sollte er einen Weg finden, die Zeit von ihrem Anfang bis zu ihrem Ende zu durchschreiten, nie würde er so etwas noch einmal tun.

Als er jetzt zusah, wie der Betrüger dem von ihm – Thorn – entfachten Flammen- und Rauchinferno entstieg, trübte keine Angst seinen Blick. Vielleicht täuschte er sich ja, aber ihm schien, daß sämtliche Elemente der absoluten Verworfenheit, die er mit solcher Brutalität aus sich herausgelassen hatte, Mohdri wie lustige Kumpane umtanzten und umkreisten.

Zu seiner eigenen Verwunderung tat der Mann ihm sogar leid. Bavmorda war böse gewesen, das war so klar wie das Sonnenlicht. Hier jedoch stand jemand vor ihm, der davon überzeugt war, Gutes zu tun, der sich von ganzem Herzen nach einer besseren Welt sehnte, freilich, um dieses Ziel zu erreichen, vor keinem noch so gemeinen und niederträchtigen Mittel zurückschreckte und sich zu diesem Zweck mit allen bösen Mächten verbündete.

Er wollte Mohdri dies alles sagen, wußte aber, daß er sich die Worte sparen konnte. Denn wahrscheinlich würde der Kastellan ihm ohnehin keinen Glauben schenken. Ja, schlimmer noch, selbst wenn er ihm glaubte, würde ihn das alles nicht weiter tangieren.

Er sah sich nach Elora um und wünschte, er könnte ihr das, was jetzt bevorstand, ersparen, und er schüttelte verwundert den Kopf, als er sah, daß sie und Duguay noch immer tanzten.

»Natürlich habe ich das mit ihrer Haut gewußt«, sagte der Unhold in einem so angenehmen Plauderton, daß Thorn unwillkürlich zusammenfuhr, weil der Betrüger so sprach, als säßen sie zu einem Schwätzchen beim Tee zusammen, »aber was hat sie nur mit ihrem Haar angestellt? Elora Danan, ich bin *so* enttäuscht. Egal«, fuhr er dann in dem gleichen Plauderton fort, »sobald ich habe, was ich von dem Mädchen will und worauf ich ein verbrieftes Anrecht habe, wird dieser ganze Unsinn ohnehin rasch behoben sein.«

»Tu es nicht!« bettelte Thorn.

»Es ist nicht zu meinem Vergnügen, glaube mir.«

»Dann suche nach einem anderen Weg. Wenn du edle Ziele verfolgst, weshalb bedienst du dich dann nicht ebenso edler Mittel?«

»Das hab' ich versucht und bin damit gescheitert. Tut mir leid.«

»Elora!« schrie der Betrüger dann, und hätte der Klang seiner Stimme noch nicht ausgereicht, die beiden Tanzenden augenblicklich erstarren zu lassen, dann ganz sicher das Schwert, das jetzt über Thorns entblößtem Nacken schwebte.

»Ich bin die Danan«, erwiderte Elora, als ob sie sich einem Fremden erstmals vorstellte. Langsam, stolz, jeder Zoll Monarchin aus eigenem Recht, wandte sie sich von Duguay ab, um ihrem Feind ins Auge zu blicken.

Thorn stockte der Atem, als er sie so sah, denn plötzlich schien es ihm, als erblicke er eine Fremde vor sich. Die von Duguay aufgetragene Schminke war an etlichen Stellen ihres Körpers verblaßt, so daß ihre natürliche Hautfarbe wieder durchschimmerte. Sie wurde nur unterbrochen von den schreienden Farben ihres Rocks und ihres Oberteils und den leuchtenden Tönen, die zur Hervorhebung ihrer Lippen und ihrer Augen dienten, und schließlich noch ihrem blauschwarzen Haar.

Sie erschien wild, doch das war nicht eigentlich das Verwunderliche. Als sie jetzt inmitten des Kraters stand, hatte Thorn zum erstenmal, seit er sie damals in den Binsen entdeckt hatte, das Gefühl, daß sie ihr wahres Zuhause gefunden hatte.

Mohdri nahm das nicht wahr oder wollte es nicht verstehen. Er sprach noch immer zu ihr wie mit einem widerspenstigen Kind.

»Wirst du es denn nie begreifen?« zischte er und ließ seiner unbändigen Wut freien Lauf, als er jetzt zu ihr hinüberging. Beide blickten sich lauernd an und suchten im Gesicht des anderen nach etwas, was sie nicht benennen konnten.

»Ich bin starrköpfig«, sagte Elora zu ihm, als er jetzt näher kam.

»Ich bin die Rettung.«

»Fahr zur Hölle.«

»Das hier ist meine Chance, die Dinge wieder in Ordnung zu bringen«, schrie Mohdri.

»Wie denn?«

»Die Drachen sind der Traum. Nimm ihn fort – oder besser, lerne ihn zu beherrschen –, und die Reiche werden plötzlich gefügig sein. Nichts wird sich mehr verändern, weil die Bewohner der Reiche gar nicht mehr wissen, was dies überhaupt sein könnte. So entsteht ein Gleichgewicht, und ist diese Balance erst mal erreicht, wird sie sich ohne weiteres aufrechterhalten lassen. Wenn dann der rechte Zeitpunkt gekommen ist, wird jedem nach seinen Bedürfnissen wieder etwas dazugegeben werden. Die Gesellschaft stabilisiert sich, und die Zukunft ist gesichert.«

»Was für eine Zukunft?« schrie Elora bestürzt über das, was sie soeben vernommen hatte. »Wovon du da redest, das ist doch nur eine andere Art von Tod!«

»Ich habe den Tod mit eigenen Augen gesehen, Mädchen. Glaub mir, das hier ist besser. Und wieso ist das, was ich tue, grausam? Was du als Knechtschaft verdammst, würden andere vielleicht Frieden nennen. Niemand wird sich künftig noch gegen seinen Platz in der großen Ordnung der Dinge auflehnen, weil niemand sich vorstellen kann, daß etwas Besseres überhaupt möglich wäre. Ein solches Urteil erfordert nämlich Glauben und Fantasie, und genau das wird es nicht mehr geben, wenn ich erst einmal die Drachen meiner Herrschaft unterworfen habe. Denn beides verlangt die Fähigkeit zu *träumen.*«

»Das ist *verrückt.*«

»Du hast kein Recht, mich zu verurteilen, Elora Danan.«

»Ich bin die Danan. Ich werde gegen dich kämpfen.«

Der Betrüger versuchte, sie an der Kehle zu fassen.

»Und bist gar nichts. Du bist nur eine Erinnerung, die ich schon bald auslöschen und wie eine eiternde Wunde ausbrennen werde.«

Elora hörte jetzt die Eröffnungsverse des Auflösungszaubers, spürte, wie jene silbernen Mondlichtranken aus dem Bewußtsein des Betrügers in das ihre hinübergriffen. Sie empfand Angst bei ihrer Berührung, doch bei weitem nicht jenes Entsetzen, das am Abend ihrer Inthronisation von ihr Besitz ergriffen hatte. Sie sah im Geiste ihre Duelle mit Khory vor sich, vor allem jenes letzte, in dem ihre Geschicklichkeit und ihr Talent, doch am allermeisten ihr Verlangen, sie für Minuten befähigt hatten, mit dem Dämonenkind von gleich zu gleich zu kämpfen.

Sie dachte an die Feuerdrachen, daran, mit welch wundervoller Geschicklichkeit diese durch die Maschen der Realität geschlüpft waren, ohne sich weiter um die Grenzen zu scheren, die eine subjektive oder objektive Wirklichkeit ihnen auferlegen wollte. Sie begaben sich, wohin es ihnen beliebte, und wenn ihnen etwas den Weg versperrte, dann wählten sie eine neue Route, die sie entweder an dem Hindernis vorbeiführte oder aber zu einem gänzlich neuen Ziel.

Und so war es auch hier. Wie züngelnde Schlangen versuchte der Zauber sie zu umschlingen, doch sie ließ sich einfach nicht einfangen. Sie ließ die Substanz ihrer Seele dahinschmelzen, machte sie so ungreifbar wie Quecksilber und verstand es dabei, die entscheidenden Elemente von Mohdris Zauber zu verwirren und ihren Zusammenhang zu zerstören, ohne den die Magie nicht zu wirken vermochte.

Das brachte ihr zwar noch keine endgültige Rettung. Für einen Kampf auf dieser Magier-Ebene reichten selbst Thorns Kraft und Energie nicht aus, das hatte sein Duell mit Mohdri nur zu grausam gezeigt. Auch konnte sie auf diesem Niveau nicht mithalten, und ihre Kräfte waren sogar noch geringer.

Doch darauf kam es jetzt gar nicht an.

Sie streckte die Arme an Mohdri vorbei und spürte wie elektrisiert Duguays Berührung.

Beide waren innerlich plötzlich von Musik erfüllt. Er führte, und sie ließ sich bereitwillig führen, und zwischen ihnen befand sich der Kastellan. Das Zaubern ist in erster Linie eine Frage der Energie, und besonders ein Auflösungszauber erfordert davon eine große Menge, weil er von dem Magier ein Höchstmaß an Konzentration verlangt. Deswegen mußte sich Mohdri jetzt tief in sich selbst versenken, um dort die erforderlichen Kräfte zu aktivieren. Und dabei mußte er viel mehr Rücksicht auf Elora nehmen, als Bavmorda es damals bei demselben Ritual getan hatte. Bavmorda hatte das Kind nämlich körperlich und seelisch auszulöschen versucht. Mohdri hingegen brauchte einen intakten Körper, und das erforderte ein sehr sorgfältiges Vorgehen.

Trotzdem war er ganz und gar nicht schutzlos. Denn auf jede offene körperliche oder mystische Bedrohung konnte er trotz seiner Versenkung sofort reagieren. Doch da es sich nur um einen Tanz handelte, bestand auch keine wirkliche Gefahr.

Gemeinsam wiederholten die drei jetzt noch einmal jene Choreographie, von der Elora und Duguay sich bereits bei ihrem ersten Tanz in dem froststarren Sand hatten leiten lassen. Auf den ersten Blick erschien diese wie eine zufällige Schrittfolge, die nichts Besonderes an sich hatte. Nur aus der Drachenperspektive offenbarte sich der wahre Sinn des Geschehens. Sie hatten den Boden des Kraters mit dem magischen Siegel markiert, das Elora am Ende des Geschichtenbuches entdeckt hatte, und sich so ein gewaltiges Welttor geschaffen. So wie Carig das magische Zeichen des Herbeirufungszaubers in den Fels geätzt hatte, so war dieses magische Symbol ein Bannzauber. Um dies zu bewirken, muß der Tänzer aus seiner Sphäre allein in die Welt hinaustreten und sich dort einen Partner suchen, und nur sehr selten kehrt das Paar später noch einmal in die Heimatsphäre des Tänzers zurück. Nachdem sie endlich Klarheit über das letzte Ziel des Betrügers gewonnen hatte, war dies für Elora die einzige Alternative, und nichts konnte sie daran hindern, dieses Opfer bereitwillig auf sich zu nehmen.

Als Elora und Duguay jetzt mit dem Betrüger zwischen sich ihren Tanz wiederholten, ließen sie eine ätherische Kraftspur hinter sich zurück. Auf dem Höhepunkt ihrer Choreographie sollte sich dieser Schweif dann durch einen Funken entzünden und durch eine Explosion das Welttor weit aufsprengen. Zusammen mit Duguay und Elora würde Mohdri so in Duguays Dimension geschleudert, um dort für immer zu bleiben. Gewiß würde er nach einem Ausweg suchen, daran zweifelte sie nicht, aber sie würde ihn an einer solchen Flucht zu hindern wissen. Denn so groß die Macht des Betrügers auch sein mochte, war er noch immer zu tief im Menschlichen und in den Kreisen der Welt und des Fleisches verhaftet, um in jenem Reich des Geistes auf Dauer zu überleben. Natürlich galt das gleiche auch für sie, und natürlich würde sich dort auch ihr eigenes Selbst schließlich auflösen, da machte sie sich nichts vor. Aber vielleicht war das ja ohnehin ihre Bestimmung. Sie wußte es nicht, und es kümmerte sie auch nicht. Das einzige, was jetzt zählte, war der Sieg. Jetzt kam es nur darauf an, der Bedrohung durch den Betrüger ein für allemal ein Ende zu setzen. Danach mußten die Reiche dann sehen, wie sie zurechtkamen.

Warum lächelt Duguay nur? dachte sie und sagte so leise, daß weder der verführerische Rhythmus ihres Tanzes noch Mohdri in seiner Trance gestört wurde: »Warum lächelst du?«

»Über dich, Kleines, die so vieles wagt und so wenig weiß.«

»Manche der tapfersten Taten entspringen purer Unwissenheit.«

»Geh zu deinen Freunden, ich werde das hier zu Ende bringen.«

Sie verstand im ersten Augenblick nicht, was er meinte, und stolperte über ihre eigenen Füße. Doch richtete sie damit keinen Schaden an, denn Mohdri war noch immer wie hypnotisiert von der betörenden Choreographie und ließ sich von Duguay so bereitwillig führen wie Elora.

»Was?« stammelte sie. »Was?«

»Du hast eine Bestimmung. Und ich habe eine Schuld abzutragen. Ohne dich wäre ich bei Ganthems Furt gestorben.«

»Hat der physische Tod denn für einen wie dich überhaupt eine Bedeutung?«

»Die Zauber, mit denen die Hochelfen mich damals fesseln wollten, hätten mich eine Zeitlang mattgesetzt. Und diese Zeit wäre höchst unerfreulich gewesen. Jetzt habe ich diese Schuld beglichen. Tatsächlich halte ich genau das in den Armen, was mir von Anfang an am Herzen lag.«

»Der Auflösungszauber ...!«

»Hat keine Macht über meinesgleichen. Du liegst mir zwar sehr am Herzen, Kleines, aber du wirst anderswo dringender gebraucht. Geh jetzt. Rasch!«

Er ließ ihre Hand los und drehte gleichzeitig Mohdri sanft zu sich herum, daß er ihm ins Gesichts sah und ihn so hielt, wie er Elora zuvor gehalten hatte. Die junge Frau stand wie versteinert da und schaute verständnislos zu, wie die beiden sich in immer rascheren Bewegungen von ihr entfernten.

Sie drehte sich nach Thorn um und lief, so schnell es ging, zu der Stelle hinüber, wo er sich um Khory kümmerte.

»Los, lauft zu unserem Welttor hinüber«, sagte sie zu ihnen.

Duguay und Mohdri tanzten inzwischen einen wahren Dämonenwalzer, und Elora verspürte einen Stich, als sie daran dachte, welche Herrlichkeit sie sich entgehen ließ. Der Tanz und der Zauber hatten jetzt ihren Höhepunkt erreicht.

Elora machte wieder einen Schritt auf die beiden zu.

Irgend etwas stimmte nicht.

Dann noch einen Schritt, während Thorn vergeblich nach ihr rief. Sie schüttelte den Kopf, weil sie nur noch wirre Bilder vor sich sah, während ihre EinSicht sie an einen Ort ausgelassener, unschuldiger Fröhlichkeit versetzte, die sie schon so lange nicht mehr erlebt hatte. Elora stolperte und fragte sich, ob sich die tollkühnen Teufelskerle, die sich in einer Wanne von der Wand in den Morar See stürzten, wohl genauso fühlten wie sie in diesem Augenblick. Die Luft entwich aus ihren Lungen, als ob jemand ihr einen Schlag versetzt hätte. Sie blickte panisch um sich, konnte den Kessel des Drachenvulkans jedoch nicht mehr erkennen, sondern fand sich jetzt auf ein großes königliches Fest mit Musik und Tanz versetzt, und sie war wie immer die Schönste des Abends.

Sie setzte einen Fuß vor den anderen, mit jedem Schritt rascher, und wünschte sich Flügel, um Duguay und Mohdri schneller zu erreichen.

Mohdris Zauber, der alle Illusionen auflösen sollte, blieb auf den Tanz nicht ohne Wirkung. Dies hatte Duguay nicht beabsichtigt, und er konnte nichts dagegen tun.

Entsetzt dachte Elora: *Er tanzt mit Mohdri, als ob er mich in seinen Armen hielte!*

Dann blieben die beiden plötzlich stehen. Duguay trat überrascht einen Schritt zurück, Mohdri stand noch völlig benommen da. Ein Teil von ihm war alarmiert, während sein übriges Sein sich unendlich danach sehnte, den Tanz von neuem zu beginnen.

Mohdri hob den Kopf, nur daß dieser Kopf plötzlich nicht mehr *sein* Kopf war. Die Maske des Betrügers war unversehens verschwunden.

Elora sah ihr eigenes Gesicht vor sich.

Älter war sie, viel, viel älter; ihre Haut glänzte golden und nicht silbern, und ihr Haar war rotblond. Auch das Lächeln kam ihr nicht mehr so leicht über die Lippen, und wo immer dies möglich war, hatten tiefe Furchen sich in ihr Gesicht gegraben. Es war ein Gesicht, das niemals materielle Not gekannt hatte und dessen Schlachtfeld die Seele gewesen war. Ob Sieg oder Niederlage, jedenfalls hatte sie einen fürchterlichen Preis gezahlt.

Das ist eine Lüge, wollte Elora sagen, ja, so laut sie konnte, es hinausbrüllen. *Was kann man von einer Kreatur, die Betrüger genannt wird, schon anderes erwarten?*

Und trotzdem erklärte das Gesicht so vieles. Wissen, das niemand sonst besitzen konnte, und jene Macht über Elora, die mit diesem Wissen einherging. Die Fähigkeit, Ereignisse vorauszusehen, die allerdings nicht weiter verwunderlich war, wenn ihr das alles in der Vergangenheit schon widerfahren war.

Ihre Augen trafen sich.

»Du bist nicht ich«, erklang es schließlich aus ihrem Mund.

»Gerade wenn ich scheitere«, entgegnete ihr älteres Selbst, »bin ich es um so mehr.«

Zu Eloras unendlicher Bestürzung war die andere Frau von ebendiesem Glauben unerschütterlich beseelt. – »Ich kann nicht zulassen, daß du das tust«, sagte sie, obwohl sie sich ihrer Gedanken und Gefühle inzwischen nicht mehr sicher, aber dennoch entschlossen war, auf ihren Instinkt zu vertrauen.

»Du kannst mich nicht aufhalten. Ich halte die Macht bereits in meinen Händen, die Drachen sind doch nur mehr Schatten ihrer selbst.« Ihr Lächeln war grausam, was durch den Umstand noch verschlimmert wurde, daß Elora auch bei sich selbst etwas von dieser Grausamkeit empfand. »Schon als ich hier eintraf, war von ihnen kaum mehr etwas übrig. Ihre Zeit ist vorbei. Ihr ganzes Dasein – das ich mir zu eigen machen werde – nur noch ein kümmerlicher Schatten. Ich bin die Heilige Prinzessin, und das gibt mir dazu das Recht!«

Elora hielt nach Duguay Ausschau, doch die Betrügerin war schneller. Sie schlug mit solcher Macht und Gnadenlosigkeit zu, daß Elora nach Atem rang. Sie schleuderte Duguay eine solch gewaltige Energiewelle entgegen, daß der Tänzer unversehens wie ein ausgedörrter Baum dastand.

Auch von Duguays Seele war nichts geblieben als eine leere Hülle. Doch die Betrügerin wußte zu verhindern, daß diese Seele sich davonmachte. Sie hielt sie in jenem leblosen Körper gefangen und mästete sich an ihrer Kraft.

Instinktiv hechtete Elora rückwärts durch die Luft, eine Bewegung, die sie selbst nicht weniger überraschte als die Betrügerin. Sie landete mit den Händen voran wie ein Speer im Zentrum des magischen Siegels, das sie und Duguay mit ihrem Tanz so sorgfältig in den Sand gezeichnet hatten. Als sie mit den Händen auftraf, beschwor sie alles Feuer in ihrer Seele, alle Leidenschaften, die sie bis dahin noch kaum berührt hatte, alle Träume, die sie sich von der Betrügerin nicht wollte stehlen lassen, und schoß sie wie einen himmlischen Pfeil direkt in den Boden.

Sie dachte, das Siegel werde Feuer speien und aus seinem Zentrum ein wahres Flammeninferno hervortreiben. Doch da erwachten sämtliche Elemente des magischen Zeichens gleichzeitig zum Leben und erfüllten den Krater mit einem weichen goldenen Glanz.

Zugleich stürzte sich Elora auf die Betrügerin und warf die gepanzerte Gestalt mit aller Macht zu Boden. Sie hockte sich rittlings auf die Brust der Schurkin und beschwor im Geiste alle Stunden, die sie in Torquils Schmiede verbracht hatte, all die Intensität des Gefühls, die Duguay sie gelehrt hatte, und dann riß sie die Betrügerin ein ums andere Mal hoch und schmetterte sie wieder zu Boden. Die Dämonin prallte wie ein Ball zurück, als sie dabei einmal innerhalb der Grenzen des Siegels den Boden berührte.

Kleine Närrin, hörte sie den Widerhall ihrer eigenen Stimme irgendwo in den Weiten ihres Bewußtseins, als ob sie mit sich selbst redete, *willst du uns alle ins Verderben stürzen?*

Elora wußte darauf keine Antwort, spürte in sich nur Entschlossenheit und die Bereitschaft, diesen Preis wenn nötig zu bezahlen.

Das Gesicht ihres Gegenübers mochte ihr eigenes sein, aber der Körper der Betrügerin war noch immer so stark und vital wie Mohdri. Die Betrügerin wollte sich jetzt auf Elora stürzen, doch diese hechtete mit letzter Anstrengung beiseite, prallte jedoch gegen eine glühende Energiesäule, die aus dem Siegel hervorschoß. Vor ihren Augen schmolz jetzt der Boden an jenen Stellen dahin, die sie und Duguay tanzend markiert hatten, und der zunächst goldene Glanz wurde rasch silbern und dann so durchdringend blauweiß, daß er selbst das Fleisch ihrer Arme durchdrang, die sie schützend vor die Augen hielt.

Du denkst, du hättest gewonnen, fauchte die Betrügerin, *aber das ist ein Irrtum. Glaubst du etwa, du könntest es mit mir aufnehmen, Elora Danan?*

Der Glanz fraß unbeirrbar Stück für Stück des Bodens innerhalb der Grenzen des magischen Zeichens auf, doch das schien die Betrügerin nicht weiter zu stören. Sie stand da wie auf einer Festungsmauer und betrachtete den Anmarsch eines Feindes, der der Vernichtung nicht entgehen kann. Die Vorstellung amüsierte sie, denn die Schlacht war für sie völlig ohne Belang. Das Ergebnis stand für sie ohnehin längst fest.

Und jetzt wirst du erleben, erklärte die Betrügerin, *wie sinnlos all deine Anstrengungen sind!*

Die Betrügerin legte ihre hohlen Hände zusammen und zauberte aus dem Nichts einen Energieball hervor. Der Ball sandte sogleich jene schlangenartigen Fühler und Ranken aus, mit denen auch die Maizan-Zauberin Ryn Taksemanyins Seele eingefangen hatte, wie Elora sich nur zu gut erinnerte; nur daß diese hier noch bösartiger und tödlicher in ihrer Wirkung waren. Sie verbreiteten einen infernalischen Gestank, und Elora faßte sich unwillkürlich an die Kehle, da sie plötzlich an den Sklavenring denken mußte.

Es gab eine Tentakel für jeden der Drachen, und die junge Frau wußte, daß die geringste Berührung genügte, um das Schicksal dieser herrlichen Wesen endgültig zu besiegeln. Sie waren von einer Eisschicht überzogen, die ihnen die Flucht unmöglich machte und sie ihrer Lebenskraft und ihres Widerstandswillens beraubte, genauso wie die Betrügerin Jahre zuvor mit den in Angwyn versammelten Monarchen verfahren war. Die Tentakel sollten die Drachen endgültig erledigen, ihnen die Seele rauben, die Essenz ihres

Seins auslöschen, damit die Betrügerin fortan nach Lust und Laune darüber verfügen oder beides endgültig der Vergessenheit überantworten konnte.

Nie mehr würde jemand lachen, Freude empfinden oder von einer besseren Zukunft träumen.

Auf einer Felsspitze oberhalb des Kraterrandes stand ein riesiger Drache, der alle seine Artgenossen überragte, und als Eloras Augen seinem Blick begegneten, wußte sie, daß sie die wahre Gestalt Calan Dineers vor sich sah.

»Ich weiß nicht, was ich tun soll!« schrie sie, weil sie Angst hatte, er könne sie sonst nicht verstehen. *»Ich weiß, nicht, was ich tun soll!«*

Sie mußte an den Malevoiy denken, der zischend wie eine Schlange gesprochen und trotz seines unvorstellbaren Alters offenbar von Herzen gern getötet hätte.

Auch sie würde töten, hatte er ihr fröhlich eröffnet.

Und das würde gut sein.

»Nein«, schrie sie schluchzend und sah gleichzeitig, daß einer der Tentakel der Betrügerin nach ihr schnappte, ein anderer nach Thorn und Khory, die am Boden lagen und ungläubig das Geschehen verfolgten.

In ihrem Geist schmiedete Elora jetzt einen Speer. Es war eine wundervolle Waffe mit einer Spitze, die Geist vom Fleische trennen konnte, denn das war ihr eigentlicher Zweck. Der Speer erhob sich weißglühend aus der Schmiede ihres Geistes, ein formloses Leuchten, das sie mit ihrer Zange ergreifen und hämmern und schärfen und so lange immer aufs neue bearbeiten mußte, bis kein Stoff in der ganzen Schöpfung ihm mehr widerstehen konnte.

Elora arbeitete rasch, denn sie durfte keine Zeit verlieren, doch sie beachtete sorgfältig und gewissenhaft die Regeln des Handwerks, das sie erlernt hatte. Als sie schließlich fertig war, hatte sie allen Grund, stolz auf ihr Produkt zu sein.

Ein Bild ihrer selbst stand im Geiste groß vor ihr, und sie sah, wie sie den Speer ein paarmal in der Hand wog, um sich mit seinem Gewicht vertraut zu machen.

Dann blickte sie der Reihe nach sämtliche Drachen an, da sie wußte, in welcher Gefahr die wundervollen Kreaturen schwebten. Doch sie war entschlossen, die Bilder dieser Geschöpfe ihrem Gedächtnis unauslöschlich einzuprägen.

Jedenfalls solange sie lebte, würden sie niemals der Vergessenheit anheimfallen.

In ihrer Vorstellung sah sie jetzt, wie sie selbst zu einem gewaltigen Wurf ausholte und dann den Speer fliegen ließ.

Da sie sich in einer Sphäre befanden, in der Vorstellungen sich zu materialisieren vermochten, verwandelte sich der Speer im selben Augenblick in eine tödliche Waffe. Elora und Calan waren zwar durch Meilen getrennt, doch das war jetzt völlig ohne Belang. Denn der Speer wurde nicht durch die Kraft ihres Armes, sondern durch ihren Willen vorwärtsgetrieben.

Calan erhob seinen mächtigen Kopf zum Himmel, und seine übrigen Artgenossen taten es ihm gleich, und mit einem Gebrüll, das Elora das Herz bis zum Halse schlagen ließ, taten sie jetzt ihren Unwillen kund, wie sie es schon in der Geschichte getan hatten, die Elora vor unendlichen Zeiten – wie es schien – in dem Fort im Grenzland erzählt hatte.

Und wie aus einem Mund schrien sie: *Freiheit!*

Und wie jener Held aus alten Zeiten starben auch sie.

Die ganze Landschaft war in ein unerträglich gleißendes Licht getaucht. Die Hitze des ersten Schöpfungstages erfüllte den Krater. Und eine unbeschreibliche Stimmung breitete sich aus, als jetzt eine ganze Generation von Drachen in jenem entsetzlichen Augenblick von dem Himmelsfeuer verzehrt wurde, dem sie ihr Dasein verdankten.

Elora sah das alles, hörte alles und fühlte alles. Sie stand im Herzen des Infernos, ohne daß ihr ein Haar gekrümmt wurde. Sie spürte, wie die Substanz des Betrügers dahinschmolz, wußte jedoch, daß dies nichts zu bedeuten hatte. So leicht würde sich ihr Widersacher nicht geschlagen geben. Hier an diesem Ort war der Betrüger fleischgewordener Geist, eine zum Leben erweckte Projektion ihres Willens, die ihr Dasein nicht zuletzt dem Opfer der zwölf Maizan-Zauberer verdankte, die das Tor von Sandeni geöffnet hatten. Die sterblichen Überreste ihres Kastellans Mohdri lagen ganz gewiß tief in der Erde des Maizan-Territoriums bestattet.

Gemessenen Schrittes ging Elora durch den riesigen Krater, der jetzt erstmals seit undenklicher Zeit hohl und leer erschien.

Unsicher, was sie erwartete oder was sie tun sollten, schritten ihr Thorn und Khory entgegen und machten dabei einen weiten Bogen um die Stelle, wo Elora und Duguay das Siegel in den Sand gezeichnet und das Welttor geöffnet hatten. Zwar erschien der Boden dort inzwischen wieder fest und geschlossen, doch keiner von beiden verspürte Lust, ein Risiko einzugehen.

Die beiden hatten das wahre Gesicht des Betrügers ebenfalls mit eigenen Augen gesehen. Thorn hatte der Anblick einen tiefen Stich ins Herz versetzt, und Elora hatte alles nur noch verschlimmert durch das, was sie anschließend getan hatte.

Die Drachen waren die Seele der Welt, sie standen auf dem Gipfel des Dritten Kreises der Schöpfung. Jetzt waren sie nicht mehr da.

Sie trafen in der Mitte des Rundes mit Elora zusammen – eine Silbergestalt, das Gewand so rot wie Blut, eine Farbe von so elementarer Macht und Wildheit wie der erste Frühling einer neugeborenen Welt.

Sie schritt stolz und glücklich dahin, und auf ihrem Gesicht lag ein Lächeln, das eine ganze Welt von Möglichkeiten erahnen ließ. In beiden Armen hielt sie ein Drachenei.

Die Vergangenheit war vorüber. Und in ihrer Obhut – ebenso freimütig gegeben wie genommen – war das Versprechen einer leuchtenden, neuen Zukunft, die kommen würde.